Nur mit dir an meiner Seite

Sandra Brown
Gefangen in der Wildnis

Seite 5

Rebecca Daniels
So verführerisch wie deine Stimme

Seite 265

Linda Turner
Wie kein anderer zuvor

Seite 465

MIRA® TASCHENBUCH

1. Auflage: Dezember 2018
Neuausgabe im MIRA Taschenbuch
Copyright © 2018 für die deutsche Ausgabe by MIRA Taschenbuch
in der HarperCollins Germany GmbH, Hamburg

Copyright © 1987 by Sandra Brown
Originaltitel: »Two Alone«
Erschienen bei: Silhouette Books, Toronto

Copyright © 2003 by Ann Marie Fattarsi
Originaltitel: »Night Talk«
Erschienen bei: Silhouette Books, Toronto

Copyright © 1990 by Linda Turner
Originaltitel: »Moonlight And Lace«
Erschienen bei: Silhouette Books, Toronto

Published by arrangement with
HARLEQUIN ENTERPRISES II B.V./SARL

Umschlaggestaltung: bürosüd, München
Umschlagabbildung: altafulla/shutterstock
Lektorat: Maya Gause
Satz: GGP Media GmbH, Pößneck
Printed in Germany
Dieses Buch wurde auf FSC®-zertifiziertem Papier gedruckt.
ISBN 978-3-95649-870-1

www.mira-taschenbuch.de

Werden Sie Fan von MIRA Taschenbuch auf Facebook!

Sandra Brown

Gefangen in der Wildnis

Roman

Aus dem Amerikanischen von
Sonja Sajlo-Lucich

1. Kapitel

Sie waren alle tot. Alle, außer ihr. Dessen war sie sicher.

Sie wusste nicht, wie viel Zeit seit dem Aufschlag vergangen war oder wie lange sie hier schon vornübergebeugt saß, den Kopf zwischen den Knien. Es konnten Sekunden sein, Minuten, Lichtjahre. Zeit konnte also doch stillstehen.

Es war ihr wie eine Ewigkeit vorgekommen. Das hässliche Knirschen von berstendem Metall, bis es mit einem letzten Ächzen verhallte. Die verstümmelten Bäume, unschuldige Opfer des Absturzes, standen wieder ruhig, kaum ein Blatt bewegte sich noch. Es war unheimlich still, kein Laut mehr, nichts.

Absurderweise überlegte sie, wie es sich anhörte, wenn ein Baum umstürzte. Machte es überhaupt ein Geräusch? Ja. Sie hatte es gehört. Also lebte sie noch.

Sie hob den Kopf. Haar, Schultern und Rücken waren übersät mit kleinen Plexiglasstückchen – Überreste dessen, was einst die Fensterluke neben ihrem Sitz gewesen war. Sie schüttelte vorsichtig den Kopf, und die Teilchen regneten herunter, fielen leise klirrend zu Boden. Sie zwang sich, die Augen zu öffnen.

Sie wollte schreien, aber das Entsetzen schnürte ihr die Kehle zu. Ein Blutbad, grässlicher als der schlimmste Albtraum eines Fluglotsen.

Die beiden Männer in der Sitzreihe vor ihr – gute Freunde, nach dem lauten Lachen und gutmütigen Gefrotzel zu urteilen – waren jetzt tot. Der Kopf des einen war durch das Fenster geschlagen. Sie registrierte diese Tatsache, sah aber nicht genauer hin. Da war eine riesige Blutlache. Hastig kniff sie die

Augen zusammen und öffnete sie nicht mehr, bis sie den Kopf weggedreht hatte.

Auf der anderen Seite des Ganges noch ein toter Mann, den Kopf an der Rückenlehne, so als hätte er geschlafen, als das Flugzeug abstürzte. Der einsame Wolf. Sie hatte ihn in Gedanken so getauft, noch bevor das Flugzeug gestartet war. Da es eine kleine Maschine war, war die Zuladung stark beschränkt. Während Passagiere und Gepäck genauestens gewogen worden waren, hatte der einsame Wolf abseits von der Gruppe gestanden, seine ganze Haltung war hochmütig und feindselig gewesen. Seine Unfreundlichkeit hatte jeden Versuch einer Unterhaltung mit den anderen Passagieren, die alle aufgekratzt mit ihren Erfolgen und Fähigkeiten prahlten, im Keim erstickt. Seine Unnahbarkeit hatte ihn vom Rest der Gruppe getrennt – so wie ihr Geschlecht sie isoliert hatte. Sie war die einzige Frau an Bord.

Und jetzt die einzige Überlebende.

Als sie nach vorn sah, erkannte sie, dass das Cockpit vom Rumpf gerissen worden war. Es lag mehrere Meter weiter vorn. Pilot und Copilot, beides freundliche und gut gelaunte junge Männer, waren blutüberströmt und offensichtlich tot.

Sie schluckte. Der bärtige Copilot hatte ihr beim Einsteigen geholfen und noch mit ihr geflirtet. Er habe nur selten Frauen an Bord, und wenn, dann nie solche, die wie Fotomodelle aussahen.

Die anderen beiden Passagiere in den vordersten Sitzen, Brüder, wurden noch von ihren Gurten gehalten. Sie waren von dem zersplitterten Baumstamm getötet worden, der den Flugzeugrumpf wie ein Dosenöffner aufgeschlitzt hatte. Ihre Familien würden mit einem zweifachen Verlust fertig werden müssen.

Sie begann zu weinen. Hoffnungslosigkeit und Furcht übermannten sie. Sie hatte Angst, ohnmächtig zu werden. Sie hatte schreckliche Angst zu sterben. Und Angst, dass sie es nicht tun würde.

Für die anderen Passagiere war der Tod schnell und schmerzlos gekommen. Sie waren wahrscheinlich alle direkt beim Aufprall getötet worden. Ihr Tod jedoch würde langsam und qualvoll sein. Soweit sie es im Moment beurteilen konnte, war sie auf wundersame Weise unverletzt geblieben. Sie würde langsam umkommen. Vor Durst und Hunger, hier in dem unwegsamen Gelände.

Sie fragte sich, wieso sie noch lebte. Die einzige Erklärung war, dass sie ganz hinten gesessen hatte. Im Gegensatz zu den anderen hatte sie jemanden dort in der Hütte am Great Bear Lake gehabt, bei dem sie sich verabschieden musste. Sie war als Letzte eingestiegen. Alle Plätze waren bereits besetzt gewesen, außer dem in der letzten Reihe.

Als der Copilot ihr an Bord geholfen hatte, waren die derben Männergespräche schlagartig verstummt. Mit leicht geneigtem Kopf, um sich nicht an der niedrigen Kabinendecke zu stoßen, war sie nach hinten zu dem einzigen freien Sitz gegangen. Kein sehr angenehmes Gefühl, als einzige Frau an Bord. Als würde man in ein schummriges, verräuchertes Hinterzimmer treten, in dem eine heiße Partie Poker im Gange ist. Manche Dinge waren eben ausschließlich der Männerwelt vorbehalten. So wie manche Dinge ausschließlich weiblich waren. Gleichberechtigung hin oder her.

Ein Flugzeug, das Passagiere von einer Jagd- und Fischerhütte in den Northwest Territories zurückflog, war so eine männliche Angelegenheit. Sie hatte versucht, sich so unsichtbar wie möglich zu machen, beharrlich geschwiegen, nur stumm aus dem Fenster geschaut. Einmal, kurz nach dem Start, hatte sie den Kopf gewandt und war dem Blick des Mannes auf der anderen Gangseite begegnet, ein so offensichtlich verächtlicher Blick, dass sie den Kopf sofort wieder zum Fenster gedreht hatte.

Neben den beiden Piloten war sie wahrscheinlich die Erste gewesen, die das Unwetter bemerkt hatte. Von dichtem Nebel begleitet, hatte der sintflutartige Regen sie nervös gemacht.

Bald fiel auch den anderen auf, wie stark die Maschine schlingerte. Anstelle von prahlerischem Gehabe fielen jetzt knappe Bemerkungen, dass einem wohl nichts anderes übrig bleiben würde, als es durchzustehen, und wie froh man doch sei, dass man nicht selbst »fahren« müsse, sondern die Piloten.

Aber die Piloten hatten es alles andere als einfach. Das wurde bald allen klar. Schließlich breitete sich allgemeines Schweigen aus, besorgte Blicke waren auf die beiden Männer vorn an den Geräten gerichtet. Die Anspannung steigerte sich, als der Funkkontakt abbrach. Auf die Instrumente konnte man sich auch nicht mehr verlassen, denn die abgelesenen Messwerte waren offensichtlich ungenau. Wegen der undurchdringlichen Wolkendecke hatten sie seit dem Start den Boden nicht mehr sehen können.

Als das Flugzeug in einer Spirale, Nase zuerst, nach unten sackte und die Piloten in die Kabine schrien: »Wir gehen runter!«, akzeptierten alle ihr Schicksal mit erstaunlicher Ruhe.

Sie hatte sich nach vorn gebeugt, den Kopf zwischen die Knie genommen, die Hände im Nacken gefaltet und gebetet, den ganzen Weg nach unten. Eine Ewigkeit.

Nie würde sie den ersten Stoß vergessen, als die Maschine aufschlug. Sie hatte keine Ahnung, warum sie nicht auf der Stelle tot war, konnte sich nur denken, dass sie aufgrund ihres grazilen Körperbaus zwischen zwei Sitzpolster gepresst wurde, die den Aufprall abgemildert hatten.

Allerdings war sie unter den gegebenen Umständen nicht sicher, ob sie ihr Überleben tatsächlich als begrüßenswerte Alternative sehen sollte. Die Jagdhütte an der nordwestlichsten Spitze des Great Bear Lake konnte nur per Flugzeug erreicht werden. Meilen unberührter Wildnis lagen zwischen der Hütte und Yellowknife, ihrem ursprünglichen Ziel. Der Himmel allein wusste, wie weit die Maschine von der Flugroute abgekommen war, bevor sie abstürzte. Die Behörden konnten monatelang suchen, ohne sie jemals zu finden. Und bis man sie fand – falls überhaupt –, war sie völlig allein und in ihrem Überlebenskampf auf sich selbst gestellt.

Dieser Gedanke ließ sie sofort aktiv werden. Hektisch zerrte sie an ihrem Gurt. Der Verschluss schnappte auf, und sie fiel nach vorn, stieß mit dem Kopf an den Vordersitz. Sie ließ sich auf alle viere nieder und kroch durch den schmalen Gang auf das riesige Loch im Rumpf zu.

Sie vermied es, auf die leblosen Körper zu schauen, stattdessen blickte sie durch einen Spalt im zerfetzten Metall nach oben. Der Regen hatte aufgehört, aber die Wolken hingen immer noch tief, grau und schwer und bedrohlich am Himmel. Donner grollte. Die Luft war kalt und feucht.

Sie wickelte ihren Rotfuchsmantel enger um sich und stellte den Kragen auf. Kein Wind. Dafür musste sie wohl dankbar sein. Der Wind hier konnte eisig kalt und schneidend sein … Moment! Wenn kein Wind wehte, woher kam dann dieses pfeifende Geräusch?

Mit angehaltenem Atem wartete sie.

Da! Schon wieder!

Sie drehte den Kopf und lauschte. Es war nicht einfach, da ihr eigener Herzschlag ihr in den Ohren dröhnte.

Eine Bewegung.

Sie sah auf den Mann, der auf der anderen Seite des Ganges neben ihr gesessen hatte. War es nur verzweifeltes Wunschdenken, oder hatten die Lider des einsamen Wolfs gerade gezuckt? Sie hastete zurück, schob den blutigen Arm eines Passagiers, der schlaff über der Armlehne hing und dem sie vor einem Moment noch so konzentriert ausgewichen war, unwirsch beiseite.

»Oh bitte, lieber Gott, lass ihn am Leben sein«, flehte sie inbrünstig.

Sie starrte auf sein Gesicht. Reglos, kein Liderflattern. Kein Stöhnen kam über seine Lippen. Sie sah auf seine Brust, aber da er eine wattierte Jacke trug, ließ sich nicht erkennen, ob er atmete oder nicht.

Vorsichtig streckte sie die Hand aus und hielt den Zeigefinger unter die Nase des Mannes, ganz nah, direkt bei den Nasenflügeln. Und stieß einen kleinen Laut aus, als sie den feuchten Luftzug spürte. Schwach nur, aber mit Sicherheit vorhanden.

»Danke, Gott. Oh, Gott sei Dank.« Sie begann gleichzeitig zu lachen und zu weinen. Sie schlug dem Mann leicht auf beide Wangen. »Wachen Sie auf, Mister. Kommen Sie, bitte wachen Sie auf.«

Er stöhnte, öffnete aber die Augen nicht. Je eher er das Bewusstsein zurückerlangte, desto besser, das wusste sie instinktiv. Und sie brauchte die Versicherung, dass er nicht tot war oder sterben würde – zumindest nicht sofort. Sie musste einfach wissen, dass sie nicht allein war.

Kalte Luft würde wahrscheinlich helfen, um ihn wieder zu beleben. Also beschloss sie, ihn aus dem Flugzeug herauszuholen. Es würde nicht einfach werden, er wog mit Sicherheit gute fünfzig Pfund mehr als sie.

Sie spürte jedes Gramm, als sie seinen Gurt öffnete und sein Gewicht mit Wucht gegen sie fiel. Das meiste davon konnte sie mit ihrer rechten Schulter auffangen. Ihn halb stützend, halb schleifend, zog sie ihn den Gang hinunter zu der Öffnung.

Sie brauchte eine halbe Stunde für eine Entfernung von knapp drei Metern. Der blutige Arm versperrte ihnen den Weg, sie überwand ihren Abscheu, winkelte ihn an und legte ihn dem Toten auf den Schoß. Ihre Hand war voller Blut, warm und klebrig. Sie stieß ein entsetztes Wimmern aus, biss sich auf die zitternde Unterlippe und zog den Mann weiter, Zentimeter für Zentimeter.

Der Gedanke schoss ihr durch den Kopf, dass sie dem Mann damit vielleicht mehr schadete als half, wenn sie ihn bewegte. Aber sie war schon so weit gekommen, sie würde jetzt nicht aufhören. Ein Ziel zu setzen und es zu erreichen war plötzlich ausgesprochen wichtig, und wenn es nur aus dem Grund war, um sich zu beweisen, dass sie nicht völlig hilflos war. Sie hatte sich zum Ziel gesetzt, ihn nach draußen zu bringen. Das würde sie tun, und wenn es sie umbringen sollte.

Was durchaus passieren könnte, dachte sie einige Minuten später. Sie hatte ihn so weit nach vorn gezogen, wie es möglich war. Ab und zu stöhnte er, aber sonst zeigte er keine Anzeichen, dass er wieder zu Bewusstsein kommen würde. Sie ließ ihn liegen und zwang sich durch die Äste der Kiefer. Die gesamte linke Seite des Flugzeugrumpfes war weggerissen worden, sie musste den Mann also durch die Äste hindurchziehen. Sie brach so viele Zweige ab, wie es ihr möglich war, und kehrte dann zu dem Mann zurück.

Sie brauchte allein fünf Minuten, um ihn so umzudrehen, dass sie die Arme unter seinen Achseln hindurchstecken konnte. Dann schleifte sie ihn rückwärts durch den engen Tunnel, den sie geschaffen hatte. Kiefernnadeln stachen ihr ins Gesicht, die raue Borke schürfte ihr die Haut von den Händen, aber glücklicherweise schützte ihre schwere Kleidung den größten Teil der Haut.

Sie keuchte vor Anstrengung. Sie überlegte, ob sie eine Pause einlegen sollte, befürchtete aber, danach nicht mehr die Energie zum Weitermachen aufbringen zu können. Der Mann stöhnte jetzt fast ununterbrochen. Sie wusste, dass er unerträgliche Schmerzen haben musste, aber sie konnte jetzt nicht aufhören.

Endlich spürte sie kalte Luft auf ihren Wangen. Sie zog den Kopf unter dem letzten Ast hervor und stand im Freien. Ein paar stolpernde Schritte rückwärts noch, und sie zog den Mann das letzte Stück nach. Erschöpft und ausgelaugt, mit schmerzenden Muskeln in Armen und Beinen, ließ sie sich einfach auf ihr Hinterteil fallen. Der Kopf des Mannes landete in ihrem Schoß.

Sie stützte sich auf die Hände und lehnte sich nach hinten, hielt das Gesicht gen Himmel gewandt, bis sie wieder zu Atem kam. Während sie die kalte, beißende Luft in ihre Lungen sog, kam ihr zum ersten Mal der Gedanke, dass es doch gut war, noch am Leben zu sein. Sie dankte Gott dafür. Und für das zweite Leben, das er verschont hatte.

Sie sah auf den Mann herunter. Erst jetzt fiel ihr die Beule auf. Eine riesige Schwellung, direkt an seiner Schläfe. Das musste der Grund für die Bewusstlosigkeit sein. Sie schob seine Schultern hoch und zog ihre Beine unter ihm hervor, kroch an seine Seite und begann seine Jacke aufzuknöpfen. Sie flehte darum, keine tödliche Wunde zu entdecken. Nein, nur das karierte Flanellhemd, ohne das kein Jäger auszukommen schien. Keinerlei Blutspuren, angefangen vom Rollkragen seines Thermopullovers bis zu den Schnürsenkeln seiner schweren Stiefel.

Mit einem Seufzer der Erleichterung beugte sie sich über ihn und schlug ihm wieder vorsichtig auf die Wangen. Sie schätzte ihn auf ungefähr vierzig, aber das Leben konnte es nicht allzu gut mit ihm gemeint haben. Sein recht langes, lockiges Haar war von einem warmen Braun. Seine gebräunte Haut wirkte wie jahraus, jahrein von der Sonne verbrannt. Um seine Augen hatten sich feine Linien eingegraben. Sein breiter Mund war schmallippig, die Unterlippe nur unwesentlich voller als die Oberlippe.

Kein Gesicht, das in ein Büro gehörte. Dieser Mann verbrachte den Großteil seines Lebens an der frischen Luft. Ein ansprechendes Gesicht, vielleicht sogar ein klassisch schönes. Es strahlte Härte aus, eine kompromisslose Unnahbarkeit, die sie auch schon in seinem Wesen bemerkt hatte.

Mit einem mulmigen Gefühl fragte sie sich, wie er wohl reagieren würde, wenn er wieder zu sich kam und feststellen musste, dass er allein mit ihr in der Wildnis war. Sie brauchte nicht lange zu warten. Schon wenig später flatterten seine Lider, und er schlug die Augen auf.

Augen, so stahlgrau wie der Himmel über ihnen. Diese Augen schlossen sich jetzt, um gleich darauf wieder aufzugehen. Sie wollte etwas sagen, wagte es vor Aufregung aber nicht.

Und dann kam das erste Wort über seine Lippen – unglaublich vulgär. Sie zuckte zusammen, schob diese Ausdrucksweise aber auf seine Schmerzen. Wieder schloss er die Augen und wartete mehrere Sekunden, bevor er sie erneut öffnete.

»Wir sind abgestürzt.« Sie nickte stumm. »Wie lange ist das her?«

»Ich bin nicht sicher.« Ihre Zähne klapperten. Kalt war ihr nicht, also musste es aus Angst sein. Vor ihm? Wieso? »Eine Stunde vielleicht.«

Stöhnend tastete er mit der Hand nach der Beule an seinem Kopf und setzte sich auf. »Was ist mit den anderen?«

»Alle tot.«

Auf ein Knie gestützt, versuchte er aufzustehen und schwankte. Sie wollte ihn halten, doch er wehrte ihre ausgestreckte Hand ab. »Sind Sie sicher?«

»Sicher, dass sie tot sind? Ja. Ich meine, ich glaube es.«

Er drehte den Kopf und sah sie an. »Haben Sie ihren Puls geprüft?«

Sie hatte sich geirrt. Was seine Augen betraf. Sie waren nicht grau wie der Himmel, sie waren viel härter, viel düsterer und drohender. »Nein, das nicht«, gestand sie gepresst.

Sein Blick hielt sie für mehrere Sekunden gefangen, dann erhob er sich unter großer Anstrengung. Den Baum hinter sich benutzte er als Stütze, bis sich sein Gleichgewichtssinn einigermaßen stabilisiert hatte.

»Wie ... wie fühlen Sie sich?«

»Als müsste ich gleich kotzen.«

Nun, eine undeutliche Ausdrucksweise konnte man ihm sicherlich nicht vorwerfen. »Vielleicht sollten Sie sich dann besser wieder hinlegen?«

»Ganz bestimmt.«

»Also?«

Er hielt sich immer noch den Kopf und warf ihr einen abschätzigen Blick zu. »Dann erklären Sie sich also dazu bereit,

15

wieder ins Flugzeug zu klettern und bei den anderen den Puls zu fühlen?« Er sah, wie die Farbe aus ihrem Gesicht wich, und lächelte verächtlich. »Das dachte ich mir.«

»Ich habe Sie da rausgeholt, oder nicht?«

»Stimmt«, erwiderte er trocken. »Sie haben mich da rausgeholt.«

Sicher erwartete sie nicht, dass er vor ihr auf die Knie fiel, weil sie ihm das Leben gerettet hatte, aber ein Dankeschön wäre doch eigentlich ganz nett gewesen. »Sie sind ein undankbarer ...«

»Sparen Sie sich das«, schnitt er ihr das Wort ab.

Sie sah ihm zu, wie er sich schwankend von dem Baumstamm abstieß und auf das Wrack zustolperte. Die Äste drückte er mit einer Kraft aus dem Weg, die sie nie haben würde.

Sie ließ sich auf dem morastigen Boden nieder und legte den Kopf auf die angezogenen Knie. Sie war versucht, die Tränen laufen zu lassen. Sie hörte, wie er sich in der Kabine bewegte. Als sie aufsah, erblickte sie ihn durch das glaslose Fenster des abgetrennten Cockpits. Völlig emotionslos befühlte er die Körper der beiden Piloten.

Minuten später bahnte er sich seinen Weg durch den umgestürzten Baum zurück. »Sie hatten recht. Sie sind alle tot.«

Was sollte sie darauf erwidern? Etwa: »Ich habe es Ihnen doch gesagt«?

Er ließ einen Erste-Hilfe-Kasten auf den Boden fallen und kniete sich hin. Einem Röhrchen Aspirin entnahm er drei Tabletten und warf sie sich in den Mund, schluckte sie ohne Wasser. »Kommen Sie her«, befahl er barsch und drückte ihr eine Taschenlampe in die Hand. »Leuchten Sie mir in die Augen und beschreiben Sie genau, was passiert.«

Sie schaltete die Taschenlampe ein. Das Schutzglas war zerbrochen, aber die Lampe funktionierte noch. Sie leuchtete erst in sein rechtes, dann in sein linkes Auge. »Die Pupillen verengen sich.«

Er nahm ihr die Lampe aus der Hand und schaltete sie aus. »Gut. Also keine Gehirnerschütterung. Nur hundsmiserable Kopfschmerzen. Sind Sie in Ordnung?«

»Ich denke schon.«

Er musterte sie skeptisch, nickte dann aber.

»Ich heiße Rusty Carlson«, stellte sie sich höflich vor.

Sein knappes Lachen klang wie ein trockenes Bellen. »Rusty also, was?«

»Ja, Rusty«, bestätigte sie pikiert.

»Das passt.«

Die Manieren dieses Mannes waren unmöglich. »Haben Sie auch einen Namen?«

»Oh ja, den habe ich. Cooper Landry. Aber das hier ist keine nette kleine Gartenparty, also verzeihen Sie mir, wenn ich mir nicht an den Hut tippe und sage: ›Erfreut, Sie kennenzulernen‹.«

Dafür, dass sie die beiden einzigen Überlebenden eines Flugzeugabsturzes in der Wildnis waren, fing es nicht gerade gut an. Alles, was Rusty jetzt wollte, war Trost und die Versicherung, dass sie lebte und weiterleben würde. Doch was sie von ihm bekam, war nichts als Verachtung, noch dazu völlig grundlos.

»Was ist eigentlich los mit Ihnen?«, fragte sie ihn verärgert. »Sie tun gerade so, als wäre ich schuld an dem Absturz.«

»Vielleicht sind Sie das auch.«

Sie schnappte fassungslos nach Luft. »Wie bitte? Ich bin ja wohl kaum verantwortlich für das Unwetter.«

»Nein, aber wenn Sie sich nicht so viel Zeit für den gefühlvollen, tränenreichen Abschied von Ihrem Sugardaddy gelassen hätten, hätten wir dem Sturm vielleicht ein Schnippchen schlagen können. Wieso wollten Sie früher als er fliegen? Haben die Turteltäubchen sich vielleicht gestritten?«

»Das geht Sie einen Dreck an«, presste sie zwischen den Zähnen hervor, die von einem exzellenten und teuren Zahnchirurgen in eine perfekte Reihe gebracht worden waren.

Seine Miene blieb ungerührt. »Sie hatten an einem Ort wie diesem nichts zu suchen.« Sein Blick glitt über sie. »Eine Frau wie Sie.«

»Und was für eine Art Frau bin ich?«

»Lassen wir das. Sagen wir einfach, ohne Sie wäre ich wesentlich besser dran.«

Damit zog er ein gefährlich aussehendes Jagdmesser aus einem Lederschaft an seinem Gürtel. Rusty fragte sich, ob er ihr damit jetzt die Kehle durchschneiden wollte, um sich des lästigen Anhängsels, das sie offensichtlich für ihn darstellte, zu entledigen. Doch er drehte sich nur um und hieb auf die Äste des Baumes ein, um den Weg in den Flugzeugrumpf freizuschlagen.

»Was machen Sie jetzt?«

»Ich muss die anderen da rausholen.«

»Die … anderen? Warum?«

»Es sei denn, Sie legen Wert auf deren Gesellschaft.«

»Wollen Sie sie begraben?«

»Das war die Idee. Haben Sie vielleicht eine bessere?«

Nein, natürlich nicht, und deshalb schwieg sie.

Cooper Landry hackte die dünneren Äste ab, bis nur noch die dicken übrig blieben, um die man drum herum gehen oder bequem drübersteigen konnte. Rusty machte sich nützlich, indem sie die abgeschlagenen Äste beiseiteschaffte.

»Wir bleiben also hier?«, fragte sie.

»Für den Moment, ja.« Er ging durch den Tunnel in den Rumpf und rief sie zu sich. »Sie nehmen ihn bei den Füßen, okay?«

Sie starrte regungslos auf die Stiefel des toten Mannes. Das konnte sie nicht tun. In ihrem ganzen Leben hatte nichts sie darauf vorbereitet. Er konnte doch nicht von ihr erwarten, dass sie so etwas Makaberes tun würde.

Aber ein Blick in seine unnachgiebigen grauen Augen sagte ihr, dass er genau das von ihr erwartete, noch dazu ohne irgendeinen Kommentar.

18

Sie bargen die Leichen aus dem Flugzeug. Cooper übernahm den Großteil der Arbeit allein, Rusty half ihm, wenn er es verlangte. Sie konnte diese gruselige Aufgabe nur ausführen, indem sie ihren Verstand völlig ausschaltete. Ihre Mutter war gestorben, da war sie noch ein Teenager gewesen, vor zwei Jahren dann ihr Bruder. Aber in beiden Fällen hatte sie die Toten nur gesehen, als sie in einem mit Satin ausgekleideten Sarg gelegen hatten, mit sanfter Beleuchtung, ruhigen Orgelklängen und Blumen. Der Tod schien ihr irgendwie unwirklich. Selbst die leblosen Körper hatten eher wie Schaufensterpuppen gewirkt, Kopien der Menschen, die sie geliebt hatte.

Diese Körper hier dagegen waren real.

Ohne nachzudenken, folgte sie den knappen Kommandos, die Cooper Landry gab, nüchtern, sachlich, ohne Gefühl. Er ist eine Maschine, befand sie. Er zeigte keinerlei Regung, als er die Leichen zu dem Gemeinschaftsgrab schleifte, das er mit seinem Jagdmesser und dem Beil, das er unter dem Sitz des Piloten gefunden hatte, ausgehoben hatte. Zum Schluss stapelte er Steine auf die Grabstelle.

»Sollten wir nicht irgendwas sagen?« Rusty starrte auf den unordentlichen Haufen Steine, der hungrige Raubtiere davon abhalten sollte, die Körper der fünf Männer auszugraben.

»Etwas sagen? Zum Beispiel?«

»Ein paar Zitate aus der Bibel. Oder ein Gebet.«

Er zuckte gleichgültig die Schultern und wischte sein Messer sauber. »Ich kenne keine Bibelzitate. Und die Gebete sind mir schon vor langer Zeit ausgegangen.« Er kehrte dem Grab den Rücken zu und stapfte zum Flugzeug zurück.

Hastig sprach Rusty ein Gebet und beeilte sich dann, ihm zu folgen. Mehr als alles andere fürchtete sie sich davor, allein zu sein. Wenn sie den Mann nicht ständig im Auge behielt, würde er sie vielleicht hier zurücklassen.

Was eigentlich unwahrscheinlich war. Zumindest im Moment. Denn er kam vor Erschöpfung fast um und stand kurz davor, erneut das Bewusstsein zu verlieren.

»Warum legen Sie sich nicht hin und ruhen sich aus?«, schlug sie vor. Ihre Kraft war schon lange zu Ende. Nur das Adrenalin hielt sie noch aufrecht.

»Weil die Nacht bald hereinbricht. Die Sitze müssen aus dem Flugzeug geholt werden, damit wir uns drinnen ausstrecken können. Ansonsten haben Sie vielleicht Gelegenheit, zum ersten Mal in Ihrem Leben eine Nacht im Freien zu verbringen«, fügte er sarkastisch hinzu und verschwand im Inneren des Rumpfes. Nur einen Augenblick später hörte Rusty ihn deftig fluchen.

»Was ist?«, fragte sie ihn, als er mit grimmig gerunzelter Stirn wieder hervorkam.

Er hielt ihr seine Hände vors Gesicht. Die Handflächen waren feucht. »Kerosin.«

»Kerosin?«, wiederholte sie verständnislos.

»Höchst explosives Kerosin«, knurrte er, ungeduldig über ihre Unkenntnis. »Da drinnen können wir nicht bleiben. Ein Funke, und wir fliegen bis nach China.«

»Dann machen wir eben kein Feuer.«

Er musterte sie verächtlich. »Wenn es erst dunkel ist, werden Sie ein Feuer haben wollen. Außerdem reicht wirklich schon ein Funke. Zwei Metallstücke, die sich aneinander reiben, und wir sind Geschichte.«

»Und jetzt?«

»Wir packen ein, was wir tragen können, und machen uns auf den Weg.«

»Ich dachte, es sei besser, beim Flugzeug zu bleiben. Ich habe das mal irgendwo gelesen. Die Suchmannschaft wird nach einem abgestürzten Flugzeug Ausschau halten. Wie sollen sie uns finden, wenn wir uns von der Absturzstelle entfernen?«

Er legte arrogant den Kopf schief. »Sie wollen also bleiben? Bitte. Ich gehe. Aber ich kann Ihnen direkt sagen, dass es hier in der Nähe kein Wasser gibt. Morgen früh werde ich mich als Erstes auf die Suche nach Wasser machen.«

Seine Besserwisserei war einfach unerträglich. »Woher wissen Sie, dass es hier kein Wasser gibt?«

»Keine Tierspuren. Sicher, Sie können das Regenwasser trinken, aber wer weiß, wie lange das vorhält.«

Wann und wie hatte er festgestellt, dass es hier keine Spuren von Tieren gab? Sie hatte noch nicht einmal daran gedacht, sich umzusehen. Der Gedanke, kein Trinkwasser zu haben, war allerdings genauso beängstigend wie die Vorstellung, sich wilden Tieren gegenüberzusehen, die es sich holen wollten. Wie suchte man nach Wasser? Wie verteidigte man sich gegen wilde Tiere?

Ohne ihn würde sie elendig umkommen. Dessen war sie sich nach einigen Minuten grimmigen Überlegens klar. Also blieb ihr nichts anderes übrig, als sich ihm anzuschließen und auf seine Überlebenskenntnisse zu vertrauen. Und dankbar zu sein, dass er sie auch anwandte.

Rusty schluckte ihren Stolz. »Na schön, dann komme ich also mit Ihnen.« Er sah nicht einmal auf. Sie wusste nicht, ob er froh oder verärgert über ihren Entschluss war. So wie es aussah, war es ihm völlig egal. Er hatte bereits Sachen, die er aus dem Wrack gerettet hatte, auf einen Stapel gelegt. Fest entschlossen, sich nicht länger ignorieren zu lassen, hockte Rusty sich neben ihn. »Was kann ich tun?«

Er deutete mit dem Kopf zum Gepäckraum des Flugzeugs. »Gehen Sie die Koffer durch. Alle. Nehmen Sie, was immer nützlich sein könnte.« Er reichte ihr mehrere kleine Schlüssel, die er offensichtlich den Toten abgenommen hatte, bevor er sie begraben hatte.

Sie sah zweifelnd zu den Koffern. Manche waren beim Absturz aufgesprungen, die Sachen der Opfer lagen verstreut auf dem feuchten Waldboden. »Ist das nicht ... ein Eindringen in die Privatsphäre? Ihre Familien könnten ...«

Cooper schwang so abrupt zu ihr herum, dass sie zurückwich. »Stellen Sie sich endlich den Tatsachen!« Er packte sie bei den Schultern und schüttelte sie. »Sehen Sie sich mal um! Wie groß, glauben Sie, sind unsere Chancen, hier lebend herauszukommen? Ich sage es Ihnen – gleich null. Aber bevor ich untergehe, werde ich wie der Teufel kämpfen, um zu überleben. Das ist eine Angewohnheit von mir.«

Er kam mit seinem Gesicht ganz nah an ihres. »Das hier ist kein Ausflug der Pfadfinder, Lady, hier geht es ums nackte Überleben. Etikette und Eigentumsverhältnisse zählen hier nichts. Wenn Sie also mit mir kommen wollen, dann tun Sie genau das, was ich sage, und genau dann, wann ich es sage. Haben Sie das verstanden? Für Pietät und Gefühle bleibt keine Zeit. Verschwenden Sie keine Tränen an die, die es nicht geschafft haben. Sie sind tot, und es gibt nichts, was wir für sie tun könnten. Und jetzt bewegen Sie endlich Ihren Hintern und tun Sie, was ich Ihnen gesagt habe.«

Er stieß sie von sich und sammelte die Felle ein, die die Jäger als Trophäen mit nach Hause hatten bringen wollen. Hauptsächlich Karibu, aber auch Wolf, Biber und ein Nerz.

Rusty hielt die bitteren Tränen zurück und begann die Koffer zu durchsuchen. Am liebsten hätte sie ihn geschlagen. Noch lieber wäre sie zu einem Häufchen Elend zusammengesunken und hätte sich die Augen ausgeweint. Aber diese Genugtuung gönnte sie ihm nicht. Und sie würde ihm auch sonst keinen Grund geben, sie hier zurückzulassen. Wahrscheinlich würde ihm das winzigste Anzeichen schon genügen, um genau das zu tun.

Eine halbe Stunde später schleppte sie ihre Ausbeute zu dem Stapel, den er bereits zusammengestellt hatte. Offenbar war er zufrieden mit ihrer Auswahl, die zwei Taschenflaschen mit undefinierbarem Schnaps einschloss. Cooper war nicht wählerisch, er nahm sofort einen herzhaften Schluck. Sie sah seinen Adamsapfel hüpfen, als er schluckte. Er hatte einen kräftigen

Hals und ein kantiges, festes Kinn. Typisch für einen sturen Esel, dachte sie im Stillen.

Er verschloss den Flachmann und warf ihn achtlos zu den anderen Sachen, zusammen mit Streichhölzern, einem Reiseetui mit Nähzeug und Kleidungstücken, die sie gesammelt hatte. Kein Wort darüber, dass sie ihre Sache gut gemacht hatte. Stattdessen deutete er mit dem Kopf auf den kleinen Koffer, den sie in der Hand hielt. »Was ist das?«

»Das gehört mir.«

»Das war nicht meine Frage.«

Er riss ihr den Koffer aus der Hand und öffnete ihn. Seine großen Hände durchwühlten lieblos den sauber gefalteten Stapel Seidenthermounterwäsche, Nachthemden und Dessous. Er zog Leggings durch den Ring, den er mit Daumen und Zeigefinger gebildet hatte. »Seide?« Sie starrte ihn mit eisigem Blick an, ohne zu antworten. Sein Grinsen war mehr als anzüglich. Es deutete Dinge an, an die sie nicht einmal denken wollte. »Sehr hübsch.«

Dann verschwand dieses Grinsen abrupt, und er warf ihr die Leggings zerknüllt zu. »Nehmen Sie zwei lange Unterhosen, zwei Paar Wollsocken. Eine Mütze, Handschuhe. Diese Jacke«, fügte er hinzu und warf eine Skijacke auf den Stapel Kleidung. »Eine Unterhose, zwei Pullover.« Er zog den Reißverschluss ihrer Kulturtasche mit Make-up und Körperpflegeprodukten auf.

»Das brauche ich alles«, sagte sie hastig.

»Nicht dort, wo wir hingehen.« Er ging den Inhalt durch und sortierte unbarmherzig aus. Ein kleines Vermögen an Cremes und Make-up landete auf dem morastigen Boden. »Haarbürste, Seife, Zahnbürste und -pasta. Mehr nicht. Oh, und da ich kein Unmensch bin, die hier auch noch.« Er reichte ihr eine Schachtel Tampons.

Sie riss ihm die kleine Box aus der Hand und stopfte sie zurück in die Kosmetiktasche, zusammen mit den anderen Dingen, die er ihr gelassen hatte.

Wieder erschien dieses breite Grinsen auf seinem Gesicht. »Sie halten mich für einen ausgemachten Mistkerl, nicht wahr? Sie sind einfach nur zu gut erzogen, um es auszusprechen.«

»Nein, bin ich nicht.« Ihre braunen Augen funkelten auf. »Ich halte Sie für einen ausgemachten Mistkerl.«

Sein Grinsen wurde nur noch breiter. »Und es wird noch schlimmer, bevor es besser wird.« Er richtete sich auf und schaute in den verhangenen Himmel. »Kommen Sie, wir sollten aufbrechen.«

Kaum dass er sich umgedreht hatte, ließ Rusty farblosen Lipgloss, eine Shampooflasche und einen Rasierer in die Kulturtasche gleiten. Vielleicht brauchte er sich nicht zu rasieren, bis sie zurück in der Zivilisation waren. Sie schon.

Sie zuckte schuldbewusst zusammen, als er sich umdrehte und ihr ein Jagdgewehr entgegenhielt. »Können Sie damit umgehen?«

Sie schüttelte den Kopf. Erst gestern hatte sie zusehen müssen, wie ein wunderschöner Widder niedergestreckt worden war. Anstatt sich über das Jagdglück zu freuen, hatte sie um das Tier getrauert.

»Das hatte ich befürchtet«, murmelte Cooper. »Aber Sie können es tragen.« Er legte ihr den breiten Ledergurt über die Schulter, halfterte sein eigenes Gewehr und schob sich eine gefährlich aussehende Pistole in den Gürtel. »Eine Leuchtpistole«, erklärte er, als er ihrem misstrauischen Blick begegnete. »Habe ich im Cockpit gefunden. Halten Sie die Ohren nach einem Suchhelikopter offen.«

Mit einem Schnürsenkel hatte er aus einem Rollkragenpullover einen Rucksack gemacht. Die Arme band er ihr jetzt um den Hals. »Also, dann los«, sagte er nach einer flüchtigen Überprüfung.

Rusty warf einen letzten Blick auf das Wrack, dann folgte sie ihm. Seinem breiten Rücken konnte man gut folgen, den verlor man nicht so leicht aus den Augen. Sie stellte fest, dass sie sich, wenn sie den Blick genau auf den Punkt zwischen seinen Schulterblättern konzentrierte, in eine Art Trance versetzen konnte, sodass sich die schrecklichen Bilder der blutüberströmten Leichen verdrängen ließen.

Sie kämpfte sich weiter, jeder Schritt kostete Energie. Ihre Kraft verließ sie mit erschreckender Geschwindigkeit. Sie hatte keine Ahnung, wie weit sie schon gekommen waren, aber es würde nicht mehr lange dauern, bis sie keinen Fuß mehr vor den anderen setzen könnte. Ihre Beine zitterten vor Erschöpfung. Sie wehrte die zurückschwingenden Äste nicht mehr ab, sie peitschten gegen sie.

Coopers Rücken verschwamm vor ihren Augen, wurde unscharf wie das Bild eines Geistes. Die Bäume schienen Tentakel zu bekommen, die nach ihr griffen, sie an der Kleidung festhielten, sich in ihrem Haar verfingen. Sie stolperte und sah nach unten. Der Boden schien ihr entgegenzukommen. Wie erstaunlich, dachte sie.

Instinktiv griff sie nach dem nächsten Ast. »Coo... Cooper ...«

Sie schlug hart auf, aber sie fühlte sich unendlich erleichtert, endlich liegen zu können, selbst wenn der Boden kalt und nass war. Und es war ein Luxus, die Augen zu schließen.

Cooper murmelte einen unterdrückten Fluch, ließ Rucksack und Gewehr zu Boden gleiten. Grob rollte er sie auf den Rücken und schob ihre Lider hoch. Sie sah ihn an, ohne zu ahnen, dass ihr Gesicht leichenblass war.

»Es tut mir leid, wenn ich Sie aufhalte.« Es überraschte sie ein wenig, dass ihre Stimme so schwach klang. Sie konnte fühlen, dass ihre Lippen sich bewegten, aber sie war nicht sicher, ob sie die Worte tatsächlich ausgesprochen hatte. Aber irgendwie schien es ihr wichtig, sich zu entschuldigen, dass sie eine solche Last für ihn war. »Ich muss mich nur eine Minute ausruhen.«

25

»Ja sicher, schon in Ordnung ... äh ... Rusty. Ruhen Sie sich aus.« Er machte sich bereits am Kragenverschluss ihres Pelzmantels zu schaffen. »Haben Sie irgendwo Schmerzen?«

»Schmerzen? Nein. Warum?«

»Nur eine Frage.« Er schlug ihren Mantel auseinander und schob seine Hände unter ihren Pullover, drückte vorsichtig auf ihre Bauchdecke. Ist das überhaupt erlaubt? dachte sie benommen. »Sie bluten vielleicht irgendwo, ohne es zu wissen.«

Seine Worte zerrissen den Nebel in ihrem Kopf. »Innere Blutungen?« In Panik wollte sie sich aufsetzen.

»Ich weiß es nicht ... Warten Sie. Halten Sie still!« Mit einem leisen Pfiff stieß er den Atem durch die Zähne. Rusty stützte sich auf die Ellbogen, um den Grund für diese tiefe Falte auf seiner Stirn zu sehen.

Ihr rechtes Hosenbein war blutgetränkt, die Wollsocke hatte die hellrote Flüssigkeit wie einen Schwamm aufgesogen, die jetzt in und über den Schnürstiefel lief.

»Wann ist das passiert?« Seine Stimme klang messerscharf. »Warum haben Sie nichts davon gesagt?«

Pikiert schaute sie Cooper an und schüttelte den Kopf. »Ich habe es nicht gemerkt«, sagte sie schwach.

Er zog sein Jagdmesser heraus und schnitt ihr Hosenbein genau an der Bügelfalte auf, bis hinauf zu ihrer Unterwäsche. Schockiert und voller Angst hielt sie den Atem an.

Cooper dagegen, der auf ihr Bein starrte, stieß resigniert den Atem aus. »So ein Mist.«

2. Kapitel

In ihrem Kopf drehte sich alles. Ihr war übel. Es pochte heiß in ihren Ohrläppchen, ihre Kehle brannte. Jede Haarwurzel fühlte sich wie eine Nadel in ihrer Kopfhaut an. In ihren Fingern und Zehen kribbelte es unerträglich. Sie war schon einmal in Ohnmacht gefallen, als der Zahnarzt ihr einen Wurzelkanal gelegt hatte. Rusty kannte die Symptome.

Aber warum, zum Teufel, musste ihr das ausgerechnet jetzt passieren? Hier, vor ihm?

»Langsam, ganz langsam.« Cooper hielt sie bei den Schultern und legte sie vorsichtig auf den Boden zurück. »Sie wissen nicht, wie und woran Sie sich verletzt haben?«

Dumpf schüttelte sie den Kopf. »Muss beim Aufprall passiert sein. Ich habe aber keine Schmerzen gespürt.«

»Der Schock. Und jetzt?«

Erst jetzt wurde ihr der Schmerz bewusst. »Auszuhalten.« Seine Augen forderten die Wahrheit von ihr. »Nein, ehrlich, es ist erträglich. Ich habe viel Blut verloren, nicht wahr?«

»Allerdings.« Er kramte im Erste-Hilfe-Kasten. »Ich muss das Blut wegwischen, damit ich sehen kann, woher es kommt.«

Aus dem Rucksack, den sie getragen hatte, zog er ein sauberes T-Shirt hervor und begann mit seiner Arbeit. Rusty spürte den Druck seiner Hände, aber sonst kaum etwas, während sie in die Äste über sich schaute. Vielleicht war es verfrüht gewesen, Gott zu danken, dass sie noch lebte. Vielleicht verblutete sie ja hier auf dem Boden, ohne dass sie oder Cooper etwas dagegen unternehmen konnten. Wahrscheinlich würde er sogar froh sein, dass er sie endlich los war.

Sein leiser Fluch riss sie aus ihren makaberen Überlegungen.

Sie hob den Kopf und sah auf ihr verletztes Bein. An ihrem Schienbein verlief eine tiefe Wunde, der Riss begann direkt unter ihrem Knie und zog sich hinunter bis zu der Socke. Sie erkannte Muskelfleisch, Sehnen. Es war ekelhaft. Sie wimmerte.

»Verflucht, bleiben Sie liegen.«

Rusty gehorchte der wenig mitfühlenden Aufforderung. »Wie kann das passiert sein, ohne dass ich es gespürt habe?«

»Wahrscheinlich beim Aufprall aufgeplatzt, wie die Schale einer überreifen Tomate.«

»Können Sie irgendetwas tun?«

»Reinigen, mit Jod.« Er drehte das braune Fläschchen auf und tunkte eine Spitze des T-Shirts hinein.

»Wird es wehtun?«

»Höchstwahrscheinlich.«

Er ignorierte ihren ängstlichen Blick und tupfte die Wunde mit Jod ab. Rusty biss sich auf die Unterlippe, um nicht laut aufzuschreien, aber ihrem Gesicht war der Schmerz anzusehen.

»Atmen Sie durch den Mund, wenn Sie meinen, sich übergeben zu müssen«, riet er ihr tonlos. »Ich bin fast fertig.«

Sie kniff die Augen zusammen und öffnete sie erst wieder, als sie das Geräusch von reißendem Stoff hörte. Cooper zerriss ein weiteres T-Shirt in Streifen, verband damit fest ihren Unterschenkel.

»Für den Moment muss das reichen.« Er sagte es mehr zu sich als zu ihr. Dann nahm er wieder das Messer zur Hand. »Heben Sie die Hüfte an.«

Sie tat es wortlos, ohne ihn anzusehen. Er schnitt das Hosenbein ab, direkt an ihrem Oberschenkel. Sie spürte seine Hände, auf, unter und zwischen ihren Schenkeln. Seine rauen Knöchel strichen über ihre weiche warme Haut, aber sie brauchte nicht verlegen zu werden. Was ihn anbetraf, so hätte er wohl genauso gut ein Steak zerschneiden können, so viel Gefühl zeigte er.

»Damit können Sie nicht laufen.«

»Natürlich kann ich das!« Rusty fühlte Panik aufsteigen.

Sie hatte Angst, er würde ohne sie weitergehen. Er stand über ihr, mit gespreizten Beinen, und sah sich um. Seine Augenbrauen waren zusammengezogen, und er kaute an seiner Lippe, als würde er angestrengt über etwas nachdenken.

Wog er seine Möglichkeiten ab? Ob er sie hier liegen lassen sollte oder nicht? Vielleicht dachte er ja auch darüber nach, ob er sie umbringen sollte, als schnellen Akt der Gnade, anstatt sie hier an ihrer Wunde sterben zu lassen.

Schließlich beugte er sich zu ihr, schob die Hände unter ihre Achseln und setzte sie auf. »Ziehen Sie Ihren Mantel aus und diese Skijacke über.«

Ohne Widerspruch ließ sie sich den Pelzmantel von den Schultern nehmen. Mit dem Beil hackte Cooper drei junge Bäume ab und befreite sie von ihren Ästen. Schweigend beobachtete Rusty, wie er aus den Stämmen ein H formte und die Verbindungsstellen mit Schnürsenkeln zusammenband, die er aus den Stiefeln der toten Männer gezogen hatte. Dann nahm er ihren Pelzmantel und stülpte die Ärmel über je einen Stamm. Rusty zuckte zusammen, als er ein Loch durch den unteren Saum des kostbaren Fuchsmantels stieß.

Er sah zu ihr hin. »Was ist?«

Sie schluckte, sich bewusst, dass er sie testen wollte. »Nichts. Der Mantel war ein Geschenk, das ist alles.«

Er betrachtete sie ein paar Sekunden lang, bevor er ein zweites Loch schnitt und dann die Stämme hindurchsteckte.

Das Resultat war eine primitive Trage. Kein Indianer, der auf seine Tradition hielt, hätte sich dazu bekannt, aber Rusty bewunderte Coopers Erfindungsreichtum. Und sie war unendlich erleichtert, dass er offenbar nicht plante, sie hier zurückzulassen oder sich ihrer auf andere Weise zu entledigen.

Er ließ die Konstruktion neben ihr auf den Boden fallen, hob Rusty hoch und legte sie auf den weichen Pelz. Dann deckte er sie mit mehreren Fellen zu.

»Ich habe hier oben kein Tier gesehen, das einen solchen

Pelz hat«, sagte sie und strich mit den Fingern durch die feinen dichten Haare.

»Umingmak.«

»Wie bitte?«

»So nennen die Inuit den Moschusochsen. Es bedeutet ›der Bärtige‹. Ich habe ihn nicht gejagt, sondern das Fell gekauft. Hält sehr warm.« Er stopfte ihr die Enden unter Rücken und Beine. »Sie müssen selbst darauf achten, dass Sie nicht runterfallen und zugedeckt bleiben.«

Mit dem Handrücken wischte er sich den Schweiß von der Stirn. Er zuckte, als er die Prellung an seiner Schläfe berührte. Hätte Rusty einen solchen Schlag abbekommen, wäre sie wahrscheinlich eine Woche ans Bett gefesselt gewesen. Die Kopfschmerzen mussten ihn halb umbringen.

»Danke, Cooper«, sagte sie leise.

Er erstarrte, blickte auf sie herunter und nickte nur knapp. Dann wandte er sich ab und sammelte die provisorische Ausrüstung ein. Die beiden Rucksäcke warf er auf ihren Schoß, ebenso die Flinten. »Passen Sie bloß auf die auf, klar?«

»Wohin ziehen wir jetzt?«

»Richtung Südwest. Früher oder später müssten wir auf einen Außenposten der Zivilisation stoßen.«

»Oh.« Sie wagte es nicht, sich zu bewegen, hatte die ungute Ahnung, dass diese Reise kein Sonntagsspaziergang werden würde. »Könnte ich wohl ein Aspirin haben?«

Er holte das Röhrchen aus seiner Tasche und schüttelte zwei Tabletten in ihre Hand.

»Ohne Wasser kann ich sie nicht einnehmen.«

Er schnaubte ungeduldig. »Entweder trocken oder mit Brandy.«

»Dann bitte Brandy.«

Er reichte ihr einen Flachmann und beobachtete sie genau. Mit Todesverachtung setzte sie die kleine Öffnung an die Lippen und nahm einen kräftigen Schluck, um die Tabletten herunterzuspülen. Sie hustete und keuchte, Tränen traten ihr in die Augen, aber sie reichte ihm würdevoll die Flasche zurück. »Danke.«

Ein Grinsen zuckte um seine Lippen. »Sie haben vielleicht nicht viel Verstand, Lady, aber Sie haben Mumm.«

Und das, so dachte sie, kam wohl so nahe an ein Kompliment heran, wie sie es von Cooper Landry überhaupt jemals erwarten konnte. Er klemmte sich die Enden der Stämme unter die Arme und marschierte los, schleifte die Trage hinter sich her. Nach nur wenigen Schritten begannen ihre Zähne zu klappern, und bestimmt würden bald unzählige blaue Flecke ihr Hinterteil zieren. Ihr wurde klar, dass sie auf dieser Trage nicht viel besser dran war, als wenn sie laufen würde. Daran, was der felsige Waldboden dem Satinfutter ihres Pelzmantels antat, wagte sie nicht einmal zu denken.

Es wurde immer dunkler und kälter. Leichter Niederschlag setzte ein. Graupelschauer, so nannten die Meteorologen es wohl. Eisige Körnchen, nicht größer als Salzkörner. Ihr verletztes Bein begann schmerzhaft zu pochen, aber sie hätte sich eher die Zunge abgebissen, als zu jammern. Sie hörte Coopers angestrengten Atem. Ihm ging es auch nicht sonderlich gut. Wenn sie nicht wäre, käme er dreimal so schnell voran.

Die Dunkelheit fiel plötzlich ein, machte es gefährlich, auf dem unbekannten Gebiet weiterzugehen. Auf der nächsten Lichtung hielt Cooper an.

»Wie geht es Ihnen?«

Sie dachte besser nicht daran, wie hungrig und durstig sie war und wie unbehaglich sie sich fühlte. »Gut.«

»Klar, sicher. Und jetzt mal ehrlich?« Er kniete sich nieder und zog die Felle von ihr herunter. Der Verband war mit frischem Blut getränkt. Hastig deckte er sie wieder zu. »Wir sollten die Nacht über hier rasten. Da die Sonne nicht mehr am Himmel steht, kann ich die Richtung nicht mehr bestimmen.«

Er log, er sagte das nur, um ihr einen Gefallen zu tun. Rusty wusste, dass er weitergegangen wäre, wäre er allein. Sie bezweifelte, dass Dunkelheit oder Wetterbedingungen ihn aufgehalten hätten. Und obwohl er sie seit Stunden hinter sich hergezogen hatte, machte er den Eindruck, als hätte er noch genügend Kraft für mindestens zwei weitere Stunden.

Er ging auf der Lichtung umher und schob Tannennadeln zusammen. Dann legte er die Felle darüber und kam zurück zu Rusty.

»Cooper?«

»Hm?«

»Ich muss mal.«

Sie konnte ihn nur undeutlich in der Dunkelheit erkennen, aber seinen schockierten Blick konnte sie körperlich fühlen. Verlegen senkte sie den Kopf.

»Na gut«, erwiderte er nach einem Moment. »Wird Ihr Bein Sie tragen, solange Sie …?«

»Sicher, ich denke schon«, beeilte sie sich zu sagen.

Er trug sie an den Rand der Lichtung und stellte sie auf ihr linkes Bein. »Stützen Sie sich hier an dem Baum ab«, riet er ihr knurrend. »Und rufen Sie mich, wenn Sie so weit sind.«

Es war schwieriger, als sie sich das vorgestellt hatte. Bis sie das, was von ihrer Hose übrig war, wieder hochgezogen und verschlossen hatte, zitterte sie vor Schwäche, und ihre Zähne klapperten vor Kälte. »Ich bin fertig.«

Cooper löste sich aus dem Schatten und hob sie auf die Arme. Sie hätte nie angenommen, dass ein Lager aus Tannennadeln und Fellen sich so gut anfühlen würde, aber sie stieß einen erleichterten Seufzer aus, als er sie darauf niederlegte.

Er deckte sie mit den übrigen Fellen zu. »Ich werde ein Feuer machen, auch wenn es nichts Großartiges sein wird. Es gibt kaum trockenes Holz. Aber besser als gar nichts, außerdem hält es unwillkommene Besucher fern.«

Rusty erschauerte und zog sich die Felle über den Kopf – zum einen, um den eisigen Graupel abzuhalten, zum anderen, um den Gedanken an wilde Tiere zu blockieren. Doch die Schmerzen in ihrem Bein verhinderten, dass sie einschlief. Unruhig geworden, lugte sie schließlich unter den Fellen hervor. Cooper war es gelungen, in einer ausgehobenen Mulde ein Feuer zu entzünden, wenn es auch fürchterlich qualmte.

Er sah zu ihr hinüber, zog einen der unzähligen Reißverschlüsse an seiner Jacke auf und warf ihr etwas zu. Sie fing es mit einer Hand auf.

»Was ist das?«

»Ein Müsliriegel.«

Allein der Gedanke an Essen reichte aus, dass sich ihr Magen lautstark meldete. Hastig riss sie das Papier ab und hätte sich den ganzen Riegel am liebsten auf einmal in den Mund gesteckt, als sie innehielt.

»Sie … Sie brauchen nicht mit mir zu teilen. Sie könnten es später vielleicht noch brauchen.«

Seine grauen Augen blickten hart und kalt wie Stahl. »Es ist nicht meiner. Ich hab ihn bei einem der Männer aus der Manteltasche geholt.«

Es schien ihm eine grimmige Genugtuung zu verschaffen, sie das wissen zu lassen. Wenn es sein Müsliriegel gewesen wäre, hätte er bestimmt keinen einzigen Gedanken an Teilen verschwendet.

Der Riegel schmeckte auf einmal wie Holzspäne, sie kaute und schluckte automatisch. Dass sie nichts schmeckte, lag teilweise auch daran, dass sie erbärmlichen Durst hatte. Und als hätte er ihre Gedanken gelesen, sagte Cooper in diesem Augenblick: »Wenn wir morgen kein Wasser finden, stecken wir in Schwierigkeiten.«

»Glauben Sie, wir finden welches?«

»Weiß ich nicht.«

Nachdenklich glitt sie tiefer unter die Felle. »Was, glauben Sie, war der Grund für den Absturz?«

»Keine Ahnung, wahrscheinlich sind mehrere Faktoren zusammengekommen.«

»Denken Sie, wir sind weit vom Kurs abgekommen?«

»Ja. Aber ich weiß nicht, wie weit.«

Sie stützte den Kopf auf den Ellbogen und starrte in die trübe Flamme, die sich mühte, am Leben zu bleiben. »Waren Sie vorher schon mal am Great Bear Lake?«

»Einmal.«

»Wann?«

»Ist schon ein paar Jahre her.«

»Gehen Sie oft auf die Jagd?«

»Ab und zu.«

Ein großer Redner war er also nicht unbedingt. Sie suchte das Gespräch, um sich von den Schmerzen in ihrem Bein abzulenken. »Glauben Sie, man wird uns finden?«

»Vielleicht.«

»Wann?«

»Wofür halten Sie mich? Für eine wandelnde Enzyklopädie?« Seine lauten Worte hallten an den Bäumen wider. Abrupt kam er auf die Füße. »Hören Sie auf damit, so viele Fragen zu stellen. Ich habe die Antworten nicht.«

»Ich will es doch nur wissen«, stöhnte sie erstickt.

»Ich auch, aber ich weiß es nicht. Wenn das Flugzeug auf Kurs war, stehen die Chancen ganz gut, dass man uns finden wird. Wenn wir jedoch zu weit von der Route abgekommen sind, sieht es extrem schlecht aus, klar? Und jetzt halten Sie endlich den Mund.«

Rusty verfiel in beleidigtes Schweigen. Cooper wanderte auf der Lichtung umher, auf der Suche nach trockenem Holz. Er legte ein paar Zweige auf das Feuer nach, bevor er zu ihr kam. »Lassen Sie mich noch mal Ihre Wunde sehen.«

Brüsk hob er die Felle an. Das Feuer warf schwaches Licht auf den blutigen Verband. Geschickt schnitt er mit dem Messer die Knoten auf und begann das blutige Tuch abzuwickeln. »Tut's weh?«

»Ja.«

34

»Verständlich«, knurrte er, als er die Wunde betrachtete. Seine Miene war nicht sehr ermutigend.

Während sie die Taschenlampe für ihn hielt, tupfte er wieder Jod in den Riss und wickelte neue Verbände darum. Als er fertig war, liefen Rusty die Tränen übers Gesicht und ihre Lippen waren aufgebissen, aber sie hatte nicht einen einzigen Schrei ausgestoßen. »Wo haben Sie gelernt, solche Verbände anzulegen?«

»Vietnam.« Die Antwort war knapp und unmissverständlich: Das Thema war damit erledigt. »Hier, nehmen Sie noch zwei Aspirin.« Auch er nahm zwei. Bis jetzt hatte er keinen Ton gesagt, aber sein Schädel musste sich anfühlen, als würde er jeden Moment platzen. »Und trinken Sie noch einen Schluck Brandy. Besser zwei. Ich denke, morgen früh werden Sie es brauchen.«

»Wieso?«

»Ihr Bein. Morgen wird wahrscheinlich der schlimmste Tag, danach wird es wohl besser werden.«

»Und wenn nicht?«

Er sagte nichts. Das war nicht nötig.

Rustys Hände zitterten, als sie die Flasche an die Lippen hielt und einen Schluck nahm. Cooper legte inzwischen Holz nach, die trockenen Zweige hatten das Feuer angefacht. Trotzdem brannte es nicht so heiß, dass er die Jacke ausziehen konnte. Was er jetzt jedoch tat. Erstaunt sah Rusty zu, wie er auch seine Stiefel auszog, die Sachen zusammenknüllte und unter die Felle schob.

»Wozu soll das gut sein?«, fragte sie. Sie bekam schon kalte Füße.

»Wenn wir in unseren Sachen schwitzen und es kälter wird, holen wir uns Frostbeulen. Rutschen Sie rüber.«

Sie starrte ihn verständnislos an. »Wie?«

Mit einem ungeduldigen Seufzer schlüpfte Cooper zu ihr unter die Felldecke und schob sie zur Seite, damit er Platz hatte.

35

»Was machen Sie denn da?«, schrie Rusty alarmiert auf.

»Schlafen. Das heißt, wenn Sie endlich den Mund halten.«

»Aber Sie können doch nicht …«

»Beruhigen Sie sich, Miss … wie war noch mal der Name?«

»Carlson.«

»Ach ja, Miss Carlson. Also … unser beider Körpertemperatur wird uns warm halten.« Er rückte eng an sie heran und zog die Felle über ihre Köpfe. »Drehen Sie sich auf die Seite, mit dem Gesicht von mir abgewandt.«

»Fahren Sie zur Hölle.«

Sie konnte es geradezu hören, wie er in Gedanken bis zehn zählte.

»Hören Sie, ich bin nicht darauf erpicht zu erfrieren. Und ich habe auch keine Lust, noch ein Grab zu schaufeln, in das ich dann Sie legen muss. Also tun Sie gefälligst, was ich sage. Und zwar jetzt sofort.«

Bestimmt ist er Offizier in Vietnam gewesen, dachte sie verdrießlich, drehte sich aber gehorsam um. Er legte den Arm um sie und zog sie zu sich heran, bis ihr Rücken sich an seine Brust presste. »Ist das wirklich nötig?«

»Ja.«

»Ich werde schon nicht abrücken. Wohin sollte ich auch, hier ist ja kaum Platz. Sie brauchen Ihren Arm nicht dahinzulegen.«

»Sie überraschen mich. Ich hätte gedacht, es gefällt Ihnen.« Er presste seine Hand auf ihren Bauch. »Sie sehen doch verdammt gut aus. Erwarten Sie denn nicht automatisch, dass den Männern in Ihrer Nähe ganz heiß wird?«

»Lassen Sie mich los.«

»Dieses lange Haar, diese ungewöhnliche Farbe.«

»Halten Sie endlich den Mund!«

»Sie sind doch bestimmt stolz auf Ihren süßen kleinen Hintern und Ihre festen Brüste, oder etwa nicht? Ich bin sicher, die meisten Männer können Ihnen nicht widerstehen. So wie der Copilot. Der hechelte ja nach Ihnen wie ein Dobermann nach einer läufigen Hündin. Fast wäre er über seine Zunge gestolpert.«

»Ich weiß nicht, was Sie meinen.«

Er streichelte ihren Bauch. »Oh doch, Sie wissen es ganz genau. Sie müssen es genossen haben, all die Männer im Flugzeug, denen bei Ihrem Auftritt der Mund offen stehen blieb, Sie in Ihrem Pelzmantel, den Kragen an den rosigen Wangen, die Lippen voll und feucht.«

»Warum tun Sie das?«, schluchzte sie.

Er fluchte, und als er wieder sprach, klang seine Stimme nicht mehr verführerisch. »Seien Sie versichert, dass ich Sie während der Nacht nicht belästigen werde. Ich habe noch nie etwas für Rotschöpfe übrig gehabt. Außerdem sind Sie gerade erst aus dem Bett Ihres Sugardaddys gekrochen. Alles in allem kann ich sagen, dass Ihre Tugend durch mich in keiner Hinsicht gefährdet ist.«

Sie schluckte tapfer die Tränen hinunter. »Sie sind gemein und vulgär.«

Er lachte nur. »Jetzt sind Sie beleidigt, weil ich nicht versuchen werde, Sie zu vergewaltigen, was? Entscheiden Sie sich. Sollte Ihnen der Sinn nach Sex stehen, kann ich Ihnen sicher zu Diensten sein. Immerhin ist es stockdunkel hier unter den Fellen. Und Sie wissen ja, was man über Katzen im Dunkeln sagt. Allerdings ziehe ich persönlich eine bequemere und sicherere Umgebung für eine solche Angelegenheit vor. Also, schlafen Sie einfach, okay?«

Rusty biss wütend die Zähne zusammen. Sie versteifte sich und errichtete eine Barriere zwischen ihnen, wenn schon nicht körperlich, so doch in Gedanken. Sie versuchte seine Körperwärme zu ignorieren und seinen Atem, der über ihren Nacken strich. Und die verhaltene Kraft seiner Schenkel, die sich an ihre drückten. Langsam, Stückchen für Stückchen, und mithilfe des Brandys, den sie getrunken hatte, entspannte sie sich. Und irgendwann schlief sie ein.

Sie erwachte von ihrem eigenen Stöhnen. In ihrem Bein pochte es unerträglich.

»Was ist?«

Coopers Stimme klang rau, aber Rusty wusste intuitiv, dass es nicht an der Schlaftrunkenheit lag. Er war nicht gerade erst aufgewacht, er lag schon länger wach. »Nichts.«

»Sagen Sie schon. Was ist? Ihr Bein?«

»Ja.«

»Blutet die Wunde wieder?«

»Ich glaube nicht. Es fühlt sich nicht feucht an. Es pocht nur.«

»Trinken Sie mehr Brandy.« Er rückte von ihr ab und griff nach dem Flachmann, den er mit in den Fellkokon gebracht hatte.

»Mir ist schon schwindlig.«

»Gut. Dann wirkt es also.« Er setzte die Flasche an ihre Lippen, ihr blieb nichts anderes, als zu schlucken.

Der starke Schnaps brannte sich seinen Weg durch ihre Kehle bis in ihren Magen. Zumindest lenkte sie das für Sekunden von dem Schmerz in ihrem Bein ab. »Danke.«

»Spreizen Sie Ihre Beine.«

»Wie bitte?!«

»Machen Sie die Beine breit.«

»Wie viel Brandy haben Sie bereits getrunken, Mr. Landry?«

»Tun Sie es.«

»Wieso?«

»Damit ich meine dazwischen legen kann.«

Ohne ihr noch eine Möglichkeit zum Widerspruch zu lassen, schob er sein Knie zwischen ihre und legte sich ihr rechtes Bein auf seinen Schenkel. »Wenn es hoch liegt, mindert das den Druck. Und es verhindert, dass ich an die Wunde komme.«

Sie war zu verwirrt, um gleich wieder einschlafen zu können, sich seiner Nähe zu bewusst. Und etwas anderes hielt sie wach: ein nagendes Schuldgefühl.

»Cooper, kannten Sie die anderen Männer?«

»Im Flugzeug? Nein.«

»Die beiden in den vordersten Sitzen waren Brüder. Als sie unser Gepäck gewogen haben, habe ich zufällig mitgehört, wie sie das Thanksgiving-Fest in ein paar Wochen mit ihren Familien planten. Sie wollten die Dias zeigen, die sie in dieser Woche gemacht hatten. Und nun werden sie ihre Familien nie wiedersehen.«

»Denken Sie nicht daran.«

»Ich kann aber nicht anders.«

»Doch, können Sie.«

»Nein. Ich frage mich ständig, warum ich noch lebe. Wieso war es mir vergönnt, zu überleben? Es macht keinen Sinn.«

»Es muss auch keinen Sinn machen«, sagte er bitter. »Es ist einfach so. Für die anderen war die Zeit gekommen. Es ist vorbei, vergessen.«

»Ich kann nicht vergessen.«

»Zwingen Sie sich dazu.«

»Machen Sie das so?«

»Ja.«

Sie erschauerte. »Wie können Sie Menschenleben nur so mitleidlos abtun?«

»Übung.«

Dieses eine Wort traf sie wie eine Ohrfeige. Es sollte sie schockieren, damit sie schwieg, und das tat es auch. Aber es hielt sie nicht vom Denken ab. Sie fragte sich, wie viele seiner Kameraden Cooper wohl in Vietnam hatte sterben sehen. Ein Dutzend? Hunderte? Eine ganze Kompanie? Trotzdem konnte sie sich nicht vorstellen, dass jemand je gleichgültig gegenüber dem Tod werden konnte.

Auch sie hatte ihre Erfahrungen gemacht, wenn auch nicht in dem Ausmaß wie er. Das war nichts, das sie einfach abblocken konnte, mit purem Willen verdrängen. Es schmerzte immer, wenn sie an den Verlust dachte.

»Meine Mutter ist an einem Herzinfarkt gestorben«, begann sie wieder zu sprechen. »Ihr Tod war fast eine Erleichterung.

Sie wäre für immer gelähmt gewesen. Ich hatte eine Woche, um mich auf ihren Tod vorzubereiten. Mein Bruder dagegen starb plötzlich.« Cooper wollte das sicherlich alles nicht hören, aber sie musste darüber reden.

»Bruder?«

»Jeff. Ein Autounfall, vor zwei Jahren.«

»Noch mehr Familie?«

»Nur noch mein Vater.« Sie atmete tief durch. »Das war der Mann, mit dem ich in der Hütte war. Der, von dem ich mich verabschiedet habe. Kein Sugardaddy, sondern mein Vater.«

Sie wartete auf eine Bemerkung, eine Entschuldigung. Sie wartete umsonst. Wäre Coopers Körper nicht so verspannt gewesen, hätte sie annehmen können, er sei eingeschlafen.

Schließlich brach er das Schweigen. »Wie wird Ihr Vater reagieren, wenn man ihm die Nachricht von dem Absturz überbringt?«

»Oh, mein Gott!« Unwillkürlich griff sie nach Coopers Hand, die noch immer auf ihrem Bauch lag. »Daran habe ich noch gar nicht gedacht.«

Sie konnte sich die Verzweiflung ihres Vaters vorstellen. Er hatte seine Frau verloren. Dann seinen Sohn. Und nun seine Tochter. Er würde zusammenbrechen. Rusty ertrug die Vorstellung nicht, wie er leiden würde, die Ungewissheit, nicht zu wissen, was ihr zugestoßen war. Hoffentlich wurden sie bald gerettet, um ihretwillen und um ihres Vaters willen.

»Der Mann sah mir nach einem ziemlich resoluten Menschen aus«, sagte Cooper. »Er wird die Behörden auf Trab halten, bis wir gefunden werden.«

»Sie haben recht. Vater wird nicht aufgeben, bis er weiß, was mit mir passiert ist.«

Dessen war Rusty sicher. Ihr Vater war ein einflussreicher Mann. Er hatte das Geld und die Beziehungen, um Dinge in Bewegung zu setzen. Er würde die Bürokraten aufrütteln. Die Zuversicht, dass er jeden Stein umdrehen würde, bis man sie gefunden hatte, war die Hoffnung, an die sie sich klammern konnte.

Sie war erstaunt darüber, dass Cooper offensichtlich doch nicht so in sich gekehrt und unzugänglich war, wie es den Anschein gehabt hatte. Bevor sie in das Flugzeug gestiegen waren, hatte er sich abseits von den anderen Passagieren gehalten. Aber ihm war nicht das kleinste Detail entgangen. Ihr Begleiter schien die menschliche Natur sehr aufmerksam zu studieren.

Und im Moment forderte die Natur ihr Recht bei ihm. Während sie geredet hatte, war sie sich seiner Männlichkeit an ihrem Po bewusst geworden. »Sind Sie verheiratet?«, sprudelte es aus ihr heraus.

»Nein.«

»Waren Sie es mal?«

»Nein.«

»Haben Sie eine feste Beziehung?«

»Hören Sie, ich habe genug Sex, okay? Und ich weiß auch, warum Sie plötzlich so neugierig sind. Glauben Sie mir, ich fühle es auch. Aber ich kann nichts dagegen unternehmen. Nun, um genau zu sein, ich könnte, aber wir haben ja bereits festgelegt, dass dies unter den gegebenen Umständen keine Lösung ist. Ich fürchte, diese Alternative würde uns nur beide in Verlegenheit bringen. Oder was meinen Sie?«

Rustys Wangen wurden heiß. »Ich wünschte, Sie würden nicht so reden.«

»Wie?«

»Sie wissen schon. So anzüglich.«

»Sie kommen gerade von einem Aufenthalt in einer Jagdhütte zurück. Haben Sie da nicht ein paar zotige Witze gehört? Sich ein paar unverschämte Bemerkungen anhören müssen? Ich hätte erwartet, dass Sie mittlerweile an eine derbe Sprache gewöhnt sind.«

»Nun, bin ich nicht. Und nur zu Ihrer Information, ich habe diesen Jagdausflug nur wegen meines Vaters gemacht. Ich habe nicht unbedingt viel Spaß dabei gehabt, das können Sie mir glauben.«

»Er hat Sie dazu gezwungen?«

»Natürlich nicht.«

»Sie geködert? Vielleicht mit dem Pelzmantel?«

»Nein«, presste sie gereizt hervor. »Der Ausflug war meine Idee. Ich habe den Vorschlag gemacht.«

»Und Ihre Wahl fiel auf die Northwestern Territories? Nicht Hawaii oder St. Moritz? Ich kann mir tausend Orte auf dieser Welt vorstellen, an die Sie besser passen würden.«

Ihr Seufzer war das Eingeständnis, dass seine Einschätzung völlig richtig war. Sie gehörte zu einem Jagdausflug wie ein rostiger Nagel in einen sterilen OP. »Mein Vater und mein Bruder sind immer zusammen jagen gegangen. Vier Wochen im Jahr. Eine Familientradition.« Traurig schloss sie die Augen. »Seit Jeffs Tod war Vater nicht mehr zur Jagd. Ich hatte gedacht, es würde ihm gut tun. Ich bestand darauf. Als er zögerte, habe ich angeboten, mit ihm zu kommen.«

Sie hatte mit Anerkennung gerechnet, irgendeine Bemerkung, die Verständnis erkennen ließ, vielleicht sogar mit einem Lob für ihre selbstlose, noble Geste. Stattdessen erhielt sie nur ein bärbeißiges Brummen: »Jetzt seien Sie endlich still, ja? Ich will schlafen.«

»Hör auf, Rusty.«

Die Stimme ihres Bruders hallte in ihren Träumen wider. Sie tobten, wie Geschwister es eben taten, die sich entweder abgrundtief hassten oder liebten. Für Jeff und sie hatte Letzteres gegolten. Zwischen ihnen lag nur ein Jahr Altersunterschied. Sie waren dicke Freunde gewesen, unzertrennliche Spielkameraden. Zur Freude ihres Vaters und zum Unmut ihrer Mutter hatten sie sich oft auf spielerische Kämpfe eingelassen, die immer mit lautem Gelächter beendet wurden.

Jetzt aber schwang kein Übermut in Jeffs Stimme mit, als er

ihre Handgelenke packte und sie zu beiden Seiten ihres Kopfes auf den Boden drückte.

»Hör auf, sofort.« Er schüttelte sie leicht. »Du verletzt dich noch mehr, wenn du dich so herumwälzt.«

Sie wachte auf und öffnete die Augen. Das war nicht Jeffs Gesicht über ihr, sondern das eines anderen Mannes. Der einsame Wolf. Sie war froh, dass er noch lebte, aber sie mochte ihn nicht besonders. Wie hieß er noch? Ach ja, Cooper. Cooper irgendwas. Oder irgendwas Cooper?

»Liegen Sie ruhig«, befahl er.

Sie hörte auf, sich zu wälzen. Ein kalter Luftzug fuhr über ihre Haut. Ihr wurde klar, dass sie die Felle fortgetreten hatte. Cooper kniete über ihr und umklammerte ihre Handgelenke.

»Gehen Sie runter von mir.«

»Ist wieder alles in Ordnung mit Ihnen?«

Sie nickte. Sie war so weit in Ordnung, wie eine Frau eben in Ordnung sein konnte, wenn ein Mann wie Cooper Landry – Landry, das war es – auf ihr hockte. Ihr Blick fiel auf die muskulösen Oberschenkel, glitt weiter hinauf bis zu der Stelle, wo sie zusammentrafen …

Hastig wandte sie die Augen ab. »Bitte«, keuchte sie mit trockenem Mund. »Mir geht es gut.«

Er erhob sich, und sie sog tief die kalte Luft ein. Ihre Lungen brannten, aber an ihren Wangen fühlte die Kälte sich wunderbar an. Allerdings nur für einen kurzen Augenblick. Dann begann sie zu zittern, ihre Zähne schlugen aufeinander. Cooper hatte sorgenvoll die Stirn gerunzelt. Oder verärgert. Sie konnte es nicht sagen. Dieser Mann war entweder besorgt oder wütend.

»Sie haben hohes Fieber«, teilte er ihr knapp mit. »Ich bin aufgestanden, um neues Feuer zu machen. Sie haben Fieberfantasien und im Schlaf geschrien, nach einem Typen namens Jeff.«

»Mein Bruder.« Sie zitterte jetzt unkontrolliert und zog die Felle über sich.

In der Nacht hatte es nicht mehr genieselt. Unter den Zweigen, die Cooper aufgestapelt hatte, konnte sie die Glut des Feuers sehen. Die Flammen brannten so heiß, dass ihr die Augen davon schmerzten.

Nein, das war das Fieber.

Cooper ließ ihre obere Körperhälfte bedeckt, hob aber die Felle von ihren Beinen. Er entfernte den Verband und betrachtete die Wunde. Rusty starrte stumm zu ihm hin.

Als er schließlich den Kopf hob und sie ansah, war sein Mund nur eine dünne Linie. »Ich werde Ihnen nichts vormachen. Es steht schlecht. Entzündet. Im Erste-Hilfe-Kasten ist eine Schachtel mit Antibiotika, aber ich weiß nicht, ob die in diesem Falle was nützen.«

Sie schluckte angestrengt. Selbst im Fieber verstand sie, was er ihr damit sagen wollte. Sie rappelte sich auf die Ellbogen hoch und sah auf ihr Bein. Ein würgendes Gefühl der Übelkeit stieg in ihr auf. Die Wundränder waren geschwollen und dunkelrot angelaufen.

Sie ließ sich zurückfallen und atmete in flachen, unregelmäßigen Zügen. »Ich könnte Wundbrand bekommen und sterben, nicht wahr?«

Er zwang sich zu einem schiefen Lächeln. »Noch nicht. Wir werden alles versuchen, um das zu verhindern.«

»Es abschneiden?«

»Gott, Sie sind wirklich makaber. Ich dachte eher daran, dass ich den Eiter abfließen lasse und die Wunde dann nähe.«

Ihr Gesicht wurde aschfahl. »In meinen Ohren hört sich das makaber genug an.«

»Aber nicht so schlimm wie eine Amputation. Die vielleicht notwendig werden könnte. Aber im Moment versuchen wir es erst einmal mit ein paar Nadelstichen. Sehen Sie nicht so erleichtert aus«, warnte er mit einer tiefen Falte auf der Stirn. »Es wird höllisch wehtun.«

Sie sah ihm direkt in die grauen Augen. So seltsam es auch war – sie vertraute ihm. »Tun Sie, was immer Sie tun müssen.«

Ein knappes Nicken, dann machte er sich an die Vorbereitungen. Als Erstes zog er eine lange Seidenunterhose aus dem provisorischen Rucksack. »Ich bin froh, dass Sie seidene Unterwäsche tragen.« Sie lächelte mit zitternden Lippen über seinen kleinen Scherz, während er den Saum des Bündchens aufzutrennen begann.

»Die Fäden für die Naht.« Er deutete auf den silbernen Flachmann. »Fangen Sie besser schon mal mit dem Brandy an. Schlucken Sie eine der Penizillintabletten damit. Sind Sie allergisch gegen Penizillin? Nein? Gut. Nippen Sie ständig an dem Brandy, aber trinken Sie nicht alles. Ich brauche noch etwas, um die Fäden und die Wunde zu sterilisieren.«

Sie war nicht annähernd betäubt genug, als er sich über ihr Bein beugte, das Jagdmesser, das er im Feuer sterilisiert hatte, in einer Hand hoch erhoben.

»Bereit?«

Sie nickte.

»Versuchen Sie, so still wie möglich zu liegen. Und wehren Sie sich nicht gegen eine Ohnmacht. Für uns beide ist es einfacher, wenn Sie bewusstlos werden.«

Der erste kleine Schnitt, den er an den prall mit Eiter gefüllten Wundrändern ansetzte, ließ sie aufschreien und das Bein zurückziehen.

»Rusty, Sie müssen stillhalten!«

Eine unaussprechliche Qual, schier endlos. Mit Sorgfalt und Geschick stach Cooper die Bereiche auf, die gereinigt werden mussten. Als er Brandy über die gesamte Wunde goss, schrie Rusty erneut auf. Danach schien das Nähen gar nicht so schlimm zu sein. Cooper benutzte dazu die Nadel aus dem Nähetui, das sie mitgenommen hatten. Er tauchte die Fäden in Brandy ein, zog sie durch ihre Haut, schloss die Wunde Stück für Stück.

Rusty konzentrierte sich auf die Stelle zwischen seinen zusammengezogenen Augenbrauen. Schweiß stand ihm auf der

Stirn, obwohl es eiskalt war. Nur ab und zu blickte er auf ihr Gesicht hinunter, sonst konzentrierte er sich auf seine Arbeit. Er wusste, wie sehr sie litt, hatte sogar Mitleid mit ihr. Für einen Mann seiner Größe waren seine Hände erstaunlich sanft. Und für einen Mann, der einen Stein an der Stelle hatte, an der normalerweise das Herz saß.

Irgendwann begann der Punkt zwischen seinen Brauen zu verschwimmen. Sie lag still, aber in ihrem Kopf drehte sich alles. Schmerz und Schock und die Wirkung des Brandys. Trotz Coopers Rat wehrte sie sich gegen die Ohnmacht, versuchte wach zu bleiben, aus Angst, vielleicht nie wieder aufzuwachen. Sie verlor den Kampf, und ihre Lider schlossen sich. Ihr letzter zusammenhängender Gedanke war, was für eine Schande es doch sei, dass ihr Vater nie herausfinden würde, wie tapfer sie im Moment ihres Todes gewesen war.

»Nun.« Cooper setzte sich auf die Fersen zurück und wischte sich den Schweiß von der Stirn. »Vielleicht nicht gerade schön, aber ich denke, es wird funktionieren.«

Mit einem zufriedenen, optimistischen Lächeln blickte er auf sie hinunter. Sie konnte sein Lächeln nicht sehen, sie war bewusstlos.

3. Kapitel

Sie kam langsam zu sich, überrascht, dass sie noch lebte. Zuerst glaubte sie, die ewige Dunkelheit hätte sie umschlossen, aber dann fiel ihr auf, dass sie den Kopf bewegen konnte. Das kleine Nerzfell rutschte von ihrem Gesicht. Es war Tag – allerdings genau jenes Dämmerlicht, das es unmöglich machte zu bestimmen, ob Morgen oder Abend. Der Himmel war ein düsteres Grau.

Mit einer unguten Vorahnung wartete sie auf das Einsetzen des Schmerzes, aber erstaunlicherweise kam er nicht. Noch schwindlig von dem Brandy, den sie getrunken hatte, setzte sie sich mühsam auf. Mit letzter Kraft hob sie die Felle hoch. Für einen panischen Moment dachte sie daran, dass sie vielleicht keinen Schmerz spürte, weil Cooper ihr Bein doch hatte amputieren müssen.

Aber als sie das größte Karibufell beiseitegeschoben hatte, war ihr Bein noch da, sauber bandagiert, keine Anzeichen von frischen Blutungen. Sie war vielleicht nicht fit, um an einem Marathonlauf teilzunehmen, aber es fühlte sich schon sehr viel besser an.

Das Aufsetzen hatte ihre letzten Kraftreserven verbraucht. Sie ließ sich zurückfallen und zog die Felle wieder auf sich. Ihre Haut war heiß, aber sie fror. Sie hatte immer noch Fieber. Wahrscheinlich sollte sie besser noch ein Aspirin nehmen. Wo waren die nur? Cooper würde es wissen. Er …

Wo war Cooper?

Ihre Lethargie wich einer ausgemachten Panik. Ruckartig saß sie wieder, suchte mit hektischem Blick die Lichtung ab. Keine Spur von ihm. Nichts. Er war weg. Sein Gewehr hatte er auch mitgenommen. Das andere lag in ihrer Reichweite auf dem Boden. Das Feuer glimmte noch und gab Hitze ab.

Ihr Beschützer hatte sie zurückgelassen.

Sie unterdrückte die Panik und sagte sich, dass sie voreilige Schlüsse zog. Das würde er nie tun. Er würde doch nicht so sorgfältig ihre Wunde nähen und sie dann allein und hilflos in der Wildnis zurücklassen.

Oder?

Nein. Es sei denn, er war ein mitleidloser Bastard.

Und hatte sie ihn nicht genau so beurteilt?

Nein. Er war hart. Mit Sicherheit ein Zyniker. Aber nicht gefühllos. Wenn er das wäre, hätte er sie gestern schon im Stich gelassen.

Wo also war er?

Er hatte das Gewehr zurückgelassen. Warum? Etwa als Ausdruck seines Mitleids? Er hatte ihre Wunde versorgt, alles getan, was möglich war. Er hatte ihr Mittel zurückgelassen, um sich selbst zu beschützen. Vielleicht hieß es ab jetzt, jeder für sich allein. Das Überleben des Stärkeren.

Nun, sie würde sterben. Wenn nicht am Fieber, dann würde sie verdursten. Sie hatte weder Wasser noch Nahrung. Sie war schutzlos dem Wetter ausgesetzt. Das Feuerholz, das er sauber neben der Feuerstelle gestapelt hatte, würde nicht lange reichen. Wahrscheinlich würde sie erfrieren, sobald es kälter wurde.

Oh nein, kommt gar nicht infrage!

Plötzlich war sie unendlich wütend auf ihn, dass er einfach so verschwunden war. Sie würde es ihm schon zeigen. Und sie würde es ihrem Vater zeigen. Rusty Carlson war kein zerbrechliches Zuckerpüppchen, das sich so einfach unterkriegen ließ!

Sie warf die Felle zurück und zog die Skijacke über. Die Stiefel würde sie vorerst nicht anziehen, vor allem weil sie immer noch unter dem Stapel Felle weiter hinten lagen und sie einfach

48

nicht herankam. Außerdem half es nicht viel, nur einen Stiefel anzuziehen. Hinzu kam, dass das Anziehen der Jacke ihre Kräfte verbraucht hatte.

Nahrung. Wasser.

Nur diese beiden Dinge waren im Moment wichtig. Darum musste sie sich als Erstes kümmern. Aber wie? Und woher?

Im besten Fall würde sie ihre Umgebung als einschüchternd bezeichnen, im schlimmsten als Angst einflößend und bedrohlich. Um sie herum nichts als unberührte Wildnis. Hinter den nahen Bäumen – manche von ihnen so hoch, dass sie nicht einmal die Baumkronen sehen konnte, kam meilenweit nichts anderes.

Aber bevor sie sich auf die Suche nach Wasser machen konnte, musste sie erst einmal aufstehen. Was an sich schon eine unmögliche Aufgabe war. Sie biss einfach die Zähne zusammen und versuchte es trotzdem.

Man sollte ihren Leichnam nicht unter einem Stapel Tierfelle finden! Niemals!

Sie zog einen Ast zu sich heran und stützte sich darauf, um ihr gesundes Knie auf den Boden zu stellen, das verletzte Bein gerade vor sich ausgestreckt. Danach hielt sie erst einmal inne, um Luft zu schöpfen. Ihr Atem bildete weißen Nebel in der Luft, als sie ihn ausstieß.

Immer wieder versuchte sie aufzustehen, aber es gelang ihr nicht. Sie war schwach und unbeholfen wie ein neugeborenes Kalb. Und schwindlig war ihr auch. Verdammt sei Cooper Landry! Kein Wunder, dass er sie zum Trinken angehalten hatte. Damit sie ihren Rausch ausschlafen musste, während er sich in aller Seelenruhe davonstahl. Damit er sich nicht anhören musste, für welch einen widerwärtigen Mistkerl sie ihn hielt.

Mit einer letzten übermenschlichen Anstrengung verlagerte Rusty ihr ganzes Gewicht auf ihren linken Fuß und stand auf. Die Erde schien gefährlich zu schwanken. Sie schloss die Augen, klammerte sich an den Ast und wartete, bis es vorbei war.

Als sie sich sicher genug fühlte und die Augen wieder öffnete, stieß sie einen kleinen Schrei aus.

Cooper stand auf der anderen Seite der Lichtung.

»Was, zum Teufel, tun Sie denn da!«, brüllte er sie an.

Er ließ alles fallen, was er in den Händen hielt, einschließlich seines Gewehrs, und stürmte auf sie zu wie ein wütender Racheengel. Er packte sie unter den Achseln und kickte den Stock weg, um sie dann langsam auf das Felllager niederzulegen und ihren zitternden Körper zuzudecken.

»Was, zur Hölle, hatten Sie vor?«

»Wasser suchen«, stammelte sie mit klappernden Zähnen.

Er murmelte wüste Flüche, während er eine Hand an ihre heiße Stirn legte und ihre Temperatur abschätzte. »Sie haben Schüttelfrost, sind vor Kälte ganz blau. Versuchen Sie nie wieder so einen Blödsinn, verstanden? Es ist mein Job, Wasser zu finden. Ihr Job ist es, hier liegen zu bleiben. Klar?«

Die Schimpfworte strömten weiter unablässig aus seinem Mund wie Münzen aus einem Spielautomat beim Hauptgewinn. Er ging zum Feuer und warf wütend Holz nach. Als die Flammen hoch aufschlugen, ging er zurück zu der Stelle, wo er das Kaninchen hatte fallen lassen, das er erlegt hatte. Er brachte auch die Thermosflasche aus dem Flugzeug mit zurück, gefüllt mit klarem kalten Wasser. Er füllte den Verschlussbecher und hielt ihn Rusty an die Lippen.

»Hier. Ihre Kehle muss rau sein. Aber trinken Sie nicht zu hastig und nicht zu viel.«

Sie legte ihre Hände um seine Finger, die den Becher hielten, und trank. Das Wasser war so kalt, dass es an ihren Zähnen schmerzte, aber das kümmerte sie nicht. Sie nahm drei lange Schlucke, bevor Cooper den Becher wegzog.

»Langsam, langsam. Da ist noch genug.«

»Sie haben eine Quelle gefunden?« Sie leckte sich den letzten Tropfen von den aufgeplatzten Lippen.

Cooper verfolgte diese Bewegung genauestens. »Ja, ein kleiner Fluss, ungefähr dreihundert Meter von hier.« Mit der Hand deutete er in die Richtung. »Muss wohl ein Nebenfluss des Mackenzie sein.«

Sie sah auf den leblosen Tierkörper zu Coopers Füßen. »Haben Sie das Kaninchen geschossen?«

»Mit einem Steinwurf erlegt. Ich wollte keine Munition verschwenden. Ich werde es häuten und über dem Feuer rösten. Wir können dann ... Zur Hölle! Was ist jetzt?«

Sehr zu ihrem Unmut war Rusty in Tränen ausgebrochen. Schluchzen schüttelte ihren Körper. Sie schlug die Hände vors Gesicht. Selbst nach Tagen ohne Wasser strömten die Tränen.

»Hören Sie, entweder das Kaninchen oder wir«, sagte Cooper gereizt. »Wir müssen essen. Sie können doch nicht ...«

»Es ist nicht wegen des Kaninchens«, schluchzte sie.

»Was ist es dann? Haben Sie Schmerzen?«

»Ich dachte ... Sie hätten mich zurückgelassen. Wegen meines Beins. Und vielleicht sollten Sie das auch tun. Ich halte Sie nur auf, bin nur eine Last. Allein wären Sie wahrscheinlich längst aus dieser Wildnis heraus und in Sicherheit.«

Sie bekam Schluckauf und stammelte weiter: »Dabei macht mein Bein nicht einmal einen Unterschied. Ich bin eine absolute Null, wenn es darum geht, im Freien zu leben. Ich verabscheue die Wildnis, schon als Kind hielt ich nichts von den Sommercamps, ich hasste sie. Ich friere, und ich habe Angst. Und ich fühle mich schrecklich schuldig, weil ich mich darüber beschwere, dass ich noch lebe und alle anderen tot sind.«

Sie löste sich endgültig in Tränen auf. Cooper stieß einen frustrierten Seufzer aus sowie mehrere deftige Flüche, dann ließ er sich vor ihr auf die Knie nieder und nahm sie tröstend in die Arme. Rusty versteifte sich spontan und wollte sich zurückziehen, doch er tat nichts weiter, als sie zu halten. Der Aussicht auf Trost konnte sie nicht widerstehen. Sie sank an seine breite Brust und verkrampfte ihre Finger in seine dicke Jagdjacke.

51

Frischer Kieferngeruch strömte von ihm aus, aus seinen Kleidern und seinem Haar. In Rustys angeschlagener Verfassung schien Cooper ihr übernatürlich groß und stark, so wie der Held aus den Kindermärchen. Voll unerschöpflicher Kraft. Unnachgiebig, aber gerecht und gütig. Er würde mit jedem Drachen fertig werden.

Als er seine Hand auf ihren Hinterkopf legte, schmiegte sie sich noch enger an ihn und empfand zum ersten Mal seit dem Absturz so etwas wie Sicherheit – länger noch, seit sie die Jagdhütte und ihren enttäuschten Vater verlassen hatte.

Endlich beruhigte sie sich wieder, der Gefühlsausbruch verebbte, ihre Tränen trockneten. Jetzt gab es keinen Vorwand mehr, warum Cooper sie halten sollte, deshalb machte sie sich von ihm los. Verlegen senkte sie den Kopf. Er schien sie nicht loslassen zu wollen, aber schließlich gab er sie frei.

»Alles in Ordnung?«, brummte er.

»Ja, es geht wieder, danke.« Sie wischte sich mit dem Handrücken die Nase, als hätte sie es ihr ganzes Leben nie anders gemacht.

»Ich sollte jetzt besser zusehen, dass dieses Karnickel aufs Feuer kommt. Legen Sie sich wieder hin und ruhen Sie sich aus.«

»Ich habe genug gelegen.«

»Dann schauen Sie nicht hin. Ich will, dass Sie etwas essen, und ich fürchte, das werden Sie nicht können, wenn Sie zusehen, wie ich es ausnehme.«

Er nahm das tote Kaninchen und ging damit zum Rand der Lichtung. Rusty blickte wohlweislich in die entgegengesetzte Richtung. »Darüber haben wir uns gestritten«, sagte sie leise.

Cooper sah über seine Schulter zurück. »Wer?«

»Mein Vater und ich. Er hatte einen Widder geschossen.« Sie stieß ein humorloses Lachen aus. »Ein wunderschönes Tier. Es hat mir leidgetan, aber ich habe vorgegeben, begeistert über Vaters Jagderfolg zu sein. Vater hat einen von den Führern angeheuert, um es direkt an Ort und Stelle zu häuten. Er wollte dabei sein, darauf achten, dass der Mann das Fell nicht irgendwie beschädigte.« Sie blinzelte die Tränen aus den Augen und fuhr fort. »Ich konnte nicht zusehen. Mir wurde übel. Vater …«, sie holte tief Luft. »Ich glaube, ich habe ihn schrecklich enttäuscht.«

Cooper wischte sich die Hände an einem Taschentuch ab, das er mit Wasser aus der Thermoskanne befeuchtet hatte. »Weil Ihr Magen es nicht ausgehalten hat, beim Häuten dabei zu sein?«

»Nein, das war nur der letzte Tropfen, der das Fass zum Überlaufen brachte. Es stellte sich heraus, dass ich überhaupt nicht zielen kann. Aber ich hätte sowieso kein Tier geschossen, selbst wenn es zu mir gekommen wäre und die Nase direkt vor die Flinte gehalten hätte. Die ganze Angelegenheit war mir einfach zuwider.« Leise, fast zu sich selbst, fügte sie noch hinzu: »Ich bin einfach nicht so gut wie mein Bruder Jeff.«

»Hatte Ihr Vater das etwa vorausgesetzt?« Cooper spießte das Kaninchen auf einen grünen Zweig und hängte es über die Glut.

»Ich denke, er hat es gehofft.«

»Dann ist er ein Narr. Sie sind doch rein körperlich gar nicht für die Jagd geschaffen.«

Sein Blick glitt zu ihren Brüsten und blieb dort haften. Hitze durchströmte Rusty, schien sich in ihrer Brust zu sammeln, ließ die weichen Rundungen sich spannen und die rosigen Knospen hart werden.

Eine Reaktion, die Rusty zutiefst verwirrte. Instinktiv hätte sie gern die Arme über der Brust verschränkt, aber er schaute sie immer noch an, also konnte sie das nicht tun. Sie wagte es nicht, sich zu bewegen. Sie hatte Angst, irgendetwas sehr Zerbrechliches in ihr würde dann in tausend Scherben bersten, etwas, das nicht mehr repariert werden könnte. Jede Bewegung könnte eine Katastrophe auslösen.

Es war das erste Mal, dass er eine sexuelle Anspielung machte, abgesehen von den Anzüglichkeiten gestern Abend. Gestern hatte er das nur getan, um sie zu provozieren, das wurde ihr jetzt klar. Aber das hier, das von eben, war etwas völlig anderes. Dieses Mal war er ebenso Opfer wie Verfolger.

Er riss den Blick los und wandte sich abrupt der Feuerstelle zu. Der Moment war vorbei. Trotzdem sprachen sie beide lange kein Wort. Rusty schloss die Augen und tat, als schliefe sie, dabei beobachtete sie ihn, während er das Kaninchen drehte und dann das Beil an einem Stein schliff. Eine Szene wie auf einem gemütlichen Campingplatz.

Für einen Mann seiner Größe bewegte er sich mit erstaunlicher Geschmeidigkeit. Sicher würde ihn so manche Frau als attraktiv bezeichnen, vor allem, nachdem sein Kinn und seine Wangen jetzt mit dem dunklen Schatten von Bartstoppeln überzogen waren.

Sie ertappte sich erst dabei, dass sie auf seinen Mund starrte, als er sich zu ihr beugte und etwas sagte. »Entschuldigung?«

Er musterte sie argwöhnisch. »Ihre Augen sind ganz glasig. Haben Sie wieder Fieber?« Er legte seine Hand an ihre Stirn.

Verärgert über ihn und sich selbst und ihre unreifen Fantasien, fegte sie seine Hand unwirsch beiseite. »Nein, mir geht's gut. Was sagten Sie?«

»Ich hatte gefragt, ob Sie was essen wollen.«

»Das ist eine Untertreibung.«

Er half ihr dabei, sich aufzusetzen. »Hier, es ist ein wenig abgekühlt, müsste jetzt fertig sein.« Er schnitt einen Schenkel ab und reichte ihn Rusty, die das Fleisch nur zögernd annahm und misstrauisch betrachtete. »Sie werden essen, und wenn ich es Ihnen in die Kehle stopfen muss.« Er selbst biss in ein Stück Fleisch. »Ist gar nicht so übel, ehrlich.«

Mit den Fingern riss sie ein winziges Stückchen Fleisch vom Knochen, schob es sich in den Mund und schluckte hastig.

»Nicht so schnell, sonst wird Ihnen schlecht«, warnte er.

Sie nickte und nahm ein weiteres Stück. Etwas Salz, und es wäre sogar recht schmackhaft. »Es gibt ein paar gute Restaurants in Los Angeles, die Kaninchen auf ihrer Speisekarte führen«, begann sie im Plauderton. Automatisch suchte sie nach einer Serviette, erinnerte sich daran, dass es keine gab, zuckte die Schultern und leckte sich die Finger ab.

»Leben Sie dort, in Los Angeles?«

»Beverly Hills, um genau zu sein.«

Er studierte sie im Schein des Feuers. »Sind Sie Schauspielerin oder so was?«

Rusty hatte das sichere Gefühl, dass es ihn in keinster Weise beeindrucken würde, selbst wenn sie drei Oscars vorweisen könnte. Sie zweifelte ernsthaft daran, dass Cooper Landry viel Wert auf Berühmtheit legte. »Nein, keine Schauspielerin. Meinem Vater gehört eine Immobilienfirma, mit Zweigstellen in ganz Kalifornien. Ich arbeite für ihn.«

»Sind Sie gut?«

»Bis jetzt war ich sehr erfolgreich.«

Er kaute, schluckte und warf den abgenagten Knochen ins Feuer. »Als Tochter vom Boss, wie sollte es da anders sein?«

»Ich arbeite hart, Mr. Landry.« Die Anspielung, ihr Vater sei verantwortlich für ihren Erfolg, wurmte sie maßlos. »Im letzten Jahr hatte ich die höchste Verkaufsstatistik der ganzen Firma.«

»Bravo.«

Dass er so gleichgültig blieb, ärgerte sie noch mehr. »Und womit verdienen Sie Ihren Lebensunterhalt, Mr. Landry?«, fragte sie bissig.

Bevor er antwortete, reichte er ihr ein weiteres Stück Fleisch, in das sie so herzhaft hineinbiss, als hätte sie sich ihr ganzes Leben nur von nicht abgehangenem, über offenem Feuer geröstetem Kaninchenfleisch ernährt.

»Mir gehört eine Ranch«, sagte er schließlich.

»Rinder?«

»Ein paar. Hauptsächlich Pferde.«

»Wo?«

»Rogers Gap.«

»Wo ist das?«

»In der Sierra Nevada.«

»Nie davon gehört.«

»Überrascht mich nicht.«

»Kann man davon leben?«

»Für mich reicht es.«

»Liegt Rogers Gap vielleicht in der Nähe von Bishop? Kann man dort Ski fahren?«

»Wir haben ein paar Abfahrten. Skinarren bezeichnen sie als echte Herausforderung. Ich persönlich halte sie für die grandiosesten auf dem ganzen Kontinent.«

»Und wieso habe ich noch nie etwas von diesem Ort gehört?«

»Wir sind ein Geheimtipp, und das wollen wir auch bleiben. Wir machen keine Werbung.«

»Warum denn?« Ihr Interesse war geweckt. Sie ließ sich nie eine Gelegenheit entgehen, neue und für Investitionen interessante Gebiete für ihre Kunden ausfindig zu machen. »Wenn die richtige Firma das in die Hand nimmt, könnte man aus Rogers Gap etwas machen. Wenn es als Skiort so gut ist, wie Sie sagen, könnte es das zweite Aspen werden.«

»Der Himmel bewahre«, stieß er hervor. »Genau das ist der Punkt. Wir wollen nicht auf der Landkarte vermerkt werden. Wir wollen nicht, dass die Berge mit Betonklötzen verschandelt werden und unsere kleine, friedliche Gemeinde von irren Rüpeln mit Brettern unter den Füßen überrannt wird, denen es wichtiger ist, ihre Vorgärten in Beverly Hills proper zu halten, als unsere Landschaft zu konservieren.«

»Denken alle in der Stadt so darüber?«

»Glücklicherweise, ja. Sonst würden sie nicht dort leben. Es gibt nicht viele Vorteile dort, außer der Landschaft und der Ruhe.«

Sie warf ihren Kaninchenknochen ins Feuer. »Sie hören sich an wie ein Überbleibsel aus den sechziger Jahren.«

»Das bin ich auch.«

Ihre Augen lachten. »Gehörten Sie etwa zu den Blumenkindern, die Liebe und Harmonie predigten? Sind Sie bei den Friedensdemonstrationen mitgelaufen und haben gegen den Krieg protestiert?«

»Nein«, erwiderte er scharf. Rustys spöttisches Grinsen erstarb. »Ich konnte es gar nicht abwarten, mich in die Armee einzuschreiben. Ich wollte in den Krieg ziehen. Ich war zu dumm, um mir darüber klar zu sein, dass ich Menschen töten musste, um nicht selbst getötet zu werden. Allerdings habe ich mich nicht freiwillig dafür gemeldet, in Gefangenschaft zu geraten. Aber es passierte mir trotzdem. Nach sieben Monaten in einem stinkenden Loch konnte ich fliehen und wurde zu Hause als Kriegsheld empfangen.« Den letzten Satz spie er ihr entgegen. »Die Jungs im Gefangenenlager wären über Leichen gegangen, um eine solche Mahlzeit zu bekommen, wie Sie sie gerade essen.« Seine grauen Augen schleuderten Dolche auf sie ab. »Sie müssen schon verzeihen, aber Ihr schillernder Beverly-Hills-Pomp beeindruckt mich nicht im Geringsten, Miss Carlson.« Er stand abrupt auf. »Ich hole noch Wasser. Rühren Sie sich nicht vom Fleck.«

Rühren Sie sich nicht vom Fleck, äffte sie ihn in Gedanken nach. Na schön, er hatte sie also auf ihren Platz verwiesen, aber deshalb würde sie nicht ihr Leben lang in Sack und Asche gehen. Unzählige Männer waren aus Vietnam heimgekehrt und lebten jetzt ein glückliches und produktives Leben.

Cooper war selbst schuld, wenn er sich nicht mehr eingliedern konnte, er pflegte und hegte seine Verbitterung ja geradezu. Das war sein Antrieb, um weiterzuleben. Seine Abneigung gegen die Gesellschaft, weil er meinte, sie würde ihm etwas schulden.

Vielleicht war das ja auch so. Aber schließlich war es nicht ihre Schuld. Sie war nicht verantwortlich für das Unglück, welches auch immer er erlebt haben mochte. Nur weil er noch eine offene Rechnung mit der Gesellschaft zu haben glaubte, die sowieso nie jemand würde begleichen können, hieß das noch lange nicht, dass er als Mensch mehr wert war als sie.

Er kam zurück, aber sie schwiegen sich feindselig an. Als er ihr den Becher zum Trinken reichte. Als er sie stützte, damit sie für ein paar Minuten Privatsphäre an den Rand der Lichtung humpeln konnte. Erst als er ihr wieder auf das Felllager, den Mittelpunkt ihrer Welt, geholfen hatte, sprach er.

»Ich will mir Ihr Bein anschauen. Sie halten die Taschenlampe.«

Sie sah zu, wie er Verbandsstreifen um Verbandsstreifen abwickelte. Eine hässliche Zickzackreihe von Stichen kam darunter zum Vorschein. Entsetzt riss Rusty die Augen auf, aber Cooper schien zufrieden mit seiner Handarbeit. Eine Hand an ihrer Wade, hob er ihr Bein an.

»Keine Entzündung mehr. Die Schwellung ist auch abgeklungen.«

»Die Narbe«, murmelte sie rau.

Er sah zu ihr. »Es war nicht anders möglich. Seien Sie froh, dass Ihr Bein noch da ist.«

»Das bin ich.«

»Ich bin sicher, einer der vielen teuren Schönheitschirurgen in Beverly Hills wird sich freuen, die Narbe wieder zu richten«, sagte er abfällig.

»Müssen Sie so gemein sein?«

»Müssen Sie so oberflächlich sein?« Er deutete zurück in die Richtung, wo das Flugzeug niedergegangen war. »Ich bin sicher, jeder der Männer würde für eine solche Narbe mit Ihnen tauschen.«

Natürlich hatte er recht, aber das machte es nicht leichter für sie, seine Anschuldigung zu schlucken. Sie schwieg und schmollte. Er kümmerte sich derweil um ihre Wunde, strich

Jod darauf, legte einen neuen Verband an. Dann gab er ihr eine der Penizillintabletten und zwei Aspirin. Diesmal nahm sie sie mit Wasser ein. Vom Brandy hatte sie vorerst genug.

Denn sie hatte festgestellt, dass ein Rausch sie sowohl gefühlsmäßig als auch körperlich sehr viel empfänglicher machte. Und an Cooper Landry wollte sie nur als bärbeißigen Muffel denken. Er war ein aufbrausendes, griesgrämiges Ungeheuer, wütend auf die ganze Welt. Wäre sie nicht auf ihn angewiesen, um zu überleben, würde sie nie etwas mit ihm zu tun haben wollen.

Sie lag bereits unten den Fellen, als er sich zu ihr legte und die gleiche Stellung einnahm wie in der vorigen Nacht.

»Wie lange müssen wir noch hier bleiben?«, fragte Rusty verstimmt.

»Ich bin kein Hellseher.«

»Ich frage Sie nicht, wann wir gerettet werden, sondern meinte dieses Bett. Können Sie nicht irgendeinen Wetterschutz konstruieren, in dem mehr Platz ist?«

»Oh, die Unterbringung ist der Dame nicht genehm?«

Sie seufzte entnervt. »Vergessen Sie's einfach.«

Nach einer Weile setzte er an: »Da hinten am Fluss ist eine Gruppe Felsbrocken. In dem größten ist eine kleine Nische. Ich denke, mit etwas Einfallsreichtum und Ellbogenschmiere lässt sich daraus etwas machen. Nicht viel, aber besser als das hier. Außerdem sind wir dann näher am Wasser.«

»Ich helfe«, bot sie eifrig an.

Nicht, dass sie dieses Felllager nicht zu schätzen wusste. Es hatte ihr das Leben gerettet. Aber so eng mit ihm die Nacht zu verbringen rieb sie auf. Rusty war sich der breiten Brust an ihrem Rücken viel zu bewusst. Und sie ging davon aus, dass er sich ihres Körpers ebenso bewusst sein musste.

Als er seine Hand wieder auf ihren Bauch legte, konnte sie kaum noch an irgendetwas anderes denken. Und er schob auch wieder sein Knie zwischen ihre Beine, um ihr verletztes Bein anzuheben. Sie wollte fragen, ob das wirklich nötig sei, aber da es sich gut anfühlte, verkniff sie sich einen Kommentar und ließ es, wie es war.

»Rusty.«

»Hm?« Coopers Atem strich warm über ihr Ohr und verursachte ihr eine Gänsehaut. Sie kuschelte sich enger an ihn.

»Wachen Sie auf. Wir müssen aufstehen.«

»Aufstehen?«, stöhnte sie. »Aber wieso? Ziehen Sie die Felle wieder über uns. Mir ist eiskalt.«

»Genau. Wir sind pitschnass. Ihr Fieber ist zurück, Sie haben uns beide nass geschwitzt. Wenn wir nicht aufstehen und uns abtrocknen, wachen wir morgen mit Frostbeulen auf.«

Jetzt war sie wach, sie rollte sich auf den Rücken. Er meinte es ernst und warf bereits die Felle beiseite. »Was meinen Sie mit ›abtrocknen‹?«

»Ausziehen und trocken werden.«

»Sind Sie verrückt? Es friert doch!« Trotzig zog sie ein Fell über sich, Cooper zog es mit einem Ruck wieder weg.

»Ziehen Sie sämtliche Sachen aus. Sofort!«

Er breitete bereits sein Flanellhemd über einem niedrigen Busch aus. Dann zog er sich den Thermorollkragenpullover über den Kopf. Die statische Elektrizität ließ seine Haare hochstehen, aber Rusty war nicht nach Lachen zumute. Um genau zu sein – jeder Laut, den sie hatte ausstoßen wollen, blieb ihr in der Kehle stecken. Der Anblick der makellosesten Brust, die sie je gesehen hatte, machte sie sprachlos.

Muskeln, hart wie Stahl, unter straffer Haut. Die Brustwarzen hatten sich in der Kälte zusammengezogen. Er war so schlank, dass sie jede einzelne Rippe zählen, jeden durchtrainierten Bauchmuskel erkennen konnte …

»Wenn Sie sich nicht sofort in Bewegung setzen, Rusty, werde ich Sie ausziehen.«

Immerhin holte seine Drohung sie aus ihrem Trancezustand

60

heraus. Mechanisch zog sie ihren Pullover aus. Darunter trug sie einen ähnlichen Rollkragenpullover wie Cooper. Sie fingerte am Saum, sah aber regungslos zu, wie Cooper sich die Jeans herunterstreifte. Die langen Unterhosen waren nicht unbedingt ein verführerischer Anblick.

Aber ein fast unbekleideter Cooper Landry war es.

Sekunden später stand er da, im schwachen Schein des Feuers, splitterfasernackt. Eine wunderschöne Gestalt und von Mutter Natur großzügig bedacht – so perfekt, dass sie nicht anders konnte, als starren. Er raubte ihr im wahrsten Sinne des Wortes den Atem.

Er hängte seine Sachen sorgfältig über den Busch, zog dann zwei Socken über seine Hände und begann damit seinen Körper abzureiben. Gründlich. Überall.

Dann nahm er die Socken von den Händen und kniete sich über einen der Rucksäcke, um nach Unterwäsche zu suchen. Und das alles mit einem bewundernswerten Mangel an Verlegenheit oder gar Schüchternheit.

Als er sich zu ihr umdrehte und feststellte, dass sie sich immer noch nicht bewegt hatte, runzelte er verärgert die Stirn. »Kommen Sie schon, Rusty, beeilen Sie sich. Es ist verdammt kalt hier draußen.«

Er steckte die Hand nach ihrem Pullover aus, dem einzigen Teil, dessen sie sich bisher entledigt hatte. Sie reichte ihm den Pulli, und er hängte ihn zum Trocknen auf. Mit ausgestrecktem Arm wartete er auf weitere Kleidungsstücke, schnippte dann ungeduldig mit den Fingern. »Los, machen Sie schon.« Sie sah ihn mit bangem Blick an, dann zog sie den Thermopullover über den Kopf.

Die kalte Luft versetzte ihr einen Schock. Sofort begann sie so stark zu zittern, dass es ihr nicht mehr gelang, den Knopf ihrer Hose zu öffnen.

»Verdammt, lassen Sie mich das machen, sonst muss ich noch die ganze Nacht hier draußen stehen.« Cooper ging in die Knie und hielt sie bei den Oberschenkeln fest. Ungeduldig schob er ihre Hände beiseite, um Knopf und Reißverschluss zu öffnen. Völlig ungerührt zog er die Hose, die nur noch ein Hosenbein hatte, herunter und warf sie auf den nächststehenden Busch.

Doch dann brachte ihn etwas zum Stutzen, etwas, mit dem er offensichtlich nicht gerechnet hatte: ein unglaublich femininer, unglaublich knapper Seidenslip. Cooper hatte den Spitzenrand gesehen, als er die Hose abgeschnitten hatte, aber mehr eben nicht. Nach einer scheinbaren Ewigkeit knurrte er: »Ziehen Sie das aus.«

Rusty schüttelte den Kopf. »Nein.«

Seine Miene wurde grimmig. »Ausziehen.« Wieder das Kopfschütteln. Plötzlich lag seine Hand direkt auf dem winzigen Dreieck aus Seide und Spitze. »Es ist nass. Ziehen Sie es aus.«

Ihre Blicke trafen aufeinander, ein stummes Messen ihrer Willenskraft. Es war die Kälte in der Luft wie auch die Kälte in seinen Augen, die Rusty schließlich dazu veranlassten, den Slip über ihre Beine zu streifen.

»Jetzt trocknen Sie sich ab.«

Er reichte ihr eine Baumwollsocke. Wie sie es bei ihm gesehen hatte, rieb sie sich damit über Beine und Bauch. Mit gesenktem Kopf griff sie nach der Unterwäsche, die Cooper ihr hinhielt. Keine lange Unterhose, weil diese sonst an ihrer Wunde scheuern würde, sondern ein Höschen, das dem glich, das sie gerade ausgezogen hatte und das jetzt wie ein Triumphbanner im Wind flatterte.

»Nun den Oberkörper.«

Ihr BH war ebenso frivol wie das dazu passende Höschen. Am Morgen ihrer Abreise hatte sie ihre Kleiderwahl mit der Aussicht auf ihre Rückkehr in die Zivilisation getroffen. Nach Tagen in Thermounterwäsche war sie derer mehr als überdrüssig gewesen.

Sie beugte sich vor und wollte den Rückenverschluss aufhaken, aber ihre Finger waren klamm und unbeweglich. Mit einem gemurmelten Fluch griff Cooper um sie herum und riss den Verschluss fast auf. Der BH gab ihre Brüste frei, Rusty schob sich die Träger von der Schulter, warf das Teil auf den Busch und blickte aufsässig zu Cooper.

Sein Mund war nur noch ein harter, dünner Strich. Er verharrte nur einen Sekundenbruchteil, bevor er mit der anderen Socke ihren Oberkörper, ihren Hals und ihre Brüste abzureiben begann. Dann schlang er wieder die Arme um sie und rubbelte über ihren schweißnassen Rücken. Sie standen einander so nah, dass ihre harten und durch die Kälte aufgerichteten Brustspitzen seine Haut streiften.

Entsprechend schnell wich er zurück und zog ihr ein Thermo-T-Shirt über den Kopf. Während sie noch die Arme hindurchsteckte, riss er das feuchte Fell, auf dem sie gelegen hatten, von dem Stapel herunter und ersetzte es durch ein anderes. »Es ist nicht so weich, aber es ist trocken.«

»Es wird schon reichen«, sagte Rusty rau.

Endlich lagen sie wieder in ihrem schützenden Kokon. Diesmal wehrte Rusty sich nicht, als Cooper sie an seinen Körper zog. Sie zitterte unkontrolliert, ihre Zähne klapperten vor Kälte. Es dauerte jedoch nicht lange, bis es unter den Fellen warm wurde. Ihre Körper waren erhitzt, ihre Gedanken waren von erotischen Bildern erfüllt.

Voll bekleidet in seinen Armen zu liegen war aufreibend genug gewesen, aber jetzt, nur in Unterwäsche an ihn gepresst, spielten Rustys Sinne verrückt. Ihr Fieber war gesunken, aber ihr Körper brannte lichterloh.

Es war ein wunderbares Gefühl, seine nackten Oberschenkel zu fühlen. Da sie keinen BH trug, war sie sich seiner Hand gerade knapp unterhalb ihres Busens umso bewusster.

Auch Cooper war nicht immun gegen die erzwungene Intimität. Er hatte schnell gearbeitet, um Felle und Kleidung zu wechseln, aber das war nicht der Grund, warum er so schwer atmete. Seine Brust hob und senkte sich an ihrem Rücken.

Und dann war da noch ein anderer, unwiderlegbarer Beweis seiner Erregung ...

Was sie dazu veranlasste zu flüstern: »Ich denke, äh ... es wird nicht nötig sein, dass ich mein Bein auf Ihrem Knie hochlege.«

Ein unterdrücktes Stöhnen ließ seine Brust vibrieren. »Erwähnen Sie es nicht einmal. Und, um Gottes willen, bewegen Sie sich nicht.« Es war offensichtlich, wie unwohl er sich fühlte.

»Es tut mir leid.«

»Was? Dass Sie schön sind? Dafür können Sie nichts. Und ich kann nichts dafür, dass ich ein Mann bin. Wahrscheinlich werden wir beide das einfach so akzeptieren müssen.«

Sie erfüllte seine Bitte und verharrte absolut regungslos. Sie öffnete nicht einmal mehr die Augen, nachdem sie sie geschlossen hatte. Aber sie schlief mit einem kleinen Lächeln auf den Lippen ein. Wenn auch sicherlich unbeabsichtigt, so hatte er doch zugegeben, dass er sie schön fand.

4. Kapitel

Ihre Beziehung hatte sich verändert.

Die erzwungene Intimität der Nacht hatte sie einander nicht näher gebracht, sondern im Gegenteil eher eine Kluft geschaffen. Ihre Unterhaltung am nächsten Morgen klang aufgesetzt, sie vermieden Blickkontakt, wo möglich. Ihre Bewegungen schienen abgehackt und hölzern, wie bei Schwerverletzten, die erst wieder lernen mussten, ihre Glieder zu benutzen.

Schweigend und in sich gekehrt, schnitzte Cooper aus zwei dicken Ästen ein Paar Krücken für Rusty. Ästhetisch gesehen sicher kein Grund für Begeisterungsausbrüche, aber Rusty war unendlich dankbar und hätte jubeln mögen. Die Krücken gaben ihr die Beweglichkeit zurück, sie war nicht mehr an das Felllager gefesselt.

Als sie Cooper dankte, brummte er nur etwas Unverständliches und marschierte dann durchs Unterholz zum Fluss, um Wasser zu holen. Als er zurückkam, humpelte sie bereits auf den Krücken umher.

»Wie geht es Ihrem Bein?«

»Ganz gut. Ich habe es selbst mit Jod gereinigt und noch eine Pille genommen. Ich glaube, das wird schon wieder.« Sie hatte sich sogar schon ihre letzte Hose angezogen und trug ihre Schnürstiefel. Die Heilung war so weit fortgeschritten, dass das Reiben des Stoffs zu ertragen war.

Sie tranken abwechselnd Wasser aus der Thermoskanne – das war das Frühstück.

»Ich fange heute wohl besser mit dem Unterstand am Fluss an«, sagte Cooper.

Heute Morgen war ihr Felllager mit einer feinen Schneeschicht bedeckt gewesen, kein Graupel, sondern richtige Flocken. Eindeutige Vorboten des rasch einfallenden Winters. Sie beide wussten, wie hart der Winter in dieser Gegend war. Deshalb war es unbedingt nötig, Schutz vor dem Wetter zu finden, bis sie gerettet wurden. Sollte man sie nicht retten, würde ein Unterstand auch nicht viel nutzen, aber daran wollten sie beide nicht denken.

»Kann ich irgendwie helfen?«, fragte Rusty.

»Schneiden Sie dünne Streifen aus der Wildlederjacke.« Mit dem Kopf deutete er auf eine Jacke, die einem der toten Männer gehört hatte, und reichte ihr ein Messer. »Ich brauche Bänder, um die Stäbe zusammenbinden zu können. Und während Sie das tun, sehe ich nach, wie es mit unserem Abendessen für heute aussieht.« Auf ihren fragenden Blick hin erklärte er: »Ich habe gestern ein paar Schlingen ausgelegt.«

Sie sah sich unsicher um. »Sie entfernen sich doch nicht zu weit, oder?«

»Nein.« Er hängte sich das Gewehr über die Schulter und fühlte in seiner Jackentasche, ob er genügend Munition bei sich hatte. »Ich werde zurück sein, um neues Holz aufs Feuer zu legen. Halten Sie Messer und Flinte in Ihrer Reichweite. Ich habe zwar noch keine Bärenspuren gesehen, aber man kann nie wissen.«

Damit drehte er sich um und verschwand zwischen den mächtigen Stämmen. Rusty blieb auf ihren Krücken gestützt zurück, ihr Herz hämmerte zum Zerspringen.

Bären?

Nach einem Moment schüttelte sie die lähmende Angst ab. »Das ist doch lächerlich«, murmelte sie vor sich hin. »Nichts und niemand wird mich kriegen.«

Sie wünschte, sie hätte ein Radio, einen Fernseher, irgendetwas, um die drückende Stille zu durchbrechen. Alles, was zu hören war, war das Knacken eines Zweiges ab und an, das Rascheln von Laub, wenn ein Tier auf seiner täglichen Nahrungssuche vorbeihuschte. Aber da diese Tiere unsichtbar blieben, waren sie umso unheimlicher. Und Coopers Bemerkung über Bären ging ihr einfach nicht mehr aus dem Kopf.

»Das hat er bestimmt absichtlich gesagt, nur um mir Angst einzujagen«, sagte sie laut und machte sich mit Eifer daran, die Lederjacke aufzuschneiden. Das Messer, das er ihr dagelassen hatte, war kleiner als jenes, das er ständig an seinem Gürtel bei sich trug.

Ihr Magen knurrte laut. Sie stellte sich frische, noch warme Butterhörnchen vor, getoastete Bagels mit Frischkäse, Krapfen mit Zuckerguss, Pfannkuchen, Eier mit Speck ... Das machte sie nur noch hungriger, und alles, was sie hatte, um ihren Magen zu füllen, war Wasser.

Als direkte Folge ihres übermäßigen Trinkens ergab sich allerdings bald ein anderes Problem. Sie zögerte es hinaus, solange sie konnte, aber irgendwann blieb ihr keine andere Wahl. Sie legte ihre Arbeit beiseite. Ohne jegliche Anmut rappelte sie sich mithilfe der Krücken auf und humpelte in die entgegengesetzte Richtung, die Cooper eingeschlagen hatte.

Während sie mit den Krücken und ihrer Hose kämpfte, wobei sie gleichzeitig den Boden nach möglichem Kriechgetier absuchte, fragte sie sich, ob das wirklich Rusty Carlson war, die Immobilienprinzessin von Beverly Hills, die sich hier im Wald ein Fleckchen suchte, um sich zu erleichtern.

Ihre Freunde hätten es ihr nie zugetraut, so weit zu kommen, ohne in tiefsten Wahnsinn zu versinken. Ihr Vater würde es sowieso nicht glauben. Aber sie würde überleben, und dann konnte sie ihre Geschichte erzählen. Und er würde unendlich stolz auf sie sein.

Sie zog sich gerade wieder die Hose hoch, als sie ein Geräusch in ihrer Nähe vernahm. Abrupt drehte sie den Kopf in die Richtung, lauschte. Nichts.

»Sicher nur der Wind.« Ihre Stimme klang übertrieben laut und fröhlich. »Oder ein Vogel. Oder Cooper auf dem Rückweg. Wenn er das für einen lustigen Streich hält, werde ich ihm nie verzeihen.«

Sie ignorierte das nächste Rascheln, diesmal lauter, und humpelte, so schnell sie konnte, zurück zum Camp. Fest entschlossen, nie etwas so Feiges wie Schreien zu tun, biss sie sich auf die Lippen und stolperte über den unebenen Waldboden.

Doch ihr Mut verließ sie, als eine Gestalt zwischen zwei Bäumen hervortrat und sich ihr genau in den Weg stellte. Ihr Kopf ruckte hoch, sie sah in ein Paar lauernde Augen, die ihr aus einem bärtigen Gesicht entgegenfunkelten.

Sie stieß einen gellenden Schrei aus.

Cooper wollte so schnell wie möglich zurück, hatte jedoch beschlossen, die beiden Kaninchen vorher zu säubern. Er sagte sich, dass es kein Beweis von Stärke war, wenn er die Tiere vor ihren Augen ausnahm.

Doch tief in seinem Innern gestand er sich ein, dass es eigentlich genau das war, was er wirklich wollte. Er wollte, dass sie sich krümmte und wand, dass sie hysterisch werden würde und endlich weibliche Schwäche zeigte.

Denn bis jetzt hatte sie nichts dergleichen getan. Im Gegenteil, sie hatte sich verdammt gut gehalten. Viel besser, als er erwartet hatte.

Er schleuderte die Innereien fort und begann das Fell abzuschaben. Das könnte sich noch als nützlich erweisen. Kaninchenfell war warm, und er konnte es benutzen, um Rusty …

Rusty. Immer wieder Rusty. Konnte er denn an gar nichts anderes mehr denken? Drehte sich alles nur um sie? Wann waren sie denn ein unzertrennliches Paar geworden, so wie Adam und Eva? Konnte er nicht den einen erwähnen, ohne den anderen im gleichen Atemzug zu nennen?

Er erinnerte sich an den ersten Gedanken, der ihm gekommen war, als er aus der Bewusstlosigkeit erwachte, ihr Gesicht

68

über sich, verführerisch umrahmt von dieser Mähne rotbrauner Locken. Die obszönsten Flüche waren ihm eingefallen, die je ein Seemann gehört hatte, und er war knapp davor gewesen, sie auch auszustoßen.

Natürlich war er froh gewesen, überlebt zu haben, aber dann hatte er nur daran gedacht, dass der Tod eine angenehmere Alternative gewesen wäre, statt diese Rothaarige, eingehüllt in exquisites Parfüm und teuren Pelz, am Hals zu haben. In der Wildnis hätte sie die gleiche Chance wie ein Marshmellow über dem Lagerfeuer. Er hatte auch mit dem Gedanken gespielt, dass es nötig werden könnte, sie umzubringen, um sie beide aus ihrem Elend zu erlösen.

Ein äußerst beunruhigender und unappetitlicher Gedanke, aber er hatte andere, schlimmere Dinge in Vietnam tun müssen, um zu überleben.

Es galt nur das Gesetz des Dschungels. Regel Nummer eins: Entweder töten oder getötet werden. Überleben war das Wichtigste, egal, um welchen Preis. Das Überlebenstraining in der Spezialeinheit der Armee erstickte bewusst jede Anwandlung von Gewissen. Man tat, was nötig war, um einen weiteren Tag zu überleben, eine Stunde, eine Minute länger. Er hatte diese Doktrin verinnerlicht und war ihr mehr als einmal bedingungslos gefolgt. Öfter, als er sich erinnern wollte, zu oft, um es vergessen zu können.

Aber diese Frau hatte ihn überrascht. Ihre Verletzung musste ihr höllische Schmerzen bereitet haben, aber sie hatte sich nicht einmal beschwert. Sie hatte auch nicht über Durst oder Hunger geklagt. Der Himmel wusste, wie durstig und hungrig sie gewesen sein musste. Ein kleiner harter Brocken, und bis jetzt war sie noch nicht zusammengebrochen. Und wenn ihre Lage sich nicht extrem verschlechtern würde, zweifelte er auch daran, dass es dazu kommen würde.

Eine Auffassung, die ihn wiederum vor eine ganze Reihe neuer Probleme stellte. Nur wenigen Menschen war es gelungen, seinen Respekt zu erlangen. Er wollte Rusty Carlson nicht bewundern, aber er tat es.

Noch etwas wurde immer klarer: Er war mitten im Niemandsland gestrandet, zusammen mit einem äußerst verführerischen Exemplar des weiblichen Geschlechts, und es war denkbar, dass sie sehr lange Zeit miteinander verbringen mussten. Nur zu zweit.

Die Dämonen, die sein Schicksal leiteten, hielten sich diesmal wahrscheinlich den Bauch vor Lachen. Sie hatten ihn früher schon oft zum Narren gehalten, aber das hier war der Gipfel. Das war die ultimative Pointe des Witzes, den er sein Leben nannte. Im Allgemeinen und im Besonderen verachtete er Frauen wie Rusty Carlson. Er hatte keine Verwendung für reiche, verwöhnte, oberflächliche Oberschichttussis, die schon mit dem silbernen Löffel im Mund geboren worden waren. Sie interessierten sich für nichts, was außerhalb ihres goldenen Käfigs vor sich ging. Musste ausgerechnet ihm eine solche Frau vor die Füße fallen und ihm auch noch Respekt abverlangen?

Das schien den Dämonen allerdings noch nicht zu reichen. Es hätte ja auch eine von den Tussis sein können, die in einer Schönheitskonkurrenz bestenfalls gegen ein Warzenschwein antreten könnten, mit einer Stimme, die Glas zum Bersten brachte.

Aber nein, die böswilligen Götter hatten ihm eine Traumfrau vor die Nase gesetzt. Der Teufel musste sie erschaffen haben. Die fleischgewordene Versuchung. Mit glänzendem Haar, in das ein Mann seine Finger vergraben wollte, und Brüsten wie Paradiesäpfel. Mit einer Stimme, die Butter zum Schmelzen brachte. An dieses Bild musste er denken, wann immer sie den Mund aufmachte.

Ein makabrer Witz, ein unbarmherziger Streich. Denn er würde sie nicht anfassen. Niemals. Diesen Weg war er schon einmal gegangen. Frauen wie sie folgten der Mode. Nicht nur, was Kleidung anbetraf, sondern in allem. Als Melody ihm begegnet war, war es gerade Mode gewesen, einen verdienten Veteranen zu lieben. Das hatte sie getan, bis es nicht mehr »in« gewesen war.

Kratzte man die seidene Oberfläche von Rusty Carlson ab, kam darunter eine weitere Melody zum Vorschein. Rusty passte sich ihm nur an, weil sie ihn zum Überleben brauchte. Sie sah wirklich zum Anbeißen aus, aber unter der süßen Schale war sie mit Sicherheit ebenso wurmstichig und verfault, wie Melody es gewesen war.

Er warf sich die Kaninchenfelle über die Schultern und wickelte die zerteilten Fleischstücke in ein Tuch, dann machte er sich auf den Rückweg zum Camp. Von ihr würde er sich nicht weich kochen lassen, das konnte er sich gar nicht erlauben. Gestern Abend hatte er ihr seine Schulter zum Ausheulen geboten, weil sie ein Recht auf dieses eine reinigende Mal hatte. Aber das war's dann auch. In der Nacht hatte er sie gehalten, weil es notwendig war, um warm zu bleiben. Aber von jetzt an würde er auf Abstand achten. Sobald der Unterstand gebaut war, gab es keinen Grund mehr, so eng zusammen zu schlafen. Dann brauchte er ihren Rücken nicht mehr an seiner Brust zu ertragen, und ihr Hintern an seinen Lenden würde auch keine unerwünschten Reaktionen mehr hervorrufen.

Hör endlich auf, ständig daran zu denken, ermahnte er sich entnervt. Vergiss, wie weich sich ihr Bauch unter deiner Hand angefühlt hat. Vergiss ihre festen Brüste und die Farbe des lockigen Dreiecks in ihrem Schoß ...

Knurrend stapfte er durch Wald, fest entschlossen, seine Gedanken im Zaum zu halten. In dem Unterschlupf würde diese Nähe nicht mehr vorkommen. Er würde Augen und Hände bei sich behalten ...

Der Schrei ließ ihn mitten im nächsten Schritt innehalten. Eine unsichtbare Mauer hätte ihn nicht abrupter aufhalten können. Als Rustys nächster Schrei die Stille durchschnitt, verfiel Cooper automatisch in die Rolle des Dschungelkämpfers.

Geräuschlos, mit gezogenem Messer, glitt er von Baum zu Baum, in die Richtung, aus der ihre Schreie gekommen waren.

»Wer ... wer sind Sie?« Unwillkürlich hatte Rusty sich an die Kehle gegriffen. Ihr Puls raste.

Auf dem bärtigen Gesicht erschien ein breites Grinsen. Der Mann drehte den Kopf und rief: »He, Pa, sie will wissen, wer ich bin.«

Glucksend trat ein zweiter Mann hinzu, eine ältere Version des ersten. Beide starrten Rusty aus kleinen dunklen Augen an.

»Wir könnten die gleiche Frage stellen«, sagte der Ältere. »Wer bist du denn, Mädchen?«

»Ich ... ich habe den Flugzeugabsturz überlebt.« Der Blick der beiden Männer drückte völlige Verständnislosigkeit aus. »Haben Sie denn nichts von dem Absturz gehört?«

»Könnte ich nicht behaupten.«

»Da hinten.« Mit einem zitternden Finger wies sie die Richtung. »Vor zwei Tagen. Fünf Männer sind tot. Mein Bein ist verletzt.«

»Noch andere Frauen?«

Bevor sie antworten konnte, sprang Cooper aus dem Busch hervor und drückte dem älteren Mann von hinten das Jagdmesser an die Kehle. Gleichzeitig drehte er ihm den Arm auf den Rücken, sodass dessen Jagdgewehr zu Boden fiel.

»Gehen Sie weg von ihr, oder ich bringe ihn um«, befahl er dem völlig überraschten Jüngeren.

Der starrte Cooper an, als wäre er der Teufel persönlich, geradewegs aus der Hölle emporgekommen. Selbst Rusty wurde es unheimlich, als sie in Coopers Augen sah. Aber sie war auch unendlich erleichtert.

»Ich sagte, gehen Sie weg.« Coopers Stimme klang so tödlich, wie sein Messer aussah. Eiskalt, stahlhart. Der junge Mann wich stolpernd zwei Schritte zurück. »Und jetzt ... Gewehr fallen lassen.«

Da es so aussah, dass der Angreifer doch menschlicher Natur war, zeigten sich Anzeichen von Trotz auf dem Gesicht des Mannes. »Pa, muss ich …?«

»Tu, was er sagt, Reuben.«

Nur zögernd warf der junge Mann sein Jagdgewehr zu Boden. Cooper trat die beiden Flinten außer Reichweite und gab den Alten langsam frei. Er stellte sich neben Rusty, ohne die beiden Männer aus den Augen zu lassen. »Rusty?« Sie zuckte erschreckt zusammen. »Alles in Ordnung?«

»Ja.«

»Haben sie Ihnen was getan?«

»Sie haben mich zu Tode erschreckt, mehr nicht. Ich glaube nicht, dass es ihre Absicht war.«

Trotzdem musterte Cooper die beiden misstrauisch. »Wer sind Sie?«

Sein rauer Ton besaß sehr viel mehr Autorität als Rustys verschüchterte Frage. Der Ältere antwortete sofort.

»Quinn Gawrylow. Und das ist mein Sohn Reuben. Wir leben hier.« Cooper zuckte mit keiner Wimper. »Auf der anderen Seite der Schlucht«, fuhr der Alte fort und deutete mit dem Kinn in die Richtung.

Cooper hatte die Schlucht schon gestern gefunden. Der Fluss, an dem er Wasser holte, lief dort unten hindurch. Er war nicht auf die andere Seite gegangen, weil er Rusty nicht zu lange hatte allein lassen wollen. Jetzt dankte er seinem Schöpfer, dass er es nicht getan hatte. Diese Männer könnten völlig harmlos sein. Oder eben auch nicht. Sein misstrauisches Naturell hatte ihm mehr als einmal gute Dienste geleistet. Solange sie ihm nicht das Gegenteil bewiesen, sah er dieses Duo als potenzielle Feinde an. Bis jetzt hatten sie nichts getan, aber es gefiel ihm nicht, wie der Jüngere Rusty anstarrte – als sei sie eine himmlische Erscheinung.

»Was hat Sie auf die andere Seite der Schlucht gebracht?«, wollte Cooper wissen.

»Wir haben den Rauch gerochen, gestern Abend und heute Morgen. Deshalb wollten wir nachsehen. Normalerweise verirrt sich nie jemand in unsere Wälder.«

»Unser Flugzeug ist abgestürzt.«

»Das hat die junge Lady hier schon gesagt.«

Immerhin hatte man sie vom »Mädchen« zur »jungen Lady« befördert. Rusty dankte Cooper still dafür. Der Blick des jungen Mannes machte sie mittlerweile nervös, und sie rückte näher an Cooper heran und stellte sich Schutz suchend halb hinter ihn. »Wie weit ist es bis zur nächsten Stadt?«, fragte sie.

»Gute hundert Meilen.« Ihre Hoffnungen erloschen. Was dem Mann nicht entging. »Aber der Fluss ist nicht weit.«

»Der Mackenzie?«

»Genau. Wenn Sie ihn erreichen, bevor er zufriert, erwischen Sie noch das Boot nach Yellowknife.«

»Wie weit ist es bis zum Fluss?«, wollte Cooper wissen.

Der Mann schob seine Wollmütze höher und kratzte sich am Kopf. »Zehn, fünfzehn Meilen vielleicht oder, Reuben?«

Der Angesprochene nickte, ohne den lüsternen Blick von Rusty zu wenden. Cooper musterte ihn aus zusammengekniffenen Augen. »Könnten Sie uns den Weg beschreiben?«

»Sicher«, sagte der ältere Gawrylow. »Morgen. Heute werden wir Ihnen erst etwas zu essen geben. Und Sie können sich bei uns ausruhen.« Er sah auf das frische Kaninchenfleisch, das Cooper hatte fallen lassen. »Wenn Sie mit zu unserer Hütte kommen wollen.«

Rusty sah hoffnungsvoll zu Cooper auf. Seine Miene war undurchdringlich, und noch immer studierte er die beiden Männer genau. Endlich sagte er: »Danke. Wir können eine anständige Mahlzeit und Schlaf gebrauchen, bevor wir uns auf den Weg machen. Gehen Sie voran.« Mit seinem Gewehr bedeutete er ihnen, zum Camp zu gehen.

Die beiden Männer hoben ihre Flinten auf. Rusty fühlte, wie Coopers Muskeln sich anspannten. Aber Vater und Sohn

74

hingen sich die Gewehre nur über die Schultern und schlugen die Richtung ein, die Cooper angezeigt hatte.

Cooper sah zu Rusty. »Wo ist das Messer, das ich Ihnen dagelassen hatte?«, fragte er leise.

»Ich habe es zurückgelassen, als ich …«

»Tragen Sie es immer bei sich.«

»Was ist denn los mit Ihnen?«

»Nichts.«

»Sie scheinen nicht sehr froh zu sein, die beiden zu sehen. Ich bin hellauf begeistert. Die beiden werden uns hier herausführen.«

Sein einziger Kommentar war ein gepresstes: »Sicher.«

Die Gawrylows zeigten sich ehrlich beeindruckt von Coopers Improvisationen. Sie sammelten die Felle und die anderen Dinge zusammen, die Cooper und Rusty aus dem Wrack geborgen hatten. In der Wildnis konnte man es sich nicht leisten, etwas unnütz zu verschwenden. Reuben kickte Steine ins Feuer, um es zu ersticken.

Unter Quinns Führung machte die Gruppe sich auf zu der Hütte der Gawrylows. Cooper bildete das Schlusslicht, so konnte er alle besser im Auge behalten, vor allem Rusty, die sich erstaunlich geschickt auf ihren Krücken fortbewegte.

Die Männer schienen es gut zu meinen, aber Cooper hatte es auf die harte Tour lernen müssen, niemandem zu trauen. Er hatte zu viele Soldaten gesehen, die in Stücke gerissen wurden, von Handgranaten, die lächelnde Kinder ihnen gereicht hatten.

Am Fluss legten sie eine Pause ein. Rusty hatte das Gefühl, ihre Lungen würden jeden Moment den Dienst versagen, ihr Herz schlug doppelt so schnell wie normal, und die Krücken hatten ihre Achseln wund gescheuert, auch wenn Cooper das mit Polstern aus zusätzlichen Kleidungsstücken zu vermeiden versucht hatte.

»Wie läuft's?«, erkundigte er sich und reichte ihr einen Becher Wasser aus der Thermoskanne.

»Gut.« Sie zwang sich zu einem Lächeln.

»Schmerzen im Bein?«

»Nein, aber es fühlt sich an, als würde es mindestens eine Tonne wiegen.«

»Es kann nicht mehr weit sein. Dann können Sie sich hinlegen.«

Die Gawrylows warteten geduldig, bis Rusty wieder zu Atem gekommen und bereit war weiterzugehen. »Wir werden den Fluss an der flachsten Stelle überqueren«, sagte der Ältere zu Cooper.

Sie liefen einige hundert Meter am Ufer entlang. Unter anderen Umständen wäre Rusty von der Landschaft begeistert gewesen. Das Wasser des Flusses war kristallklar, es floss über Steine und Kiesel, die über die Jahre glatt wie Spiegel geschliffen worden waren. Mächtige Bäume erhoben sich, die weiten Kronen spendeten Schatten. Der Efeu war von einem so tiefen Grün, wie sie es noch nie gesehen hatte. Die Blätter der Laubbäume leuchteten von intensivem Gelb über Rot bis hin zu hellem Braun. Ein erster dünner Laubteppich raschelte unter jedem Schritt.

Bis die Gawrylows schließlich stehen blieben, spürte Rusty vor Erschöpfung einen brennenden Schmerz in ihrer Brust. Sie ließ ihre Krücken fallen und setzte sich auf einen Felsblock am Ufer des Flusses, der hier an dieser Stelle sehr flach war. Auf der anderen Seite der Schlucht ragten hohe Berge in den Himmel.

»Hier ist es«, sagte Quinn. »Ich gehe voran. Reuben kann die Frau tragen, Sie bringen die Ausrüstung.«

»Reuben übernimmt die Ausrüstung, ich trage die Frau«, korrigierte Cooper mit stahlharter Stimme.

Der ältere Mann zuckte nur mit den Achseln und orderte seinen Sohn an, Cooper die Bündel abzunehmen. Reuben tat, wie ihm geheißen, aber nicht ohne Cooper einen wütenden Blick zuzuwerfen. Cooper starrte ungerührt zurück. Ihm war es gleich, ob es Reuben gefiel oder nicht, er würde nicht zulassen, dass diese schmierigen Hände auch nur in die Nähe von Rusty kamen.

Sobald Vater und Sohn außer Hörweite waren, lehnte er sich zu ihr hinüber. »Trauen Sie sich ruhig, das Messer zu benutzen.« Sie sah ihn alarmiert an. »Nur für den Fall, dass unsere guten Samariter doch nicht ganz so selbstlos sein sollten.« Er legte ihr die Krücken auf den Schoß und hob sie auf die Arme.

Die Gawrylows waren schon fast am anderen Ufer. Cooper ging durch den Fluss, ein Auge auf die beiden gerichtet und gleichzeitig darauf bedacht, Untiefen und Stolpersteinen im Wasser auszuweichen. Wenn er stürzte, würde Rusty mit ihm zu Boden gehen. Bis jetzt hatte sie sich wacker geschlagen, aber er wusste, dass ihr Bein ihr großes Unbehagen bereiten musste.

»Glauben Sie wirklich, wir werden morgen gerettet, Cooper?«

»Im Moment haben wir gute Chancen. Wenn wir es bis zum Fluss schaffen und ein Boot erwischen.« Er atmete schwer. Der Anstieg auf der anderen Seite war steil, Schweißperlen bildeten sich auf seiner Stirn. Verbissen stieg er den Abhang hoch.

»Sie müssten sich mal rasieren.«

Die Bemerkung war aus dem Nichts gekommen, aber sie zeigte beiden, wie genau sie sein Gesicht studiert hatte. Ohne den Kopf zu bewegen, richtete er den Blick auf sie. Verlegen sah sie zur Seite und murmelte: »Tut mir leid, dass ich so schwer bin.«

»Wohl kaum. Die Kleider wiegen mehr als Sie selbst.«

Und diese Bemerkung wiederum sagte ihnen beiden, dass er sehr wohl wusste, was an ihr Kleidung und was Fleisch und Knochen war. Schließlich hatte er sie ohne Kleider gesehen. Rusty beschloss, dass es sicherer war zu schweigen, wenn jede Unterhaltung sowieso nur Verlegenheit heraufbeschwor.

Außerdem waren sie inzwischen oben angekommen. Quinn schob sich ein Stück Kautabak in den Mund, Reuben wedelte sich mit seiner Kappe Luft zu, sein fettiges Haar klebte verschwitzt am Kopf.

Cooper setzte Rusty ab. Wortlos bot Quinn ihm Kautabak an, und Rusty war froh, dass Cooper ablehnte.

»Wir warten, bis Sie sich ausgeruht haben«, sagte Quinn.

Cooper sah Rusty an. Sie war blass vor Erschöpfung. Das Bein musste ihr höllische Schmerzen bereiten. Ein leichter Wind war aufgekommen, es hatte sich merklich abgekühlt. Ja, sie brauchte eine Pause, aber je eher sie ein Dach über dem Kopf und warmes Essen bekam, desto besser.

»Wir brauchen nicht zu warten, lassen Sie uns weitergehen«, sagte er gepresst.

Er half Rusty auf die Füße und die Krücken. Ihm entging nicht, dass sie vor Schmerz das Gesicht verzerrte, aber er wappnete sich gegen das Mitleid und hieß ihre Gastgeber an voranzugehen.

Wenigstens ging der restliche Weg bis zu der Hütte eben weiter. Bis sie dort ankamen, war Rustys Kraft endgültig erschöpft. Auf der durchhängenden Veranda sackte sie wie eine Stoffpuppe zusammen.

»Lasst uns die Frau reinbringen.« Quinn schob die Tür auf.

Die verzogene Brettertür war mit Lederbändern am Rahmen befestigt, das Innere der Hütte erinnerte mehr an einen Tierbau als an eine menschliche Behausung. Angewidert und mit einem Gefühl von Bedrohung schaute Rusty durch den Eingang. In diesem Augenblick entschied sie, dass es Schlimmeres gab, als draußen im Freien zu campieren.

Coopers Miene blieb ausdruckslos, als er sie auf seine Arme hob und in das düstere Innere trug. Die kleinen Fenster waren schwarz von Ruß und ließen kaum Licht ein. Ein niedriges Feuer erleuchtete schwach den Raum, aber das, was Rusty und Cooper sahen, wäre besser im Dunkeln verdeckt geblieben.

Die Hütte war unglaublich schmutzig. Es stank nach nasser Wolle, ranzigem Fett und ungewaschenen Männern. Der einzige Vorteil, den die Hütte bot, war die Wärme. Cooper trug Rusty direkt zu der Feuerstelle und setzte sie auf den einzelnen, wackeligen Stuhl. Er stülpte einen Aluminiumeimer um und legte ihr verletztes Bein darauf, dann schürte er das Feuer mit einem Haken und legte mehr Holz nach, das neben dem Kamin gestapelt lag.

Die Gawrylows marschierten herein. Als Reuben die Tür hinter sich schloss, wurde es noch dunkler in dem Raum. Trotz der Hitze, die das Feuer jetzt abgab, zitterte Rusty und zog die Jacke fester um sich.

»Sie haben bestimmt Hunger.« Quinn ging zu dem Holzofen in der Ecke, nahm den Deckel von dem Topf, der darauf stand, und schnupperte. »Der Eintopf scheint fertig zu sein. Wollen Sie was davon?«

Rusty wollte schon ablehnen, aber Cooper antwortete für sie beide. »Ja, danke. Haben Sie auch Kaffee?«

»Sicher. Reuben, setz die Kaffeekanne auf.«

Seit sie in der Hütte waren, hatte der jüngere Mann Rusty unablässig angestarrt. Cooper folgte seinem Blick. Er wünschte, das Feuer würde ihr Haar nicht so schimmern lassen. So blass und abgekämpft sie auch aussah, ihre Augen wirkten riesig, verletzlich, feminin. Für den jungen Mann, der mit seinem Vater hier in der Wildnis lebte, musste eine Frau wahrscheinlich nicht einmal hübsch sein, um eine Verlockung darzustellen. Rusty musste ihm wie die Verwirklichung seiner wildesten Fantasien erscheinen.

Mit der bloßen Hand griff Reuben in eine Blechdose und holte Kaffeepulver hervor, das er in eine Emaillekanne warf. Aus der Pumpe über dem Spülstein füllte er Wasser nach und stellte die Kanne dann auf den Herd. Ein paar Minuten später hielten Rusty und Cooper Teller in der Hand, bis zum Rand gefüllt mit einem undefinierbaren Eintopf. Rusty wollte lieber nicht wissen, was für Fleisch das da drinnen war, also fragte sie erst gar nicht. Sie kaute und schluckte es schnell herunter.

Zumindest war es warm und füllte den Magen. Der Kaffee war so stark, dass sie beim ersten Schluck eine Grimasse zog, aber sie trank das meiste davon.

Während sie aßen, hatten Cooper und sie ein andächtiges Publikum. Der ältere Mann starrte weniger auffällig als sein Sohn, aber dafür entging seinem Blick keine einzige Bewegung.

Schließlich war er es auch, der das Schweigen brach. »Sind Sie verheiratet?«

»Ja«, log Cooper lässig. »Schon fünf Jahre.«

Rusty schluckte den letzten Bissen und hoffte inständig, dass den Gawrylows nicht aufgefallen war, wie schwer ihr das fiel. Sie war froh, dass Cooper diese Frage beantwortet hatte, sie hätte wahrscheinlich keinen Ton herausgebracht.

»Kinder?«

Dieses Mal schien Coopers Zunge am Gaumen zu kleben. »Nein«, sagte sie und hoffte, dass ihr »Mann« die Antwort guthieß. Sie würde ihn später fragen, warum er gelogen hatte, aber im Moment musste sie einfach mitspielen. Sie hielt seine Vorsicht für übertrieben, aber sie verbündete sich lieber mit ihm als mit den Gawrylows.

Cooper schob sein leeres Geschirr beiseite und sah sich in der Hütte um. »Haben Sie hier ein Funkgerät?«

»Nein.«

»Haben Sie vielleicht in den letzten Tagen Flugzeugmotoren gehört?«

»Ich nicht. Du, Reuben?« Quinn stieß seinen Sohn gegen das Knie, der daraufhin seinen Blick von Rusty riss.

»Flugzeuge?«, wiederholte er stumpfsinnig.

»Wir sind vor zwei Tagen abgestürzt«, erklärte Cooper. »Das müssen sie mittlerweile herausgefunden haben. Ich kann mir denken, dass man mit Flugzeugen nach Überlebenden sucht.«

»Ich habe nichts gehört«, sagte Reuben knapp und richtete seine volle Aufmerksamkeit wieder auf Rusty.

»Wie können Sie nur so weit ab von allem leben?«, fragte sie jetzt. Diese selbst auferlegte Einsamkeit schockierte sie. Sie konnte sich ein Leben ohne die Annehmlichkeiten und verschiedenen Möglichkeiten der Stadt nicht vorstellen. Sicher, ein ländliches Leben war vorstellbar, wenn man ab und zu in die Stadt fahren konnte, aber das hier? Bewusst jeden Kontakt zur Zivilisation abbrechen?

»Zweimal im Jahr lassen wir uns vom Boot nach Yellowknife mitnehmen«, erzählte Quinn ihnen. »Im April und im Oktober. Dann bleiben wir für ein paar Tage, verkaufen ein paar Felle, decken uns mit den Vorräten ein, die wir brauchen, und fahren wieder zurück. Mehr wollen wir mit dem Rest der Welt nicht zu tun haben.«

»Aber wieso?«, fragte Rusty.

»Ich habe die Nase voll von Städten und Menschen. Ich wohnte in Edmonton, arbeitete bei einer Frachtfirma. Eines Tages beschuldigte mich der Boss, gestohlen zu haben.«

»Und? Haben Sie?«

Coopers Unverblümtheit überraschte Rusty, aber der alte Mann schien nicht beleidigt zu sein. Er lachte nur krächzend und spuckte Kautabak ins Feuer.

»Es war einfacher abzutauchen, als vor Gericht zu gehen und meine Unschuld zu beweisen«, sagte er ausweichend. »Reubens Mutter war tot, also sind wir beide zusammen weggegangen, haben nur unser Geld mitgenommen und die Sachen, die wir am Leib trugen.«

»Wie lange ist das her?«

»Zehn Jahre. Erst sind wir rumgezogen, dann haben wir uns hier niedergelassen. Es gefällt uns hier.« Er zuckte die Schultern. »Wir haben nie das Bedürfnis gehabt zurückzukehren.«

Damit war seine Geschichte zu Ende. Rusty hatte aufgegessen, aber die Gawrylows starrten Cooper und sie immer noch unentwegt an.

»Wenn Sie uns entschuldigen wollen«, brach Cooper das unangenehme Schweigen. »Ich muss die Wunde meiner Frau versorgen.«

Diese beiden Worte, »meine Frau«, kamen ihm scheinbar so leicht über die Lippen, aber in Rustys Ohren hallten sie falsch und gekünstelt wider. Sie fragte sich, ob die Gawrylows ihnen wirklich abnahmen, dass sie ein Ehepaar waren.

Quinn trug die Teller zum Spülstein und pumpte Wasser darüber. »Reuben, erledige, was du zu tun hast.«

Der junge Mann schien widersprechen zu wollen, doch sein Vater warf ihm einen strengen Blick zu. Also zog Reuben Jacke und Kappe auf und trottete zur Tür. Quinn ging auf die Veranda, um Feuerholz an der Hüttenwand zu stapeln.

Rusty beugte sich näher zu Cooper. »Was hältst du davon?« Wenn sie schon verheiratet waren, konnten sie sich auch duzen.

»Wovon?«

»Von den beiden«, antwortete sie ungeduldig. Er hielt den Saum ihrer Hose straff und schnitt das Hosenbein mit seinem Messer bis zum Knie auf. Rusty wurde ärgerlich. »Was soll das? Das ist meine letzte Hose.«

Er hob den Kopf und blickte sie unerbittlich an. »Möchtest du sie lieber ausziehen und Reuben dein winziges Unterhöschen vorführen?«

Sie öffnete den Mund, stellte dann aber fest, dass sie darauf nichts zu erwidern wusste, also schloss sie ihn wieder. Schweigend sah sie zu, wie Cooper den Verband abwickelte und die genähte Wunde kontrollierte. Der anstrengende Fußmarsch schien keine größeren negativen Auswirkungen gehabt zu haben, aber das Bein war von der Anstrengung geschwollen und äußerst druckempfindlich. Es zu leugnen wäre unsinnig, denn sie zuckte zusammen, als er ihr einen frischen Verband anlegte.

»Tut's weh?«

»Ja, etwas«, gab sie zu.

82

»Leg es für den Rest des Tages hoch und belaste es nicht mehr. Du kannst entweder hier sitzen bleiben oder dich auf das Felllager legen, das ich gleich machen werde.«

»Lager? Was ist mit den Betten?« Sie sah hinüber zu den beiden Betten, die an einer Wand der Hütte standen. »Meinst du nicht, sie werden mir eines überlassen?«

Er lachte. »Ich bin sicher, Reuben würde nichts lieber tun, als sein Bett mit dir zu teilen. Aber wenn du dir keine Läuse einfangen willst, würde ich an deiner Stelle da rausbleiben.«

Abrupt zog sie ihr Bein zurück. Cooper konnte einfach nicht nett sein, oder? Sie waren Kameraden, weil die Umstände sie dazu zwangen, aber sie waren keine – nein, ganz bestimmt nicht – Freunde.

5. Kapitel

Es schien eine Ewigkeit zu dauern, bis es Zeit war, schlafen zu gehen. Am frühen Abend gab es noch eine gemeinsame Mahlzeit mit den Gawrylows. Die Unterhaltung drehte sich um den Marsch zum Mackenzie River und ging auch noch weiter, als das Essen beendet war.

»Es gibt keinen Pfad, dem man folgen könnte. Es ist raues Terrain, dauert bestimmt einen vollen Tag«, teilte Quinn ihnen mit.

»Wir brechen beim ersten Tageslicht auf.« Cooper ließ Rusty nicht aus den Augen. Schon den ganzen Nachmittag hatte er sie mit Adleraugen beobachtet. Während sie jetzt auf dem Stuhl saß, hockte er zu ihren Füßen auf dem Boden, den Arm besitzergreifend auf ihren Oberschenkel gelegt. »Wir nehmen nicht viel mit, nur, was absolut nötig ist.«

»Was ist mit der Frau?«, fragte Quinn.

Rusty spürte, wie Coopers Bizeps auf ihrem Bein sich zusammenzog. »Was soll mit ihr sein?«

»Sie wird uns aufhalten.«

»Ich bleibe mit ihr hier, Pa«, bot Reuben eilfertig an.

»Nein.« Coopers Erwiderung kam scharf und schnell wie ein Peitschenhieb. »Sie kommt mit. Mir ist gleich, wie langsam wir vorankommen.«

»Mir soll's recht sein.« Quinn zuckte mit den Schultern. »Aber ich dachte, Sie hätten es eilig, Ihre Leute zu verständigen. Die machen sich doch bestimmt Sorgen um Sie.«

Rusty sah auf Coopers Haarschopf. »Cooper?« Er hob das Gesicht zu ihr. »Mir macht es nichts aus, hier zu bleiben. Und wenn du ohne mich schneller vorankommst, macht es doch nur

Sinn, oder nicht? Sobald du an ein Telefon kommst, kannst du meinen Vater verständigen. Er wird sofort jemanden schicken, um mich abzuholen. Morgen Abend könnte dann endlich alles vorbei sein.«

Er betrachtete ihr hoffnungsvolles Gesicht. Sie würde mitkommen, wenn er darauf bestand, und alle Strapazen klaglos ertragen. Aber selbst mit zwei gesunden Beinen wäre es nicht einfach für sie, sich fünfzehn Meilen durch die Wildnis zu schlagen. Und mit der Verletzung würde es noch schwieriger werden. Vielleicht müssten sie sogar ein Camp für die Nacht aufschlagen.

Trotzdem behagte ihm die Vorstellung nicht, sie sich selbst zu überlassen. Wie zäh auch immer sie sein mochte, sie konnte sich nicht verteidigen. In dieser Umgebung war sie hilflos wie ein Schmetterling. Er versicherte sich, dass es nicht Sentimentalität war, die ihn so denken ließ. Er hasste einfach nur den Gedanken, dass ihr jetzt noch etwas passieren sollte, nachdem sie so lange durchgehalten hatte und die Rettung in greifbarer Nähe und nicht nur ein Hirngespinst war.

Er legte die Hand auf ihr Knie und drückte es. »Wir sehen mal, wie du dich morgen früh fühlst.«

Die nächsten Stunden zogen sich dahin. Rusty konnte nicht verstehen, dass die Gawrylows hier nicht verrückt wurden. Es gab nichts zu tun, nichts zu lesen, nichts zu hören oder anzusehen – außer einander. Und als auch das langweilig wurde, starrten alle auf die flackernde Flamme der Öllampe, die mehr schwarzen stinkenden Rauch abgab, als dass sie Licht spendete.

Man sollte meinen, diese Einsiedler würden sie mit Fragen über die Außenwelt bombardieren, aber die Gawrylows zeigten ein bemerkenswertes Desinteresse an allem, was jenseits der Grenzen ihrer eigenen öden Welt lag.

Da sie sich schmutzig und verschwitzt fühlte, bat Rusty um eine Schüssel Wasser. Reuben stolperte über die eigenen Füße, als er ihr das Gewünschte holte, und verschüttete kaltes Wasser über ihren Schoß, bevor er die Schüssel vor ihr abstellte. Rusty schob die Ärmel ihres Pullovers hoch und wusch sich Gesicht und Hände mit dem Seifenstück, das Cooper ihr erlaubt hatte mitzunehmen. Zu gern hätte sie sich dem Luxus hingegeben, immer wieder ihr Gesicht mit dem kühlen Wasser zu benetzen, aber drei Augenpaare waren auf sie gerichtet. Als Cooper ihr eines seiner T-Shirts zuwarf, nahm sie es dankbar an und trocknete sich damit das Gesicht.

Sie nahm ihre Bürste aus der Kosmetiktasche und fuhr durch ihr Haar, das niemals zuvor so dreckig, verfilzt und stumpf gewesen war. Sie wollte gerade einen Knoten auflösen, als Cooper ihr unwirsch die Bürste aus der Hand riss.

»Das reicht.«

Sie reckte die Schultern, bereit, laut zu protestieren, doch seine versteinerte Miene hielt sie zurück. Überhaupt benahm er sich schon den ganzen Tag so seltsam – noch seltsamer als sonst. Sie wollte ihn fragen, was, zum Teufel, mit ihm los sei, aber es schien ihr weiser, einen Streit zum jetzigen Zeitpunkt zu vermeiden.

Allerdings drückte sie ihren Ärger dadurch aus, indem sie sich die Haarbürste abrupt wieder zurückholte und sie sorgfältig in ihre kostbare Kulturtasche legte. Diese Tasche und ihr spärlicher Inhalt waren die einzigen Beweise, dass irgendwo auf der Welt fließend heißes Wasser, Kurpackungen, Körperlotionen, Schaumbad und Parfüm existierten.

Endlich legten sie sich zur Nachtruhe. Rusty schlief mit Cooper zusammen, so wie die letzten beiden Nächte zuvor. Sie lag auf der Seite, ihr Bein auf seinem Schenkel, das Gesicht dem Feuer zugewandt. Als Bettstatt benutzten sie die Felle, die Cooper aufeinandergestapelt hatte. Taktvoll hatte er Quinns Angebot von Bettwäsche ausgeschlagen.

Aber dieses Mal rückte Cooper nicht an sie heran, hielt sie auch nicht fest. Stattdessen lag er auf dem Rücken, so angespannt und wachsam, dass sie es spüren konnte.

»Was ist dein Problem?«, flüsterte sie schließlich nach einer guten halben Stunde.

»Halt den Mund und schlaf.«

»Und warum schläfst du nicht?«

»Weil ich nicht kann.«

»Warum nicht?«

»Sobald wir hier raus sind, erkläre ich es dir.«

»Erkläre es mir jetzt.«

»Das brauche ich doch wohl nicht, oder? Mach selbst die Augen auf.«

»Hat es etwas damit zu tun, warum du ihnen gesagt hast, wir wären angeblich verheiratet?«

»Du hast es erfasst.«

Sie dachte einen Moment darüber nach. »Ich muss zugeben, die beiden sind etwas unheimlich, so wie sie uns ständig anstarren. Aber ich bin sicher, das ist nur Neugier. Außerdem schlafen sie ja jetzt.« Das laute Schnarchkonzert der beiden Gawrylows sollte doch eigentlich überzeugen.

»Stimmt genau«, sagte er trocken. »Und du solltest jetzt auch schlafen. Gute Nacht.«

Entnervt rollte sie sich wieder auf die Seite, und irgendwann schlief sie tatsächlich ein.

Doch dann schien es ihr, als hätte sie erst vor Minuten die Augen geschlossen, als Cooper sie auch schon wieder an der Schulter wachrüttelte. Sie murrte verschlafen, doch als ihr wieder einfiel, dass heute der Tag war, an dem der Albtraum endlich vorüber sein würde, setzte sie sich rasch auf.

Die Hütte lag in völliger Dunkelheit. Rusty konnte allerdings Coopers Umrisse und die der Gawrylows im Raum erkennen. Quinn stand am Herd, brühte Kaffee und rührte in dem Eintopf. Dieser Topf schien nie leer zu werden, offensichtlich wurde immer wieder etwas hinzugegeben. Rusty konnte nur hoffen, dass sie nicht mit einer Salmonellenvergiftung nach Hause kam.

Cooper kniete sich neben sie. »Wie fühlst du dich?«

87

»Mir ist kalt«, antwortete sie und rieb sich über die Oberarme. Auch wenn sie heute Nacht nicht in seinen Armen geschlafen hatte, so hatte seine Körperwärme sie doch warm gehalten. Er war besser als jede Heizdecke, die sie je besessen hatte.

»Ich meinte dein Bein. Wie fühlt es sich an?«

»Steif, aber nicht so wund wie gestern.«

»Sicher?«

»Ganz sicher.«

»Steh auf und lass uns ein bisschen herumlaufen. Als Test, sozusagen.«

Er half ihr auf die Füße. Sobald Rusty ihre Jacke übergezogen und die Krücken unter die Achseln genommen hatte, gingen sie nach draußen. Die Hütte der Gawrylows verfügte über keine sanitären Einrichtungen.

Als Rusty aus dem primitiven Toilettenhäuschen trat, hatte die Sonne den bedeckten Himmel in ein milchiges Grau verwandelt. Dieses trübe Licht verstärkte nur ihr Schwindelgefühl. Cooper konnte sehen, dass der kurze Weg von der Hütte bis hierher sie bereits erschöpft hatte. Ihr Atem ging schnell und bildete weiße Nebelschwaden vor ihrem Mund.

Er fluchte unterdrückt. »Was ist?«, fragte Rusty besorgt.

»Das schaffst du nie, Rusty. Nicht einmal in mehreren Tagen.« Er stemmte die Hände in die Hüften und stieß frustriert den Atem aus. »Was, zum Teufel, soll ich jetzt mit dir anfangen?«

Diese Frage war keineswegs durch eine Andeutung von Mitgefühl abgemildert worden. Im Gegenteil, sein Ton zeigte deutlich, dass es ihm wesentlich lieber gewesen wäre, sich nicht um sie kümmern zu müssen.

»Nun, es tut mir leid, dass ich Ihnen weiterhin zur Last fallen muss, Mr. Landry. Warum benutzen Sie mich nicht als Köder für eine Bärenfalle? Dann können Sie den ganzen verdammten Weg bis zum Fluss rennen.«

Er trat vor und brachte sein Gesicht ganz nah an ihres heran. »Du bist offensichtlich zu naiv, um es zu kapieren, was? Hier steht sehr viel mehr auf dem Spiel, als nur schnell zum Fluss zu kommen.«

»Nicht für mich«, fauchte sie zurück. »Und wenn dir plötzlich Flügel wachsen würden und du hinfliegen könntest, wäre es immer noch nicht schnell genug für mich. Ich will hier endlich weg, weg von dir. Ich will nach Hause, wo ich hingehöre.«

Seine Augen wurden schmal. »Na schön.« Er wirbelte herum und marschierte zur Hütte zurück. »Wenn ich dich nicht am Hals habe, komme ich viel schneller voran. Du bleibst hier.«

»Gut«, rief sie hinter ihm her.

Und dann streckte sie ihr Kinn genauso stur vor wie er seines und machte sich auf den Rückweg zur Hütte. Als sie an der Tür ankam, die Cooper in der Hast oder vor Wut wohl offen gelassen hatte, argumentierten die Männer hitzig.

»Seien Sie vernünftig, Gawrylow«, sagte Cooper gerade. »Reuben ist zwanzig oder mehr Jahre jünger als Sie. Ich will schnell vorwärtskommen. Er geht mit mir zusammen. Sie bleiben bei … meiner Frau. Ich will sie hier nicht allein lassen.«

»Aber Pa …«, begann Reuben zu jammern.

»Er hat recht, Reuben. Du bist schneller als ich. Mit etwas Glück erreicht ihr den Fluss schon am Nachmittag.«

Reuben gefiel der Plan überhaupt nicht. Er warf Rusty einen letzten gierigen Blick zu und schob sich dann verärgert vor sich hin murmelnd an ihr vorbei nach draußen. Cooper schien nicht wesentlich besser aufgelegt zu sein. Er zog Rusty beiseite, drückte ihr die Leuchtpistole in die Hand und zeigte ihr kurz, wie man damit umging.

»Meinst du, du schaffst das?«

»Ich bin doch nicht blöd.«

Er schien versucht, ihr zu widersprechen, doch dann überlegte er es sich wohl anders. »Wenn du Flugzeugmotoren hörst, bewege dich so schnell du kannst nach draußen und feure sie in den Himmel ab.«

»Warum nimmst du sie nicht mit?«

Seit dem Absturz hatte Cooper die Leuchtpistole immer in Reichweite gehabt. »Weil das Dach einer Hütte von einem Flugzeug aus einfacher zu erkennen ist als zwei Männer zu Fuß im Busch. Hier, nimm das auch.« Bevor sie ahnte, was er meinte, zog er den Bund ihrer Hose vor und ließ das in einem ledernen Schaft steckende zweite Messer hineingleiten. Als sie überrascht nach Luft schnappte, grinste er. »Dann kannst du wenigstens nicht vergessen, wo es ist.«

»Und wozu sollte ich das brauchen?«

Für einen langen Moment sah er ihr durchdringend in die Augen. »Hoffen wir, dass du den Grund dafür nicht herausfinden musst.«

Sie wich seinem Blick nicht aus, hielt sich eher daran fest. Bis zu diesem Moment hatte sie nicht gewusst, wie sehr sie die Vorstellung verabscheute, dass er sie hier zurückließ. Natürlich hatte sie sich nichts anmerken lassen, aber die Aussicht, Meilen auf Krücken durch die Wildnis zu humpeln, war schrecklich gewesen. Deshalb war sie eigentlich ganz froh gewesen, dass er ihr die Entscheidung abgenommen hatte. Aber jetzt, da er sich tatsächlich auf den Weg machte, wollte sie sich an ihn klammern und ihn anflehen, nicht zu gehen.

Sie tat es natürlich nicht. Seine Achtung für sie war auch so schon gering genug. Er hielt sie für ein verwöhntes und verhätscheltes Stadtpflänzchen. Wahrscheinlich hatte er sogar recht damit, weil ihr jetzt vor den Stunden ohne ihn so grauste.

Cooper brach als Erster den vielsagenden Blickkontakt und wandte sich mit einem gemurmelten Fluch ab.

»Cooper!«

Er drehte sich wieder zu ihr. »Was?«

»Sei ... sei vorsichtig.«

Es dauerte nicht länger als einen Sekundenbruchteil, und sie fand sich an seine breite Brust gepresst wieder. Sein Mund lag hart auf ihren Lippen, brannte sich bis in ihre Seele. Sie war so überrumpelt, dass sie sich gegen ihn fallen ließ. Er schlang die Arme um ihre Taille und zog sie noch enger an sich, so eng, dass ihre Füße den Boden nicht mehr berührten. Sie verkrallte die Finger in seinen Mantel, um sich festzuhalten.

Seine Lippen waren fest und besitzergreifend, aber seine Zunge weich und sanft. Diese Zunge erforschte ihren Mund, streichelte. Die Leidenschaft, die sich seit achtundvierzig Stunden in Cooper aufgebaut hatte, hatte seine eiserne Kontrolle besiegt. Das hier war ein richtiger Kuss, hatte nichts mit Romantik zu tun. Ein Kuss voller Leidenschaft. Roh, wollüstig, gierig. Egoistisch.

Rusty schwindelte. Sie legte Cooper einen Arm um den Hals und bog den Kopf nach hinten, damit er sich mehr nehmen konnte. Was er auch tat. Sein stoppeliges Kinn kratzte an ihrer Haut, aber das war ihr gleich.

Viel zu schnell war alles vorbei. Cooper hob abrupt den Kopf und ließ sie mit offenen und feuchten Lippen zurück, die nach mehr verlangten. »Ich komme so schnell wie möglich zurück. Bis dann, Schatz.«

Schatz? Schatz!

Er gab sie frei und wandte sich zur Tür. Erst jetzt bemerkte sie Quinn Gawrylow, der am Tisch saß und träge seinen obligatorischen Tabak kaute. Er beobachtete sie mit der regungslosen Konzentration eines Bergpumas.

Rusty sank das Herz. Cooper hatte sie nur wegen des alten Mannes geküsst, nicht etwa für sich selbst. Und ganz bestimmt nicht wegen ihr.

Sie warf ihm einen giftigen Blick hinterher, als er zur Tür hinausging. Du liebe Güte, dachte sie erbost. Wie kann er es wagen …!

Als ihr bewusst wurde, dass der hinterlistige Blick des alten Mannes immer noch auf ihr lag, drehte sie sich mit dem – wie sie hoffte – typischen Lächeln einer lieben kleinen Ehefrau zu ihm um. »Glauben Sie, er wird es schaffen?«

»Reuben weiß, was er tut. Er wird sich um Mr. Landry kümmern.« Er deutete auf das Felllager. »Es ist noch früh. Warum schlafen Sie nicht noch ein bisschen?«

»Nein, ich …«, sie räusperte sich laut, »… ich bin zu aufgedreht, um schlafen zu können. Ich denke, ich setze mich einfach hierhin.«

»Kaffee?« Quinn ging auf den Herd zu.

»Ja, gern.«

Sie wollte keinen Kaffee, aber das würde ihr wenigstens dabei helfen, die Zeit herumzubringen. Sie stellte die Krücken an die Feuerstelle und legte die Leuchtpistole neben sich auf den Boden, dann setzte sie sich vorsichtig auf den Stuhl. Die Messerspitze drückte sich leicht in ihren Schoß. Ein Wunder, dass das Messer sie nicht aufgespießt hatte, als Cooper sie an sich gezogen hatte …

Bei der Erinnerung schlug ihr Herz schneller. Es war nicht nur die harte Klinge gewesen, die sie an ihrem Becken gespürt hatte. Wahrscheinlich hatte es ihm ein immenses Vergnügen bereitet, sie so zu erniedrigen.

Trotz wallte in ihr auf, und sie zog das Messer aus dem Bund und legte es auf den Kaminsims. Sie nahm den Becher mit dampfendem Kaffee an, den Quinn ihr reichte, und stellte sich auf den längsten Tag ihres Lebens ein.

Cooper schätzte, dass sie ungefähr eine Meile unterwegs waren, als Reuben anfing zu reden. Er hätte die fünfzehn Meilen gut ohne Unterhaltung hinter sich bringen können, aber vielleicht half es ja dabei, die Zeit schneller vergehen zu lassen. Und vielleicht musste er dann auch nicht ständig an Rusty denken.

»Wieso haben Sie keine Kinder?«

Coopers Wachsamkeit wurde geweckt. Jeder seiner Sinne war in Alarmbereitschaft. Dieses feine Kribbeln im Nacken, auf das er sich immer hatte verlassen können, wenn irgendwas nicht stimmte, war nicht verschwunden. Seit dem Moment, als er Rustys Schrei gehört und sie mit den Gawrylows vorgefunden hatte, war er den beiden Männern gegenüber misstrauisch gewesen. Vielleicht tat er ihnen damit Unrecht, vielleicht waren sie ja wirklich völlig okay. Aber »vielleicht« war keinen Deut wert. Bis er Rusty sicher an die Behörden übergeben hatte, würde er diesen komischen Käuzen nicht über den Weg trauen. Sollten sie sich als zuverlässig erweisen, würde er ihnen ewig dankbar sein. Aber bis dahin …

»He?«, bohrte Reuben. »Wieso haben Sie keine …«

»Ich habe Sie gehört.« Cooper lief hinter Reuben her, ohne dem Mann zu viel Vorsprung zu geben, aber auch ohne ihm direkt im Nacken zu sitzen. »Rusty hat einen Beruf. Wir sind beide sehr beschäftigt. Irgendwann werden wir schon Kinder haben.«

Er hoffte, dass das Thema damit beendet war. Generell vermied er es, über Kinder und Familie zu reden. Jetzt wollte er überhaupt nicht reden, sondern jedes Quäntchen Energie darauf verwenden, so schnell wie möglich zum Fluss zu kommen.

»Wenn ich fünf Jahre mit ihr verheiratet wäre, hätten wir auch schon fünf Kinder«, prahlte Reuben.

»Sie sind aber nicht mit ihr verheiratet.«

»Vielleicht machen Sie es ja nicht richtig.«

»Was?«

Reuben warf Cooper einen anzüglichen Blick über die Schulter zu. »Sie wissen schon, das mit dem Nageln.«

Das Wort kroch kalt über Coopers Rücken wie ein ekeliges Insekt. Es war nicht so, als hätte das Wort selbst ihn beleidigt. Er benutzte wesentlich schlimmere Ausdrücke, Tag für Tag. Aber im Zusammenhang mit Rusty beleidigte es ihn. Er konnte nur hoffen, dass er Reuben nicht das Gesicht zerschmettern musste, bevor der Tag vorbei war. Sollte der allerdings noch eine solche Bemerkung in Bezug auf Rusty fallen lassen, könnte es durchaus nötig werden.

»Wenn sie meine Frau wäre …«

»Ist sie aber nicht.« Coopers Stimme schnitt wie ein Peitschenhieb durch die Luft.

»Wird sie aber schon bald sein.« Damit drehte Reuben sich mit einem irren Grinsen zu Cooper um, das Gewehr im Anschlag.

Den ganzen Morgen hatte Cooper sich auf einen derartigen Angriff vorbereitet. Er riss sein Gewehr eine Sekunde nach Reuben hoch, aber es war Reuben, den die erste Kugel traf.

»Was war das?«

Rusty schreckte hoch. Sie war auf dem Stuhl eingedöst.

Quinn saß immer noch da, wo sie ihn zuletzt gesehen hatte, am Tisch. »Hm?«

»Ich dachte, ich hätte etwas gehört.«

»Ich hab nichts gehört.«

»Ich könnte schwören …«

»Die Holzscheite im Feuer sind zusammengesunken, das ist alles.«

»Oh.« Sie war viel zu nervös, sie musste sich entspannen. »Ich muss eingeschlafen sein. Wie lange sind sie schon weg?«

»Nicht lange.«

Quinn stand auf und kam zur Feuerstelle, um Holz nachzulegen. Die Wärme kroch über Rustys Haut, ihre Augen schlossen sich langsam wieder. So traurig und schmutzig die Hütte auch war, zumindest bot sie Schutz vor dem kalten Westwind und ein Dach über dem Kopf. Dafür war Rusty dankbar. Nach den Tagen draußen …

Sie riss die Augen wieder auf, als sie die Berührung spürte. Quinn kniete vor ihr, seine Hand lag an ihrer Wade.

»Ich dachte mir, Sie wollen Ihr Bein hochlegen«, sagte er.

Seine Stimme klang sanft wie die eines Heiligen, aber seine Augen funkelten teuflisch, als er zu ihr hochblickte. Panische

Angst überkam sie, aber ihr Verstand sagte ihr, dass sie sich unter keinen Umständen etwas anmerken lassen durfte.

»Nein, danke. Eigentlich«, sagte sie mit dünner Stimme, »sollte ich eher ein bisschen umhergehen, um es zu trainieren.«

Sie griff nach ihren Krücken, aber Quinn war schneller. »Ich werde Ihnen helfen.«

Bevor sie protestieren konnte, packte er sie am Arm und zog sie aus dem Stuhl hoch. Er hatte sie überrumpelt, sie war nicht darauf vorbereitet gewesen und prallte gegen ihn. Sofort wich sie zurück, kam aber nicht weit, weil seine Hand an ihrem Rücken sie nicht nur festhielt, sondern sie noch enger heranzog.

»Nein!«

»Ich will Ihnen doch nur helfen«, sagte er übertrieben liebenswürdig. Er schien ihre zunehmende Angst zu genießen.

»Dann lassen Sie mich bitte los, Mr. Gawrylow. Ich komme allein zurecht.«

»Nicht ohne Hilfe. Ich übernehme für Ihren Mann. Er hat mir doch aufgetragen, mich um Sie zu kümmern, nicht wahr?« Er strich mit der Hand über ihre Hüfte. Rusty erstarrte vor Angst.

»Fassen Sie mich nicht an.« Sie wollte sich losmachen, aber seine Hände schienen überall zu sein. »Nehmen Sie gefälligst Ihre Finger weg!«

»Was ist denn verkehrt mit meinen Fingern?« Sein Gesicht verzog sich zu einer bedrohlichen Fratze. »Sind sie Ihnen nicht sauber genug?«

»Ja … nein … Ich meinte nur, Cooper wird …«

»Cooper wird gar nichts mehr«, sagte er mit einem bösartigen Grinsen. »Und von jetzt an fasse ich dich an, wo und so oft ich will.«

Er riss sie an sich. Dieses Mal bestand kein Zweifel daran, was er vorhatte. Rusty wehrte sich mit aller Kraft. Sie drückte mit beiden Händen gegen seine Schultern und bog sich zurück, versuchte sich unter seinem Kuss wegzuducken.

95

Die Krücken fielen zu Boden. Ungewollt belastete sie das verletzte Bein, ein stechender Schmerz durchzuckte sie, sie schrie auf.

»Ja, schrei ruhig. Das gefällt mir.« Sein fauliger Atem strich ihr heiß über die Wange. Rusty ruckte den Kopf zur Seite, aber seine Finger griffen eisern um ihr Kinn und zogen ihren Kopf wieder herum. Kurz bevor er seine Lippen auf ihren Mund pressen konnte, ertönten Schritte auf der Veranda.

»Helfen Sie mir!«, schrie Rusty.

»Reuben?«, rief der alte Mann. »Komm endlich rein.« Quinn drehte den Kopf zur Tür.

Aber es war nicht Reuben, der durch die Tür hereingestürmt kam.

Coopers Gesicht war schweißüberströmt, eine grimmige Maske aus Wut und Hass. In seinem Haar steckten Zweige und Blätter, im Gesicht und an den Händen hatte er blutige Kratzer. Sein Hemd war voller Blutspritzer. Für Rusty hatte noch nie jemand so gut ausgesehen.

Breitbeinig stand er da und brüllte: »Lass sie los, du dreckiges Vieh.«

Rusty fiel zu Boden, als Gawrylow sie freigab. Er wirbelte herum. Mit der gleichen Bewegung griff er sich an den Rücken. Bevor Rusty klar wurde, was passiert war, hörte sie ein dumpfes Zischen. Dann erkannte sie Coopers Messer, das bis zum Heft in Quinn Gawrylows Brust steckte.

Der alte Mann starrte mit verwundertem Gesichtsausdruck darauf, legte die Hand um den Griff, dann sackte er in die Knie und fiel mit dem Gesicht vornüber um.

Rusty schlang die Arme um ihre angezogenen Knie und rollte sich zusammen. Sie schlug eine Hand vor den Mund und starrte mit leerem Blick auf die reglose Gestalt vor sich. Sie hatte das Gefühl, nicht atmen zu können.

Cooper stieß die Möbel aus dem Weg und war in Sekundenbruchteilen bei ihr. »Bist du in Ordnung?« Er legte eine Hand auf ihre Schulter. Sie zuckte ängstlich zurück und hielt die Arme über den Kopf. Er erstarrte, seine Augen wurden hart. »Du brauchst mir nicht zu danken.«

Unendlich langsam nahm sie die Arme herunter und ließ den Atem aus ihren Lungen entweichen. Sie sah Cooper mit riesengroßen Augen an, ihre Lippen waren blutleer und weiß. »Du hast ihn getötet.« Die Worte waren kaum hörbar, sie formte sie nur mit den Lippen.

»Bevor er mich tötete, du kleine Närrin. Sieh hin!« Er zeigte auf die Pistole, die im Hosenbund des toten Mannes steckte. »Hast du es immer noch nicht kapiert?« Er brüllte jetzt. »Sie wollten mich aus dem Weg schaffen und dich behalten. Offensichtlich hatten sie vor, dich zu teilen.«

Sie erschauerte vor Abscheu. »Nein.«

»Oh doch.« Seine Geduld mit ihr war augenscheinlich verbraucht. Er stand auf und rollte den Leichnam auf den Rücken.

Rusty presste die Augenlider zusammen und drehte den Kopf weg. Sie hörte nur, wie der Körper über den Boden und nach draußen geschleift wurde. Quinns Stiefel polterten über die Verandastufen.

Sie hatte keine Ahnung, wie lange sie schon in Fötusstellung auf dem Boden lag, aber als Cooper zurückkam, hatte sie sich noch immer nicht bewegt. Er stand über ihr. »Hat er dir etwas angetan?«

Sie schüttelte nur stumm den Kopf.

»Antworte, verflucht. Hat er dir was angetan?«

Sie hob den Kopf und funkelte ihn an. »Nein!«

»Er wollte dich vergewaltigen. Das ist dir doch klar, oder? Oder bist du so naiv, dass du den Wald vor lauter Bäumen nicht erkennen kannst?«

Tränen schossen ihr in die Augen. Der Schock kam mit Verspätung. »Was tust du hier? Wieso bist du zurückgekommen? Wo ist Reuben? Was willst du ihm sagen, wenn er zurückkommt?«

97

»Reuben kommt nicht zurück.«

Sie biss sich auf die zitternden Lippen und schloss die Augen. Die Tränen rollten ihr über die Wangen. »Ihn hast du auch umgebracht, nicht wahr? Das ist sein Blut auf deinem Hemd.«

»Ja, verflucht«, zischelte er und beugte sich über sie. »Ich habe ihn in Notwehr erschossen. Er ist mit mir in den Busch gegangen, in der vollen Absicht, mich umzubringen. Gerade weit genug, um dich und mich zu trennen. Dann richtete er sein Gewehr auf mich, um abzudrücken und dich zu seiner ›Frau‹ zu machen.« Als sie nur hilflos den Kopf schüttelte, wurde er nur noch wütender. »Und wage es jetzt ja nicht, so überrascht zu tun. Du hast die beiden doch noch angeheizt und weißt es auch.«

»Ich? Was habe ich denn getan?«

»Du hast dein Haar gebürstet, Herrgott noch mal!«

»Mein Haar gebürst…?«

»Du hast sie angemacht, indem du einfach du selbst bist. Mit deinem Aussehen.«

»Hör auf, mich so anzubrüllen«, schluchzte sie laut. »Ich habe überhaupt nichts getan.«

»Nur mich dazu gezwungen, zwei Männer zu töten!«, schrie er. »Denk mal darüber nach, solange ich draußen bin und die beiden begrabe.«

Er marschierte hinaus. Das Feuer im Kamin erlosch, in der Hütte wurde es kalt. Rusty kümmerte es nicht.

Sie saß immer noch auf dem Boden und weinte lautlose Tränen, als Cooper zurückkam. Sie war müde. Es gab keinen Flecken an ihrem Körper, der nicht schmerzte, entweder vom Schlafen auf hartem Boden oder Gehen auf Krücken oder den Druckstellen von Quinn Gawrylows gierigen Händen.

Sie war ausgehungert nach einer anständigen Mahlzeit. Mit Kusshand hätte sie ihren Maserati gegen ein Glas frische Milch eingetauscht. Ihre Kleider waren entweder von Dornen und

Ästen zerrissen oder von diesem groben Klotz, mit dem es sie in die Wildnis verschlagen hatte, zerschnitten worden. Ihr geliebter Pelzmantel war als Überwurf benutzt und ruiniert worden.

Und sie hatte Menschen sterben sehen.

Fünf im Flugzeug. Zwei von der Hand des Barbaren, der sich jetzt neben ihr niederließ. Der mit seinen rauen Fingern ihr Kinn umfasste und unsanft ihren Kopf hochzog.

»Steh auf«, befahl er. »Wasch dir das Gesicht. Du wirst nicht noch länger hier herumsitzen und wie ein Baby heulen.«

»Fahr zur Hölle«, stieß sie aus und riss sich los.

Er schäumte vor Wut, seine Lippen bewegten sich kaum, als er sprach. »Weißt du, wenn du die Sache mit Reuben und seinem Pa lieber durchgezogen hättest, hättest du es mir sagen müssen. Tut mir leid, dass ich es dir vermiest habe.«

»Du Bastard.«

»Ich hätte überhaupt kein Problem damit gehabt, dich hier im Paradies zurückzulassen und mich allein bis zum Fluss durchzuschlagen. Aber ich sollte dir wohl noch sagen, dass Reuben sich eine Menge Kinder von dir gewünscht hat. Wobei du natürlich nie hättest sicher sein können, ob die Kinder jetzt von ihm oder von seinem Pa gewesen wären.«

»Sei still!« Sie hob die Hand und holte zu einer Ohrfeige aus.

Er fing ihre Hand in der Luft ab, für Sekunden starrten sie einander feindselig an. Endlich lockerte Cooper seinen Griff. Mit einem wütenden Knurren trat er gegen den Stuhl und schickte ihn durch die Luft ans andere Ende der Hütte.

»Entweder sie oder ich.« Seine Stimme bebte vor Wut. »Reuben hat zuerst geschossen. Ich hatte Glück und habe sein Gewehr rechtzeitig gesehen. Mir blieb keine andere Wahl.«

»Du hättest sie nicht töten müssen.«

»Sondern?«

Eine Alternative fiel ihr im Moment nicht ein, aber sie war sicher, dass sie, wenn sie darüber nachdachte, eine finden würde.

99

Vorerst würde sie es also dabei belassen. Sie senkte den Blick. »Warum bist du nicht einfach weitergegangen?«

Aus schmalen Augenschlitzen schaute er sie an. »Glaub nicht, mir wäre der Gedanke nicht gekommen.«

»Oh!«, stieß sie aus. »Ich kann es gar nicht mehr erwarten, dich endlich los zu sein.«

»Sei versichert, das Gefühl beruht auf Gegenseitigkeit. Aber bis dahin müssen wir einander wohl oder übel ertragen. Als Erstes werden wir hier aufräumen und putzen. Ich verbringe nicht noch eine Nacht in diesem Saustall.«

Vor Erstaunen stand ihr der Mund offen. »Sagtest du gerade putzen und aufräumen?«

»Ja. Und wir sollten besser sofort anfangen. Das Tageslicht hält nicht mehr lange vor.« Er stellte den umgekippten Stuhl wieder auf und marschierte auf das Bett zu, in dem Reuben geschlafen hatte.

»Das meinst du nicht ernst!«

»Und ob.«

»Wir bleiben heute Nacht hier?«

»Und jede weitere Nacht, bis wir gerettet werden.«

Sie erhob sich, stützte sich auf eine Krücke und sah zu, wie er die beiden Betten abzog und die Laken auf einen Haufen auf den Boden warf. »Und was ist mit dem Fluss?«

»Das könnte eine Lüge gewesen sein.«

»Der Mackenzie ist real, Cooper.«

»Aber wo liegt er von hier aus gesehen?«

»Du könntest in die Richtung gehen, die sie dir genannt haben.«

»Könnte ich. Ich könnte mich aber auch völlig verirren. Oder mich verletzen. Wenn du mit mir kommst, schaffen wir es nicht, bevor die ersten heftigen Schneefälle einsetzen, in dem Fall würden wir erfrieren. Wenn du hier bleibst und mir etwas zustößt, verhungerst du allein in der Hütte, noch bevor der Winter vorbei ist. Ich bin nicht einmal sicher, ob die Richtung, in die Reuben mich geführt hat, wirklich die zum Fluss ist. Diese Hütte als Anfangspunkt genommen, habe ich von hier aus dreihundertneunundfünfzig Möglichkeiten. Alle auszuprobieren würde mehr als ein Jahr dauern.« Die Hände in die Hüften gestützt, wandte er sich zu ihr um. »Keine dieser Alternativen, die ich gerade aufgezählt habe, sagt mir unbedingt zu. Wenn wir hier sauber machen, können wir überleben. Es ist vielleicht nicht das Beverly Hills Hotel, aber ein guter Schutz. Es gibt sogar fließend Wasser.«

Sie hielt nicht viel von seinem Sarkasmus, ihre aufrührerische Miene ließ es ihn wissen. Sein herablassendes Gehabe zeigte deutlich, dass er sie für so dumm hielt, dass sie nicht selbst darauf kam und seine Erklärungen nötig waren. Es war eine offene Herausforderung, und sie würde sie annehmen. Heute Morgen hatte sie Schwäche gezeigt. Das würde sie nie wieder tun.

Sie krempelte sich die Hemdsärmel hoch. »Was soll ich tun?«

»Fang beim Herd an.« Ohne ein weiteres Wort klaubte er die schmutzige Bettwäsche zusammen und trug sie nach draußen.

Rusty attackierte den Herd mit Inbrunst. Da ihr mehr Ellbogenschmiere als Kernseife zur Verfügung stand, benutzte sie diese. Es war harte Arbeit, vor allem, da sie sich auf eine Krücke stützen musste. Vom Herd wechselte sie zum Spülstein, dann nahm sie die Fenster in Angriff, zu guter Letzt wurde jedes einzelne Möbelstück abgewaschen.

Draußen hatte Cooper inzwischen die Bettwäsche in einem großen Waschkessel ausgekocht und zum Trocknen – oder zum Frieren, sollte es noch kälter werden – aufgehängt. Danach kam er herein und säuberte den Kamin. Unter dem Holzstapel hatte er eine Kolonie toter Insekten gefunden. Zweifellos waren sie an Altersschwäche gestorben, hier war nicht ein einziges Mal gefegt worden. Tür und Fenster standen weit offen, um die Hütte gründlich zu lüften. Cooper reparierte die durchhängende Veranda mit Stützen und stapelte dann Feuerholz an der Südseite der Hütte, um es vor dem Wetter zu schützen.

Rusty konnte den Boden nicht fegen, also übernahm er das. Aber danach ging sie auf Hände und Knie, um zu schrubben. Ihre manikürten Nägel brachen einer nach dem anderen ab. Vor nicht allzu langer Zeit hätte sie einen hysterischen Anfall bekommen, wenn ein Nagel auch nur eingerissen wäre, jetzt zuckte sie nur die Schultern und machte weiter. Das Ergebnis ihrer Arbeit entschädigte sie völlig.

Cooper brachte zwei bereits geköpfte und gerupfte Vögel – sie konnte nicht mehr sagen, was für Vögel es mal gewesen waren – zum Abendessen. Rusty hatte inzwischen in der Vorratskammer der Gawrylows Inventur gemacht. Erfreut stellte sie fest, dass die beiden wohl ihren Oktobertrip nach Yellowknife absolviert hatten, es gab reichlich Vorrat an Konserven für den Winter.

Sie war vielleicht kein Meisterkoch, aber es brauchte auch nicht viel Talent, um die beiden Vögel zusammen mit zwei Dosen Gemüse und einer Prise Salz zu kochen. Das Aroma des Eintopfs ließ ihr das Wasser im Mund zusammenlaufen. Die Dunkelheit war hereingebrochen, bevor Cooper das Bettzeug von draußen hereinholte.

»Ist es entlaust?«, fragte sie vom Herd her.

»Ich denke schon. Ich habe es zu Tode gekocht. Es ist noch nicht ganz trocken, aber wenn es länger draußen hängt, frieren die Laken zu Brettern. Wir hängen sie beim Feuer auf.«

Er wusch sich die Hände in dem Spülstein, der im Vergleich zu vorher geradezu blitzte.

Sie setzten sich an den Tisch, den Rusty mit Sand gescheuert hatte. Cooper lächelte leicht, als er ein Stück Stoff auseinander faltete, das sich als Socke entpuppte und zur Serviette umfunktioniert worden war. Er legte sie sich auf den Schoß, sagte aber kein Wort. Sollte ihm der Becher mit Zweigen und Herbstblättern aufgefallen sein, der in der Mitte des Tischs stand, so bemerkte er auch hierzu nichts. Er aß zwei große Portionen des Geflügeleintopfs, ohne ein Wort darüber zu verlieren.

Rusty war am Boden zerstört. Er hätte doch wenigstens etwas Nettes sagen können, ein einziges Wort des Dankes, irgendeine Aufmunterung. Selbst einen Hund streichelte man ab und zu.

Mutlos und enttäuscht trug sie die Blechteller zum Spülstein und pumpte Wasser darüber. Und plötzlich stand er hinter ihr.

»Du hast heute wirklich hart gearbeitet.«

Seine Stimme klang weich und tief und war direkt über ihrem Kopf. Seine Nähe überwältigte sie. Sie fühlte sich schwach und zittrig. »Du auch.«

»Ich denke, wir haben uns eine Belohnung verdient, meinst du nicht auch?«

Ihr Magen schlug Kapriolen. Erinnerungen an den Kuss, den er ihr heute Morgen gegeben hatte, flammten auf und ließen heiße Sehnsucht durch ihre Adern fließen. Langsam drehte sie sich zu ihm um.

»An was hattest du denn gedacht, Cooper?«, fragte sie atemlos.

»Ein Bad.«

6. Kapitel

»Ein Bad?« Verwunderter oder ehrfurchtsvoller hatte noch nie jemand eine Frage gestellt.

»Ein Richtiges, mit allem Drum und Dran. Heißes Wasser und Seife.« Er ging zur Tür, öffnete sie und kam mit einem großen Metallzuber zurück. »Den habe ich hinter der Hütte gefunden und gründlich ausgeschrubbt.«

Nicht einmal, als ihr Vater ihr den Rotfuchs geschenkt hatte, war sie so dankbar gewesen. Sie schlug die Hände an die Wangen. »Oh Cooper. Danke!«

»Werd jetzt bloß nicht sentimental«, brummte er. »Wenn wir uns nicht waschen, sehen wir bald so aus wie diese widerwärtigen Gawrylows. Aber es wird nicht jeden Tag gebadet.«

Rusty ließ sich die gute Laune von ihm nicht verderben. Wenn er Menschen nicht an sich heranlassen wollte, damit sie ihm dankten – bitte, das war sein Problem. Er hatte etwas Wundervolles für sie getan. Sie hatte ihm gedankt. Was sonst sollte sie tun? Er musste wissen, was es ihr bedeutete, selbst wenn er sich jetzt so desinteressiert gab.

Sie füllte mehrere Töpfe und Kessel mit Wasser, er trug sie zum Herd und schürte das Feuer, damit das Wasser schneller warm wurde. Dann zog er den Zuber über den Boden bis hin zum Kaminfeuer. Das Metall war eiskalt, aber das Feuer würde es bald erwärmen.

Rusty sah ihm erwartungsvoll zu, dann jedoch wuchs ihre Anspannung. »Was mache ich denn, um … äh …«

Ohne ein Wort nahm Cooper eines der ausgekochten Laken. Durch die Decke der Hütte zogen sich rohe Holzbalken. Die Gawrylows mussten hier wohl ihr erlegtes Wild aufgehangen haben, denn in das dunkle Holz waren überall Haken eingelassen. Cooper zog sich einen Stuhl heran und begann das Laken an die Haken zu hängen, wie einen Vorhang.

»Danke«, sagte Rusty. Sie war wirklich dankbar für das Laken, aber der Feuerschein aus dem Kamin würde es durchsichtig machen. Schon jetzt sah man deutlich die Umrisse des Zubers. Und man würde auch die Umrisse eines jeden in der Wanne sehen.

Cooper musste es ebenfalls bemerkt haben, denn er wandte den Blick ab und rieb sich mit den Handflächen nervös über die Hose. »Tja, das Wasser müsste wohl fertig sein.«

Rusty legte sich ihre wertvolle Sammlung von Kosmetikartikeln auf den Stuhl bereit – parfümierte Seife, Shampoo, ihren Rasierer. Irgendwann heute beim Aufräumen hatte sie die spärlichen Reste ihrer Kleidung sortiert und gefaltet und in getrennte Regale gelegt, eines für Cooper, eines für sich. Jetzt nahm sie ein Paar frische lange Unterhosen und ein Sportunterhemd von ihrem Stapel und breitete sie über der Stuhllehne aus.

Als alles so weit fertig war, stand sie verlegen da, während Cooper vorsichtig die Töpfe mit heißem Wasser durch den Raum trug und das Wasser in die Wanne goss. Dampf stieg auf, aber für Rusty konnte es gar nicht heiß genug sein. Vier Tage Schmutz und Müdigkeit mussten aufgeweicht werden.

»Womit trockne ich mich ab?«, fragte sie kleinlaut.

Cooper warf ihr ein steinhartes, abgenutztes Handtuch zu. »Ich habe davon ein paar draußen an der Hüttenwand gefunden. Ich habe sie mit ausgekocht. Weichspüler haben die noch nie gesehen, aber es ist besser als nichts.«

Das Handtuch fühlte sich eher wie Sandpapier an, aber Rusty akzeptierte es kommentarlos.

»So, das müsste reichen.« Cooper leerte den Inhalt des letzten Kessels in den Zuber. »Geh es langsam an. Verbrüh dich nicht.«

»Okay.«

Sie standen auf gegenüberliegenden Seiten der Wanne. Ihre Blicke begegneten sich durch den Dampf. Durch die aufsteigende Feuchtigkeit ringelten sich Rustys Locken bereits, und ihre Wangen schimmerten rosig.

Cooper drehte sich abrupt um und schob das Laken ungeduldig zur Seite. Der Vorhang fiel wieder zurück. Dann hörte Rusty, wie er mit seinen schweren Stiefeln nach draußen stampfte. Die Tür fiel krachend ins Schloss.

Rusty seufzte resigniert. Er war ein ungenießbarer Zeitgenosse, mehr gab es dazu nicht zu sagen. Und während sie in dem Luxus eines ersten heißen Bades seit vier Tagen schwelgte, würde sie nicht über seine charakterlichen Mängel nachdenken. Sie würde es sich nicht vermiesen lassen, ganz gleich, wie unerträglich er auch war.

Da sie ihr Bein immer noch nicht belasten konnte, war es mühsam, sich auszuziehen. Als sie es schließlich geschafft hatte, war es eine noch größere Herausforderung, in die Wanne zu steigen. Als sie auch das unter Anstrengung vollbracht hatte, fühlte sie sich wie im Paradies.

Cooper hatte recht mit seiner Warnung gehabt, das Wasser war heiß, aber es war ein himmlisches Gefühl. Der rostige Boden der Wanne kratzte an ihrem Po, sie musste sich erst daran gewöhnen, aber der Luxus, in heißem Wasser zu baden, ließ sie diese winzige Unannehmlichkeit leicht vergessen.

Sie tauchte so tief wie möglich ein, lehnte den Kopf an den Rand und schloss die Augen. Sie war so entspannt, dass sie noch nicht einmal zuckte, als sie Cooper wieder hereinkommen hörte. Sie runzelte nur leicht die Stirn, als ein kalter Lufthauch von draußen sie erreichte, bevor Cooper die Tür hinter sich schloss.

Irgendwann nahm sie einen Arm aus dem Wasser und griff nach der Seife auf dem Stuhl. Zu gern hätte sie eine dicke Schicht Seifenschaum auf ihrem Körper verteilt, aber sie hielt sich zurück. Dieses Seifenstück musste vielleicht noch lange

Zeit reichen, sie verschwendete besser nichts davon. Also seifte sie sich nur gründlich ein und wusch sich.

Sie legte die Füße auf den Rand des Zubers und rasierte sich die Beine, eines nach dem anderen, zog den Rasierer vorsichtig um Coopers Stiche herum. Mit Entsetzen dachte sie daran, was für eine hässliche Narbe ihr bleiben würde, doch dann schämte sie sich ihrer Eitelkeit. Sie konnte von Glück sagen, dass sie noch lebte. Sobald sie zurück in Beverly Hills war, würde sie Coopers gut gemeinte, aber unschöne Handarbeit von einem plastischen Chirurgen richten lassen.

Erst jetzt fiel ihr auf, wie viel Lärm er veranstaltete. »Cooper, was machst du denn da?«

»Die Betten.« Er schnaufte vor Anstrengung. »Diese Rahmen sind aus solider Eiche und wiegen eine Tonne.«

»Ich kann es gar nicht erwarten, endlich in einem Bett zu liegen.«

»Erwarte nicht, dass es viel besser sein wird als der Boden. Es gibt keine Matratzen. Nur Segeltuch, wie Feldbetten. Ist wohl auch besser so, die Läuse hätten sich auch in den Matratzen eingenistet.«

Rusty legte den Rasierer beiseite und nahm die Shampooflasche. Sie tauchte den Kopf unter Wasser und gab dann ein wenig Shampoo in die hohle Hand. Es würde noch sparsamer rationiert werden müssen als die Seife. Sie rubbelte gründlich, tauchte wieder unter und spülte den Schaum aus. Dann legte sie den Kopf zurück an den Wannenrand und das Haar darüber, damit es schon trocknen konnte. Wasser würde auf den Boden tropfen, aber das war mit Sicherheit die harmloseste Flüssigkeit, die je darauf getropft war.

Wieder schloss sie die Augen und gab sich ganz dem Genuss des warmen Wassers und des Duftes von Shampoo und Seife hin.

Irgendwann wurde es kühl, es war Zeit, aus der Wanne zu steigen. Cooper würde sowieso nicht vor ihr zu Bett gehen, auch wenn er völlig ausgelaugt sein musste, schließlich war er bei Morgengrauen aufgestanden. Rusty hatte keine Ahnung, wie spät es sein mochte. Seit dem Absturz standen ihrer beider Armbanduhren still. Die Zeit richtete sich nach Sonnenauf und -untergang. Die Tage waren kurz, aber heute war es ein langer Tag gewesen, in jeder Hinsicht kräftezehrend.

Rusty stützte die Arme auf den Wannenrand und versuchte sich hochzustemmen. Zu ihrer Bestürzung gaben ihre Arme kraftlos nach. Sie war zu lange im Wasser geblieben, ihre Muskeln gehorchten nicht mehr. Sie versuchte es mehrere Male, aber vergebens. Ihre Arme wollten sie einfach nicht tragen. Sie suchte nach anderen Möglichkeiten, die sich aber alle wegen ihres Beines als nutzlos erwiesen.

Schließlich wurde es unangenehm kühl im Wasser. Das Unvermeidliche ließ sich nicht länger hinausschieben. Kleinlaut rief sie Coopers Namen.

»Was?«

Seine verärgerte Reaktion war nicht sehr ermutigend, aber ihr blieb keine Wahl. »Ich kann nicht raus.«

Nach einem unendlich langen Schweigen: »Wie?«

Rusty schloss ergeben die Augen. »Ich kann nicht aus der Wanne aussteigen.«

»Komm so raus, wie du eingestiegen bist.«

»Das warme Wasser hat mich geschwächt. Meine Arme halten mich nicht lange genug, damit ich aufstehen kann.«

Sein Fluchen war so hitzig, dass es sie wunderte, warum das Laken nicht in Flammen aufging. Als sie ihn näher kommen hörte, bedeckte sie ihre Brust mit den Armen. Kalte Luft strich über ihren feuchten Rücken, als er den Vorhang beiseiteschob. Rusty starrte geflissentlich auf den flackernden Kamin, aber sie fühlte seinen Blick auf ihrem Rücken, als er hinter sie trat.

Lange Zeit stand er einfach nur schweigend da. Rusty hielt den Atem an, bis sie meinte, ihre Lungen müssten platzen, dann endlich sagte er: »Ich werde dich unter den Armen packen. Du stehst mit deinem linken Bein auf. Ich halte dich so lange, bis du es auf den Boden gestellt hast. Klar?«

Seine Stimme war tief und hatte die gleiche Qualität wie das Handtuch, das er ihr gegeben hatte – rau wie Sandpapier. »Klar.« Sie hob leicht die Arme an. Obwohl sie vorbereitet gewesen war, kam die erste Berührung seiner Finger auf ihrer feuchten Haut wie ein Schock. Aber nicht etwa, weil es so schrecklich war, sondern eher das Gegenteil.

Und es sollte noch schlimmer werden. Stark und zuverlässig griffen seine Hände unter ihre Achseln und hielten sie. Mit gespreizten Beinen stand er hinter ihr und hob sie hoch. Sie sog scharf die Luft ein.

»Was ist?«

»Meine … Achseln sind wund«, sagte sie atemlos. »Von den Krücken.« Er murmelte einen Fluch, der so wüst war, dass sie hoffte, ihn missverstanden zu haben.

Seine Hände glitten über ihre nasse Haut und legten sich um ihren Brustkorb. »Versuchen wir es so. Fertig?«

Rusty befolgte seine Instruktionen und stand mit dem linken Bein auf, wobei sie das verletzte rechte leicht angezogen baumeln ließ, während er sie aus dem Wasser hob.

»Bis jetzt alles in Ordnung?« Sie nickte. »Fertig?« Wieder nickte sie nur. »Dann los.« Er hielt ihr Gewicht, während sie ihr Bein anhob und den Fuß auf den Hüttenboden setzte.

»Oh!«

»Was ist jetzt?«

Er hatte sie gerade loslassen wollen, als sie einen Ausruf ausstieß und leicht nach vorn schwankte. Reflexartig griff er wieder fester zu, hielt sie knapp unterhalb ihres Busens.

»Der Boden ist so kalt.«

»Herrgott, erschreck mich nie wieder so.«

»Tut mir leid. Es kam nur so unerwartet.«

Und jeder von ihnen beiden dachte: »Das kannst du laut sagen.«

Rusty nutzte die Stuhllehne, um das Gleichgewicht zu halten, und griff hastig nach dem Handtuch, um es sich an den Leib zu pressen. Was natürlich immer noch ihre bloße Rückseite seinem Blick überließ, aber sie verließ sich darauf, dass Cooper Gentleman genug war, um den Vorteil nicht auszunutzen.

»Alles in Ordnung?«

»Ja.«

Er glitt mit den Händen tiefer an ihren Seiten hinab, hielt sie aber immer noch leicht. »Ganz sicher?«

»Ja«, wiederholte sie rau. »Ich komme zurecht.«

Endlich nahm er seine Hände weg. Rusty seufzte erleichtert – wie sich herausstellte, zu früh.

»Was, zum Teufel, ist das?« Sie schnappte nach Luft, als seine Hand über ihre Hüfte fuhr und sein Daumen über ihre Pobacke glitt. Dann wurde auch ihre andere Pobacke auf die gleiche Weise untersucht. »Du hattest doch gesagt, er hat dir nichts getan.«

»Ich weiß nicht, was du meinst.« Atemlos und schwindlig drehte sie den Kopf und sah ihn über die Schulter hinweg an. Auf seiner Stirn stand eine tiefe Falte.

»Du bist voller blauer Flecke.«

Rusty sah an ihrer Rückseite hinab. Das Erste, was ihr auffiel, war, welch erotischen Kontrast Coopers gebräunte Hand zu ihrer hellen Haut darstellte. Erst danach fielen ihr die dunklen Stellen auf.

»Ach so, die. Das ist von dem Marsch auf der Trage.«

Er richtete den Blick durchdringend auf sie, ohne die Hände von ihr zu nehmen. Seine Stimme war so sanft wie seine Berührung. »Du hättest etwas sagen sollen.«

Sie konnte nur flüstern. »Hätte das einen Unterschied gemacht?«

Einige ihrer Haare verfingen sich in seinen Bartstoppeln, bildeten ein schimmerndes Lichtband zwischen ihnen. Nicht, dass diese Verbindung nötig gewesen wäre, allein ihrer beider

Blicke waren so intensiv, dass sie geradezu fühlbar waren. Erst als ein Holzscheit im Kamin knackte, zuckten beide schuldbewusst zusammen.

Cooper setzte wieder seine mürrische Miene auf. »Nein, es hätte nichts geändert«, knurrte er.

Keine Sekunde später fiel der Vorhang hinter ihm wieder an seinen Platz. Rusty zitterte. Das ist die Kälte, sagte sie sich. Schließlich hatte er sie hier lange genug stehen lassen, dass ihr kalt geworden war. Also beeilte sie sich, sich abzutrocknen.

Das Handtuch war so hart, dass es an ihrer Haut kratzte, vor allem an den empfindlichen Brustwarzen. Die zarten Knospen richteten sich auf und waren unnatürlich rosig. Und heiß. Und schmerzten.

»Das liegt nur am Handtuch«, murmelte sie in sich hinein, als sie die lange Seidenunterhose anzog.

»Was ist jetzt schon wieder?«, erklang prompt die entnervte Frage auf der anderen Seite des Vorhangs.

»Was?«

»Du hast etwas gesagt.«

»Ich sagte, das Handtuch könnte gut als Schmirgelpapier durchgehen.«

»Etwas Besseres ließ sich hier leider nicht auftreiben.«

»Das war nicht als Kritik gemeint.«

»Wäre das erste Mal.«

Sie murmelte noch etwas, aber diesmal achtete sie darauf, dass es leise genug war, damit er es nicht hören konnte. Es handelte sich um eine äußerst unschmeichelhafte Bemerkung hinsichtlich seines Naturells.

Verärgert zog sie sich das seidene Top über den Kopf. Ihre Brustwarzen stachen dunkel aus dem eng anliegenden Stoff hervor. Die Seide hätte ihre Haut nach dem rauen Handtuch beruhigen sollen, stattdessen irritierte sie sie nur noch mehr.

Sie verstaute ihre Toilettenartikel wieder in der Kulturtasche und beugte sich dann vor, um ihr Haar trocken zu rubbeln, dann zu bürsten. Fünf Minuten später richtete sie sich auf und warf den Kopf zurück, das schon halbwegs trockene Haar fiel ihr in rotbraunen Locken über die Schultern. Sicherlich keine elegante Frisur, aber zumindest sauber. Und das war eine erhebliche Verbesserung.

Als sie die Bürste in die Kulturtasche zurücklegte, fiel ihr der Zustand ihrer Fingernägel auf. Sie stöhnte laut.

Einen Sekundenbruchteil später wurde der Vorhang zurückgerissen und Cooper stand da. »Was ist? Etwa dein Bein? Soll ich …«

Er brach ab, als ihm klar wurde, dass Rusty sich nicht vor Schmerzen krümmte. Selbst wenn diese Erkenntnis ihn nicht zum Schweigen gebracht hätte, dann ihr Anblick. Ihre Silhouette gegen das goldene Licht des Feuers, eine Aureole von rotem Haar um den Kopf. Ihr Oberteil verlockte mehr, als dass es verdeckte. Die dunklen Kreise ihrer Brustwarzen zogen seinen Blick wie ein Magnet auf sich. Selbst jetzt noch, Minuten später, meinte er das Gefühl ihrer Brüste an seinen Armen zu spüren.

Sein Blut verwandelte sich in geschmolzene Lava, heiß und dickflüssig. Es floss in seine Lenden, sammelte sich dort und erzeugte die übliche, aber unerwünschte Reaktion, die schmerzhaft war in ihrer Intensität.

Und da es kein Ventil gab, suchte er den einzigen anderen Ausweg: Wut. Dunkle Sturmwolken zogen auf sein Gesicht. Seine Brauen, im Feuerschein eher goldfarben als braun, zogen sich finster zusammen. Weil er seine Zunge nicht dazu benutzen konnte, um Rusty zu schmecken, nutzte er sie, um mit Worten gegen sie auszuholen.

»Du machst einen solchen Aufstand wegen deiner verdammten Fingernägel?«, schrie er sie an.

»Sie sind alle eingerissen oder abgebrochen«, schrie sie zurück.

»Besser gebrochene Fingernägel als ein gebrochener Hals, du Närrin.«

»Nenn mich nicht so, Cooper. Ich bin keine Närrin.«

»Du konntest doch noch nicht einmal erraten, dass diese beiden Hinterwäldler dich vergewaltigen wollten.«

Sie verzog den Mund zu einem beleidigten Schmollen, was seine Wut nur noch schürte. Weil er sie so unbedingt küssen wollte. Und dieses ungestillte Verlangen ließ ihn hässliche, verletzende Dinge sagen.

»Du musstest sie ja unbedingt noch anmachen, nicht wahr? Neben dem Feuer zu sitzen, wohl wissend, wie deine Augen und deine Haut schimmern würden. Dir das Haar bürsten, damit es auch schön glänzt, nicht wahr? Du weißt genau, was das mit einem Mann anstellt, oder? Du weißt genau, dass es ihn rasend vor Lust macht.« Da ihm in diesem Moment bewusst wurde, dass seine wütende Tirade einem Geständnis gleichkam, fuhr er höhnisch fort: »Es wundert mich, dass du dich Reuben nicht direkt an den Hals geworfen hast. Der einfältige Trottel.«

Tränen schossen Rusty in die Augen. Seine Meinung über sie war also noch schlimmer, als sie gedacht hatte. Er hielt sie nicht nur einfach für unnütz, für ihn war sie nicht besser als eine Hure.

»Ich habe nichts mit Absicht getan. Du weißt das auch, ganz gleich, was du jetzt sagst.« Instinktiv, wie zum Schutz, schlang sie die Arme um sich.

Abrupt ließ Cooper sich vor ihr auf die Knie nieder und riss ihre Arme fort. Mit einer schnellen Bewegung zog er das riesige Jagdmesser aus seinem Schaft. Rusty stieß einen angstvollen Schrei aus, als er die blitzende Klinge hob. Dann griff er sich ihre Hand und schnitt die Nägel an dieser Hand bis auf die Fingerspitzen herunter. Als er ihre Hand wieder freigab, sah sie entsetzt auf ihre Finger.

»Das sieht ja grässlich aus!«

»Ich bin der Einzige, der es sieht, und mir ist es völlig egal. Gib mir die andere Hand.«

Sie gehorchte, ihr blieb ja nichts anderes übrig. Sonst wäre es zu einem Wettkampf im Armdrücken ausgeartet, und gegen Cooper hätte sie sowieso keine Chance gehabt. Ihre Brüste waren also wieder seinem Blick freigegeben. Aber als er seine Augen von der bizarren Maniküre zu ihrem Gesicht hob, lag in ihnen keine kalte Verachtung mehr. Im Gegenteil, sie drückten Interesse aus. Männliches Interesse. So viel davon, dass Rustys Magen Achterbahn fuhr.

Das Schneiden ihrer Nägel schien auf einmal viel mehr Zeit in Anspruch zu nehmen, so als benötigten die Nägel ihrer linken Hand mehr Arbeitsaufwand als die ihrer rechten. Coopers Kopf war auf gleicher Höhe mit ihrer Brust. Und trotz der schrecklichen Dinge, die er ihr gerade entgegengeschleudert hatte, wäre Rusty zu gern mit der Hand durch sein langes wirres Haar gefahren.

Während sie seine Lippen betrachtete, jetzt fest zusammengepresst, erinnerte sie sich daran, wie weich und warm diese Lippen bei einem Kuss wurden. Wie gut würden sie sich erst an anderen Körperstellen anfühlen? An ihrem Hals? Ihrem Ohr? Ihrer Brust …?

Er war mit dem Nägelschneiden fertig und schob das Messer in den Schaft zurück. Aber er ließ ihre Hand nicht los. Hielt sie weiter fest, starrte darauf, legte sie dann auf ihren Schenkel, seine darüber. Rusty hatte das Gefühl, ihr Herz müsse explodieren.

Cooper hielt den Kopf gesenkt, schaute unentwegt auf die Stelle, wo seine Hand auf ihrem Schenkel lag. Von Rustys Position aus schien es, dass er die Augen geschlossen hatte, sie konnte nur die dichten Wimpern sehen. Ihr fiel auf, dass die Enden golden waren, wie seine Augenbrauen. Im Sommer würde die Sonne sein Haar ausbleichen und mit goldenen Strähnchen versetzen.

»Rusty.«

Er sprach ihren Namen aus. Ein leichtes Krächzen war in seiner Stimme zu hören, ein Protest gegen die Gefühle, die ihn dazu gebracht hatten, den Namen auszusprechen. Rusty rührte sich nicht, aber ihr Herz schlug hart und wild.

Er nahm seine Hand von ihrer und umfasste den Stuhl zu beiden Seiten ihrer Hüfte, so fest, dass seine Knöchel weiß hervortraten. Den Blick hielt er immer noch auf ihre Hand auf dem Oberschenkel gerichtet. Er wirkte, als würde er jeden Moment den Kopf beugen und seine Wange daran schmiegen wollen. Oder diese Hand küssen oder an den Fingern knabbern, deren Nägel er gerade so kurz geschnitten hatte.

Sollte er es tun, würde Rusty ihn nicht davon abhalten. Das wusste sie ganz sicher. Ihr Körper war warm und empfänglich. Sie war bereit für alles, was passieren mochte.

Nein, war sie nicht.

Denn was jetzt passierte, hatte sie nicht erwartet. Cooper richtete sich hastig auf.

»Du solltest zu Bett gehen.«

Seine Gleichgültigkeit überrumpelte Rusty. Der Bann war gebrochen, als hätte die intime Stimmung nie existiert. Sie hatte das Bedürfnis zu streiten, aber sie tat es nicht. Was hätte sie auch sagen sollen? »Küss mich noch einmal, Cooper. Berühre mich.«? Das würde ihn nur in seiner Meinung über sie bestätigen.

Mit dem Gefühl, zurückgestoßen worden zu sein, sammelte sie ihre Sachen ein und ging um den Vorhang herum. Beide Betten waren mit Laken und Decken bezogen. An jedem Kopfende lag ein Fell. Zu Hause hatte sie Designerbettwäsche und eine Menge weicher Kissen, aber noch nie hatte ein Bett so einladend ausgesehen wie dieses hier.

Sie räumte ihre Sachen auf und ließ sich auf die Bettkante nieder. Cooper leerte das Badewasser mit Eimern, die er draußen von der Veranda hinuntergoss. Als der Zuber leer genug war, dass er ihn bewegen konnte, zog er ihn hinaus und stürzte ihn um. Dann brachte er die Metallwanne wieder hinein, stellte sie hinter den Vorhang und begann Töpfe und Kessel unter der Wasserpumpe zu füllen.

»Nimmst du auch ein Bad?«

»Irgendwelche Einwände?«

»Nein.«

»Es ist schon lange her, dass ich Holz gehackt habe, mein Rücken schmerzt. Außerdem fange ich langsam an zu stinken.«

»Ist mir nicht aufgefallen.«

Er warf ihr einen scharfen Blick zu, aber als er sah, dass sie es ernst meinte, brachte er fast ein Lächeln zustande. »Es wird dir auffallen, jetzt, da du sauber bist.«

Das Wasser in den Töpfen und Kesseln begann zu kochen. Er nahm zwei vom Herd und ging damit zur Wanne.

»Soll ich dich ein bisschen durchkneten?«, fragte Rusty völlig arglos.

Er stolperte und schüttete sich heißes Wasser aufs Hosenbein. »Wie bitte?«

»Massieren.« Er starrte sie an, als hätte sie ihm einen Hammerschlag versetzt. »Deinen Rücken.«

»Oh … äh …« Sein Blick glitt über sie. Das Unterhemd ließ ihre Schultern und ihren Hals frei, nur umgeben von einer rotbraunen Lockenmähne. »Nein«, lehnte er schließlich knapp ab. »Ich sagte dir doch, du sollst schlafen. Morgen steht uns noch eine Menge Arbeit bevor.« Abrupt drehte er ihr den Rücken zu.

Nicht nur, dass ihm die grundlegendste zwischenmenschliche Höflichkeit unmöglich war, nein, er konnte auch nicht die kleinste Nettigkeit annehmen. Sollte er doch von ihr aus verrecken!

Grimmig schlüpfte Rusty unter die kalten Laken, aber sie schloss die Augen nicht. Stattdessen sah sie zu, wie Cooper sich auf sein Bett setzte und sich die Schnürstiefel von den Füßen zog, während er darauf wartete, dass die anderen Töpfe mit Wasser heiß wurden. Er zog seine Socken aus und warf sie auf den Haufen schmutziger Wäsche, den Rusty in einer Ecke begonnen hatte, und knöpfte dann sein Hemd auf. Heute trug er nur eines, da er draußen so hart gearbeitet hatte. Er zog es aus seiner Jeans und über seine Schultern.

Rusty setzte sich abrupt auf. »Was ist dir denn passiert?«

Er warf das Hemd auf den Wäschehaufen. Er brauchte nicht zu fragen, was sie meinte. Wenn es so schlimm aussah, wie es sich anfühlte, musste der Bluterguss selbst im schwachen Dämmerlicht zu sehen sein.

»Meine Schulter kam in Kontakt mit Reubens Gewehr. Das war der einzige Weg, den Lauf von mir abzulenken, damit ich die Hände freihatte, um mein Gewehr zu ziehen.«

Rusty zuckte zusammen. Das faustgroße Hämatom war fast schwarz und sah aus, als würde es grässliche Schmerzen bereiten. »Tut es sehr weh?«

»Allerdings.«

»Hast du ein Aspirin genommen?«

»Nein, wir müssen sparsam damit umgehen.«

»Aber wenn du Schmerzen hast …«

»Du nimmst ja auch keins gegen die blauen Flecke an deinem Hintern.«

Die Bemerkung ließ sie verstummen, aber nicht lange. »Ich finde trotzdem, dass du zwei Aspirin nehmen solltest«, sagte sie Augenblicke später.

»Ich will sie aufbewahren. Du könntest wieder Fieber bekommen.«

»Oh, ich verstehe. Du kannst kein Aspirin für deine Schulter nehmen, weil ich sie mit meinem Fieber verschwende.«

»Ich habe nichts von Verschwenden gesagt. Ich sagte … oh …« Dann folgte ein Wort, das in gesitteter Gesellschaft wahrscheinlich nicht einmal bekannt war. »Schlaf endlich, ja?!«

Nur in Jeans ging er zum Herd. Offensichtlich hatte er beschlossen, dass das Wasser heiß genug war, denn er leerte alle Töpfe in die Wanne. Rusty legte sich wieder hin, aber sie beobachtete seinen Schatten, wie er hinter dem Vorhang aus seiner

Jeans stieg und sich dann nackt in die Wanne setzte. Ihre Fantasie musste sie nicht bemühen, denn der Schatten seiner Gestalt im Profil ließ nichts unerkannt.

Sie hörte ihn fluchen, als er sich in die Wanne zwängte. Bei seiner Größe war das nicht so einfach wie bei ihr. Wie konnte er erwarten, dass sie einschlief, wenn er da hinten so lautstark rumplanschte?

Rustys Mund wurde trocken, als sie seinen Schatten weiter beobachtete. Er war aufgestanden und beugte sich vornüber, um sich die Seife vom Körper zu waschen. Als er aus der Wanne stieg, trocknete er sich mit männlicher Gleichgültigkeit ab. Seinem Haar ließ er nicht mehr Aufmerksamkeit zukommen, als es trocken zu rubbeln und dann kurz mit den Fingern durchzufahren. Danach wickelte er sich das Handtuch um die Hüften.

Er wiederholte den gleichen arbeitsreichen Vorgang, um die Wanne zu leeren. Nach dem letzten Gang auf die Veranda ließ er die Wanne draußen. Rusty sah, dass er vor Kälte zitterte, als er zum Kamin zurückkam und Holz nachlegte. Er stieg auf den Stuhl und hakte das Laken aus, faltete es zusammen und legte es auf eines der in die Wand eingelassenen Regale. Als Letztes blies er die Öllampe aus, riss sich dann das Handtuch von den Hüften und legte sich in sein Bett.

Während der ganzen Zeit hatte er Rusty nicht ein einziges Mal angesehen. Sie war verletzt, dass er noch nicht einmal Gute Nacht gesagt hatte. Aber andererseits … sie wäre wahrscheinlich gar nicht in der Lage gewesen, etwas zu erwidern.

Ihr Mund war immer noch staubtrocken.

Es hatte keinen Sinn. Schäfchen zählen half nicht.

Gedichte in Gedanken herunterzuleiern half auch nicht, vor allem, da die einzigen Gedichte, die er kannte, Limericks von zweifelhaftem Inhalt waren.

Also lag Cooper auf dem Rücken, die Hände hinter dem Kopf verschränkt, und starrte im Dunkeln an die Decke. Wobei er sich fragte, wie lange es wohl dauern mochte, bis seine Erektion endlich aufhören würde, aus der Decke ein Zelt zu machen, und ihn einschlafen ließ. Er war ausgelaugt, jeder Muskel in ihm schrie nach Erholung. Nur schien seine Männlichkeit das nicht zu hören.

Im Gegensatz zum Rest seines Körpers war dieser Teil an ihm hellwach, bereit und einsatzfähig.

Verzweifelt schob er eine Hand unter die Decke. Vielleicht, wenn er … Hoppla, besser nicht. Der Versuch, es mit Gewalt niederzudrücken, machte alles nur noch schlimmer und tat zudem höllisch weh.

Wütend auf Rusty, weil sie ihm das antat, drehte er sich auf die Seite. Selbst das war zu viel. Das Stöhnen, das ihm unwillkürlich entfuhr, wandelte er hastig in ein Husten ab.

Was konnte er tun? Nichts, was nicht erniedrigend wäre. Also würde er eben an etwas anderes denken müssen.

Aber verflucht, das hatte er doch schon versucht. Seit Stunden. Doch irgendwann wanderten seine Gedanken unweigerlich zu ihr zurück.

Ihre Lippen – so weich.

Ihr Mund – verletzlich, aber neugierig. Dann fordernd und hungrig. Offen für ihn.

Cooper biss die Zähne zusammen. Himmel, sie hatte so gut geschmeckt. Er hätte ewig weitermachen können, dieses Spiel der Zungen, mit jeder Bewegung ein bisschen tiefer, bis er herausgefunden hätte, wonach genau sie schmeckte. Was eine unmögliche Aufgabe war und somit endlos. Denn ihr Geschmack war einzigartig.

Er hätte es besser wissen müssen. Er hätte sie nicht küssen dürfen, nicht einmal, um den alten Mann zu narren. Aber wer narrte hier wen? fragte er sich. Er hatte sie geküsst, weil er es gewollt hatte. Wider besseres Wissen. Er hatte vorausgesehen, dass ein Kuss ihm nicht reichen würde. Jetzt wusste er es mit Bestimmtheit.

Ach, zum Teufel! Warum ging er so hart mit sich ins Gericht? Er verspürte diese Schlaf raubende Lust nach ihr, weil sie die einzige Frau weit und breit war. So einfach war das. Mehr nicht.

Wahrscheinlich. Möglich. Vielleicht.

Tatsache blieb allerdings, dass sie ein umwerfendes Gesicht hatte. Teuflisch sexy Haare. Ein Körper, der für die körperliche Liebe geschaffen war. Brüste, die jedem Mann reines Vergnügen bereiteten. Ein süßes knackiges Hinterteil. Beine, die sofortige Erregung hervorriefen. Und was zwischen ihnen lag ...

Stopp! warnte sein Verstand. Denk nicht einmal daran, oder du wirst das tun müssen, was du heute Abend erstaunlicherweise und mit bewundernswerter Selbstdisziplin unterlassen konntest.

Also gut, es reicht. Aus. Schluss. Basta. Hör auf, wie ein hormongesteuerter Teenager – im besten Falle – zu denken. Oder wie ein sexbesessener Hinterwäldler – im schlimmsten Falle.

Er schloss die Augen und konzentrierte sich so fest darauf, sie auch geschlossen zu halten, dass er zuerst dachte, das Wimmern aus dem Bett neben ihm sei nur Einbildung. Aber dann setzte Rusty sich ruckartig wie ein Stehaufmännchen auf. Das war keine Einbildung mehr. Und er konnte auch nicht so tun, als hätte er es nicht bemerkt.

»Rusty?«

»Was war das?«

Selbst im schwachen Licht des heruntergebrannten Feuers konnte er erkennen, dass sie die Augen entsetzt aufgerissen hatte. Wahrscheinlich hatte sie einen Albtraum gehabt. »Leg dich wieder hin. Alles ist in Ordnung.«

Sie atmete schwer und hielt verkrampft die Decke vor die Brust. »Was ist das für ein Geräusch?«

Hatte er etwa Laute von sich gegeben? War es ihm nicht gelungen, sein Stöhnen zu unterdrücken? »Was ...«

Genau in diesem Augenblick ertönte das Heulen erneut. Rusty hielt sich die Ohren zu und kauerte sich zusammen. »Ich ertrage das nicht«, schrie sie.

Cooper warf seine Decken zurück und war in Sekunden bei ihr. »Wölfe, Rusty. Das sind nur Wölfe. Sie sind lange nicht so nah, wie das Geheul sich anhört. Sie können uns nichts tun.«

Sanft richtete er sie auf und drückte sie zurück, bis sie wieder lag. Aber ihre Miene zeigte, dass sie nicht beruhigt war. Ihre Augen schweiften hektisch durch den dunklen Raum, als suche sie nach Dämonen. »Wölfe?«

»Sie haben …«

»Die Leichen gerochen.«

»Ja«, antwortete er leise.

»Oh Gott.« Sie schlug die Hände vors Gesicht.

»Schsch. Sie kommen nicht heran, ich habe die Gräber mit Steinen beschwert. Irgendwann ziehen sie wieder ab. Beruhige dich wieder und schlaf.«

Er war so mit seinem eigenen Problem beschäftigt gewesen, dass er das Heulen des Wolfsrudels überhaupt nicht wahrgenommen hatte. Aber er erkannte jetzt, dass Rusty echte Angst hatte. Sie griff nach seiner Hand und zog sie sich an die Brust, so wie ein verängstigtes Kind seinen Teddybären an sich drücken würde. »Ich hasse diesen Ort«, flüsterte sie.

»Ich weiß.«

»Ich hab wirklich versucht, tapfer zu sein.«

»Das ist dir auch gelungen.«

Jetzt schüttelte sie wild den Kopf. »Nein, ich bin ein Feigling. Mein Vater hat das erkannt. Deshalb hat er auch vorgeschlagen, dass ich früher nach Hause zurückkehren sollte.«

»Viele Menschen können nicht dabei zusehen, wie Tiere erschossen werden.«

»Ich bin zusammengebrochen und habe vor dir geheult. Du hast die ganze Zeit gewusst, dass ich nutzlos bin. Ich kann so was eben nicht. Und ich will es auch gar nicht können.«

Trotz mischte sich in ihre Stimme, auch wenn die Tränen ihr über die Wangen rollten. »Du hältst mich für eine grässliche Person.«

»Nein, tue ich nicht.«

»Doch, tust du.«

»Nein, ehrlich nicht.«

»Warum hast du mir dann vorgeworfen, ich hätte diese Männer verführt?«

»Weil ich wütend war.«

»Wieso?«

Weil du mich verführst, und ich will nicht verführt werden. Aber das sagte er nicht laut. Stattdessen murmelte er: »Lass gut sein.«

»Ich will nach Hause. Zu Hause ist es warm und sicher und sauber.«

Er hätte anmerken können, dass die Straßen von Los Angeles nicht unbedingt als sicher bezeichnet werden konnten, aber er wusste auch, dass jetzt nicht der richtige Zeitpunkt für Scherze war. Nicht einmal für harmlose.

Es ging ihm gegen die Natur, ihr ein Kompliment zu machen, aber sie hatte eines verdient. »Du hast dich ausgesprochen gut gehalten.«

»Nein, hab ich nicht.« Sie blickte ihn mit tränennassen Augen an.

»Viel besser, als ich erwartet hätte.«

»Wirklich?«, fragte sie hoffnungsvoll.

Diese atemlos gestellte, typisch weibliche Frage war fast zu viel für ihn. »Wirklich. Und jetzt ignorier die Wölfe und schlaf weiter.« Er zog seine Hand aus ihrem Griff und wandte sich ab. Bevor er allerdings aufstehen konnte, ertönte neues Geheul. Rusty schrie auf und griff nach ihm, warf sich an seine Brust, als er sich wieder zu ihr drehte.

»Ist mir egal, ob ich feige bin. Halte mich, Cooper. Bitte, halte mich ganz fest.«

122

Automatisch schlang er die Arme um sie. Und wie beim letzten Mal, als er sie gehalten hatte, fühlte er die Hilflosigkeit, die ihn erfüllte. Es war verrückt, sie zu halten, ganz gleich, aus welchem Grund auch immer, aber es wäre verabscheuungswürdig und grausam, es nicht zu tun. Und auch wenn es für ihn sowohl Qual als auch Entzücken war, zog er sie an sich und presste seine Lippen auf ihr Haar.

Als er sprach, waren seine Worte ernst gemeint. Es tue ihm unendlich leid, dass ihr das alles zugestoßen war. Er wünschte, sie würden endlich gerettet werden. Er wollte, dass sie sicher nach Hause kam. Es tue ihm leid, dass sie solche Angst hatte. Wenn er etwas unternehmen könnte, um sie aus dieser Situation zu befreien, würde er es tun.

»Du hast getan, was möglich war. Aber bitte, halte mich nur noch eine Minute«, flehte sie.

»Das werde ich.«

Also hielt er sie weiter fest. Er hatte die Arme um sie gelegt, aber seine Hände hielt er ruhig. Er wagte es nicht, ihren Rücken zu streicheln, weil er sonst nicht würde aufhören können. Er wollte sie berühren, überall. Er wollte ihre Brüste umfassen und den Ort zwischen ihren Schenkeln erforschen. Vor Verlangen erschauerte er.

»Du frierst.« Mit einer Hand strich Rusty über die Gänsehaut auf seinem Arm.

»Mir geht's gut.«

»Komm unter die Decke.«

»Nein.«

»Sei nicht albern. Du erkältest dich noch. Warum stellst du dich so an? Wir haben drei Nächte zusammen geschlafen. Komm schon.« Sie lüpfte ihre Decke.

»Ich … äh … ich gehe in mein eigenes Bett.«

»Du hast gesagt, du würdest mich festhalten. Bitte. Nur bis ich eingeschlafen bin.«

»Aber ich …«

»Bitte, Cooper.«

Er fluchte, dann glitt er zu ihr unter die Decke. Sie schmiegte sich an ihn, barg ihr Gesicht an seiner Brust. Sie rückte noch näher an ihn heran. Er biss die Zähne zusammen.

Nur Sekunden, nachdem sie sich entspannt an ihn gekuschelt hatte, stieß sie sich wieder von ihm ab. »Oh!«, rief sie leise. »Ich hatte ganz vergessen, dass du …«

»Dass ich nackt bin. Stimmt. Aber jetzt ist es zu spät.«

7. Kapitel

Cooper wurde jetzt nur noch von männlichen Trieben beherrscht. Er küsste Rusty lang und innig, während er sich auf sie schob. Seine gierige Zunge stieß tiefer und tiefer vor, nahm Besitz von ihrem warmen Mund.

Rustys erste Reaktion war Schock. Seinen wunderbaren nackten Körper an sich zu fühlen war eine überwältigende Überraschung. Doch noch bevor sie sich von diesem Schock erholt hatte, ließ sie sich von dem verlockenden Kuss mitreißen.

Die nächste Reaktion war unendliches Verlangen. Es schoss aus ihrem Schoß empor, überwältigte Herz und Verstand, schloss alles aus, außer dem Mann, der solch wundervolle Dinge mit ihrem Mund anstellte. Sie schlang die Arme um seinen Nacken und zog ihn noch näher an sich heran. Er stöhnte und vergrub sein Gesicht in ihrer Halsmulde.

»Was willst du, Cooper?«

Er lachte hart auf. »Ist das nicht offensichtlich?«

»Doch, aber ich meinte, was möchtest du, dass ich tue?«

»Entweder berühre mich überall oder berühre mich gar nicht.« Sein Atem strich heiß und keuchend über ihre Wange. »Aber wie immer du dich entscheidest, entscheide dich schnell.«

Rusty zögerte nur einen halben Herzschlag lang, bevor sie die Finger einer Hand in sein Haar schob, während sie mit der anderen seine muskulöse Brust streichelte.

Ihre Lippen trafen sich zu einem neuen fiebrigen Kuss. Cooper leckte ihr flüchtig über die Unterlippe und zog diese dann zwischen seine Zähne. Die sinnliche Geste elektrisierte Rusty. Ihr lustvolles Wimmern fasste Cooper als Aufforderung auf, und er begann ihren Hals zu küssen, arbeitete sich weiter nach unten bis zu ihrer Brust. Er war kein Mann, der um Erlaubnis fragte, er umfasste ihre Brust und massierte sie.

»Ich habe vor Verlangen nach dir fast den Verstand verloren«, keuchte er. »Ich habe geglaubt, verrückt zu werden, wenn ich dich nicht berühren, dich nicht schmecken kann.«

Mit seinen Lippen liebkoste er die zarte Haut. Mit dem Daumen reizte er die rosige Knospe, bis Rusty meinte vergehen zu müssen.

»Cooper, hör auf, ich kann nicht mehr atmen.«

»Du sollst auch nicht mehr atmen können.« Er schloss die Lippen um die harte Knospe unter dem Hemd. Rusty bäumte sich ihm entgegen. Aber das reichte ihm nicht.

»Sag mir, dass du mich willst«, verlangte er mit tiefer, vibrierender Stimme.

»Ja, ich will dich. Ja.«

Von heißer, unkontrollierbarer Lust getrieben, schob sie ihn zurück. Jetzt war sie es, die die Initiative ergriff. Ihre Lippen wanderten fiebrig über seinen Hals, hinunter zu seinem Bauch, setzten kleine heiße Küsse auf seine Haut, wie Regentropfen, die auf einen ausgetrockneten Boden fielen. Jedes Mal, wenn ihr Mund seine Haut berührte, flüsterte sie seinen Namen. Mit einem Seufzer rieb sie ihre Wange an seiner Brust.

Die Leidenschaft, die sie in ihm entfachte, machte ihn wehrlos. Er hob den Kopf und sah sie an. Ihr Haar lag auf seinem Bauch, ihr Atem bewegte die feinen Härchen auf seinem Körper. In ihren gemurmelten Liebesworten lag ein erotischer Rhythmus, wie er ihn nie zuvor gehört hatte. Ihre Lippen – Himmel, ihre Lippen – hinterließen kleine feuchte Stellen auf seiner Haut.

Das war der erotischste Anblick, den er je gesehen hatte. Und unermessliche Angst stieg in ihm auf.

Er schob sie von sich und rollte sich vom Bett. Zitternd stand er da, fluchte mit angehaltenem Atem.

Wilder, leidenschaftlicher, purer Sex – damit konnte er umgehen. Aber nicht hiermit. Er wollte keine echte Sehnsucht, keine Gefühle, die ins Spiel kamen. Danke, aber nein danke.

Er hatte schon alles erlebt, was es mit einer Frau körperlich zu erleben gab, aber keine Frau hatte bisher solch echte Sehnsucht ausgedrückt. Was Rusty hier begonnen hatte, ließ auf eine Nähe schließen, die weit über das Körperliche hinausging.

Und das brauchte er nicht. Keine Romantik, keine Liebe. Nein, vielen Dank.

Er war für eine gewisse Zeit für Rusty Carlson verantwortlich. Für ihr Überleben. Aber er würde den Teufel tun, auch die Verantwortung für ihr seelisches Gleichgewicht zu übernehmen. Wenn sie mit ihm schlafen wollte, gut, aber sie sollte sich nur nicht einreden, dass es mehr als die Befriedigung eines körperlichen Bedürfnisses war. Mit seinem Körper konnte sie machen, was sie wollte. Er würde es ihr erlauben, es sogar begrüßen. Aber damit hörte es auch auf. Er würde niemandem gestatten, an seine Gefühle heranzukommen.

Rusty starrte ihn an, verwirrt und verletzt. »Was stimmt denn nicht?« Plötzlich verlegen, zog sie die Decke über ihre Brust.

»Nichts.«

Er durchquerte den Raum und legte ein Holzscheit aufs Feuer. Funken stoben auf, erhellten den Raum, wenn auch nur kurz. In diesem Licht konnte Rusty erkennen, dass Cooper immer noch erregt war.

Er sah den fragenden, enttäuschten Ausdruck in ihren Augen. »Schlaf jetzt«, sagte er brüsk. »Die Wölfe sind weg. Außerdem sagte ich dir doch, dass sie uns nichts tun können. Und jetzt hör auf, dich wie eine Heulsuse zu benehmen, und lass mich in Ruhe.«

Er stieg in sein eigenes Bett und zog die Decken über sich. Innerhalb von Minuten war er schweißgebadet. Das war alles

127

nur Rustys Schuld, verflucht. Sein Körper stand immer noch in Flammen.

Verflucht, warum hatte sie so reagieren müssen? So ... so ehrlich. Keine List, keine Schliche. Ihr Mund war so bereit gewesen, sie war so bereit gewesen.

Er biss die Zähne zusammen, um die Bilder zu verdrängen. War er ein Narr? Ein Narr, weil er nicht genommen hatte, was sie ihm so bedingungslos anbot?

Aber genau das war ja der Haken, nicht wahr? Es war eben nicht bedingungslos. Wäre es das, läge er jetzt zwischen ihren seidigen Schenkeln und nicht in seinem eigenen Schweiß. Dieser entrückte Ausdruck auf ihrem Gesicht hatte ihm deutlich gezeigt, dass es ihr viel mehr bedeutete als nur ein kleines entspannendes Schäferstündchen. Sie gab der Sache eine Bedeutung, sie hatte Erwartungen, die er einfach nie erfüllen konnte.

Oh, natürlich, er würde diesem wunderbaren weiblichen Körper Freuden bereiten und sie beide zufriedenstellen. Aber er konnte nicht fühlen, und das war es, was sie wollte. Vielleicht sogar verdiente. Er aber hatte nichts, was er ihr geben konnte. Sein Herz war eine Wüste. Ödland.

Nein, besser sie jetzt verletzen, dann hatte er es hinter sich. Besser jetzt als Mistkerl dastehen, als die Situation ausnutzen. Er ließ sich grundsätzlich nicht auf langfristige Beziehungen ein. Und ganz bestimmt nicht auf noch mehr. Wenn sie erst einmal gerettet worden wären, würde ihre Beziehung sowieso zu nichts führen.

Und bis dahin würde er weiterleben. Entgegen der landläufigen Meinung starb ein Mann nicht an Priapismus. Es würde unbequem werden, aber er würde es überleben.

Am folgenden Morgen waren Rustys Augen vom Weinen völlig verquollen. Nur mit Mühe hatte sie sie öffnen können, als ihr auffiel, dass das andere Bett leer und bereits sorgfältig gemacht war.

Umso besser. Dann würde er wenigstens ihre geschwollenen Lider nicht sehen, bis sie die Chance hatte, sie mit kaltem Wasser zu kühlen. Die Schwäche, die sie gestern Abend gezeigt hatte, machte sie unendlich wütend auf sich selbst. Sie hatte völlig übertriebene Angst vor dem Geheul der Wölfe gehabt. Aber diese Tiere verkörperten irgendwie alle Bedrohungen, die sie umgaben, und hatten ihr ihre missliche Lage so richtig bewusst gemacht.

Aus einem unerfindlichen Grund hatte sich ihre Panik in Verlangen geäußert. Cooper hatte darauf reagiert, darauf hatte wiederum sie reagiert. Dem Himmel sei Dank, dass er noch rechtzeitig wieder zur Besinnung gekommen war, bevor Schlimmeres passiert war.

Rusty wünschte sich nur, sie wäre diejenige gewesen, die zuerst wieder zu Verstand gekommen war. Jetzt dachte er vielleicht irrtümlicherweise, dass sie ihn gewollt hätte – dabei hatte sie nur jemanden gewollt. Und er war nun mal eben der Einzige, der hier war. Sollte er irgendetwas anderes denken, so irrte er sich gewaltig.

Sie machte es ihm nach und glättete ihr Bettzeug ordentlich – niemand sollte ihr nachsagen, sie wäre kein genauso guter Überlebenskünstler wie er –, dann ging sie zum Spülbecken, um sich das Gesicht zu waschen und die Zähne zu putzen. Sie stieg in die Hose von gestern, zog aber ein frisches Flanellhemd über. Dann kämmte sie ihr Haar und band es mit einem Schnürsenkel zusammen. Erst als sie ihre Socken anzog, fiel ihr auf, dass sie sich ohne Krücken bewegte. Ihr linkes Bein mochte noch nicht komplett belastbar sein, aber Coopers Stiche hatten die Wunde heilen lassen.

Sie wollte keine Dankbarkeit ihm gegenüber fühlen, und so ging sie zum Herd und schob dünne Holzscheite nach, dann füllte sie die Blechkanne mit Wasser und gab Kaffeepulver hinzu. Sie musste an die hypermoderne Kaffeemaschine mit dem Timer denken, die bei ihr zu Hause in der Küche stand.

Um das Heimweh niederzukämpfen, machte sie sich daran, Haferbrei zum Frühstück zuzubereiten. Beim Lesen der Zubereitungsanleitung stellte sie zufrieden fest, dass außer Wasserkochen und dem Abmessen der Haferflockenmenge keinerlei Kochkünste vonnöten waren.

Leider lag sie damit nicht ganz richtig.

Cooper polterte von draußen herein und knurrte ohne jeglichen Gruß: »Ist das Frühstück fertig?«

Auch nicht gerade freundlich gab sie zurück: »Ja. Setz dich.«

Sie wollte ihm eine Schüssel dampfenden cremigen Haferbreis vorsetzen, so wie in der Werbung im Fernsehen. Dann allerdings, als sie den Topfdeckel anhob, sah sie auf eine undefinierbare Masse, die die Farbe und Beschaffenheit von trocknendem Zement hatte, nur klumpiger.

Entmutigt, aber fest entschlossen, es nicht zu zeigen, reckte sie die Schultern und begann die Masse in die Blechschüsseln zu schöpfen. Die Klumpen fielen schwer wie Blei vom Löffel. Trotzdem trug sie die Schüsseln zum Tisch und setzte sich Cooper hoheitsvoll gegenüber.

»Kaffee?«, fragte er knapp.

Sie biss sich auf die Lippen, stand aber auf und kam mit zwei Bechern an den Tisch zurück, ohne ein Wort zu sagen. Sie verließ sich auf ihre Körpersprache, um ihm zu zeigen, was sie von seinem Herr-im-Hause-Gehabe hielt.

Er nahm einen Bissen Haferbrei auf seinen Löffel und schätzte wohl das Gewicht, so skeptisch, wie er sie anschaute. Stumm forderte sie ihn heraus, eine abfällige Bemerkung über ihren Haferbrei fallen zu lassen. Also schob er sich den Löffel in den Mund.

Als wolle sie ihm zeigen, was er damit zu tun hatte, wenn der Bissen erst einmal in seinem Mund war, nahm sie ebenfalls einen Löffel voll. Fast hätte sie es sofort wieder ausgespuckt. Aber da sie wusste, dass er sie mit Adleraugen beobachtete, begann sie zu kauen. Anstatt zerkleinert zu werden, schien die

Masse in ihrem Mund zu quellen. Also blieb ihr nichts anderes übrig, als zu schlucken. Ihr Magen musste annehmen, sie würde Golfbälle essen. Sie spülte den Bissen mit einem kräftigen Schluck Kaffee nach.

Coopers Löffel fiel klappernd in die Schüssel. »Ist das alles, was du zustande bringst?«

Rusty lag die entsprechende Erwiderung auf der Zunge: War das von gestern Abend alles, was du zustande bringst? Aber sie war weise genug, es nicht auszusprechen.

Wenn ein Mann eine solche Beleidigung hinsichtlich seiner Liebeskünste entgegengeschleudert bekam, würde das sicherlich als mildernder Umstand für einen Mord angesehen werden. »Ich koche zu Hause nicht besonders oft.«

»Zu beschäftigt damit, von einem Luxusrestaurant zum anderen zu flattern, was?«

»Genau.«

Mit verzerrter Miene würgte er den nächsten Bissen herunter. »Das hier ist nicht dieses Fertigzeug, das man in den hübschen kleinen Packungen mit Teddybären und Schmetterlingen kaufen kann. Das nächste Mal gib Salz ins Wasser. Die Hälfte Haferflocken reicht völlig aus. Dann streu Zucker darüber, aber nicht zu viel. Wir müssen unsere Vorräte rationieren.«

»Wenn du so viel vom Kochen verstehst, Pfadfinderführer, warum übernimmst du es dann nicht?«, flötete sie zuckersüß.

Er schob seine Schüssel weg und stützte die Arme auf den Tisch. »Weil ich das Jagen und Fischen und Holzhacken übernehme. Aber wenn ich es mir recht überlege, Kochen ist eigentlich wesentlich einfacher. Sollen wir tauschen? Oder sollte ich deiner Meinung nach alle Arbeiten erledigen, damit du in Ruhe zusehen kannst, wie deine Fingernägel nachwachsen?«

Rustys Stuhl schabte laut über den Boden, als sie aufsprang und sich über den Tisch lehnte. »Es macht mir nichts aus, meinen Teil der Arbeit zu übernehmen, und das weißt du auch.

131

Aber es macht mir sogar viel aus, ständig von dir kritisiert zu werden, wenn ich mein Bestes gebe.«

»Wenn das hier dein Bestes ist, werden wir innerhalb einer Woche verhungert sein.«

»Ich werde es lernen«, schrie sie ihn an.

»Je früher, desto besser.«

»Oh!«

Wütend wirbelte sie herum. Dabei flog ihr Flanellhemd, das sie nicht zugeknöpft hatte, auf. Coopers Arm schoss vor, seine Hand griff nach ihrem Handgelenk.

»Was ist das?« Er schob das Hemd auf und zog den Träger ihres Unterhemds zur Seite.

Rusty folgte seinem Blick auf die dunkel gefärbte Stelle an ihrem Brustansatz, dann hob sie die Augen zu seinem Gesicht. »Das ist von gestern … wo du … dein Kuss …« Vor Verlegenheit brach sie mit einer hilflosen Geste ab.

Cooper zog seine Hand zurück, so schuldig wie Adam, der von der verbotenen Frucht gekostet hatte. Rusty spürte, wie ihr das Blut in die Wangen stieg, während er sie gründlich musterte. Ihm fiel die leichte Rötung um ihre Lippen auf, wo seine Bartstoppeln die Haut aufgeraut hatten, auch an ihrem Hals und ihren Wangen. Er verzog schuldbewusst das Gesicht und rieb sich über sein Kinn.

»Tut mir leid.«

»Ist schon in Ordnung.«

»Tut es weh?«

»Nicht wirklich.«

»Hat es wehgetan, du weißt schon, als …«

Sie schüttelte den Kopf. »Ich hab's nicht bemerkt.«

Hastig wandten beide den Blick ab. Cooper ging zum Fenster. Draußen nieselte es. Hin und wieder schlug ein Graupelkorn gegen die Scheibe.

»Ich sollte wohl eine Erklärung für gestern Nacht liefern«, sagte er mit tiefer Stimme.

»Nein. Das ist nicht nötig.«

»Ich will nicht, dass du denkst, ich wäre impotent oder so was.«

»Ich weiß, dass du nicht impotent bist.«

Abrupt drehte er den Kopf zu ihr. »Tja, es ließ sich wohl nicht verheimlichen, dass ich einsatzbereit war.«

Rusty schluckte schwer und senkte den Kopf. »Nein.«

»Bleibt nur noch das Wollen übrig.« Rusty hielt den Kopf weiter gesenkt und schwieg. »Bist du nicht einmal neugierig, warum ich nicht bis zum Ende weitergemacht habe?«, fragte er schließlich.

»Ich habe nicht gesagt, dass ich nicht neugierig bin, ich habe gesagt, dass keine Erklärungen nötig sind. Immerhin sind wir Fremde füreinander. Wir schulden einander keine Erklärungen.«

»Aber du hast dich gefragt.« Anschuldigend richtete er den Finger auf sie. »Leugne nicht, dass du dich gefragt hast, warum ich nicht weitergemacht habe.«

»Ich bin davon ausgegangen, dass zu Hause jemand auf dich wartet. Eine Frau.«

»Keine Frau«, knurrte er. Als er ihre verdutzte Miene sah, grinste er schief. »Und auch kein Mann.«

Sie lachte nervös. »Das hätte ich auch nie vermutet.«

Der Anflug von Humor hielt nicht lange. Sein Lächeln machte einem Stirnrunzeln Platz. »Ich gehe keine Bindungen ein.«

Ihr Kinn ruckte ein bisschen hoch. »Ich kann mich nicht entsinnen, darum gebeten zu haben.«

»Das war gar nicht nötig. Wenn wir … wenn ich … Wir beide sind hier allein, Gott weiß, wie lange noch. Wir sind schon in allem anderen voneinander anhängig. Wir müssen die Situation nicht noch komplizierter machen, als sie schon ist.«

»Ich stimme dir voll und ganz zu«, sagte sie nüchtern. Es war ihr immer schwergefallen, Zurückweisungen zu akzeptieren, aber sie hatte sich auch noch nie ihre verletzten Gefühle anmerken lassen. »Ich habe gestern Abend den Kopf verloren. Ich hatte Angst und war wahrscheinlich erschöpfter, als mir selbst klar war. Du warst da und so nett, mir Trost zu spenden. Als Folge davon sind die Dinge ein wenig aus dem Lot gelaufen. Völlig logisch also, mehr nicht.«

Die Linien um seinen Mund wurden tiefer. »Genau. Hätten wir uns unter anderen Umständen getroffen, wären wir einander nicht einmal aufgefallen.«

»Wohl kaum.« Sie zwang sich zu einem Lachen. »Du passt nicht unbedingt in meine kosmopolitischen Kreise.«

»Und dich mit deinen eleganten Klamotten würde man mit Hohngelächter von meinem Berg hinunterscheuchen.«

»Also. Fein«, sagte sie pikiert.

»Fein.«

»Das wäre dann wohl geklärt.«

»Genau.«

»Es gibt also kein Problem.«

Einem unbeteiligten Beobachter allerdings hätte sich unweigerlich die Frage aufgedrängt, warum die beiden sich dann wie Preisboxer gegenüberstanden und warum die Luft vor Feindseligkeit knisterte. Angeblich hatten sie sich doch auf einen Waffenstillstand geeinigt, doch es war offensichtlich, dass sie sich immer noch im Krieg befanden.

Cooper war der Erste, der sich umdrehte. Mit einem verärgerten Schulterzucken zog er seine Jacke über und nahm sein Gewehr. »Ich werde sehen, was der Fluss an Fischen zu bieten hat.«

»Willst du sie etwa erschießen?« Sie deutete auf seine Flinte.

Ihr Sarkasmus gefiel ihm überhaupt nicht. »Ich habe eine Angelschnur gebastelt, während du dich im warmen Bett gerekelt hast.« Er ließ ihr keine Zeit für eine Erwiderung. »Des Weiteren habe ich Feuer unter dem Kessel draußen gemacht. Also kümmer dich um die Wäsche.«

Rusty folgte seinem Blick zu dem Stapel schmutziger Wä-

134

sche. Als sie sich wieder zu ihm drehen wollte, war die Stelle, wo er gestanden hatte, leer. Sie eilte zur Tür, so schnell es ihr mit ihrem Bein möglich war.

»Ich hätte die Wäsche erledigt, auch ohne dass du es mir sagen musst«, schrie sie hinter ihm her. Falls er sie gehört hatte, zeigte er es mit keiner Regung.

Fluchend schlug Rusty die Tür zu.

Sie räumte den Tisch ab. Es kostete sie fast eine halbe Stunde, um den Topf sauber zu bekommen, in dem sie den Haferbrei gekocht hatte. Dann machte sie sich an den Stapel Wäsche. Wenn Cooper zurückkam, wollte sie damit fertig sein. Es war absolut unerlässlich, ihm zu beweisen, dass dieser Schwächeanfall von gestern Nacht eine absolute Ausnahme war.

Sie zog ihre Jacke über, trug die erste Ladung nach draußen und tauchte sie in den Kessel. Bis jetzt hatte sie immer geglaubt, solche schwarzen Emaillekessel über einem offenen Feuer existierten nur in Filmen. Sie benutzte einen glatten Stock, um die Wäsche in dem heißen Wasser herumzurühren. Als die Kleidungsstücke ihrer Meinung nach so sauber waren, wie sie werden würden, holte Rusty sie mit dem Stock aus dem Wasser und ließ sie in den Korb fallen, den Cooper tags zuvor gefunden und gesäubert hatte.

Als sie endlich alles auf diese vorsintflutliche Weise gewaschen hatte, zitterten ihre Arme. Und nachdem sie alles ausgewrungen und auf die Wäscheleine gehängt hatte, meinte sie, die Arme müssten ihr abfallen. Ihre Finger waren eingefroren, wie auch ihre Nase, die ohne Unterlass lief. Und die Schmerzen in ihrem Bein meldeten sich zurück.

Das Gefühl, ihre Aufgabe erfüllt zu haben, milderte die Unannehmlichkeiten ein wenig. Der Gedanke, ihren Job gut erledigt zu haben, machte sie stolz. Wieder in der Hütte, wärmte sie sich die Hände über dem Feuer. Dann zog sie ihre Stiefel aus und kletterte müde ins Bett. Sie hatte sich ein Nickerchen vor dem Abendessen redlich verdient.

Offensichtlich musste sie tiefer geschlafen haben als beabsichtigt. Als Cooper in die Hütte gestürmt kam und ihren Namen rief, schoss sie so abrupt hoch, dass ihr schwindlig wurde und Sterne vor den Augen tanzten.

»Rusty! Rusty, hast du … Verdammt, was tust du da in dem Bett?« Seine Jacke stand offen, sein Haar war wirr, seine Wangen voller roter Flecken. Er atmete schwer, so als wäre er gerannt.

»Was ich im Bett tue?«, fragte sie gähnend. »Schlafen.«

»Schlafen? Schlafen! Hast du denn das Flugzeug nicht gehört?«

»Flugzeug?«

»Hör auf, mir jedes verdammte Wort nachzuplappern! Wo ist die Leuchtpistole?«

»Leuchtpistole?«

Es fehlte nicht viel, und er würde aus dem Mund schäumen. »Wo ist die Leuchtpistole? Da oben am Himmel kurvt ein Flugzeug herum.«

Endlich stellte sie die Füße mit einem Ruck auf den Boden. »Suchen sie nach uns?«

»Woher soll ich das wissen?« Er rannte durch die Hütte, kehrte auf der hektischen Suche nach der Leuchtpistole alles von unten nach oben. »Wo, zum Teufel …? Ah, da!« Die Pistole in der Hand, rannte er nach draußen und suchte den Himmel ab. Auf Strümpfen kam Rusty hinterhergehumpelt.

»Kannst du es sehen?«

»Sei still!« Er neigte den Kopf und lauschte konzentriert. Das Brummen der Motoren erreichte sie in genau diesem Moment. Beide wandten sich in die Richtung und mussten einen schrecklichen Anblick verarbeiten.

Ja, da war ein Flugzeug. Ganz offensichtlich ein Suchflugzeug, denn es flog tief über den Baumkronen. Aber es flog in die entgegengesetzte Richtung. Jetzt eine Leuchtkugel abzufeuern wäre völlig zwecklos und reine Verschwendung.

Ihrer beider Blick haftete auf dem dunklen Fleck am Himmel, der sich immer weiter entfernte, bis das Motorengebrumm nicht mehr zu hören war. Die nachfolgende Stille war ohrenbetäubend. Mit dem Geräusch waren auch ihre Hoffnungen auf eine Rettung gestorben.

Cooper kam langsam wieder zu sich. Seine Augen waren kalt und leer und blickten so mordlustig, dass Rusty unwillkürlich einen Schritt zurückwich.

»Was, zum Teufel, hast du dir dabei gedacht, einfach einzuschlafen?«

Rusty hätte es vorgezogen, wenn er sie angebrüllt hätte. Mit Wüten und Toben konnte sie umgehen, dagegen wusste sie sich zu wehren. Aber diese leise, gleich einer Schlange zischelnde Stimme erschreckte sie zu Tode. »Ich ... ich habe die Wäsche erledigt«, begann sie zu stottern. »Ich war so müde, weil ich die nassen Kleidungsstücke ...«

Plötzlich schoss ihr der Gedanke durch den Kopf, dass sie ihm keine Rechtfertigung schuldig war. Von Anfang an hatte er die Verantwortung für die Leuchtpistole übernommen.

Empört stemmte sie die Hände in die Hüften. »Wie kannst du es wagen, mir die Schuld zu geben! Wieso bist du überhaupt ohne Leuchtpistole losmarschiert?«

»Weil ich heute Morgen so stinkwütend war, dass ich sie vergessen habe.«

»Also ist es deine Schuld, dass sie nicht abgefeuert wurde. Nicht meine!«

»Es ist deine Schuld, dass ich so wütend war.«

»Wenn du dein aufbrausendes Temperament nicht beherrschen kannst, wieso erwartest du es dann eigentlich von mir?«

Seine Augen verdunkelten sich. »Selbst wenn ich die Pistole bei mir gehabt hätte, wäre es immer noch nicht sicher gewesen, dass sie die Leuchtkugel auch gesehen hätten. Aber Rauch aus dem Kamin hätten sie mit Sicherheit bemerkt. Aber nein, du musst ja deinen Schönheitsschlaf halten und das Feuer ausbrennen lassen.«

»Warum hast du kein Signalfeuer gemacht? Ein großes, das mögliche Rettungsmannschaften nicht übersehen können?«

»Ich hatte es nicht für nötig gehalten, da wir ja einen rauchenden Kamin haben. Allerdings wusste ich da noch nicht, dass du nachmittags gern ein Nickerchen machst.«

Sie wankte, dann sagte sie verteidigend: »Kaminrauch hätte ihre Aufmerksamkeit sowieso nicht erregt. Das ist nichts Außergewöhnliches.«

»So weit draußen in der Wildnis schon. Sie hätten zumindest ein paar Schleifen gezogen, um es sich genauer anzusehen.«

Rusty suchte verzweifelt nach der nächsten Begründung. »Der Wind ist zu stark, da hätte sich nie eine sichtbare Rauchsäule bilden können, selbst wenn das Feuer gebrannt hätte.«

»Aber es wäre eine Chance gewesen.«

»Keine so gute wie eine Leuchtkugel. Wenn du denn die Pistole bei dir gehabt hättest.«

Es war unklug, ihn in diesem Moment an die Vernachlässigung seiner Pflicht zu erinnern.

Er machte einen bedrohlichen Schritt nach vorn. »Ich hätte große Lust, dir den Hals umzudrehen, weil du das Flugzeug hast vorbeifliegen lassen.«

»Warum tust du es dann nicht endlich?« Sie warf den Kopf zurück. »Das wäre mir lieber, als mir deine ständigen Bemerkungen über meine Unfähigkeit anhören zu müssen.«

»Dabei lieferst du mir so viele Beweise für deine Unfähigkeit, dass ich ausreichend Material für die nächsten Jahre habe, die wir hier vielleicht festsitzen, und immer noch nicht alle aufgezählt hätte.«

Ihre Wangen liefen vor Empörung rot an. »Ich gebe es zu! Ich bin nicht dafür geschaffen, in einer primitiven Hütte im Busch zu leben. Das ist nicht der Lebensstil, den ich gewählt habe.«

Er reckte sein Kinn vor. »Du kannst nicht einmal kochen.«

»Weder wollte ich es je lernen, noch bestand die Notwendigkeit dazu. Ich bin eine Karrierefrau«, sagte sie mit wildem Stolz.

»Deine sogenannte Karriere nützt mir hier überhaupt nichts!«

»Ich, ich, ich«, schrie Rusty ihn an. »Während dieser ganzen schrecklichen Plackerei denkst du nur an dich.«

»Ha! Könnte ich das mal nur. Stattdessen muss ich ständig auf dich Rücksicht nehmen. Du bist wie ein Mühlstein um meinen Hals.«

»Es ist nicht meine Schuld, dass ich diese Verletzung am Bein abbekommen habe.«

»Und wahrscheinlich behauptest du jetzt auch wieder, es sei nicht deine Schuld, dass diese beiden Kerle wegen dir übergeschnappt sind.«

»Nein, war es auch nicht.«

»So?«, meinte er abfällig. »Nun, sagen wir es mal so: Du hörst nicht auf damit, mir Signale zu senden, wie gern du mich zwischen deinen Schenkeln spüren würdest.«

Später konnte Rusty nicht glauben, dass sie es wirklich getan hatte. Nie hätte sie bei sich eine gewalttätige Regung für möglich gehalten. Schon als Kind war sie immer jedem Streit mit anderen Kindern ausgewichen. Sie war von Natur aus friedliebend, hatte noch nie unkontrollierte Aggression verspürt.

Aber bei Coopers beleidigenden Worten warf sie sich auf ihn, die Finger wie Krallen ausgestreckt, um ihm das abfällige Grinsen aus dem Gesicht zu kratzen. Sie kam gar nicht bis zu ihm. Sie trat auf ihr verletztes Bein, das unter ihr nachgab. Mit einem Schmerzensschrei fiel sie auf den gefrorenen Boden.

Cooper war sofort bei ihr und wollte sie aufheben, doch sie wehrte sich mit aller Kraft gegen ihn, bis er sie schließlich in den Schwitzkasten nahm.

»Hör auf damit, oder ich muss dich bewusstlos schlagen.«

»Ja, das würdest du, nicht wahr?«, keuchte sie atemlos.

»Allerdings. Und es würde mir sogar Spaß machen.«

Sie wehrte sich nicht mehr, weil sie keine Kraft mehr hatte und der Schmerz überwältigend war – weniger, weil sie kapitulierte. Cooper trug sie hinein und setzte sie auf den Stuhl beim Kamin ab. Er warf ihr einen vorwurfsvollen Blick zu, als er sich niederkniete und das Feuer wieder anfachte.

»Noch Schmerzen im Bein?«

Sie schüttelte den Kopf. Es tat höllisch weh, aber eher würde sie sich die Zunge herausschneiden lassen, bevor sie es zugab. Sie würde nicht mehr mit ihm reden. Nicht nach dem, was er zu ihr gesagt hatte. Ihre Verweigerung war zwar kindisch, aber sie hielt daran fest, selbst als er ihre zerschnittene Hose beiseiteschob und den Socken herunterrollte, um sich die Zickzacknaht auf ihrem Schienbein anzusehen.

»Belaste es heute nicht mehr. Ansonsten benutze die Krücken, wenn du laufen musst.« Er zog Socke und Hose wieder an ihren Platz, dann stand er auf. »Ich gehe zurück, um den Fisch zu holen. Bei meinem Spurt habe ich den Fang fallen lassen. Hoffentlich hat sie sich noch kein Bär zu seinem Abendessen auserkoren.« An der Tür drehte er sich noch einmal um. »Ich werde sie zubereiten. Die Fische sahen recht gut aus, du würdest sie wahrscheinlich nur verderben.«

Damit schlug er die Tür hinter sich zu.

Ja, die Fische waren gut. Köstlich, um genau zu sein. Cooper hatte sie in einer Pfanne gebraten, die Haut war knusprig, das Fleisch so zart, dass es im Mund zerging. Rusty bereute es, den Zweiten abgelehnt zu haben, aber sie wollte ihn nicht so gierig verschlingen wie den Ersten. Cooper machte das nichts aus, im Gegenteil, er aß den Fisch ohne jegliche Gewissensbisse. Rusty wünschte sich im Stillen, er möge an einer Gräte ersticken. Doch Cooper leckte sich nach dem Essen nur die Finger und klopfte sich auf den Bauch.

»Ich bin voll.«

Ach, zu gern hätte sie ihm mitgeteilt, wovon er voll war, es war das perfekte Stichwort. Aber sie schwieg eisern.

»Räum auf«, sagte er nur knapp und überließ ihr genüsslich das schmutzige Geschirr und den Herd voller Fettspritzer.

Sie tat, wie ihr geheißen, aber nicht, ohne fürchterlichen Lärm zu machen. Als sie fertig war, warf sie sich auf ihr Bett und starrte an die Decke. Sie konnte nicht sagen, ob sie eher verletzt oder wütend war. Cooper Landry hatte mehr Gefühle in ihr hervorgerufen als je ein anderer Mann vor ihm. Die Spannbreite dieser Emotionen reichte von Dankbarkeit bis Ekel.

Er war der gemeinste, verabscheuungswürdigste Mensch, den sie je das Unglück gehabt hatte zu treffen, und sie hasste ihn mit einer Inbrunst, die sie erschreckte.

Schön, gestern Abend hatte sie ihn gebeten, in ihr Bett zu kommen. Aber nur, um Trost zu spenden, nicht für Sex! Sie hatte nicht darum gebeten, es war einfach passiert. Das musste ihm doch klar sein. Es lag nur an seinem aufgeblasenen, überdimensionalen Ego, dass er es nicht zugeben wollte.

Aber eins war sicher: Von jetzt an würde sie züchtig wie eine Nonne sein. Cooper würde ihr Gesicht zu sehen bekommen, wahrscheinlich auch ihren Hals, und natürlich ihre Hände, aber das war's dann auch. Es würde nicht einfach werden. Nicht, wenn sie hier in diesem einen Raum …

Ihre Gedanken brachen ab, als sie da oben an der Decke etwas erkannte, das ihr Problem lösen würde. Haken. Die gleichen Haken, die Cooper benutzt hatte, um das Laken vor die Badewanne zu hängen.

Von jähem Unternehmungsgeist erfüllt, stand sie von ihrem Bett auf und holte eine der zusätzlichen Decken aus dem Regal. Cooper völlig ignorierend, zog sie den Stuhl heran und stellte ihn unter die Haken.

Sie musste sich ganz schön recken, um an die Haken zu kommen, mehr als in ihrer Aerobicstunde, aber schließlich war es

141

geschafft. Die Decke hing als Vorhang an der Hakenreihe. Damit hatte Rusty die Privatsphäre, die sie brauchte.

Sie warf ihrem Mitbewohner einen triumphierenden Blick zu und verschwand hinter dem Vorhang, der wieder an seinen Platz fiel. So! Jetzt sollte er ihr noch einmal sagen, dass sie es »darauf« angelegt hätte!

Sie schauderte, als sie sich seine verletzenden Worte in Erinnerung rief. Man konnte noch »abstoßend« und »ungebührlich« zu Coopers miesen Charaktereigenschaften hinzufügen.

Sie zog sich aus und schlüpfte ins Bett, konnte aber nicht einschlafen. Selbst als sie schon lange Coopers tiefe, ruhige Atemzüge hörte, die andeuteten, dass er schlief, starrte sie immer noch auf die Schatten an der Decke.

Als die Wölfe zu heulen begannen, rollte sie sich auf die Seite und zog sich die Decke über den Kopf. Sie biss sich auf die Finger und unterdrückte die Tränen, die strömen wollten, weil sie sich so allein und einsam fühlte.

Und um sich davon abzuhalten, Cooper zu bitten, sie zu halten, bis sie eingeschlafen war.

8. Kapitel

Cooper saß regungslos wie ein Jäger auf dem Hochstand. Die Füße gespreizt auf dem Boden, die Ellbogen auf den Knien, das Kinn in die Hände gestützt. Sein Blick war starr auf Rusty gerichtet.

Das war das Erste, was Rusty sah, als sie am nächsten Morgen aufwachte. Sie war überrascht, schaffte es aber, ihr Erstaunen zu verbergen. Außerdem fiel ihr auf, dass der Vorhang, den sie gestern so sorgfältig aufgehängt hatte, nicht mehr da war. Die Decke war heruntergerissen worden und lag jetzt am Fußende ihres Bettes.

Sie stützte sich auf einen Ellbogen und schob sich das Haar aus dem Gesicht. »Was soll das?«

»Ich muss mit dir reden.«

»Worüber?«

»Es hat in der Nacht geschneit, ziemlich viel sogar.«

Sie musterte sein ausdrucksloses Gesicht, dann sagte sie spitz: »Wenn du vorhast, einen Schneemann zu bauen – ich bin nicht in Stimmung.«

Er zuckte mit keiner Wimper, auch wenn sie wusste, wie sehr er versucht war, ihr an die Kehle zu gehen.

»Das mit dem Schnee ist wichtig«, sagte er ruhig. »Mit dem Winter schwinden unsere Chancen, gerettet zu werden.«

»Das ist mir klar«, erwiderte sie in dem der Situation angemessenen ernsten Ton. »Was ich nicht verstehe, ist, warum es gerade in dieser Minute so wichtig ist.«

»Weil wir einige Dinge klären müssen, bevor wir einen weiteren Tag zusammen verbringen, deshalb. Wir werden ein paar grundlegende Regeln aufstellen müssen. Wenn wir hier den ganzen Winter zusammenhocken müssen – was durchaus möglich ist –, müssen wir in verschiedenen Punkten zu einer Einigung kommen.«

Sie setzte sich auf, hielt sich aber die Decke unters Kinn. »Als da wären?«

»Zum Beispiel, kein Schmollen mehr.« Seine Augenbrauen waren tadelnd zusammengezogen. »Ich werde dieses verwöhnte Gehabe nicht dulden.«

»Oh, du duldest es also nicht?«, fragte sie gespielt interessiert.

»Nein, werde ich nicht. Du bist kein Kind, also benimm dich nicht wie eins.«

»Oh, aber es ist völlig in Ordnung, wenn du mich beleidigst, ja?«

Jetzt erst wandte er den Blick ab, offensichtlich bedrückt. »Ich hätte das gestern nicht sagen sollen.«

»Nein, das hättest du wirklich nicht. Ich weiß nicht, welche widerlichen Vorstellungen dir in deinem schmutzigen kleinen Hirn umherschwirren, aber gib nicht mir die Schuld dafür.«

»Ich war stinkwütend auf dich.«

»Wieso?«

»Hauptsächlich, weil ich ... ich mag dich nicht sonderlich. Aber ich will trotzdem mit dir schlafen. Und mit ›schlafen‹ meine ich nicht ›Augen zu und ruhen‹.« Hätte er sie geohrfeigt, sie könnte nicht überraschter sein. Sie schnappte leise nach Luft, aber er ließ sie nicht zu Wort kommen. »Es ist wohl kaum noch angebracht, um den heißen Brei herumzureden, oder?«

»Nein«, stimmte sie heiser zu.

»Ich hoffe, du weißt meine Ehrlichkeit zu schätzen.«

»Ja.«

»Okay, nehmen wir also diesen Punkt. Wir fühlen uns körperlich voneinander angezogen. Um es mal ohne Schnörkel auszudrücken, wir wollen uns Erleichterung verschaffen. Es macht zwar keinen Sinn, aber es ist nun mal so.« Rusty senkte den Blick auf ihren Schoß. Cooper wartete, bis ihm die Geduld ausging. »Also?«

»Also was?«

»Sag doch irgendwas dazu.«

»Ich stimme dir zu.«

Er stieß den Atem aus. »Na schön. Jetzt, da das klar ist, und da auch klar ist, wie unsinnig es wäre, etwas in dieser Hinsicht zu unternehmen, müssen eine Menge Dinge ausgebügelt werden, denn es wird ein verdammt langer Winter werden. Einverstanden?«

»Einverstanden.«

»Erstens, keine verbalen Schlammschlachten mehr zwischen uns.« Der Blick aus ihren braunen Augen war mehr als frostig. Knurrend fügte er an: »Ich gebe zu, dass ich den größeren Teil davon geliefert habe. Lass uns einfach übereinkommen, dass wir den anderen nicht mehr mit Worten attackieren werden.«

»Versprochen.«

Er nickte. »Das Wetter ist unser Feind. Ein gefährlicher Feind. Er wird unsere ganze Aufmerksamkeit und Energie benötigen. Wir können uns den Luxus nicht leisten, auch noch gegeneinander zu kämpfen. Unser Überleben hängt davon ab, wie wir zusammen leben können.«

»Ich höre.«

Er machte eine Pause, um sich zu sammeln. »So wie ich das sehe, werden wir traditionelle Rollen annehmen müssen.«

»Du Tarzan, ich Jane.«

»So ungefähr. Ich besorge das Essen, du kochst es.«

»Wie dir bereits aufgefallen ist, bin ich keine besonders gute Köchin.«

»Mit der Zeit wirst du es lernen.«

»Ich werd's zumindest versuchen.«

»Geh aber nicht sofort in Abwehrstellung, wenn ich dir einen Ratschlag gebe.«

»Dann verkneif dir die abfälligen Bemerkungen über meinen Mangel an Talent. Dafür bin ich gut in anderen Dingen.«

Sein Blick blieb auf ihren Lippen haften. »Das kann ich bestätigen.« Nach einem langen Augenblick erhob er sich. »Ich erwarte nicht von dir, dass du mich bedienst.«

»Ich von dir auch nicht. Ich werde meinen Teil erledigen.«

»Ich helfe dir dabei, die Hütte und die Wäsche sauber zu halten.«

»Danke.«

»Ich bringe dir bei, wie du besser zielen kannst. Damit du dich nötigenfalls mit dem Gewehr verteidigen kannst, wenn ich weg bin.«

»Weg?«, wiederholte sie matt. Sie fühlte sich, als hätte er ihr gerade den Boden unter den Füßen fortgezogen. Er wollte weg!

Er zuckte nur die Schultern. »Wenn das Wild rar wird und der Fluss einfriert, werde ich länger auf der Suche nach Essen unterwegs sein.«

Sie sah diesen Zeiten, in denen sie vielleicht tagelang allein in der Hütte sein würde, schon jetzt mit Grausen entgegen. Selbst ein grober, vulgärer Cooper ohne Manieren war immer noch besser als gar kein Cooper.

»Und jetzt kommt der wichtigste Punkt.« Er wartete, bis er ihre ungeteilte Aufmerksamkeit hatte. »Ich bin der Boss«, sagte er und tippte sich dabei auf die Brust. »Wir brauchen uns nichts vorzumachen. Wir befinden uns hier in einer Situation auf Leben und Tod. Du weißt vielleicht alles über Immobilien, kalifornischen Schick und das Leben der Reichen und Schönen, aber hier ist dieses Wissen keinen Pfifferling wert. Wenn du auf deinem Territorium bist, kannst du tun und lassen, was du willst, ich werde dir sogar noch applaudieren. Aber hier oben hörst du auf mich.«

Es versetzte ihr einen Stich, dass ihr Wissen seiner Meinung nach außerhalb von Beverly Hills nicht viel wert war. »Wenn ich mich recht entsinne, habe ich deine Stellung als Machoversorger nie infrage gestellt.«

»Gut, dann sieh zu, dass du es auch in Zukunft nicht tun wirst. In der Wildnis gibt es so etwas wie Gleichberechtigung der Geschlechter nicht.«

Als er aufstand, fiel sein Blick auf die Decke auf ihrem Bett. »Und noch eines: keine albernen Vorhänge mehr. Die Hütte ist zu klein und wir leben zu eng zusammen, um solche Versteckspiele zu spielen. Wir wissen, wie der andere nackt aussieht, es ist kein Geheimnis mehr. Außerdem«, sein Blick glitt über sie, »wenn ich dich wirklich wollte, würde mich auch keine Decke aufhalten. Und wenn ich mit dem Gedanken spielen würde, dich zu vergewaltigen, hätte ich es schon längst getan.«

Ihre Blicke hielten einander endlos gefangen, dann drehte er sich um. »Zeit zum Aufstehen. Ich habe schon Kaffee gemacht.«

An diesem Morgen war der Haferbrei erheblich besser als gestern. Er klebte nicht mehr wie Sägespäne am Gaumen und war mit einer Prise Salz und Zucker abgeschmeckt. Cooper aß alles bis auf den letzten Krümel auf, sagte aber keinen Ton.

Rusty war auch nicht eingeschnappt, wie sie es vor Kurzem noch gewesen wäre. Seine fehlende Kritik kam einem Kompliment gleich. Sie hatten einander versprochen, sich nicht mehr gegenseitig zu beschimpfen, aber sie hatten nicht gesagt, dass sie sich deswegen jetzt ständig mit Schmeicheleien überschütten würden.

Cooper ging nach dem Frühstück nach draußen. Als er zum Mittagessen, bestehend aus heißer Dosensuppe und Zwieback, hereinkam, brachte er ein Paar aus Ästen und Schlingpflanzen gemachte Schneeschuhe mit. Er band sie sich unter die Stiefel und stapfte damit in der Hütte umher.

»Die werden es leichter machen, den Abhang zwischen der Hütte und dem Fluss zu überwinden.«

Den Nachmittag verbrachte er außerhalb der Hütte. Rusty räumte auf, aber da es nicht viel zu tun gab, war sie schon bald fertig. Damit blieb ihr nicht anderes, als auf seine Rückkehr zu warten. Bis zur Dämmerung saß sie am Fenster, als sie endlich seine Gestalt erkannte, die wegen der Schneeschuhe mit seltsam ungelenken Schritten auf die Hütte zukam.

Sie eilte mit einer heißen Tasse Kaffee und dem Anflug eines Lächelns zur Tür, um ihn zu begrüßen, und kam sich schrecklich dumm vor, weil sie sich so freute, ihn sicher und heil wieder zurück zu wissen.

Cooper band die Schneeschuhe ab, lehnte sie auf der Veranda an die Hüttenwand und warf Rusty einen seltsamen Blick zu, nahm dann aber den Becher Kaffee an. »Danke.« Durch den aufsteigenden Dampf starrte er sie an.

Als er den Becher an die Lippen hielt, fiel ihr auf, dass diese aufgesprungen waren. Auch seine Hände waren rau und gerötet, trotz der Wollhandschuhe, die er immer trug, wenn er nach draußen ging. Sie wollte eine mitfühlende Bemerkung machen, entschloss sich dann aber dagegen. Seine Rede von heute Morgen hatte jede andere Regung als gegenseitiges Tolerieren für nichtig und unnötig erklärt.

»Glück am Fluss gehabt?«, fragte sie also nur.

Er deutete mit dem Kopf auf die Reuse, die den Gawrylows gehört hatte. »Sie ist voll. Die meisten von den Fischen lassen wir draußen gefrieren und bewahren sie für die Tage auf, an denen ich nicht den Abhang hinuntergehen kann. Und wir sollten Container mit Wasser füllen, für den Fall, dass die Pumpe einfriert.«

Sie nickte, trug die Reuse in die Hütte und fühlte Stolz in sich aufwallen, als ihr das Aroma des Eintopfs entgegenschlug. Sie hatte gedörrtes Rindfleisch in der Vorratskammer gefunden.

Cooper aß zwei Teller von dem Eintopf, und als er dann noch sagte: »Ganz gut«, war es ein perfekter Tag für sie.

Die Tage verliefen alle nach dem gleichen Muster. Cooper übernahm seine Pflichten, Rusty ihre. Er half ihr, sie half ihm. Ihr Umgangston war so höflich, dass es schon distanziert wirkte.

Doch während sie die kurzen Tage mit Erledigungen füllen konnten, zogen sich die Abende endlos hin. Und die Nacht fiel hier früh ein. Sobald die Sonne hinter den Bäumen versank, wurden Aufgaben, die es draußen zu erledigen gab, unmöglich. Also zogen sie sich in die Hütte zurück.

Und sobald die Sonne endgültig untergegangen war, war es stockduster. Nachdem sie zu Abend gegessen und das Geschirr gespült hatten, gab es nichts mehr zu tun, mit dem sie sich hätten beschäftigen können. Nichts außer ins Feuer zu sehen, um zu vermeiden, dass sie sich gegenseitig anstarrten – was beiden erhebliche Konzentration abverlangte.

Der erste Schnee war am nächsten Morgen geschmolzen, doch in der Nacht schneite es erneut, dann auch am Tag. Wegen des Schneefalls und weil es rasch kälter geworden war, kam Cooper am Nachmittag früher zur Hütte zurück. Was den Abend noch länger machte.

Rusty folgte ihm mit dem Blick, während er in der Hütte auf und ab marschierte wie ein Tiger im Käfig. Die kleine Hütte verursachte ihr so schon Platzangst, aber sein Verhalten irritierte sie noch mehr. Als er sich wieder einmal das Kinn kratzte – was er jetzt immer häufiger tat, wie ihr aufgefallen war –, fragte sie gereizt: »Was ist denn?«

Er wirbelte herum, als sei er bereit für einen Streit und entzückt, endlich jemanden dafür gefunden zu haben. »Was meinst du?«

»Mit dir. Warum kratzt du dir ständig übers Kinn?«

»Weil es juckt.«

»Juckt?«

»Der Bart. Er ist jetzt in der Phase, wo es juckt.«

»Dieses Kratzen macht mich nervös.«

»Tja ... das lässt sich nicht ändern.«

»Warum rasierst du ihn nicht ab, wenn er juckt?«

»Weil ich keinen Rasierer habe, deshalb.«

»Ich …« Sie brach ab, als ihr klar wurde, dass sie gerade ein Geständnis hatte ablegen wollen. Und als sie seine argwöhnisch zusammengekniffenen Augen bemerkte, sagte sie hochmütig: »Ich habe einen. Ich habe ihn mitgenommen. Ich wette, jetzt bist du froh darüber.«

Sie erhob sich von ihrem Stuhl beim Feuer und ging zu dem Regal, wo sie ihre Schätze aufbewahrte. Ihre Kulturtasche war für sie jetzt wertvoller als ein Sack mit Goldstücken.

Sie brachte den Einwegrasierer aus Plastik mit und reichte ihn Cooper. Und noch etwas gab sie ihm: den kleinen Stift Lippenbalsam. »Mir ist aufgefallen, dass deine Lippen aufgeplatzt sind.«

Er schien etwas sagen zu wollen, tat es aber nicht. Stattdessen nahm er ihr die beiden Teile ab und öffnete den Stift. Rusty lächelte über seine ungelenken Versuche, das Balsam aufzutragen. Dann reichte er ihr den Stift wieder zurück.

»Danke.« Er betrachtete den Rasierer von allen Seiten. »Du hast nicht auch noch zufällig Handlotion mitgeschmuggelt, oder?«

Sie hielt beide Hände in die Höhe. Sie waren ebenso rau und gerötet wie seine. »Sehen die so aus, als wären sie in letzter Zeit eingecremt worden?«

Er lächelte so selten, dass ihr das Herz schmolz, als er es jetzt tat. Dann, es schien mehr ein Reflex zu sein, griff er ihre Hand und drückte einen leichten Kuss darauf, der einen glänzenden Fleck von dem Lipgloss auf ihrer Haut hinterließ.

Plötzlich schien ihm klar geworden zu sein, was er da tat. Abrupt ließ er ihre Hand los. »Ich werde mich morgen früh rasieren.«

Rusty wollte nicht, dass er ihre Hand losließ. Um genau zu sein, sie war versucht gewesen, ihre Hand umzudrehen und über seine Lippen zu streicheln. Ihr Herz klopfte so wild, dass es ihr schwerfiel zu sprechen. »Warum nicht jetzt?«

»Hier gibt es keinen Spiegel. Bei den langen Stoppeln schneide ich mich sonst nur.«

»Ich könnte dich doch rasieren.«

Für einen langen Moment schwiegen sie beide, die erotische Spannung zwischen ihnen war spürbar. Rusty hatte keine Ahnung, woher dieses spontane Angebot gekommen war. Es war ihr so herausgerutscht, ohne vorher nachzudenken. Vielleicht, weil es Tage her war, dass sie einander berührt hatten. Ihr fehlte dieser Körperkontakt.

»Na schön.« Coopers Einwilligung kam rau.

Jetzt, da er zugestimmt hatte, wurde sie nervös. »Warum … warum setzt du dich nicht ans Feuer? Ich hole alles Nötige.«

»Okay.«

»Steck dir ein Handtuch in den Kragen«, sagte sie über die Schulter zu ihm, während sie am Herd heißes Wasser in eine flache Schüssel gab. Dann zog sie einen Stuhl heran, stellte die Schüssel darauf und legte den Rasierer daneben. Vom Regal holte sie ihre Seife und ein zusätzliches Handtuch.

»Ich sollte es besser erst einweichen.« Cooper tunkte das zweite Handtuch in die Schüssel. »Autsch, verflucht«, stieß er hervor, als er es auswringen wollte.

»Es ist heiß.«

»Ach nein, wirklich?« Er jonglierte das nasse heiße Handtuch von Hand zu Hand, um es ein wenig abzukühlen, dann legte er es sich auf die untere Hälfte seines Gesichts, nicht ohne einen kleinen Schrei auszustoßen.

Rusty wunderte sich, wie er das aushalten konnte. »Verbrennt dir das nicht die Wangen?« Er nickte nur, ohne das Handtuch wegzunehmen. »Du tust das, um die Stoppeln weicher zu machen, nicht wahr?« Wieder ein Nicken. »Ich werde versuchen, den Schaum schön dick zu machen.«

Sie befeuchtete Hände und Seife und drehte das Seifenstück zwischen ihren Fingern. Cooper beobachtete jede ihrer Bewegungen. Ihre Hände waren jetzt von einer dicken cremigen

Schaumschicht bedeckt, die nach Geißblatt duftete und zwischen ihren Fingern hervorquoll. Ein unglaublich erotischer Anblick, warum, das wusste er selbst nicht so genau.

»Wann immer du so weit bist«, sagte sie und stellte sich hinter ihn.

So langsam, wie Cooper sich das Handtuch herunterzog, so langsam brachte Rusty ihre Hände näher an seine Wangen heran. So hinter ihm zu stehen und auf sein Gesicht zu sehen, ließ seine Züge noch markanter, noch härter aussehen. Aber irgendwie verliehen seine Wimpern seinem Gesicht gleichzeitig eine Verletzlichkeit, die Rusty den Mut gab, die schaumigen Handflächen an sein stoppeliges Kinn zu legen.

Sie spürte, wie er sich bei diesem ersten Kontakt verspannte. Sie hielt für einen Augenblick still, wartete darauf, dass er ihr sagen würde, was für eine schlechte Idee dieses Unterfangen hier war.

Denn es war eine schlechte Idee, ganz sicher.

Sie fragte sich nur, wer von ihnen beiden es zuerst zugeben und das Ganze abbrechen würde. Aber Cooper sagte nichts, und sie wollte nicht aufhören, also begann sie den Schaum mit kreisenden Bewegungen auf seinen Wangen zu verteilen.

Das leicht kratzende Gefühl an ihren Handflächen war erregend. Sie bewegte ihre Hände weiter und fand heraus, dass sich seine Wangenknochen genauso hart und wie perfekt gemeißelt anfühlten, wie sie aussahen. In der Mitte seines Kinns gab es eine kleine Kerbe. Sie strich mit einer Fingerspitze darüber, erlaubte es sich aber nicht, die Vertiefung so lange zu untersuchen, wie sie gerne gewollt hätte.

Dann strich sie Schaum über seinen Hals. Ihre Finger glitten über seinen Adamsapfel, bis hinunter zu der Stelle, wo sie seinen Puls fühlen konnte. Als sie ihre Hände wieder höher gleiten ließ, über sein Kinn, berührte sie unabsichtlich seine Unterlippe.

Sie erstarrte und schnappte nach Luft, wie sie hoffte, lautlos. »Tut mir leid«, murmelte sie und nahm ihre Hände fort, um sie in der Schüssel abzuwaschen. Sie beugte sich vor und begutachtete ihre Arbeit. Auf seiner Unterlippe war noch etwas Seife, die sie mit einem nassen Finger abwischte.

Ein tiefer Laut entrang sich seiner Kehle. Rusty erstarrte, aber ihr Blick ging sofort zu seinen Augen. »Jetzt mach schon«, knurrte er.

Eigentlich hätte er nicht bedrohlich aussehen sollen, mit dem Gesicht so voller Schaum, aber seine Augen blitzten gefährlich. Rusty konnte das Feuer in ihnen flackern sehen und spürte die verhaltene Aggressivität, die er eisern unter Kontrolle hielt. Was sie dazu veranlasste, hinter ihn und damit aus der Gefahrenzone zu treten.

»Schneide mich bloß nicht«, warnte er, als sie den Rasierer ansetzte.

»Das werde ich nicht, solange du still sitzt und den Mund hältst.«

»Hast du so was schon mal gemacht?«

»Nein.«

»Das hatte ich befürchtet.«

Er schwieg, als sie den Rasierer über seine Wange zog. »So weit, so gut«, sagte sie leise und wusch die Klinge in der Schüssel ab. Cooper murmelte etwas und bewegte dabei kaum die Lippen, deshalb verstand Rusty es nicht. Außerdem konzentrierte sie sich darauf, ihn zu rasieren, ohne ihn zu verletzen. Als die untere Hälfte seines Gesichts sauber war, stieß sie einen Seufzer der Erleichterung aus. »Da, sanft wie ein Babypopo.«

Ein Lachen entrang sich seiner Brust. Rusty hatte ihn nie zuvor einfach nur aus guter Laune lachen gehört. Sein seltenes Lächeln war immer auch einen Hauch zynisch gewesen. »Noch hast du keinen Grund, so anzugeben, du bist noch nicht fertig. Und vergiss meinen Hals nicht. Und sei um Himmels willen vorsichtig mit der Klinge.«

»Sie ist nicht besonders scharf.«

»Die sind am schlimmsten.«

Sie tauchte den Rasierer in das heiße Wasser, dann legte sie eine Hand an seinen Hals. »Beug deinen Kopf zurück.«

Er gehorchte. Sein Kopf ruhte direkt unter ihrer Brust. Für einen Moment war Rusty unfähig, sich zu bewegen. Sein Adamsapfel hüpfte, als Cooper hart schluckte. Um ihre Gedanken von der seltsamen Stellung abzubringen, in der sie beide sich befanden, richtete Rusty ihre Aufmerksamkeit ganz auf die Aufgabe, die vor ihr lag. Was alles nur noch schlimmer machte. Sie stellte sich auf die Zehenspitzen und beugte sich über Cooper, um besser sehen zu können. Bis sie seinen Hals sauber rasiert hatte, lag sein Kopf zwischen ihren Brüsten, und sie beide waren sich dessen nur zu bewusst.

»Da.« Sie trat zurück und ließ den Rasierer in die Schüssel fallen, als wäre er ein Beweisstück in einem ekelerregenden, blutigen Mordfall.

Cooper nahm das Handtuch aus seinem Kragen und hielt es sich vors Gesicht. Für Augenblicke, die Rusty wie Stunden vorkamen, saß er einfach nur so da und rührte sich nicht.

»Und? Wie fühlt es sich an?«, fragte sie schließlich.

»Großartig. Wirklich gut.«

Damit stand er abrupt auf und warf das Handtuch auf den Stuhl. Er riss seine Jacke vom Haken an der Tür und zog sie sich unwirsch über.

»Wohin gehst du?«, fragte Rusty nervös.

»Nach draußen.«

»Wozu?«

Er warf ihr einen wilden Blick zu, der dem Schneesturm da draußen vor der Tür in nichts nachstand. »Glaub mir, du willst es gar nicht wissen.«

Coopers merkwürdiges Verhalten hielt bis zum nächsten Mittag an. Den ganzen Morgen über heulte der Schneesturm um die Hütte, sodass sie weder nach draußen noch sich aus dem Weg gehen konnten. Nachdem Rusty einige erfolglose Versu-

154

che unternommen hatte, eine Unterhaltung in Gang zu bringen, verfiel sie in das gleiche düstere Schweigen wie Cooper und ignorierte ihn, so wie er sie ignorierte.

Es war eine Erleichterung, als der Sturm endlich abflaute, kein Schnee mehr fiel und Cooper verkündete, er würde sich draußen umsehen. Rusty machte sich zwar Gedanken um seine Sicherheit, aber sie hielt ihn nicht zurück. Sie brauchten Abstand voneinander, um wieder atmen zu können.

Außerdem wollte sie etwas Privatsphäre für sich. Cooper war nicht der Einzige, den es in letzter Zeit gejuckt hatte. Der Schnitt an ihrem Schienbein ließ sie fast wahnsinnig werden. Die Haut an der Naht war zusammengewachsen und spannte schrecklich. Das Hosenbein reizte die Stelle nur noch mehr. Sie hatte beschlossen, dass es Zeit war, die Fäden zu ziehen. Sie hatte außerdem entschieden, dass sie es selbst machen würde. Sie wollte Cooper nicht darum bitten, vor allem, da ihre Beziehung so unerfreulich und er so launisch war.

Er war kaum ein paar Minuten fort, als sie sich komplett auszog, um die Gelegenheit zu nutzen und sich zu waschen. Dann setzte sie sich in eine Decke gewickelt vors Feuer. Sie legte das verletzte Bein hoch und begutachtete die Wunde. Wie schwer könnte es wohl sein, die Fäden durchzuschneiden und herauszuziehen?

Früher hätte sie wahrscheinlich allein bei der Vorstellung Gänsehaut bekommen, aber jetzt ging sie die Sache unter sehr praktischen Gesichtspunkten an. Als Erstes musste sie etwas finden, mit dem sie die Seidenfäden durchtrennen konnte. Das Messer, das Cooper ihr gegeben hatte, war zu klobig. Das Einzige, was fein und scharf genug war, war die Rasierklinge.

Es war ihr wie eine gute Idee vorgekommen, doch als sie die Klinge tatsächlich längsseits über den ersten Faden hielt, merkte sie, dass ihre Handfläche feucht wurde. Rusty atmete tief durch, um sich zu beruhigen, dann setzte sie die Klinge an.

Die Tür flog auf, Cooper stapfte herein, mitsamt Schnee-

155

schuhen. Um seinen Kopf hatte er ein Fell als Schutz geschlungen, und auch sonst hatte er sich dick eingemummelt. Rusty stieß einen erschreckten Schrei aus.

Aber ihr Erstaunen war nichts im Vergleich mit dem, was er empfand. Sie wirkte ebenfalls wie eine übernatürliche Erscheinung, allerdings auf eine ganz andere Weise. Wie sie vor dem Feuer saß, den Schein der Flammen auf ihrem Haar, ein Bein hoch gelegt, was den Blick auf einen makellosen Oberschenkel freigab. Die Decke war ihr von der Schulter gerutscht, eine Brust war fast völlig entblößt. Coopers Blick wurde davon magisch angezogen, kalte Luft strömte durch die offene Tür, brachte die Brustspitze dazu, sich aufzurichten.

»Was, zum Teufel, sitzt du da so rum?«

»Ich dachte, du würdest länger wegbleiben.«

»Hier hätte jeder reinkommen können«, donnerte er los.

»Und wer, zum Beispiel?«

»Nun ...« Zur Hölle, ihm fiel nicht ein Mensch ein, der hier so hereingeplatzt wäre wie er gerade. Wer würde schon vermuten, in einer primitiven Holzhütte in der kanadischen Wildnis einen solch atemberaubenden Anblick vorzufinden? Er spürte, wie sich der Stoff seiner Hose sofort über seinen Lenden spannte. Entweder hatte sie wirklich keine Ahnung, welche Wirkung sie auf ihn ausübte, oder sie wusste es und hatte vor, ihn langsam und qualvoll in den Wahnsinn zu treiben. Wie auch immer, das Resultat blieb das gleiche.

Frustriert riss er sich das Fell vom Kopf und schüttelte den Schnee aus. Die Handschuhe flogen durch den Raum. Er beugte sich vor und band die Schneeschuhe ab. »Zurück zu meiner Frage. Was machst du da?«

»Ich ziehe die Fäden.«

Die Jacke wurde durch die Luft geworfen und fiel gezielt auf den Haken an der Tür. »Wie bitte?«

Seine ganze Ausstrahlung – dieses besserwisserische, arrogante, herablassende Gehabe – ging ihr entsetzlich gegen den

Strich. Ganz zu schweigen von seinem herrischen Ton. Sie sah ihm herausfordernd in die Augen. »Es juckt. Die Wunde ist verheilt. Es wird Zeit, die Fäden herauszuholen.«

»Und dazu benutzt du eine Rasierklinge?«

»Hast du einen besseren Vorschlag?«

Mit drei großen Schritten war er bei ihr und zog das Jagdmesser aus dem Schaft. Als er sich vor ihr auf die Knie niederließ, zog sie hastig ihr Bein zurück und wickelte die Decke fest um sich. »Das Ding kannst du unmöglich benutzen!«

Er warf ihr nur einen vernichtenden Blick zu, schraubte dann den Messergriff ab und schüttelte einige Gerätschaften aus dem Heft, darunter auch eine kleine Schere.

Anstatt froh zu sein, wurde Rusty wütend. »Wenn du das Zeug schon die ganze Zeit bei dir hast, warum hast du meine Fingernägel dann mit dem Jagdmesser geschnitten?«

»Weil ich Lust dazu hatte. Und jetzt lass mich an dein Bein.« Er streckte die Hand aus.

»Das mache ich selbst.«

»Gib mir dein Bein«, wiederholte er langsam und betonte jede Silbe. »Wenn du es nicht tust, greife ich unter diese Decke und hole es mir selbst.« Seine Stimme wurde um einen verführerischen Ton tiefer. »Keine Ahnung, was mir darunter so alles begegnen könnte, bis ich dein Bein gefunden habe.«

Rebellisch streckte sie das Bein unter der Decke hervor. »Danke«, meinte er sarkastisch.

Dieser Fuß sah so klein und zart und hell in seiner Hand aus. Rusty genoss das Gefühl, aber sie kämpfte dagegen an. Die Schlacht in ihrem Innern wurde heftiger, als er ihre Ferse zwischen seine Schenkel klemmte. Sie schnappte unwillkürlich nach Luft, als sie die harte Schwellung an ihrem Ballen spürte.

Er blickte sie zynisch an. »Was ist denn?«

Er forderte sie heraus, etwas zu sagen, aber eher würde sie sterben, bevor sie zugab, es bemerkt zu haben. »Nichts, deine Hände sind kalt«, erwiderte sie gelassen.

157

Das Auffunkeln in seinen Augen sagte ihr deutlich, dass er genau wusste, dass sie gelogen hatte. Grinsend beugte er sich über ihre Wunde. Das Schneiden der Fäden stellte überhaupt kein Problem dar, für beide nicht. Rusty hätte es genauso gut selbst übernehmen können. Aber als Cooper dann mit einer Pinzette das Ende des ersten Fadens fasste, wurde ihr klar, dass ihr das Schlimmste noch bevorstand.

»Es tut nicht weh, ziept aber ein bisschen«, warnte er sie. Mit einem schnellen Ruck zog er den ersten Faden. Aus reinem Reflex presste Rusty den Fuß in seinen Schoß.

»Herrgott«, stöhnte Cooper. »Lass das.«

Oh ja, sie würde es lassen. Ganz bestimmt. Von jetzt an würde sie ihren Fuß still und steif wie ein Brett halten, selbst wenn Cooper die Fäden mit den Zähnen ziehen müsste.

Als schließlich auch der letzte Faden entfernt war, standen Rusty Tränen der Anspannung in den Augen. Er war so sanft wie möglich vorgegangen, und Rusty war dankbar dafür, aber es war trotzdem nicht sehr angenehm gewesen. Sie legte ihm eine Hand auf die Schulter. »Danke, Cooper.«

Er schüttelte ihre Hand ab. »Zieh dich an. Und beeil dich mit dem Kochen«, befahl er mit der Liebenswürdigkeit eines Höhlenmenschen. »Ich komme um vor Hunger.«

Bald danach begann er mit dem Trinken.

9. Kapitel

Er hatte die Krüge mit Whisky im Vorrat der Gawrylows entdeckt, als sie die Hütte sauber gemacht hatten, und Cooper hatte erfreut mit der Zunge geschnalzt. Das war allerdings, bevor er probiert hatte. Er hatte einen kräftigen Schluck genommen und gar nicht erst lange im Mund behalten – das Zeug hatte schlimm genug gerochen, als dass man es auch noch schmecken müsste. Es war Fusel der schlimmsten Art, Feuerwasser, Rachenputzer, und brannte im Magen wie die Hölle.

Rusty hatte über seine verzerrte Grimasse gelacht. Er fand das gar nicht amüsant. Nachdem seine Stimmbänder wieder funktionierten, hatte er sie deutlich darüber in Kenntnis gesetzt, dass es nicht lustig war, wenn seine Speiseröhre Verbrennungen dritten Grades erlitt.

Bis jetzt hatte er das Zeug nicht angerührt. Und jetzt war nichts lustig daran, dass er es trank.

Nachdem er Feuerholz nachgelegt hatte, entkorkte er einen Krug des stinkenden Zeugs. Rusty sah überrascht auf, sagte aber nichts, als er den ersten vorsichtigen Schluck nahm. Dann noch einen. Zuerst glaubte sie, er würde trinken, um sich aufzuwärmen. Sein Ausflug nach draußen war zwar kurz gewesen. Aber sicher war ihm die Kälte bis ins Mark gedrungen.

Diese Begründung behielt allerdings nicht lange Gültigkeit. Cooper hörte nicht nach den ersten beiden Schlucken auf. Er trug den Krug mit zum Stuhl beim Feuer und musste schon einige Drinks intus haben, bevor Rusty ihn zu Tisch bat. Zu ihrer Verwunderung brachte er den Krug auch hierher mit und goss sich nicht wenig davon in seinen Kaffeebecher. Zwischen

Bissen von dem Kaninchen, das sie serviert hatte, trank er immer wieder einen Schluck.

Sie zog in Erwägung, ihn zu ermahnen, nicht zu viel zu trinken, aber sie wagte es nicht, überhaupt etwas zu sagen. Die Regelmäßigkeit, mit der er immer wieder an dem Becher nippte, bereitete ihr Unbehagen.

Was, wenn er bewusstlos wurde? Dann würde er seinen Rausch eben auf dem Boden ausschlafen müssen, denn hochheben konnte sie ihn nicht. Sie erinnerte sich nur zu gut daran, welche Anstrengung es sie gekostet hatte, ihn aus dem Flugzeugwrack zu schleifen. Die Kraft hatte ihr nur das Adrenalin verliehen. Was, wenn er im betrunkenen Zustand nach draußen torkelte und verloren ging?

Unzählige schreckliche Bilder drängten sich ihr auf. Schließlich sagte sie: »Ich hätte nicht geglaubt, dass du das Zeug trinken würdest.«

Ihre Bemerkung verstand er nicht als Sorge, sondern als Vorwurf. »Was denn, du hältst mich nicht für Manns genug?«

»Wie?«, fragte sie verdutzt. »Nein. Ich meine, ja, ich halte dich für Manns genug. Aber ich dachte, dir schmeckt es nicht.«

»Ich trinke das hier nicht, weil es mir schmeckt, sondern weil nichts anderes da ist.«

Es juckte ihn in den Fingern, einen anständigen Streit vom Zaun zu brechen. Rusty konnte es an seinen blitzenden Augen sehen, es an seinem provozierenden Ton hören. Aber sie war zu clever, um auch noch eine rote Fahne vor Coopers Augen zu schwenken, wenn seine ganze Miene ein einziges Warnzeichen war.

In dieser Stimmung ließ man ihn am besten allein und provozierte ihn nicht noch, auch wenn es sie Mühe kostete, sich auf die Zunge zu beißen. Es reizte sie ungemein, ihm zu sagen, wie dumm sie es fand, etwas zu trinken, das man nicht mochte, nur um betrunken zu werden.

Denn das war es wohl, was er im Sinn hatte. Als er vom Tisch aufstand, hätte er fast den Stuhl umgestoßen. Nur seiner guten Reaktionsfähigkeit war es zu verdanken, dass der Stuhl nicht zu Boden polterte. Cooper ging zum Kamin zurück und stierte vor sich hin, während Rusty den Tisch abräumte und spülte.

Als sie damit fertig war, wischte sie den Boden. Es war nicht wirklich nötig, aber sie brauchte etwas, um sich zu beschäftigen. So unglaublich es auch scheinen mochte, aber sie war auf eine gewisse Weise stolz darauf, wie sauber sie die kleine Hütte hielt.

Irgendwann gingen ihr die Aufgaben aus. So stand sie unsicher in der Mitte des Raumes und versuchte zu entscheiden, was sie als Nächstes mit sich anfangen sollte. Cooper saß vornübergebeugt auf dem Stuhl, starrte düster in die Flammen und nahm regelmäßig einen Schluck aus der Whiskytasse. Das Vernünftigste wäre, sie könnte sich zurückziehen, aber die Hütte bestand ja nur aus dem einen Raum. Ein Spaziergang stand außer Frage. Sie war zwar nicht müde, aber das Bett war die beste Lösung.

»Ich … äh … ich denke, ich gehe zu Bett, Cooper. Gute Nacht.«

»Setz dich.«

Schon halbwegs beim Bett angekommen, hielt sie inne. Es lag nicht daran, was er gesagt hatte, sondern wie er es gesagt hatte. Ein lauter Befehl hätte ihr besser gefallen als diese leise Bitte.

Mit fragender Miene drehte sie sich zu ihm um.

»Setz dich«, wiederholte er.

»Ich wollte …«

»Setz dich.«

Seine Überheblichkeit reizte sie zu einer aufsässigen Bemerkung, aber sie verkniff sie sich. Sie war sicher kein Fußabtreter, aber nur ein begriffsstutziger Idiot würde Cooper in dieser Stimmung auch noch herausfordern. Mit blasierter Miene ließ sie sich auf den zweiten Stuhl fallen. »Du bist betrunken.«

»Stimmt.«

»Schön. Mach dich ruhig zum Narren, benimm dich so albern, wie du willst. Aber es ist peinlich, dir dabei zusehen zu müssen. Wenn du also nichts dagegen hast, würde ich lieber zu Bett gehen.«

»Ich habe aber etwas dagegen. Bleib, wo du bist. Geh noch nicht ins Bett.«

»Wie? Was soll das? Was willst du denn von mir?«

Er trank wieder und sah sie über den Rand des Bechers an. »Während ich mich volllaufen lasse«, lallte er, »will ich dich ansehen und mir vorstellen, wie du …«, noch ein Schluck, gefolgt von einem unappetitlich lauten Rülpser, »… nackt aussiehst.«

Rusty schnellte wie eine losgelassene Feder aus ihrem Stuhl hoch. Allerdings schien Coopers Reaktionsfähigkeit durch seine Trunkenheit nicht beeinträchtigt worden zu sein. Sein Arm schoss vor. Seine Finger griffen in ihren Pullover und zogen Rusty unsanft zurück auf den Stuhl.

»Ich sagte dir doch, du sollst dich nicht vom Fleck rühren.«

»Lass mich los«. Rusty drehte ihren Arm, bis er wieder frei war. Sie war jetzt genauso wachsam wie sie verärgert war. Das hier ging zu weit, das war nicht nur einfach das alberne Benehmen eines Betrunkenen. Sie versuchte sich zu überzeugen, dass Cooper ihr nie etwas tun würde, aber … wirklich wissen konnte sie es nicht, oder? »Lass mich in Ruhe«, sagte sie tapfer.

»Ich habe nicht vor, dich zu berühren.«

»Was dann?«

»Nenne es eine Art … masochistische Selbstbefriedigung.« Er senkte vielsagend den Blick. »Ich bin sicher, dir wird noch ein richtiger Ausdruck dafür einfallen.«

Rusty wurde heiß vor Scham. »Mir fallen gleich mehrere Ausdrücke für dich ein, Cooper.«

Er lachte. »Spar dir das, ich habe sie alle schon gehört. Anstatt dir Schimpfwörter für mich auszudenken, lass uns lieber von dir reden. Von deinem Haar, zum Beispiel.«

Sie verschränkte die Arme vor der Brust und blickte angelegentlich zur Decke auf. Die Verkörperung der Langeweile.

Cooper nahm einen weiteren Schluck. »Weißt du, was ich dachte, als ich dein Haar zum ersten Mal sah?« Ihre mangelnde Gesprächsbereitschaft schien ihn nicht zu stören. Er beugte sich vor und flüsterte: »Ich stellte mir vor, wie toll es sich auf meinem Bauch anfühlen würde.«

Entsetzt sah Rusty ihn an. Sein Blick war glasig, und das nicht allein vom Alkohol. Die Pupillen stachen dunkel und feurig aus den Augen hervor. Jetzt lallte er auch nicht mehr. Er machte es ihr unmöglich, ihn falsch zu verstehen – selbst so zu tun, als würde sie ihn missverstehen.

»Als du da im Sonnenschein auf der Startbahn standest ... Du sprachst mit einem Mann. Deinem Vater. Aber damals wusste ich noch nicht, dass er dein Vater ist. Ich habe zugesehen, wie du ihn geküsst hast, ihn umarmt hast, und ich habe bei mir gedacht: ›Dieser glückliche Mistkerl weiß, wie es sich anfühlt, im Bett mit deinem Haar spielen zu können.‹«

»Lass es, Cooper.« Rusty saß kerzengerade aufgerichtet auf ihrem Stuhl, die Fäuste an den Seiten geballt, bereit, jederzeit hochzufahren wie eine Rakete.

»Als du dann in das Flugzeug einstiegst, wollte ich die Hand ausstrecken und dein Haar berühren. Wollte meine Finger darin vergraben, deinen Kopf daran hinunter zwischen meine Schenkel ziehen.«

»Hör auf damit!«

Er brach ab und trank einen Schluck Whisky. Falls es überhaupt möglich war, wurde sein Blick noch dunkler, düsterer. »Dir gefällt doch, was du hörst.«

»Nein.«

»Dir gefällt der Gedanke, dass du eine solche Macht über Männer hast.«

»Du irrst dich. Du liegst völlig falsch. Ich habe mich sehr unwohl als einzige Frau in dieser Maschine gefühlt.«

Cooper murmelte etwas Obszönes und trank noch mehr. »So wie heute?«

»Heute? Wann?«

Er stellte den Becher zur Seite, ohne einen einzigen Tropfen zu verschütten. Er war boshaft und gehässig, wenn er betrunken war, aber nicht nachlässig. Er lehnte sich vor, bis sein Gesicht dem ihren ganz nahe war. »Als ich hereinkam und dich nackt in eine Decke gehüllt vorfand.«

»Das war keine Absicht, sondern ein Fehler in meiner Einschätzung. Ich ahnte ja nicht, dass du so schnell zurück sein würdest. Normalerweise bist du für Stunden unterwegs. Deshalb beschloss ich, mich zu waschen, während du weg warst.«

»Ich wusste sofort, dass du dich gewaschen hast, in dem Augenblick, als ich hereinkam«, sagte er mit tiefer, heiserer Stimme. »Ich konnte die Seife auf deiner Haut riechen.« Sein Blick glitt über sie, so als sähe er ihre nackte Haut statt des dicken Wollpullovers, den sie trug. »Du hast mir sogar einen Blick auf deine Brust gewährt, nicht wahr?«

»Nein!«

»Gib's ruhig zu.«

»Das habe ich nicht. Sobald mir klar wurde, dass die Decke heruntergerutscht war, habe ich …«

»Zu spät. Ich habe es gesehen. Die Spitze. Rosig. Hart.«

Rusty atmete schwer und unregelmäßig. Dieses bizarre Gespräch übte eine seltsame Wirkung auf sie aus. »Wir hatten vereinbart, keine verbalen Angriffe mehr.«

»Aber ich greife doch gar nicht an. Mich selbst höchstens, aber nicht dich.«

»Doch, das tust du, Cooper. Hör auf damit. Du weißt ja nicht …«

»Was ich sage? Oh doch, das weiß ich. Sehr genau sogar.« Er blickte ihr durchdringend in die Augen. »Ich könnte diese Spitze eine Woche lang küssen und dessen nicht überdrüssig werden.«

Seine raue Stimme machte die Worte fast unverständlich, aber Rusty hörte sie trotzdem deutlich. Sie lähmten sie, ließen sie schwindeln. Rusty schloss die Augen, um die unglaublichen Bilder, die seine Worte erzeugten, zu vertreiben.

Seine Zunge, die über ihre Haut glitt, sanft und feucht, zärtlich und ungestüm, rau und erregend.

Schockiert öffnete sie die Augen wieder und starrte ihn vorwurfsvoll an. »Wage es nie wieder, so mit mir zu reden.«

»Warum nicht?«

»Ich mag das nicht.«

Er bedachte sie mit einem skeptischen Lächeln. »Du magst es nicht, wenn ich dir sage, dass ich dich überall berühren will? Dass ich Fantasien habe, wie du deine Schenkel für mich spreizt? Dass ich nachts in diesem verdammten Bett liege und deinem Atem lausche und mir nichts anderes wünsche, als tief in dir zu sein, so tief, dass du …«

»Hör auf!« Rusty sprang auf und schob sich an ihm vorbei. Sie wollte raus aus dieser Hütte, weg von ihm. Die bittere Kälte draußen wäre leichter zu ertragen als seine Hitze.

Cooper war zu schnell für sie. Sie kam nicht einmal bis zur Tür. Bevor sie zwei Schritte gemacht hatte, fand sie sich in seinen Armen wieder, aus denen sie nicht entfliehen konnte. Er drückte sie nach hinten und beugte sich über sie, sein Atem strich heiß über ihr angstverzerrtes Gesicht.

»Wenn es mein Schicksal war, an diesem gottverlassenen Flecken zu enden, warum dann mit einer Frau, die so aussieht wie du?« Er schüttelte sie leicht, als würde er dadurch eine logische Erklärung auf seine Frage erhalten. »Warum musst du so verdammt schön sein? So sexy? Mit einem Mund, der zum Küssen bestimmt ist.«

Rusty versuchte sich zu befreien. »Ich will das nicht. Lass mich los.«

»Warum kann ich nicht mit jemand anders hier eingesperrt sein, der nett, aber hässlich ist? Jemand, mit dem man ins Bett

165

gehen kann, ohne es sein Leben lang bereuen zu müssen. Jemand, der dankbar für die Aufmerksamkeit ist. Nicht mit einer leichtfertigen kleinen Schlampe, die es auf perverse Art befriedigt, wenn sie sieht, wie die Männer ihr hinterherhecheln. Kein Luxusweib. Nicht du!«

»Cooper, ich warne dich.« Mit zusammengebissenen Zähnen wehrte sie sich gegen ihn.

»Jemand, der sehr viel weniger attraktiv ist, aber dafür nützlich. Eine Frau, die kochen kann.« Er grinste verächtlich. »Ich wette, du kochst ganz gut. Im Bett. Da kochst du. Ich wette, da servierst du richtige Köstlichkeiten.« Hart packte er mit beiden Händen ihr Hinterteil und zog ihre Hüften an seine Lenden. »Erregt es dich nicht zu wissen, dass du das mit mir machst?«

Ein Schauer lief ihr über den Rücken, aber nicht die Art, die er meinte. Den harten Beweis seiner Erregung zu spüren raubte ihr den Atem. Sie klammerte sich Halt suchend an seine Schultern. Ihre Blicke trafen aufeinander, hielten einander sekundenlang fest.

Dann schob Rusty ihn mit aller Kraft von sich. Sie verachtete ihn dafür, dass er ihr das angetan hatte. Aber sie schämte sich auch für ihre eigene, unwillkommene Reaktion auf das, was er gesagt hatte. Es hatte einen Moment gegeben, wenn auch nur kurz, da sie unentschlossen gewesen war.

»Bleib mir vom Leib«, sagte sie mit bebender Stimme. »Ich meine es ernst. Sonst werde ich dieses Messer, das du mir gegeben hast, auf dich richten. Hast du mich gehört? Fass mich nie wieder an.« Sie ging an ihm vorbei und warf sich auf ihr Bett, kühlte die erhitzten Wangen an dem kalten, rauen Laken.

Cooper blieb in der Mitte des Raumes stehen. Mit beiden Händen fuhr er sich durchs Haar, zog die lange Mähne hart zurück. Dann ließ er sich auf den Stuhl vor dem Kamin fallen und nahm Krug und Blechtasse hoch.

Als Rusty es endlich wagte, zu ihm hinzuschauen, saß er zusammengesunken da und trank weiter Whisky.

Am folgenden Morgen erwachte sie mit Panik, als sie sah, dass sein Bett unbenutzt war. War er in der Nacht nach draußen gegangen? War ihm vielleicht irgendetwas Schreckliches zugestoßen? Sie warf die Decken zurück – sie konnte sich nicht daran erinnern, sich gestern zugedeckt zu haben –, rannte durch die Hütte und riss die Tür auf.

Mit einem Seufzer der Erleichterung sank sie gegen den Rahmen, als sie Cooper erblickte. Er hackte Holz. Der Himmel war klar, die Sonne schien, die Eiszapfen am Dach tropften unablässig. Es war relativ mild, Cooper trug keine Jacke.

Das Hemd hing ihm aus der Hose, und als er sich aufrichtete, erkannte sie, dass er es noch nicht einmal zugeknöpft hatte.

Er sah sie kurz an, sagte aber nichts und warf nur die frisch gehackten Holzscheite auf den wachsenden Stapel an der Veranda. Er war grün im Gesicht, und unter den rot angelaufenen Augen lagen dunkle Ringe.

Rusty ging wieder hinein, ließ aber die Tür offen, damit frische Luft in die Hütte kam. Es war immer noch kalt, aber der Sonnenschein hatte eine belebende und reinigende Wirkung. Er vertrieb die Feindseligkeit aus den dunklen Ecken der Hütte.

Eilig wusch Rusty sich Hände und Gesicht und kämmte sich das Haar. Inzwischen hatte sie gelernt, Feuer zu machen. Es dauerte nur wenige Minuten, und der Herd war heiß genug, um Kaffeewasser zu kochen.

Zur Abwechslung öffnete sie eine Konservendose mit Schinken und briet Scheiben davon in der Pfanne. Der Duft von brutzelndem Fleisch ließ ihr das Wasser im Mund zusammenlaufen, sie hoffte, dass es Cooper ebenso erging. Dazu kochte sie Reis. Sie hätte ihre Tugend für einen Stich Butter geopfert. Glücklicherweise bot sich hier erst gar nicht die Möglichkeit für einen solchen Tausch, also ließ sie den Bratensud des Schinkens darüber tropfen.

Spendabel öffnete sie auch noch eine Dose mit Pfirsichen, schüttete sie in eine Schüssel und stellte diese dann in die Mitte

167

des Tisches. Von draußen war nichts mehr zu hören, daher nahm sie an, dass Cooper bald hereinkommen würde.

Sie hatte recht. Augenblicke später trat er mit schleppendem Gang in die Hütte. Während er sich am Spülstein die Hände wusch, nahm Rusty zwei Aspirin aus dem Röhrchen im Erste-Hilfe-Kasten und legte sie auf seinen Teller.

Er starrte wortlos auf die beiden Tabletten herunter, dann nahm er sie mit dem Glas Wasser ein, das Rusty neben seinen Teller gestellt hatte. »Danke.« Umständlich ließ er sich auf dem Stuhl nieder.

»Keine Ursache.« Rusty hielt es für vernünftiger, sich das Lachen zu verkneifen. Die langsamen Bewegungen, wie er sich vorsichtig setzte, zeigten deutlich, wie riesig sein Kater sein musste. So schüttete sie ihm von dem heißen, starken Kaffee ein und reichte ihm die Tasse. Seine Hand zitterte, als er danach griff. Dieses Holzhacken musste wohl eine selbst auferlegte Strafe für sein einsames Saufgelage gewesen sein. Sie war nur froh, dass er sich nicht die Zehen abgehackt hatte. Oder Schlimmeres. »Wie fühlst du dich?«

Ohne den Kopf zu bewegen, sah er zu ihr hin. »Mir tun sogar die Wimpern weh.«

Sie hielt das Grinsen zurück. Sie hielt sich auch davon zurück, über den Tisch zu greifen und ihm das verschwitzte Haar aus der Stirn zu streichen. »Meinst du, du kannst was essen?«

»Ich werde es versuchen. Ich meine, ich sollte es können. Ich bin seit Stunden da draußen. Wenn meine Magenwände noch existieren, müsste es gehen.«

Er saß mit hängenden Schultern da, die Hände zu beiden Seiten des Tellers, während Rusty das Essen auftischte. Sie schnitt sogar seinen Schinken in kleine Stücke. Mit einem tiefen Atemzug nahm er die Gabel zur Hand und schob sich vorsichtig den ersten Bissen in den Mund. Als er sicher sein konnte, dass der auch in seinem Magen blieb, nahm er den nächsten, dann noch einen, und schließlich aß er normal weiter.

»Das ist gut«, sagte er nach mehreren Minuten Schweigen.

»Danke. Besser als Haferbrei und mal eine Abwechslung.«

»Ja.«

»Mir ist aufgefallen, dass das Wetter viel milder geworden ist.« Was ihr eigentlich viel dringlicher aufgefallen war, war, wie die Schweißperlen auf seiner Brust glänzten. Cooper hatte sein Hemd zugeknöpft, bevor er sich an den Tisch gesetzt hatte, aber die oberen Köpfe offen gelassen, sodass sie einen Blick auf die beeindruckende Brust erhaschen konnte.

»Vielleicht haben wir Glück, und es bleibt für ein paar Tage so, bevor der nächste Schneesturm kommt.«

»Das wäre gut.«

»Ich könnte noch eine ganze Menge getan kriegen, wenn es so bleibt.«

Noch nie hatten sie eine so höfliche, banale Unterhaltung geführt. Dieser Small Talk war schlimmer als jeder Streit, also verfielen sie beide lieber in Schweigen. Ein so intensives Schweigen, dass sie die Tropfen von den Eiszapfen fallen hören konnten. So beendeten sie ihr Mahl und tranken ihre zweite Tasse Kaffee.

Als Rusty aufstand, um den Tisch abzuräumen, sagte Cooper: »Ich glaube, die Aspirin haben geholfen. Die Kopfschmerzen sind fast weg.«

»Das freut mich.«

Er räusperte sich laut und fingerte mit Messer und Gabel, die auf seinem leeren Teller lagen. »Sieh mal, wegen gestern Abend … ich … äh … es gibt keine Entschuldigung dafür.«

Sie lächelte ihn verständnisvoll an. »Wenn ich den Geschmack dieses Fusels ertragen könnte, hätte ich mich wahrscheinlich auch betrunken. Seit dem Absturz hat es mehrere Momente gegeben, da wäre ich gern auf diese Art vor der Realität geflohen. Dafür musst du dich nicht entschuldigen.«

Sie wollte seinen Teller nehmen, doch er hielt ihre Hand fest. Eine Geste, die zum ersten Mal, seit sie ihn kannte, Unsicherheit ausdrückte. »Ich möchte mich für die Dinge entschuldigen, die ich zu dir gesagt habe.«

Sie starrte auf seinen Kopf. Ein eigensinniger Wirbel kringelte sich dort in seinem Haar, wie bei einem kleinen Jungen. »Meintest du das ernst, was du gesagt hast, Cooper?«, fragte sie leise.

Sie wusste, was sie tat. Sie lud ihn dazu ein, mit ihr zu schlafen. Sie wollte es. Es hatte keinen Zweck mehr, sich länger etwas vorzumachen. Er reizte und erregte sie, wie es nie zuvor ein anderer Mann getan hatte. Und offensichtlich beruhte das auf Gegenseitigkeit.

Sie würden noch den Verstand verlieren, wenn sie dieses körperliche Verlangen nicht endlich stillten. Sie würden vielleicht den Winter überstehen, aber im Frühjahr wären sie beide verrückt. Dieses leidenschaftliche Sehnen, so unvernünftig es auch sein mochte, ließ sich nicht länger unterdrücken.

Unter normalen Umständen wäre eine Beziehung zwischen ihnen völlig undenkbar. Aber das hier waren keine normalen Umstände. Es war unangebracht, Lebenseinstellungen und politische oder philosophische Ansichten zu vergleichen. Es war völlig unwichtig, ob sie sie teilten oder nicht. Was wichtig war – sehr wichtig sogar –, war das grundlegende menschliche Bedürfnis nach Kontakt mit dem anderen Geschlecht.

Cooper hob den Kopf, unendlich langsam. »Was sagtest du?«

»Ich fragte, ob du es ernst gemeint hast – die Dinge, die du gesagt hast.«

Er blinzelte nicht einmal. »Ja, die meinte ich ernst.«

Da er ein Mann der Taten, nicht der Worte war, legte er die Hand an ihren Nacken und zog ihren Kopf zu sich herunter, um sie zu küssen. Er gab einen Laut wie ein wildes Tier von sich, das sich über die Beute hermachte, als er ihre Lippen auseinander zwang und seine Zunge in ihren Mund gleiten ließ. Rusty hieß sie willkommen.

Cooper stand schwankend auf. Dieses Mal fiel der Stuhl nach hinten und landete klappernd auf dem Boden. Keiner von ihnen beiden hörte es. Er schlang die Arme um ihre Hüften, sie ihre um seinen Hals. Er zog sie eng an sich heran.

»Gott.« Er löste seinen Mund von ihren Lippen und küsste sie auf den Hals. Mit den Fingern einer Hand wühlte er in ihrem Haar, es wurde wirr und unordentlich, genau so, wie er es beabsichtigt hatte. Er zog ihren Kopf zurück und starrte in ihr Gesicht. Seine Miene war hart vor Verlangen.

Sie erwiderte seinen Blick ohne jedes Zögern. »Küss mich noch mal, Cooper.«

Sein Mund nahm heiß und gierig von ihrem Besitz. Während er sie küsste, glitt seine Hand an den Reißverschluss ihrer Hose, zog ihn herab, öffnete den Knopf. Als er die Hand in ihren Slip schob, schnappte Rusty nach Luft. Sie hatte mit einem sinnlichen Herantasten gerechnet, mit langsamer Annäherung.

Aber sie bereute nicht, dass es kein ausgiebiges Vorspiel gab. Seine Kühnheit, seine Ungeduld waren ein überwältigendes Aphrodisiakum, das Explosionen der Lust tief in ihr auslöste.

Er murmelte vor sich hin, erotische Worte, Beschreibungen, die erregten, während er mit seinem Reißverschluss kämpfte, bis seine Männlichkeit, hart und heiß, den Weg zwischen ihre Schenkel fand.

»Endlich fühle ich dein Haar an mir«, keuchte er ihr ins Ohr. »Es ist so weich.«

Rusty fühlte sich schwach vor Leidenschaft. Sie lehnte sich gegen den Tisch und legte ihre Hände an Coopers Hüften. »Bitte, Cooper, jetzt.«

Mit einer einzigen, machtvollen Bewegung drang er in sie ein. Sie schnappte unwillkürlich nach Luft, als die Lust sie scharf durchzuckte. Cooper hielt den Atem an. Sie klammerten sich aneinander wie Überlebende nach einer Katastrophe – was sie ja waren –, als würde ihre Existenz davon abhängen, dass sie

einander nie wieder losließen. Als wäre dieses Einssein unerlässlich für ihr Überleben.

Es war unmöglich zu bestimmen, wer sich zuerst bewegte.
Vielleicht geschah es gleichzeitig.

Cooper tauchte noch tiefer in sie ein. Seine Hüften rieben
sich an ihren, mit jedem Stoß schien er weiter vordringen zu
wollen, bis in die Tiefen ihrer Seele.

Rusty schrie auf vor Lust und warf den Kopf zurück. Cooper
fiel über ihren Mund her, ihren Hals, ihre Brust, obwohl Rusty
immer noch ihren Pullover trug.

Doch ein zärtliches Liebesspiel war nicht nötig, nichts hätte
dieses Feuer noch anheizen können. Coopers Körper brannte
lichterloh, wurde mit jedem Stoß heißer.

Und dann hatte er keine Wahl mehr.

»Du bist eine wunderschöne Frau.«

Rusty sah zu ihrem Liebhaber auf. Einen Arm hinter den
Kopf gelegt, die andere Hand an Coopers Schulter, war ihre
Pose sehr herausfordernd. So wollte sie es auch. Es machte ihr
nichts aus, dass ihre Brüste bloß und einladend dalagen. Sie
wollte sie ihm darbieten, zu seinem Vergnügen. Es gefiel ihr,
wie seine Augen dunkler wurden, jedes Mal, wenn er die harten
Spitzen betrachtete.

Vielleicht hatte er ja von Anfang recht gehabt. Sie hatte einen
erstaunlichen Mangel an Zurückhaltung gezeigt, seit sie ihn getroffen hatte. Vielleicht hatte sie sich ja wirklich absichtlich verführerisch gegeben, weil sie ihn von Anfang an gewollt hatte.
Dies hier gewollt hatte – dieses entspannte Zusammensein nach
dem Liebesakt, der sie so sehr befriedigt hatte.

»Du hältst mich also für schön?«, fragte sie durchtrieben,
fuhr mit einem Finger über seine Brust und lächelte wie die
Katze, die den Sahnetopf ausgeleckt hat.

»Das weißt du doch.«

»Deswegen musst du aber doch nicht so wütend klingen.«

»Bin ich aber.« Er streichelte über ihren Bauch bis zu ihrem Nabel. »Ich wollte deinem Charme nicht verfallen. Ich habe den Kampf gegen meine eigene Lust verloren.«

»Ich bin froh darum.« Sie hob den Kopf und küsste ihn leicht auf den Mund.

Er kitzelte ihren Nabel. »Ich auch. Im Moment.«

Rusty wollte nichts von einer zeitlichen Begrenzung hören. »Wieso nur für den Moment?«

Sie hatten nicht lange gebraucht, um sich auszuziehen und die Felle vor das Kaminfeuer zu legen. Nackt auf dem Fell ausgestreckt, mit wirren roten Locken, die Lippen rot und feucht von den hungrigen Küssen, die Augen erfüllt von vollkommener Befriedigung, sah Rusty aus wie der Preis, den ein Vandale bei seinem Eroberungszug erbeutet hatte. Cooper hatte nie viel von Poesie gehalten, schon gar nicht direkt nach dem Sex. Bei dem Gedanken musste er lächeln.

Er betrachtete ihren verführerischen Körper. »Ach, nicht wichtig.«

»Sag's mir.«

»Es hat mit dir und mir zu tun und wer wir sind. Aber ich habe jetzt wirklich keine Lust, darüber zu reden.« Er beugte den Kopf und küsste die rotbraunen Locken in ihrem Schoß. Sie waren noch feucht, rochen und schmeckten nach ihm, und er fühlte, wie sein Körper darauf reagierte. Ihr sinnliches Stöhnen hatte die gleiche Wirkung wie ihre zarte Hand, die sich um seine schwellende Männlichkeit schloss. »Wusstest du eigentlich, wie eng gebaut du bist?«, flüsterte er in das weiche Dreieck. Ihre Schenkel entspannten und öffneten sich für seine Finger.

»Wirklich?«

»Ja.«

»Ich habe nicht viel Erfahrung.«

Er sah zweifelnd zu ihrem Gesicht, aber da war nichts Berechnendes. »Wie viele?«, fragte er abrupt.

»Wie indiskret von dir!«

»Wie viele?«

Rusty kämpfte mit sich, ob sie antworten sollte. Sie wich seinem Blick aus. »Weniger, als ich an einer Hand zählen könnte.«

»In einem Jahr?«

»Insgesamt.«

Cooper suchte nach Heuchelei in ihren Augen. Wie sehr wollte er ihr glauben, aber er konnte nicht. Seine tastende Liebkosung sagte ihm, was sein Verstand nicht akzeptieren konnte, was er hätte erkennen müssen, als er in sie eindrang. Aber er konnte es nicht in Einklang mit seiner Meinung über sie bringen.

»Weniger als fünf?«

»Ja.«

»Weniger als drei?« Sie wandte den Kopf. »Was denn, nur einen?« Sie nickte. Sein Herz veranstaltete einen seltsamen kleinen Tanz, und das Gefühl, das ihn durchströmte, erinnerte ihn an Glück. Aber da er davon so wenig erfahren hatte, konnte er sich nicht sicher sein. »Und du hast nicht mit ihm gelebt, oder, Rusty?«

»Nein.« Sie drehte den Kopf und biss sich auf die Unterlippe, als sein Daumen sie unablässig streichelte.

»Wieso nicht?«

»Mein Vater und mein Bruder hätten dem nicht zugestimmt.«

»Hängt eigentlich alles, was du tust, von der Zustimmung deines Vaters ab?«

»Ja … nein … ich … Cooper, hör auf damit«, stieß sie atemlos hervor. »Ich kann nicht denken, wenn du das tust.«

»Dann denk eben nicht.«

»Aber ich will, dass du weißt … nein … nicht … Oh ja!«

Nachdem der letzte Sonnenstrahl verblasst war, öffnete sie die Augen und blickte in sein zufriedenes Gesicht.

»Na, so schlimm war das doch gar nicht, oder?«, neckte er sie.

174

Immerhin war ihr noch genug Energie verblieben, um sein Lächeln zu erwidern. »Das wollte ich gar nicht so schnell wieder tun. Ich wollte dich noch ein wenig länger betrachten.«

»Ich denke, damit ist die Diskussion um dich und deinen Vater beendet.«

Rusty runzelte die Stirn. »Das ist eine sehr komplexe Sache, Cooper. Mein Vater war am Boden zerstört, als Jeff starb. So wie ich. Jeff war …« Sie suchte nach dem passenden Wort. »Jeff war einfach wunderbar. Er konnte alles.«

Cooper küsste sie sanft. »Aber er konnte nicht …« Er flüsterte ihr ins Ohr, was Jeff nicht gekonnt hätte, und das Blut schoss Rusty in die Wangen, aber nicht, weil sie beleidigt war, sondern vor Sinnlichkeit. »Also, du siehst, es gibt keinen Grund, dich deinem Bruder unterlegen zu fühlen.«

Bevor sie das Thema vertiefen konnte, verschloss er ihren Mund mit einem erregenden Kuss. »Und was war das mit dem Betrachten?«

Ihr Atem ging unregelmäßig, sie musste erst tief durchatmen, bevor sie reden konnte. »Ich habe dich einfach noch nicht genug angeschaut.« Ihr Blick glitt über seinen Oberkörper. Sie hob eine Hand, um ihn zu berühren, sah zu ihm auf, als wolle sie seine Zustimmung abwarten, dann legte sie die Finger schüchtern auf seine muskulöse Brust.

»Komm schon, Feigling, ich beiße nicht.« Ihr sinnlicher Blick strafte ihn Lügen. »Okay, manchmal, aber nicht immer.« Er beugte sich zu ihrem Ohr. »Nur, wenn ich in der wunderbarsten Seide eingebettet bin«, flüsterte er, »die ich je zwischen zwei Schenkeln gefunden habe.«

Während sie seinen Körper erforschte, knabberte er an ihrem Ohr und biss sie zärtlich in den Hals. Als ihre Fingerspitzen über seine Brustwarzen strichen, zuckte er zusammen. Sofort zog sie ihre Hand zurück, aber er griff sie und legte sie sich wieder auf die Brust.

»Das war nicht unangenehm«, erklärte er mit heiserer Stimme. »Mach nur weiter, so viel du willst.«

Sie ließ sich kein zweites Mal auffordern. Sie streichelte und liebkoste ihn, bis sein Atem schwer ging. »Da ist noch ein Körperteil, der Aufmerksamkeit verlangt«, keuchte er. »Aber besser nicht.« Er fing ihre Hand auf ihrem Weg zu seinen Lenden ab. »Nicht, wenn wir es diesmal langsam angehen lassen wollen.«

»Lass mich dich berühren.«

Der gehauchten Bitte konnte er nicht widerstehen. Er schloss die Augen und genoss ihre forschenden Berührungen, bis er es nicht mehr aushielt. Dann zog er sie in seine Arme, um sie feurig zu küssen und sie an ihren schönsten Stellen zu berühren.

»Jetzt bin ich an der Reihe.« Mit Andacht widmete er sich ihren perfekt geformten Brüsten. »Zu fest?«, fragte er, als Rusty das Gesicht verzog.

»Zu wundervoll«, seufzte sie.

»Die Nacht, als ich dich geküsst habe … hier …« Er berührte die schwellende Rundung ihrer Brust.

»Ja?«

»Ich wollte ein Zeichen hinterlassen.«

Sie öffnete die Augen nur so weit, dass sie ihn durch einen schmalen Schlitz ansehen konnte. »Wieso?«

»Weil ich grob und gemein bin, deshalb.«

»Nein, bist du nicht. Du willst nur, dass jeder dich dafür hält.«

»Aber es funktioniert doch offensichtlich, nicht wahr?«

Sie lächelte. »Manchmal. Manchmal habe ich dich für richtig gemein gehalten. Dann wiederum wusste ich, dass du Schmerzen hattest und absichtlich grob warst, weil du so besser damit zurande kamst. Wahrscheinlich ein Überbleibsel aus deiner Kriegsgefangenschaft.«

»Vielleicht.«

»Cooper?«

»Hm?«

»Du kannst noch so einen Fleck hinterlassen, wenn du willst.«

Er sah ihr kurz in die Augen. Dann küsste er sie ausgiebig, glitt mit den Lippen über ihren Hals, ihren Nacken, ihre Brüste.

»Ich war verantwortlich für die Blutergüsse auf deinem Hintern. Dann habe ich dir diesen Knutschfleck gemacht. Ich nehme an, auf irgendeine primitive Weise wollte ich dich als mein Eigentum markieren. Das brauche ich jetzt nicht mehr. Du gehörst zu mir. Für eine Weile zumindest«, fügte er hinzu.

Rusty wollte darüber reden und ihm sagen, dass sie zu ihm gehörte, solange er wollte, aber seine Lippen löschten jeden klaren Gedanken aus. Als seine Zunge schnell und rau über ihre aufgerichteten Brustwarzen leckte, rief sie vor Leidenschaft laut seinen Namen.

»Ach, du bist einfach großartig.« Sein Mund war gierig, aber zärtlich.

»Cooper?«

»Hm?«

»Cooper!« Mit beiden Händen zog sie seinen Kopf zu sich, damit sie ihn ansehen konnte. »Warum hast du das gemacht?«

»Was?« Er mied es, ihren fragenden Blick zu erwidern, und starrte auf die Stelle zwischen ihren Augenbrauen.

»Du weißt schon …« Sie leckte sich nervös über die Lippen. »Warum hast du … dich vorhin zurückgezogen?«

Sie fühlte sich nervös und angespannt, genau wie vorhin, als er sich im letzten Augenblick aus ihr zurückgezogen und ihr die ultimative Erfüllung verweigert hatte, dieses Gefühl, das er sich in ihr verströmte.

Cooper verharrte absolut regungslos. Einen Moment befürchtete sie, sie hätte ihn so verärgert, dass er ihr gemeinsames Lager verlassen würde. Aber dann sah er ihr in die Augen.

»Du erwartest also eine Erklärung.« Als sie nichts sagte, gab er sie mit einem Seufzer frei. »Es ist möglich, dass wir hier noch eine ganze Weile festsitzen. Ich denke, wir beide brauchen nicht noch einen hungrigen Mund, den wir stopfen müssen.«

»Ein Baby?« Ihre Stimme klang ehrfürchtig. Sie spielte mit dem Gedanken an ein Kind und fand die Vorstellung nicht im Geringsten erschreckend. Im Gegenteil, ihre Lippen verzogen sich zu einem Lächeln. »Daran hatte ich noch gar nicht gedacht.«

»Ich schon. Wir sind beide jung und gesund. Ich weiß, dass du keine Verhütungsmittel nimmst, denn ich habe gesehen, was du aus dem Flugzeug mitgenommen hast. Und ich habe für meinen Jagdtrip auch nichts in dieser Richtung eingepackt.«

»Aber es passiert doch sicher nichts …«

»Sicher können wir aber nicht sein. Und ich will kein Risiko eingehen. Also …«

»Selbst wenn es so wäre, werden wir doch längst gerettet, bevor das Baby da ist …«

»Wahrscheinlich, aber …«

»Selbst wenn, dann bin ich doch diejenige, die das Baby füttern wird.«

Bei dem Thema Kinder hatte er immer einen Knoten im Magen. Um seinen Mund lag wieder der übliche harte, verbissene Zug. Der sich etwas löste, als Cooper sah, dass Rusty es völlig ernst meinte. Geradezu naiv ernst.

»Es ist einfach nur so …«, sein Mund bewegte sich wieder zu ihren Brüsten, »… dass ich den Gedanken nicht ertrage, dich mit jemandem teilen zu müssen.«

»Aber …«

»Tut mir leid, aber so ist es nun mal.«

Sie wollte widersprechen, ausführlicher darüber reden, aber er benutzte seine Lippen, seine Zunge und seine Hände, damit sie das Feuerwerk eines gemeinsamen Höhepunkts erlebten, bevor Rusty klar wurde, dass er sich wieder im letzten Augenblick zurückgezogen hatte.

Sie liebten sich den ganzen Nachmittag, bis hinein in die Nacht. Irgendwann schmiegten sie sich erschöpft in die Felle und schliefen eng umschlungen ein.

Nur das unerwartete Dröhnen von Hubschrauberrotoren hätte ihre Träume stören können.

10. Kapitel

Er würde den Helikopter nicht mehr erreichen, er wusste es. Er verpasste ihn immer. Aber er rannte trotzdem. Auch das tat er immer. Dichtes Dschungelgrün versperrte ihm den Weg. Er brach durch das Gestrüpp, auf die Lichtung zu. Er rannte so schnell, dass seine Lungen brannten. Sein Atem rasselte laut in seinen eigenen Ohren.

Aber immer noch hörte er das Dröhnen der Rotoren. Nah. Ganz nah. So laut.

Dieses Mal schaffe ich es, sagte er sich. Ich muss es schaffen, oder man wird mich wieder gefangen nehmen.

Aber er wusste, dass er es nicht schaffen würde. Obwohl er rannte. Immer weiter rannte ...

Cooper setzte sich ruckartig auf. Wie immer nach diesem wiederkehrenden Albtraum atmete er schwer und war in Schweiß gebadet. Gott, diesmal war es so echt gewesen. Das Dröhnen des Hubschraubers schien direkt über ihm ...

Er stutzte. Er konnte das Dröhnen immer noch hören. War er wach? Ja. Und da lag Rusty, friedlich schlafend neben ihm.

Das hier war nicht Vietnam, sondern Kanada. Und bei Gott, er hörte einen Hubschrauber!

Er rappelte sich auf und hetzte über den kalten Hüttenboden. Seit dem Tag, als sie das Suchflugzeug verpasst hatten, lag die Leuchtpistole auf dem Regal neben der Tür. Cooper griff sie sich, während er hinausrannte. Als er über die Veranda auf den Vorplatz der Hütte hechtete, war er immer noch nackt, aber die Leuchtpistole lag fest in seiner rechten Hand.

Er schattete die Augen mit der Hand gegen die Sonne ab und schaute in den Himmel. Das Sonnenlicht war so gleißend, dass

180

seine Augen zu tränen begannen. Er konnte nichts sehen. Er hatte sechs Leuchtpatronen. Er durfte keine davon verschwenden, jede Einzelne war wichtig. Aber immer noch hörte er das Dröhnen. Auf gut Glück schoss er zweimal pfeilgerade in die Luft.

»Cooper, ist das …«

»Ein Helikopter.«

Rusty warf ihm von der Veranda eine Jeans zu. Als sie aufgewacht war, erst durch das intuitive Wissen, dass ihr Liebhaber nicht mehr neben ihr lag, dann durch das Motorengeräusch, hatte sie sich hastig Hose und Pullover übergezogen. Jetzt stand sie neben Cooper und suchte ebenfalls den Himmel ab.

»Er muss die Leuchtkugel gesehen haben«, rief Cooper aufgeregt. »Er kommt zurück.«

»Ich kann ihn nicht sehen. Woher weißt du das?«

»Ich erkenne es am Dröhnen.«

Er hatte recht. Wenige Sekunden später schwebte der Hubschrauber über der Hütte. Rusty und Cooper winkten wild mit den Armen und riefen laut, obwohl es klar war, dass die zwei Piloten sie längst erblickt hatten. Man konnte die beiden in dem Cockpit sogar lächeln sehen.

»Sie haben uns gesehen! Cooper, oh Cooper!«

Rusty warf sich in seine Arme. Er fing sie auf und wirbelte sie im Kreis herum. »Wir haben es geschafft, Baby! Wir haben's geschafft!«

Die Lichtung, auf der die Hütte stand, bot dem Helikopter genügend Platz zum Landen. Hand in Hand rannten Rusty und Cooper auf die Maschine zu. Einer der Piloten löste den Sicherheitsgurt und stieg aus. Gebückt rannte er unter den sich drehenden Rotoren auf sie zu.

»Miss Carlson?« Er sprach mit starkem Südstaatenakzent. Rusty nickte heftig, plötzlich war sie scheu und sprachlos. Schüchtern klammerte sie sich an Coopers Arm.

181

»Cooper Landry«, stellte der sich vor und schüttelte dem Piloten herzhaft die Hand. »Wir sind verdammt froh, euch zu sehen, Jungs.«

»Wir sind auch froh, Sie endlich gefunden zu haben. Miss Carlsons Dad hat uns angeheuert, um nach Ihnen zu suchen. Die Behörden haben nicht zu seiner Zufriedenheit gearbeitet.«

»Das hört sich ganz nach Vater an«, schrie Rusty über den dröhnenden Lärm.

»Sind Sie die Einzigen, die den Absturz überlebt haben?« Die beiden nickten ernst. »Tja, wenn Sie nicht länger bleiben wollen, dann sollten wir Sie jetzt nach Hause bringen. Ihr Dad wird überglücklich sein, Sie wieder zurückzuhaben.«

Bei der Erwähnung von Rustys Vater warf der Pilot einen besorgten Blick auf Coopers offen stehende Jeans. Es war deutlich zu sehen, dass sie hastig übergezogen worden war und der Mann außer dieser Jeans nichts trug. Rusty haftete das zerzauste, zufriedene Aussehen einer Frau an, die die ganze Nacht geliebt worden war. Der Pilot hatte die Situation schnell erfasst, es musste ihm nicht ausdrücklich erklärt werden.

Sie gingen in die Hütte zurück, gerade lange genug, damit sie sich richtig anziehen konnten. Cooper holte nur seine teure Jagdflinte, ansonsten nahmen sie nichts mit. An der Tür blickte Rusty sich ein letztes Mal in der Hütte um. Anfangs hatte sie diesen Ort gehasst. Jetzt, da sie ihn verließ, verspürte sie einen Stich von Trauer.

Cooper teilte ihr Gefühl keineswegs. Der Pilot und er lachten herzhaft, nachdem sie entdeckt hatten, dass sie Veteranen aus dem gleichen Krieg waren und sogar im gleichen Gebiet gekämpft hatten. Rusty musste rennen, um sie einzuholen.

Bei den beiden angekommen, legte Cooper einen Arm um ihre Schultern und lächelte sie an. Dadurch war alles wieder in Ordnung. Oder zumindest viel besser.

»Ich bin Mike«, stellte der Pilot sich vor, als er den beiden in ihre Sitze half. »Und das ist mein Zwillingsbruder Pat.«

Der Helikopter hob ab und flog über die Wipfel. »Der Absturzort ist vor ein paar Tagen von einer Suchmaschine entdeckt worden«, erklärte Mike laut, um das Dröhnen zu übertönen, und deutete nach unten.

Rusty konnte es sehen. Sie war erstaunt, dass sie eine so große Entfernung zu Fuß zurückgelegt hatten, vor allem, da Cooper sie den größten Teil der Strecke auf der selbst gefertigten Trage gezogen hatte. Ohne ihn hätte sie nicht überlebt. Was wäre geschehen, wenn auch er bei dem Absturz umgekommen wäre? Bei dem Gedanken erschauerte sie und legte den Kopf an seine Schulter. Er schlang den Arm um sie und zog sie an sich. In einer wortlosen Geste des Vertrauens legte sie ihm die Hand auf den Schenkel.

»Die anderen fünf Insassen waren sofort tot«, teilte Cooper den beiden Piloten mit. »Rusty und ich saßen ganz hinten. Das hat uns wahrscheinlich das Leben gerettet.«

»Als der Bericht kam, dass das Flugzeug nicht ausgebrannt war, hat Mr. Carlson darauf bestanden, nach Überlebenden zu suchen«, sagte Mike. »Er hat meinen Bruder und mich in Atlanta angeheuert. Wir sind auf Rettungsaktionen spezialisiert.« Er drehte sich zu den beiden um. »Wie sind Sie denn auf die Hütte gestoßen?«

Cooper und Rusty tauschten einen Blick aus. »Die Geschichte heben wir uns auf, bis wir sie an der richtigen Stelle und nur einmal erzählen müssen«, erwiderte Cooper.

Mike nickte. »Ich werde über Funk durchgeben, dass wir Sie gefunden haben. Da haben eine Menge Leute nach Ihnen gesucht. Aber das Wetter war eine richtige Sauerei. 'Tschuldigung, Miss Carlson.«

»Kein Problem.«

»Bis gestern konnten wir nicht aufsteigen, erst dann ist das Wetter besser geworden. Man konnte einfach nichts sehen. Heute Morgen sind wir dann direkt los.«

»Wohin bringen Sie uns?«, fragte Cooper.

183

»Nach Yellowknife.«

»Ist mein Vater auch dort?«

Mike schüttelte den Kopf. »Nein, der ist in L. A. Vermutlich wird er Himmel und Hölle in Bewegung setzen, damit Sie noch heute nach Hause kommen.«

Das waren schon mal gute Neuigkeiten. Rusty wusste nicht, warum, aber ihr grauste davor, ihrem Vater in allen Einzelheiten berichten zu müssen, was sie durchgestanden hatte. Dass sie ihm nicht sofort gegenübertreten musste, war eine Erleichterung. Vielleicht wegen dem, was letzte Nacht vorgefallen war. Sie hatte noch keine Zeit gehabt, darüber nachzudenken. Sie wusste nur, dass diese Erfahrung mit Cooper ihr unendlich wichtig war.

Ihre Rettung war fast wie ein Eindringen in ihre Privatsphäre gewesen. Natürlich war sie froh, aber trotzdem, sie wollte allein mit ihren Gedanken sein. Die einzige Person, die sie neben sich wissen wollte, war Cooper. Wieder befiel sie diese untypische Schüchternheit, und sie schmiegte sich enger an Cooper.

Er schien ihre Gedanken lesen zu können. Er fasste sie am Kinn und musterte sie durchdringend. Dann beugte er den Kopf, küsste sie fest auf die Lippen und zog ihren Kopf an seine Brust. Eine beschützende und gleichzeitig besitzergreifende Geste.

Für den Rest des Fluges blieben sie so sitzen. Keiner der beiden Piloten versuchte sie noch in ein Gespräch zu ziehen, sondern sie respektierten ihr Bedürfnis nach Privatsphäre. Unangenehme Fragen konnten warten.

»Sie haben ganz schön Aufsehen erregt.« Mike sah über die Schulter zu ihnen und deutete dann nach unten, während sie auf dem Flughafen zur Landung ansetzten.

Rusty und Cooper erkannten, dass sich auf der Landebahn eine Menschenmenge angesammelt hatte. Die Leute hatten die Verbotsschilder einfach missachtet. Transporter, auf denen große Schriftzüge verschiedener Fernsehgesellschaften zu erkennen waren, parkten Stoßstange an Stoßstange. In dieser entlegenen Gegend in den Northwest Territories war ein solcher Medienrummel noch nie da gewesen.

Cooper murmelte einen Fluch. »Wer, zum Teufel, ist verantwortlich für das hier?«

»Der Flugzeugabsturz war in allen Nachrichten«, sagte Mike mit einem entschuldigenden Lächeln. »Sie sind die einzigen Überlebenden. Ich nehme an, jeder will hören, was Sie zu erzählen haben.«

Im gleichen Moment, als Pat die Kufen auf die Landebahn setzte, kam Bewegung in die Reportermenge. Die Polizei hatte erhebliche Mühe, die Absperrung zu sichern und die Reporter zurückzudrängen. Mehrere offiziell aussehende Männer kamen auf den Helikopter zugerannt. Der Luftwirbel der Rotoren presste ihnen die korrekten Anzüge eng an die Körper und schlug ihnen die Krawatten ins Gesicht. Endlich standen die Blätter still.

Mike sprang auf den Zementboden und half Rusty beim Aussteigen. Unsicher blieb sie neben dem Hubschrauber stehen, bis Cooper an ihrer Seite war. Erst als sie den beiden Piloten noch einmal überschwänglich gedankt hatten, gingen sie auf die Beamten zu, ihre Hände fest ineinander verschlungen.

Die Männer waren von der kanadischen Luftfahrt- und Transportbehörde. Die entsprechende amerikanische Behörde war eingeladen worden, den Fall in Zusammenarbeit zu untersuchen, da es sich bei den Passagieren ausschließlich um amerikanische Staatsbürger handelte.

Höflich hießen die Beamten Cooper und Rusty zurück in der Zivilisation willkommen und schleusten sie an den aufgeregten Reportern vorbei, deren Verhalten alles andere als zivilisiert war. Wie Maschinengewehrsalven feuerten sie ihre Fragen an Cooper und Rusty ab.

Schließlich führte man die Überlebenden durch einen Diensteingang in das Flughafengebäude und einen Gang hinunter zu einem großen Büro, das ihnen allein vorbehalten war.

»Ihr Vater wurde bereits benachrichtigt, Miss Carlson.«

»Danke.«

»Er war sehr erfreut zu hören, dass Sie wohlauf sind«, sagte der Officer lächelnd. »Mr. Landry, gibt es jemanden, den wir für Sie benachrichtigen können?«

»Nein.«

Rusty hatte gespannt auf seine Antwort gewartet. Er hatte nie von einer Familie gesprochen, deshalb war sie davon ausgegangen, dass es auch keine gab. Im Grunde genommen war es schrecklich traurig, dass niemand auf Cooper wartete.

Wie gern hätte sie eine Hand ausgestreckt und sie tröstend an seine Wange gelegt, aber da waren einfach zu viele Beamte um sie herum.

Einer von denen trat jetzt vor. »Ist es richtig, dass Sie die einzigen beiden Überlebenden sind?«

»Ja. Die anderen waren sofort tot.«

»Wir haben bereits die Familien informiert. Da sind ein paar Angehörige draußen, sie würden gerne mit Ihnen reden.« Rusty wurde bleich wie ein Laken, die Knöchel ihrer Finger, die immer noch mit Coopers verschränkt waren, traten weiß hervor. »Aber das hat noch Zeit«, fügte der Mann hastig an, als er Rustys Reaktion sah. »Können Sie uns vielleicht einen Hinweis geben, was der Grund für den Absturz gewesen sein könnte?«

»Ich bin kein Pilot«, sagte Cooper knapp. »Das Gewitter war sicherlich ein Faktor. Die Piloten haben alles getan, was möglich war.«

»Dann würden Sie den Absturz also nicht auf menschliches Versagen schieben?«, forschte der Mann weiter.

»Kann ich vielleicht ein Glas Wasser haben?«, fragte Rusty leise.

»Und etwas zu essen«, sagte Cooper in dem gleichen brüsken Ton. »Wir hatten heute Morgen noch nichts zu essen. Noch nicht einmal Kaffee.«

»Ja natürlich, sofort.« Einer der Männer wurde abkommandiert, um Frühstück zu besorgen.

»Und Sie bringen auch besser direkt jemanden von den zuständigen Behörden mit, damit ich ihn über den Tod zweier Männer informieren kann.«

»Welche zwei Männer?«

»Die, die ich getötet habe.« Jeder im Raum erstarrte. Cooper hatte jetzt die ungeteilte Aufmerksamkeit aller Anwesenden. »Ich denke, irgendjemand muss benachrichtigt werden. Aber erst – wie sieht's mit dem Kaffee aus?« Coopers Stimme drückte Ungeduld und Autorität aus. Es war fast komisch, wie jeder sich jetzt wieder hektisch in Bewegung setzte.

In der nächsten Stunde flatterten die Beamten wie aufgescheuchte Hühner um sie herum. Man brachte ihnen ein ausgiebiges Frühstück mit Steak und Eiern. Am meisten genoss Rusty den frischen Orangensaft. Sie konnte gar nicht genug davon bekommen. Während sie aßen, beantworteten sie unablässig Fragen. Pat und Mike wurden hereingeführt, um die Lage der Hütte und des Absturzortes zu bestätigen. Solange das Wetter mitspielte, sollten Teams dorthin geschickt werden, um die Leichen zu bergen.

Mitten in diesem Chaos wurde Rusty ein Telefonhörer in die Hand gedrückt, und die Stimme ihres Vaters dröhnte an ihr Ohr. »Rusty, dem Himmel sei Dank! Geht es dir gut?«

Tränen traten ihr in die Augen, für einen Moment konnte sie nicht sprechen. »Ja, mir geht es gut, wirklich. Mein Bein ist schon fast verheilt.«

»Dein Bein? Was ist mit deinem Bein? Niemand hat mir etwas davon gesagt, dass du verletzt bist!«

Sie erklärte, so gut sie konnte, in kurzen Sätzen. »Aber jetzt ist es wieder in Ordnung, wirklich.«

»Davon will ich mich selbst überzeugen. Mach dir keine Sorgen, ich werde alles von hier aus in die Wege leiten. Heute Abend wird man dich nach L.A. bringen, ich komme zum

187

Flughafen, um dich abzuholen. Es ist ein Wunder, dass du überlebt hast.«

Sie sah zu Cooper und sagte leise: »Ja, ein Wunder.«

Gegen Mittag wurden sie in einem Motel untergebracht. Dort konnten sie duschen, und man stellte ihnen frische Kleidung zur Verfügung.

An der Tür zu ihrem Zimmer ließ Rusty Coopers Arm nur unwillig los. Sie konnte es nicht ertragen, nicht in seiner Nähe zu sein, ihn nicht zu sehen. Sie fühlte sich fremd, alles erschien ihr unwirklich, die vielen Gesichter verzerrt und verschwommen wie in einem Traum. Alles – außer Cooper. Cooper war ihre Realität.

Er schien über das Arrangement genauso wenig begeistert zu sein wie sie, aber es war kaum angebracht, dass sie ein Motelzimmer teilten. Er drückte ihre Hand und sagte: »Ich bin direkt nebenan.«

Er wartete, bis sie ihr Zimmer betreten und die Tür hinter sich abgeschlossen hatte, erst dann ging er in sein eigenes Zimmer. Hier ließ er sich auf den nächstbesten Stuhl fallen und schlug die Hände vors Gesicht.

»Und jetzt?«, fragte er laut ins Zimmer hinein.

Wenn er sich doch nur noch eine Nacht beherrscht hätte. Wenn sie ihm gestern Morgen nach dem Frühstück nur nicht diese Frage gestellt hätte. Wenn sie überhaupt gar nicht erst so verführerisch gewesen wäre. Wenn sie doch nur nicht in dem gleichen Flugzeug gesessen hätten. Wenn dieses Flugzeug nur nicht abgestürzt wäre. Wenn doch nur alle überlebt hätten und sie beide nicht allein gewesen wären.

Ihm fielen Tausende »Wenn-doch-nur« ein. Unterm Strich wäre das Gleiche herausgekommen – sie hätten sich den ganzen gestrigen Tag und den größten Teil der Nacht geliebt.

Er bereute es nicht, keine Sekunde davon.

Aber er hatte nicht die geringste Ahnung, wie es von nun an weitergehen würde. Er könnte natürlich so tun, als sei nichts geschehen und die vertraute Intimität in ihrem Blick ignorieren. Aber genau das war es ja – er konnte ihren Augen nicht widerstehen.

Und er konnte ihre Abhängigkeit von ihm nicht einfach so abtun. Die Regeln, die sie in der Hütte aufgestellt hatten, galten immer noch. Sie hatte noch längst nicht Fuß gefasst, sie stand praktisch immer noch unter Schock. Sie hatte das eine Trauma noch nicht verarbeitet, da konnte er sie unmöglich dem nächsten aussetzen. Sie war nicht so hart im Nehmen wie er, man musste sie mit Takt und Feingefühl behandeln. Nachdem er ihr all diese Strapazen zugemutet hatte, verdiente sie zumindest so viel Rücksicht.

Natürlich hatte er sich mit dem Gedanken abgefunden, dass er ihr den Rücken würde zukehren müssen. Er wünschte nur, sie würde ihn fallen lassen. Das würde ihm die Verantwortung abnehmen, sie zu verletzen.

Aber das würde sie nicht tun, verflucht! Und er konnte es nicht tun. Noch nicht. Nicht, bis es absolut nötig war, dass sie sich trennten. Bis dahin, auch wenn er wusste, wie völlig idiotisch es war, würde er weiter den tapferen Ritter für sie spielen. Ihr Lancelot, ihr Beschützer, ihr Liebhaber.

Gott, er liebte diese Rolle.

Nur verdammt schade, dass sie zeitlich begrenzt war.

Die heiße Dusche fühlte sich wunderbar an, erfrischend und belebend. Rusty wusch sich die Haare, bis sie vor Sauberkeit förmlich quietschen. Als sie aus der Duschkabine stieg, fühlte sie sich fast wieder normal.

Aber das war sie nicht. Normalerweise wäre ihr nie aufgefallen, wie weich die Hotelhandtücher waren, sie hätte es als selbstverständlich erachtet. Auch in anderer Hinsicht hatte sie sich verändert. Sie sah auf die hässliche Narbe an ihrem Schienbein, als sie sich abtrocknete. Aber sie hatte noch andere Narben. Tiefere. Unauslöschlich in ihre Seele eingebrannt. Rusty Carlson würde nie wieder dieselbe sein.

Die Kleider, die man ihr gegeben hatte, waren nicht teuer und viel zu groß, aber sie kam sich darin wieder wie ein Mensch vor, wie eine Frau. Die Schuhe passten, aber nach Wochen in Schnürstiefeln fühlten sie sich seltsam leicht an den Füßen an.

Eine Woche in der Jagdhütte, und zwei Wochen seit dem Absturz.

War das wirklich erst zwei Wochen her?

Als sie aus ihrem Zimmer trat, stand Cooper bereits wartend auf dem Gang. Er hatte geduscht und sich rasiert, sein Haar war noch feucht und sorgfältig gekämmt. Die neuen Sachen, die er trug, wirkten ungewohnt an seinem schlanken Körper.

Unsicher gingen sie aufeinander zu, schüchtern, fast entschuldigend. Dann trafen sich ihre Blicke, und die Vertrautheit leuchtete auf. Und noch etwas anderes.

»Du bist anders«, flüsterte Rusty.

Er schüttelte den Kopf. »Nein, vielleicht sehe ich anders aus, aber ich habe mich nicht verändert.«

Er nahm ihre Hand und zog sie zur Seite, außer Hörweite, warf den Leuten, die sich nur zu gerne sofort auf sie gestürzt hätten, einen warnenden Blick zu. »In diesem ganzen Durcheinander hatte ich noch gar keine Möglichkeit, dir etwas Wichtiges zu sagen.«

Frisch geduscht und sauber und nach Seife und Rasierschaum riechend, war Cooper unglaublich attraktiv. Rustys Blick glitt sehnsüchtig über ihn, überwältigt von diesem neuen Cooper. »Was denn?«

Er beugte sich näher zu ihr. »Ich liebe es, wie deine Zunge an meinem Bauchnabel spielt.«

Rusty schnappte nach Luft. Abrupt ging ihr Blick zu der kleinen Gruppe, die sich diskret abwartend zurückgezogen hatte, aber neugierig zu ihnen hinüberstarrte. »Du bist unmöglich.«

»Genau, und es ist mir völlig egal.« Er kam noch näher. »Lass uns ihnen etwas geben, worüber sie spekulieren können.«

Er legte seine Hand an ihren Hals und hob ihr Kinn mit seinem Daumen leicht an. Dann küsste er sie ungestüm. Er nahm sich, was er wollte, und gab ihr mehr, als sie je von ihm zu erfragen gewagt hätte. Und er ließ sich Zeit, ließ seine Zunge den erotischen Rhythmus einer körperlichen Vereinigung imitieren.

Als er sie schließlich freigab, knurrte er: »So will ich dich überall küssen.« Er warf einen Blick auf ihr fasziniertes Publikum. »Aber das wird wohl noch warten müssen.«

Man fuhr sie zum Flughafen zurück, aber Rusty konnte sich nicht daran erinnern, wie sie aus dem Motel herausgekommen waren. Coopers Kuss hatte sie in Trance versetzt.

Der Nachmittag zog sich zäh dahin. Man servierte ihnen eine weitere Mahlzeit. Rusty entschied sich für einen Chefsalat. Sie war ausgehungert nach frischem Gemüse, aber sie musste feststellen, dass sie nicht einmal die Hälfte essen konnte.

Ihr Mangel an Appetit war zum Teil auf das schwere Frühstück zurückzuführen, das sie erst vor wenigen Stunden eingenommen hatten, hauptsächlich lag es aber an der Befragung zum Tod von Quinn und Reuben Gawrylow, die ihnen bevorstand.

Ein Gerichtsschreiber war gekommen, um Coopers Aussagen aufzunehmen. Cooper berichtete, wie sie die beiden Einsiedler getroffen hatten, dass sie ihnen Schutz in der Hütte angeboten, sie dann aber angegriffen hatten. »Unser Leben war in Gefahr«, sagte er. »Ich hatte keine andere Wahl. Es war Notwehr.«

Rusty sah an den Reaktionen der Polizisten, dass diese keineswegs überzeugt waren. Sie flüsterten miteinander und warfen immer wieder misstrauische Blicke in Coopers Richtung. Dann befragten sie ihn nach seinen Einsätzen in Vietnam und nach seiner Flucht aus dem Gefangenenlager. Er weigerte sich, darüber zu reden, da es mit dieser Sache nichts zu tun hatte.

»Aber Sie waren doch gezwungen, zu ... zu ...«

»Töten?«, sprach Cooper das Wort kalt aus. »Ja. Ich habe viele Menschen auf meiner Flucht getötet. Und ich würde es wieder tun.«

Vielsagende Blicke wurden ausgetauscht. Jemand hüstelte gezwungen.

»Eine wichtige Sache hat Cooper bisher nicht erwähnt«, ließ Rusty sich laut vernehmen. Alle Augenpaare im Raum richteten sich auf sie.

»Rusty, nicht.« Bittend sah Cooper sie an. »Das musst du nicht tun.«

»Doch, es ist nötig.« Sie erwiderte seinen Blick liebevoll. »Du willst mich schützen, das weiß ich, aber ich kann nicht zulassen, dass sie dich verdächtigen, diese beiden Männer grundlos getötet zu haben.« Sie wandte sich zu den Beamten und sah sie direkt an. »Die Gawrylows wollten Cooper umbringen und ... und mich behalten.«

Man sah den Schock auf den Gesichtern der Umstehenden. »Woher wissen Sie das, Miss Carlson?«

»Sie weiß es einfach, okay? Wenn Sie mir nicht glauben wollen, gut, aber sie hat keinen Grund zu lügen.«

Rusty legte beruhigend eine Hand auf Coopers Arm. »Der Ältere, Quinn, griff mich an.« Mit klarer, deutlicher Stimme berichtete Rusty, was an jenem Morgen geschehen war. »Die Verletzung an meinem Bein war immer noch sehr schmerzhaft. Ich konnte nicht laufen und war im wahrsten Sinne des Wortes hilflos. Cooper kam gerade rechtzeitig zurück, um zu verhindern, dass ich vergewaltigt wurde. Wenn Cooper nicht getan hätte, was er getan hat, wäre er jetzt tot. Und ich wäre noch immer in den Händen der Gawrylows.«

Cooper und sie tauschten einen langen, verstehenden Blick aus. Sie hatte die beiden Einsiedler nie bewusst gereizt. Das hatte er auch die ganze Zeit gewusst. Er bat sie still um Vergebung für all die hässlichen Vorwürfe, die er ihr gemacht hatte,

192

und sie bat ihn, ihr zu verzeihen, dass sie je Angst vor ihm gehabt hatte.

Cooper zog Rusty an seine Brust, schlang die Arme um sie. Ohne auf die anderen im Raum zu achten, hielten sie einander fest.

Eine halbe Stunde später wurde Cooper sämtlicher Anklagen, den Tod der Gawrylows betreffend, enthoben. Vor ihnen lag jetzt das Treffen mit den Angehörigen der Opfer. Die weinende, bedrückte Gruppe wurde in das Büro geführt. Eine gute Stunde lang sprachen Rusty und Cooper mit den Familien und erzählten alles, was sie wussten. Die Angehörigen fanden zumindest etwas Trost in der Tatsache, dass ihre Lieben nicht hatten leiden müssen. Sie verabschiedeten sich dankend und unter Tränen. Für jeden war es eine sehr bewegende Erfahrung.

Das Zusammentreffen mit den Medien war da ganz anders. Als Rusty und Cooper in den Saal geführt wurden, der für die Pressekonferenz vorbereitet worden war, schlugen ihnen dichte Rauchwolken von Zigarettenqualm entgegen. Sie wurden von einer aufgeregten und gespannten Menge erwartet.

An einem Tisch mit Mikrofonen beantworten sie die Fragen so genau und knapp wie möglich. Manche Fragen waren einfach dumm, andere intelligent, wieder andere indiskret und zu persönlich. Als ein aufdringlicher Reporter fragte, wie es denn nun gewesen sei, eine winzige Hütte mit einem Fremden zu teilen, drehte Cooper sich zu einem der Beamten um.

»Das reicht jetzt. Bringen Sie Rusty hier raus.«

Offensichtlich reagierte der Beamte nicht schnell genug für Cooper. Er schob seinen Arm unter ihren, fest entschlossen, sie aus dieser Jahrmarktsatmosphäre herauszuholen. Als sie fast am Ausgang waren, kam ein Mann auf sie zugestürzt und hielt Cooper eine Visitenkarte unter die Nase, die ihn als Reporter eines bekannten Nachrichtenmagazins auswies. Er bot eine enorme Summe für eine Exklusivstory.

193

»Aber wenn das nicht genug ist … wir haben noch Spielraum«, sagte der Reporter hastig, als Cooper ihn mit einem tödlichen Blick bedachte. »Sie hatten nicht zufällig die Möglichkeit, Fotos zu machen, oder?«

Mit einem bösartigen Knurren schob Cooper den Mann aus dem Weg und beschrieb ihm in sehr bildhafter Sprache, was er mit seinem Nachrichtenmagazin machen könne.

Als sie endlich an Bord der Maschine nach L. A. konnten, war Rusty völlig erschöpft. In ihrem rechten Bein pochte es schmerzhaft. Cooper musste sie mehr oder weniger an Bord tragen. Als sie in ihrem Erster-Klasse-Sitz am Fenster saß, befestigte er den Sicherheitsgurt um sie und bat die Stewardess, einen Brandy für sie zu bringen. Dann setzte er sich neben sie.

»Willst du keinen?«, fragte Rusty, nachdem sie an dem Drink genippt hatte.

Cooper schüttelte den Kopf. »Für ein Weilchen habe ich erst einmal genug vom Alkohol.« Er lächelte schief.

»Sie sind wirklich sehr attraktiv, Mr. Landry.« Sie sah zu ihm auf, als sähe sie ihn zum ersten Mal.

Er nahm ihr das Glas aus der Hand. »Da spricht der Brandy aus dir.«

»Nein, das bist du wirklich.« Sie hob die Hand, um über sein Haar zu streichen. Seidig glitt es durch ihre Finger.

»Freut mich, dass du das denkst.«

»Dinner, Miss Carlson, Mr. Landry?«

Überrascht stellten sie fest, dass sie bereits in der Luft waren. Sie waren so miteinander beschäftigt gewesen, dass sie den Start nicht einmal bemerkt hatten. Umso besser. Der Flug mit dem Hubschrauber war nicht so schlimm gewesen, weil es so überraschend gekommen war. Aber die Aussicht auf den Flug nach Los Angeles hatte Rusty im Laufe des Tages immer nervöser gemacht. Es würde wohl noch lange dauern, bevor sie ohne Furcht wieder ein Flugzeug bestieg.

»Möchtest du etwas essen, Rusty?«, fragte Cooper. Sie schüttelte stumm den Kopf. »Nein danke«, wandte er sich an die Stewardess. »Man hat uns heute schon mehrere Mahlzeiten serviert.«

»Rufen Sie mich, wenn Sie etwas brauchen.« Damit entschwand die Stewardess mit graziösem Gang ihren Blicken.

Sie waren die einzigen Passagiere in der ersten Klasse. Jetzt, ohne die Stewardess, waren sie zum ersten Mal seit ihrer Rettung allein.

»Ist schon komisch«, sagte Rusty nachdenklich. »Wir waren so lange ständig zusammen, dass ich mir vorgestellt hatte, ich würde froh sein, endlich ohne dich zu sein. Ich hatte mir eingebildet, mir würde es fehlen, mit anderen Menschen zusammen zu sein. Aber diese Menschen heute ... es war schrecklich. Dieses Herumgestoße und diese Hektik. Jedes Mal, wenn ich dich aus den Augen verlor, habe ich Panik bekommen.«

»Das ist nur natürlich.« Er schob ihr eine Strähne hinters Ohr. »Du warst so lange von mir abhängig, dass du dich daran gewöhnt hast. Aber das wird wieder vergehen.«

Sie lehnte sich zurück. »Wird es das, Cooper?«

»Etwa nicht?«

»Ich bin mir nicht sicher, ob ich das wirklich will.«

Zärtlich nannte er ihren Namen, bevor er seine Lippen auf ihren Mund drückte. Er küsste sie so leidenschaftlich, als wäre dies seine letzte Chance. Verzweiflung lag in seinem Kuss und wurde stärker, als Rusty die Arme um seinen Hals schlang und ihr Gesicht an seiner Schulter barg.

»Du hast mir das Leben gerettet. Habe ich dir überhaupt je dafür gedankt? Ist dir klar, dass ich ohne dich gestorben wäre?«

Cooper küsste ihren Hals, ihre Ohren, ihr Haar. »Du brauchst mir dafür nicht zu danken. Ich wollte dich beschützen, mich um dich kümmern.«

»Das hast du auch. Sehr gut sogar.« Sie küssten sich wieder, bis sie abbrechen mussten, um Luft zu schöpfen.

Er las die Worte von ihren Lippen ab, die feucht von dem Kuss glänzten. »Dich berühren? Hier? Jetzt?«

Sie nickte. »Bitte, Cooper. Ich habe Angst. Ich muss wissen, dass du wirklich hier bist, hier neben mir.«

Er schlug ihren Mantel auf, den sie von den kanadischen Beamten bekommen hatte, und ließ seine Hand hineingleiten, hinauf zu ihrer Brust. Die sanfte Rundung lag warm und fest in seiner Hand.

Er legte seine Wange an ihre und flüsterte: »Die Spitze ist schon hart.«

»Hm.«

Seine Finger spielten mit der festen Knospe. »Das scheint dich nicht zu überraschen.«

»Nein.«

»Ist das immer so? Wo warst du, als ich vierzehn war?«

Sie lachte leise. »Nein, das war nicht immer so. Ich habe an gestern Nacht denken müssen.«

»Die Nacht war eine Ewigkeit. Drück dich genauer aus.«

»Weißt du noch, als wir …« Sie flüsterte in sein Ohr.

»Oh ja«, stöhnte er, »aber red besser nicht darüber.«

»Warum nicht?«

»Weil ich dich sonst auf meinen Schoß ziehen muss.«

Sie legte ihre Hand auf sein Geschlecht. »Um das zu verstecken?«

»Nein, nicht verstecken.« Als er ihr zuflüsterte, was sie tun würden, wenn sie auf seinem Schoß säße, zog sie züchtig ihre Hand zurück.

»Ich glaube nicht, dass das anständig wäre. Und da wir schon davon sprechen, es ist auch nicht anständig, was du da gerade tust. Vielleicht solltest du besser damit aufhören.« Cooper nahm seine Hand von ihrer Brust, sie schauten einander lange an. »Ich wünschte, wir wären nicht so stur gewesen. Ich wünschte, wir hätten schon vor gestern Nacht miteinander geschlafen.«

Er seufzte schwer. »Daran habe ich auch schon gedacht.«

Ein Schluchzen stieg in ihrer Kehle auf. »Halte mich, Cooper.« Er schlang fest den Arm um sie und barg sein Gesicht in ihrem Haar. »Lass mich nicht los.«

»Das werde ich nicht.«

»Nie wieder. Versprich es.«

Der Schlaf übermannte sie, bevor sie ihr Versprechen bekam. Das ersparte es ihr, Coopers leeren Gesichtsausdruck sehen zu müssen.

Es hatte den Anschein, dass alle Einwohner von Los Angeles ihre Ankunft am Flughafen erwarteten.

Die Chefstewardess riet ihnen zu warten, bis die anderen Passagiere ausgestiegen waren. Rusty kam die kleine Verzögerung sehr gelegen. Sie war schrecklich nervös, ihre Handflächen waren feucht. Ein solches Lampenfieber war ihr völlig fremd. Sie war doch daran gewöhnt, ständig mit Leuten zusammenzutreffen und sich in jeder gesellschaftlichen Situation zurechtzufinden. Warum also war ihr jetzt regelrecht übel vor Aufregung? Sie wollte Coopers Arm nicht loslassen, auch wenn sie ihm immer wieder ein zuversichtliches Lächeln zuwarf. Wenn sie doch nur ihr normales Leben ohne diesen ganzen Trubel wieder aufnehmen könnte.

Aber so einfach würde es nicht werden. In dem Moment, als sie den Terminal betraten, wurden ihre schlimmsten Ahnungen bestätigt. Blitzlichter und Lampen von Fernsehkameras blendeten sie, Mikrofone wurden ihnen ins Gesicht gehalten. Irgendjemand stieß versehentlich mit einem schweren Kamerawagen an Rustys verletztes Bein. Der Lärmpegel war ohrenbetäubend, aber von irgendwo her ertönte eine vertraute Stimme, die nach ihr rief.

»Vater?«

Sekunden später fand sie sich in den Armen ihres Vaters wieder. Sie drehte sich nach Cooper um, um seine Hand zu greifen, aber sie konnte ihn nicht finden. Die Trennung von ihm versetzte sie in Panik.

»Lass mich dich ansehen.« Bill Carlson hielt Rusty auf Armeslänge von sich. Die Reporter machten ein wenig Platz, aber die Kameras surrten unaufhörlich, um die Bilder dieser rührenden Wiedervereinigung aufzunehmen. »Unter den gegebenen Umständen gar nicht so schlecht.« Er streifte ihr den Mantel von den Schultern. »So dankbar ich den kanadischen Behörden für ihre exzellente Fürsorge heute auch bin, ich denke, du wirst dich hier drin wesentlich besser fühlen.«

Einer seiner Gefolgsmänner tauchte auf, eine riesige Schachtel auf den Armen. Bill Carlson zog einen langen Rotfuchsmantel daraus hervor, genau wie der, den sie beim Absturz getragen hatte. »Ich habe gehört, wozu dein Mantel gedient hat, Liebling«, sagte er, als er stolz den Pelzmantel um ihre Schultern legte. »Deshalb wollte ich ihn ersetzen.«

Viele Ohs und Ahs erklangen aus der Menge. Reporter drängten sich näher heran, um bessere Bilder einzufangen. Der Mantel war großartig, aber viel zu dick für den milden kalifornischen Abend. Rusty spürte sein Gewicht wie eine Last auf ihren Schultern. Trotzdem achtete sie nicht darauf, sondern suchte hektisch mit den Augen die Menge nach Cooper ab. »Vater, ich möchte, dass du jemanden kennenlernst ...«

»Und um dein Bein brauchst du dir keine Gedanken zu machen. Da werden sich bald die besten Ärzte drum kümmern. Ich habe schon ein Zimmer in der Klinik reserviert. Wir fahren sofort dorthin.«

»Aber Cooper ...«

»Ah ja, Cooper ... Landry, nicht wahr? Der Mann, der den Absturz ebenfalls überlebt hat. Ich bin ihm natürlich dankbar. Er hatte dir das Leben gerettet, das werde ich ihm nie vergessen.« Carlson sprach laut. Er wollte sichergehen, dass ihn auch alle hörten.

Diplomatisch machte Carlsons Gefolgsmann mit der großen Schachtel den Weg durch die Menge frei. »Ladys und Gentlemen, Sie werden benachrichtigt, wenn sich noch irgendetwas Neues ergeben sollte«, teilte Carlson den Reportern mit, während er Rusty zu einem kleinen Elektrowagen führte, der sie durch den Terminal fahren sollte.

Rusty sah sich ständig um, aber sie konnte Cooper nicht entdecken. Endlich erkannte sie seine breiten Schultern in der Menschenmenge, wie er sich vom Schauplatz entfernte. Zwei Reporter rannten hinter ihm her.

»Cooper!« Der Elektrowagen fuhr an, und sie hielt sich am Sitz fest. »Cooper!«, rief sie noch einmal, aber bei all dem Lärm konnte er sie nicht hören.

Sie wollte von diesem Wagen springen und zu ihm laufen, aber sie fuhren schon zu schnell, und ihr Vater redete auf sie ein. Sie versuchte seine Worte und deren Sinn zu verstehen, aber ihr schien, als plappere er nur belangloses Zeug.

Sie kämpfte gegen die aufsteigende Panik an, während der Wagen durch die Halle rollte und Fußgänger aus dem Weg hupte. Cooper war längst von der Menge verschluckt worden, sie konnte ihn nicht mehr sehen.

Als sie in der geräumigen Limousine auf dem Weg zur Klinik waren, griff ihr Vater ihre Hand und drückte sie fest. »Ich hatte solche Angst um dich, Rusty. Ich glaubte, dich ebenfalls verloren zu haben.«

Sie legte den Kopf an die Schulter ihres Vaters und drückte seinen Arm. »Ich weiß. Ich habe mir Sorgen gemacht, wie du die Nachricht von dem Absturz aufnehmen würdest.«

»Was unseren kleinen Disput an dem Tag deiner Abreise anbelangt ...«

»Bitte, Vater, lass uns nicht mehr daran denken.« Sie lächelte zu ihm auf. »Ich hätte es wahrscheinlich nicht überlebt, beim Häuten eines Widders dabei zu sein, aber ich habe einen Flugzeugabsturz überlebt.«

Er gluckste vergnügt. »Ich weiß nicht, ob du dich noch daran erinnerst, du warst damals noch sehr klein, aber … Jeff hat sich einmal nachts aus dem Zelt im Pfadfindercamp geschlichen. Er hat sich verlaufen und die ganze Nacht im Wald verbracht. Als wir ihn am nächsten Morgen endlich fanden, hatte er sich sein eigenes Camp aufgebaut und saß am Fluss, um sich sein Frühstück zu angeln.«

Rusty legte den Kopf wieder an seine Schulter, ihr Lächeln erstarb. »Das hat Cooper alles für mich gemacht.«

Sie spürte, wie ihr Vater sich anspannte. Das tat er immer, wenn etwas nicht seine Zustimmung fand. »Dieser Cooper Landry, was für ein Mann ist er?«

»Was für ein Mann?«, wiederholte sie.

»Soviel ich verstanden habe, ist er ein Vietnamveteran.«

»Ja. Er war auch in einem Gefangenenlager, konnte aber fliehen.«

»Hat er … hat er dich anständig behandelt?«

Oh ja, dachte sie, aber sie behielt die leidenschaftlichen Erinnerungen, die in ihr aufstiegen, lieber für sich. »Ja, Vater. Sehr anständig. Ohne ihn hätte ich nicht überlebt.«

Sie wollte ihm noch nicht mehr von ihrer Beziehung zu Cooper berichten, nicht gleich nach ihrer Rückkehr. Ihr Vater würde langsam an den Gedanken herangeführt werden müssen. Und vielleicht würde er es auch nicht begeistert aufnehmen, denn Bill Carlson war ein starrsinniger Mensch.

Er war auch ein Mann mit Intuition. Einer, dem man nicht so leicht etwas vormachen konnte. Sie musste darauf achten, ihre Stimme so nichtssagend wie möglich zu halten. »Wirst du bitte versuchen, ihn für mich ausfindig zu machen?« Keine auffällige Frage, ihr Vater kannte alle möglichen Leute in der Stadt. »Lass ihn wissen, wo ich bin. Wir sind am Flughafen getrennt worden.«

»Warum willst du diesen Mann unbedingt wiedersehen?«

Er hätte sie genauso gut fragen können, warum sie unbedingt

atmen musste. »Ich will ihm noch einmal richtig meinen Dank aussprechen, weil er mir das Leben gerettet hat.«

»Ich werde sehen, was ich tun kann«, versprach Carlson genau in dem Moment, als sie durch die Tore der Privatklinik fuhren.

Auch wenn ihr Vater alle Vorbereitungen getroffen hatte, so dauerte es doch volle zwei Stunden, bevor Rusty endlich allein in dem luxuriös ausgestatteten Zimmer war. Mit den Originalgemälden und der modernen Einrichtung erinnerte es eher an ein schickes Apartment denn an ein Krankenzimmer.

Sie lag in einem festen Bett mit weichen Kissen, das sich mechanisch bewegen ließ, trug ein elegantes Designernachthemd, das ihr Vater in den Koffer hatte packen lassen, der sie bereits in dem Zimmer erwartet hatte. All ihre Kosmetikartikel und ihr Lieblingsparfüm standen ordentlich aufgereiht im Bad. Pflegepersonal würde auf jeden ihrer Wünsche reagieren, sie brauchte nur den Telefonhörer zur Hand zu nehmen.

Sie fühlte sich miserabel.

Zum einen pochte es unerträglich in ihrem Bein, als Folge der Untersuchung, die der Chirurg vorgenommen hatte. Zur Sicherheit hatte man Röntgenaufnahmen gemacht, aber Knochen waren nicht gebrochen. »Cooper sagte mir, dass nichts gebrochen sei«, teilte sie dem Arzt leise mit, der mit gerunzelter Stirn auf die Narbe blickte. Als er sich dann über die unzulänglichen Stiche beschwerte, verteidigte Rusty Cooper sofort. »Er hat mein Bein gerettet«, fauchte sie.

Plötzlich war sie unglaublich stolz auf die Narbe und gar nicht mehr so begeistert davon, sie richten zu lassen, was, wie man ihr mitgeteilt hatte, mindestens drei Operationen nötig machte, wenn nicht mehr. Diese Narbe erschien ihr jetzt wie eine Medaille für außergewöhnlichen Mut.

Zudem hatte Cooper dieser Narbe noch in der Nacht zuvor sehr viel Aufmerksamkeit geschenkt, hatte die rote, noch leicht geschwollene Haut mit Küssen übersät und immer wieder beteuert, dass es ihn gar nicht abstoße, sondern im Gegenteil, »so richtig heiß« machen würde, wann immer er nur einen Blick darauf warf. Rusty hatte ernsthaft erwogen, ob sie das vielleicht diesem aufgeblasenen Arzt mitteilen sollte.

Sie hatte ihm nichts davon gesagt. Überhaupt hatte sie äußerst wenig gesprochen. Sie hatte gar nicht mehr die Energie dafür gehabt. Sie konnte nur noch daran denken, wie schön es sein würde, endlich allein zu sein und schlafen zu können.

Und jetzt, da die Gelegenheit gekommen war, konnte sie nicht einschlafen. Zweifel, Ängste und Kummer hielten sie wach. Wo war Cooper? Warum war er nicht mit ihr gekommen? Sicher, es war ein Riesenaufruhr am Flughafen gewesen, aber er hätte bei ihr bleiben können, wenn er es wirklich gewollt hätte.

Als die Schwester mit einem Schlafmittel kam, schluckte Rusty die Pille gehorsam. Sonst würde sie nie einschlafen können, ohne Cooper an ihrer Seite.

11. Kapitel

»Ich meine, gütiger Himmel! Wir konnten es erst überhaupt nicht glauben. Unsere Rusty, mit einem Flugzeug abgestürzt!«

»Es muss einfach schrecklich gewesen sein.«

Rusty sah von ihren Kissen auf die beiden elegant gekleideten Frauen und wünschte sich, sie würden sich in Luft auflösen. Kaum dass eine tüchtige Schwester das Frühstückstablett hinausgetragen hatte, waren ihre beiden Freundinnen hereingerauscht.

In eine Wolke aus teurem Parfüm eingehüllt, die blanke Neugier auf dem Gesicht, hatten die beiden verkündet, nur gekommen zu sein, um Rusty als Erste Trost und Beistand zu leisten. Rusty allerdings vermutete, dass sie nur gekommen waren, um als Erste alle Details über ihre »kanadische Kapriole«, wie sie es nannten, zu erfahren.

»Ich kann nicht behaupten, dass es amüsant gewesen wäre«, sagte sie müde.

Sie war lange vor dem Frühstück aufgewacht, sie war jetzt daran gewöhnt, bei Sonnenaufgang wach zu werden. Immerhin hatte sie dank der Schlaftablette tief und fest geschlafen. Ihre Lustlosigkeit hatte weniger mit Müdigkeit zu tun, ihre Laune war auf dem Nullpunkt, und die Anstrengungen ihrer Freundinnen, sie aufzuheitern, bewirkten eher das Gegenteil.

»Sobald du hier raus bist, werden wir dich zu einem richtigen Verwöhntag im Schönheitssalon einladen. Haare, Haut, Massage. Himmel, sieh dir nur deine armen Fingernägel an.« Eine von ihnen nahm Rustys schlaffe Hand und schnalzte entsetzt mit der Zunge. »Die sind ja in einem erbärmlichen Zustand.«

Rusty lächelte dünn, als sie sich daran erinnerte, wie Cooper ihre Nägel mit seinem Buschmesser geschnitten hatte. »Ich bin einfach nicht zur Maniküre gekommen.« Es war als witzige Bemerkung gemeint, aber ihre Freundinnen nickten verstehend. »Ich war zu sehr damit beschäftigt, am Leben zu bleiben.«

Die eine von ihnen schüttelte den gestylten blonden Schopf und schauderte, dass ihr der Hermès-Schal von den Schultern glitt. Das Dutzend Armbänder an ihrem Handgelenk klingelte wie die Glöckchen an einem Weihnachtsrentier. »Du bist ja so unglaublich tapfer, Rusty. Ich glaube, ich wäre lieber gestorben, als all das durchmachen zu müssen.«

Vor nicht allzu langer Zeit hätte sie wahrscheinlich genau die gleiche oberflächliche Bemerkung gemacht. »Ich hatte immer geglaubt, das würde ich auch lieber wählen. Aber du wärst erstaunt, wie stark der menschliche Überlebensinstinkt ist. In einer Situation wie der, in der ich mich befand, übernimmt er völlig die Kontrolle.«

Doch ihre Freundinnen waren nicht an philosophischen Bemerkungen interessiert. Sie wollten zur Sache kommen, wollten die ganzen delikaten Details hören, das wirklich Interessante eben. Eine saß auf dem Fußende des Bettes, die andere hatte sich den Stuhl so nah herangezogen, dass sie sich mit dem Ellbogen auf die Bettkante stützen konnte.

Sie sahen aus wie Aasgeier, die darauf warteten, sich auf die Beute zu stürzen.

Die Story des Absturzes und der nachfolgenden Ereignisse waren offensichtlich auf der Titelseite der Morgenzeitung erschienen. Der Verfasser hatte, bis auf ein paar unwichtige Kleinigkeiten, Rustys und Coopers Bericht detailgetreu wiedergegeben.

Der Artikel war ernsthaft und journalistisch fundiert gewesen. Aber die Öffentlichkeit lechzte eben nach dem, was zwischen den Zeilen stand, sie wollte hören, was nicht gesagt worden war. Ihre Freundinnen bildeten da keine Ausnahme.

»War es denn nicht grässlich? Es muss doch stockdunkel gewesen sein, sobald die Sonne unterging.«

»Wir hatten Öllampen in der Hütte.«

»Nein, ich meinte, in der Wildnis.«

»Bevor du zu dieser Hütte kamst. Als du noch draußen unter freiem Himmel schlafen musstest.«

Rusty seufzte schwer. »Ja, es war dunkel. Aber wir haben ja Feuer gemacht.«

»Wovon hast du dich denn ernährt?«

»Hauptsächlich von Kaninchen.«

»Kaninchen! Ich würde sterben!«

»Ich bin nicht gestorben«, zischte Rusty verärgert. »Und ihr wärt es auch nicht.«

Warum hatte sie das jetzt getan? Warum hatte sie es nicht auf sich beruhen lassen? Die beiden sahen verletzt und verwirrt aus, hatten keine Ahnung, warum Rusty sie so angefaucht hatte. Warum hatte sie nicht etwas Belangloses gesagt, irgendetwas Gewandtes, Geistreiches, so wie zum Beispiel, dass Kaninchen nur in den besten Restaurants serviert wurde?

Die Erwähnung des Kaninchens hatte natürlich unwillkürlich den Gedanken an Cooper nach sich gezogen. Schmerzhafte Sehnsucht nach ihm durchzuckte sie. »Ich bin wirklich sehr müde«, behauptete sie, weil sie das Gefühl hatte, gleich weinen zu müssen, und nicht erklären wollte, warum.

Andeutungen wirkten allerdings bei den beiden Frauen nicht. Dieser diskrete Hinweis, Rusty allein zu lassen, ging völlig an ihnen vorbei.

»Und dann dein Bein.« Die Freundin mit den vielen Armbändern schlug entsetzt die Hände an die Wangen. »Ist der Arzt sicher, dass er es wieder hinbiegen kann?«

Rusty schloss die Augen. »Ja, ziemlich.«

»Wie viele Operationen sind denn nötig, um diese hässliche Narbe verschwinden zu lassen?« Mit geschlossenen Augen fühlte Rusty den Luftzug, als die andere Freundin wild mit der Hand wedelte, um die taktlose Sprecherin zum Schweigen zu bringen. »Oh, so meinte ich das natürlich nicht, so schlimm ist es ja gar nicht. Ich wollte nur sagen ...«

»Ich weiß, was du sagen wolltest«, unterbrach Rusty sie und schlug die Augen auf. »Ja, sie ist hässlich, aber immer noch besser als ein Stumpf, und für eine Weile sah es so aus, als würde mir nur ein Stumpf bleiben. Wenn Cooper nicht ...«

Rusty hielt inne. Sein Name war ihr herausgerutscht. Und da er jetzt im Raum stand, stießen die Geier zu.

»Cooper?«, fragte eine der Frauen harmlos. »Ist das der Mann, der den Absturz ebenfalls überlebt hat?«

»Ja.«

Die beiden Frauen tauschten einen Blick aus, so als würden sie in Gedanken eine Münze werfen, wer zuerst die Erste von den tausend Fragen stellen sollte.

»Ich habe ihn im Fernsehen in den Nachrichten gesehen. Du liebe Güte, Rusty, er ist einfach umwerfend!«

»Umwerfend?«, wiederholte Rusty ungläubig.

»Nun, er ist sicherlich kein makellos schöner Mann, ich meine, nicht wie ein Model. Aber auf eine sehr verwegene, raue, verschwitzte, sexy Art umwerfend.«

»Er hat mir das Leben gerettet«, sagte Rusty leise.

»Ich weiß, Liebes. Aber wenn man sich schon das Leben retten lassen muss, dann doch lieber von einem Mann, der aussieht wie dieser Cooper Landry.« Sie grinste anzüglich und leckte sich über die Lippen.

Rustys Wangen wurden rot, ihre Lippen blass.

»Hat er wirklich so breite Schultern?« Ihre Freundin deutete das Maß mit den Händen an.

»Ja, er ist recht muskulös«, stimmte Rusty hilflos zu, »aber er ...«

»Und so schmale Hüften?« Die Hände kamen eng zusammen, und die beiden Damen kicherten.

Rusty hätte am liebsten laut losgeschrien. »Er wusste Dinge, die mir nicht einmal in den Sinn gekommen wären. Er hat aus meinem Pelzmantel eine Trage gemacht und mich von der Absturzstelle weggebracht. Meilenweit. Ich wusste nicht einmal, wie weit er mich gezogen hat, bevor ich die Entfernung vom Rettungshubschrauber aus sah.«

»Er hat etwas reizvoll Gefährliches.« Die Freundin schüttelte sich voller Wonne. Sie hatte kein Wort von dem gehört, was Rusty gesagt hatte. »Da liegt so etwas Drohendes in seinen Augen. Ich habe diese primitive Ursprünglichkeit schon immer sehr sexy gefunden.«

Die andere Freundin auf dem Stuhl schloss schwärmerisch die Augen. »Hör auf, mir wird schon richtig heiß.«

»Die Zeitungen haben berichtet, dass er mit zwei Männern um dich gekämpft und sie umgebracht hat.«

Fast wäre Rusty aus dem Bett gesprungen. »So stand das keineswegs in den Zeitungen!«

»Ich kann zwei und zwei zusammenzählen, Liebes.«

»Es war Notwehr!«

»Liebling, reg dich doch nicht so auf.« Sie tätschelte Rustys Hand. »Wenn du sagst, dass es Notwehr war, dann war es eben Notwehr.« Sie blinzelte Rusty verschwörerisch zu. »Hör mal, meine bessere Hälfte kennt Bill Friedkin. Er meint, deine Story liefert einen großartigen Stoff für einen Film. Er und Friedkin treffen sich nächste Woche zum Lunch, und da ...«

»Ein Film!« Rusty war entsetzt. »Oh nein. Bitte, er soll bloß nichts davon erwähnen. Ich will nicht, dass so etwas daraus gemacht wird. Ich will einfach nur vergessen und mein ganz normales Leben wiederhaben.«

»Wir wollten dich wirklich nicht aufregen, Rusty.« Die eine Freundin stand von ihrem Stuhl auf und legte Rusty die Hand auf die Schulter. »Wir dachten uns nur, als deine beiden besten Freundinnen ... wenn es irgendetwas gibt, über das du reden möchtest ... Du weißt schon, etwas Persönliches, das du nicht mit deinem Vater bereden kannst ... wir beide sind für dich da.«

»Etwas Persönliches? Was denn?« Rusty schüttelte die Hand ihrer Freundin ab und funkelte die beiden an. Wieder tauschten die beiden Freundinnen vielsagende Blicke.

»Nun, immerhin warst du für zwei Wochen allein mit diesem Mann.«

»Und?«

»Und«, die Freundin holte tief Luft, »die Zeitungen sagten, in der Hütte hätte es nur einen Raum gegeben.«

»Und?«

»Komm schon, Rusty.« Die Geduld ihrer Freundin war verbraucht. »Das gibt doch Anlass zu allen möglichen Spekulationen. Du bist eine attraktive junge Frau, und er ist mit Sicherheit ein Prachtexemplar der männlichen Spezies. Ihr beide seid ungebunden. Du warst verletzt. Er hat dich gepflegt. Du warst doch völlig abhängig von ihm. Ihr dachtet, ihr müsstet den ganzen Winter dort oben ausharren.«

Jetzt griff die andere den Faden aufgeregt auf. »So eng zusammenzuleben, dort oben in der Wildnis, ganz allein – das ist das Romantischste, was ich je gehört habe. Du weißt schon, worauf wir hinauswollen.«

»Ja, das weiß ich.« Rustys Stimme klirrte vor Kälte, aber ihre Augen sprühten Funken. »Ihr wollt wissen, ob ich mit Cooper geschlafen habe.«

Genau in diesem Augenblick ging die Tür auf, und der Mann, um den sich das Gespräch gedreht hatte, trat ein. Rustys Herz machte einen Sprung. Ihre Freundinnen drehten sich um, als sie Rustys strahlendes Lächeln sahen.

Cooper nahm die beiden kaum wahr, er hatte nur Augen für Rusty. Der Blick, den er und Rusty tauschten, ließ die Luft vibrieren und beantwortete wohl alle Fragen nach dem Ausmaß ihrer Intimität.

Endlich hatte Rusty sich genug gefasst, um wieder sprechen

zu können. »Äh, Cooper, das sind zwei meiner Freundinnen.« Sie stellte sie mit Namen vor. Cooper nickte nur knapp und desinteressiert.

»Oh, Mr. Landry, es ist mir eine Ehre, Sie kennenzulernen«, stieß eine von ihnen atemlos und mit großen Augen hervor. »Die ›Times‹ berichtete, dass Sie aus einem Gefangenenlager fliehen konnten. Ich finde das so überwältigend. Ich meine, was Sie alles mitgemacht haben müssen. Und dann überleben Sie einen Flugzeugabsturz.«

»Rusty erzählte uns, dass Sie ihr das Leben gerettet haben.«

»Mein Mann und ich würden Sie gerne zu einem kleinen intimen Dinner einladen, wenn Rusty sich erst wieder erholt hat. Wir würden uns so freuen, wenn Sie unsere Einladung annehmen würden.«

»Wann ist dir das denn eingefallen?«, fragte die andere pikiert. »Ich wollte eine Dinnerparty für die beiden organisieren.«

»Ich habe sie aber zuerst eingeladen.«

Das alberne Gezänk war irritierend und peinlich. Es ließ die beiden aussehen wie die bösen Stiefschwestern in »Aschenbrödel«. »Cooper kann sicherlich nicht lange bleiben«, unterbrach Rusty. Sie sah, wie seine Geduld mehr und mehr schwand. Ihre übrigens auch. Da er jetzt hier war, wollte sie ihre beiden sogenannten Freundinnen so schnell wie möglich loswerden, um mit ihm allein sein zu können.

»Wir haben unseren Besuch schon viel zu lange ausgedehnt«, sagte die eine und griff nach Mantel und Handtasche. Sie beugte sich zu Rusty, küsste die Luft nah an deren Wange und flüsterte: »Du listiges kleines Biest, du. Das lasse ich dir nicht durchgehen. Ich will alles wissen, das kleinste Detail.«

Die andere lehnte sich vor und murmelte: »Ich bin sicher, für den hat sich der Flugzeugabsturz gelohnt. Der ist ja göttlich. So ungeschliffen, so … Nun, ich bin sicher, dir brauche ich das nicht zu sagen.«

Sie verabschiedeten sich auf dem Weg zur Tür von Cooper. Eine legte sogar flirtend eine Hand auf seine Brust, während sie ihn nochmals an die Dinnereinladung erinnerte. Dann schwebten sie hinaus, nicht ohne Rusty noch ein letztes wissendes Lächeln über die Schultern zuzuwerfen.

Erst als die Tür sich hinter ihnen schloss, kam Cooper zum Bett. »Ich werde auf keine verdammte Dinnerparty gehen.«

»Das erwarte ich auch gar nicht. Wenn sich der Reiz des Neuen erst gelegt hat, werde ich ihnen raten, die Idee fallen zu lassen.«

Ihn anzusehen war gefährlich. Zu ihrem Unmut stellte sie fest, dass ihr Tränen in die Augen traten. Verlegen wischte sie sie sich von den Wangen.

»Stimmt was nicht?«

»Nein, ich …« Sie zögerte, entschied sich dann aber, den Sprung nach vorn zu wagen. Mutig hob sie den Blick. »Ich bin einfach nur so glücklich, dich zu sehen.«

Er berührte sie nicht, obwohl er es genauso gut hätte tun können. Sein Blick war besitzergreifender als jede Zärtlichkeit. Seine Augen glitten über ihre Gestalt unter der dünnen Bettdecke, dann wieder hinauf zu ihren Brüsten, wo sie auf den sich verführerisch unter dem Seidennachthemd abzeichnenden Rundungen verweilten.

Nervös fingerte sie an dem Spitzenkragen. »Das, äh, Nachthemd war schon hier, als ich ankam.«

»Es ist hübsch.«

»Alles ist hübscher als lange Unterhosen.«

»Du sahst gut aus in langen Unterhosen.«

Ihr Lächeln wurde unsicher. Er war hier. Sie konnte ihn sehen, den Duft riechen, den er ausströmte, seine Stimme hören. Er trug neue Sachen, eine legere Hose, Hemd und Jackett. Aber diese Aufmachung war nicht der Grund für seine distanzierte Haltung. Sie wollte sie nicht sehen, aber sie war nicht zu ignorieren – diese unsichtbare Wand.

»Danke, dass du mich besuchen kommst«, sagte sie, weil ihr nichts Besseres einfiel. »Ich bat meinen Vater, dich zu finden und dir zu bestellen, wo ich bin.«

»Dein Vater hat mir nichts gesagt, ich habe es selbst herausgefunden.«

Ein Hoffnungsschimmer. Er hatte nach ihr gesucht. Vielleicht die ganze Nacht. Während sie mit Schlafmitteln in tiefem Schlummer gelegen hatte, hatte er vielleicht hektisch die Straßen der Stadt nach ihr durchkämmt.

Aber dann erstarb diese Hoffnung, als er hinzufügte: »Es stand in der Zeitung, dass du hier bist. So, wie ich verstanden habe, wird sich ein Schönheitschirurg der Stiche annehmen, die ich gemacht habe.«

»Ich habe deine Arbeit verteidigt.«

»Es hat funktioniert.« Er zuckte die Schultern. »Das ist alles, was mir wichtig ist.«

»Für mich auch.«

»Sicher.«

»Aber es ist so!« Sie setzte sich gerade auf, verärgert über seine herablassende Haltung. »Es war nicht meine Idee, direkt vom Flughafen hierher zu kommen, sondern die meines Vaters. Ich wäre viel lieber nach Hause gefahren, hätte meine Post durchgesehen, meine Pflanzen gegossen und in meinem eigenen Bett geschlafen.«

»Du bist doch schon ein großes Mädchen. Warum bist du dann nicht nach Hause gefahren?«

»Das habe ich dir doch gerade gesagt. Vater hatte alles arrangiert. Ich konnte doch nicht von ihm verlangen, alles umzuwerfen.«

»Warum nicht?«

»Tu nicht so begriffsstutzig. Und warum sollte ich diese Narbe nicht richten lassen?«, schrie sie ärgerlich.

Er wandte den Blick ab. »Natürlich sollst du sie richten lassen.«

Entmutigt sank Rusty zurück auf die Kissen. »Was ist los mit uns, Cooper? Wieso benehmen wir uns so?«

Er schaute sie wieder an. Seine Miene war traurig, so als sei ihre Naivität bemitleidenswert. »Keiner verlangt, dass du den Rest deines Lebens mit dieser Narbe herumläufst. Das habe ich auch nie gesagt.«

»Ich rede nicht über die Narbe, Cooper. Ich rede von uns. Warum bist du gestern am Flughafen einfach verschwunden?«

»Ich war da, immer in Sichtweite.«

»Aber du warst nicht bei mir. Ich habe nach dir gerufen. Hast du es nicht gehört?«

Er antwortete nicht direkt. »Dir schien es an Aufmerksamkeit nicht zu fehlen.«

»Ich wollte deine Aufmerksamkeit. Die ich hatte, bis wir aus diesem Flugzeug ausstiegen. Warum bist du nicht an meiner Seite geblieben?«

»Wir konnten ja wohl schlecht das tun, was wir im Flugzeug getan haben, mit dieser Menschenmenge um uns herum. Außerdem warst du ja anderweitig beschäftigt.« Das herablassende Grinsen war wieder da. Ein ungewohnter Anblick, Rusty hatte es nicht mehr gesehen, seit sie sich geliebt hatten.

Sie war völlig verwirrt. Wann und warum war alles schief gegangen? »Was hattest du denn erwartet, wenn wir in L. A. ankommen? Wir waren und sind die Schlagzeile des Tages. Es war nicht meine Schuld, dass all diese Reporter da standen. Oder mein Vater. Er hat sich halb zu Tode um mich gesorgt. Er hat die Rettungsaktion organisiert. Hast du geglaubt, er würde so einfach über meine Rückkehr hinweggehen?«

»Nein.« Cooper fuhr sich durch die Haare. »Aber musste es denn so ein Zirkus sein? Wozu diese Show? Der Pelzmantel, zum Beispiel?«

»Das war doch eigentlich sehr nett von ihm.«

Auch wenn ihr die übertriebene Geste peinlich gewesen war, verteidigte sie ihren Vater sofort. Der Mantel war ein

Ausdruck seiner Freude gewesen, sie wieder sicher zurück zu wissen. Dass es eine eher geschmacklose Zurschaustellung von Reichtum gewesen war, wog dabei nicht so schwer. Es ärgerte Rusty, dass Cooper kein Verständnis für ihres Vaters Exzentrizität aufbrachte.

Cooper marschierte in dem Zimmer auf und ab, als fühle er sich eingeengt. Seine Bewegungen waren abrupt und stockend, wie bei einem Mann, der sich in seiner Haut nicht wohlfühlte. »Hör zu, ich muss jetzt gehen.«

»Gehen? Jetzt? Warum? Wohin?«

»Nach Hause.«

»Nach Rogers Gap?«

»Ja. Zurück dahin, wo ich hingehöre. Ich habe eine Ranch, um die ich mich kümmern muss. Ich will gar nicht wissen, wie es dort aussieht, nach so langer Abwesenheit.« Er senkte den Blick auf ihr rechtes Bein. »Wird es wieder in Ordnung kommen?«

»Irgendwann schon«, erwiderte sie dumpf. Er geht weg. Er verlässt mich. Vielleicht für immer. »Es werden mehrere Operationen nötig sein. Die Erste ist für morgen angesetzt.«

»Ich hoffe, ich habe nicht mehr Schaden angerichtet als Nutzen gebracht.«

Ihre Kehle war wie zugeschnürt. »Ganz bestimmt nicht.«

»Tja, dann ist das wohl der Abschied.« Er bewegte sich auf die Tür zu, achtete darauf, dass es nicht wie eine Flucht aussah.

»Vielleicht kann ich ja mal zu Rogers Gap rauskommen und Hallo sagen. Man weiß ja nie, vielleicht verschlägt es mich dahin.«

»Ja sicher. Wäre schön.« Sein gezwungenes Lächeln besagte das Gegenteil.

»Wie … wie oft bist du in L. A.?«

»Nicht sehr oft«, sagte er ehrlich. »Also dann, Rusty, alles Gute.« Er drehte sich um und griff nach der Türklinke.

»Cooper, warte!« Er wandte sich zu ihr. Sie saß angespannt und aufgerichtet im Bett, bereit, ihm nachzustürzen, falls es nötig werden sollte. »Das war's also? So soll alles zu Ende gehen?«

Er nickte knapp.

»Das kann es nicht. Nicht nach dem, was wir miteinander erlebt haben.«

»Das muss es.«

Sie schüttelte ihren Kopf so wild, dass ihre Locken flogen. »Mich kannst du nicht mehr täuschen. Du bist absichtlich grob, um dich zu schützen. Du kämpfst dagegen an. Ich weiß es. Du willst mich genauso in den Armen halten wie ich dich.«

Seine Wangenmuskeln wurden hart, weil er die Zähne zusammenbiss. Er ballte die Hände zu Fäusten. Sekundenlang stand er wie erstarrt, dann hatte er den Kampf verloren.

Mit großen Schritten eilte er durch den Raum und zog Rusty in seine Arme. Er ließ sich auf die Bettkante nieder und hielt sie fest an sich gedrückt. Sie schlang die Arme um ihn, und so hielten sie sich und wiegten einander. Er barg sein Gesicht in ihrem Haar, und sie schmiegte ihres in seine Halsmulde.

»Rusty, Rusty.«

Sie erschauerte, als sie die Verzweiflung in seiner Stimme hörte. »Ich konnte gestern Nacht nicht ohne Schlafmittel einschlafen. Ich habe immer auf dein Atmen gelauscht. Deine Umarmung hat mir so gefehlt.«

»Mir hat dein Po in meinem Schoß gefehlt.«

Er beugte seinen Kopf im gleichen Moment, als sie ihren hob. Ihre Lippen fanden sich zu einem leidenschaftlichen Kuss. Cooper schob seine Finger in ihr Haar und hielt ihren Kopf, während er ihren Mund mit seiner Zunge wild liebkoste.

»Ich wollte dich so sehr gestern Nacht, ich dachte, ich müsste sterben«, stöhnte er, als er sie freigab.

»Du wolltest nicht von mir getrennt werden?«

»Nicht auf diese Art.«

»Warum hast du dann nicht reagiert, als ich am Flughafen nach dir rief? Du hast mich doch gehört, oder?«

Bedrückt nickte er. »Ich konnte bei diesem Zirkus einfach nicht mitmachen, Rusty. Ich konnte nicht schnell genug davon wegkommen. Als ich aus Vietnam zurückkam, wurde ich wie ein Held empfangen.« Er nahm eine ihrer Haarsträhnen zwischen seine Finger und spielte gedankenverloren damit. »Ich fühlte mich aber nicht als Held. Ich war gerade durch die Hölle gegangen. Es gab Dinge, die ich tun musste … nun, sie waren nicht sehr heldenhaft. Sie hatten es nicht verdient, herausgestellt und honoriert zu werden. Ich hatte es nicht verdient. Ich wollte einfach nur in Ruhe gelassen werden und es vergessen.«

Er zog ihren Kopf ein wenig zurück und sah sie mit stahlgrauen Augen an. »Auch jetzt verdiene ich dieses Rampenlicht nicht, noch will ich es. Ich tat, was nötig war, um unser Leben zu retten. Jeder hätte das getan.«

Sie strich zärtlich über seine Lippen. »Nicht jeder, Cooper.«

Er tat das Kompliment mit einem Schulterzucken ab. »Ich habe einfach nur mehr Erfahrung im Überleben als andere.«

»Du willst die Anerkennung, die dir zusteht, einfach nicht annehmen, was?«

»Ist es das, was du willst, Rusty? Anerkennung fürs Überleben?«

Sie dachte an ihren Vater. Ja, sie hätte gern ein paar Worte des Lobes für ihre Tapferkeit von ihm gehört. Stattdessen hatte er über Jeffs Eskapaden im Pfadfinderlager geredet.

Es war sicherlich nicht mit böser Absicht geschehen, Bill Carlson hatte nicht betonen wollen, dass sie Jeff nicht das Wasser reichen konnte. Aber das war dabei unterm Strich herausgekommen. Was würde nötig sein, so fragte sie sich, um die Anerkennung und den Respekt ihres Vaters zu erlangen?

Doch jetzt schien es ihr gar nicht mehr so wichtig, wie es ihr einmal gewesen war. Nein, eigentlich war es ihr überhaupt nicht mehr wichtig. Ihr lag viel mehr daran, was Cooper über sie dachte.

»Ich will keine Anerkennung, Cooper, ich will …« Sie hielt sich gerade noch rechtzeitig zurück, bevor sie »dich« sagen konnte. Stattdessen legte sie die Wange an seine Brust. »Warum bist du mir nicht nachgekommen? Willst du mich nicht mehr?«

Er umfasste ihre Brust und streichelte zärtlich die sanfte Rundung. »Oh doch, ich will dich.« Die Sehnsucht, die seine Stimme rau machte, entstammte nicht nur einem rein körperlichen Bedürfnis.

Rusty spürte es, weil sie genauso fühlte. In ihr nagte eine unerträgliche Leere, wenn er nicht bei ihr war. Deshalb klang ihre Stimme auch so flehend, als sie fragte: »Warum dann?«

»Ich bin gestern nicht mit dir gekommen, weil ich das Unvermeidliche nicht noch länger hinausschieben wollte.«

»Das Unvermeidliche?«

»Rusty«, flüsterte er, »diese körperliche Abhängigkeit voneinander ist der klassische Fall aus dem Lehrbuch. Es ist typisch für Leute, die zusammen eine Katastrophe durchlebt haben. Selbst Geiseln entwickeln manchmal eine anomale Zuneigung für ihre Entführer.«

»Das weiß ich alles. Das Stockholmsyndrom. Aber das hier ist anders.«

»Ist es das?« Er runzelte skeptisch die Stirn. »Ein Kind liebt den Menschen, der es versorgt. Selbst ein wildes Tier wird zutraulich, wenn man es regelmäßig füttert. Ich habe dich versorgt, mich um dich gekümmert, da ist es nur normal, dass du dem Ganzen mehr Bedeutung zumisst, als …«

Plötzlich unglaublich wütend, schob sie ihn von sich. Ihr Haar schimmerte wie eine Aureole der Empörung um ihr Gesicht, ihre Augen sprühten Funken. »Wage es nicht, das, was zwischen uns passiert ist, mit diesem psychologischen Geschwätz abzuwerten. Das ist absoluter Blödsinn. Was ich für dich fühle, ist real.«

»Ich habe nie behauptet, es wäre nicht real.« Ihr Ärger erregte ihn. Sie gefiel ihm am besten, wenn sie sich kämpferisch gab. Er riss sie an sich. »Das hier hat von Anfang an zwischen uns bestanden.« Er fasste ihre Brust und strich hart mit dem Daumen über die Knospe.

Sie schmolz dahin, murmelte ein schwaches: »Nicht«, was er ignorierte und sie stattdessen weiter liebkoste. Ihre Lider schlossen sich.

»Nicht wahr, es funktioniert jedes Mal, wir sind beide augenblicklich erregt. Das ist in dem Moment passiert, als wir uns zum ersten Mal in dem Flugzeug gesehen haben. Habe ich nicht recht?«

»Ja«, stimmte sie zu.

»Ich wollte dich schon, noch bevor die Maschine vom Boden abgehoben hatte.«

»Aber du hast nicht einmal gelächelt oder mich angesprochen. Mich mit keinem Zeichen ermutigt, dich anzusprechen.«

»Stimmt.«

»Warum?« Wenn er sie weiter so streichelte, würde sie nicht mehr klar denken können. Sie schob seine Hand fort. »Sag mir, warum!«

»Weil ich damals schon ahnte, was ich jetzt mit Bestimmtheit weiß: Wir leben in verschiedenen Welten, und das meine ich nicht geografisch.«

»Ich weiß, was du meinst. Du hältst mich für verwöhnt und oberflächlich, so wie meine beiden Freundinnen, die eben hier waren. Aber das bin ich nicht!« Sie legte ihm die Hände auf die Arme und sah ihn ernst an. »Sie waren mir nur lästig. Und weißt du, warum? Weil ich mich selbst gesehen habe, so, wie ich früher war. Ich habe genauso hart über sie geurteilt wie du über mich, als wir uns zuerst trafen. Aber bitte, sei großzügig. Ihnen gegenüber, mir gegenüber. Das hier ist Beverly Hills. Hier ist nichts real. Es gibt Gegenden in der Stadt, die ich nie gesehen habe. Die Hütte der Gawrylows war etwas, das weit

217

jenseits meiner Vorstellungskraft lag. Aber ich habe mich geändert. Wirklich. So bin ich nicht mehr.«

»Das warst du nie, Rusty. Ich vermutete es, aber jetzt weiß ich es.« Er nahm ihr Gesicht in beide Hände. »Aber es ist das Leben, das du kennst, die Leute, mit denen du täglich Umgang hast. Ich könnte es nicht. Würde es nicht einmal versuchen wollen. Und du gehörst nicht in mein Leben.«

Auf die schmerzliche Wahrheit reagierte sie mit Wut und stieß seine Hände von sich. »Dein Leben! Was ist das für ein Leben? Dich vom Rest der Welt abzukapseln? Allein und einsam? Deine Verbitterung ist wie ein Panzer. Nennst du das etwa Leben? Du hast recht, Cooper, so könnte ich niemals leben. Das, was du mit dir herumträgst, ist mir viel zu schwer.«

Seine Unterlippe wurde schmal. Sie wusste, dass sie recht hatte, aber sie verspürte keinen Triumph.

»Na also, das ist doch genau das, was ich dir die ganze Zeit über zu erklären versuche«, stieß er hervor. »Im Bett passen wir großartig zusammen, aber wir würden nie ein gemeinsames Leben haben können. Dafür sind wir einfach zu verschieden.«

»Weil du zu stur bist, es auch nur zu versuchen! Hast du jemals daran gedacht, dass es auch Kompromisse gibt?«

»Nein. Ich will nichts mit dieser Welt zu tun haben.« Er zeigte mit ausgebreiteten Armen auf den luxuriösen Raum und alles, was hinter dem großen Fenster lag.

Rusty richtete anklagend einen Finger auf ihn. »Du bist ein Snob!«

»Ein Snob?«

»Genau, ein Snob. Du meidest den Rest der Gesellschaft, weil du dir einbildest, besser als sie zu sein. Du bist überheblich und rechthaberisch, weil du im Krieg gekämpft hast und gefangen genommen worden bist. Zornig, weil du erkennen kannst, was alles verkehrt in dieser Welt ist. Du sitzt auf deinem Berg und spielst Gott und schaust auf uns alle herab, die wir den Mumm haben, einander zu tolerieren, trotz all unserer menschlichen Fehler.«

»So ist das nicht«, knurrte er.

»Ach nein? Könnte es nicht sein, dass du vielleicht einen Deut rechthaberisch bist und schnell über andere urteilst? Wenn dir so vieles an dieser Welt nicht passt, warum tust du dann nicht etwas dagegen? Du untermauerst ja all die Fehler noch, indem du dich zurückziehst. Nicht die Gesellschaft hat dich ausgestoßen, du hast die Gesellschaft verstoßen.«

»Ich habe sie nicht verlassen, bis sie ...«

»Sie?«

Abrupt wurde Coopers Gesicht ausdruckslos, hart und kalt wie eine Maske. Das Licht in seinen Augen erlosch, wurde ersetzt durch nichtssagendes Grau.

Schockiert legte Rusty die Hand an die Brust. Eine Frau war verantwortlich für Coopers Zynismus. Wer? Wann? Hundert Fragen wirbelten in ihrem Kopf. Sie wollte alle auf einmal stellen, aber im Moment kostete es sie ihre ganze Kraft, seinem eisigen Blick standzuhalten. Er war wütend auf sie und auf sich selbst. Sie hatte ihn dazu gebracht, etwas auferstehen zu lassen, das er längst begraben und vergessen geglaubt hatte.

Eifersucht wallte in ihr auf. Irgendeine Frau hatte so viel Macht über Cooper gehabt, dass es sein ganzes Leben geändert hatte. Er war vielleicht ein unbeschwerter junger Mann gewesen, bevor dieses Weibsbild seine Klauen in ihn geschlagen hatte. Sie musste wirklich eine außergewöhnliche Frau gewesen sein, wenn er immer noch so verbittert darüber war. Hatte er sie so sehr geliebt?

Ein Mann wie Cooper Landry lebte sicherlich nicht wie ein Mönch. Aber Rusty hatte sich immer nur kurze, flüchtige Affären vorgestellt, körperliche Befriedigung, wenig mehr. Es war ihr nie in den Sinn gekommen, dass er einmal eine tiefe Beziehung zu jemandem gehabt hatte, aber da hatte sie sich wohl gründlich geirrt. Denn diese Trennung hatte offensichtlich tiefe Narben hinterlassen.

»Wer war sie?«

»Vergiss es.«

»Kanntest du sie, bevor du nach Vietnam gingst?«

»Lass es sein, Rusty.«

»Hat sie jemand anders geheiratet, während du im Gefangenenlager saßest?«

»Ich sagte, vergiss es.«

»Hast du sie geliebt?«

»Hör zu, sie war gut im Bett, aber nicht so gut wie du, okay? Ist es das, was du unbedingt wissen willst? Nun, wie kann man euch beide vergleichen? Zum einen war sie nicht rothaarig, ihr fehlte also dein Feuer. Sie hatte einen großartigen Körper, aber er war lange nicht wie deiner.«

»Hör auf!«

»Ihre Brüste waren größer, aber nicht so empfindsam. Die Brustwarzen? Größer, dunkler. Schenkel? Genauso weich wie deine, aber lange nicht so stark.« Er starrte anzüglich auf ihren Schoß. »Deine können einem Mann das Leben herauspressen.«

Rusty schlug die Hand über den Mund, um das wütende, verletzte Schluchzen zurückzuhalten. Ihr Atem ging genauso hart und heftig wie seiner. Sie starrten einander mit einer Feindseligkeit an, die ebenso groß war wie die Leidenschaft, die sie miteinander geteilt hatten.

In diese geladene Atmosphäre platzte ausgerechnet Bill Carlson. »Rusty?«

Sie zuckte erschreckt zusammen, als sie die Stimme ihres Vaters vernahm. »Vater! Guten … guten Morgen. Dies ist …« Ihr Mund war trocken, und die Hand, mit der sie auf Cooper deutete, zitterte. »Das ist Cooper Landry.«

»Ah, Mr. Landry.« Carlson streckte die Hand aus, und Cooper schüttelte sie. Sein Griff war fest, wenn auch mit einem auffallenden Mangel an Begeisterung und sogar einem großen

220

Anteil an Abneigung. »Mehrere meiner Leute haben versucht, Sie ausfindig zu machen.« Da Cooper keine Anstalten machte, Erklärungen über seinen Aufenthaltsort abzugeben, dröhnte Carlson weiter: »Ich wollte Ihnen meinen Dank aussprechen, dass Sie meine Tochter gerettet haben.«

»Dafür ist kein Dank nötig.«

»Aber natürlich. Sie ist meine Welt, mein Ein und Alles. So, wie sie erzählt, sind Sie allein dafür verantwortlich, dass sie noch lebt. Um genau zu sein, sie hat mich gestern gebeten, Sie zu finden.«

Cooper sah zu Rusty, dann wieder zu Carlson, der jetzt in die Brusttasche seines Mantels griff und einen weißen Umschlag herausholte. »Rusty wollte sich noch einmal bei Ihnen bedanken.«

Cooper nahm den Umschlag an und öffnete ihn. Lange sah er auf den Inhalt, dann glitt sein Blick zu Rusty. Seine Augen strahlten kalte Verachtung aus. Einen Mundwinkel abfällig hochgezogen, zerriss er den Verrechnungsscheck in zwei Hälften und warf sie auf Rustys Schenkel.

»Danke, Miss Carlson, aber in unserer letzten gemeinsamen Nacht in der Wildnis bin ich ausreichend für meine Dienste entschädigt worden.«

12. Kapitel

Carlson drehte sich wieder zu seiner Tochter um, nachdem Cooper aus dem Raum gestürmt war. »Was für ein unangenehmer Zeitgenosse.«

»Vater, wie konntest du nur! Ihm Geld anzubieten!«, rief Rusty entsetzt.

»Ich dachte, das wäre es, was du von mir wolltest.«

»Wie kommst du nur auf den Gedanken? Cooper … Mr. Landry ist ein stolzer Mann. Glaubst du wirklich, er hätte mir das Leben gerettet, um daraus Profit zu schlagen?«

»Würde mich nicht überraschen. Er ist nicht gerade ein freundlicher Charakter, nach allem, was ich über ihn erfahren habe.«

»Du hast Nachforschungen angestellt?«

»Aber natürlich. Sobald er als der Mann identifiziert wurde, der zusammen mit dir gerettet wurde. Mit ihm da in der Wildnis zu hausen kann nicht einfach für dich gewesen sein.«

»Es gab gewisse Meinungsverschiedenheiten«, gab Rusty mit einem bedrückten Lächeln zu. »Aber er hätte mich genauso gut zurücklassen und sich selbst jederzeit retten können.«

»Nicht, wenn am Ende eine Belohnung auf ihn wartete.«

»Das wusste er doch nicht.«

»Der Mann ist clever. Er hat sich denken können, dass ich keine Kosten scheuen würde, um dich zu finden. Vielleicht war es die Summe, die ihn verstimmt hat.« Carlson nahm die Papierschnipsel zur Hand. »Ich hielt die Belohnung eigentlich für recht großzügig, aber vielleicht ist er ja gieriger, als ich dachte.«

Rusty schloss resigniert die Augen und ließ den Kopf auf die

Kissen sinken. »Vater, er will dein Geld nicht. Er ist überglücklich, mich endlich los zu sein.«

»Das beruht auf Gegenseitigkeit.« Carlson ließ sich auf ihr Bett nieder. »Wie dem auch sei … es ist zu schade, dass wir aus deinem Missgeschick kein Kapital schlagen können.«

Abrupt öffnete sie die Augen. »Kapital schlagen? Wovon redest du?«

»Keine voreiligen Schlüsse, lass mich erst einmal ausreden.«

Sie hatte bereits mehrere Schlüsse gezogen, und keiner davon gefiel ihr. »Du willst doch nicht etwa einen Film daraus machen?«

Carlson tätschelte ihre Hand. »Aber nein, nichts derart Vulgäres, meine Liebe.« Zärtlich kniff er ihr in die Wange. »Dein Bruder hätte die Chance sofort erkannt, die sich da für uns aufgetan hat.«

Wie üblich kam sie sich minderwertig im Vergleich zu ihrem Bruder vor. »Welche wäre?«

»Du hast dir einen Namen auf dem Immobilienmarkt gemacht«, begann Carlson geduldig. »Und zwar nicht dadurch, indem du dich auf meinen Namen berufst. Vielleicht habe ich dir ein paar Möglichkeiten zugespielt, aber du hast sie umgesetzt und verwirklicht.«

»Danke, aber worauf willst du hinaus, Vater?«

»Auf deine eigene Weise bist du so etwas wie eine Berühmtheit in dieser Stadt.« Sie schüttelte grimmig den Kopf. »Doch, das meine ich ernst. Dein Name ist in wichtigen Kreisen bekannt. Und jetzt erscheinen dein Bild und dein Name in allen Nachrichten. Man hat aus dir so eine Art Volksheldin gemacht. Das ist kostenlose Publicity und so gut wie ein Konto auf der Bank. Ich schlage vor, wir nutzen diese Katastrophe zu unserem Vorteil.«

Rusty stand am Rande einer Panik. »Du meinst, wir sollten die Tatsache, dass ich einen Flugzeugabsturz überlebt habe, dazu nutzen, um das Geschäft anzukurbeln?«

»Das kann doch nichts schaden!«

»Das muss ein Scherz sein.« Aber er meinte es todernst. Nichts in seinem Gesicht oder in seiner Haltung deutete darauf hin, dass ihr Vater einen Witz machte. Sie schüttelte den Kopf. »Nein, Vater. Auf gar keinen Fall. Die Idee gefällt mir überhaupt nicht.«

»Lehn nicht gleich ab«, sagte er von oben herab. »Ich werde unsere Werbeagentur daransetzen, sie sollen ein paar Ideen entwickeln. Ich verspreche dir, dass ich mich mit dir kurzschließen und nichts veranlassen werde, bevor du nicht zugestimmt hast.«

Er erschien ihr auf einmal wie ein Fremder. Die Stimme, das Gesicht, die Gesten – alles war ihr vertraut. Aber das Herz hinter der Fassade dieses Mannes kannte sie nicht. Im Grunde kannte sie ihn überhaupt nicht.

»Ich werde niemals zustimmen. Bei diesem Absturz sind fünf Männer ums Leben gekommen. Ich habe die Angehörigen getroffen. Ihre Witwen, ihre Kinder, ihre Eltern und Verwandten. Ich habe mit den Leuten geredet, ihnen mein ehrliches Beileid ausgesprochen. Jetzt ihr Unglück für unsere Zwecke auszunutzen ...« Sie schüttelte sich angewidert. »Nein, Vater. Das kann ich nicht tun.«

Bill Carlson biss ich auf die Unterlippe, wie er es immer tat, wenn er nachdachte. »Na gut. Für den Moment halten wir diese Idee erst mal noch zurück. Aber mir ist noch etwas anderes eingefallen.«

Er fasste sie bei den Händen. Rusty hatte das bestimmte Gefühl, dass sie festgehalten wurde, weil sie bei dem, was ihr Vater jetzt vorschlagen wollte, einen Anfall bekommen würde.

»Wie schon gesagt, ich habe gestern gründliche Erkundigungen über Mr. Landry eingezogen. Er besitzt eine große Ranch in einer wunderschönen Gegend in der Sierra.«

»Das sagte er mir, ja.«

»Das Land da ist überhaupt noch nicht erschlossen.«

»Das macht ja auch die Schönheit dieser Landschaft aus, die Unberührtheit. Ich verstehe nicht, was das mit uns zu tun hat.«

»Rusty, was ist denn mit dir?«, fragte er neckend. »Bist du jetzt Naturschützer geworden, nur weil du zwei Wochen in den Wäldern gehaust hast? Du wirst doch wohl keine Petitionen herumreichen, in denen Bauunternehmer als Banausen beschimpft werden, die angeblich das Land verschandeln, nur weil eine neue Siedlung hochgezogen wird, oder?«

»Natürlich nicht, Vater.« Sein neckender Ton enthielt eindeutig Kritik und Vorwurf. Rusty wollte ihn nicht enttäuschen, aber sie beeilte sich, ihm den Gedanken an ein Geschäft mit Cooper auszutreiben. »Ich hoffe, du denkst nicht an ein Bauvorhaben in Mr. Landrys Teil des Staates. Ich kann dir versichern, er würde es nicht begrüßen. Im Gegenteil, er würde dich bekämpfen.«

»Bist du sicher? Was hältst du von einer möglichen Partnerschaft?«

Sie starrte ihn ungläubig an. »Zwischen Cooper und mir?«

Carlson nickte. »Er ist Kriegsveteran, so was ist immer werbewirksam. Ihr habt zusammen einen Flugzeugabsturz überlebt und unglaubliche Entbehrungen in der kanadischen Wildnis ausgehalten, bevor ihr gerettet wurdet. So etwas macht sich auch gut, das hat Dramatik, die sich vermarkten lässt. Die Käufer werden die Geschichte nur so verschlingen.«

Für jeden, einschließlich ihres Vaters, schienen der Absturz und die lebensbedrohlichen Situationen, denen sie ausgesetzt war, ein einziges großes Abenteuer zu sein. Ein Melodram, in den Hauptrollen Cooper Landry und Rusty Carlson.

Carlson war zu sehr mit seinen Plänen beschäftigt, um Rustys ablehnende Reaktion zu bemerken. »Ich könnte ein paar Anrufe machen. Bis morgen hätte ich eine Gruppe Investoren zusammen, die sich darum reißen würden, in dieser Gegend Eigentumswohnungen zu bauen. In Rogers Gap gibt es sogar einen Skilift, aber der ist nicht mehr auf dem neusten Stand. Wir werden ihn modernisieren lassen und dann um ihn herum bauen. Natürlich würden wir Landry beteiligen. Das würde die Dinge mit den anderen Ortsansässigen sicher leichter machen. Er mischt sich nicht gern unters Volk, aber man hat mir berichtet, dass er da unten ziemlich viel Einfluss besitzt. Offensichtlich hat er sich dort einen Namen gemacht. Sobald die Bauphase beginnt, kannst du die Wohnungen schon verkaufen. Das bringt uns Millionen ein.«

Ihre Einwände gegen seinen Vorschlag waren zu zahlreich, sodass sie es gar nicht erst versuchte, sie vorzubringen. Sie musste diese Idee im Keim ersticken. »Vater, vielleicht hast du es vorhin nicht richtig verstanden. Mr. Landry ist nicht daran interessiert, Profit zu machen.« Sie hielt die beiden Hälften des Schecks vor sein Gesicht. »Geld durch ein Immobiliengeschäft zu verdienen ist für ihn ein Unding. Er liebt das Land so, wie es ist. Er will, dass es unberührt bleibt. Er will keine Landschaftsentwickler dort oben. Er liebt es, wie die Natur die Landschaft dort oben entwickelt hat.«

»Jeder Mann ist käuflich, Rusty«, meinte Carlson trocken.

»Nicht Cooper Landry.«

Er streichelte ihre Wange. »Deine Naivität ist so charmant, Liebes.«

Das Funkeln in seinen Augen kannte sie. Es war alarmierend. Es bedeutete, dass er in den Startlöchern stand, um mal wieder einen wirklich großen Deal zu machen. In dem Schwarm kapitalistischer Markthaie war ihr Vater der mit den schärfsten Zähnen. Rusty griff nach seiner Hand und drückte sie. »Versprich mir, hörst du, versprich mir, dass du es nicht tun wirst. Du kennst ihn nicht.«

»Aber du schon?« Das Funkeln in seinen Augen erlosch, er kniff sie argwöhnisch zusammen. Langsam ließ Rusty seine Hand los. Er wich unwillkürlich zurück, so als hätte sie eine ansteckende Krankheit. »Ich habe dir bewusst keine Fragen gestellt, Rusty, die dir peinlich sein könnten. Ich wollte uns beiden das ersparen. Aber ich bin nicht blind. Landry ist ja schon fast das Klischee des Machos. Er ist der Typ, der Frauen unweigerlich dazu verleitet, sich einzubilden, die Einzige zu sein, die ihn zähmen kann.« Er fasste sie am Kinn und sah ihr in die Augen. »Du bist doch viel zu intelligent, um auf ein Paar breiter Schultern und eine brütende Miene hereinzufallen. Ich kann nur hoffen, dass du keine gefühlsmäßige Bindung zu diesem Mann entwickelt hast. Das wäre nämlich wirklich bedauernswert.«

Ohne es zu wissen, hatte ihr Vater Coopers Theorie bestätigt – dass ihre Gefühle nur von der erzwungenen gegenseitigen Abhängigkeit herrührten. »Unter den Umständen wäre es doch durchaus normal, eine Bindung zu entwickeln, oder nicht?«

»Ja, aber die Umstände haben sich wieder geändert. Du bist nicht mehr allein mit Landry in der Wildnis, du bist zu Hause. Du hast ein Leben, das du dir nicht durch unrealistische Schwärmereien verbauen solltest. Was immer da draußen auch passiert ist«, er deutete mit dem Kopf zum Fenster, »ist vorbei und sollte so schnell wie möglich vergessen werden.«

Cooper hatte praktisch das Gleiche gesagt. Aber es war nicht vorbei. Noch lange nicht. Und es konnte nicht einfach so vergessen werden. Was sie für Cooper fühlte, würde nicht schwächer werden. Sie hatte keine psychologische Abhängigkeit zu ihm entwickelt, die Schritt für Schritt verschwinden würde, sobald sie ihr normales Leben wieder aufnahm.

Sie hatte sich verliebt. Cooper war nicht länger nur ihr Beschützer und Versorger, sondern etwas viel Wichtigeres. Er war der Mann, den sie liebte. Ob sie zusammen waren oder getrennt, das würde sich nie ändern.

»Mach dir keine Sorgen, Vater. Ich weiß genau, was ich für Mr. Landry fühle.« Das war die Wahrheit. Sollte ihr Vater doch seine eigenen Schlüsse ziehen.

»Braves Mädchen.« Carlson klopfte ihr wohlwollend auf die Schulter. »Ich wusste doch, dass ich mich auf dich verlassen kann. Du bist stärker und cleverer als vorher. Du hast einen klaren Kopf bekommen, wie dein Bruder.«

Seit einer Woche war sie zu Hause, nachdem sie eine Woche im Krankenhaus gelegen hatte, um sich von der Operation zu erholen. Die Narbe sah nicht viel besser aus als vorher, aber der Arzt hatte ihr versichert, dass nach den nächsten Operationen nichts mehr davon zurückbleiben würde.

Bis auf das leise Ziehen in ihrem Bein ging es ihr prächtig. Der Verband war abgenommen, aber der Chirurg hatte ihr empfohlen, vorerst keine Hosen zu tragen, um das Gewebe nicht zu reizen, und weiterhin Krücken zu benutzen.

Die wenigen Pfunde, die sie seit dem Absturz verloren hatte, hatte sie wieder zugenommen. Jeden Tag legte sie sich eine halbe Stunde am Swimmingpool in die Sonne, um ihre Bräune aufzufrischen. Ihre Freundinnen hatten ihr Versprechen eingelöst, und da es nicht möglich gewesen war, Rusty in den Schönheitssalon zu bewegen, hatten die beiden den Schönheitssalon eben zu ihr gebracht. Ein Friseur hatte ihr die Haare geschnitten und ihrem Haar mit Packungen und Conditioner wieder zu früherem Glanz verholfen, eine Maniküre hatte sich ihrer Nägel angenommen, sie wieder in Form gebracht und mindestens ein Pfund Creme in Rustys immer noch raue Hände einmassiert.

Während Rusty der Maniküre zusah, dachte sie an die Wäsche, die sie mit der Hand gewaschen, ausgewrungen und zum Trocknen aufgehängt hatte. Es war immer ein Wettlauf mit der Zeit gewesen, ein Roulettespiel, ob die Wäsche noch vor dem Einsetzen des Nachtfrosts trocken werde würde. So schlimm war es doch gar nicht gewesen, oder? Nicht wirklich. Oder verherrlichte man die Dinge in der Erinnerung?

Was auf alles zutreffen könnte. Waren Coopers Küsse wirklich so weltbewegend gewesen? Waren seine geflüsterten Worte und seine Arme um sie wirklich so tröstend gewesen? Aber wenn nicht, warum wachte sie dann ständig in der Nacht auf und sehnte sich nach seiner Nähe, seiner Wärme?

Sie war noch nie so einsam gewesen.

Nicht, dass sie je allein wäre, zumindest nie lange. Freunde kamen mit kleinen nutzlosen Geschenken vorbei, um sie aufzumuntern. Denn jeder konnte sehen, dass sie immer missmutiger wurde. Körperlich ging es ihr mit jedem Tag besser, aber ihre Stimmung strebte unaufhaltsam dem Nullpunkt entgegen.

Freunde und Geschäftspartner sorgten sich um sie. Seit dem Absturz hatte sie sich verändert. Die gewohnte, freundliche Rusty war verschwunden. Man drängte ihr Schokolade und Tacos und ihre Lieblingsgerichte aus den besten Restaurants auf, um sie aufzuheitern.

Sie hatte plötzlich viel Zeit, aber sie war nicht untätig. Die Prophezeiung ihres Vaters war wahr geworden – sie war plötzlich ein Star unter den Immobilienmaklern. Jeder in der Stadt, der kaufen oder verkaufen wollte, suchte plötzlich ihren Rat hinsichtlich der Markttrends. Jeden Tag bekam sie Anrufe von potenziellen Kunden, zuzüglich einer beeindruckenden Zahl von Anfragen von Film- und Fernsehleuten. Sie hatte schon Ohrenschmerzen vom stundenlangen Telefonieren. Normalerweise wäre sie angesichts einer Liste von Kunden dieses Kalibers vor Freude in die Luft gesprungen. Stattdessen war sie von einer untypischen Leere erfüllt, die sie weder erklären noch füllen konnte.

Ihr Vater hatte kein Wort mehr von einer Erschließung in Rogers Gap erwähnt, sie hoffte, dass dieses Thema damit endgültig vom Tisch war. Er besuchte sie jeden Tag, angeblich, um sich nach ihren Fortschritten zu erkundigen, Rusty allerdings vermutete – vielleicht ungerechtfertigt –, dass ihrem Vater mehr daran lag, die Gunst der Stunde und ihrer potenziellen neuen Klienten zu nutzen.

Die Linien um seinen Mund wurden tiefer vor Ungeduld, und seine scherzhaften Ermunterungen, endlich wieder an die Arbeit zurückzukehren, wirkten mit jedem Mal gezwungener. Auch wenn sie nur die Anweisung des Arztes befolgte, sie wusste, dass ihre Genesungszeit besonders lange dauerte. Aber sie war fest entschlossen, erst wieder in ihr Büro zurückzukehren, wenn sie wirklich dafür bereit war.

An diesem Nachmittag stöhnte sie fürchterlich, als die Türglocke durch das Haus schallte. Ihr Vater hatte vorhin angerufen und seinen heutigen Besuch abgesagt, da er ein Geschäftstreffen wahrnehmen musste. Rusty war erleichtert gewesen. Sie liebte ihren Vater, hatte sich aber gefreut, denn nach seinen Besuchen fühlte sie sich jedes Mal wie ausgelaugt.

Wahrscheinlich war sein Geschäftsessen abgesagt worden, und so würde sie ihre Standpauke doch noch erhalten.

Auf Krücken humpelte sie zur Tür. Seit drei Jahren lebte sie jetzt in diesem Haus, ein kleines weißes Gebäude mit roten Ziegeln auf dem Dach, typisch für das südliche Kalifornien, in den Hang gebaut und von üppig blühenden Bougainvillea umrankt. Rusty hatte sich von der ersten Sekunde an in dieses Haus verliebt.

Auf eine Krücke gestützt, öffnete sie die Riegel der Tür und zog sie auf.

Cooper sagte kein Wort. Rusty auch nicht. Lange starrten sie einander nur stumm an, bevor Rusty zur Seite trat. Er schritt über die Schwelle. Rusty schloss die Tür und sah ihn an.

»Hi.«

»Hi.«

»Was tust du hier?«

»Ich wollte mich nach deinem Bein erkundigen.« Er sah auf ihr Schienbein herunter. Sie streckte das Bein vor. »Sieht nicht viel besser aus.«

»Das wird noch.« Sein skeptischer Blick traf sie. »Der Doktor hat es mir versprochen«, verteidigte sie sich.

Er wirkte wenig überzeugt, doch er ließ das Thema fallen. Langsam drehte er den Oberkörper und sah sich um. »Dein Haus gefällt mir.«

»Danke.«

»Meins ist ganz ähnlich.«

»Wirklich?«

»Meines ist vielleicht etwas massiver, nicht so elegant eingerichtet. Aber ähnlich. Großzügige Räume, viele Fenster.«

Sie hatte sich so weit erholt, dass sie sich wieder bewegen konnte. Bei seinem Anblick hatte ihr gesundes Bein, auf das sie das meiste Gewicht verlagerte, unter ihr nachgeben wollen. Jetzt traute sie sich wieder zu, vorwärts zu gehen, und bedeutete ihm, ihr zu folgen. »Komm herein. Möchtest du vielleicht etwas trinken?«

»Etwas Kaltes ohne Alkohol.«

»Limonade?«

»Gern.«

»Es dauert nur eine Minute.«

»Mach dir keine Umstände.«

»Ich wollte mir gerade selbst welche machen.«

Sie durchquerte das Esszimmer und ging in die dahinter liegende Küche auf der Rückseite des Hauses. Er folgte ihr. »Setz dich doch.« Rusty nickte zu dem Tisch in der Mitte des Raumes und ging dann zum Kühlschrank.

»Kann ich helfen?«, fragte Cooper.

»Nein, danke. Ich habe mittlerweile viel Übung.«

Sie drehte den Kopf, wollte ihm zulächeln und ertappte ihn dabei, wie er auf ihre Beine starrte. Weil sie davon ausgegangen war, dass sie den ganzen Tag allein verbringen würde, hatte sie sich keine große Mühe mit der Wahl ihrer Kleidung gegeben. Sie trug eine abgeschnittene kurze Jeans und war barfuß. Die Enden ihrer Bluse hatte sie in der Taille verknotet, ihr Haar zu einem hohen Pferdeschwanz zusammengebunden.

Cooper rutschte unbehaglich auf dem Stuhl hin und her. »Tut es weh?«

»Was?«

»Dein Bein.«

»Oh. Nein. Nun, ein bisschen. Ich sollte damit noch nicht laufen und auch nicht Auto fahren.«

»Arbeitest du schon wieder?«

Der Pferdeschwanz wippte, als sie den Kopf schüttelte. »Ich erledige manche Sachen per Telefon. Aber so weit, dass ich mich in Schale werfe und ins Büro an meinen Schreibtisch zurückkehre, bin ich noch nicht.« Sie nahm die Grenadine aus dem Kühlschrank. »Und du? Viel zu tun, seit du wieder zu Hause bist?«

Sie goss etwas von dem roten Saft in eine Karaffe und gab eiskaltes Sodawasser hinzu. Dabei verschüttete sie etwas über ihre Hand und leckte es automatisch ab. Das war der Moment, in dem sie sich umdrehte, um ihm die Frage zu stellen.

Cooper beobachtete mit Adleraugen jede ihrer Bewegungen. Jetzt starrte er auf ihren Mund. Langsam ließ Rusty die Hand sinken und kümmerte sich weiter um die Limonade. Ihre Hände zitterten, als sie zwei Gläser aus dem Schrank nahm und Eiswürfel hineingab.

»Ja, ich bin beschäftigt.«

»Wie sah es denn aus, als du zurückkamst?«

»So weit okay. Ein Nachbar hat die Tiere versorgt. Wahrscheinlich hätte er auch unbegrenzt weitergemacht, wenn ich nicht wieder aufgetaucht wäre.«

»Das nennt man gute Nachbarschaft.« Zu gern hätte sie das Gespräch leicht und unbeschwert gehalten, aber ihre Stimme klang brüchig und schrill. Die Atmosphäre lastete schwer wie ein schwüler Sommertag. Die Luft schien drückend. Rusty hatte das Gefühl, kaum atmen zu können.

»Hast du denn niemanden, der dir dabei hilft, die Ranch zu führen?«, fragte sie.

»Zeitarbeitskräfte, hin und wieder. Die meisten von denen sind Skicracks, die nur arbeiten, um ihre Sucht finanzieren zu können. Wenn ihnen das Geld ausgeht, arbeiten sie für ein paar Tage, bis sie sich wieder einen Skipass und Kost und Logis leisten können. Das System funktioniert für sie und für mich.«

»Weil du es nicht magst, ständig Leute um dich herum zu haben.«

»Genau.«

Abgrundtiefe Mutlosigkeit überkam sie. Sie versuchte sie abzuschütteln, indem sie fragte: »Fährst du Ski?«

»Manchmal. Und du?«

»Ja. Oder zumindest habe ich es bisher getan. Ich nehme an, diese Saison werde ich wohl aussetzen müssen.«

»Vielleicht auch nicht. Es war ja nichts gebrochen.«

»Ja, vielleicht.«

Und das, so schien es, war alles, was zu sagen war. In schweigendem Einverständnis beendeten sie den überflüssigen Small Talk und taten das, was sie wirklich wollten – einander ansehen.

Sein Haar war geschnitten worden, aber es war immer noch lang. Ihr gefiel es, wie sich die Locken um den Kragen seines lässigen Hemdes kringelten. Kinn und Wangen waren glatt rasiert. Die Unterlippe war streng und unnachgiebig wie immer. Falls überhaupt, dann sahen die Linien um seinen Mund tiefer aus, machten sein Gesicht noch männlicher. Sie konnte nicht anders, sie fragte sich, was diese Falten wohl tiefer hatte werden lassen.

Seine Kleidung stammte nicht von einem exklusiven Designer, aber viele Köpfe auf dem Rodeo Drive würden sich nach ihm umdrehen. Eine erfrischende Abwechslung zu den elegant angezogenen Männern sonst auf der Prachtmeile. Bluejeans betonten den männlichen Körperbau eben mehr als jedes andere Kleidungsstück. Bei Cooper taten sie sogar noch mehr als bei den meisten anderen Männern. Rustys Magen begann zu flattern.

Das Baumwollhemd spannte sich über eine Brust, von der Rusty immer noch träumte. Die hochgekrempelten Ärmel gaben seine muskulösen Unterarme frei. Er hatte eine braune Bomberjacke aus Leder über der Schulter getragen, jetzt hing die Jacke auf der Rückenlehne seines Stuhls, vergessen. Überhaupt schien er alles vergessen zu haben, außer dieser Frau, die nur wenige Meter, aber trotzdem Lichtjahre von ihm entfernt stand.

Sein Blick glitt über ihre Gestalt, zog sie aus, und als würde er wirklich Kleidungsstück für Kleidungsstück entfernen, begann ihre Haut wie im Fieber zu brennen. Als er mit seiner durchdringenden Musterung bei dem ausgefransten Rand ihrer Jeansshorts angekommen war, deren Fäden die bloße Haut ihrer Schenkel kitzelten, war Rusty erregt wie nach einem zärtlichen Vorspiel.

Sein Blick ging wieder zu ihrem Gesicht. In ihren Augen spiegelte sich sein Verlangen wider. Wie magnetisch angezogen, ohne den Blick von seinen Augen zu wenden, bewegte Rusty sich auf ihren Krücken zu ihm hin. Auch er brach den Blickkontakt nicht ab. Je näher sie kam, desto weiter legte er den Kopf in den Nacken, um sie ansehen zu können. Es schien eine Ewigkeit zu sein, doch in Wahrheit waren es nur wenige Sekunden, bevor sie direkt vor ihm stand.

»Ich kann immer noch nicht glauben, dass du hier bist.«

Stöhnend legte er den Kopf an ihre Brust. »Verflucht, Rusty. Ich konnte einfach nicht wegbleiben. Ich habs wirklich versucht, aber ...«

Von ihren Gefühlen überwältigt, schloss sie die Augen. Sie liebte diesen Mann so sehr. Flüsternd nannte sie seinen Namen.

Er schlang die Arme um ihre Taille und barg sein Gesicht in dem duftenden Tal ihrer Brüste.

»Du hast mir gefehlt«, gestand sie. Sie erwartete nicht, dass er ihr ein ähnliches Geständnis machen würde. Er tat es auch nicht. Aber die Art, wie er sie hielt, war Beweis genug, wie sehr er sie vermisst hatte.

»Gott, du riechst so gut.« Mit seinen Lippen liebkoste er ihre Brüste durch den Stoff hindurch.

»Du riechst nach den Bergen«, sagte sie leise und küsste ihn aufs Haar.

»Ich muss …« Hektisch knotete er ihre Bluse auf, fingerte an den Knöpfen. »Nur ein Mal …«

Bei der ersten heißen Berührung seiner Lippen auf ihrer Haut bog sie sich zurück und stöhnte laut. Ihre Knöchel traten weiß hervor, als sie die Finger um die Krücken verkrampfte. Sie sehnte sich danach, sie einfach fallen zu lassen und die Finger in sein Haar zu schieben. Sie spürte dieses seidige Haar auf ihrer Haut, als er den Kopf drehte, um sich ihrer anderen Brust zu widmen, leicht zu beißen, zu knabbern, die Spitze zu reizen.

Sie stieß einen Laut aus, der wie ein Schluchzen klang. Es war sowohl frustrierend als auch ungeheuer erregend, nicht selbst die Hände benutzen zu können. »Cooper«, keuchte sie flehend.

Er griff an ihren Rücken und löste den Verschluss ihres BHs, zog die Träger so weit herunter, wie es die Ärmel ihrer Bluse zuließen. Aber das reichte aus, ihre Brüste lagen bloß vor ihm. Er sah sich an ihnen satt, bevor er eine der harten Spitzen mit den Lippen umschloss und zärtlich daran sog. Rusty, gefährlich weit auf ihren Krücken zurückgelehnt, murmelte immer wieder andächtig seinen Namen.

»Sag mir, was du willst, egal was«, knurrte er heiser. »Sag es mir.«

»Ich will dich.«

»Weib, du hast mich. Was willst du?«

»Berühren. Berührt werden.«

»Wo?«

»Cooper …«

»Wo?«

»Du weißt, wo«, schrie sie auf.

Brüsk öffnete er den Knopf ihrer Shorts und zog den Reißverschluss herunter. Ihr knapper Slip bedeckte gerade ihre Scham. Er wollte lächeln, doch die Leidenschaft ließ es nicht zu. Aufstöhnend streifte er den Slip zusammen mit den Shorts herunter und küsste ihre empfindsamste Stelle.

Rusty hatte keine Kraft mehr. Sie ließ die Krücken los, die klappernd zu Boden fielen. Als sie ins Schwanken geriet, stützte sie sich mit den Händen auf Coopers Schultern ab.

Er glitt von dem Stuhl vor ihr auf die Knie. Sie biss sich auf die Unterlippe, um den Schrei der Lust zu unterdrücken, als er begann, sie mit der Zunge zu liebkosen.

Und er hörte nicht auf. Nicht, nachdem die erste Welle der Ekstase über sie schwappte. Auch nicht, nachdem die Zweite sie überrollt hatte. Er hörte nicht auf, bis ihr Körper glühte, bis ihr feuchte Haarsträhnen an Schläfen, Wangen und Hals klebten, bis sie unkontrolliert zuckte und bebte.

Erst dann erhob er sich und nahm sie auf seine Arme. »Wohin?« Seine Miene war weich und zärtlich, als er sich über sie beugte – zärtlicher, als sie es je gesehen hatte. Der argwöhnische Ausdruck in seinen Augen war verschwunden, sie wagte zu hoffen, es könnte Liebe sein, was jetzt in ihnen glitzerte.

Mit der Hand zeigte Rusty in die Richtung des Schlafzimmers. Cooper fand das Zimmer ohne Probleme. Da sie sich in letzter Zeit oft hier aufgehalten hatte, haftete dem Zimmer eine gemütliche, behagliche Atmosphäre an, die Cooper offensichtlich gefiel. Er lächelte, als er sie über die Schwelle trug. Sanft stellte er sie auf ihr gesundes Bein ab, dann schlug er die Bettdecke zurück. »Leg dich hin.«

Sie tat es, sah ihm nach, als er ins Bad ging. Sie hörte Wasser rauschen. Augenblicke später kam er mit einem feuchten Waschlappen in der Hand zurück. Er sagte kein Wort, aber seine Augen sprachen Bände, als er sie in Sitzstellung zog und ihr Bluse und BH von den Schultern streifte. So saß sie splitternackt vor ihm und auf wunderbare Weise bar jeglicher Scham.

Er rieb mit dem kühlen nassen Lappen über ihre Arme und Schultern, ihren Hals. Nachdem er Rusty sanft auf die Kissen zurückgedrückt hatte, legte er ihr die Arme über den Kopf und fuhr mit dem Tuch über ihre Brust, strich über die harten Knospen und lächelte. Fast hatte sie vor Wonne geschnurrt.

Seine Augen sprühten heiße Funken, als sein Blick von ihren Brüsten zu ihrem Nabel glitt. Er leckte über ihren Bauch, bevor er ihren Unterkörper mit dem Lappen abrieb. An ihrem Bein wischte er vorsichtig um ihre neue Narbe herum. »Dreh dich um.«

Rusty warf ihm einen fragenden Blick zu, aber gehorsam drehte sie sich auf den Bauch und legte die Wange auf ihre übereinander gefalteten Hände. Langsam und sanft wusch er ihr den Rücken. An ihrer Rückenmulde hielt er kurz inne, dann strich er über ihre Pobacken.

»Hmm«, stieß sie genießerisch aus.

»Das sollte ich eigentlich sagen.«

»Bitte, nur zu.«

»Hmm.« Er wischte über ihre Beine, bis hinunter zu ihren Fußsohlen, wobei er herausfand, dass sie kitzelig war.

»Entspann dich, nur für eine Minute«, sagte er, als er aufstand, um sich auszuziehen.

»Du hast leicht reden. Nach dem, was du mit mir gemacht hast.«

»Mach dich auf was gefasst, Baby, es erwartet dich noch einiges mehr.«

Trotz der Ankündigung war Rusty nicht darauf vorbereitet, als er sich der Länge nach auf sie legte. Sie schnappte nach Luft und erschauerte, als sie seine Haut auf ihrem Rücken fühlte und seine Schenkel fest an ihren zu liegen kamen. Ihr Po passte so wunderbar an seine Lenden, wo sie den Beweis seiner Erregung hart und gleichzeitig samtweich spüren konnte.

Er legte seine Hände auf ihre und verschränkte ihre Finger miteinander. Mit dem Mund schob er ihren Pferdeschwanz zur Seite, damit seine Lippen an ihr Ohr gelangen konnten.

»Ich kann nichts anderes mehr tun, als mich nach dir zu sehnen«, murmelte er rau. »Kann nicht arbeiten, kann weder schlafen noch essen. Mein Haus bietet mir keine Zuflucht mehr. Daran bist nur du schuld. Die Berge besitzen keine Schönheit mehr. Dein Gesicht hat mich blind für sie gemacht.«

Er bewegte sich auf ihr, um ihr näherzukommen. »Ich war überzeugt, ich würde dich vergessen können, aber bis jetzt ist mir das nicht gelungen. Ich bin sogar nach Vegas gefahren und habe mir eine Frau für die Nacht gekauft. Als wir in dem Hotelzimmer saßen, habe ich sie angestarrt und mich betrunken, um Leidenschaft in mir zu erzeugen. Sie hatte ein paar wirklich tolle Kniffe drauf, aber nichts hat gewirkt, ich fühlte nichts. Ich konnte es einfach nicht tun. Wollte es nicht. Schließlich habe ich sie fortgeschickt, bevor sie mich so erbärmlich und jämmerlich fand, wie ich mich fühlte.«

Er barg sein Gesicht in ihrem Haar. »Du rothaarige Hexe, was hast du da oben mit mir gemacht? Mir ging es gut, verstehst du? Alles war bestens, bis du aufgetaucht bist, mit deinen Lippen wie Samt und deiner seidigen Haut. Jetzt ist mein Leben keinen Pfifferling mehr wert. Alles, woran ich denken, was ich fühlen, riechen, sehen kann, bist du. Du.«

Er drehte sie herum und drückte sie mit seinem Gewicht auf die Matratze. Seine Lippen suchten gierig ihren Mund. »Ich muss dich haben. Muss es einfach. Jetzt.«

Er drängte sich an sie, als würde er sie beide zu einer Einheit verschmelzen wollen. Mit einer einzigen Bewegung spreizte er ihre Knie und stieß in die warmen Tiefen ihrer Weiblichkeit vor.

Aufstöhnend vor Lust, legte er den Kopf auf ihre Brust und beschwor alle Mächte des Himmels und der Finsternis, ihn von dieser Qual zu befreien. Sein Atem glitt heiß und rau über ihre

Brüste, ließ die Spitzen hart werden, und er liebkoste sie wollüstig mit seinem Mund.

Seine Haut brannte. Rusty fühlt die Hitze, während ihre Finger unablässig über die harten Muskeln seines Rückens wanderten. Sie umfasste seine Pobacken und zog ihn noch enger an sich heran. Er stöhnte ihren Namen und küsste sie wieder auf den Mund.

Rusty fühlte sich, als wären ihr Flügel gewachsen, als könne sie in ungeahnte Höhen emporsteigen, hinauf ins grenzenlose Universum. Ihr Körper war bereit, ihn zu empfangen, so wie auch ihr Herz und ihre Seele, aus denen ihre Liebe im Überfluss sprudelte. Er musste es einfach fühlen, es wissen.

Sie war sicher, dass er es wusste, so wie er ihren Namen mit jedem einzelnen Stoß hervorpresste. Seine Stimme war voller Gefühl, aber einen Moment, bevor er jeden klaren Gedanken verlieren würde, fühlte sie, wie er sich aus ihr zurückziehen wollte.

»Nein! Wage es nicht!«

»Doch, Rusty. Es muss sein.«

»Ich liebe dich, Cooper.« Sie hielt ihn fest umklammert. »Ich will dich. Alles von dir.«

»Nein, nein«, stöhnte er, vor Entsetzen und Lust gleichzeitig.

»Ich liebe dich.«

Mit zusammengebissenen Zähnen warf er den Kopf zurück, ergab sich dem Höhepunkt mit einem lauten Schrei, der aus den Tiefen seiner Seele zu kommen schien.

13. Kapitel

Schweiß tropfte von seiner Stirn. Sein ganzer Körper war in Schweiß gebadet. Cooper brach kraftlos auf Rusty zusammen. Sie wollte ihn halten und wiegen wie ein Kind.

Es schien ewig zu dauern, bevor er die Kraft fand, um sich wieder zu bewegen, aber keinen von ihnen drängte es, dass er von ihr abließ. Endlich rollte er sich auf den Rücken und lag erschöpft da. Rusty betrachtete das geliebte Gesicht. Seine Augen waren geschlossen, die Linien um seinen strengen Mund schienen ihr lange nicht mehr so tief wie bei seiner Ankunft, seine Miene viel entspannter.

Sie legte den Kopf auf seine Brust und streichelte seinen Bauch.

»Das bin nicht nur ich, aus der du dich zurückziehst, nicht wahr?« Irgendwie wusste sie, dass es lange her war, seit Cooper die körperliche Vereinigung wirklich bis zum Ende durchgeführt hatte.

»Nein.«

»Es geht auch nicht darum, dass ich vielleicht schwanger werden könnte, oder?«

»Nein, darum geht es nicht.«

»Warum dann, Cooper? Warum tust du es?« Als er die Augen aufschlug, entdeckte sie darin einen wachsamen Ausdruck. Er, den sie immer für furchtlos gehalten hatte, hatte Angst vor ihr. Vor einer nackten Frau, die hilflos neben ihm lag, völlig fasziniert von ihm und unter seinem Bann. Welche Bedrohung konnte sie überhaupt für ihn darstellen?

»Warum hast du dir diese Selbstdisziplin auferlegt?«, fragte sie leise. »Sag es mir.«

Er starrte an die Decke. »Es gab da eine Frau.«

Ah, dachte Rusty, die Frau.

»Sie hieß Melody. Ich traf sie nach meiner Rückkehr aus Vietnam. Ich war völlig am Ende. Verbittert. Wütend. Sie ...«, er machte eine hilflose Geste, »... sie hat die Dinge wieder in die richtige Perspektive gerückt, hat meinem Leben wieder einen Sinn gegeben. Ich ging damals auf Kosten der Armee zur Uni. Wir wollten heiraten, wenn ich das Studium beendet hatte. Ich bildete mir ein, alles liefe ganz wunderbar für uns.«

Er schloss die Augen wieder, und Rusty ahnte, dass er sich für den schwierigen Teil der Geschichte bereit machte. »Dann wurde sie schwanger. Ohne dass ich es wusste, ließ sie das Kind abtreiben.« Seine Hände ballten sich zu Fäusten. »Sie hat mein Baby getötet. Nach den ganzen Toten, die ich sehen musste, hat sie mein Kind ...« Sein Atem ging so heftig, dass Rusty fürchtete, er würde eine Herzattacke bekommen. Sie legte tröstend eine Hand auf seine Brust und sagte sanft seinen Namen.

»Es tut mir so leid, Cooper, Liebling. So unendlich leid.«

Er atmete tief und schwer, bis seine Lungen wieder genügend Luft hatten. »Ja.«

»Seither warst du wütend auf sie.«

»Anfangs. Aber dann begann ich sie zu hassen, so sehr, dass ich nicht mehr wütend sein konnte. Ich habe so viele Dinge mit ihr geteilt, ihr so viel anvertraut. Sie wusste, was in meinem Kopf vorging, wie ich über alles dachte. Sie hat mich dazu gedrängt, über das Gefangenenlager und die Dinge, die dort passiert sind, zu reden.«

»Hast du das Gefühl, sie hat dein Vertrauen missbraucht?«

»Missbraucht und hintergangen.« Mit dem Daumen wischte er sanft die Träne fort, die über Rustys Wange rollte. »Sie hielt mich in ihren Armen, während ich wie ein Baby weinte, ihr von meinen Freunden erzählte, die ich habe sterben sehen«, flüsterte er heiser. »Ich habe ihr von der Hölle erzählt, durch

241

die ich gegangen bin, von meiner Flucht. Davon, was ich getan habe, um zu überleben, bis ich endlich gerettet wurde. Selbst danach ... obwohl ich ihr erzählte, wie ich auf einem Haufen verwesender Leichen gelegen habe, um nicht wieder gefangen genommen zu werden ...«

»Cooper, nicht.« Rusty schlang die Arme um ihn und zog ihn zu sich heran.

»... selbst dann geht sie hin und tötet unser Baby. Nachdem ich gesehen habe, wie Kinder getötet wurden, wahrscheinlich habe ich selbst einige umgebracht, nimmt sie ...«

»Schsch, nicht.«

Rusty drückte seinen Kopf an ihre Brust und murmelte leise in sein Haar. Tränen verschleierten ihr den Blick. Sie konnte sein Leid spüren und wünschte, sie könnte diese Last für ihn tragen. Sie küsste ihn aufs Haar. »Es tut mir so leid, Darling.«

»Ich verließ Melody. Zog in die Berge, kaufte die Tiere, baute mein Haus.«

Und eine Mauer um dein Herz, dachte Rusty traurig. Kein Wunder, dass er die Gesellschaft verachtete. Er war zweimal betrogen worden – von seinem Land, das nur ungern an seinen Fehler erinnert wurde, und dann von der Frau, die er geliebt und der er vertraut hatte.

»Deshalb bist du nie wieder das Risiko eingegangen, dass eine Frau von dir schwanger werden könnte.«

Er hob den Kopf und sah ihr in die Augen. »Ja. Bis jetzt.« Er umfasste ihr Gesicht. »Bis du gekommen bist. Da konnte ich mich nicht mehr zurückhalten.« Er küsste sie heftig. »Ich wollte, dass es ewig dauert.«

Lächelnd sah sie ihn an. »Ich hatte den Eindruck, es würde ewig dauern.«

Jetzt lächelte auch er, ein jungenhaftes, selbstzufriedenes, stolzes Lächeln. »Wirklich?«

Rusty lachte. »Ja, ehrlich.«

Er ließ seine Hand zwischen ihre Schenkel gleiten, hinauf zu ihrem feuchten Schoß. »Du trägst jetzt einen Teil von mir in dir.« Er küsste sie zärtlich auf die geschwollenen Lippen.

»Das wollte ich auch. Dieses Mal hätte ich nicht zugelassen, dass du dich zurückziehst.«

»Ach ja?« Da stand jetzt ein arrogantes, herausforderndes Funkeln in seinen Augen. »Und was hättest du dann dagegen unternommen?«

»Nun, auf jeden Fall hätte ich wie eine Löwin gekämpft. So sehr wollte ich dich. Alles von dir.«

Er knabberte zärtlich an ihrer Unterlippe. »Weißt du, das, was ich am meisten an dir mag …«

»Ja?«

Er arbeitete sich an ihrem Hals entlang. »… ist, dass du immer aussiehst, als ob du gerade …« Er flüsterte ihr eine unglaublich vulgäre Beschreibung ins Ohr. Nur bei Cooper hörte sich eine solche Gossensprache sexy an.

»Cooper!«, entrüstete sich Rusty gespielt. Sie setzte sich auf die Fersen und stemmte in einer theatralischen Geste die Hände in ihre Hüften.

Er lachte. Der wunderbare, so seltene Klang seines Lachens war so ermutigend, dass sie diese Pose weiter beibehielt und sich noch prüder gab. Er lachte nur noch lauter. Sein Gelächter war echt und herzlich, ohne eine Spur von Zynismus. Am liebsten hätte sie sich darin eingehüllt wie in eine Decke. Sie wollte es festhalten, so wie man das Gefühl hatte, den ersten Sommertag festhalten zu müssen. Sie hatte Cooper Landry zum Lachen gebracht. Eine beachtliche Leistung. In den letzten Jahren konnten sich wahrscheinlich nur wenige damit rühmen, diesem Mann ein echtes Lachen entlockt zu haben.

Immer noch stand ein breites Grinsen auf seinem Gesicht, als er mit schriller Stimme ihr jüngferliches Entsetzen nachahmte: »Cooper!« Prompt schlug sie ihn halb beleidigt, halb

243

amüsiert auf den nackten Schenkel. »He, es ist doch nicht meine Schuld, dass du dieses zerwühlte Haar und diesen Schlafzimmerblick hast.« Er streckte die Hand aus und strich mit dem Daumen über ihre Unterlippe. »Oder dass dein Mund immer so aussieht, als wäre er gerade geküsst worden und bettelte jetzt nach mehr. Oder dass deine Brüste ständig beben.«

»Beben?«, hauchte sie atemlos, als er eine ihrer Rundungen liebkoste.

»Ja. Ist es denn meine Schuld, dass die Spitzen immer sofort vor Sehnsucht hart und bereit werden?«

»Um genau zu sein, es ist deine Schuld.«

Ja, das gefiel ihm. Lächelnd spielte er mit der Knospe, benutzte Finger, Lippen und Zunge. Rusty spürte die vertraute Hitze in sich aufsteigen. Seufzend schob sie seinen Kopf von sich weg. Cooper sah sie erstaunt an, wehrte sich aber nicht, als sie ihn in die Kissen zurückdrückte. »Und was kommt jetzt?«, fragte er nur.

»Dieses Mal werde ich dich zur Abwechslung verwöhnen.«

»Ich dachte, das hättest du gerade.«

Sie schüttelte das wirre Haar. Irgendwann hatte sich das Band gelöst, das ihren Pferdeschwanz zusammengehalten hatte. »Nein, du hast mich verwöhnt.«

»Wo liegt da der Unterschied?«

Sie lächelte ein katzenhaftes Lächeln, ihr Blick war ein Versprechen. »Lass dich überraschen.«

Eng umschlungen und erschöpft lagen sie anschließend beieinander.

»Ich dachte, nur die Damen des horizontalen Gewerbes wüssten, wie das richtig gemacht wird.« Seine Stimme klang immer noch rau, weil er ihren Namen so laut herausgeschrien hatte. Er besaß gerade noch die Kraft, ihr mit den Fingerspitzen über den Rücken zu fahren.

»Habe ich es richtig gemacht?«

Er beugte den Kopf und sah auf die Frau, die an seiner Brust lag. »Weißt du das denn nicht?«

Ihr Blick war verhangen vor Liebe, als sie zu ihm hochschaute und schüchtern und unsicher den Kopf schüttelte.

»War es das erste Mal, dass du …?« Sie nickte. Er stieß einen leisen Fluch aus und zog sie für einen langen, zärtlichen Kuss zu sich empor. »Doch, ja. Das hast du gut gemacht«, sagte er mit einem Anflug von Humor, als er endlich die Lippen von ihrem Mund löste. »Nein, ich kann nicht klagen.«

Nach einem langen Schweigen fragte Rusty: »Was für ein Zuhause hast du eigentlich gehabt? Wie war euer Familienleben?«

»Familienleben?« Während er darüber nachdachte, rieb er zärtlich mit seinem Bein über ihr linkes, sorgsam darauf achtend, nicht ihre Wunde zu berühren. »Das ist schon so lange her, dass ich mich kaum noch erinnern kann. Eigentlich weiß ich nur noch, dass mein Vater Vertreter war und jeden Tag zur Arbeit ging. Der Job hat ihn schließlich umgebracht – Herzinfarkt. Er war auf der Stelle tot. Damals war ich noch in der Grundschule. Meine Mutter hat ihm nie verziehen, dass er sie so früh zur Witwe gemacht hat. Und sie hat nie aufgehört, wütend auf mich zu sein, weil … na ja, weil ich eben da war, wahrscheinlich. Für sie war ich nur eine lästige Pflicht. Sie musste arbeiten, um uns durchzubringen.«

»Sie hat nicht wieder geheiratet?«

»Nein.«

Wahrscheinlich hatte seine Mutter ihn auch dafür verantwortlich gemacht. Rusty konnte sich ausmalen, was passiert war. Cooper war ohne Liebe aufgewachsen. Kein Wunder, dass er jetzt die Hand, die sich ihm freundlich entgegenstreckte, lieber biss als akzeptierte. Er glaubte nicht an menschliche Wärme und Liebe. Er hatte sie nie erfahren. Seine persönlichen Beziehungen waren geprägt von Schmerz, Enttäuschung und Betrug.

»Ich bin zu den Marines gegangen, sobald ich mit der Highschool fertig war. Mutter starb während meines ersten Jahrs in Vietnam. Brustkrebs. Sie war einfach zu stur, um den Knoten in ihrer Brust untersuchen zu lassen, bevor es zu spät war.«

Rusty strich mit dem Daumen über sein Kinn. Sie war erfüllt von Trauer und Mitleid für das einsame, ungeliebte Kind, das er gewesen war. So viel Trostlosigkeit, so viel Kummer. Im Vergleich zu ihm hatte sie es einfach gehabt.

»Meine Mutter starb auch.«

»Und dann hast du deinen Bruder verloren.«

»Ja, Jeff.«

»Erzähl mir von ihm.«

»Jeff war großartig«, sagte sie mit einem liebevollen Lächeln. »Jeder mochte ihn. Er war so freundlich, so offen – die Art Mensch, für den niemand ein Fremder ist. Jeder hat sich zu ihm hingezogen gefühlt, er hatte außergewöhnliche Führungsqualitäten. Er konnte die Leute zum Lachen bringen. Er konnte einfach alles.«

»Daran wirst du ja auch oft genug erinnert.«

Ihr Kopf ruckte hoch. »Was soll das denn heißen?«

Cooper schien zu überlegen, ob eine Ausweitung dieses Themas angebracht war, und entschied sich dafür. »Hält dir dein Vater nicht ständig deinen Bruder als ein Beispiel vor Augen, dem du zu folgen hast?«

»Jeff hatte eine vielversprechende Zukunft im Immobiliengeschäft. Mein Vater wünscht sich das auch für mich, ja.«

»Aber ist es wirklich deine Zukunft, die er dabei im Auge hat, oder Jeffs?«

Sie machte sich aus seinen Armen los und schwang die Beine aus dem Bett. »Ich weiß nicht, was du meinst.«

Cooper griff in ihr Haar, damit sie nicht aufstehen konnte, hinter ihr kam er auf seinen Knien zu sitzen. »Oh doch, das weißt du genau, Rusty. Alles, was du mir über Jeff und deinen Vater erzählt hast, lässt mich vermuten, dass du Jeffs Platz übernehmen sollst.«

»Mein Vater wünscht sich nur, dass ich Erfolg habe.«

»Was er als Erfolg ansieht. Du bist eine schöne, intelligente Frau. Eine liebende Tochter. Du hast eine Karriere, und du bist erfolgreich. Reicht ihm das immer noch nicht?«

»Nein! Ich meine, ja, natürlich. Er will doch nur, dass ich mein volles Potenzial ausschöpfe.«

»Oder Jeffs.« Sie wollte von ihm weg, aber er hielt sie von hinten bei den Schultern fest. »Wie der Jagdtrip an den Great Bear Lake.«

»Ich sagte dir doch schon, das war meine Idee, nicht Vaters.«

»Aber warum hast du es für nötig befunden, dorthin zu gehen? Warum musst du die Tradition, die er mit Jeff pflegte, aufrechterhalten? Du bist doch nur dorthin gegangen, weil du hofftest, es würde deinem Vater gefallen.«

»Und was ist daran verkehrt?«

»Nichts. Wenn es eine Geste der Selbstaufopferung und der Liebe war. Aber ich glaube vielmehr, du wolltest deinem Vater beweisen, dass du genauso gut bist wie Jeff.«

»Na, das habe ich ja wohl gründlich vermasselt.«

»Das ist doch genau mein Punkt«, rief er lautstark. »Du magst weder das Jagen noch das Angeln. Na und? Weshalb solltest du dich deswegen als Versager betrachten?«

Sie schaffte es, sich von ihm loszureißen. Sobald sie stand, wirbelte sie zu ihm herum. »Das verstehst du nicht, Cooper.«

»Stimmt. Ich verstehe nicht, warum du so, wie du bist, nicht ausreichst für deinen Vater. Warum musst du dich ständig beweisen? Er hat seinen Sohn verloren, das ist tragisch, ja. Aber er hat immer noch eine Tochter. Und er versucht, sie in etwas hineinzuzwängen, das sie nicht ist. Ihr seid beide von Jeff besessen. Über welche Qualitäten auch immer er verfügte, er konnte ganz bestimmt nicht auf dem Wasser laufen.«

247

Anklagend richtete Rusty einen Finger auf ihn. »Du bist ja genau der Richtige, um über anderer Leute Obsessionen zu reden. Dir verschafft es doch geradezu perverse Befriedigung, dich in deiner Verzweiflung zu sonnen.«

»Das ist doch Blödsinn.«

»Genau. Denn es ist viel einfacher, dich auf deinem Berg zu verstecken, anstatt dich mit anderen Menschen abzugeben. Denn dann müsstest du dich vielleicht öffnen, diese anderen Menschen könnten ja sehen, wie du in deinem Innern bist. Und das macht dir grässliche Angst, nicht wahr? Weil man dich vielleicht erkennen könnte. Irgendjemandem könnte auffallen, dass du nicht der harte, kalte, gefühllose Mistkerl bist, der du vorgibst zu sein. Irgendjemand könnte erkennen, dass du fähig bist, Liebe zu geben und zu empfangen.«

»Schätzchen, die Idee mit der Liebe habe ich schon vor langer Zeit aufgegeben.«

»Und was war das gerade hier?« Sie zeigte auf das zerwühlte Bett.

»Sex.« Er ließ das Wort so schmutzig wie möglich klingen.

Rusty zuckte vor seinem verächtlichen Ton zurück, warf aber stolz den Kopf zurück. »Für mich war es das nicht, Cooper. Ich liebe dich.«

»Das sagtest du bereits.«

»Ich meine es auch so!«

»Du hast es in der Hitze des Gefechts gesagt, das zählt nicht.«

»Du glaubst mir nicht, dass ich dich liebe?«

»Nein. So etwas gibt es nicht.«

»Oh, die Liebe existiert.« Sie spielte ihre Trumpfkarte aus. »Du liebst dein ungeborenes Kind immer noch.«

»Sei still.«

»Du trauerst immer noch um das Kind, weil du es immer noch liebst. Und du liebst auch immer noch all die Männer, die du in dem Gefangenenlager hast sterben sehen.«

»Rusty …« Er stand von dem Bett auf und stellte sich drohend vor sie.

»Du hast zusehen müssen, wie deine Mutter ihr Leben lang Bitterkeit und Ärger in sich getragen hat. Sie brauchte das zum Leben. Willst du dein Leben auch auf diese Weise verschwenden?«

»Besser, als so zu leben wie du. Ständig zu versuchen, jemand zu sein, der du nicht bist.«

Feindseligkeit knisterte zwischen ihnen, so laut, dass keiner von ihnen beiden die Türglocke hörte. Erst als Bill Carlson nach seiner Tochter rief, wurde ihnen klar, dass sie nicht mehr allein waren.

»Rusty!«

»Ja, Vater.« Sie ließ sich auf die Bettkante fallen und zog sich hastig an.

»Alles in Ordnung? Wessen altes Schrottauto ist denn das da draußen?«

»Ich komme sofort, Vater.«

Cooper zog sich mit sehr viel mehr Fassung an als sie. Sie konnte nicht anders, sie fragte sich, ob er schon mal in einer kompromittierenden Situation überrascht worden war. Vielleicht bei dem unerwarteten Auftauchen eines Ehemanns …

Sobald sie angezogen waren, half er ihr aufzustehen und reichte ihr ihre Krücken. Zusammen verließen sie das Schlafzimmer und gingen durch die Halle. Mit hochrotem Kopf betrat Rusty das Wohnzimmer.

Ihr Vater lief ungeduldig im Zimmer auf und ab. Als er sich umdrehte und Cooper erblickte, wurde seine Miene hart vor Ablehnung. Er bedachte Cooper mit einem eisigen Blick und sah dann vorwurfsvoll zu seiner Tochter.

»Ich kann einfach keinen Tag vergehen lassen, ohne nach dir zu sehen.«

»Danke, Vater, aber es ist wirklich nicht nötig, dass du jeden Tag vorbeikommst.«

»Das sehe ich.«

»Du … du erinnerst dich an Mr. Landry?«

Die beiden Männer nickten sich kühl zur Begrüßung zu und maßen sich mit Blicken, wie Wettkämpfer, die abzuschätzen versuchten, wer wohl als Sieger aus dem Kampf hervorgehen würde. Cooper schwieg eisern, Rusty konnte vor Verlegenheit nicht sprechen. Carlson war derjenige, der das unangenehme Schweigen brach.

»Vielleicht ist es sogar ganz gut, dass ich euch beide hier zusammen antreffe«, sagte er. »Ich wollte etwas mit euch besprechen. Sollen wir uns nicht setzen?«

»Sicher«, stimmte Rusty nervös zu, »tut mir leid. Cooper?« Sie deutete auf einen Sessel. Cooper zögerte, doch dann ließ er sich in die Polster fallen. Seine Verstocktheit war nervenaufreibend. Sie warf ihm einen unglücklichen Blick zu. Die Gawrylows hatte er mit dem gleichen unheilvollen Misstrauen betrachtet, und die Erinnerung daran wühlte sie auf. Welche Vergleiche stellte Cooper in seinem Kopf zwischen ihrem Vater und den beiden Männern an? Sie setzte sich in den Sessel neben Carlson.

»Worum geht es denn, Vater?«

»Der Landdeal, den ich dir gegenüber vor ein paar Wochen erwähnt hatte.«

Rusty sank in sich zusammen. Alle Farbe wich aus ihrem Gesicht, ihre Handflächen wurden sofort feucht vor Aufregung. In ihren Ohren hörte sie bereits die Totenglocken läuten. »Ich dachte, das hätten wir schon erledigt.«

Carlson lächelte freundlich. »Nicht ganz. Aber jetzt. Die Investoren hatten Zeit und Gelegenheit, ihre Ideen zu Papier zu bringen. Und sie würden diese Vorschläge gern Mr. Landry unterbreiten.«

»Kann mir mal jemand sagen, worum, zum Teufel, es hier geht?«, ließ Cooper sich unhöflich vernehmen.

»Nein.«

»Aber gern«, widersprach Carlson seiner Tochter und begann sofort, in der ihm typischen dynamischen Art die verschiedenen Pläne für eine Erschließung des Landes um Rogers Gap inklusive Skiresort darzulegen.

Als krönenden Abschluss fügte er an: »Noch bevor wir damit fertig sind – natürlich arbeiten wir nur mit den innovativsten Architekten und Bauunternehmen zusammen –, wird dieses Gebiet Aspen, Vail und der Gegend um Lake Tahoe Konkurrenz machen. In ein paar Jahren, denke ich, könnten sogar die Olympischen Winterspiele dort stattfinden.« Er lehnte sich in den Sessel zurück und lächelte zufrieden. »Nun, Mr. Landry, was halten Sie davon?«

Cooper, der während Carlsons Vortrag mit keiner Wimper gezuckt hatte, stand aus dem Sessel auf und ging im Wohnzimmer auf und ab, so als würde er den Vorschlag von jedem Blickwinkel aus betrachten. Da ihm ein großer Teil des infrage kommenden Landes gehörte – Carlson hatte seine Hausaufgaben gemacht – und man ihm die Position des Koordinators bei dem Projekt anbot, stand hier eine Menge Geld für ihn in Aussicht.

Carlson blinzelte seiner Tochter zu, absolut sicher, dass die Kapitulation jeden Augenblick erfolgen würde.

»Was ich davon halte?«, wiederholte Cooper schließlich.

»Ja, das war meine Frage«, sagte Carlson jovial.

Cooper sah ihm direkt ins Gesicht. »Ich denke, Sie sind nicht ganz bei Trost und Ihre Idee ist absoluter Müll.« Er stieß die Worte aus, dass sie tonnenschwer im Raum lasteten. Dann fügte er noch hinzu: »Und das Gleiche gilt auch für Ihre Tochter.«

Er bedachte Rusty mit einem Blick, der sie hätte zu Stein erstarren lassen müssen. Er machte sich nicht einmal die Mühe, die Tür hinter sich zuzuknallen, als er hinausstapfte. Sie hörten, wie der Motor seines Wagens ansprang, dann das Knirschen des Kieses auf der Auffahrt, als er davonschoss.

Carlson schnaubte abfällig. »Siehst du, ich habe ihn von Anfang an richtig eingeschätzt.«

Mit dem Wissen, dass sie sich nie von der Verletzung erholen würde, die Cooper ihr zugefügt hatte, sagte Rusty: »Du könntest dich nicht mehr irren, Vater.«

»Er ist ein ungehobelter Kerl.«

»Er ist ehrlich.«

»Ein Mann ohne Ambitionen und Manieren.«

»Ohne Affektiertheit.«

»Und anscheinend ohne jegliches Moralgefühl. Er hat deine Einsamkeit schamlos ausgenutzt.«

Sie lachte leise. »Ich kann mich nicht mehr erinnern, wer wen ins Schlafzimmer gezerrt hat, aber ganz sicher hat er mich nicht dazu gezwungen, mit ihm ins Bett zu gehen.«

»Also habt ihr etwas miteinander?«

»Jetzt nicht mehr«, sagte sie mit Tränen in den Augen.

Cooper glaubte, auch sie hätte ihn betrogen, so wie die andere Frau, Melody. Er dachte, sie hätte sich zum Instrument ihres Vaters gemacht, hätte Schlafzimmertaktiken benutzt, um Profit zu machen. Er würde ihr nie vergeben, weil er ihr nicht glaubte, dass sie ihn liebte.

»Du hast also die ganze Zeit mit ihm geschlafen? Hinter meinem Rücken?«

Sie wollte anführen, dass sie im reifen Alter von siebenundzwanzig ihrem Vater keine Rechenschaft über ihr Liebesleben schuldig war. Aber was würde es nützen? Und es würde auch nichts ändern. Ihre Energie hatte sie verlassen. Alles war aus ihr entwichen, Kraft, Rückgrat, der Wille zu leben.

»Als wir in Kanada waren, ja. Wir haben miteinander geschlafen. Als er an jenem Tag mein Krankenhauszimmer verließ, ist er nach Hause gefahren. Seither habe ich ihn nicht mehr gesehen, bis heute.«

»Dann hat er wohl doch mehr Verstand, als ich ihm zugetraut habe. Ihm ist klar, dass du nicht zu ihm passt. Wie die meisten Frauen siehst auch du die ganze Situation durch die rosarote Brille. Du lässt dich von deinen Gefühlen leiten, anstatt von deinem Verstand. Ich hatte geglaubt, du wärest erhaben über solch weibliche Schwächen.«

»Nun, Vater, das bin ich nicht. Zufälligerweise bin ich eine Frau, und ich habe all die Schwächen und Stärken einer Frau.«

Er stand auf und kam auf sie zu, um sie versöhnlich zu umarmen. Da sie auf ihre Krücken gestützt stand, bemerkte er nicht, wie sie sich in seinen Armen versteifte. »Dieser Mr. Landry hat dich nur wieder aufgeregt. Er ist wirklich ein unflätiger Mistkerl, dir so etwas an den Kopf zu werfen. Glaub mir, Rusty, ohne ihn bist du besser dran.« Dann fuhr er brüsk fort: »Wie auch immer. Von seinem mangelnden Charme werden wir uns nicht stören lassen, wenn wir Geschäfte mit ihm machen. Ich gedenke mit unseren Plänen fortzufahren, auch gegen seine Einwände.«

»Vater, ich bitte dich …«

Er legte ihr einen Finger auf die Lippen, um sie zum Schweigen zu bringen. »Lass uns heute nicht mehr darüber reden. Morgen fühlst du dich schon wieder besser. Du bist einfach nur zu aufgewühlt. Die Operation direkt nach der Rettung anzusetzen war wahrscheinlich doch keine so gute Idee. Da ist es nur verständlich, dass du nicht du selbst bist. Irgendwann wirst du wieder zur Vernunft kommen und die alte Rusty sein. Ich habe volles Vertrauen, dass du mich nicht enttäuschen wirst.«

Er küsste sie auf die Stirn. »Gute Nacht, meine Liebe. Sieh dir diesen Vorschlag mal an.« Er zog eine Aktenmappe aus seinem schmalen Koffer und legte sie auf den Tisch. »Ich komme morgen vorbei, dann möchte ich deine Meinung dazu hören.«

Nachdem er gegangen war, verschloss Rusty die Tür und ging in ihr Schlafzimmer. Sie gönnte sich ein langes, heißes Bad, wie jeden Tag, da der Arzt ihr versichert hatte, dass es ihrem

253

Bein nicht schaden würde. Doch selbst nachdem sie abgetrocknet und eingecremt war, hatte sie die Spuren ihres Liebesspiels mit Cooper nicht auslöschen können.

Die zarte Haut an ihren Oberschenkeln war gerötet und prickelte angenehm, ihre Lippen waren geschwollen und sehr empfindsam. Jedes Mal, wenn sie sich mit der Zunge darüber fuhr, konnte sie Cooper schmecken.

Ihr Bett erschien ihr auf einmal so groß und verlassen wie ein Fußballfeld nach Saisonende. Die Laken rochen nach Cooper. In ihrem Geist durchlebte sie noch einmal jede Minute des Nachmittags, den sie miteinander verbracht hatten, das gegenseitige Vergnügen, das sie sich bereitet hatten, die erotischen Gespräche. Selbst jetzt noch hallten seine vielsagenden Bemerkungen in ihrem Kopf wider, jagten ihr eine neuerliche Hitzewelle durch den Körper.

Sie sehnte sich nach ihm. Die Aussicht auf eine endlose Reihe von unausgefüllten Tagen und einsamen Nächten war wahrlich kein Trost.

Sie hatte natürlich ihre Arbeit.

Und ihren Vater.

Ihren großen Freundeskreis.

Die gesellschaftlichen Unternehmungen.

Das war nicht genug.

Dort, wo der Mann sein sollte, den sie liebte, war ein großes Loch.

Sie setzte sich im Bett auf und presste das Betttuch an sich, so als würde diese Erkenntnis verschwinden, wenn sie sich nicht so lange festhielt, bis sie etwas unternehmen konnte.

Sie hatte zwei Möglichkeiten. Entweder sie rollte sich auf die Seite und stellte sich tot. Oder sie konnte um ihn kämpfen. Ihr stärkster Gegner war Cooper selbst. Er war stur wie ein Esel und von Grund auf misstrauisch. Aber irgendwann würde sie ihn kleinkriegen und ihn überzeugen, dass sie ihn liebte und er sie.

Ja, denn das tat er! Er konnte es leugnen bis zum letzten Atemzug, aber sie würde nie glauben, dass er sie nicht liebte. Denn direkt nachdem ihr Vater diese ungeheuerliche Ankündigung gemacht hatte, kurz bevor Coopers Miene hart und verschlossen vor Verachtung geworden war, hatte sie den Schmerz gesehen. Und sie hätte diese Macht nicht, ihn zu verletzen, wenn er sie nicht lieben würde.

Sie legte sich wieder zurück, zufrieden und glücklich mit ihrem Beschluss. Sie wusste genau, was sie am Morgen zu tun hatte.

Ihren Vater erwischte es kalt. Ein gewiefter Stratege wie der listigste Viersternegeneral, hatte er eines außer Acht gelassen – den Überraschungsangriff.

Als Rusty am nächsten Morgen unangemeldet in sein Büro rauschte, sah er völlig verdutzt von seinem weißen Hochglanzschreibtisch auf.

»Ja, Rusty!«, rief er aus. »Was … für eine nette Überraschung.«

»Guten Morgen, Vater.«

»Wieso bist du hier? Ich meine, der Grund ist eigentlich unwichtig, ich bin froh, dass du wieder Unternehmungsgeist zeigst.«

»Ich wollte mit dir sprechen und hatte keine Lust darauf zu warten, irgendwann in deinen vollen Terminkalender gequetscht zu werden.«

Er zog es vor, ihre Kritik zu ignorieren und kam mit ausgestreckten Armen hinter dem Schreibtisch hervor. »Dir geht es besser, das sehe ich sofort. Hat Mrs. Watkins dir schon einen Kaffee angeboten?«

»Ja, aber ich möchte keinen.«

Er betrachtete ihren lässigen Aufzug. »Scheinbar hast du nicht vor, in dein Büro zu gehen.«

»Nein.«

255

Er legte den Kopf leicht schief, wartete auf eine Erklärung. Als keine erfolgte, fragte er: »Wo sind deine Krücken?«

»Im Auto.«

»Du bist mit dem Wagen hier? Du solltest doch nicht ...«

»Ja, ich bin selbst gefahren. Ich wollte auf meinen eigenen Beinen hierher kommen und auf meinen eigenen Beinen vor dir stehen.«

Er trat einige Schritte zurück und setzte sich auf die Schreibtischkante. Er kreuzte die Füße und verschränkte die Arme vor der Brust. Rusty kannte die Haltung nur zu gut. Er nahm sie immer dann ein, wenn er den Rückzug antrat, aber sein Gegenüber das nicht wissen sollte. »Ich gehe davon aus, dass du dir den Vorschlag gründlich angesehen hast.« Er deutete mit dem Kopf auf die Mappe, die sie unter dem Arm trug.

»Ja.«

»Und?«

Sie riss die Unterlagen in der Mitte durch und warf die beiden Hälften auf den glänzenden Schreibtisch. »Halte dich von Cooper Landry fern. Lass das Rogers-Gap-Projekt fallen.«

Er lachte nur über ihre hochtrabende Geste und breitete die Arme mit einem hilflosen Schulterzucken aus. »Dafür ist es ein bisschen zu spät, Rusty, Liebes. Der Stein ist bereits ins Rollen gebracht.«

»Dann halte ihn auf.«

»Das kann ich nicht.«

»Dann wirst du ernsthafte Schwierigkeiten mit deinen Investoren bekommen, Vater«, sie lehnte sich vor, »denn ich werde persönlich und öffentlich gegen dich angehen. Ich werde jede Naturschutzvereinigung zum Protest gegen dieses Unternehmen aufhetzen. Ich kann mir nicht denken, dass du das willst.«

»Rusty, um Himmels willen, komm endlich wieder zu Verstand.«

»Genau das bin ich. Irgendwann zwischen Mitternacht und zwei Uhr morgens bin ich zu Verstand gekommen. Ich habe erkannt, dass es etwas gibt, das mir viel wichtiger ist als jeder Immobiliendeal. Sogar wichtiger, als deine Anerkennung zu erlangen.«

»Etwa Landry?«

»Ja.« Ihre Stimme war fest, nichts würde sie von ihrer Überzeugung abbringen können.

Carlson versuchte es trotzdem. »Du würdest alles für diesen Mann aufgeben? Alles, wofür du so hart gearbeitet hast?«

»Meine Liebe zu Cooper wird nichts von dem zerstören, was ich in der Vergangenheit erreicht habe oder in Zukunft erreichen werde. Die Liebe kann nur bereichern, nicht verwüsten.«

»Ist dir eigentlich klar, wie albern und unreif du dich anhörst?«

Sie war nicht beleidigt, sie lachte leise. »Ja, wahrscheinlich. Verliebte plappern oft dummes Zeug, nicht wahr?«

»Das ist nicht lustig, Rusty. Wenn du das tust, ist die Entscheidung unwiderrufbar. Wenn du deine Position hier aufgibst, dann war es das.«

»Das glaube ich nicht, Vater.« Sie wusste, dass er bluffte. »Denk doch nur, wie schlecht es für das Geschäft wäre, wenn du deinen besten Mitarbeiter feuerst.« Sie zog einen Schlüssel aus der Tasche ihres Nylonblousons und legte ihn auf den Tisch. »Für mein Büro. Ich nehme Urlaub auf unbestimmte Zeit.«

»Du machst dich zur Närrin.«

»Am Great Bear Lake habe ich mich zur Närrin gemacht. Aber das habe ich auch aus Liebe getan.« Sie drehte sich auf dem Absatz um und marschierte zur Tür.

»Wohin gehst du?«, brüllte Bill Carlson. Er war nicht daran gewöhnt, so einfach stehen gelassen zu werden.

»Nach Rogers Gap.«

»Und dann?«

Rusty drehte sich zu ihrem Vater um. Sie liebte ihn, sehr sogar. Aber sie konnte ihr eigenes Glück nicht mehr für seines opfern. Mit unerschütterlicher Überzeugung sagte sie: »Und dann werde ich etwas tun, das Jeff nie gekonnt hätte: Ich werde ein Baby bekommen.«

Epilog

Rusty stand auf den Felsen und atmete tief die kühle Luft ein. Diese Aussicht langweilte sie nie. Sie blieb immer die Gleiche, und doch änderte sie sich ständig. Heute spannte sich der Himmel blau wie chinesisches Porzellan über die Erde. Noch immer lag Schnee auf den Bergspitzen, die sich am Horizont abzeichneten. Die kahlen Bäume zeigten die ersten grünen Knospen, Boten des Frühlings.

»Ist dir nicht kalt?«

Ihr Mann trat hinter sie und legte die Arme um sie. Sie schmiegte sich an ihn. »Jetzt nicht mehr. Wie geht es dem Fohlen?«

»Es frühstückt gerade. Mutter und Kind sind wohlauf.« Sie lächelte und neigte den Kopf, als Cooper mit den Lippen über ihren Hals fuhr und an ihrem Ohrläppchen knabberte. »Und wie geht es der anderen Mutter?«

»Noch bin ich keine Mutter.« Sie strahlte vor Glück, als er mit den Händen über ihren geschwollenen Leib strich.

»Für mich sieht das aber so aus.«

»Du findest meine neue Figur wohl amüsant, was?« Mit gerunzelter Stirn blickte sie ihn über die Schulter hinweg an. Aber es war unmöglich, ihn lange tadelnd anzusehen, wenn sein Gesicht so viel Liebe ausdrückte.

»Ich liebe diese Figur.«

»Ich liebe dich.«

Sie küssten sich. »Ich liebe dich auch«, murmelte er, als ihre Lippen sich voneinander lösten. Worte, von denen er immer gedacht hatte, er würde sie unmöglich aussprechen können, kamen jetzt ganz selbstverständlich über seine Lippen. Sie hatte ihn gelehrt zu lieben.

»Dir blieb ja gar keine andere Wahl.«

»Ja, ich weiß noch, wie du an dem Abend vor meiner Tür standest, zerzaust und struppig wie ein ausgesetztes Kätzchen im Gewittersturm.«

»Wenn man bedenkt, was ich hinter mir hatte, fand ich eigentlich, dass ich recht gut aussah.«

»Ich wusste nicht, ob ich dich küssen oder gleich in die Wanne stecken sollte.«

»Du hast beides getan.«

»Ja, aber das Baden kam erst sehr viel später.«

Sie lachten, doch dann wurde er ernst. »Ich konnte nicht glauben, dass du allein den ganzen Weg hierher gefahren bist. Hattest du denn den Wetterbericht nicht gehört? Die Sturmwarnungen? Du bist durch den ersten schweren Schneesturm der Wintersaison gefahren. Wenn ich daran denke, überkommt mich jetzt noch die Angst.« Er zog sie enger an sich heran, legte die Hände auf ihre Brust und vergrub das Gesicht in ihrem Haar.

»Ich musste dich einfach sehen, bevor mich der Mut verließ. Ich wäre auch durch die Hölle gegangen, um hierher zu kommen.«

»Das bist du ja auch fast.«

»Damals schien es mir gar nicht so schlimm. Außerdem habe ich einen Flugzeugabsturz überlebt. Was ist da schon ein bisschen Schnee?«

»Das war wohl kaum ein ›bisschen‹ Schnee. Und dann auch noch mit deinem verletzten Bein Auto zu fahren.«

Sie zuckte nur die Achseln. Zu beider Entzücken hoben und senkten sich ihre Brüste bei der Bewegung in seinen Händen. Er massierte sie sanft, wohl wissend, welche Unbequemlichkeiten sie Rusty seit Beginn der Schwangerschaft bereiteten.

»Empfindlich?«

»Ein bisschen.«

»Soll ich aufhören?«

»Niemals.«

Zufrieden mit ihrer Antwort, stützte er das Kinn auf ihren Kopf und massierte weiter.

»Ich bin froh, dass die Operationen an meinem Bein bis nach der Geburt verschoben worden sind«, sagte sie. »Das heißt, wenn es dir nichts ausmacht, ständig diese hässliche Narbe ansehen zu müssen.«

»Ich mache doch immer die Augen zu, wenn wir uns lieben.«

»Ich weiß. Ich ja auch.«

»Woher willst du dann wissen, dass meine Augen geschlossen sind?«, neckte er sie.

Sie lachten wieder, denn keiner von beiden schloss die Augen. Sie waren beide viel zu hingerissen davon, den anderen und sich selbst in der Hitze der Leidenschaft zu beobachten und sie noch weiter zu schüren.

Zusammen schauten sie zu dem Falken auf, der träge seine Kreise über den Bergen zog.

»Weißt du noch, was du zu mir gesagt hast, als ich damals die Tür öffnete?«, fragte Cooper.

»Ja. Ich sagte: ›Du wirst mich dich lieben lassen, Cooper Landry, und wenn es dich umbringt‹.«

Er lachte leise, und ihm wurde warm ums Herz, wie damals an jenem Abend, wenn er daran dachte, welchen Mut es sie gekostet haben musste, zu ihm zu kommen und ihm das zu sagen. »Was hättest du gemacht, wenn ich dir die Tür vor der Nase zugeknallt hätte?«

»Aber das hast du nicht.«

»Aber wenn ich es getan hätte?«

Sie überlegte einen Moment. »Wahrscheinlich hätte ich sie eingeschlagen, wäre hereingekommen, hätte mir die Kleider vom Leib gerissen, dir meine ewige Liebe erklärt und dir mit Gewalt gedroht, wenn du mich nicht wiederlieben würdest.«

»Genau das hast du doch getan.«

»Ach ja.« Sie kicherte. »Nun, ich hätte eben weitergemacht, bis du deinen Widerstand aufgegeben hättest.«

Er küsste sie aufs Ohr. »Du bist auf die Knie gefallen und hast mich angefleht, dich zu heiraten und dir ein Kind zu schenken.«

»Wie gut deine Erinnerung doch funktioniert.«

»Das war aber nicht alles, was du da unten auf den Knien getan hast.«

Sie drehte sich in seinen Armen um und flötete: »Ich habe nicht gehört, dass du dich beschwert hättest. Oder sollte dieses Gestammel und Gestöhne etwa eine Beschwerde gewesen sein?«

Er warf den Kopf zurück und lachte lauthals. Etwas, das er jetzt häufig tat. Sicher, es gab auch Zeiten, da fiel er in seine düstere Grübelei zurück, wurde zu dem in sich gekehrten Mann, der er einmal gewesen war. Dann durchlebte er in Gedanken noch einmal die unglücklichen Phasen seines Lebens. Aber sie konnte ihn aus dieser Stimmung immer wieder rausholen. Mit Geduld und Liebe löschte sie Schritt für Schritt die schlechten Erinnerungen und ersetzte sie durch gute, glückliche Bilder.

Jetzt drückte sie ihm einen Kuss auf den starken, gebräunten Hals. »Wir sollten uns besser für die Reise nach L. A. fertig machen.«

Einmal im Monat fuhren sie in die Stadt und verbrachten zwei, drei Tage in Rustys Haus. Dann gingen sie in den besten Restaurants essen, besuchten Konzerte und sahen sich Filme im Kino an oder waren auf Partys eingeladen. Rusty hielt den Kontakt zu ihren alten Freunden und war glücklich über die neuen Freundschaften, die Cooper und sie als Paar pflegten. Cooper konnte äußerst charmant sein, wenn er es darauf anlegte, und war ein interessanter Gesprächspartner, der sich auf vielen Gebieten auskannte.

Während der Zeit in der Stadt kümmerte Rusty sich um die vielfältigen geschäftlichen Angelegenheiten, die sie dort erwarteten. Nach ihrer Hochzeit war sie zur Vizepräsidentin der Immobilienfirma ihres Vaters befördert worden.

Cooper arbeitete als ehrenamtlicher Berater in einer Selbsthilfeorganisation für Kriegsveteranen. Er hatte einige Programme initiiert, die überall im Land eingesetzt wurden.

Arm in Arm wanderten sie jetzt eng umschlungen zum Haus zurück, das in einen kleinen Pinienhain gebaut war und das ganze Tal überblickte. Pferde und Rinder grasten auf den Bergweiden.

»Weißt du«, hob er an, als sie ihr Schlafzimmer mit der breiten Fensterfront betraten. »Dieses Gerede über den Abend, als du hier angekommen bist, hat mich richtig aufgeregt und erhitzt.« Cooper knöpfte sein Hemd auf.

»Du bist immer aufgeregt und erhitzt.« Rusty zog sich ihren Rollkragenpullover über den Kopf. Wenn sie allein zu Hause waren, trug sie nie einen BH.

Den Blick unverwandt auf ihre Brüste gerichtet, öffnete er den Verschluss seiner Jeans und kam auf sie zu. »Und es ist immer deine Schuld.«

»Du begehrst mich also immer noch, obwohl ich so aus der Form gegangen bin?«

Statt einer Antwort griff er ihre Hand und legte sie auf seine Männlichkeit. »Ich begehre dich.« Er stöhnte leise, als sie ihn zu massieren begann, und küsste ihre Brust. »Solange du du selbst bist, Rusty, werde ich dich immer lieben.«

»Das ist auch gut so«, seufzte sie. »Denn genau wie nach dem Flugzeugabsturz hast du mich jetzt wie einen Mühlstein am Hals. Auf ewig.«

– ENDE –

Rebecca Daniels

So verführerisch wie deine Stimme

Roman

Aus dem Amerikanischen von
Patrick Hansen

1. Kapitel

»Er hat gesagt, dass er es nicht so lange aushält, weißt du, ohne ... na ja ... ohne es.«

»Ohne Sex?«

»Er ist ein Mann, er hat Bedürfnisse.«

»Und das war, während du im Streckverband lagst?«

»Genau. Sechs Wochen lang. Er hat gesagt, es dauert nur so lange. Nur solange ich ... nicht kann. Er hat versprochen, danach würde es aufhören, und er würde sich nicht mehr mit ihr treffen, wenn ich erst wieder ... na ja, wenn wir wieder ... wieder ...«

»Wir wissen, was du meinst. Und das war für dich okay?«

»Er ist ein Mann, er hat ...«

»Bedürfnisse. Ja, das sagtest du bereits.«

»Aber dann, als ich aus dem Krankenhaus nach Hause kam, habe ich ihn gefunden. Den Brief.«

»Den Abschiedsbrief?«

»Ja.«

»Und er war längst weg, richtig?«

»Er ist mit ihr nach Alaska gefahren. Sie wollen Gold suchen.«

»Gold? Wow!«

»Gold?«

»Ja, deshalb braucht er auch meinen Wagen, hat er geschrieben.«

»Deinen Wagen?«

»Er hat Allradantrieb, er musste ihn sich ausleihen, weißt du, um in die Berge zu kommen.«

267

»Er hat ihn sich nicht ausgeliehen, Lady, er hat ihn gestohlen.«

»*Er hat deinen Wagen genommen, ohne dich zu fragen?*«

»*Er hat ihn nur ausgeliehen. Er hat mir versprochen, ihn zurückzugeben, wenn sie reich sind.*«

»*Das nenne ich nicht Ausleihen, Sally. Das nenne ich Autodiebstahl.*«

Jake lächelte.

»*Aber ich vermisse ihn, Jane.*«

»Du meine Güte, Lady, lass gut sein.«

»*Sally, lass gut sein. Du vermisst ihn nicht, du kannst froh sein, ihn los zu sein. Er hat dich nicht verlassen, er hat dir einen Gefallen getan.*«

Jakes Lächeln wurde breiter. Es war nicht das erste Mal, dass sie dasselbe dachten. »Sag's ihr, Jane.«

»*Du kannst von Glück sagen, dass diese Beziehung dich nur deinen Wagen gekostet hat.*«

»*Aber … aber ich liebe ihn.*«

»*Nun ja, wenn du das tust, verdient er deine Liebe nicht, Sally. Aber es wird jemanden geben, der sie verdient. Meint ihr nicht auch? Gibt es dort draußen jemanden, der einen Rat für die traurige Sally in Savannah hat? Oder die Geschichte einer verlorenen Liebe? Meldet euch bei mir. 1-800-NIGHT TALK. Ihr hört* Lost Loves, *ich bin Jane Streeter, eure Gastgeberin, und hier kommt sanfte Musik für aufgewühlte Herzen.*«

Jake machte es sich auf dem schmalen Liegestuhl so bequem wie möglich, lauschte dem Saxofon und schaute zum nächtlichen Himmel hinauf. Es war spät, und er musste früh aufstehen, aber er war nicht müde. Die Musik, die Geschichten der Anrufer und vor allem die samtige Stimme von Jane Streeter, der Moderatorin der Radio-Talkshow, hatten ihn wach gehalten.

Sollte ihn allerdings jemand fragen, würde er bis zum letzten Atemzug bestreiten, dass er zur landesweiten Hörerschar von

Lost Loves zählte. Schließlich hörten *echte* Männer sich keine Sendung an, in der es um »verlorene Liebe« ging. Aber wenn man allein auf dem Gipfel eines Bergs lebte, waren die Nächte lang, und Jane Streeters unter die Haut gehende Stimme half ihm, sich die Zeit zu vertreiben.

In der Schwärze auf der anderen Seite des Canyons tief unter ihm flackerte plötzlich ein winziges Licht auf. Automatisch griff Jake nach dem Fernglas. Kein Feuer, nichts Aufregendes, aber er würde es trotzdem überprüfen.

Er richtete den Feldstecher auf den leuchtenden Fleck. Nur ein Autoscheinwerfer auf der schmalen Bergstraße. Zu spät für Camper. Außerdem war noch keine Saison. Der Campingplatz würde erst in sechs Wochen öffnen. Vermutlich ein Bewohner von Vega Flats, dem kleinen Dorf, das dreitausend Fuß und fünfzehn sehr zerklüftete Meilen unterhalb des Turms lag. Wahrscheinlich Mac, der zu seinem Blockhaus auf dem Kamm zurückkehrte, nachdem er seine Taverne im Ort geschlossen hatte. Oder Ruby aus dem Köderladen, die nach Nachtkäfern oder einem verirrten Fohlen aus ihrer frei laufenden Herde suchte.

Jake folgte dem langsamen Weg der Scheinwerfer über die kurvenreiche Passstraße, bis sie in der dichten Vegetation verschwanden. Eigentlich hatte er vor, morgen in Flats vorbeizufahren, um seine Post abzuholen. Danach würde er sich den Erdrutsch am Wanderpfad zum östlichen Kamm ansehen. Vorsichtshalber würde er einen Blick auf den Abschnitt der Passstraße werfen, nur um sicher zu sein, dass der nächtliche Autofahrer sein Ziel erreicht hatte. Sie war schon am Tag gefährlich genug, nachts konnte sie tödlich sein.

»Da sind wir wieder, und wir haben Miss Priss aus Mississippi bei uns. Was möchtest du der traurigen Sally sagen?«

»Jane, nur eins. Und zwar soll sie heilfroh sein, den Mistkerl los zu sein. Hoffen wir für sie, dass er nicht zurückkommt.«

Miss Priss legte auf, und Jane lachte.

»Okay, Miss Priss, danke für den Rat. Rita in Rialto, wie lautet dein Tipp für Sally? Was soll ein Mädchen tun, wenn ihr Mann mit ihrem Geländewagen und der Nachbarin durchbrennt?«

»Ja, ich bin dran, Jane. Sally, Honey, wenn mein Mann mir das antun würde, würde er ein ernsthaftes Gespräch mit meiner Fünfundvierziger führen.«

»Fünfundvierziger? Autsch!« Lachend ließ Jake das Fernglas sinken.

»Wow, Rita, das ist hart, findest du nicht? Im Krieg und in der Liebe ist alles erlaubt, was?«

»Oh, ich würde ihn nicht erschießen, Honey, sondern ihn nur zu Tode erschrecken. Und wenn das nicht reicht, hätte ich noch einen Freund drüben in San Bernardino, der ihn so bearbeiten kann, dass die Nachbarin nicht mehr viel Freude an ihm hat.«

Jake schüttelte den Kopf. »Raue Sitten in Rialto.«

»Okay, Rita in Rialto, danke für den Anruf. Hier kommt Harry von der Ostküste. Harry, was meinst du?«

»Ich finde, du hast recht, Jane. Es gibt dort draußen viele gute Männer, Sally. Vergiss den Schuft. Du bist zu gut für ihn, und lass dich nie wieder so respektlos behandeln.«

»Ein weiser Rat, Harry, danke. Und jetzt haben wir eine traurige Geschichte aus dem Nordwesten. Tim aus Tacoma. Du bist dran, Tim. Sprich mit mir.«

Jake lehnte sich wieder zurück, streckte die langen Beine aus und ließ sie über das Geländer baumeln. Es war ein milder Winter gewesen, und der Frühling war früher als sonst gekommen. Aber obwohl die ersten Märztage mild waren, herrschte um Mitternacht bittere Kälte, vor allem auf der Galerie, die die Kuppel des Beobachtungsturms umgab. Stellenweise lag noch Schnee, und das Thermometer, das am Pfosten neben der Tür hing, zeigte zwei Grad plus.

Er zog die Jacke fester um sich und griff nach dem Glas Wein. Die Kälte machte ihm nichts aus, aber selbst wenn, wäre er nicht hineingegangen. Der Himmel war ein Sternenmeer und eine kalte Nase und rote Ohren wert.

Er leerte das Glas und lauschte Janes erotischer Stimme. Es war still auf dem Berg, und sie driftete in die Dunkelheit hinaus wie der Wind durch die Mammutbäume. Es war die Musik gewesen, die ihn zuerst an *Lost Loves* gereizt hatte, eine Mischung aus modernem und klassischem Jazz, aber es hatte nicht lange gedauert, bis er sich auch den Rest angehört hatte – vor allem die Moderatorin selbst.

Jake hielt nicht viel von Talkshows, aber Janes Antworten waren so spontan und ungekünstelt, dass sie ihn neugierig machten. Die Frau erschien ihm natürlich und ohne die üblichen Allüren und aufgesetzte Melodramatik, die ihn an anderen Medienleuten so störte. Es war diese Art, ihre Kommentare, ihr Humor, der ihn Nacht für Nacht *Lost Loves* einschalten ließ – und ihre sexy Stimme.

»So, das war's für diese Nacht. Vergesst nicht, morgen wieder einzuschalten. Dann vertritt mich hier die schlaue Füchsin Nancy Fox, während ich meinem Herzen eine kleine Erholungspause gönne.«

»Wer hat es dir gebrochen, Jane?«, fragte Jake, während er das Glas und den Feldstecher nahm und langsam aufstand.

»Aber am Montag bin ich wieder da. Mit dem besten Jazz und dem Schlimmsten, was die Liebe hervorbringt. Bis dahin seid ihr bei der Füchsin in den besten Händen.«

»Aber die ist nicht Jane«, meinte Jake. In den sechs Monaten, die er jetzt schon zuhörte, hatte ihre Vertreterin ihn jedes Mal gelangweilt. Aber dieses Mal störte es ihn nicht. Wegen Teds Hochzeit würde er die Talkshow in den nächsten Nächten sowieso verpassen.

Die Vorstellung, dass er bald den Berg verlassen und nach Los Angeles zurückkehren musste, ließ in ihm die verschiedensten Gefühle aufsteigen, und plötzlich fror er – was absolut nichts mit der Kälte zu tun hatte. Die Jacke schützte ihn vor der frostigen Nachtluft, aber nicht vor dem, was die Erinnerung in ihm weckte.

»Und vergesst nicht, die Liebe kann wunderschön sein, aber wenn sie vorbei ist, sind wir da, um euch zu helfen. Dies war Jane Streeter mit Lost Loves. *Träumt, hofft und liebt, bis es wehtut. Bis zum nächsten Mal und gute Nacht.«*

Jake warf einen letzten Blick zum Himmel hinauf. Der Wind hatte zugenommen, wisperte durch die Baumkronen und ließ die Temperatur noch weiter abnehmen. Er schaltete den Wandlautsprecher aus und schob die Tür auf.

Die Rangerstation LP6 saß mit ihren soliden Steinmauern und dem dreißig Fuß hohen Beobachtungsturm auf dem Gipfel des Mount Holloway. In den drei Jahren, in denen Jake jetzt hier arbeitete, hatte er sich an das wechselhafte Wetter gewöhnt. Dieser – auch Eagle's Eye genannte – Posten im entlegensten Teil des kalifornischen Nationalforsts Los Padres war nicht gerade begehrt, denn es gab nur wenige Ranger, die die Einsamkeit und die harten Lebensbedingungen lange ertrugen. Aber Einsamkeit war genau das, was Jake gesucht hatte, als er Ranger geworden war. Er hatte allein sein wollen, so weit wie möglich von anderen Menschen, der Polizei von Los Angeles und seinen Erinnerungen entfernt.

Valerie hatte ihm vorgeworfen, dass er davonlief – vor ihr, ihrer Ehe und all den Gründen, aus denen sie nicht funktionierte. Aber ihre Beziehung war schon zuvor in eine Krise geraten, lange bevor es einen angeklagten Drogendealer und einen wichtigen Belastungszeugen gegeben hatte.

Zehn Jahre war er Polizist gewesen, und wie er fand, ein verdammt guter. Er hatte hart gearbeitet und viele Überstunden gemacht, um nach oben zu gelangen. Der Lohn für seine Anstrengungen war das Kommando über eine Spezialeinheit gewesen, die einem von Los Angeles aus operierenden Drogenring das Handwerk legen sollte. Aber zugleich wurde seine Karriere zur Belastung für seine Ehe. Er versprach Valerie,

Urlaub zu nehmen, sobald der Auftrag erledigt war, und mit ihr zusammen an der Beziehung zu arbeiten – und wer weiß, vielleicht hätten sie noch etwas retten können, wenn alles so gelaufen wäre, wie es geplant war. Doch das würde er jetzt nie mehr erfahren, denn das Schicksal hatte sich eingemischt, und alles war anders gekommen.

Er hängte das Fernglas an den Haken und schaltete das Licht und die Stereoanlage aus. Im Turm wurde es dunkel. Nur die Wendeltreppe, die von der Beobachtungsplattform nach unten führte, war noch schwach beleuchtet. Jake dachte nicht gern an sein altes Leben, aber manchmal half weder die Zeit noch die Entfernung gegen die Erinnerungen.

Ricky Sanchez. Ein Mann, der sein ganzes Leben schwer gearbeitet hatte. Ein anständiger Familienvater. Ein Mann, den Jake niemals vergessen würde.

Es war eine warme Nacht im Juni gewesen. Wie immer hatte Ricky Sanchez in einem der Wolkenkratzer von L. A. die Korridore gebohnert, die Abfalleimer geleert und die Waschräume gesäubert. Aber in jener Nacht war er zur falschen Zeit am falschen Ort. Von einer Abstellkammer aus wurde Ricky zum Zeugen eines millionenschweren Rauschgiftgeschäfts mit tödlichem Ausgang.

Damals wusste Ricky noch nicht, dass der Mann, der vor seinen Augen einem Rivalen eine Kugel in den Kopf gejagt hatte, der berüchtigte Drogenbaron Donnie Hollywood war. Aber sein Instinkt sagte ihm, dass er sich verstecken musste, wenn er überleben wollte. Also tat er genau das und kauerte noch immer zitternd in einem Kriechboden, als die Polizei ihn am nächsten Morgen fand.

Jake erinnerte sich noch an den Adrenalinstoß, den Rickys Aussage in ihm ausgelöst hatte. Seit Monaten hatten sie versucht, etwas gegen Hollywood in die Hand zu bekommen. Etwas, mit dem sie ihn für immer aus dem Verkehr ziehen konnten. Jedes Mal war er ihnen entwischt, aber jetzt hatte er eine

Mordanklage am Hals, und Rickys Auftritt vor Gericht würde ihn für den Rest seines Lebens hinter Gitter bringen.

Natürlich war es keine Überraschung, als sich herumsprach, dass Hollywood eine Prämie auf Rickys Kopf ausgesetzt hatte. Die Behörden hatten bereits Schritte unternommen, um den Hauptbelastungszeugen zu schützen, und Jake war sicher, dass sie alles Erforderliche getan hatten. Er war in einem sicheren Haus untergebracht worden, wurde rund um die Uhr bewacht, und niemand außer Jake, dem Staatsanwalt und einigen ausgewählten Beamten der Spezialeinheit wusste, wo er sich aufhielt.

Mit allem hatte Jake gerechnet, aber nicht damit, dass ausgerechnet einer seiner eigenen Leute Ricky verraten würde. Hollywood hatte geschafft, was Jake ihm nie zugetraut hätte – er hatte einen Kollegen umgedreht. Das war ein Fehler, den Jake sein Leben lang bereuen würde. Ein Fehler, der nicht nur Ricky, sondern auch zwei ehrliche Polizisten ins Grab gebracht hatte.

Jake blieb an der Treppe stehen und starrte nach unten. Das Gefühl, verraten worden zu sein, war überwältigend gewesen. Aber am schlimmsten war das Wissen, versagt zu haben. Ricky hatte ihm und der Spezialeinheit sein Leben anvertraut, und sie hatten ihn im Stich gelassen. Bei der Beerdigung hatte Rickys Witwe Jake gesagt, dass sie ihm verzieh, und seitdem verfolgten ihre Worte ihn. Wie konnte sie ihm verzeihen, wenn er sich selbst nicht verzeihen konnte?

Er ging nach unten und über den Korridor in seine kleine Wohnung. Die Beerdigung war über drei Jahre her. Genau drei, seit Valerie ihn verlassen hatte und er bei der Polizei ausgeschieden war. Er hatte versagt – beruflich wie privat. Seine Frau hatte gelitten, und ein unschuldiger Mann hatte mit seinem Leben bezahlt. Wie konnte er das jemals vergessen?

Er hatte gehofft, dass das Alleinsein ihm helfen würde, sein Schuldgefühl zu überwinden, die Vergangenheit hinter sich zu lassen und ein neues Leben zu beginnen. Aber langsam fing er an zu glauben, dass das nie geschehen würde. Ted hatte ihm gesagt, dass die Zeit die Wunden heilen würden, aber sie schmerzten noch immer, als wären sie frisch.

Jake schaltete das Licht in der Küche an. Die Station war für zwei Ranger gebaut worden, mit einer Wohnung im Fuß des Turms und einer anderen über der separaten Garage. Aber in Zeiten knapper Kassen war LP6 mit nur einem Ranger besetzt, und Jake hatte sich für die Wohnung entschieden, zu der die gemeinsame Küche und der Kamin gehörten. Außerdem war er hier dem modernen Kommunikationssystem näher, das ihn mit der Außenwelt verband.

Er stellte das Glas in die Spüle und ging ins Schlafzimmer. Obwohl ihm war, als würde er frühestens in zwölf Stunden wieder aufwachen, konnte er trotz seiner Erschöpfung einfach nicht abschalten.

Vielleicht lag es daran, dass er den Berg verlassen würde. Möglicherweise würde es ihm gut tun, einen kurzen Ausflug in die Zivilisation zu unternehmen, alte Bekannte zu treffen, ungesund zu essen und sich ein paar Drinks zu viel zu gönnen. Außerdem hatte er es nicht fertiggebracht, zu Ted Nein zu sagen.

Ted Reed war Lieutenant bei der Polizei von Los Angeles und für ihn wie ein Bruder. Jake war sicher, dass er die Monate nach Rickys Tod und der Scheidung von Valerie ohne Ted nicht überstanden hätte. Sie waren zusammen in einem Viertel aufgewachsen, in dem man wissen musste, wem man vertrauen konnte – und Ted hatte sein Vertrauen mehr als ein Mal gerechtfertigt. Irgendwie schafften sie es beide, die Armut und die Gewalt zu überleben und einen anständigen Beruf zu ergreifen. Gemeinsam gingen sie auf die Polizeiakademie, und stets halfen sie einander in den zehn Jahren bei der Polizei. Die harten Zeiten hatten ein festes Band zwischen ihnen gewoben.

Ted war es fast peinlich gewesen, Jake zu bitten, sein Trauzeuge zu werden. Als erwachsene Männer und Polizisten hatten sie gelernt, sich bedeckt zu halten und ihre Gefühle nicht zu offenbaren. Ted hatte ihm nicht viel über die Frau erzählt, die er heiraten wollte, aber Jake hatte auch so gespürt, was sein Freund für sie empfand.

Die Hochzeit sollte in ein paar Tagen stattfinden, und Jake hatte vor, nach Los Angeles zu fahren, sobald er sich den Wanderpfad angesehen hatte. Obwohl die Station abgelegen war, hatte sie Nachbarn. Da war Clayton Fowler, sein Kollege in Cedar Canyon achttausend Fuß tiefer am Fuß des Berges. Und da Jake regelmäßig nach Vega Flats fuhr, waren alle aus der kleinen, aber bunten Schar der Einwohner seine Freunde geworden. In den Sommermonaten gab es Wanderer, Mountainbiker, Camper und sogar eine Handvoll Angler und Jäger. Und das Funkgerät, das Handy und das Internet sorgten dafür, dass der Kontakt zur Welt jenseits der Berge nie abriss. Wenn er ein Netz bekam, telefonierte er regelmäßig mit Ted, seinen Kollegen, seiner Mom und seiner Schwester. Dank der Satellitenschüssel empfing er mehr Fernsehprogramme, als er zählen konnte, und dann war da noch das Radio – und natürlich Jane Streeter.

»Schlaf jetzt«, murmelte er, während er sich auf die Seite drehte und die Decke unters Kinn zog.

Er ließ seinen Gedanken freien Lauf und fragte sich, wie viele der Geschichten in *Lost Loves* wahr waren und wie viele die Anrufer sich ausgedacht hatten, um in die Sendung zu kommen.

Er dachte an Janes melodische Stimme. Würde er sich etwas ausdenken, nur um mit ihr sprechen zu können? Oder würde er ihr von Valerie und Ricky erzählen, und was würde sie ihm raten?

»Ich weiß, dass du da bist, Jane. Ich kann dich atmen hören. Du brauchst nichts zu sagen – du hast vorhin im Radio genug gesagt. Jetzt bin ich dran. Du kannst zur Abwechslung mal zuhören. Hast du meinen Brief bekommen? Wenn du ihn liest, weißt du, dass es nicht mehr lange dauert. Ich werde dich finden und ...«

Ihre Hand zitterte, als sie auflegte. Ihr Herz schlug so heftig, dass es fast wehtat.

»He, bist du okay?«

Sie sah in Dales freundliches Gesicht. »Ja, es ... geht mir gut. Warum?«

»Du siehst blass aus.« Ihr Produzent musterte sie einen Moment lang und kniff die Augen leicht zusammen. »Das war er, nicht wahr? Es war wieder dieser Geisteskranke. Dieser verdammte ...«

»Er wollte mich nur wissen lassen, dass er zugehört hat.« Dale griff nach dem Hörer.

»Nein, bitte«, sagte sie und legte ihre Hand auf seine.

»Wir müssen es melden.«

»Es war nicht anders als sonst. Er zieht sich daran hoch – nichts Neues.«

»Aber die Cops werden es wissen wollen.«

»Und ich erzähle es ihnen, versprochen. Nur nicht jetzt. Ich bin müde und habe keine Lust, bis zum Morgengrauen Fragen zu beantworten.«

Er nahm den Hörer ab und hielt ihn ihr hin. »Ruf an.«

»Er ist auf Band. Sie können es sich morgen früh anhören.«

»Sie haben gesagt, du sollst jeden seiner Anrufe melden.«

»Das werde ich. Ich verspreche es«, wiederholte sie. »Gleich morgen.«

Dale holte tief Luft und warf ihr einen skeptischen Blick zu. »Wenn du es nicht tust, werde ich es tun.«

»Ich werde es tun«, sagte sie und hob eine Hand. »Pfadfinderehrenwort.«

Dale verzog das Gesicht. »Ich habe eine Flasche in meiner Schublade. Möchtest du einen Drink?«

»Nein, nicht nötig. Ich habe einen weiten Heimweg.«

»Na ja.« Dale ging zur Tür. »Wenn du es dir anders überlegst, lass es mich wissen.«

»Mache ich.«

Er drehte sich noch einmal zu ihr um. »Und sag Bescheid, wenn du hier Schluss machst. Ich möchte nicht, dass du allein zum Wagen gehst.«

Sie nickte. »Ja, Mutter.«

Dale schnaubte und schüttelte den Kopf. »Du erstaunst mich. Du sitzt so cool und ruhig da. Beunruhigt es dich nicht, dass dort draußen ein Verrückter herumläuft?«

»Sicher beunruhigt es mich. Aber du sagst selbst, er ist verrückt, also vermutlich harmlos«, sagte sie zuversichtlicher, als sie sich fühlte. »Obwohl ich zugeben muss, es wird mir besser gehen, wenn die Polizei ihn eingesperrt hat.«

Dale lächelte. »Glaub mir, uns allen.«

Sie lächelte, doch als er die Studiotür hinter sich schloss, wurde ihr Mund schmal. Sie starrte auf ihre Hände und ballte sie zu Fäusten, um sie am Zittern zu hindern. Ihr war übel, und sie würde mehr als einen Drink brauchen, um die widerliche Stimme am Telefon zu vergessen.

»Denk nicht daran. Denk einfach nicht mehr daran«, murmelte sie.

Sie schloss die Augen, als es hinter ihren Schläfen zu pochen begann. Ihre Fingernägel bohrten sich in die Handflächen, aber das war ihr egal – Hauptsache, sie konnte aufhören, daran zu denken.

Aber sie wusste, dass sie sich etwas vormachte. Nie im Leben würde sie genug Alkohol herunterbekommen, um die raue, höhnische Stimme aus ihrem Kopf zu vertreiben. Außerdem hatte sie morgen früh einen Klienten. Eine nächtliche Radio-Talkshow mit einer psychologischen Praxis zu vereinbaren war schwer genug – auch ohne einen dicken Kopf.

Mit den Fäusten rieb sie sich die Schläfen. Sie war fest entschlossen, sich die Angst nicht anmerken zu lassen. Sie würde sich nicht unterkriegen lassen. Sie durfte es nicht. Wenn sie sich lange genug so benahm, als wäre alles in Ordnung, würde die Angst vielleicht vergehen. Aber wann?

Als der erste Brief acht Monate zuvor angekommen war, hatte sie sich keine großen Sorgen gemacht. Schließlich bekam sie im Sender so viel Post, dass es ganz natürlich war, unter den Absendern auch ein paar Spinner zu finden. Doch als nach einer Weile aus Briefen Anrufe und die Anrufe immer drohender wurden, wuchsen auch ihre Sorgen – und die aller anderen.

Wie dumm sie damals gewesen war. Zuerst war er ihr so harmlos erschienen, und sie hatte geglaubt, ihn durch Reden zur Vernunft bringen zu können. Sie hatte seine Anrufe entgegengenommen und geduldig zugehört, wenn er davon faselte, dass sie beide füreinander bestimmt waren. Jetzt war ihr klar, dass sie es nicht hätte tun dürfen. Er war immer feindseliger geworden, und niemals würde sie die Worte vergessen. Und die Bilder, die sie in ihr erzeugt hatten.

»Ich werde nicht daran denken. Ich werde *nicht* daran denken«, schwor sie sich, und ihre Hände begannen wieder zu zittern.

»Haben Sie etwas gesagt?«

»Wie?« Sie zuckte zusammen, als der junge Praktikant des Senders in der Tür erschien. »Nein.«

Verwirrt zuckte der junge Mann mit den Schultern. »Dale hat gesagt, ich soll Sie zu Ihrem Wagen begleiten. Können wir gehen?«

»Oh. Richtig. Ja.« Sie räusperte sich. »Ich … bin so weit.«

Sie kam sich albern vor, als sie ihm über den Korridor und in den Fahrstuhl folgte, aber im Grunde war sie dankbar, jetzt nicht allein sein zu müssen. Natürlich war da noch der Rest der Nacht – die Heimfahrt, das leere Haus, die langen Stunden bis zum Sonnenaufgang, wie immer in den letzten acht Monaten. Und es wurde auch nicht besser, wenn sie endlich einschlief, denn die Träume voller dunkler, unheimlicher Gestalten waren noch schlimmer.

Die Fahrstuhltür glitt auf, und das Geräusch hallte durch die fast leere Tiefgarage. Ihre Schritte auf dem Beton ließen sie noch verlassener wirken.

»Ich mag Ihren Wagen«, sagte der Praktikant, als sie mit einem Druck auf die Fernbedienung die Schlösser aufschnappen ließ.

»Danke«, erwiderte sie und warf einen aufmerksamen Blick in den Geländewagen. Als sie sicher war, dass sich niemand darin versteckt hatte, stieg sie ein. »Auch dafür, dass Sie mich hergebracht haben.«

»Kein Problem. Passen Sie auf sich auf.« Er winkte ihr zu und kehrte zum Fahrstuhl zurück.

Sie schloss die Tür und betätigte die Verriegelung.

Jane hasste es, so zu leben. Es war nicht fair. Ihr Leben gehörte nicht mehr ihr – und das alles wegen dieses ... Wahnsinnigen. Er war irgendwo dort draußen. Tat, was er wollte. Konnte gehen, wohin er wollte. Sie dagegen lebte im Gefängnis, schaute dauernd über die Schulter und fürchtete sich vor dem, was hinter der nächsten Ecke lauerte.

»Und genau darauf legt er es an«, sagte sie in die Stille hinein – was ihre Situation nur noch auswegloser erscheinen ließ. Er wollte sie terrorisieren, und bisher war ihm das gelungen.

Frustriert fuhr sie aus der Garage, bog auf die Straße ein und drehte das Radio auf. Vielleicht war er ganz in der Nähe. Vielleicht beobachtete er sie schon – und fast wünschte sie, es wäre so. Wenn er sehen wollte, wie sie sich vor ihm versteckte, würde sie ihn enttäuschen. Sie mochte Angst haben, ihre Nerven mochten zum Zerreißen gespannt sein, aber er würde sie nicht in die Knie zwingen – nicht solange sie lebte.

»Endlich! Der Mann aus den Bergen ist da.« Ted drängte sich durch die kleine Menschenansammlung im Vorraum der Kirche. Mit ausgestreckten Armen zog er Jake an sich. »Bin ich froh, dass du hier bist!«

»Tut mir leid, ich bin zu spät«, sagte Jake und erwiderte die herzliche Umarmung. »Die 405 war ein einziger Parkplatz. Ich habe nicht damit gerechnet, dass der Verkehr um diese Tageszeit so dicht ist.«

»Jetzt weiß ich, dass du schon viel zu lange in deiner Einöde haust«, sagte Ted und löste sich von ihm. »Das hier ist Los Angeles, schon vergessen? Hier ist immer Stau – Punkt!« Er legte eine Hand auf Jakes Schulter und atmete tief durch. »Du musst mir helfen.« Er strich über seinen Bauch. »So wahr mir Gott helfe, ich glaube, da sind Schmetterlinge drin. Ich bin für das hier nicht gemacht.«

Jake musste lächeln. Groß, schlank und mit von der Sonne gebleichtem Haar, glich Ted eher dem typischen kalifornischen Surfer als einem erfahrenen Cop, der sich nie anmerken ließ, was in ihm vorging. Aber in diesem Moment sah er aus, als wäre er kurz davor, die Fassung zu verlieren.

»Sag mir nicht, dass du nervös bist. Ein hartgesottener Cop wie du?«

»Mit Verbrechern werde ich fertig. Aber du musst mich vor der Hochzeitsplanerin beschützen.«

Jake runzelte die Stirn. »Was ist eine Hochzeitsplanerin?«

»Nicht was – wer«, erwiderte Ted, während er sich unauffällig umdrehte und auf eine kleine, elegant gekleidete Frau zeigte, die sich in der Kirche mit einer Gruppe von Leuten unterhielt. »Und wenn du mich fragst, die Frau ist schlimmer als ein Ausbilder bei den Marines.«

Jake warf einen Blick in ihre Richtung. »Die kleine Lady? Vor der hast du Angst?«

»Lass dich von ihrer Größe nicht täuschen«, warnte Ted. »Ich kenne Gefängniswärter, die sich von ihr haben einschüchtern lassen.«

»Soll ich zu ihr gehen und ihr etwas Respekt beibringen?«

Ted zog eine Grimasse. »Sehr komisch.«

Jake lachte. »Beruhige dich, jetzt ist die Kavallerie da. Ich werde dich beschützen, wenn …« Er schaute zu der zierlichen Person hinüber und lachte wieder. »Wenn Minnie Mouse gemein zu dir ist.«

Erst jetzt brachte auch Ted ein Lachen zustande. Er klopfte Jake auf die Schulter. »Ich muss zugeben, seit du hier bist, fühle ich mich schon wohler. Du fehlst mir.«

Jake wurde ernst. Ted wusste besser als jeder andere, dass diese Reise nach L. A. für ihn nicht einfach war. »Vielleicht habe ich auch ein paar Schmetterlinge im Bauch.«

»Dazu gibt es keinen Grund«, versicherte Ted ihm. »Wir alle sind deine Freunde, und jeder freut sich darauf, dich wiederzusehen. Du hast allen gefehlt.«

»Meinst du?«

»Ich weiß es.«

»Na ja.« Jake zuckte die Achseln. »Deine Hochzeit wollte ich mir auf keinen Fall entgehen lassen.«

»Das habe ich gehofft. Ich glaube nicht, dass ich all das hier ohne dich durchstehen würde«, gab Ted zu. Kopfschüttelnd schaute er sich um. »Sieh dir das an – dieser ganze Trubel. Das ist einfach nicht meine Art. Was tue ich hier?«

Jake kniff die Augen leicht zusammen. »Dir sind doch nicht etwa Bedenken gekommen, oder?«

»Dagegen, Cindy zu heiraten? Niemals! Sie ist … perfekt! Du wirst sie lieben.«

»Hauptsache, du liebst sie.«

»Oh, das tue ich.« Ted hob die Hände. »Genug, um all das hier zu ertragen.«

Jake nickte. »Dann muss es wahre Liebe sein.«

Ted lächelte, wurde jedoch schlagartig wieder ernst, als die Hochzeitsplanerin in ihre Richtung kam.

»Wir fangen in fünf Minuten an, Jungs«, sagte sie und eilte weiter. »Sucht euch einen Platz, ja?«

Ted sah ihr nach und warf Jake einen Blick zu. »Du hast sie gehört. Lass uns hineingehen.«

Jake schmunzelte. »Aber verpassen wir nicht die Braut? Wann lerne ich endlich die Frau kennen, die dich dazu gebracht hat, all das hier auf dich zu nehmen?«

»Ich weiß nicht. Eigentlich müsste sie schon hier sein ...« Ted sah über die Schulter, als ein Wagen vor dem Kirchenportal hielt. »Da ist sie. Komm, ich mache euch bekannt.«

Jake folgte ihm nach draußen und dorthin, wo zwei Frauen aus dem Wagen stiegen – eine blond, eine brünett. Scheinbar mühelos hob Ted die Brünette auf die Arme und drückte sie an sich.

»Ich vermute, das ist die Braut«, sagte Jake, als er die hochgewachsene Blondine erreichte, die noch am Wagen stand.

»Wenn nicht, hat Ted einiges zu erklären«, erwiderte sie trocken.

Plötzlich lief es ihm kalt den Rücken herunter. Ein Gefühl, das er nicht beschreiben konnte, stieg in ihm auf und ließ sein Herz schneller schlagen. Er drehte sich zu der Frau neben ihm und musterte sie, während er die Hand ausstreckte.

»Ich glaube, wir sind uns noch nicht begegnet. Ich bin Jake Hayes.«

»Kristin Carey«, murmelte sie und ignorierte seine Hand, um eine Sonnenbrille aufzusetzen. »Wann soll es anfangen?«

Es war nicht das erste Mal, dass eine Frau ihn abblitzen ließ, aber so deutlich hatte es noch keine getan. »Laut Minnie Mouse dort drüben«, sagte er und nickte in Richtung der Hochzeitsplanerin, »in fünf Minuten.«

»Minnie Mouse?«

»Vergessen Sie es.« Er schüttelte den Kopf. »Nur ein Scherz.« Aber ihr Gesichtsausdruck ließ erkennen, dass sie ihn nicht sehr lustig fand.

»Cin«, rief sie und ließ ihn einfach stehen. »Ich glaube, die Hochzeitsplanerin will etwas von dir.«

283

Ted hatte seine zukünftige Frau wieder auf die Füße gestellt und drehte sich mit ihr zu ihnen um.

»Das ist sie, Jake«, verkündete er. »Das ist Cindy.«

»Cindy«, sagte Jake mit leiser, höflicher Stimme.

Durch die wenig freundliche Begegnung mit der eisigen Blondine verunsichert, wusste Jake nicht, was er von Cindy erwarten sollte. Sollte er ihr die Hand geben, sich verbeugen oder wie ein Trottel herumstehen? Aber Cindy schien keine Zweifel zu haben. Zu seiner Überraschung umarmte sie ihn und küsste ihn auf die Wange.

»Jake! Endlich!«, rief sie mit funkelnden blauen Augen. »Ich kann es kaum glauben. Du stehst tatsächlich vor mir! Ted redet so oft von dir, dass es mir vorkommt, als wären wir längst Freunde.«

»Versprich mir, dass du mir eine Chance gibst, mich zu verteidigen«, erwiderte Jake und mochte Cindy auf Anhieb. »Man kann nie wissen, was dieser Typ alles erzählt.«

»Nur Gutes«, versicherte Cindy und zwinkerte Ted zu, während sie sich bei Jake einhakte. »Aber ich verlasse mich darauf, dass du mir sämtliche Geheimnisse verrätst.«

»Ich sage ihr dauernd, dass es keine Geheimnisse gibt«, protestierte Ted. »Ich bin ein zutiefst langweiliger Mensch.«

Jake sah Cindy an. »Na ja, da hat er recht. Er ist langweilig. Ich frage mich, was du an ihm findest.«

Cindy lachte. »Jeder, der mich kennt, weiß, dass ich Herausforderungen liebe. Richtig, Kristin?«

»Je größer, desto besser.«

Da war es wieder, dieses eigenartige Kribbeln am Nacken. Kannte er diese Frau? Hatte sie ihm deshalb die kalte Schulter gezeigt? Aber er konnte sich nicht vorstellen, dass er jemanden vergaß, der so aussah wie sie. Kristin Carey mochte ein wenig frostig sein, aber das änderte nichts daran, dass die hochgewachsene, schlanke Blondine eine der atemberaubendsten Frauen war, die er je gesehen hatte. Wären sie einander schon mal begegnet, hätte er sich mit Sicherheit daran erinnert.

»Jake«, sagte Cindy. »Das ist meine Schwester Kristin.«

Jake nickte. »Wir haben uns schon miteinander bekannt gemacht.«

»Das ist großartig«, erwiderte Cindy und streckte eine Hand nach ihrer Schwester aus. »Denn da ihr beide Trauzeugen seid, werdet ihr während der nächsten Tage viel Zeit zusammen verbringen.«

Jake fühlte, wie sich in ihm etwas zusammenzog. »Wunderbar.«

»Okay, alle in die Kirche. Wir fangen an.« Laut in die Hände klatschend kam die Hochzeitsplanerin auf sie zu. »Zum Plaudern ist später noch genug Zeit. Ab in die Kirche.«

»Das war ein Befehl«, murmelte Ted und zog Cindy an sich. »Und ich rate euch, ihn zu befolgen.«

Jake sah den beiden nach, als sie Arm in Arm die Stufen hinaufgingen. Langsam drehte er sich zu Kristin um und warf ihr einen zaghaften Blick zu. »Sollen wir?«

»Wir sollten wohl«, erwiderte sie und ging an ihm vorbei. »Schließlich wollen wir Minnie Mouse nicht warten lassen.«

285

2. Kapitel

Kristin stand im Vorraum der Kirche und wartete auf ihr Stichwort. Sie starrte auf den Strauß aus grellen Papierblumen in ihrer Hand und wehrte sich gegen einen Anfall von Übelkeit. Morgen würden es echte pinkfarbene Rosen und Schleierkraut sein, und ihr würde es wahrscheinlich noch schlechter gehen.

Sie schaute den Mittelgang entlang, und das mulmige Gefühl in ihrem Magen wurde stärker. Wie sollte sie es jemals bis nach vorn zum Altar schaffen, ohne zu stolpern, in Ohnmacht zu fallen oder sich gar zu übergeben?

»Atme einfach«, befahl sie sich halblaut und holte tief Luft. Sie erkannte sich nicht wieder. Sie war kein nervöser, zappeliger Mensch. Sie war immer stolz darauf gewesen, dass sie in jeder Situation einen kühlen Kopf und eine ruhige Hand behielt. Aber dann war ein Fremder in ihr Leben getreten und hatte alles geändert. Ein Fremder, der ihr Angst machte und sie hinter jeder Ecke eine Gefahr wittern ließ.

Sollte es denn nicht die Braut sein, die nervös war, und die Trauzeugin, die sie beruhigte?

Kristin drehte sich um und sah, wie ihre Schwester mit Teds Vater sprach. Mit ihren blitzenden Augen und dem strahlenden Lächeln sah Cindy alles andere als nervös aus. Im Gegenteil, Kristin konnte sich nicht erinnern, sie jemals schöner oder unbeschwerter erlebt zu haben.

Und so sollte es auch sein. Wenn es auf diesem Planeten jemanden gab, der es verdient hatte, glücklich zu sein, dann war es Cindy.

Cindy hatte gerade die Highschool hinter sich gehabt, als ihre Eltern gestorben waren. Nicht viele junge Frauen hätten freiwillig die Verantwortung für eine dreizehn Jahre alte Schwester übernommen, aber Cindy wollte verhindern, dass man sie voneinander trennte. Sie arbeitete hart, um ihnen ein Zuhause zu verschaffen. Und später, als Kristin nicht aufs College gehen wollte, um Geld zu sparen, ließ Cindy es nicht zu. Sie bestand darauf, dass Kristin sich um jedes infrage kommende Stipendium bewarb. Und als die nicht reichten, um das Studium zu finanzieren, verdiente Cindy abends als Kellnerin Geld dazu – nach einem vollen Arbeitstag bei der Justizbehörde von Los Angeles.

Genau deshalb wollte Kristin jetzt nicht tun, was Cindy die Hochzeit verderben würde. So oder so, sie würde es durchstehen. Sie musste es – für Cindy.

»Für Cindy«, flüsterte sie, um sich Mut zu machen.

Sie ließ den Blick zu Jake Hayes wandern, der links von Ted vor dem Altar stand. Betrübt dachte sie daran, wie unhöflich sie zu ihm gewesen war. Er war freundlich gewesen, und sie hatte ihn wie einen lästigen Bittsteller behandelt.

Er lauschte den Anweisungen der Hochzeitsplanerin und nahm gehorsam jede Position ein, die sie ihm zeigte. Er schien wirklich nett zu sein – was sie nicht hätte überraschen dürfen. Ted hatte immer in höchsten Tönen von ihm gesprochen. Unter normalen Umständen hätte sie sich vermutlich gefreut, ihn kennenzulernen. Das Problem war nur, dies waren keine normalen Umstände. In ihrem Leben war schon lange nichts mehr normal. Trotzdem, sie hatte nicht unhöflich sein wollen. Aber er war für sie nun einmal ein Fremder, und Fremde machten ihr Angst.

»Das ist Ihr Stichwort, Liebes.«

Ein lautes Klatschen ließ Kristin aufsehen.

»Hallo? Hören Sie mir zu?«

»Oh ... ja ... natürlich«, stammelte sie und fühlte, wie sie errötete.

»Das ist Ihr Stichwort«, wiederholte die Hochzeitsplanerin. »Gehen Sie jetzt los.«

»Ja ... Es ... tut mir leid.«

Verlegen packte sie den Papierstrauß noch fester und machte ein paar zögerliche Schritte nach vorn.

»Nein, nein, nein«, sagte die Frau kopfschüttelnd und eilte ihr entgegen. »Sie stapfen nicht durch Schlamm. Seien Sie etwas lockerer, Liebes. Ganz ruhig.«

Kristin sah zu, als die Hochzeitsplanerin es vormachte, dann versuchte sie es noch einmal. Ihre Beine waren steif, die Schritte hölzern, aber sie gab sich die größte Mühe. Das Ganze war ihr ungeheuer peinlich, sie spürte Jakes Blick, und der schmale Mittelgang kam ihr vor wie ein endloser Korridor. Erst als sie das Ende erreichte und ihre vorgesehene Position neben dem Altar einnahm, wagte sie es, den Kopf zu heben. Fast sofort traf ihr Blick sich mit Jakes, und er lächelte. Sie nickte, und die kurze Bewegung steigerte ihr Unwohlsein nur noch.

»Reiß dich zusammen«, murmelte sie. Sie benahm sich, als wäre die Nähe eines Mannes für sie etwas Neues.

Doch als sie den Mittelgang entlangschaute und Cindy sah, vergaß sie alles andere. Es war nur die Probe, aber ihre Schwester strahlte vor Glück, und plötzlich fühlte Kristin, wie ihre Augen feucht wurden. Dies war Cindys großer Moment, und nichts würde ihn verderben – nicht ihre Probleme und auch nicht ihre Hemmungen ...

Ihr Blick kehrte zu Jake Hayes zurück.

Und erst recht nicht ihre Angst vor Fremden.

Jake behielt die Hochzeitsplanerin im Auge und wartete auf das Signal. Bald hatte er es hinter sich. Die Probezeremonie war vorbei, und jetzt brauchte er nur noch Ted und Cindy aus der Kirche zu folgen. Ein Kinderspiel. Obwohl es mit Kristin am Arm nicht gerade angenehm sein würde. Aber sie brauchte ihn nur noch zu ertragen, bis sie wieder unter freiem Himmel waren. Danach würde er ihr nur allzu gern aus dem Weg gehen.

Er verstand beim besten Willen nicht, warum sie ihn nicht mochte. Schließlich kannten sie einander kaum – jedenfalls nahm er das an. Sie wusste nicht genug über ihn, um ihn unsympathisch zu finden. Zugegeben, er war nicht der charmanteste Mann der Welt, aber normalerweise dauerte es eine Weile, bis eine Frau an ihm etwas auszusetzen fand.

Unwillkürlich fragte er sich, ob Kristins Abneigung etwas mit dem zu tun hatte, was vor drei Jahren passiert war. Mit der Schießerei, der Spezialeinheit oder seinem Ausscheiden bei der Polizei. Hatte jemand ihr davon erzählt? Aber das war wenig wahrscheinlich. Aus irgendeinem Grund mochte sie ihn eben nicht, und er musste es einfach akzeptieren.

Als Minnie Mouse ihm einen Wink gab, ging er langsam los. Er warf Kristin einen Blick zu und bot ihr seinen Arm. Zu seinem großen Erstaunen nahm er in ihren braunen Augen nicht den erwarteten Frost wahr. Ihr Gesicht war voller Emotionen. Konnte es sein, dass die Eiskönigin doch nicht so eisig war?

Ihre Hand fühlte sich an seinem Arm warm an, als sie sich in Bewegung setzten, und ihr Körper streifte seinen. Er war nicht sicher, warum sie plötzlich anders war, aber er hatte nichts dagegen. Wenn sie Gefühle zeigte, wirkte ihr wunderschönes Gesicht geradezu sanft, und er musste zugeben, dass es ihm gefiel.

Trotzdem verunsicherte ihre Verwandlung ihn ein wenig. Er hätte sie nicht für eine sentimentale Person gehalten. Aber Hochzeiten gingen vielen Menschen ans Herz. Selbst er hatte so etwas wie Rührung empfunden, dabei war das hier nur eine Probe gewesen. Und vermutlich war es auch diese sentimentale Ader, die ihn dazu brachte, Kristin anzusehen und einen neuen Gesprächsversuch zu wagen.

»Das war nicht so schlimm, wie ich dachte«, flüsterte er ihr auf dem Weg durch den Mittelgang zu. »Und die gute Nachricht ist, dass wir es nur noch ein weiteres Mal tun müssen.«

»Aber die schlechte Nachricht ist, dass wir es in der voll besetzten Kirche tun müssen«, erwiderte sie finster.

»Guter Punkt«, bestätigte er. Da sie ihm nicht den Kopf abgerissen hatte, sprach er weiter. »Angst?«

»Nur davor, zu stolpern, ohnmächtig zu werden oder mich zu übergeben«, stöhnte sie. »In welcher Kombination auch immer.«

»Das könnte ein wenig peinlich sein«, sagte er belustigt. »Aber dieses Mal haben Sie sich großartig gehalten. Es gibt keinen Grund, warum es morgen anders laufen sollte.«

»Nein?« Sie ließ seinen Arm los, als sie die breite Flügeltür erreichten, und warf den Papierstrauß zur Seite. »Vielleicht sollten Sie es mal auf hohen Absätzen und mit einer Handvoll Blumen probieren.«

Da war sie wieder, einfach so – die Kälte, die Schärfe. Und er wunderte sich darüber, wie sehr es ihn enttäuschte. »Irgendwie glaube ich nicht, dass das gut zu meinem Smoking passen würde.«

Sie lächelte nicht. Sie verzog keine Miene. Sie drehte sich einfach nur um und ging davon.

Er stand in der offenen Tür und sah ihr nach, als sie die Stufen hinunter und zu Ted und Cindy rannte. Er fühlte sich atemlos. So, als hätte er einen Schlag in die Magengrube bekommen. Was war ihr Problem? Stimmte mit ihr etwas nicht oder war sie einfach nur unfähig, höflich zu ihm zu sein?

»Manchmal gewinnt man, manchmal verliert man«, murmelte er und versuchte, Kristin Careys chamäleonartiges Wesen mit Gleichmut hinzunehmen, während er die Treppe hinunterging.

Ihre Einstellung sollte ihm egal sein. Schließlich brauchten sie einander nicht zu mögen. Es hätte die nächsten Tage nur etwas angenehmer gemacht, das war alles. Keine große Sache. Nichts, was ihm den Schlaf rauben würde. Aber da war etwas so … Vertrautes? Wie konnte das sein? Er war absolut sicher, dass er diese Frau noch nie zuvor gesehen hatte. Warum hatte er dieses alberne Gefühl, dass er ihr schon einmal begegnet war, dass es eine Verbindung zwischen ihnen gab?

»Du runzelst die Stirn.«

Jake hob den Blick. Cindy hatte sich vom Rest der Hochzeitsgesellschaft gelöst und sah ihn voller Besorgnis an. »Tue ich das?«

»Ja. Ist alles okay? Hat dir an der Probe etwas nicht gefallen?«

»Nein, die war völlig in Ordnung«, versicherte er und legte einen Arm um ihre Schultern. Es war eine für ihn ungewohnte Geste, aber Cindy hatte etwas Verletzliches und Sanftes, und er musste es einfach tun.

Er dachte an Kristins Hand auf seinem Arm und daran, wie natürlich es sich angefühlt hatte – aber nur für einen Moment. Sie hatte die Berührung nur ertragen, bis sie die Kirche verließen. Wie konnten zwei Schwestern so verschieden sein?

»Bist du sicher?«

»Es war großartig, und morgen läuft es sogar noch besser.« Er zeigte auf die anderen. »Da kannst du jeden fragen.«

Cindy entspannte sich sichtlich. »Hoffentlich hast du recht.« Sie seufzte, sah zu Kristin hinüber und winkte sie zu sich. »Ich bin nur so nervös.«

Jake folgte ihrem Blick und sah, wie Kristin auf sie zukam. »Ich glaube, das liegt in der Familie.«

Cindy wandte sich ihrer Schwester zu. »Kristin, wenn ich nun stolpere?«

Kristin zuckte mit den Schultern. »Wenn ich nun in Ohnmacht falle?«

»Oje«, sagte Ted. Er nahm Cindys Hand und zog sie an sich. »Das nenne ich negatives Denken. Was, wenn alles einfach nur klappt?«

Cindy sah ihn an und seufzte wieder. »Hältst du das für möglich?«

»Ich weiß es nicht. Kommen wir morgen her und finden es heraus«, erwiderte er und küsste sie auf die Nasenspitze.

Cindy wandte sich Kristin zu. »Was meinst du?«

»Ach, zum Teufel«, sagte Kristin mit einer wegwerfenden

Handbewegung. »Wir haben es bis hierhin geschafft.« Sie legte eine Hand auf den Arm ihrer Schwester. »Wie wäre es mit einem Abkommen? Ich lache nicht, wenn du stolperst, und du schreitest einfach über mich hinweg, wenn ich in Ohnmacht falle. Was hältst du davon?«

Lachend tätschelte Cindy ihre Hand. »Abgemacht.«

»Nun ja, ich bin froh, dass wir das geklärt haben«, verkündete Ted trocken. »Kristin, ich hätte wissen sollen, dass dein anderes Ich sich eine Lösung einfallen lässt.« Er sah auf die Uhr. »Aber jetzt müssen wir los. Ich habe meinen Leuten gesagt, dass wir uns im Restaurant treffen.« Er wandte sich um und hob die Hände. »Okay, alle zusammen, jetzt gibt es etwas zu essen – mir nach!«

Es dauerte eine ganze Weile, bis Jake die Gelegenheit bekam, wieder mit Ted zu reden. Das Essen war vorbei, das Restaurant fast leer, und die meisten Gäste waren schon gegangen. Um sie herum stapelten die Kellner bereits Stühle. Ted und er saßen allein an einem Tisch und sahen zu, wie Cindy, Kristin und ein paar Freunde in der Lounge Darts spielten.

Jake war erschöpft, aber es war eine angenehme Müdigkeit. Er hatte sich gefragt, wie es sein würde, die alten Freunde wiederzusehen, und wie sie nach so langer Zeit auf ihn reagieren würde. Aber seine Anspannung hatte sich rasch gelegt. Alle hatten sich gefreut, und er war neugierig gewesen, wie es ihnen in der Zwischenzeit ergangen war. Natürlich hatte er darauf geachtet, Kristin Carey nicht zu nahe zu kommen, obwohl ihm auffiel, dass sie allen anderen gegenüber freundlich war.

»Vorhin in der Kirche hast du etwas gesagt, bei dem ich aufgemerkt habe«, meinte er zu Ted, während Kristins Wurfpfeil die Scheibe verfehlte und irgendwo hinter der Bar landete.

»Habe ich?«, fragte Ted schläfrig und nippte an seinem Bier.

»Etwas über Kristin.«

Ted stellte sein Glas ab und blinzelte. »Kann mich nicht erinnern.«

»Du hast etwas von einem anderen Ich gesagt.« Jake beugte sich vor und senkte die Stimme. »Ist etwas … na ja, du weißt schon. Ist mit ihr etwas nicht in Ordnung? Ich meine, hat sie eine gespaltene Persönlichkeit oder so etwas?«

Ted lachte schnaubend. »Was? Wie kommst du denn darauf?«

»Ich weiß nicht.« Jake kam sich albern vor. »Du hast doch selbst etwas von einem anderen Ich gesagt. Was zum Teufel kann das sonst bedeuten?«

Ted lachte noch lauter und nahm einen Schluck Bier. »Mach dir keine Sorgen. Mit Kristin ist alles in Ordnung. Ich meinte nur … na ja, sie hat diesen Job. Sie redet nicht gern über ihre Arbeit, aber … nun ja, sie ist beim Rundfunk …«

Jake fühlte, wie ihm die Nackenhaare zu Berge standen. In seinen Ohren klingelt es.

»Es ist eine Talkshow. So eine Late-Night-Sendung«, fuhr Ted fort. »Heißt *Lost Loves*. Sie ist sehr beliebt und … Na ja, Cindy und ich lästern immer, dass sie ein anderes Ich hat, weil sie dafür nicht ihren richtigen Namen benutzt. Als Moderatorin nennt sie sich Jane Streeter.«

Kristin zielte kurz und ließ den Wurfpfeil durch den Raum fliegen. Doch anstatt die Scheibe zu treffen, ging er in den Sturzflug über und bohrte sich in das Bein eines Barhockers. Sie schlug die Hand vor den Mund und zog eine Grimasse. Hinter ihr brach die kleine Gruppe in der Lounge in Jubel und Gelächter aus.

»Das war Absicht«, rief sie und drehte sich um. Ihre Zuschauer stimmten ein fröhliches Pfeifkonzert an.

»Nicht schlecht«, übertönte Cindy den Lärm. »Ich glaube, das hätte keiner von uns geschafft, selbst wenn er es gewollt hätte.«

»Ich bin unbegabt«, sagte Kristin und griff nach ihrem Weinglas.

Cindy nickte. »Ja, das bist du.« Sie legte einen Arm um ihre Schwester. »Aber ich liebe dich trotzdem, Kleines.«

Kristin lächelte. »Ich glaube, du hast einen Schwips.«

»Ich?«, fragte Cindy mit gespieltem Entsetzen und schüttelte heftig den Kopf. »Niemals.«

»Zeit für Karaoke!«

Sie drehten sich um, als Dana Byrd, Cindys langjährige Freundin, Kollegin und Brautjungfer, auf sie zueilte.

»Komm schon, Cin, du bist die Erste«, sagte sie und zog Cindy auf die Füße.

»Was? Nein! Nein, nein«, protestierte die Braut. »Ich kann nicht singen.«

»Keine Sorge, das braucht man dazu auch nicht«, versicherte Dana ihr, während die anderen zu klatschen begannen. »Cindy, Cin-dy, Cin-dy!«

»Kristin, Hilfe«, flehte Cindy, als Dana sie durch die Lounge schleifte. »Lass es nicht zu.«

»Was kann ich tun?«, fragte Kristin und hob hilflos die Hände. »Dein Publikum verlangt nach dir.« Sie sah ihrer Schwester nach. »Und hab keine Angst davor, die Familie zu blamieren. Das habe ich bereits getan.«

Kristin musste lachen, als Cindy sich an einem aktuellen Hit versuchte. Ihre Schwester hatte nicht gelogen, sie hörte sich wirklich grässlich an. Aber alle amüsierten sich köstlich, und bald sang der ganze Raum mit.

Alles in allem war es ein gelungener Abend, und Kristin musste zugeben, dass sie Spaß gehabt hatte. Ihr hatte nicht gerade davor gegraut, aber sie war skeptisch gewesen. Angesichts des Chaos', zu dem ihr Leben in den letzten Monaten geworden war, hatte sie stark bezweifelt, dass sie noch irgendetwas genießen konnte. Aber die entspannte Atmosphäre, die Kameradschaft, das Lachen und die laute Musik lenkten sie von ihren Sorgen ab, und sie war dankbar dafür.

Es war lange her, dass sie sich in der Öffentlichkeit so unbeschwert gefühlt hatte. Zugegeben, das Risiko war denkbar gering. Sie war nicht allein. Die Hochzeitsgesellschaft hatte das

Restaurant fast komplett übernommen. Und sie war von Cindys Freunden aus der Justizbehörde und Teds Polizeikollegen umgeben. Konnte es mehr Sicherheit geben?

Sie schaute zu Jake Hayes hinüber. Er war der einzige Fremde und der einzige Gast, der sie nervös machte. Aber dass er das tat, hatte nichts damit zu tun, dass sie ihn nicht kannte.

Sie dachte an ihren peinlichen Auftritt bei der Probe und verzog innerlich das Gesicht. Warum hatte sie sich so benommen – so kalt und unfreundlich? Und warum war sie so verlegen? Jake Hayes war nicht der erste Mann, der sich für sie interessierte. Auf dem College hatte sie viele Dates gehabt, und manches Mal war sie sogar kurz davor gewesen, sich zu verlieben.

Natürlich war das gewesen, bevor sie erkannt hatte, wie verletzlich die Liebe eine Frau machte. Bevor sie gelernt hatte, wie Gefühle gegen einen verwendet werden konnten. Das war vor Blake gewesen.

Also hatte sie nicht mehr an Liebe gedacht, sondern sich auf ihren Beruf konzentriert. Nicht, dass sie es auf eine Karriere in Medien angelegt hatte. Nach dem Abschluss eröffnete sie eine Praxis und baute sich einen Klientenstamm auf. Und zu dem kurzen Gastauftritt bei einer Morgenshow des Lokalsenders ließ sie sich nur überreden, um für eine neue Hotline für Rat suchende Teenager zu werben. Sie wusste nicht, warum, aber sie erwies sich als Naturtalent am Mikrofon, und bald verlangten immer mehr Anrufer nach ihr. Daraus entwickelte sich schließlich *Lost Loves*, ihre eigene Radio-Talkshow, die sie als Jane Streeter moderierte.

Es ging alles so schnell, dass sie gar nicht dazu kam, sich über ihre Zukunft Gedanken zu machen – bis sie Blake Murray kennenlernte. Es geschah anlässlich einer Preisverleihung, bei der *Lost Loves* als L.A.'s bestes Talk Radio ausgezeichnet wurde. Zu gewinnen war schön, aber Blake veränderte ihr ganzes Leben. Hoch gewachsen, gut aussehend, charmant und selbstsicher, flirtete er hemmungslos mit ihr, und vom ersten Moment an waren sie unzertrennlich.

Als Manager einer kleinen Kette von lokalen Radiosendern interessierte er sich für ihre Talkshow, und sie war begeistert, als er versprach, *Lost Loves* über L. A. hinaus bekannt zu machen. Außerdem sah er sie auf eine Weise an, die ihr das Gefühl gab, die einzige Frau der Welt zu sein. Sie glaubte, dass das, was sie in seinen Augen wahrnahm, Liebe war. Was für eine Dummheit! Es war nicht Liebe – es waren Dollarzeichen.

Blake musste sie wie eine reife Frucht erschienen sein, die er nur zu pflücken brauchte. Er hatte davon gesprochen, ein gemeinsames Leben aufzubauen. Jetzt war sie nicht mehr sicher, was zuerst gekommen war – der Heiratsantrag oder der Vorschlag, Geschäftspartner zu werden. Blake meinte, der Lokalsender, der *Lost Loves* ausstrahlte, täte nicht genug für sie. Sie brauche jemanden, der ihre Interessen vertrat, ihre Karriere in die richtige Richtung lenkte. Jemanden, dem sie wichtig sei und dem ihr Wohl am Herzen liege. Er sagte, dass sie das Beste verdiente und er dafür sorgen würde, dass sie es auch bekam.

Kristin schüttelte den Kopf. Wie naiv sie gewesen war. Hinterher war man immer klüger, aber wie hatte sie nur sämtliche Warnsignale ignorieren können? Wie hatte sie sich so hinters Licht führen lassen können?

Sie kannte die Antwort. Das war es, was die Liebe in ihr anrichtete – sie machte sie blind und schaltete ihren Verstand aus. Das war eine Lektion, die sie auf äußerst schmerzliche Weise gelernt hatte. Damals war sie wie berauscht gewesen, zu verliebt, um zu sehen, was ihr jetzt sonnenklar war.

Obwohl sie gewusst hatte, dass es zu schnell ging, hatte sie Ja gesagt, als er sie bat, seine Frau zu werden. Es war reiner Zufall gewesen, dass sie die Papiere auf seinem Schreibtisch entdeckte. Unterlagen über eine geplante Fusion seiner kleinen Radiostation mit einem landesweiten Sender. Natürlich hing alles davon ab, dass er zuvor die Kontrolle über *Lost Loves* bekam. Über Jane Streeter und ihre Karriere.

Sie fröstelte. Es war von Anfang an eine Lüge gewesen – die Romantik, die Beziehung, der Heiratsantrag. Sie hatte ihm vertraut, hatte ihm geglaubt, dass er sie liebte und ihr helfen wollte. Aber Blake hatte nur sich selbst helfen wollen. Er wollte hoch hinaus, und Jane Streeter und *Lost Loves* waren nur eine Sprosse auf der Leiter gewesen.

Es war ein Schock gewesen, aber vielleicht hatte sie genau den gebraucht, um wieder klar zu denken. Sie hatte sich von ihren Gefühlen blenden lassen. Dass der Mann, den sie liebte, mehr an sich selbst, als an sie gedacht hatte, war eine bittere Pille, aber irgendwie hatte sie sie geschluckt und war darüber hinweggekommen. Sie war keine Frau, die sich verlieben durfte. Es war einfach zu gefährlich. Sie gab zu viel von sich auf und lieferte sich aus. Nie wieder würde sie ihrem Herzen erlauben, über ihren Kopf zu bestimmen.

Kristin trank einen Schluck Wein und sah zu ihrer Schwester hinüber. Cindy hatte ihr gesagt, dass es falsch war, jegliche Beziehungen zu meiden, nur weil eine gescheitert war. Und vielleicht hatte Cindy recht. Vielleicht würde sie sich eines Tages sicher genug fühlen, um es wieder zu probieren. Aber dieser Tag war noch nicht da, und als Jane Streeter hatte sie genug traurige Geschichten gehört, um daran zu zweifeln, dass er je kommen würde.

»Möchtest du dir einen Titel wünschen?«

Kristin kehrte in die Gegenwart zurück und hob den Kopf. Ted und Jake waren aus dem Restaurant in die Lounge gekommen.

»Du willst ein Ständchen geben?«, fragte sie und lächelte Ted zu.

»Noch nicht, aber ich glaube, wenn ich genug Bier trinke …« Ted nickte zur Bar hinüber. »Was kann ich dir holen?«

Kristin schüttelte den Kopf. »Ich habe genug.«

»Komm schon«, drängte er mit einer ungeduldigen Handbewegung.

»Ich darf nicht«, gab sie zu. »Noch ein Drink, und ich bin versucht, noch einmal zu den Wurfpfeilen zu greifen.«

Ted ließ die Hand sinken. »Na gut.« Er wandte sich Jake zu und zog eine Augenbraue hoch. »Was willst du denn trinken, Kumpel?«

»Ich bin der Fahrer, schon vergessen?« Jake hob sein Glas. »Ich trinke seit zwei Stunden nichts als Mineralwasser.«

Ted schauderte. »Ich verstehe nicht, wie du das Zeug herunter bekommst.«

»He, ich habe keine Lust, meinen Führerschein loszuwerden«, sagte Jake und zwinkerte ihm zu. »Du weißt, wie streng die Cops in L. A. sind.«

Ted überlegte kurz und drehte sich zur Bar um. »Noch ein Mineralwasser für meinen Freund hier«, rief er dem Mann hinter dem Tresen zu.

»Darf ich mich setzen?«, fragte Jake.

Als Kristin ihn ansah, lächelte er, und erneut fühlte sie Verlegenheit in sich aufsteigen. »Oh ... natürlich.«

»Die Party kommt langsam in Fahrt«, sagte er und zeigte auf Ted, der sich gerade durch die Umstehenden drängte, um auf die Karaokebühne zu gehen.

»Allerdings«, erwiderte sie, während Cindy und Dana gerade einen neuen Song anstimmten. »Und laut ist sie auch.«

Er nickte und nahm einen Schluck Wasser. Es war zu laut für eine Unterhaltung, was ihr ganz recht war. Sie wusste ohnehin nicht, worüber sie mit ihm reden sollte. Sie war vorhin so unhöflich zu ihm gewesen und wunderte sich, dass er überhaupt noch mit ihr sprach.

Kristin zwang sich, sich auf Cindy und Dana zu konzentrieren, aber es gab keine Sekunde, in der sie sich Jakes Nähe nicht bewusst war. Sie nahm es genau wahr, wenn er trank, wenn er lachte oder sie ansah.

Warum war sie so überempfindlich, was diesen Mann betraf? Er war Teds langjähriger Freund, also gehörte er keinesfalls zu jenen Fremden, vor denen sie auf der Hut sein musste. Warum konnte sie sich nicht entspannen und die Party genießen? Er war Gast, genau wie sie – nicht mehr, nicht weniger.

Doch dann warf sie ihm einen Blick zu, als Ted die Bühne betrat, um Cindy und Dana zu unterstützen. Jake lächelte sie an, und sie fühlte, wie ihr Herz schneller schlug.

»Sobald sie mit dem Mikro in meine Richtung kommen, bin ich weg«, sagte er laut genug, um die Musik zu übertönen.

»Nicht nur Sie«, rief sie zurück.

Sein Lächeln wurde breiter, und sie wandte sich hastig ab, um nicht mit ihm reden zu müssen. Auf der Bühne gaben Ted und Cindy sich inzwischen die größte Mühe, Sonny und Cher zu kopieren, aber ihre Version von *I Got You Babe!* hatte wenig Ähnlichkeit mit dem Original.

Trotz der fröhlichen Atmosphäre um sie herum fühlte Kristin, wie sie immer wütender und frustrierter wurde. Er war hier. *Er.* Der Fremde ohne Namen und Gesicht, der ihr die Freiheit geraubt hatte, und es war einfach unfair. Sosehr sie es auch versuchte, sie konnte nicht aufhören, an ihn zu denken. Dies sollte eigentlich einer der schönsten Abende ihres Lebens sein. Ihre einzige Schwester heiratete. Cindy hatte den Mann gefunden, den sie liebte und mit dem sie eine wunderbare Zukunft haben würde. Nichts sollte wichtiger als das sein. Nichts sollte die Freude darüber trüben. Und doch war da etwas – jemand, der ihnen die Show zu stehlen drohte. Das Gift, das Kristin lähmte, war dabei, sich auf Unbeteiligte auszuwirken, und das machte sie am zornigsten.

Aus den Augenwinkeln sah sie, wie Jake sich zu ihr drehte und sie betrachtete. Die Frustration verschlug ihr fast den Atem. Wie lange würde es noch dauern? Wie lange würde sie in jedem Mann, der ihr zum ersten Mal begegnete, nur *ihn* sehen? Den Fremden, der sie nur als Jane Streeter kannte, der sich in ihr Leben gedrängt und es in einen Albtraum verwandelt hatte?

3. Kapitel

Kristin lehnte sich auf ihrem Stuhl zurück. Die letzten zwölf Stunden waren ein Rausch aus Blumen, Musik, Tränen und Ja-worten gewesen. Die Trauung war wunderschön gewesen und reibungslos verlaufen, und jetzt, da der anschließende Empfang begonnen hatte, konnte sie sich endlich ein wenig entspannen.

»Ich weiß, wer Sie sind.«

Die Stimme, die ihr diese Worte ins Ohr flüsterte, ließ ihr Blut gefrieren. Sie erstarrte vor Angst. Das Champagnerglas entglitt ihren plötzlich kraftlosen Fingern, fiel auf den Teller und zerbrach in hundert winzige Scherben.

»Wa... Wa...«, krächzte sie, aber ihr Mund war zu trocken, um etwas Verständliches herauszubringen.

»Oh, mein Gott, das tut mir leid«, sagte Jake und griff nach der Serviette, um den Wein daran zu hindern, auf ihr Kleid zu tropfen. »Ich bin ein solcher Idiot. Ich wollte Sie nicht erschrecken.«

Irgendwie drang Jakes Stimme durch das schwindelerregende Läuten in ihren Ohren. »Was haben Sie gesagt?«

Jake schob die Scherben zur Seite und setzte sich neben Kristin. Das Essen war vorüber, es wurde schon getanzt, und sie waren allein am Tisch.

»Ich fühle mich schrecklich«, gestand er. »Sind Sie okay?«

»Nein.«

Besorgt runzelte er die Stirn. »Sie sind nicht okay? Was kann ich tun? Soll ich Ihnen etwas holen?«

»Nein. Ich meine ... Ja«, stammelte sie.

»Was?«, fragte er und griff nach ihrer Hand. »Sagen Sie mir, was Sie wollen. Ich hole es.«

»Nein.« Sie schüttelte den Kopf und versuchte, sich wieder in den Griff zu bekommen. »Ich will nichts.«

»Wie wäre es mit einem Drink? Vielleicht noch etwas Champagner?«

»Nein, ich will nichts trinken«, beharrte sie und zog ihre Hand aus seiner. »Sie ... haben gerade gesagt, dass Sie wissen, wer ich bin. Wie haben Sie das gemeint?«

Jake legte die Hand in den Schoß und fühlte, wie ihm warm wurde. Vielleicht war es doch keine so gute Idee gewesen, sie anzusprechen. Er konnte es noch immer kaum glauben. Kristin Carey war Jane Streeter, die Jane von *Lost Loves* – seine Jane. Wie hoch war die Wahrscheinlichkeit, dass sie beide auf derselben Hochzeit auftauchten? Noch dazu auf der, bei der ihre Schwester seinen besten Freund heiratete? Praktisch gleich null. Die Situation war fast unwirklich, und doch wusste er, dass er nicht träumte. Die Stimme war unverkennbar.

Diese Stimme! Ein Irrtum war ausgeschlossen. Ihn erstaunte nur, dass er nicht von selbst darauf gekommen war.

»Ach, das«, sagte er mit einer abwehrenden Geste. »Ich meine nur, dass ich Bescheid weiß.«

»Worüber?«, fragte sie scharf und schob ihren Stuhl zurück.

»Über die Radio-Talkshow«, erwiderte er und fühlte sich ein wenig wie damals, als er zehn Jahre alt war und zum Schuldirektor musste, weil er Lebensmittelfarbe in die Urinale gekippt hatte. »Sie sind ... Jane Streeter.«

Sie sprang auf. »Woher wissen Sie das? Sind Sie mir gefolgt?«

»Nein, natürlich nicht.« Langsam stand er auf. Er war nicht sicher, mit welcher Reaktion er gerechnet hatte, aber mit dieser ganz gewiss nicht.

»Dann verlange ich, dass Sie mir erklären, wie Sie es herausgefunden haben. Ich will wissen, wie Sie mich gefunden haben.«

»Jane ...« Verwirrt brach er ab. »Kristin, meine ich. Bitte setzen Sie sich wieder. Ich wollte Sie nicht aufregen.«

Er streckte den Arm aus, um sie behutsam zurück auf den Stuhl zu drücken, aber sie wich zurück.

»Ich rege mich aber auf und will, dass Sie mir sagen, wie Sie es erfahren haben.«

Jake atmete tief durch und fragte sich, was los war. War einer von ihnen beiden plötzlich verrückt geworden? Konnte es eine andere Erklärung geben?

»Hören Sie«, begann er in einem Tonfall, den er zuletzt als Streifenpolizist benutzt hatte. »Bitte setzen Sie sich. Dann reden wir.«

Sie zögerte und warf einen Blick auf den Stuhl.

»Hier«, sagte er und zog ihn heran. »Setzen Sie sich. Ich fühle mich schrecklich. Ich wollte Sie nicht beunruhigen.«

Langsam ließ sie sich auf den Stuhl sinken und funkelte Jake dabei misstrauisch an, als würde sie befürchten, dass er ihn im letzten Moment unter ihr wegzog. »Na gut«, sagte sie, als er neben ihr Platz nahm. »Und jetzt erzählen Sie es mir! Wie haben Sie herausbekommen, dass ich Jane Streeter bin?«

Jake war unsicher, was er tun sollte. Ihr die Wahrheit sagen? Dass er es von Ted wusste? Sein Freund hatte erwähnt, dass sie nicht gern über die Talkshow sprach. Hieß das, dass sie auf Ted böse sein würde?

Plötzlich wünschte er, er könnte die Zeit um die letzten paar Minuten zurückdrehen und noch einmal von vorn anfangen. Die Trauung war perfekt gelaufen. Niemand war ohnmächtig geworden, niemand war gestolpert, und zum Glück hatte sich auch niemand übergeben. Und da sie beim Essen an entgegengesetzten Enden des langen Tisches gesessen hatten, war es ihm gelungen, Kristin für den größten Teil des Tages aus dem Weg zu gehen. Aber jetzt war das Essen vorüber, die Band spielte, die Tanzfläche war voll, und der Empfang war in vollem Gange. Er hatte sich von der gelösten Stimmung einlullen lassen und geglaubt, es wäre sicher, mit ihr zu reden.

Mann, hatte er sich getäuscht.

»Ich wollte wirklich keine Probleme machen«, begann er und wählte jedes Wort sorgfältig. »Ich habe mich gestern Abend mit Ted unterhalten, und er erwähnte ...«

»Ted?«, keuchte sie. »Ted hat Ihnen von mir erzählt?«

»Bitte seien Sie ihm nicht böse. Wie gesagt, er hat es nur nebenbei erwähnt. Erinnern Sie sich? Gestern Abend, nach der Probe, sprach er von Ihrem anderen Ich. Ich habe ihn gefragt, was er damit gemeint hat, und daraufhin hat er mir von *Lost Loves* erzählt.«

Er beobachtete sie, als sie sich zurücklehnte, und fragte sich, was ihn jetzt erwartete. Ihr Gesicht wirkte ein wenig entspannter, aber er blieb auf der Hut.

»Ich weiß von Ted, dass Sie ungern darüber sprechen«, fuhr er fort. »Ich dachte nur, ich sage es Ihnen, weil ... na ja, weil ich mir Ihre Sendung oft angehört habe. Ich bin ... nun ja, ich bin ein Fan.«

Einen Moment lang reagierte sie gar nicht, sondern saß nur da und starrte ihn an. Es kam ihm vor wie eine Ewigkeit, bis sie endlich eine Hand hob und sich die Stirn rieb.

»Hören Sie, ich bin ... diejenige, der es leidtut. Ich ...« Sie seufzte schwer und schüttelte den Kopf. »Das ist ein Bereich meines Lebens, den ich lieber verschweige.« Wieder rieb sie sich die Stirn. »Ich habe eine psychologische Praxis. Meine Klienten haben keine Ahnung ... Ich kann nicht zulassen, dass das, was ich im Radio tue, meine Arbeit mit ihnen behindert.«

»Sie wollen sie schützen. Das kann ich gut verstehen«, sagte er und stand auf. »Und noch einmal, es tut mir leid, dass ich Sie beunruhigt habe. Bitte machen Sie sich keine Sorgen. Ihr Geheimnis ist bei mir in guten Händen.«

Er drehte sich um, schlängelte sich zwischen den Tänzern hindurch, ging zur Tür und trat in die kalte Abendluft hinaus. Wäre er Raucher gewesen, hätte er jetzt eine Zigarette gebraucht. Wäre er Trinker gewesen, hätte er sich an die Bar gesetzt. Aber er war nun einmal keines von beiden. Er war ein

Mann der Berge, und alles, was er brauchte, war frische Luft, um wieder einen klaren Kopf zu bekommen.

Als er tief durchatmete, musste er husten. Er hatte vergessen, wie diese Stadt roch. Rauch und Autoabgase lasteten schwer auf dem Häusermeer. Die Umweltbestimmungen hatten die Luftqualität in L. A. erheblich verbessert, aber sie war Welten von der auf seinem Berg entfernt. Trotzdem hatte die Großstadt ihre Vorteile. Über den Smog gab es nicht viel Gutes zu sagen, aber er sorgte für spektakuläre Sonnenuntergänge.

Er schlenderte über die Terrasse und betrachtete das Spiel von Farben und Schatten. In den drei Jahren, die er jetzt fort war, hatte sich nicht viel verändert. Ted war noch Ted, und die Freunde von damals waren auch heute seine Freunde, und der Umgang zwischen ihnen war so locker und kameradschaftlich wie eh und je. Aber wenn er daran dachte, wie Jane … Kristin auf ihn reagiert hatte …

Er schüttelte den Kopf. Was immer sie von ihm halten mochte, die vergangenen vierundzwanzig Stunden hatten eines klargemacht. Er hatte sein Gespür für Frauen verloren.

Schlimmer als die peinliche Situation, in die ihr zorniger Ausbruch sie beide gebracht hatte, war die Enttäuschung. Sie war Jane Streeter – *seine* Jane. Während der letzten drei Jahre hatte sie ihm in jeder Nacht Gesellschaft geleistet. Sie war für ihn wie eine Gefährtin in der Einsamkeit gewesen. Doch das war vorbei. Jane war nicht mehr die kluge, warme Stimme aus dem Radio. Sie hatte einen Namen, einen anderen Namen, und ein Gesicht – mit Augen, die ihn ansahen, als wäre er ein Ungeheuer.

Langsam ging Jake die Stufen zum Parkplatz hinunter. Seine Jane war fort, und er würde sie vermissen.

Kristin starrte in den Spiegel und erkannte die Frau kaum wieder, die ihr daraus entgegenblickte. Was war los mit ihr? Warum ließ sie das hier geschehen? Wie konnte eine harmlose Bemerkung sie so aus der Fassung bringen?

Ich weiß, wer Sie sind.

Sie stöhnte auf, als sie daran dachte, wie sie herumgewirbelt war und ihn praktisch beschuldigt hatte, sie in Gefahr zu bringen. Ihre knappen Antworten und das unhöfliche Benehmen waren schon schlimm genug gewesen, aber damit hatte sie den Vogel abgeschossen.

Kristin drehte den Hahn auf und ließ kaltes Wasser in die aneinandergelegten Hände laufen. Er war Teds bester Freund. Die beiden Männer kannten sich seit Kindertagen. Bei ihrer ersten Begegnung mochte er ein Fremder gewesen sein, aber jetzt konnte sie ihn wohl kaum noch als solchen bezeichnen. Wenn es so war, warum konnte sie dann nicht einfach die Angst und Unsicherheit ablegen? Warum konnte sie sich nicht entspannen und aufhören, dauernd über die Schulter zu sehen? Warum musste sie sich auch weiterhin vor Jake Hayes lächerlich machen?

»Da bist du ja«, sagte Cindy, als sie den Waschraum betrat. »Ich habe mich schon gefragt, wohin du verschwunden bist.«

»Ich nehme nur mal eine kleine Auszeit von der Party«, erwiderte Kristin und spritzte sich Wasser auf die Wangen.

Cindy musterte sie einen Moment. »Ist alles in Ordnung?«

»Natürlich.« Kristin richtete sich auf und zog ein Papiertuch aus dem Spender. »Alles an diesem Tag war perfekt.« Sie tupfte sich das Gesicht trocken und drehte sich zu ihrer Schwester um. »Vor allem du. Du siehst wunderschön aus.«

»Kleine Schwester«, sagte Cindy und legte eine Hand auf Kristins Schulter. »Weißt du noch, wie du ein kleines Mädchen warst und Mom dir immer ansehen konnte, wenn Bobbie Johnson dich in der Schule geärgert hatte? Sie hat sich nie geirrt und meinte immer, sie hätte übersinnliche Kräfte, erinnerst du dich?« Sie tätschelte die Schulter. »Sie hatte keine übersinnlichen Kräfte, Süße.«

»Nein?«

»Nein!«

»Und der Punkt in dieser Angelegenheit ist …« Kristin verstummte erwartungsvoll.

»Der Punkt ist, dass sich nicht immer, aber manchmal bei dir eine Falte bildet, wenn du aufgebracht bist. Und zwar hier.« Sie hob eine Hand und legte eine Fingerspitze auf Kristins Nasenwurzel. »Genau zwischen deinen Augen.«

»Das stimmt nicht«, protestierte Kristin und wandte sich wieder zum Spiegel um. »Das denkst du dir nur aus …« Aber sie brach ab, als sie die winzige Falte an ihrer Stirn bemerkte. »Augenblick mal«, murmelte sie und drehte den Kopf hin und her. »Die war vorhin noch nicht da.«

»Wie ich sagte, sie ist nicht immer da – nur wenn du dich aufregst.«

Kristins Blick wanderte zu Cindys Spiegelbild. »Wieso ist mir die noch nie aufgefallen?«

»Ich weiß es nicht. Vielleicht weil sie nur da ist, wenn du aufgebracht bist, und dann bist du zu … aufgebracht, um darauf zu achten.«

Kristin beugte sich vor und betrachtete die Falte mit zusammengekniffenen Augen. »Du willst mir also sagen, dass ich praktisch die ganze Zeit mit einem Plakat auf der Stirn herumgelaufen bin, ja?«

»Nicht gerade ein Plakat.« Lächelnd legte Cindy die Hände auf Kristins Schultern und drehte sie zu sich herum. »Nur ein kleiner Hinweis für uns, die wir dich lieben. Ein winziges Anzeichen, dass etwas nicht in Ordnung ist.«

Kristin senkte den Blick. »Irgendwie muntert mich das nicht gerade auf.«

»Aber es bringt mich zu meiner ursprünglichen Frage zurück.« Cindys Lächeln verblasste. »Irgendetwas stimmt doch nicht. Was ist es?«

Kristin holte tief Luft. »Abgesehen davon, dass ich unter Verfolgungswahn leide und mich vollkommen lächerlich gemacht habe?«

»Hast du das?«

Kristin nickte. »Gerade eben, bei Jake.« Seufzend schüttelte sie den Kopf. »Du musst mir eins versprechen. Wenn Ted und du je wieder eine Party gebt, ladet uns nicht mehr zusammen ein, okay? Der Typ muss mich für eine Spinnerin halten.«

»Eine Spinnerin?«, wiederholte Cindy langsam. »Was ist passiert?«

Kristin sah wieder in den Spiegel. Die zutiefst betrübt dreinblickende Frau vor ihr war niemand, den sie kannte. »Oh, er hat mir von hinten etwas ins Ohr geflüstert.«

»Was meinst du, er hat dir etwas ins Ohr geflüstert? Etwas ... Freches? Oder gar Unanständiges?«

»Nein, nein.« Kristin drehte sich zu ihrer Schwester um. »Er hat gesagt ... na ja, etwas davon, dass er weiß, wer ich bin. Dass ich ...« Sie verdrehte die Augen. »Und ich dachte ...«

»Oje«, seufzte Cindy. »Langsam verstehe ich.«

»Oh, Cin, es ist mir so peinlich«, stöhnte Kristin. »Natürlich habe ich vollkommen überreagiert. Ich habe ihn angefaucht und ...« Sie zögerte. »Ich glaube, ich habe ihn sogar beschuldigt, mir gefolgt zu sein.« Sie wandte sich an. »Kannst du das glauben? Was muss er von mir denken?«

»Mach dir keine Sorgen«, riet Cindy. »Du bist zu streng zu dir. Deine Reaktion war doch verständlich. Unter den Umständen ...«

»Cin, du hättest sein Gesicht sehen sollen. Der arme Kerl ... er wollte doch nur nett sein. Und eigentlich war es doch richtig süß von ihm, mich wissen zu lassen, dass er sich die Show anhört. Und mir zu sagen, dass er ein Fan ist.«

Cindy zog die Augenbrauen hoch. »Jake ist ein Fan?«

Kristin schüttelte den Kopf. »Er wollte nur höflich sein.«

»Interessant«, murmelte ihre Schwester nachdenklich.

»Hör auf, Cin.«

»Womit? Was tue ich denn?«

»Du weißt genau, was du tust, und ich bitte dich, damit aufzuhören.«

»Ich sage doch nur, dass ich es interessant finde, das ist alles«, sagte Cindy mit Unschuldsmiene. »Ehrlich gesagt, es erstaunt mich, dass Jake Hayes überhaupt von *Lost Loves* gehört hat.«

»Das ist nicht der Punkt, Cindy«, entgegnete Kristin nachdrücklich. »Der Punkt ist, er war nett zu mir, und ich habe ihn rüde zurückgewiesen.«

»Hör auf damit. Sei nicht so hart zu dir.« Cindy nahm sie in die Arme. »Nach allem, was passiert ist, hast du jeden Grund, so zu reagieren, wie du es getan hast.«

»Aber das kann er nicht wissen.«

»Vielleicht nicht«, gab Cindy zu. »Aber Jake wird es überleben. Okay, dann findet er dich eben ein bisschen verrückt. Na und? Er war lange Polizist und hat bestimmt jede Menge Spinner erlebt.« Sie schüttelte Kristin sanft. »Weitaus schlimmere als eine Radiomoderatorin, die die Nerven verliert.«

»Vermutlich.« Kristin lächelte matt. Doch als sie an Jakes ungläubiges Gesicht dachte, stöhnte sie auf. »Oh, wie ich das hasse. Es ist schrecklich, dass ich nicht mehr über mein eigenes Leben bestimmen kann.«

»Ich weiß«, sagte Cindy leise.

Kristin sah ihre Schwester an. In dem Chiffonkleid mit seidenem Schleier war Cindy das Abbild einer wunderschönen Braut. Kristin schämte sich dafür, sie ausgerechnet an diesem ganz besonderen Tag mit ihren Problemen zu belasten. Aber ab jetzt würde sie sich zusammennehmen. Erst wenn sie zu Hause war, würde sie sich gehen lassen, zittern und weinen und all die Dinge tun, die sie seit acht Monaten tat. Dinge, von denen niemand etwas wissen musste.

»Aber du hast recht«, sagte sie voller Entschlossenheit. »Er wird es überstehen. Es würde mich nicht wundern, wenn er es längst vergessen hat.« Sie hakte sich bei Cindy ein und führte sie zur Tür. »Jetzt lass uns hinausgehen und hemmungslos tanzen.«

»Tanzen? Du?«, erwiderte Cindy verblüfft. »Dies ist wirklich ein besonderer Tag.«

»Und war das eine Karaokemaschine, die ich da gesehen habe?«

»Was?« Cindy blieb stehen. »Ich traue meinen Ohren nicht.«

Kristin öffnete die Tür und ließ ihrer Schwester mit grandioser Geste den Vortritt. »Ich glaube, ich fühle gerade, wie in mir ein Song aufsteigt.«

»Ted hat mir erzählt, dass Sie irgendwo in den Bergen leben.«

Jake nickte. »Das ist richtig.«

»Wirklich? Wie interessant.«

»Ich weiß nicht«, sagte er achselzuckend. Er sprach erst wenige Minuten mit der jungen, üppig geformten Frau, aber er langweilte sich bereits.

»Wo?«

»Wie bitte?«

»Wo in den Bergen?«

»Oh. Mount Holloway. Ich bin auf dem Beobachtungsturm auf dem Gipfel stationiert. Mein Job ist es unter anderem, nach Waldbränden Ausschau zu halten.«

»Ist das in Kalifornien?«

»Richtig«, bestätigte er, bevor er sich vom Terrassengeländer abstieß, sich umdrehte und auf den Parkplatz hinausschaute. Die junge Frau war kurz nach ihm ins Freie gekommen. Ihr offenherziges Kleid mit dem imposanten Dekolleté war ihm aufgefallen, aber er hatte schnell das Interesse an ihrer reizvollen Erscheinung verloren. Vielleicht hatte Ted recht. Vielleicht lebte er schon zu lange in der Wildnis.

»Tolle Hochzeit, was?«

»Ja«, sagte er. »Wirklich … toll.«

»Und sind Ted und Cindy nicht das allersüßeste Paar? Ted sieht in seinem Smoking hinreißend aus, und Cindys Kleid – göttlich. Die beiden sind einfach hinreißend.«

Jake fand, dass dies vermutlich einer der Wendepunkte in seinem Leben war. Mit sechsunddreißig hatte er sich nicht für alt gehalten, aber jetzt wurde ihm bewusst, wie wenig er mit jemandem gemeinsam hatte, der offensichtlich um einiges jünger war.

»Im Dienst ist er immer so still«, fuhr sie fort und nippte an ihrem Drink. »Ich arbeite in der Polizeistation, habe ich das erwähnt?«

»Ja, ich glaube, das haben Sie.«

»Na ja, dann lassen Sie mich Ihnen sagen, dass Ted immer so ernst ist. Er lächelt so gut wie gar nicht.« Sie leerte ihr Glas. »Oh, sehen Sie sich das an«, sagte sie mit gespielter Überraschung. »Zeit für einen neuen Drink.«

Es gab einen peinlichen Moment. Einen, in dem aus Sekunden eine Ewigkeit wurde. Jake wusste, dass er sich jetzt als Gentleman erweisen und anbieten sollte, ihr einen Drink zu holen. Aber wenn er das tat, würde er anschließend das Gespräch fortsetzen müssen.

»Na ja«, sagte sie fröhlich, als sein Angebot ausblieb. »Ich gehe zur Bar.« Sie machte ein paar Schritte und drehte sich um. »Soll ich Ihnen etwas mitbringen?«

»Nichts, danke.« Er machte eine abwehrende Handbewegung. »Es war nett, mit Ihnen zu plaudern.«

Nett? Es war qualvoll gewesen. Früher hätte er ihre Gesellschaft vielleicht genossen. Vielleicht hätte er das Gespräch sogar bis in sein Motelzimmer verlängert. Aber aus irgendeinem Grund hatte er kein Interesse an einem Abenteuer.

Er drehte sich um und schaute auf die dunkler werdende Skyline der City hinaus. Vielleicht hatte er gerade einen zweiten Wendepunkt erreicht – den, an dem One-Night-Stands nicht mehr den Reiz aufwiesen, den sie früher gehabt hatten. War es möglich, dass man zu erwachsen für bedeutungslosen Sex wurde?

Er atmete die Stadtluft ein und stieß sie wieder aus. Wäre es ihm ebenso gegangen, wenn es Kristin gewesen wäre? Hätte er

310

es auch bei ihr kaum abwarten können, das Gespräch zu beenden?

»Ha!«, schnaubte er laut, als er an ihre letzte Begegnung dachte. Wäre es eben Kristin gewesen, hätte er wohl nicht befürchten müssen, dass er sich langweilte. Sie hätte ihm keine Chance gegeben, es herauszufinden.

In genau diesem Moment bog ein Wagen auf den Parkplatz und hielt, genau wie das halbe Dutzend anderer Autos, das gekommen war, seit er auf der Terrasse stand. Es unterschied sich kaum von den anderen, aber Jakes geschultes Auge sah sofort, dass es sich um einen zivilen Polizeiwagen handelte. Natürlich war das nicht ungewöhnlich. Schließlich wimmelte es im Restaurant von Cops. Einer von ihnen heiratete, und da war die Truppe auf der Feier gut vertreten. Aber als zwei Detectives ausstiegen, wusste Jake, dass dies kein Höflichkeitsbesuch war. Ihre Körpersprache verriet, dass die beiden im Dienst waren.

Er wollte gerade die Stufen hinuntergehen, um herauszufinden, was los war, da sah er, wie Ted aus dem Schatten trat und die Männer begrüßte. Jake blieb stehen und beobachtete sie.

Was immer es war, worüber sie sprachen, es musste etwas Ernstes sein. Man störte einen Mann nicht am Tag seiner Hochzeit, wenn es nicht wichtig war – und gemessen an Teds Reaktion schien es genau das zu sein. Er wirkte nervös, und das tat er nicht oft.

Jake ging weiter und überquerte den Parkplatz. Es ging ihn nichts an, aber alte Gewohnheiten waren schwer abzulegen. Cops waren neugierig, selbst Ex-Cops wie er. Etwas war passiert, und er wollte wissen, was es war.

Ted hob den Kopf und bemerkte ihn.

»Jake, komm her«, rief er und winkte ihn heran.

»Sieht ernst aus«, sagte Jake, als er sich den drei Männern näherte.

»Ist es«, bestätigte Ted grimmig. »Jake, das sind Tom Walker und Hank O'Brien aus meiner Abteilung.«

Teds Abteilung befasste sich mit Verbrechen wie Vergewaltigung, Körperverletzung und anderen tätlichen Angriffen auf Menschen.

»Ist jemand verletzt?«

»Ich fürchte, ja«, sagte Ted und drehte sich wieder zu den beiden Detectives um. »Ich möchte kein Aufsehen erregen, also schlage ich vor, ihr beide wartet hier draußen.« Er sah Jake an. »Wir müssen reden.«

Jake spürte das vertraute Kribbeln am Nacken. Er kannte den Tonfall. Es war etwas Ernstes. »Sicher. Wie wäre es mit einem Spaziergang um den Block?«

Ted nickte.

»Weißt du«, begann Jake, nachdem sie ein paar Schritte gegangen waren. »Ich muss zugeben, du machst mir ein wenig Angst.«

»Tut mir leid«, erwiderte Ted seufzend und verlangsamte sein Tempo. »Das wollte ich nicht. Aber ein Fall, den ich bearbeitete, hat eine hässliche Wendung genommen.«

»Jemand, den ich kenne?«

»Ja und nein. Vor etwa einer Stunde ist eine Frau überfallen worden.«

»In der Nähe?«

Ted schüttelte den Kopf. »Eine Tiefgarage in Westwood.«

»Vergewaltigung?«

»Nein, aber der Angreifer hat sie fast umgebracht.«

»Versuchter Mord.«

»Es war reiner Zufall, dass es kein vollendeter wurde.«

»Du meinst, er wurde gestört, bevor er den Job erledigen konnte?«

Ted schob die Hände in die Taschen seines Smokings. »Nicht ganz. Es sieht eher so, als hätte der Kerl gerade noch rechtzeitig gemerkt, dass er die falsche Frau erwischt hatte.«

»Die falsche Frau?«

Ted nickte. »Der Typ war so nett, eine Nachricht für sein eigentliches Opfer zu hinterlassen. An der Garagenwand. Sie soll

wissen, dass er sich das nächste Mal die Richtige vornimmt.«
Er klang atemlos, und seine Stimme hatte zu zittern begonnen.
»Er hat es mit dem Blut einer Unschuldigen geschrieben, die
zum falschen Zeitpunkt am falschen Ort war und der Frau, hinter der er her ist, ähnlich sieht.«

»Klingt, als wäre ein Psychopath unterwegs.«

»Es ist sogar noch schlimmer. Der Kerl ist ein Stalker. Seit
Monaten droht er seinem Opfer. Mit Briefen und Anrufen.«

»Nun ja, ich würde sagen, heute Abend ist er einen Schritt
weiter gegangen.« Teds Reaktion beunruhigte Jake noch immer. Sie beide hatten zahlreiche Fälle bearbeitet, darunter so
mancher, der selbst einen hart gesottenen Cop schlucken ließ.
Aber Ted hatte immer eine professionelle Distanz gewahrt.
Dieser Fall musste etwas Besonderes sein, wenn er sich sogar
auf seiner Hochzeit darum kümmerte. »Irgendwelche Spuren?«

»Nichts, das uns helfen würde, den Kerl zu schnappen.«

»Besteht eine Chance, dass das Opfer ihn identifizieren
kann?«

»Das bezweifle ich. Jedenfalls nicht für eine ganze Weile. Sie
kämpft noch um ihr Leben.«

»Und jetzt hast du Angst um die Sicherheit des eigentlichen
Opfers, ist es das?«

»So ungefähr.«

In Jake stieg eine böse Vorahnung auf. So tragisch die Situation war, Teds Reaktion erschien ihm etwas übertrieben.
»Dann geh zurück und schick Tom und Jerry …«

»Hank«, verbesserte Ted.

»Was?«

»Hank«, wiederholte er, offenbar nicht zu Scherzen aufgelegt. »Die beiden heißen Tom und Hank.«

»Okay, Tom und Hank.« Jake musterte seinen Freund. »Die
beiden sollen das eigentliche Opfer einsammeln und sicher unterbringen, bis ihr den Mistkerl geschnappt habt.«

»Ganz so einfach ist es nicht.«

»Natürlich ist es das. Wenn die Frau daran interessiert ist, am Leben zu bleiben, ist es so einfach.«

»Du verstehst nicht. Der Überfall heute Abend hat im KLAM-Gebäude stattgefunden. Die Frau arbeitet dort.«

»Wo ist das?«

»K-L-A-M. Das ist ein Rufzeichen.« Er blieb stehen und sah Jake an. »Das Gebäude beherbergt Wave Communications, den Rundfunksender, der *Lost Loves* ausstrahlt.«

Jake lief es kalt den Rücken hinunter. »Die Frau heute Abend, ist sie jemand, den Kristin kennt?«

Ted nickte. »Eine Produktionsassistentin bei den Nachrichten.«

»Und du musst Kristin von dem Überfall erzählen«, folgerte Jake.

Inzwischen war es so dunkel geworden, dass die Straßenlaternen flackernd angingen und den Bürgersteig in rötliches Licht tauchten. Wie ein Mann drehten sie um und machten sich langsam auf den Rückweg zum Restaurant.

»Das ist noch nicht alles«, fuhr Ted fort. »Wie gesagt, der Angreifer ist hinter einer anderen Person her, hinter einer Frau, die ebenfalls beim Sender arbeitet.«

Die Worte trafen Jake wie ein Tritt in die Magengrube. Plötzlich ergab alles einen Sinn – das Auftauchen der beiden Detectives, Teds Reaktion. Er hatte nicht ruhig bleiben können, weil er persönlich betroffen war.

»Kristin.« Der Name entfuhr ihm einfach.

»Die Anrufe beim Sender haben vor etwa acht Monaten angefangen, meistens während der Sendung. Zuerst hat sich niemand viel dabei gedacht. Sie bekommen jede Menge verrückte Anrufe. Du weißt, was ich meine – Leute, die in den Hörer keuchen oder irgendwelchen Blödsinn reden. Natürlich werden alle Anrufer überprüft, bevor sie zu Kristin durchgestellt werden, also hat dieser Typ es nie in die Sendung geschafft.

Ein Mal hat sie sogar mit ihm gesprochen und versucht, ihn zur Vernunft zu bringen. Eine Weile hat es gewirkt, aber dann fingen die Briefe an. Wie die Anrufe waren sie zunächst harmlos – das übliche Wir-gehören-zusammen-Gefasel, wie viele Prominente es sich anhören müssen. Aber irgendwann wurden sie immer bedrohlicher.«

»Nichts, was euch auf die Spur des Absenders führen könnte – Fingerabdrücke, Poststempel?«, fragte Jake.

Sie hatten den Parkplatz erreicht. »Nichts. Sie wurden überall im Land abgeschickt.«

»Und alle von derselben Person geschrieben?«

»Soweit wir es beurteilen können. Die Handschrift scheint immer identisch zu sein, aber abgesehen davon haben wir keinen Hinweis. Unser Labor hat sie untersucht und nichts Verwertbares entdeckt. Ich habe sie ans FBI geschickt, aber die sind auch nicht fündig geworden.«

Ted blieb vor der Terrassentreppe stehen. »Das Problem ist, *Lost Loves* wird an jedem Abend in praktisch allen fünfzig Bundesstaaten ausgestrahlt. Und sämtliche Anrufe kamen über die nationale Achthunderternummer.«

Jake schloss die Augen. 1-800-NIGHT TALK. Wie oft hatte er Jane Streeter diese Nummer ansagen hören?

»Sämtliche Briefe waren an das Postfach des Senders adressiert, dessen Nummer in der Sendung mehrfach genannt wird und auch auf der Website steht. Als er anrief, hat er nach Jane gefragt – du weißt schon, Jane Streeter, der Name, den Kristin im Talkradio benutzt. Die Briefe waren alle an Jane gerichtet. Wir sind ziemlich sicher, dass er nicht weiß, wer Jane Streeter wirklich ist oder wo er sie finden kann, aber jetzt, nach heute Abend …« Ted zuckte mit den Schultern.

Jake konnte kaum glauben, was er gehört hatte. Es erklärte so viel. Kein Wunder, dass sie vorhin so heftig auf ihn reagiert hatte. Er musste sie zutiefst erschreckt haben. Sie war nicht unfreundlich, sie war verängstigt – und sie hatte allen Grund dazu.

»Und wenn er weiß, wo er sie finden kann«, überlegte Jake laut, »ist es nur eine Frage der Zeit, bis er herausfindet, wer Jane Streeter in Wirklichkeit ist, wenn er es nicht schon weiß.«

»Ich muss einen Weg finden, sie zu beschützen, Jake«, sagte Ted mit mühsam beherrschter Stimme. »Und dazu brauche ich deine Hilfe.«

4. Kapitel

»Ich kann es nicht.«

»Jake, du musst. Ich brauche dich.«

»Nein.« Jake schüttelte den Kopf. »Und hör auf, den Amateurpsychologen zu spielen. Die Stell-dich-deinen-Ängsten-Tour zieht bei mir nicht.«

»Du denkst, dass es das ist?«

»Das ist genau, was es ist.« Jake ging zwischen den Garderobenständern auf und ab und fühlte sich wie ein Tier in der Falle. »Ich weiß, was du gerade versuchst, und es wird nicht funktionieren.«

»Ich versuche, Kristins Leben zu retten«, sagte Ted, während sein Blick Jake folgte. »Und ich bitte dich, mir dabei zu helfen.«

Jake blieb stehen. »Du vergisst, was passiert ist, als ich das letzte Mal jemanden beschützt habe. Ich habe Mist gebaut, erinnerst du dich? Oder soll ich seine Witwe anrufen, damit sie deinem Gedächtnis auf die Sprünge hilft?«

Der Raum hinter dem Tresen war klein und eng, aber er lag außer Sicht der Hochzeitsgäste – und bei dem, was sie besprechen mussten, wollten sie keine Zuhörer haben. Sie hatte die Garderobiere in eine ausgedehnte Pause geschickt, und das Geschlossen-Schild aufgehängt. Jetzt waren sie allein. Nur das Licht und die fröhliche Musik, die durch die vielen Mäntel, Jacken und Hüte driftete, bildete einen scharfen Kontrast zu den heftigen Gefühlen, die zwischen den beiden Männern in der stickigen Luft lagen.

»Mich braucht niemand an irgendetwas zu erinnern«, entgegnete Ted. »Was vor drei Jahren passierte, ist vorbei, erledigt, alte Geschichte. Außerdem ist es eine Tatsache, dass du nicht schuld warst, auch wenn du es dir immer wieder vorwerfen willst. Niemand hatte auch nur den leisesten den Verdacht, dass Hollywood einen von uns gekauft hatte. Du konntest es nicht wissen, also solltest du endlich aufhören, dich dafür zu bestrafen. Lass die Sache ein für alle Mal ruhen.«

»Ich lebe mein Leben. Vielleicht ist es nicht die Art von Leben, die du oder die Seelenklempner sich für mich vorstellen, aber wenigstens bin ich nicht tot.« Jake setzte sich wieder in Bewegung. »Das ist mehr, als sich von Ricky oder den beiden guten Cops behaupten lässt, die gestorben sind, als sie ihn retten wollten.«

Ted schwieg einen Moment und sah Jake zu, der wieder rastlos auf und ab ging. »Weißt du was? Ich nehme zurück, was ich gerade gesagt habe. Du bestrafst dich nicht mehr. Dazu hast du gar keine Zeit. Du bist nämlich viel zu sehr damit beschäftigt, dich zu bemitleiden.«

Abrupt blieb Jake stehen und starrte seinen Freund mit geballten Fäusten an. Das hätte er sich von niemand anderem sagen lassen.

»Bist du mit der Psychoanalyse fertig?«, fragte er mit gepresster Stimme.

Ted schüttelte den Kopf. »Habe ich dir erzählt, dass Cindy ihre Eltern verloren hat, als sie noch auf der Highschool war? Drei Wochen vor ihrem Abschluss, um genau zu sein.« Er ging zu einem Ständer und legte eine Hand darauf. »Irgendein Typ ist mit sechzig Meilen in der Stunde bei Rot über eine Kreuzung gefahren und hat die beiden mitten auf der Straße gerammt. Danach hat Cindy Kristin fast allein aufgezogen. Bis auf ein paar entfernte Cousins und Cousinen gab es keine Angehörigen.« Er warf Jake einen Blick zu. »Ich habe ihr versprochen, nicht zuzulassen, dass Kristin etwas zustößt. Deshalb bitte ich dich um einen Gefallen, Jake. Hilf mir, das Versprechen zu halten, das ich meiner Frau gegeben habe.«

318

Jake spürte, wie sein Zorn sich legte und die Hände sich entspannten. Warum machte er sich überhaupt die Mühe, Ted zu widersprechen? Er schuldete ihm einiges – sehr viel sogar. Sein Freund war stets für ihn da gewesen, und er konnte ihm seine Bitte unmöglich abschlagen. Aber die Angst raubte ihm fast den Atem. Er verstand, was hier auf dem Spiel stand – nicht nur für Ted und Cindy, sondern auch und gerade für Kristin.

Kristin. Er dachte an die Nächte, in denen er Radio gehört und ihrer leisen, erotischen Stimme gelauscht hatte. Zur selben Zeit hatte also auch ein mörderischer Psychopath zugehört. Von Ted wusste er, wie tapfer sie während der letzten acht Monate gewesen war. Sie hatte sich mit allem abgefunden, was die Polizei von ihr verlangte. Sie hatte ihr Leben eingeschränkt, die Öffentlichkeit gemieden und ihre Gewohnheiten geändert. Aber Jake hatte die Panik in ihren Augen gesehen und das Misstrauen gespürt. Alles in ihm reagierte darauf. Er wollte sie beschützen – und konnte nur beten, dass er nicht wieder versagte.

»Ich … habe Angst«, flüsterte er.

Ted ging zu ihm und legte eine Hand auf seine Schulter. »Ich weiß.«

»Was, wenn ich … es nicht schaffe, sie …«

»Du wirst es schaffen«, unterbrach Ted ihn, bevor er den Gedanken ganz aussprechen konnte. »Hätte ich daran auch nur den geringsten Zweifel, würde ich dich nicht fragen. Hier geht es um die Familie – meine Familie. Glaubst du etwa, ich würde dich darum bitten, wenn ich es dir nicht zutrauen würde?«

Teds Vertrauen gab ihm den Mut, den er brauchte. »Sag mir, was ich tun soll. Erzähl mir von deinem Plan.«

»Wohin bringst du uns?« Cindy lachte, als Ted im Foyer des Restaurants abrupt abbog und sie zur Garderobe führte. »Was ist los?«

»Kommt schon, es dauert nur eine Minute«, sagte er, während er die Klappe im Tresen anhob und den Schwestern den Vortritt ließ.

»Was soll das?«, fragte Cindy, als Ted sie mit sanftem Nachdruck in die Garderobe schob. »Wozu verstecken wir uns?«

Kristin folgte ihr und spürte, wie sie immer unruhiger wurde. Ted hatte sie ohne jede Erklärung vom Empfang weggeholt. Sie war misstrauisch, befahl sich jedoch, nicht übertrieben zu reagieren. Sie hatte die peinliche Szene mit Jake nicht vergessen und legte keinen Wert auf eine Wiederholung.

»Jake? Was tust du denn hier?«, fragte Cindy, als sie ihn zwischen den Ständern entdeckte. Mit hochgezogenen Augenbrauen drehte sie sich zu ihrem Mann um. »Was habt ihr beide vor?«

Auch Kristin sah Jake und blieb wie angewurzelt stehen. »Es ist etwas passiert, nicht wahr?«

»Was?«, fragte Cindy verwirrt, und ihr Lächeln verblasste. »Wovon redest du?«

Kristins Blick glitt von Jake zu Ted. »Ich habe recht, nicht wahr?«

Ted winkte sie herein. »Lass uns hier reden.«

Mit weichen Knien ging Kristin weiter. Ted hatte sein »Copgesicht« aufgesetzt, und in ihr wurde die böse Vorahnung immer stärker. Aber sie hatte gelernt, ihre Gefühle zu verbergen, und schaffte es, sich zusammenzureißen, obwohl sie sich am liebsten irgendwo verkrochen hätte. Sie war sicher, dass niemand sah, was für eine Panik in ihr wütete, als sie den kleinen Raum betrat.

Sie hob den Kopf, als Jake hereinkam. Er strahlte etwas aus, das sie noch unruhiger werden ließ. Es war, als würde er sie durchschauen und genau wissen, welche Ängste sie vor ihrer Umwelt verbarg.

»Was ist denn nun?«, fragte Cindy scharf und sichtlich aufgebracht. Ted legte einen Arm um sie. »Es ist etwas Schreckliches geschehen, nicht wahr? Erzähl schon!«

»Erst möchte ich, dass ihr euch hinsetzt«, sagte Ted und führte sie zum Platz der Garderobenfrau. »Kristin, ich hole dir …«

»Ted, nun sag uns endlich, was los es ist«, fuhr Kristin ihn an. Der wütende Ausbruch tat gut. Er half ihr, die Angst einzudämmen, die sie zu überwältigen drohte. »Was zum Teufel ist geschehen?«

Ted warf Jake einen Blick zu, bevor er sich Kristin zuwandte. »Es hat einen Überfall gegeben. Auf jemanden, der beim Sender arbeitet.«

»Oh, Gott«, stöhnte Cindy.

Kristin fröstelte. »War er es?«

Ted nickte. »Wir sind uns ziemlich sicher.«

Unter ihr schien sich der Boden zu neigen, und sie taumelte, bis sie Jakes starke Arme um sich fühlte. Um sie herum schien alles zu verschwimmen. Cindy sagte etwas, aber sie konnte sich nicht darauf konzentrieren. Sie wusste nicht mehr, ob sie weinen, schreien oder einfach in Ohnmacht fallen wollte. Das Einzige, dessen sie sich sicher sein konnte, waren die Arme, die sie stützten.

»Ted, dort drüben«, rief Jake und zeigte mit dem Kopf auf den Klappstuhl, der an der rückwärtigen Wand lehnte.

»Halten Sie sich einfach an mir fest«, sagte Jake zu ihr.

»Es … geht mir gut«, beteuerte sie, als er ihr auf den Stuhl half. Sie hasste es, so schwach zu sein, dass sie nicht einmal mehr auf eigenen Beinen stehen konnte. Das schrille Läuten in ihren Ohren legte sich, aber bevor sie so etwas wie Erleichterung verspüren konnte, wurde ihr übel.

»Hier«, sagte Cindy und drückte ihr ein Glas in die Hand. »Trink das.«

Sie war nicht sicher, woher das Eiswasser kam, aber das machte nichts. Es war kalt und erfrischend und half, wieder einen halbwegs klaren Kopf zu bekommen.

»Wer?«, fragte sie, nachdem sie ein paar hastige Schlucke genommen hatte. »Wer ist überfallen worden?«

Ted zögerte. »Ihr Name ist Victoria ...«

»Tori Peters«, murmelte Kristin und lehnte sich zurück. Sie schloss die Augen und sah die junge Frau vor sich – klug, lustig, voller Leben. »Ist sie ...«

»Sie ist im OP«, sagte Ted. »Wenn sie herauskommt, wissen wir mehr.«

»Im OP? Hat man auf sie geschossen?«, fragte Cindy.

Ted schüttelte den Kopf. »Sie hat mehrere Stichwunden im Oberkörper.«

Kristin stöhnte auf. »Aber warum? Warum sollte jemand Tori etwas antun wollen?«

Ihr frischgebackener Schwager zögerte. »Sie ist groß, sie ist blond. Der Angreifer muss gedacht haben ...«

»Dass ich es bin«, flüsterte Kristin. Das durfte nicht wahr sein. Es wurde immer schlimmer. Wann würde es endlich aufhören?

»Aber ich verstehe nicht.« Cindy beugte sich vor. »Woher willst du wissen, dass er es war?«, fragte sie Ted. »Ich meine, es kann doch auch ein Zufall gewesen sein.«

Kristin schluckte, als die Übelkeit in ihr aufstieg. »Weil das noch nicht alles ist, nicht wahr?«

Ted ging vor ihr in die Hocke. »Er hat das Opfer mit dir verwechselt. Er hat am Tatort ... einen Beweis dafür hinterlassen.«

»Einen Beweis?«

Ted sah kurz zu Jake hinauf. »Jetzt steht fest, dass er es ernst meint. Briefe und Anrufe reichen ihm nicht mehr. Wir haben allen Grund zu der Annahme, dass er es ein weiteres Mal versuchen wird.«

Kristin schaute von Ted zu Jake und wieder zurück. »Wie kannst du da so sicher sein? Was für einen Beweis habt ihr gefunden?«

»Er hat am Tatort eine ... Nachricht hinterlassen«, wich Ted ihrer Frage aus.

»Eine Nachricht? Was für eine Nachricht? Ein Anruf, einen Brief?«

»Es ist nicht wichtig«, sagte Ted mit einer abwehrenden Handbewegung. »Glaub es mir einfach, wenn ich sage, dass es nicht sein letzter Versuch war.«

»Dann müssen wir etwas unternehmen«, meinte Cindy. »Du musst ihn finden und aufhalten.«

Ted richtete sich auf und nahm ihren Arm. »Genau das haben wir vor.« Er sah Kristin an. »Jake und ich haben einen Plan entwickelt, aber der funktioniert nur, wenn du dabei mitmachst.«

»Was für ein Plan?«, fragte Kristin. Und was hatte Jake damit zu tun? Aber das sprach sie nicht aus.

»Bis heute Abend konnten wir nicht wissen, wie gefährlich dieser Kerl wirklich ist. Natürlich haben wir Vorsichtsmaßnahmen ergriffen, um das Risiko so gering wie möglich zu halten. Aber es hätten durchaus auch leere Drohungen sein können. Wir hatten keine Ahnung, ob es dem Typen reicht, dir nur Angst einzujagen.« Ted strich über Kristins Arm. »Jetzt ist klar, dass er sich nicht damit begnügt. Der Mann ist eine echte Bedrohung, und wir müssen alles tun, um deine Sicherheit zu gewährleisten.«

Kristin dachte daran, wie sehr sie in den vergangenen Monaten ihr Verhalten geändert hatte – sie hatte regelmäßig bei ihrem Chef und Cindy angerufen, auf dem Weg nach Hause Umwege gemacht, jeden Tag eine andere Route genommen, das Telefon nicht abgenommen. Sie war zur Gefangenen in ihrem eigenen Leben geworden.

»Ich habe alles getan, was ihr von mir verlangt habt«, sagte sie verzweifelt. »Was denn noch?«

Ted legte einen Arm um Cindys Schultern. »Ich möchte, dass du für eine Weile untertauchst.«

»Was?« Kristin sprang auf. »Untertauchen? Was soll das heißen?«

»Warte einen Augenblick, bitte.« Cindy streckte die Hand nach ihr aus. »Lass uns hören, was er zu sagen hat.«

»Ich will nicht warten«, protestierte Kristin und wich ihr aus. »Und ich will auch nicht darüber diskutieren. Es steht einfach außer Frage.«

»Wir reden hier über deine Sicherheit, vielleicht sogar dein Leben«, erwiderte ihre Schwester mit ungewohnter Schärfe. »Da steht *nichts* außer Frage.« Sie atmete tief durch, um sich zu beruhigen. »Lass uns einfach zuhören, okay?«

Kristin funkelte sie an, wusste jedoch, dass sie recht hatte. Nach einem Moment sah sie Ted an. »Na gut, ich höre.«

»Kristin, der Typ meint es ernst und scheint zu wissen, was er tut. Deine Talkshow wird überall im Land ausgestrahlt. Die Station zu finden, in der dein Studio ist, kann nicht leicht gewesen sein, aber er hat es geschafft. Außerdem weiß er, wie du aussiehst. Vermutlich hat er sich im Internet Fotos angesehen, die dich bei verschiedenen Preisverleihungen zeigen. Und er scheint das Gebäude von KLAM zu beobachten oder hat jemanden, der es für ihn tut. Deshalb wäre es einfach zu riskant, die Sendung weiterhin von dort aus zu machen.«

»Dann suche ich mir ein anderes Studio. Ich rede mit Dale, er kann alles Notwendige arrangieren.«

»Wir müssen dich aus der Gefahrenzone schaffen, Kristin. An einen Ort, an dem er dich nicht finden kann.«

»Aber was ist mit meiner Praxis, mit meinen Klienten? Ted, es gibt Menschen, die sich auf mich verlassen, die meine Hilfe brauchen.«

Ted zögerte kurz, dann sah er Cindy an und drückte Kristins Schulter. »Nun ja, hoffentlich wird es nicht sehr lange dauern. Vielleicht kannst du es als eine Art von … Urlaub sehen.«

»Urlaub?« Kristin schüttelte den Kopf, hob eine Hand und ging ein paar Schritte auf und ab. »Das ist doch verrückt. Du übertreibst mal wieder, Ted.« Sie blieb stehen und stemmte die

Hände in die Seiten. »Dieser Typ sucht nach Jane Streeter, nicht nach mir. Er kennt meinen richtigen Namen gar nicht.«

»Da können Sie nicht sicher sein.«

Ruckartig drehte sie sich zu Jake um und musste unwillkürlich an seine kräftigen Arme denken. Und an das Gefühl von Geborgenheit, das sie ihr gegeben hatten. »Er ist nicht gerade allgemein bekannt.«

»Das mag sein«, gab er zu. »Aber man kann so etwas nicht für immer unter Verschluss halten. Sie wissen doch, wie so etwas läuft. Jemand kennt ihn – ein Freund, ein Kollege, und schon spricht es sich herum.« Er zuckte mit den Schultern. »Ich habe ihn auch herausgefunden, und dabei habe ich mir nicht mal Mühe gegeben.«

Sie konnte ihm nicht widersprechen. Sie hätte ihm erklären können, dass niemand wissen sollte, wer Jane Streeter war. Dass sie ihre Klienten schützen wollte, die sich auf sie verließen – aber die Wahrheit war, dass es ihr bis vor acht Monaten völlig egal gewesen war, wer ihre Identität kannte.

»Okay«, sagte sie nach einem Moment und wandte sich wieder Ted zu. »Jetzt bin ich in viel größerer Gefahr. Also werde ich noch vorsichtiger sein. Ich werde mich stündlich melden, ich werde Gitter an den Fenstern anbringen lassen – was immer ihr wollt.«

»Du begreifst es einfach nicht«, rief Cindy mit bebender Stimme. »Da draußen ist jemand, der dir wehtun will, der dich vielleicht sogar töten will. Jetzt ist nicht die Zeit, um an deine Praxis oder deine Talkshow zu denken. Es ist die Zeit, das zu tun, was du tun musst, um zu überleben.«

Kristin seufzte erschöpft. Die vielen schlaflosen Nächte forderten ihren Preis. »Cin, es tut mir leid. Du hast recht, du hast ja recht«, sagte sie rasch und drückte ihre Schwester an sich. Dass sie Cindy beunruhigt hatte, machte alles nur noch schlimmer. »Was soll ich denn tun? Ins Kloster gehen? Auf eine einsame Insel?«

Cindy sah Ted an. »Sie könnte doch nach Mexiko mitkommen?«

»Ich werde auf keinen Fall mit euch in die Flitterwochen fliegen«, verkündete Kristin.

»Dann fliegen wir nicht«, fuhr Cindy ungerührt fort. »Ich habe Urlaub, du kannst bei uns wohnen.«

»Nein.« Kristin schüttelte den Kopf und trat zurück. »Ihr zwei werdet wie geplant eure Hochzeitsreise unternehmen.«

»Du erwartest von mir, dass ich in ein Flugzeug steige und dich hier zurücklasse.« Cindy hob das Kinn. »Niemals.«

Kristin sah ihre Schwester an. Da stand sie in ihrem Brautkleid, der Schleier war zurückgeschoben, fiel auf die Schultern und umrahmte ihr anmutiges Gesicht. Dies war ihr Hochzeitstag, sie sollte vor Glück und Hoffnung strahlen. Stattdessen sah sie betrübt aus, das Gesicht war blass, die Augen vom Weinen gerötet. Kristin wollte schreien, gegen die Wand hämmern, gegen irgendetwas. Der Albtraum war wie etwas, das nicht nur ihr Leben vergiftete, sondern auch das aller Menschen, die ihr etwas bedeuteten. War es denn nicht genug, dass ein Fremder ohne Namen und Gesicht ihr die Hölle auf Erden bereitete? Mussten auch all diejenigen, die sie liebte, darunter leiden?

Sie dachte an die junge Frau, die gerade im Operationssaal um ihr Leben kämpfte. Nicht Tori, sondern sie hätte dort liegen sollen. Sie, nicht Tori, die wunderbare, unschuldige Tori. Ihre Kollegin hatte nichts getan. Ihr einziges Verbrechen war es gewesen, Jane Streeter ähnlich zu sehen.

Kristin griff nach Cindys Hand. Jetzt hatte das Gift auch ihre Schwester erreicht, hatte das strahlende Lächeln einer Braut in bittere Tränen verwandelt, hatte ihr diesen einzigartigen Tag für immer verdorben. Es war einfach nicht richtig. Sie musste verhindern, dass das Gift sich weiter ausbreitete und noch mehr Leben ruinierte.

»Du musst fliegen, Cin«, sagte Kristin beschwörend. »Es ist deine Hochzeitsreise.«

»Die können wir verschieben«, beharrte Cindy.

»Aber es ist doch schon alles geplant.«

»Das macht nichts«, sagte Cindy. »Es war nur eine Woche. Wir können sie jederzeit nachholen.«

»Aber das ist nicht dasselbe, es …«

»Schluss jetzt!« Teds Stimme hallte in dem kleinen Raum wider, und sie verstummten schlagartig. Er nahm den Stuhl, auf dem seine Frau gesessen hatte, und stellte ihn neben Kristins. »Setzt euch! Alle beide!«

Normalerweise hätte Kristin sich über seinen Befehlston entrüstet, aber unter diesen Umständen protestierte sie nicht, sondern folgte Cindys Beispiel und nahm wieder Platz.

»Wie ich gerade sagte«, fuhr Ted fort. »Jake und ich haben uns etwas einfallen lassen. Es ist nicht perfekt, aber es könnte funktionieren.« Er sah Kristin an. »Solange wir alle mitmachen. Wir haben uns überlegt, dass du eine Weile in Eagle's Eye verbringst.«

»Eagle's Eye?«, wiederholte Kristin nervös.

»Die Rangerstation auf dem Mount Holloway. Sie ist abgelegen und schwer zu finden. Außerdem wird Jake dort sein, um dich zu beschützen.«

»Du willst, dass ich dort oben wohne?«, fragte sie entsetzt. »Mit … mit ihm?«

Jake versuchte, Kristins Reaktion auf Teds Vorschlag nicht persönlich zu nehmen. Dass die Frau bei der Vorstellung, mit ihm allein zu sein, blass wurde, war nicht gerade schmeichelhaft. Aber sie war aufgebracht, ihre Nerven waren zum Zerreißen gespannt, also war er bereit, für sie mildernde Umstände gelten zu lassen.

Natürlich hatte er nicht erwartet, dass sie den Plan begeistert aufnehmen würde. Alles stehen und liegen zu lassen und sein Leben von einem Tag auf den anderen komplett umzustellen war schließlich keine leichte Sache – das wusste er aus eigener Erfahrung. Aber ernste Zeiten erforderten nun einmal ernste

Maßnahmen, und viel ernster konnte es kaum werden. Kristin hatte allen Grund, ihrem Plan zuzustimmen. Wer immer der Mann war, der ihr nachstellte, er würde nicht so schnell aufgeben. Er hatte bereits zu viel investiert, um sie in Ruhe zu lassen und nach Hause zu gehen. Ted hatte das FBI um Unterstützung gebeten, und der Fall hatte auch bei der Bundespolizei höchste Priorität bekommen. Der Stalker stand auf der Liste der gesuchten Verbrecher ganz oben. Das Problem war, sie mussten ihn finden, bevor er Kristin fand.

Jake musste zugeben, dass er zunächst skeptisch gewesen war, aber je länger er darüber nachdachte, desto sinnvoller erschien ihm Teds Vorschlag. Eagle's Eye lag tatsächlich abseits der ausgetretenen Pfade. Allein die vielen Meilen unberührter Wildnis boten Schutz, und angesichts des hohen Beobachtungsturms war es praktisch unmöglich, sich der Rangerstation ungesehen zu nähern.

Aber was genau er mit der Frau anfangen sollte, war eine ganz andere Geschichte. Natürlich konnte niemand von ihm erwarten, dass er sie unterhielt. Er hatte einen Job zu machen, der einen festen Tagesablauf mit sich brachte. Sie würde sich allein beschäftigen müssen.

Abgesehen vom gelegentlichen Besuch eines anderen Rangers, eines Jägers oder Campers war er völlig allein. Sich vorzustellen, dass er es plötzlich nicht mehr sein würde, fiel ihm schwer. Aber da es in der Station zwei getrennte Wohnungen gab, würden sie einander nicht mehr als nötig über den Weg laufen. Wenn sie es wollte, würde sie vollkommen ungestört sein können. Trotzdem würde er sich erst daran gewöhnen müssen, Eagle's Eye mit jemandem teilen zu müssen. Noch dazu mit einer Frau.

»Das kann ich nicht«, sagte Kristin. »Wirklich nicht. Es wäre eine Zumutung.« Sie wandte sich Jake zu. »Vielen Dank. Es ist sehr nett von Ihnen, mir das anzubieten, aber es wäre einfach zu viel verlangt.«

»Ich finde, es ist eine großartige Idee.« Cindy sprang auf. Ihr Gesicht hatte sich ein wenig entspannt, und die Augen waren groß vor Begeisterung. »Oh, Jake, du bist ein Geschenk des Himmels. Meinst du, es wäre tatsächlich möglich?«

»Nein, es ist nicht möglich«, beharrte Kristin, bevor er antworten konnte. »Das könnt ihr nicht von ihm erwarten. Das hier ist nicht sein Problem, sondern meines. Es sind schon viel zu viele unschuldige Menschen in Mitleidenschaft gezogen worden. Ich werde von niemandem verlangen, sich meinetwegen in Gefahr zu bringen.«

Sie klang so entschlossen, aber nicht jeder war mit den Nuancen ihrer Stimme so vertraut wie er. Er hörte das leise Zittern, das Zögern und die Verunsicherung, von der sie vermutlich sicher war, dass sie sie vor allen verbergen konnte.

»Sie verlangen es doch gar nicht«, widersprach er nach einem Moment. Er musste behutsam vorgehen. Er kannte sie jetzt besser und verstand, warum sie sich so verhielt. Sie konnte störrisch und unnachgiebig sein, und wenn er sie bedrängte, würde er sie nur provozieren. »Ich biete es an.«

»Und ich weiß es zu schätzen«, sagte sie leise. »Das tue ich wirklich.«

Ihre Stimme war ihm so vertraut, und sie zu hören war wie einen alten Freund wieder zu finden. Seine Reaktion darauf war rein instinktiv. »Dann wünschte ich, Sie würden es sich anders überlegen. Haben Sie je daran gedacht, wie riskant es für alle ist, wenn Sie hier bleiben?« Er sah ihr an, dass seine Worte sie überraschten, aber er gab ihr keine Gelegenheit, etwas zu entgegnen.

»Ich weiß, die ganze Sache klingt extrem. Das ist sie auch. Aber vielleicht es die beste Lösung für alle.« Er hing vor ihr in die Hocke. »Wenn Sie mitkommen, ist das Risiko minimal. In L. A. zu bleiben wäre gefährlich. Wenn Sie an einem sicheren Ort untergebracht sind, kann die Polizei alle Kräfte auf die Jagd nach diesem Typen konzentrieren.« Er zuckte mit einer

Schulter. »Und vielleicht wären Ted und Cindy sogar beruhigt genug, um ihre Hochzeitsreise zu unternehmen.«

Das Argument war überzeugend, aber noch gab sie nicht nach.

»Aber ich kann doch nicht einfach alles zusammenpacken und für unbestimmte Zeit verschwinden. Ein paar Tage, eine Woche vielleicht, das wäre denkbar, aber wer weiß, wie lange ich in den Bergen bleiben muss.«

»Kristin«, begann Ted fast feierlich. »Wir werden den Kerl schnappen, das verspreche ich dir. Es kann eine Woche dauern. Einen Monat, vielleicht zwei. Ich weiß es nicht. Aber wir kriegen ihn. Ich hasse es, das hier von dir zu verlangen, aber glaub mir, es muss sein.«

Cindy ergriff ihre Hand. »Du willst doch sicher alles tun, um in dein altes Leben zurückkehren zu können, oder?«

»Das weißt du.« Kristin schob den Stuhl zurück und stand langsam auf. »Aber ich habe Klienten, die sich in einem entscheidenden Stadium ihrer Therapie befinden. Was soll aus ihnen werden? Und was ist mit all denen, die sich jede Nacht meine Show anhören? Mit den Anrufern? Kann ich sie alle einfach im Stich lassen?«

Sie konnte nicht ernsthaft glauben, dass jemand ohne seine tägliche Dosis *Lost Loves* nicht überleben würde. Jake wusste, dass sie sich an einen Strohhalm klammerte. Jede Ausflucht war ihr recht, um nicht bei ihm wohnen zu müssen.

»Haben Sie nicht gesagt, dass Sie in der Praxis einen Partner haben?«, fragte er und stand auf.

»Wir teilen uns nur die Räume«, sagte sie.

»Springen Sie nie füreinander ein?«

»Natürlich tun sie das«, mischte Cindy sich ein. »Du und Nancy, ihr vertretet einander doch dauernd.« Sie drehte sich zu Jake um. »Nancy hat sie sogar mal im Radio vertreten.«

Nancy, dachte Jake und erinnerte sich an die andere Stimme, die durch den Äther an sein Ohr gedrungen war.

»Sie meinen nicht, dass sie Ihren Klienten helfen könnte?«

»Natürlich könnte sie das«, nahm Kristin ihre Kollegin in Schutz.

»Na ja, dann kann ich Ihnen vielleicht bei *Lost Loves* helfen«, sagte er.

Erstaunt starrten die drei anderen Jake an.

»Was meinen Sie?«, fragte Kristin.

»Die Rangerstation mag von ein paar Hundert Meilen Wildnis umgeben sein, aber sie verfügt auch über eine hochmoderne Funkverbindung zur Außenwelt.«

»Brillant!«, rief Ted und warf die Hände in die Luft. »Warum ist mir das nicht eingefallen?« Er wandte sich Kristin zu. »Du könntest die Show von dort aus moderieren. Jane Streeter würde vom Gipfel der Welt senden.«

Und damit war der Plan beschlossene Sache.

5. Kapitel

Kristin öffnete den Schrank und starrte auf die lange Reihe ihrer Sachen. Sie wusste nicht, womit sie anfangen sollte. Was packte man ein, wenn man in die Wildnis aufbrach – Daunenjacken, Wollsocken, Thermowäsche?

Sie nahm zwei Jeans aus dem Fach und zog ein Kapuzenshirt vom Bügel. Jake hatte ihr geraten, warme Kleidung mitzunehmen. Das hier würde reichen müssen.

Sie konnte noch immer nicht glauben, dass sie sich tatsächlich darauf eingelassen hatte. Dass sie allen Ernstes dabei war, eine Tasche zu packen und L. A. zu verlassen. Sie fühlte sich, als würde sie kapitulieren und er gewinnen. Dieser Psychopath vertrieb sie aus ihrer Wohnung und nahm ihr die Arbeit. Aber Jake hatte recht. Wenn sie hier blieb, brachte sie alle anderen in Gefahr, und das wollte sie auf keinen Fall tun.

Sie dachte an den Mann, der sie bei sich aufnehmen würde, und daran, wie unfreundlich und abweisend sie zu ihm gewesen war. Sie warf die Jeans und das Kapuzenshirt aufs Bett, setzte sich daneben und stützte den Kopf auf die Hände. Sie kam sich so schäbig vor, so undankbar. Es war ein Wunder, dass er überhaupt noch mit ihr sprach.

Kristin bezweifelte nicht, dass Ted ihre langjährige Freundschaft ausgenutzt und Jake ein wenig unter Druck gesetzt hatte, damit er seinem Plan zustimmte. Der arme Mann hatte vermutlich das Gefühl gehabt, dass ihm nichts anderes übrig blieb.

Sie öffnete die Augen, ließ sich zurückfallen und starrte an die Decke. Sie hatte versucht, es ihm leicht zu machen und ihm einen Rückzieher zu ermöglichen, aber er war hart geblieben.

Er hatte sich alle Mühe gegeben, sie von dem Plan zu überzeugen, und keine ihrer Ausflüchte akzeptiert. Warum tat er das? Was für ein Pflichtgefühl ließ ihn für eine Fremde ein solches Opfer bringen? Noch dazu für eine, die nicht besonders nett zu ihm gewesen war?

»Ich weiß es nicht«, murmelte sie als Antwort auf ihre eigene Frage. Sie setzte sich auf, nahm die Sachen vom Bett und warf sie in ihre Sporttasche. »Vielleicht ist es irgend so eine Ex-Cop-Sache.«

»Was ist irgend so eine Ex-Cop-Sache?«

Kristin drehte sich um und sprang auf. »Nancy, ich bin so froh, dass du hier bist.«

»Ich bin gleich losgefahren, als ich deine Nachricht bekam. Was geht hier vor?«, fragte Nancy Fox und zeigte mit einer Kopfbewegung zur offenen Schlafzimmertür. »Es sieht aus, als hätte sich die ganze Polizei von L. A. versammelt.«

Das war natürlich nur ein Scherz, aber die beiden schwarz-weißen Streifenwagen und die zwei zivilen Limousinen, die vor dem Haus parkten, waren nicht zu übersehen.

»Vergiss das FBI nicht.«

Nancys dunkle Augen wurden schmal. »Es geht um ihn, nicht wahr? Um deinen Stalker.«

Kristin hatte die zierliche Brünette auf dem College kennengelernt, als sie zusammen eine Reihe von Seminaren besuchten. Sie waren zwar nie enge Freundinnen geworden, aber sie hatten einander beim Studium geholfen. Da sie beide nach dem Abschluss eine Praxis eröffnen wollten, machte es Sinn, Kosten zu sparen und sich Räumlichkeiten zu teilen. Als noch praktischer erwies sich das Arrangement, als Kristin mit ihrer nächtlichen Radio-Talkshow begann. Seitdem vergab Nancy ihre Termine für den Vormittag, während Kristin ihre Klienten nachmittags empfing.

»Hast du von Tori gehört?«

»Oh, mein Gott!«, rief Nancy. »War er das?«

333

Kristin schloss die Augen, als in ihr eine Mischung aus Zorn, Empörung, Schuld und Panik aufstieg. »Er dachte, sie wäre … Er hat sie für mich gehalten.«

»Wie schrecklich.« Betrübt schüttelte Nancy den Kopf. »Na ja, das erklärt das Polizeiaufgebot.«

Sie strich Kristin über den Arm. Nancy trug ihre Gefühle nie zur Schau, was ihrer Arbeit als Psychotherapeutin sehr zugutekam.

»Sie glauben, dass er es noch ein zweites Mal versuchen wird.«

»Haben sie Verdächtige?«

»Ich weiß es nicht, und ehrlich gesagt, ich habe auch nicht gefragt«, gestand Kristin und seufzte müde. »Sie wollen sich die Aufzeichnungen der Überwachungskameras in der Tiefgarage ansehen und mit den Leuten reden, die zum Zeitpunkt des Überfalls in der Nähe waren.«

»Nun ja, wenigstens unternehmen sie etwas. Es klingt ermutigend«, sagte Nancy, während sie zum Bett ging und in die Sporttasche schaute. »Was ist das denn? Willst du verreisen?«

»Glaub mir, nicht freiwillig«, erwiderte Kristin trocken. »Ted und Jake …«

»Jake?«

»Entschuldige. Du kannst ihn nicht kennen. Jake Hayes, ein guter Freund von Ted. Er war früher bei der Polizei von Los Angeles.«

»Die Ex-Cop-Sache.« Nancy nickte.

Kristin lachte verlegen. Dass Nancy sie bei einem Selbstgespräch ertappt hatte, war ihr peinlich. »Richtig, die Ex-Cop-Sache. Jedenfalls sind sie der Ansicht, ich sollte für eine Weile untertauchen. An einem sicheren Ort.«

»Ich finde, da haben sie recht«, meinte Nancy. »Man kann nicht wissen, wo sich der Typ herumtreibt. Wohin willst du?«

Erst im letzten Moment fiel Kristin Teds Warnung ein. »Es tut mir leid, aber das darf ich niemandem erzählen.«

»Nicht einmal mir?«

Kristin verzog das Gesicht. »Ich weiß, es klingt geheimnis-krämerisch, aber die Polizei befürchtet, dass jeder, der es weiß, ebenfalls in Gefahr sein könnte. Wenn er vermutet, dass du meinen Aufenthaltsort kennst, versucht er vielleicht …« Sie zuckte mit den Schultern. »Du weißt schon.«

»Ich schätze, das macht Sinn.«

»Deshalb habe ich dich auch gebeten, bei mir vorbeizukommen. Ich muss dich um einen riesigen Gefallen bitten.«

Nancy lächelte. »Falls es um deine Radio-Talkshow geht, mach dir keine Sorgen. Die übernehme ich. Gestern hat es nicht das geringste Problem gegeben und …«

»Es geht nicht um die Show«, unterbrach Kristin sie.

Nancys Augen wurden groß. »Nein?«

»Frag mich nicht nach Einzelheiten, aber Jake und Dale haben eine Möglichkeit gefunden, wie ich die Sendung von … na ja, eben von dort aus machen kann. Es wird ein paar Tage, vielleicht eine Woche oder so dauern, bis alles eingerichtet ist. Würde es dir etwas ausmachen, mich bis dahin im Studio zu vertreten?«

»Natürlich nicht. Du weißt, wie gern ich das tue.« Nach-denklich musterte sie Kristin. »Aber bist du sicher, dass du es schaffst, mit der Show weiterzumachen?«

»Um ehrlich zu sein, wenn ich nicht sicher wäre, würde ich nicht von hier weggehen.« Sie nahm einen Pullover aus dem Schrank und warf ihn in die Tasche. »Ich brauche etwas, woran ich mich festhalten kann. Etwas, womit ich mich beschäftigen kann, während ich … dort bin.«

»Aber was ist mit der Praxis?«

»Ich habe den ganzen Vormittag telefoniert. Die meisten meiner Klienten werden an Gruppensitzungen im Beratungs-zentrum teilnehmen, bis ich wieder da bin. Aber es gibt einen kritischen Fall, und ich hatte gehofft, dass du mir dabei helfen kannst.« Sie ging zur Kommode und griff nach einer dicken

Akte. »Die Karteikarte ist in der Praxis, aber das hier sind meine Notizen. Wenn du ein paar Minuten Zeit hast, können wir sie zusammen durchgehen.«

»Natürlich. Ich helfe dir so gut ich kann«, versicherte Nancy, bevor sie ihr die Akte aus der Hand nahm und sie aufschlug. »Hast du schon mit der Klientin gesprochen? Ist es ihr recht, dass ich sie übernehme?«

Kristin dachte an das junge Mädchen, mit dem sie so lange gearbeitet hatte. Die Therapie dauerte bereits mehrere Monate, und langsam hatte sie das Gefühl, dass der Teenager bereit war, sich zu öffnen. Sie waren an einen kritischen Punkt gelangt, und dies war gewiss nicht die beste Zeit, um die Therapeutin zu wechseln.

»Das habe ich, und um ehrlich zu sein, ich mache mir Sorgen«, gestand Kristin. »Ich bin nicht sicher, wie sie mit dem Wechsel fertig werden wird.«

»Ich verstehe, was du meinst.« Nancy nickte und überflog die ersten Seiten. »Das Mädchen hat echte Probleme.«

»Ich weiß, und sie hat schon gute Fortschritte gemacht. Sie jetzt zu verlassen, macht mir ein schlechtes Gewissen, aber ...« Sie wehrte sich gegen den Ansturm der Gefühle. »Aber mir ist da eine Idee gekommen. Ich werde mein Handy dabeihaben und dich anrufen. Dann kannst du mir erzählen, wie die Sitzungen mit ihr laufen. Vielleicht können wir sogar ab und zu eine Konferenzschaltung einrichten und uns zu dritt unterhalten.«

Nancy nickte wieder. »Das klingt durchaus machbar. Ich schlage vor, du packst zu Ende. Ich suche mir eine ruhige Ecke und lese das hier durch. Danach können wir reden.«

Kristin seufzte erleichtert. »Danke, Nancy.«

»Pack deine Sachen«, sagte ihre Kollegin mit gespielter Strenge und eilte zur Schlafzimmertür. »Ich sage dir Bescheid, wenn ich die Akte durchhabe.«

Kristin drehte sich zum Schrank um. Es war ein hektischer Vormittag gewesen, aber angesichts eines Plans, der ihr noch zwölf Stunden zuvor als undurchführbar erschienen war, liefen die Vorbereitungen besser als erwartet. Sie war ungeheuer froh, dass sie die meisten ihrer Klienten in Gruppen des Beratungszentrums untergebracht hatte. Und mit Nancys Hilfe und der ihres Handys würde sie sich persönlich um ihren schwierigsten Fall kümmern können.

Sie starrte auf die Daunenjacke in ihrem Schrank. Das Preisschild baumelte noch daran. Sie hatte sie vor einigen Jahren für einen Skiurlaub gekauft, die Reise jedoch aus irgendeinem Grund absagen müssen, also hatte sie die Jacke noch nie getragen.

Kristin ging ans Fenster und schaute hinaus. Die Märzsonne schien hell, und es war warm. Dass sie zu dieser Jahreszeit eine dicke Jacke brauchen würde, war schwer zu glauben, aber Jake hatte sie ausdrücklich aufgefordert, nicht zu leichte Sachen mitzunehmen.

Sie kehrte zum Bett zurück und sah in die Tasche. Sie hatte absolut keine Vorstellung, wie es dort oben auf seinem Berg sein würde. Sie war immer gern im Freien gewesen, fuhr gern mit dem Rad und machte Wanderungen durch die Natur – ein oder zwei Mal hatte sie sogar gezeltet. Aber dies war eine Wildnis, eine der rauesten und unzugänglichsten Regionen, die Kalifornien zu bieten hatte. Nichts in ihrem Leben hatte sie darauf vorbereitet.

Gestern Abend war alles so schnell gegangen. Nachdem sie Teds Plan – widerwillig – zugestimmt hatte, waren sie auf den Empfang zurückgekehrt. Danach war sie zu durcheinander, um mehr zu tun, als einfach nur dazusitzen und vor sich hinzustarren. Aber sie wollte Cindy nicht enttäuschen. Als Trauzeuge schien Jake sich verpflichtet zu fühlen, bei ihr zu bleiben. Sie hätte gern protestiert, aber es schien Cindy und Ted zu beruhigen, dass sie nicht allein war, und sie wollten ihnen die Party nicht noch mehr verderben.

Natürlich war Jake für den Rest des Abends ein perfekter Gentleman. Aber seine Freundlichkeit machte sie nur noch verlegener. Bestimmt hatte er nicht geahnt, dass er an diesem Tag nicht nur als Trauzeuge, sondern auch noch als Babysitter für die Schwester der Braut fungieren musste.

Daher war sie sehr erleichtert, als die Party zu Ende ging. Cindy bestand darauf, dass sie sich ein Zimmer in einem Hotel in der Nähe des Restaurants nahm, und Ted postierte zwei uniformierte Polizisten vor ihrer Tür. Am Morgen lösten zwei Kollegen die beiden ab und fuhren sie nach Hause. Seitdem saßen sie in ihrer Küche und tranken Kaffee.

Sie hatte sich sofort ans Telefon gesetzt, um die Betreuung ihrer Klienten zu organisieren. Der Plan sah vor, dass sie am Mittag reisefertig war. Sobald Jake und sie in die Berge aufgebrochen waren, würden Cindy und Ted in die Flitterwochen fliegen.

»Klopf, klopf.«

Die tiefe Stimme ließ sie zusammenzucken. »Jake!«

»Tut mir leid«, sagte er mit echtem Bedauern. »Offenbar kann ich nicht aufhören, Sie zu erschrecken.«

»Machen Sie sich keine Vorwürfe«, erwiderte sie seufzend. »Offenbar kann ich nicht aufhören, so nervös zu sein.«

»Sie werden sich besser fühlen, wenn Sie erst in den Bergen sind.«

Das bezweifelte Kristin. »Sie sind früh.«

»Bin ich, aber ich will Sie nicht hetzen«, beteuerte er rasch. »Das Gespräch mit Ihrem Produzenten hat nicht so lange gedauert, wie ich gedacht habe.«

»Mit Dale? Was hat er gesagt? Hält er es für möglich, die Sendung vom Berg aus zu machen?«

»Scheint kein Problem zu sein. Ich habe die Ausrüstung schon im Jeep verstaut.«

Darüber war sie wirklich froh. Vor ihr lag so viel Unbekanntes. Sie hatte keine Ahnung, was sie auf dem Mount Holloway erwartete, aber jetzt gab es etwas, an dem sie sich festhalten konnte – sie würde *Lost Loves* einfach mitnehmen. Die Sendung war etwas Vertrautes. Etwas, das zu ihr gehörte und das der geisteskranke Stalker ihr nicht nehmen konnte.

»Machen Sie in Ruhe weiter«, sagte Jake. »Ich rede mit Ted. Melden Sie sich einfach, wenn Sie mit allem fertig sind.«

»Das werde ich.«

An der Tür blieb er stehen und drehte sich noch einmal zu ihr um. »Ich dachte mir, wenn wir früh genug aufbrechen, können wir kurz im Krankenhaus vorbeischauen. Sie wissen schon, um Ihre Kollegin zu besuchen.«

»Das würde ich gern tun«, flüsterte Kristin. »Danke.«

Es war nicht einfach, aber sie schaffte es, die Tränen zu unterdrücken, bis er den Raum verlassen hatte. Sie hasste es, zu weinen und so emotional zu werden. Denn wenn sie das tat, fühlte sie sich schwach und hilflos. Aber aus irgendeinem Grund konnte sie in diesem Moment nicht anders. Sein Angebot, Tori zu besuchen, war so rücksichtsvoll, und sie hatte es nicht erwartet. Kristin Carey mochte im Umgang mit Fremden vorsichtig sein, aber Jane Streeter war nicht so misstrauisch. Langsam hatte sie das Gefühl, dass Jake Hayes ein richtig netter Mensch war.

Jake schob die Tür auf, stellte die Tasche auf den Boden und tastete nach dem Lichtschalter. Die nackte Glühbirne tauchte die kleine Wohnung in gelbes Licht.

Er legte Kristins Laptop auf den Tisch, hob den Kopf und sah sich um. Erst jetzt wurde ihm bewusst, wie rustikal die frei liegenden Deckenbalken und die grün gestrichenen Möbel wirkten. Hinzu kam, dass er nicht erwartet hatte, mit einem Gast zurückzukehren. Deshalb hatte er weder die Spinnweben entfernt noch gelüftet. Sonderlich einladend war das wirklich nicht. Es würde ihn nicht wundern, wenn sie einen Blick darauf warf und sofort wieder das Weite suchte.

Er deponierte ihre restlichen Sachen auf der nicht bezogenen Matratze und streckte sich. Die Fahrt von L. A. in die Berge

339

war lang und nicht gerade angenehm gewesen. Natürlich hatte er nicht erwartet, dass Kristin gesprächig sein würde, aber sie hatte die ganze Zeit kaum ein Wort gesagt. Zu seiner Erleichterung war sie schon bald eingeschlafen. Die Stille war wesentlich erträglicher als das angespannte Schweigen.

Doch das hatte nichts daran geändert, dass die Fahrt länger als sonst dauerte. Er hatte gehofft, den Berg vor Anbruch der Dunkelheit zu erreichen, aber wegen des dichten Verkehrs und des Abstechers zum Krankenhaus war das nicht möglich gewesen. Vielleicht war es besser so. Kristin hatte heute schon genug durchgemacht, und für jemanden, der die Berge nicht kannte, konnte die schmale, kurvenreiche Straße zum Mount Holloway hinauf ziemlich Furcht einflößend sein. Zum Glück war es schon dunkel gewesen, dass sie nicht sehen konnte, wie tief die Schlucht unter ihnen war.

Der Besuch im Krankenhaus war für sie nicht einfach gewesen, und er fragte sich noch immer, warum er ihn ihr vorgeschlagen hatte. Sie hatte es nicht gesagt, aber er wusste, dass sie sich für den Überfall auf Tori verantwortlich fühlte. Sie tat ihm leid. Weil irgendein Geisteskranker sich auf sie fixiert hatte, war ihr ganzes Leben aus den Fugen geraten. Sie hatte sich tapfer gegen Teds Plan gewehrt, aber ihr Widerstand war von Anfang zwecklos gewesen.

Jake konnte verstehen, welche Vorwürfe sie sich machte. Er erinnerte sich nur zu gut an Ricks Beisetzung und die der beiden Polizisten, die mit ihm gestorben waren. Er hatte sich die Schuld an ihrem Tod gegeben und wünschte niemandem, so etwas durchmachen zu müssen. Wie oft hatte er sich gewünscht, mit den drei Männern sprechen und sich bei ihnen entschuldigen zu können. Vielleicht hatte er Kristin die Chance geben wollen, die er nie bekommen hatte.

Natürlich war es schwer zu sagen, ob der Besuch im Krankenhaus ihr geholfen hatte oder nicht. Sie war so verschlossen, dass er nicht wissen konnte, wie sie sich fühlte. Er hatte auf dem

Gang vor Victoria Peters' Zimmer gewartet. Als Kristin nach wenigen Minuten herausgekommen war, hatte sie ein wenig blass ausgesehen, aber abgesehen davon, hatte sie sich nichts anmerken lassen. In seinen Jahren bei der Polizei hatte er oft genug erlebt, wie Menschen – auch Cops – schon bei geringeren Anlässen die Fassung verloren. Er war nicht sicher, ob die Frau über eine enorme Selbstbeherrschung verfügte oder in ihren Adern Eiswasser strömte.

Obwohl er eine Jacke anhatte, fror er plötzlich. Hastig beugte er sich zu dem kleinen Heizlüfter hinab und schaltete ihn ein. Aber der würde es allein nicht schaffen, den Raum zu wärmen, also ging er zu dem bauchigen Ofen an der gegenüberliegenden Wand. Er war kalt und der Holzkasten leer. Aber das war kein Problem. Daneben stapelten sich uralte Zeitungen, und draußen war genug Brennholz, um ein Feuer zu machen.

Er drehte sich um und schaute zur offenen Tür. Er hätte schwören können, dass Kristin direkt hinter ihm war, als er die Treppe hinaufgestiegen war. Wo blieb sie?

Er fand sie am Fuß der Treppe, wo sie zum nächtlichen Himmel hinaufstarrte. Er räusperte sich, um sie nicht erneut zu erschrecken.

»Brauchen Sie Hilfe?«

»Oh, es … tut mir leid«, sagte sie kopfschüttelnd. »Es ist nur … So etwas habe ich noch nie gesehen.« Sie zeigte nach oben. »Ich glaube nicht, dass ich schon jemals so viele Sterne am Himmel gesehen habe.«

»Es ist wunderschön, nicht wahr?« Aber in ihrem Gesicht und in ihrer Stimme war etwas, das ihm unter die Haut ging. Er hatte nicht damit gerechnet, dass die kühle, strenge Kristin den Sternenhimmel überhaupt bemerken würde. Dazu war sie eigentlich zu nüchtern, zu unromantisch. Aber Jane war eine Träumerin, der so etwas sofort auffiel.

»Und es ist so schwarz.« Sie zeigte in die Dunkelheit hinaus. »Sind Sie sicher, dass dort draußen Berge sind.«

»Fragen Sie mich das morgen früh noch mal«, schlug er trocken vor. »Und jetzt sollten Sie lieber hereinkommen. Ich hole nur rasch etwas Holz und bin gleich oben. Wir müssen ein Feuer machen, bevor die Temperatur sinkt.«

Fröstelnd zog Kristin ihre Jacke zu. »Wird es etwa noch kälter? Ich friere jetzt schon.«

Er musste lachen. »Nur ein wenig«, log er. »Aber keine Angst, wir haben genug Holz.«

In diesem Moment fegte eine Bö den Berg hinauf, und eisige Luft wehte in die Station.

»Hören Sie«, sagte sie mit großen Augen. »Haben Sie das gehört?«

»Was? Den Wind?«

»Nein.« Sie schüttelte den Kopf, als ein weiterer Windstoß sie traf. »Da! Hören Sie das?«

Jake hatte sich so sehr an die Geräusche auf dem Berg gewöhnt, dass er einen Moment brauchte, um zu wissen, was sie hörte. »Sie meinen das Pfeifen?«

»Ja!«

Er zeigte zur Spitze des Turms hinauf. »Es ist zu dunkel, um etwas zu erkennen, aber das ist der Antennenmast. Wenn der Wind hindurchbläst, hört es sich wie ein schrilles Pfeifen an.«

Sie warf einen Blick hinauf und sah ihn wieder an. »Irgendwie unheimlich.«

»Sie werden sich daran gewöhnen«, versicherte er ihr. »Und Sie werden sich wohler fühlen, wenn Ihnen warm ist.« Er schaute ihr nach, als sie die Treppe hinaufging. »Und wie ich schon sagte, die Zimmer sind ein wenig ungastlich, aber wir machen morgen früh sauber. Ich bringe Ihnen Bettwäsche und Handtücher. Es gibt heißes Wasser, falls Sie duschen möchten.«

»Danke«, rief sie über die Schulter und verschwand im Inneren.

Er drehte sich um und eilte über die Zufahrt zum Brennholz, das er unter einem Vordach gestapelt hatte. Trotz der Dunkelheit bewegte er sich schnell und zielsicher. Nach drei Jahren kannte er jeden Quadratmeter des Geländes und zweifelte nicht daran, dass er sich hier oben selbst im Schlaf zurechtfinden würde.

Der Turm war dunkel, und das einzige Licht, das am Fuß brannte, war das über der Haupttür, das Clayton für ihn angelassen hatte. Sein Kollege und er sprangen füreinander ein, wenn einer von ihnen wegmusste. Aber Clayton war schon vor Stunden aufgebrochen, weil er vor Sonnenuntergang in der Ebene sein wollte. Jake war sicher, dass während seiner Abwesenheit alles ruhig gewesen war, aber vorsichtshalber würde er gleich morgen früh über Funk bei ihm nachfragen.

Hastig sammelte er einen Armvoll Holz zusammen und machte sich auf den Rückweg über die mit Kies bestreute Zufahrt. Er stieg die Treppe hinauf und blieb stehen, denn die Tür war geschlossen. Da er keine freie Hand zum Klopfen hatte, überlegte er, wie er seinen Gast auf sich aufmerksam machen sollte.

»Kristin? Hallo?«, rief er nach einem Moment. Er wartete mehrere Sekunden, verlagerte das Holz auf seinem Arm und stieß mit der Stiefelspitze gegen die Tür. »Hallo …«

Die Tür ging so ruckartig auf, dass er zusammenzuckte und fast seine Last fallen gelassen hätte.

»Tut mir leid«, sagte Kristin. »Lassen Sie mich helfen.«

»Nein, es geht schon«, erwiderte er und eilte hinein. Das Holz schwankte, und er erreichte den Kasten gerade noch rechtzeitig, um die Scheite hineinzukippen. »Das müsste für den Anfang reichen.« Er ging in die Knie und öffnete die gusseiserne Ofentür. Dann zerknüllte er mehrere Zeitungsbögen und stopfte sie hinein. »Sobald das Feuer brennt, hole ich Nachschub.«

»Ich kann doch helfen«, bot Kristin zum zweiten Mal an und schloss die Tür vor dem kalten Wind, bevor sie zu dem kleinen Heizlüfter ging, um sich die Hände zu wärmen. »Sie müssen mir nur zeigen, wo der Holzstapel ist.«

343

»Konzentrieren Sie sich darauf, warm zu werden«, riet er ihr und legte einige kleine Scheite auf das Papier. »Draußen ist es so dunkel, dass man kaum etwas sieht.«

»Ich möchte nicht, dass Sie das Gefühl haben, mich bedienen zu müssen.«

»Das habe ich nicht.«

»Denn ich weiß, dass Sie hier sind, um zu arbeiten. Bitte glauben Sie nicht, dass Sie mich unterhalten müssen. Ich will Ihnen nicht zur Last fallen.«

»Danke, das weiß ich zu schätzen.«

»Und wenn Sie Hilfe benötigen, lassen Sie es mich einfach wissen.«

»Okay«, sagte er und griff nach mehreren größeren Scheiten. »Könnten Sie mal nachsehen, ob Sie in einer der Schubladen dort drüben Streichhölzer finden?«

»Wie? Oh, sicher«, erwiderte sie und eilte in die kleine Küche. Sie zog sämtliche Schubladen auf und wühlte in den Schränken. »Ich habe sie!«

»Behalten Sie das Feuer im Auge«, bat er sie, als das Anmachholz brannte. »Ich gehe gleich noch einmal Holz holen, aber erst bringe ich Ihnen Bettwäsche und ...« Er verstummte, als ihm die Burger einfielen, die sie vor vielen Stunden unterwegs gegessen hatten. »Haben Sie Hunger? Ich habe drüben bei mir Lebensmittel. Ich könnte Ihnen etwas machen.«

»Oh ... nein danke. Machen Sie sich keine Mühe«, antwortete sie. »Ich brauche nichts.«

Irgendwie glaubte er ihr nicht ganz. »Ich werde vorsichtshalber ein paar Dosensuppen mitbringen. Und Kaffee für morgen früh«, sagte er auf dem Weg zur Tür. »In einem der Schränke müssten Töpfe und Pfannen sein.« Er drehte sich noch einmal um und sah, wie sie sich vor die Ofentür hockte. Plötzlich wurde ihm bewusst, was geschehen war. Jane war jetzt in seinem Haus. »Ich bin gleich zurück. Lassen Sie das Feuer nicht ausgehen.«

Das Licht war blendend, wie Sonnenschein, aber noch heller. Kristin kniff die Augen zusammen, hob den Kopf und zog eine Grimasse, als jeder Muskel in ihrem Körper protestierte. Sie sah sich in der kleinen Wohnung um. Irgendetwas war anders, was jedoch nichts mit der unbekannten Umgebung zu tun hatte. Dieser Morgen unterschied sich ganz beträchtlich von denen davor. Ihm fehlte etwas.

Ruckartig setzte sie sich auf, als ihr aufging, was nicht da war. Es war die Angst. Sie wartete einen Augenblick, aber sie spürte es nicht, dieses quälende, nagende Gefühl in der Magengrube. So lange hatte sie damit gelebt, hatte es morgens mit klopfendem Herzen begrüßt und sich so sehr daran gewöhnt, dass sie ganz vergessen hatte, wie es war, ohne diese Angst aufzuwachen und sich ... sicher zu fühlen.

War es möglich, dass Ted recht hatte? Dass es wirklich das Beste für sie war, von L.A. wegzukommen, von den Anrufen und den Briefen und all den anderen Dingen, die sie in den letzten acht Monate ertragen hatte?

»Erstaunlich«, seufzte sie und ließ sich wieder aufs Kissen sinken. Sie war so sehr damit beschäftigt gewesen, dass sie ihr Leben, ihre Arbeit und ihre Familie zurücklassen würde, dass sie gar nicht auf die Idee gekommen war, dass sie auch ihre Angst zurücklassen würde. Die Angst, die für sie ein so beherrschendes Gefühl gewesen war, dass sie sich ein Leben ohne sie fast gar nicht mehr hatte vorstellen können. Aber an diesem Morgen war sie Hunderte von Meilen von alldem entfernt, von den Drohungen und der Panik und der lähmenden Angst.

Sie ließ sich einen Moment Zeit und genoss das Gefühl. So wie jetzt war es früher einmal gewesen, und in ihr stieg ein Funke Hoffnung auf, dass der Albtraum bald enden und ihr Leben wieder ganz ihr gehören würde.

Als ihre Augen sich an die Helligkeit gewöhnt hatten, schaute sie sich neugierig in dem kleinen Raum um. Bei Tageslicht sah er besser aus – noch immer nicht groß, aber viel

345

einladender. Gestern Abend hatte er düster und fast ein wenig unheimlich gewirkt, jetzt war er wie die Blockhäuser, in denen sie als Kind in den Sommercamps übernachtet hatte – funktional und rustikal.

Sie warf einen Blick auf ihre Daunenjacke, die am Fußende des Betts lag. Als Jake ihr riet, warme Sachen mitzunehmen, hatte er offenbar gewusst, wovon er sprach. Dass sie daran gedacht hatte, die Jacke zu Hause zu lassen, erschien ihr inzwischen unvorstellbar. Sie wagte nicht, sich auszumalen, wie es ohne sie gewesen wäre. Bevor das Feuer für ein wenig Wärme gesorgt hatte, hatte sie sogar daran gedacht, sie im Bett anzubehalten.

Kristin schaute zum Ofen hinüber, in dem noch rote Glut zu erkennen war. Sie war in der Nacht mehrmals aufgestanden, um Holz nachzulegen, und war überrascht, wie viel Hitze das kleine schwarze Ding ausstrahlte. Es würde mit Sicherheit eine Weile dauern, bis sie sich an die Kälte hier oben gewöhnt hatte.

»Hoffentlich werde ich das gar nicht erst müssen«, sagte sie laut, und ihre Stimme klang dumpf, als sie von den kahlen Wänden widerhallte. Wenn sie das hier durchstehen wollte, würde sie an die Zeit danach denken müssen. Wenn sie diesen Berg verließ, würde ihr Leben wieder ihr gehören. Der Albtraum würde endlich vorüber sein.

Sie sah auf die Uhr.

»Acht.« Sie stöhnte auf. Sie hatte verblüffend gut geschlafen, nur nicht lange genug. Es war kurz nach elf gewesen, als sie unter die Decke geschlüpft war. Sie war dankbar für die beiden Dosen mit Hühnernudelsuppe gewesen, die Jake ihr mitgebracht hatte. Sofort, nachdem er gegangen war, hatte sie eine davon auf dem winzigen Gasherd erhitzt. Die Suppe hatte so herrlich geschmeckt, dass sie sich auch noch die zweite Dose gemacht hatte.

Kristin lehnte sich zurück und dachte an Jake. Er hatte ihr nicht nur die Suppen gebracht, sondern auch Cracker, Seife,

Kaffee, Zucker und Sahne. Er war der perfekte Gastgeber gewesen und hatte an alles gedacht. Fast war es so, als würde er so etwas dauernd tun.

Sie setzte sich wieder auf. Tat er das vielleicht sogar? Auf den Gedanken war sie bisher nicht gekommen. Der Mann war attraktiv und ungebunden. Dass er hier oben ab und zu eine Frau zu Besuch hatte, war keine so abwegige Vorstellung.

»Das geht mich nichts an«, murmelte sie und zog die Decke unters Kinn, aber so ganz war ihre Neugier nicht zu unterdrücken.

Er hatte gestern Abend angeboten, noch zu bleiben und ihr dabei zu helfen, das Bett zu beziehen, aber das wäre einfach zu peinlich gewesen. Es war schlimm genug, dass er sie bei sich hatte aufnehmen müssen, da wollte sie wenigstens so selbstständig wie möglich sein und ihm nicht zu sehr zur Last fallen.

Außerdem fühlte sie sich in seiner Gegenwart noch unwohl – wenn auch nicht mehr so unruhig wie zuvor, als er für sie noch ein Fremder gewesen war. Jetzt war es anders, aber irgendwie schlimmer. Zwischen ihnen lief etwas ab, wenn er in ihrer Nähe war. Etwas, das sich auf ihre Sauerstoffzufuhr auswirkte und ihr Atembeschwerden zu verursachen schien.

Ihr Körper schmerzte, und am liebsten hätte sie sich unter der Decke vergraben und noch ein paar Stunden geschlafen. Schließlich war sie es nicht gewöhnt, früh aufzustehen. Nach ihrer allnächtlichen Talkshow kam sie fast nie vor zwei Uhr morgens nach Hause. Und angesichts der Tatsache, dass sie sich an einem ungewohnten Ort befand, wunderte es sie, dass sie überhaupt Schlaf gefunden hatte. In der Dunkelheit war die kleine Wohnung zu Leben erwacht. Der Sturm hatte für alle möglichen Geräusche gesorgt, die sich gegen sie verschworen und sie wach gehalten hatten. Einige kannte sie, das Heulen des Windes und das Knistern des Feuers, andere dagegen waren so fremdartig, dass sie lieber nicht darüber nachdenken wollte, woher sie stammten.

347

»Nein, du stehst jetzt besser auf«, befahl sie sich, als sie spürte, wie ihre Lider wieder schwer wurden.

Sie schob die Bettdecke zur Seite und setzte sich auf. Sie hatte keine Ahnung, wie der übliche Tagesablauf in der Station aussah, aber sie vermutete, dass Ausschlafen nicht dazugehörte. Außerdem kam Jake ihr nicht wie jemand vor, der sich morgens noch einmal im Bett umdrehte. Er war einer dieser vitalen Outdoortypen und stand vermutlich im Morgengrauen auf. Es war höchste Zeit, dass sie sich zeigte.

Es dauerte einen Moment, bis sie begriff, dass das leise Pochen nicht zu der Vielzahl von Geräuschen gehörte, die sie so lange am Einschlafen gehindert hatten. Jemand klopfte vorsichtig an die Tür.

Nicht jemand. Jake.

6. Kapitel

Kristins Unentschlossenheit dauerte eine Millisekunde. Sie sprang aus dem Bett und setzte sich gleich wieder hin. Sie vergaß ihre Müdigkeit, sie vergaß die Kälte und die schmerzenden Muskeln. Was sollte sie tun – die Tür öffnen oder sich unter der Decke verstecken und so tun, als würde sie noch schlafen?

Hektisch sah sie sich um. Sie trug ihre Unterwäsche und ein T-Shirt. Hatte sie einen Bademantel eingepackt? Und eine Haarbürste?

Es klopfte wieder, noch leiser als zuvor.

»He…rein«, stammelte sie und schlüpfte rasch zurück unter die Decke.

»Ich hoffe, ich habe Sie nicht geweckt«, sagte Jake durch den Türspalt.

Sie verzog das Gesicht, zog die Decke unters Kinn und wünschte, sie könnte sie sich über den Kopf ziehen. Sie wollte sich nicht vorstellen, wie sie aussah, und befahl sich, nicht überrascht zu sein, wenn der Mann einen Blick in ihre Richtung warf und schleunigst den Rückzug antrat.

»Nein, nein … Ich habe nicht mehr geschlafen.«

»Sie sind früh wach«, sagte er und kam herein. In einer Hand hielt er einen großen Jutebeutel voller Brennholz. »Haben Sie überhaupt Schlaf bekommen.«

»Etwas.«

»Ich dachte mir, Ihnen ist vielleicht kalt«, erklärte er und hob den Beutel an, bevor er zum Holzkasten ging und ihn darüber entleerte. Dann griff er nach dem Schürhaken, ging in die Hocke und öffnete die Ofentür. »Möchten Sie, dass ich Feuer mache?«

»Sehr gern, danke.« Sie fuhr sich durchs Haar und hatte einige Mühe, es zu entwirren. »Das … wäre nett.«

Er warf mehrere kleine Scheite auf die Glut und stocherte darin, bis Flammen nach dem frischen Holz züngelten.

»Das müsste Sie wärmen«, sagte er, während er sich aufrichtete und den Schürhaken wieder aufhängte. »Wie wäre es mit Frühstück?«

Sie setzte sich auf. »Ich wollte gerade Kaffee machen. Möchten Sie welchen?«

»Keine Eile. Wärmen Sie sich erst auf.« Er nahm den Beutel. »Wenn Sie so weit sind, ziehen Sie sich an und kommen Sie in den Turm. Mein Kaffee ist noch heiß, und ich zeige Ihnen die Station.«

»Okay.« Sie nickte. »Das klingt großartig.«

Er ging zur Wohnungstür und öffnete sie. »Rufen Sie einfach, wenn Sie etwas brauchen.«

»Das tue ich«, sagte sie und sah ihm nach.

Sie starrte noch einen Moment auf die geschlossene Tür. Er war so höflich gewesen. Aufmerksam und rücksichtsvoll. Warum war sie trotzdem enttäuscht? Was hatte sie denn erwartet? Mehr als das?

»Lass es, Jane«, befahl sie ihrem zweiten Ich streng, bevor sie die Decke zurückschlug und aufstand. »Hör endlich auf, alles zu analysieren.«

Der Fußboden fühlte sich eisig an, während sie hastig Jeans und einen Pullover aus ihrer Sporttasche holte. Als sie angezogen war und sich die Zähne geputzt hatte, verströmte das kräftig flackernde Feuer bereits eine angenehme Wärme. Sie fand ein Paar dicker Wollsocken, zog einen Stuhl vom Tisch zum Ofen und setzte sich, um einen bloßen Fuß vor das heiße Eisen zu halten, bis die Haut sich ein wenig rötete.

»Mmm«, stöhnte sie und zog rasch eine Socke an. Zufrieden mit sich wiederholte sie die Prozedur mit dem anderen Fuß. Sie war gerade dabei, ihre Laufschuhe zu schnüren, als sie plötzlich innehielt und sich aufrichtete.

»Er hat mich nicht angesehen«, sagte sie laut. Das war es. Er war freundlich gewesen, hatte gelächelt und sich wie ein Gentleman benommen, aber … »Er hat mich gar nicht angesehen. Warum nicht? Was hat das zu bedeuten?«

Seufzend stand sie auf und stellte den Stuhl zurück. Es war doch ganz natürlich, dass sie den Mann so bewusst wahrnahm. Sie waren die beiden einzigen Menschen in der Rangerstation, die Einzigen im Umkreis von vielen Meilen. Aber das hieß noch lange nicht, dass sie alles, was er tat, analysieren musste.

»Jane, Jane, du machst Überstunden«, tadelte sie sich, bevor sie tief Luft holte und zur Tür ging. »Gönn mir eine Pause, okay? Bitte!«

Vermutlich war es eine gute Idee, dass Kristin ihren Lebensunterhalt nicht auf kriminelle Weise verdiente. Denn Jake vermutete, dass sie eine äußerst erfolgreiche Verbrecherin abgegeben hätte. Sie besaß diese einmalige Fähigkeit, nichts von dem zu zeigen, was sie fühlte – sie tarnte ihre Emotionen nicht nur, sie ließ sich keine Einzige davon ansehen. Das hatte er bisher nur bei zwei besonders gerissenen Straftätern erlebt, die nie überführt worden waren, weil sie immer so unschuldig wirkten. Niemand hatte sie je verdächtigt, etwas Verbotenes zu tun.

Und bestimmt war es in ihrem Beruf auch ganz praktisch, seine Gefühle zu verbergen. Psychiater und Psychotherapeuten mussten frühzeitig lernen, ihre Emotionen zu zügeln, um ihren Klienten nichts zu verraten.

Aber als sie ihre Wohnung verließ, war ihr Gesicht wie ein offenes Buch.

»Oh!«, sagte sie nur und drehte sich am Fuß der Treppe ein, zwei, drei Mal um die eigene Achse, um nichts von dem atemberaubenden Panorama zu verpassen.

»Willkommen auf dem Gipfel der Welt«, sagte er und ging ihr über den Kiesbelag entgegen. Er hatte nichts dazu getan,

351

dieses grandiose Naturschauspiel zu erschaffen, aber das Gefühl von Stolz, das in ihm aufstieg, war nicht zu unterdrücken.

»Ich hatte … ja keine Ahnung«, hauchte sie, während sie die Arme ausbreitete und sich ein weiteres Mal im Kreis drehte. »Es ist … es ist einfach unglaublich.«

»Ja, es ist ziemlich beeindruckend«, bestätigte er und versuchte, nicht zu registrieren, wie lebendig und schön sie plötzlich aussah. »Was haben Sie mich gestern Abend noch über die Berge gefragt?«

Sie lachte. »Das habe ich wirklich gesagt, nicht wahr?«

Mit fast zweieinhalbtausend Metern Höhe überragte der Mount Holloway die Landschaft, so weit das Auge reichte. Die Märzluft war kalt und frisch, der Blick vom Gipfel spektakulär.

»Unglaublich«, seufzte sie. Der Wind blies ihr das Haar ins Gesicht. Sie hielt es fest und drehte sich zu Jake um. »Einfach unglaub…« Sie verstummte abrupt, vergaß das flatternde Haar und zeigte über seine Schulter. »Das ist … Ich meine, ist das …«

Er wandte sich um, und sein Blick folgte ihrem zu dem steinernen Turm, der sein Zuhause war. »Das ist Eagle's Eye.«

Langsam ging sie weiter. »Er ist schön. Gestern Abend war es so dunkel. Ich habe nur das Licht über der Tür gesehen.« Sie sah nach oben, hielt sich die Hand vor die Stirn und musste trotzdem blinzeln, so strahlend war der Sonnenschein. »Er ist so … hoch.«

»Eine Menge Stufen bis nach oben«, erwiderte er. »Der steinerne Sockel ist etwa sechs Meter hoch. Der Holzturm darüber wird von einer Stahlkonstruktion gestützt. Das ganze Ding ragt knapp zwölf Meter auf.«

Kopfschüttelnd drehte sie sich zu ihm um. »Ich gebe es nur ungern zu, aber ich hatte wirklich keine Vorstellung.«

»Die haben die meisten Leute nicht«, sagte er achselzuckend. »Wir liegen ein wenig abseits der ausgetretenen Pfade.«

»Ja, das stimmt wohl.« Ihr Blick wanderte in die Runde. »Was ist dort drüben?«

»Die Straße?«

Sie blinzelte. »Das ist eine Straße?«

Er lächelte. »Das ist die Straße, auf der wir hergefahren sind.«

Sie wirbelte herum und starrte ihn an. »Sie scherzen.«

Sie sah so entsetzt aus, dass er sich beherrschen musste, um nicht laut aufzulachen. »Keineswegs.«

Kristin wandte sich wieder ab, packte ihr Haar und betrachtete die schmalen Serpentinen, die aussahen, als wären sie in die Felswände geschnitzt worden. »Es war noch dunkler, als ich dachte.«

»Kommen Sie«, sagte er lächelnd. »Ich zeige Ihnen mein kleines Reich.«

Er führte sie zu den Steinstufen, in den Turmsockel und eine kleine Abseite, in dem sich eine uralt aussehende Waschmaschine und ein Spülbecken befanden. »Dort geht es zur Speisekammer«, sagte er und zeigte auf eine schmale Tür.

»Ich versuche, immer genügend Vorräte zu haben, überwiegend Konserven. Sie können sich nehmen, was Sie möchten. Normalerweise fahre ich einmal im Monat oder alle sechs Wochen, je nach Wetter und Jahreszeit, ins Tal, um einzukaufen. Frische Sachen wie Obst oder Gemüse halten sich nicht lange, aber es gibt eine Art Keller, in dem ich Äpfel, Bananen, Kartoffeln, Zwiebeln und so etwas aufbewahre, wenn ich sie unten bekommen kann.«

Er öffnete eine andere Tür, und ein kalter Luftstrom drang heraus. Er zog an einer Schnur, die von einer Glühbirne herabhing, und Kristin sah Stufen aus Naturstein, die nach unten führten. »Er dient auch als Weinkeller – vor allem rote, aber auch ein paar weiße, falls Sie Lust darauf bekommen.« Er schaltete das Licht wieder aus und schloss die Tür. »Wenn Sie inzwischen etwas brauchen, ich fahre einmal in der Woche nach Vega Flats. Das ist unten auf der anderen Seite des Canyons.«

»Vega Flats? Soll das heißen, hier gibt es einen Ort?«

»Ort würde ich es nicht gerade nennen. Eher eine Ansammlung von Häusern für Angler – einen Köderladen, eine Kneipe. Nicht mehr als ein halbes Dutzend fester Anwohner, aber in der Hochsaison kann es ziemlich lebhaft werden. Dann kommen auch noch die Jäger und Camper. Mac ist der Wirt. Er sorgt fast jede Woche für Nachschub und kann fast alles beschaffen.«

Jake klopfte auf die Waschmaschine. »Die hier sieht nur so aus, als würde sie in den letzten Zügen liegen, aber sie funktioniert. Die Wäsche wird sauber. Es gibt keinen Trockner, nur eine Leine draußen – aber wenn es windig ist, reichen ein paar Minuten.«

Er nahm den Durchgang zur Küche. »Sind Sie sicher, dass Sie keinen Hunger haben?«

Sie schüttelte den Kopf. »Ich mache mir nicht viel aus Frühstück.«

»Wenigstens ein Kaffee?«

»Sehr gern«, sagte sie und folgte ihm. »Riecht verlockend.«

»Das hier ist die Hauptküche – sie ist wesentlich größer als die in der anderen Wohnung«, erklärte er, während er einen Schrank öffnete, einen Becher herausholte und ihn ihr hinhielt. »Falls Sie sich selbst etwas machen möchten, können Sie das gern tun. Ich bin kein Fernsehkoch, aber ich werde versuchen, Sie nicht zu vergiften.«

»Sehr beruhigend, aber ich kann nicht erwarten, dass Sie mich bekochen«, erwiderte sie und nahm ihm den Becher ab. »Oder mich bedienen. Ich habe gesagt, dass ich Ihnen nicht zur Last fallen will, und das war mein Ernst. Ich bin lange genug selbst zurechtgekommen und kann es auch hier oben. Ehrlich.«

»Wie Sie meinen«, sagte er und stellte die Kaffeekanne auf den Herd zurück. Sie war sehr höflich, sehr freundlich, aber die Botschaft war klar. Sie war nicht daran interessiert, Zeit mit ihm zu verbringen. »Sie machen Ihr Ding, und ich mache meines, abgemacht?«

»Abgemacht.«

»Sie essen, wann Sie wollen, und ich esse, wann ich will. Wie klingt das?«

»Perfekt!«

»Möchten Sie Ihren Kaffee weiß?«

»Das wäre schön, ja.«

»Im Schrank über der Spüle«, sagte er und zeigte hinüber.

Sie lachte. »Das ist gut, Sie haben verstanden.«

Obwohl sie ihn anstrahlte, spürte er, wie sie sich veränderte. Es war, als wäre ein Vorhang gefallen, der den Sonnenschein aussperrte. Der kurze Blick auf ihr Innenleben war vorbei. Sie hatte sich wieder unter Kontrolle und zeigte ihm nur, was er sehen sollte.

»Wenn Sie fertig sind«, sagte er und ging durch die Küche zur Wendeltreppe, »kommen Sie nach oben, wenn Sie wollen. Ich kann Ihnen den Turm zeigen.«

Er wartete nicht auf ihre Antwort. Sie rührte in ihrem Kaffee. Wenn sie wollte, konnte sie ihm folgen, aber er würde sie zu nichts zwingen, was sie nicht wollte.

Zwei Stufen auf einmal nehmend, stieg er nach oben. Er reagierte übermäßig, das war ihm klar, aber er schien nichts dagegen tun zu können. Er hatte geglaubt, zu wissen, warum sie bei der Hochzeitsfeier so kühl zu ihm gewesen war. Er war sicher gewesen, dass es an dem lag, was sie durchgemacht hatte. Am Stalker, seinen Briefe und Anrufen. Jetzt war er da nicht mehr so sicher.

Als er oben ankam, schlug sein Herz schnell, doch dafür war nicht der lange Aufstieg verantwortlich. Er ärgerte sich. Er benahm sich wie ein Idiot. Er war unvernünftig und erwartete zu viel. Er verstand, unter welchem Stress sie in den letzten acht Monaten gestanden hatte. Warum nahm er ihr Verhalten trotzdem persönlich? Er verhielt sich, als wären sie Freunde, und die waren sie nicht. Sie erschien ihm nur deshalb so vertraut, weil er sie so lange im Radio gehört hatte. Sie war nicht nach Eagle's

355

Eye gekommen, weil sie sich mit ihm anfreunden wollte, sie war hier, weil sie seine Hilfe brauchte. Warum begriff er das nicht endlich?

Er griff nach dem Fernglas, ging ans Fenster und hob es an die Augen. Er wusste, warum er damit solche Probleme hatte. Wäre sie nur irgendeine Eisprinzessin mit stacheliger Persönlichkeit, würde er damit fertig werden, doch das war sie nicht – jedenfalls nahm er das an. Das war es, was ihn so verwirrte. Sie konnte eisig und stachelig sein, aber manchmal hob sich der Vorhang für einen kurzen Moment, und dann sah sie so aus wie an diesem Morgen.

Er setzte das Fernglas ab, starrte jedoch weiter in die Ferne. Aber was er sah, waren nicht der blaue Himmel oder die weißen Wolken, sondern ihr Gesicht, als sie vorhin ins Freie gekommen war. Warum tat sie das? Warum gestattete sie ihm einen kurzen Blick auf ihre Gefühle? Warum ließ sie ihn glauben, dass sich tief in ihr doch Jane Streeter verbarg?

»Ziemlicher Aufstieg.«

Er drehte sich um, als sie mit dem Kaffeebecher in der Hand die Plattform betrat. »Ersetzt das Fitnessstudio.«

»Wow«, sagte sie und trat ans Fenster. »Und ich dachte, schöner kann die Aussicht nicht mehr werden.«

»Hier.« Er hielt ihr das Fernglas hin. »Versuchen Sie es mal damit.«

Sie stellte den Becher ab und nahm es. »Für eine solche Aussicht würden manche Leute eine Million Dollar bezahlen«, sagte sie, während sie hindurchschaute. »Und Sie können sie jeden Tag genießen.« Sie sah ihn an. »Und bekommen auch noch Geld dafür?«

»Es ist ein Job«, erwiderte er achselzuckend.

»Und was ist all das hier?«, fragte sie und zeigte in die Runde.

Er ging umher und erklärte es ihr. »Höhenlinienkarte, Logbuch, Computer …«

»Computer?«

»He, wir sind hier vielleicht Bergvolk, aber keine Hinter-wäldler«, scherzte er und fuhr fort. »Funkgerät, Satellitennavigation, Fernseher …«

»Fernseher! Sie scherzen, oder?« Sie griff nach dem Kaffeebecher und nahm einen Schluck. »Sie haben einen Fernseher?«

»Zwei sogar. Einen hier oben und einen unten. Und die Satellitenschüssel holt uns nicht nur etwa zweihundert Programme ins Haus, sondern sie wird auch *Lost Loves* zu den Sendetürmen auf dem Gipfel dort und damit in den Rest der Welt schicken.«

Sie stellte sich neben ihn und folgte seinem Blick. »Sie meinen, wir machen die Sendung hier oben? Im Turm?«

»Ist das okay?«

Leise lachend sah sie sich um. »Ist das Ihr Ernst? Es ist weit mehr als okay!« Sie stellte den Becher wieder ab und griff nach dem Fernglas. »Wird es lange dauern, alles vorzubereiten?«

Er schüttelte den Kopf. »Höchstens zwei Tage. Es geht nur darum, uns mit dem Rundfunksender abzustimmen und ein paar Tests durchzuführen.«

»Das ist großartig«, sagte sie. Nach einem Moment wurde ihre Miene ernst, und sie machte einen zaghaften Schritt auf ihn zu. »Jake, falls ich es noch nicht gesagt habe, Sie sollen wissen, wie sehr ich das hier zu schätzen weiß – alles. Ich weiß nicht, ob ich es Ihnen jemals zurückzahlen oder …«

»Stopp, stopp«, unterbrach er sie und hob eine Hand. »Sie brauchen nichts zurückzuzahlen. Ich bin einfach nur froh, dass ich helfen kann. Außerdem tue ich es aus rein egoistischen Gründen.«

»So?«

»Dass Nancy Fox Sie ab und zu vertritt, ist in Ordnung, aber Ihre Hörer brauchen Jane Streeter. Wir sind süchtig nach Ihnen.«

Sie lachte, warf ihm jedoch einen skeptischen Blick zu. »Sie haben sich die Sendung wirklich angehört?«

»Immer. Wie gesagt, ich bin ein Fan.«

Sie musterte ihn kurz. »Ich bin geschmeichelt.«

Er zuckte mit einer Schulter. »Sind Sie das wirklich?«

Plötzlich war die Luft wie elektrisiert. So, wie sie sich kurz vor einem Blitz anfühlte. Sein Herz schlug gegen die Rippen.

»Erzählen Sie mir, was Sie tun, wenn Sie ein Feuer entdecken«, bat sie, während sie sich umdrehte und das Fernglas vor die Augen hob.

Der Moment ging vorüber, und Jake fühlte sich atemlos.

»Nun ja ..., kommt darauf an ..., was es für eins ist«, begann er ein wenig mühsam. »Ob ein bewohntes Gebiet bedroht ist. Oder der Turm selbst.« Er ging zu dem kleinen Schreibtisch und arrangierte die darauf verstreuten Landkarten. »Normalerweise informiere ich die Zentrale in Cedar Canyon, damit sie einen Hubschrauber schickt, um sich das Feuer genauer anzusehen. Falls sie sich entscheiden, Bodenteams einzusetzen, helfe ich bei der Koordinierung und notfalls auch bei der Evakuierung.«

Sie setzte den Feldstecher ab. »Evakuierung? Passiert das oft?«

»Zum Glück nicht, aber bei einem Feuer darf man kein Risiko eingehen. Man muss genau abwägen. Wenn Menschenleben in Gefahr sind, muss man die Teams holen, aber man darf nicht jedes Mal Alarm schlagen, wenn jemand ein Streichholz entzündet. Wo Rauch ist, ist auch Feuer, aber nicht jedes Feuer ist ein Waldbrand.« Er zeigte auf einen Bergkamm. »Sehen Sie die Pinien dort drüben?«

Sie richtete das Fernglas darauf. »Sie meinen die neben den großen Felsbrocken?«

»Ja. Das ist der Zeltplatz von Big Chumash. Während der Saison steigt dort oft der Rauch von Lagerfeuern auf. Außerdem gibt es viele Pfade, auf denen Wanderer, Bergsteiger, Mountainbiker und Jäger umherstreifen.«

»Und Sie passen auf alle auf.«

Er lachte. »Wie ein Schutzengel.«

»Nein, im Ernst.« Sie legte den Feldstecher ab und nahm ihren Becher. »Das ist eine ziemliche Verantwortung.«

Er war nicht sicher, ob sie ihm ein Kompliment machen oder ihre Dankbarkeit ausdrücken wollte, aber es war ihm unangenehm.

»Wir haben Gesellschaft«, wechselte er rasch das Thema und zeigte hinaus.

»Wo denn? Ist dort jemand?«

»Genau dort«, sagte er und wies auf eine Waschbärenfamilie, die gerade an einem Baum herabkletterte und über die Zufahrt rannte.

»Oh«, rief Kristin begeistert aus. »Sind die niedlich.«

»Sie sind neugierig«, verbesserte er, während er eine der großen Landkarten zusammenrollte. Dann schob er die Glastür auf und ging auf die Galerie, um mit der Karte gegen das Geländer zu schlagen.

Die pelzigen, dunkeläugigen Geschöpfe zuckten zusammen und rasten zum Baum zurück.

»Oh nein«, sagte sie und folgte ihm nach draußen. »Sie haben sie verscheucht. Warum?«

Er zeigte auf den Jeep, der in der Einfahrt stand. »Als ich ihn heute Morgen umgestellt habe, habe ich das Fenster offen gelassen. Glauben Sie mir, was die in meinem Wagen anrichten können, ist alles andere als niedlich.«

Sie zog eine Grimasse. »Daran habe ich nicht gedacht. Ich schätze, Sie haben recht.«

»Dabei fällt mir etwas ein«, begann er. »Es wäre vermutlich eine gute Idee, wenn Sie die Tür und die Fenster geschlossen halten, falls Sie die Wohnung für längere Zeit verlassen. Sonst erleben Sie noch eine Begegnung der besonders tierischen Art.«

»Oh.«

»Manche Geschöpfe sind nicht so niedlich.« Er folgte ihr hinein und schob die Tür zu. »Ich will Ihnen keine Angst machen, aber das hier ist nun mal die Wildnis, und da kann es durchaus passieren, dass ein Bär vor der Tür steht.«

Ihre Augen wurden groß. »Verstanden.« Sie nickte und schaute sich interessiert um, während sie an ihrem Kaffee nippte. »Das hier muss für Sie eine große Umstellung gewesen sein«, sagte sie. »So weit von allem entfernt zu sein, meine ich.«

»Es war ein wenig gewöhnungsbedürftig.«

»Wenn ich mir vorstelle, dass Sie ohne Pizzaservice überleben … Ich bin beeindruckt.«

Das war eine typische Jane-Streeter-Bemerkung, und er musste lächeln. »Es war hart.«

Sie lachte, wurde jedoch sofort wieder ernst. »Hier ist es ganz anders als in L. A.«

»Stimmt.« Sein Blick wanderte zum Horizont. »Aber ich war reif für einen Wechsel. Jetzt kann ich mir nicht mehr vorstellen, anderswo zu sein.«

»Bedauern Sie es nicht, kein Cop mehr zu sein?«

Das war eine Therapeutenfrage. Was hatte Ted ihr über ihn erzählt? Es hatte ihm nicht gefallen, als die Seelenklempner der Polizei ihn zu analysieren versuchten, und er legte keinen Wert darauf, dass sie es probierte.

»Sicher. Manchmal«, erwiderte er in sachlichem Ton.

Sie antwortete nicht, sondern ließ ihm Zeit, falls er noch etwas hinzufügen wollte. Er wollte nicht.

»Ich glaube, ich hole mir noch einen Becher Kaffee, wenn das okay ist«, sagte sie schließlich.

Dass sie so schnell aufgab, überraschte ihn. Entweder spürte sie, dass er nicht darüber reden wollte, oder das Thema interessierte sie nicht genug. Wie auch immer, er war froh darüber, dass sie nicht nachfragte.

»Natürlich. Bedienen Sie sich.«

»Soll ich Ihnen einen mitbringen?« Sie ging zur Treppe.

»Nein danke. Aber wenn Sie schon mal unten sind, sollten Sie die Erdbeermarmelade in dem Glas auf dem Tresen probieren. Ruby unten in Vega Flats sorgt dafür, dass sie mir nie ausgeht. Auf einem Muffin schmeckt sie ziemlich gut.«

Sie nickte. »Danke. Vielleicht tue ich das.«

»Bin ich sicher, dass ich aufhören will?« Kristin überlegte kurz. »Bin ich, es sei denn, du gibst mir ein paar anständige Karten.« Mit der Maus bewegte sie den Zeiger auf das Nein und klickte es an. »Na gut. Ein Mal noch.« Neue Spielkarten erschienen auf dem Bildschirm. »Aber gib mir wenigstens eine kleine Chance.«

Sie hatte ihre Akten ausgeladen und den Laptop angeschlossen, um die Unterlagen durchzugehen und auf dem Computer zu aktualisieren. Aber es fiel ihr schwer, sich auf die Arbeit zu konzentrieren. Zu mehr als einigen Partien Solitär war sie nicht fähig. Es war ein herrlich klarer Tag, und in der Wohnung fühlte sie sich rastlos.

Jake war in die Küche gekommen, während sie Kaffee trank und sich ein Muffin mit Erdbeermarmelade schmecken ließ, und hatte ihr den Rest der Station gezeigt. Sie hatte nicht übertrieben, als sie ihm sagte, dass sie beeindruckt war. Eagle's Eye war wunderschön, sowohl das Gebäude als auch die Lage. Alles war moderner, als sie erwartet hatte. Es gab nicht nur fließendes Wasser, sondern sogar heißes, und eine Mikrowelle. Hätte sie das vor zwei Tagen gewusst, hätte sie sich nicht so lange gegen Teds Plan gewehrt.

Sie hatte Jakes Einladung zum Mittagessen abgelehnt. Schließlich hatte sie schon genug von seiner Zeit in Anspruch genommen und wollte nicht, dass er sich verpflichtet fühlte, sie wie einen Gast zu behandeln. Außerdem war es ihr peinlich, dass er sie mit Marmelade um den Mund ertappt hatte.

»Okay. Schwarze Dame auf roten König. Höchste Zeit.«

Sie bewegte die Karten über den Bildschirm. Bei Solitär war sie nie besonders gut gewesen, und an diesem Nachmittag hatte sie noch mehr Pech als sonst, aber das lag nicht nur an dem Blatt, das der Computer ihr gegeben hatte. Sie hatte Mühe, sich auf das Spiel zu konzentrieren. Immer wieder musste sie an den Moment oben auf dem Turm denken.

Sie war noch immer nicht sicher, was genau geschehen war. Sie hatten einfach nur dagestanden und über *Lost Loves* gesprochen, als ... es passierte. Plötzlich sah er sie an, und es war, als hätte sich die Luft elektrisch aufgeladen. Alles in ihr reagierte – das Herz, die Lunge, jeder Nerv in ihrem Körper.

Ihr war klar, dass sie Jake Hayes bewusster wahrnahm als andere Menschen. In Los Angeles hatte sie dieses Gefühl unterdrücken können, aber hier oben, weit weg von der City, ihren Ängsten und dem Albtraum, war das nicht mehr so einfach.

»Was ist los mit mir?«, fragte sie sich laut. Aber sie kannte die Antwort bereits. Es war vollkommen klar, was mit ihr los war. Inzwischen nahm sie den Mann nicht nur deutlicher wahr, sondern fand ihn auch zunehmend attraktiver. Und das war etwas, das sie nicht zulassen durfte. Jake war gefährlich und stellte eine zu große Bedrohung dar.

Nie wieder würde sie in diese Falle tappen. Nie wieder würde sie einem Mann ihr Herz öffnen, wie sie es bei Blake getan hatte. Es machte sie verletzlich und nahm ihr die Kontrolle über sich und ihr Leben. Es lieferte sie aus. Aber vor allem war es ein Fehler, den sie kein zweites Mal begehen würde.

Die Situation war nicht hoffnungslos. Sie war gewarnt und auf der Hut. Sie kannte die Fallstricke und Risiken. Sie würde sich gegen die Anziehungskraft wehren und aufpassen, dass ihre Gefühle nicht die Oberhand bekamen und den Verstand in den Hintergrund drängten. Aber um ganz sicherzugehen, würde sie so oft wie möglich für sich bleiben und den Mann meiden. Es machte keinen Sinn, das Schicksal herauszufordern.

Sie zuckte zusammen, als es an der Tür klopfte. »Herein«, rief sie atemlos.

»Ich habe Sie schon wieder erschreckt, nicht wahr?«, sagte Jake, als er die Wohnung betrat. »Das tut mir leid. Würde es helfen, wenn ich die Treppe lauter heraufsteige?«

»Es würde helfen, wenn ich aufhören könnte, so verdammt nervös zu sein.«

»Das werden Sie«, versicherte er. »Es braucht nur etwas Zeit.«

»Vermutlich.«

Er zeigte auf den Computer. »Arbeit?«

Von dort, wo er stand, konnte er den Bildschirm nicht sehen, und sie klappte ihn hastig herunter. »Nur ein bisschen.«

»Hören Sie, ich weiß, wir waren uns einig, dass jeder von uns seine eigenen Wege geht, aber ich habe gerade einen riesigen Topf Chili gemacht, und Sie haben noch nicht zu Mittag gegessen …« Er zuckte mit den Schultern. »Möchten Sie etwas davon?«

Fast hätte sie gelächelt. Es war gut, dass sie sich den Vortrag gehalten hatte, denn jetzt war sie auf Situationen wie diese vorbereitet. Sie wusste, wie sie sich verhalten würde, was erlaubt und was verboten war. Wenn es irgend ging, würde sie sich von dem Mann fernhalten. Sie hatte alles unter der Kontrolle.

Daher traute sie ihren Ohren nicht, als sie ihre Antwort auf seine Einladung hörte.

»Danke, sehr gern.«

7. Kapitel

»*Ich bringe es einfach nicht fertig, sie zu unterschreiben.*«

»*Die Scheidungspapiere.*«

»*Ja.*«

»*Was glaubst du, woran das liegt?*«

»*Ich … weiß es nicht. Es ist vorbei. Ich weiß, dass es vorbei ist. Aber eine Scheidung ist so endgültig.*«

»*Du willst ihn behalten, ist es das?*«

»*Nein, das will ich wirklich nicht. Ich weiß, dass wir nie wieder zusammen sein werden. Aber ich kann ihn nicht …*«

»*Was, Pamela?*«

»*Ich kann ihn einfach nicht gehen lassen, Jane. Hilf mir, ihn loszulassen.*«

»*Liebe Hörer, wir sprechen gerade mit Pamela aus Peoria, und sie braucht eure Hilfe, um ihre verlorene Liebe loszulassen. Also meldet euch. 1-800-NIGHT TALK. Ich bin Jane Streeter. Ruft mich an.*«

Auf ihr Zeichen hin schaltete Jake das Mikrofon ab und hob den Daumen. Aus den Lautsprechern driftete sanfter Jazz, der von der Radiostation im weit entfernten L. A. gesendet wurde, in die Nacht hinaus. Der Ablauf war zwischen beiden Orten präzise koordiniert worden, und die erste Ausstrahlung von *Lost Loves* war ohne die geringste Panne verlaufen.

»Das war ganz okay, finden Sie nicht?«, fragte Jake mit gesenkter Stimme.

»Wissen Sie«, erwiderte Kristin ebenso leise und beugte sich über den provisorischen Schreibtisch, den er für sie aufgestellt hatte, »wir brauchen nicht zu flüstern.« Lächelnd tippte sie gegen das Mikro vor ihr. »Das Ding ist nicht an«, sagte sie in normaler Lautstärke.

»Sie haben recht.« Er schmunzelte. Erst jetzt wurde ihm bewusst, wie angespannt er während der Sendung gewesen war. »Ich schätze, es wird eine Weile dauern, bis ich mich an das hier gewöhnt habe.«

»Sie machen das großartig«, versicherte sie ihm und warf einen Blick auf den Timer, der die Sekunden bis zum nächsten Einsatz herunterzählte. »Wie sieht die Anruferschlange aus?«

»Leuchtet wie ein Weihnachtsbaum.« Er streckte die Arme aus, um die verkrampften Muskeln zu lockern. »Ich glaube, Amerika hat Jane Streeter vermisst.«

»Nun ja, es waren sechs lange Tage. Ich werde Amerika versichern, dass Jane sehr glücklich ist, wieder zurück zu sein«, sagte sie und machte sich ein paar Notizen.

»Ziemlich verrückte Anrufe heute Abend, nicht wahr?«, fragte er und ließ die Schultern kreisen.

Sie lachte. »Ja, mehr als sonst. Zum Beispiel der aus …« Sie senkte den Kopf und dachte nach. »Wer war das noch? Sammy? Der, dessen Freundin eifersüchtig auf seinen Hund ist.«

»Scotty«, verbesserte Jake. »Scotty aus Scottsdale. Erinnern Sie sich nicht mehr? Er hat vor ein paar Monaten schon mal angerufen und erzählt, dass seine Freundin ihn verlassen will, weil er den Hund immer zusehen lässt, wenn sie … Na ja, Sie wissen schon. Er konnte nicht verstehen, warum sie sich so aufregte, weil der Hund sowieso bald einschlief.«

Ihre Augen wurden groß. »Okay … Scotty aus Scottsdale … Sie haben recht. Jetzt fällt es mir ein. Der war das?«

»Ich weiß es noch, weil sein Hund auch ein Scottie war.« Er lachte. »Und Sie haben ihm gesagt, wenn der Hund dabei einschläft, sollte er vielleicht mal überprüfen, ob seine Freundin noch wach ist.«

Sie lachte mit. »Wow, ich bin beeindruckt. Was für ein tolles

Gedächtnis. Sie haben sich die Sendung wirklich angehört, was?«

Verlegen sah er zu, wie sie den Kopfhörer zurechtrückte und sich das Haar aus der Stirn strich. Der ganze Abend hatte etwas Unwirkliches. Obwohl er das improvisierte Studio eigenhändig mit aufgebaut, die Verbindung zum Rundfunksender eingerichtet und diverse Tests durchgeführt hatte, konnte er noch immer nicht glauben, dass er Jane Streeter wirklich in Aktion sah.

Es war fast eine Woche her, dass Kristin in Eagle's Eye eingezogen war, und zu sagen, dass sie mucksmäuschenstill gewesen war, wäre eine Untertreibung. Abgesehen vom ersten Tag, an dem er sie herumgeführt und sie zusammen gegessen hatten, hatte er sie kaum zu Gesicht bekommen. Hin und wieder kam sie morgens in den Turm, um sich ein leichtes Frühstück zu machen oder etwas Obst zu holen. Den Rest des Tages verbrachte sie in der Wohnung über der Garage und arbeitete am Computer. Am Abend tauchte sie dann noch einmal kurz auf, um sich eine ebenso kleine Mahlzeit zuzubereiten oder der untergehenden Sonne zuzusehen, aber dann verschwand sie wieder.

Damit sie sich nicht langweilte, hatte er einen der beiden Fernseher für sie angeschlossen. Sie hatte sich überschwänglich bei ihm bedankt. Doch als er sie einlud, seine Spaghetti mit ihm zu teilen, lehnte sie höflich, aber bestimmt ab.

Bei der Hochzeit hatte sie sich benommen, als würde sie ihn nicht mögen. Das war vorbei. Sie war nicht unfreundlich oder abweisend. Im Gegenteil. Sie war der perfekte Gast – rücksichtsvoll, angenehm, zuvorkommend. Fast zu perfekt. Fast wünschte er, sie würde ihm wieder einen eisigen Blick zuwerfen oder eine spitze Bemerkung machen. Dann wüsste er wenigstens, dass sie etwas für ihn empfand, und wenn es nur Verachtung war. Alles wäre besser als Gleichgültigkeit.

»Neunzig Sekunden«, sagte sie nach einem Blick auf den Timer.

Es war kaum zu glauben, dass sie dieselbe Frau war. Die Verwandlung war fast unheimlich. Die Person, die auf der anderen Seite des Schreibtischs saß, war wie eine alte Freundin, ganz anders als Kristin. Sie hatte nichts Kühles oder Gleichgültiges, sie war warmherzig und leidenschaftlich und zu den vielfältigsten Emotionen fähig. Das hier war Jane Streeter – seine Jane –, und sie bei der Arbeit zu beobachten, war faszinierend.

Er schaute auf die Uhr und spürte, wie seine Muskeln sich anspannten, als sein Daumen sich dem Schalter näherte. Er hatte in seinem Leben manche brenzlige Situation überstanden, aber diese Art von Stress haute den stärksten Mann um.

Zehn ... neun ... acht ... sein Herz schlug noch schneller ... sechs ... fünf ... vier ... an seiner Stirn bildeten sich Schweißperlen ... zwei ... er legte den Schalter um und ...

»Und da sind wir wieder. Ihr hört Lost Loves, *und ich bin Jane Streeter, die Schulter, an der ihr euch ausweinen könnt. Wir haben jemanden in der Leitung. Hallo, hier ist Jane. Danke, dass du anrufst. Sprich mit mir.«*

»Hi, Jane. Hier ist Anthony. Schön, dass du wieder da bist.«

»Danke, Anthony. Worüber sollen wir reden?«

»Ich wollte sagen, ich glaube, ich weiß, wie Pamela sich fühlt. Mir ist es auch schwergefallen, meine Scheidungspapiere zu unterschreiben. Sie haben fast einen Monat lang auf meinem Schreibtisch gelegen, und ich brachte es nicht fertig, meine Unterschrift darunter zu setzen. Das konnte ich erst, als mir etwas aufging. Ich hatte Angst, loszulassen und mir mein Scheitern einzugestehen.«

»Und das brauchtest du nicht, solange du verheiratet warst?«

»Ganz genau. Aber dann habe ich ein Wörterbuch herausgeholt, und ›Scheitern‹ nachgeschlagen. Es bedeutet Katastrophe, Fiasko, Kollaps. Meine Ehe war weder eine Katastrophe noch ein Fiasko gewesen. Solange sie funktionierte, war sie großartig. Sie ging einfach nur zu Ende. Sie ist nicht gescheitert. Sie endete nur.«

»Weise Worte, Anthony, und ohne Zweifel welche, um die du lange ringen musstest. Hast du das gehört, Pamela? Vielleicht solltest du noch einmal genau überlegen, an was du dich wirklich klammerst. Wir haben den nächsten Anrufer. Hallo, hier ist Jane. Sprich mit mir.«

Jake beobachtete sie und hörte ihr zu. Sie machte sich Notizen, während sie sprach, kritzelte die Namen der Anrufer, neue Ideen oder einfach nur lustige Figuren. Vermutlich hatte sie das auch in all den Nächten getan, in denen ihre Stimme ihm hier oben Gesellschaft geleistet hatte.

Sie hatte so überrascht ausgesehen, als er sie an Scotty mit dem Scotchterrier in Scottsdale erinnerte. Fast war es ihm ein wenig peinlich gewesen. Hatte sie geglaubt, dass er ihr nur schmeicheln wollte, als er ihr sagte, er sei ein Fan von Lost Loves?

Er schloss die Augen, lauschte ihrer Stimme und hörte die Gefühle heraus, die darin mitschwangen. Es war schwer, zu glauben, dass jemand, der diese Stimme kannte, ihr etwas antun wollte. Was hatte den Stalker dazu gebracht, sie so zu hassen?

Jake öffnete die Augen wieder und betrachtete ihr Gesicht. Alles an ihr faszinierte ihn. War es möglich, dass diese Faszination bei einem verstörten, kranken Menschen in etwas Bösartiges umschlug? In vieler Hinsicht war der Stalker einem bekannten Muster gefolgt. Er war besitzergreifend geworden, hatte behauptet, sie zu lieben und sogar von Seelenverwandtschaft gesprochen. Ungewöhnlich war nur, dass er so schnell zur Gewalt gegriffen hatte.

Er hatte Teds Aufzeichnungen und die Polizeiakte gelesen, bevor sie Los Angeles verlassen hatten, und einige Dinge beunruhigten ihn zutiefst. Den ersten Kontakt zu ihr hatte der Stalker über eine Leitung von Lost Loves aufgenommen, aber selbst dabei hatte er seine Stimme elektronisch verändert. Jake fragte sich, warum er das getan hatte. Wenn der Mann wirklich etwas für sie empfand und sogar von ihr besessen war, würde er dann nicht wollen, dass sie ihn kennenlernte? Es war fast so,

368

als hätte er von Anfang an vorgehabt, ihr etwas anzutun. Als hätte er von Liebe und Seelenverwandtschaft nur deshalb geredet, um seine wahre Absicht zu verbergen.

Aber warum? Wer würde ihr wehtun wollen?

»Oh, Freunde, ein weiteres Herz ist gebrochen worden. Jemand aus dem Staat Washington ruft an. Zum ersten Mal. Hallo, Sheila. Du bist unter Freunden. Erzähl uns deine Geschichte.«

»Hi, Jane. Na ja, wir haben uns vor ein paar Wochen kennengelernt. Unsere Söhne spielen in derselben Little-League-Mannschaft, und bei den Spielen haben wir angefangen, uns zu unterhalten. Wir hatten viele Gemeinsamkeiten, beide geschieden, beide Anfang vierzig, beide Jobs im Gesundheitsbereich. Nach einem der Spiele schlug er vor, zusammen eine Pizza zu essen, und wir vier hatten eine tolle Zeit. Ich bin keine atemberaubende Schönheit, und es war lange her, dass ein Mann sich für mich interessiert hatte. Er gab mir das Gefühl ...«

»Wieder eine Frau zu sein.«

»Ja, genau. Ich fing an, mich auf die Spiele zu freuen, weil ich ihn dort wiedersah. Ich begann sogar, mehr auf mein Äußeres zu achten. Jedenfalls musste ich an dem Tag länger arbeiten und kam zu spät zum Spiel. Er hatte schon auf mich gewartet. Ich freute mich so darüber. Dann bat er mich, ihm einen Gefallen zu tun, und ... Oh, ich komme mir so dumm vor ... Ich hatte gedacht ...«

Die Anruferin wurde sehr emotional, und Jake beobachtete Kristin, während sie der Frau zuhörte. Oft meldeten sich Spinner mit verrückten Geschichten, und sie scherzte mit ihnen, um ihre Zuhörer zu unterhalten.

Aber das hier war anders. Das hier war die Art von Anruf, die ihre Talkshow zu einem Erfolg machte. Es war der Grund, aus dem ihre Zuhörer Abend für Abend das Radio einschalteten. Dies war ein wirklicher Mensch mit wirklichem Leid, und an Kristins Reaktion war nichts Gekünsteltes. Sie wollte helfen, und man hörte es in ihrer Stimme.

369

»Herauszufinden, dass etwas nicht so ist, wie man es haben möchte, macht einen nicht zu einem dummen Menschen, Sheila.«

»Aber ich fühle mich so. Er hat mich um einen Gefallen gebeten, und ich habe sofort Ja gesagt. Ich dachte, er wollte ein Date oder so etwas.«

»Aber das wollte er nicht.«

»Nein. Weißt du, was er wollte? Ich sollte auf seinen Sohn aufpassen, damit er mit seiner Freundin Bambi nach Las Vegas fahren konnte. Es war ein besonderes Wochenende. Bambi wurde einundzwanzig.«

»Sheila, Sheila, du hast einen Menschen getroffen, der anders war, als er sich gab. Nicht du solltest dich schämen, sondern er.«

»Aber ich dachte, er mag mich.«

»Das hat er bestimmt auch. Aber trotzdem hat er dich getäuscht. Er war nicht der Mann, für den er gehalten werden wollte. Du hast keinen Grund, dir dumm vorzukommen.«

»Findest du das wirklich, Jane?«

»Das tue ich. Habt ihr dort draußen etwas, das ihr Sheila sagen möchtet? Falls ja, die Nummer ist 1-800-NIGHT TALK. Lasst von euch hören. Bis dahin etwas sanfte Musik für die Nerven.«

Jake betätigte den Schalter und gab Kristin ein Zeichen, als die Stoppuhr zu zählen begann.

»Sie werden immer besser«, lobte sie und nahm den Kopfhörer ab. »Bald sind Sie ein echter Profi.«

»Ich weiß nicht.« Er rieb sich den Nacken. »Ich glaube nicht, dass ich das lange aushalten würde. Jeden Abend eine Livesendung, wie schaffen Sie das nur?«

»Man gewöhnt sich daran«, sagte sie und schrieb sich ein paar Dinge auf. »Außerdem hilft es, zu wissen, dass wir dreißig Sekunden Verzögerung haben. Wenn ich etwas völlig Unsinniges von mir gebe, kann ich es noch zurücknehmen.«

»Stimmt. Das hatte ich ganz vergessen. Also können Sie jeden Anrufer wieder hinauswerfen, bevor er live ausgestrahlt wird?«

»Ja, zum Glück.«

Er sah, wie sich ihre Miene schlagartig veränderte. »Deshalb hat er es auch nie bis in die Show geschafft.«

Sie hatte aufgehört, sich Notizen zu machen, schaute jedoch nicht auf. »Als wir merkten, dass er seine Stimme elektronisch veränderte, hat Dale sofort den Stecker gezogen.« Sie lehnte sich zurück und warf den Bleistift hin. »Also fing er an, Briefe zu schreiben. Manchmal wünschte ich, ich hätte ihn reden lassen. Vielleicht wollte er sich nur mal im Radio hören.«

»Vielleicht. Oder es hätte ihm die Sache zu leicht gemacht.«

»Wie meinen Sie das?«, fragte Kristin.

»Er wollte Ihre Aufmerksamkeit. Je mehr er tun muss, um sie zu bekommen, desto größer ist die Chance, dass er einen Fehler begeht und Ted ihn schnappt.«

Sie dachte einen Moment nach. »So habe ich es noch gar nicht gesehen. Ich hoffe, Sie haben recht. Ich weiß zwar, dass Dale dort unten jeden Anrufer überprüft. Trotzdem wird es noch lange dauern, bis ich nicht mehr an den Typen denke, sobald eins der Lämpchen aufleuchtet.«

»Ihn hinter Gittern zu wissen wird helfen.«

»Das ist ein guter Rat«, sagte sie, während sie auf den Timer schaute und die Kopfhörer wieder aufsetzte. »Wissen Sie, Sie sollten aufpassen, sonst landen Sie noch im Radio.«

»Niemals«, erwiderte er. Allein der Gedanke bereitete ihm Unbehagen.

Aber sie lächelte nur, hob eine Hand und begann zu zählen. »Fünf, vier, drei …«

Er legte den Schalter um.

»Und wir sind zurück.«

»Warte einen Augenblick. Ich muss Holz nachlegen. Mir ist eiskalt.«

»Was? Ich kann dich kaum noch verstehen.«

Über das Handy war die Verbindung von hier oben nach Los Angeles schlecht. »Ich bin gleich zurück«, sagte Kristin lauter. »Mir ist eiskalt. Ich muss mehr Holz in den Ofen legen.«

»Vorsicht«, warnte Nancy, als das Rauschen ein wenig nachließ. »Gib mir keine Hinweise. Dein Aufenthaltsort ist ein nationales Geheimnis.«

»Sehr komisch«, erwiderte Kristin, bevor sie sich die Wolldecke fester um die Schultern zog und das Handy neben ihr Laptop legte. Dann rannte sie über den kalten Boden, legte mehrere Scheite nach und kehrte zum Tisch zurück. »Okay, ich bin wieder da.«

»Mal sehen, es ist Mitte März, hier sind zwanzig Grad, und du frierst. Soll ich das so verstehen, dass du nicht mehr im Großraum Los Angeles bist?«

»Du wolltest doch keine Hinweise«, erinnerte Kristin sie. »Topsecret, schon vergessen?«

»Ich glaube, du hast zu viele ...«

Ein lautes Knacken übertönte Nancy Stimme. »Hallo?«, rief Kristin. »Bist du noch da? Nancy?«

»Was war das?«

»Dieses Handy macht seltsame Dinge.«

»Willst du mich lieber über das Festnetz anrufen?«

Kristin zögerte. Nancy wissen zu lassen, dass sie kein normales Telefon hatte, wäre zu riskant. »Das könnte etwas schwierig werden.«

»Ist in deinem Zimmer kein Apparat?«

Kristin rang sich ein Lachen ab. »Von mir bekommst du keinen Hinweis. Top...«

»Topsecret, ich weiß, ich weiß«, unterbrach Nancy sie. »Und wie ich gerade sagte, hast du offenbar zu viele James-Bond-Filme gesehen.«

»Ich bin nur gern ein wenig rätselhaft«, scherzte Kristin.

»Nun ja, wo immer du bist, es scheint dir gut zu gehen. Jedenfalls klingst du so.«

»Ich bin ganz okay. Mir fällt zwar langsam die Decke auf den Kopf, aber ansonsten fühle ich mich wohl.«

»Versuch, die Auszeit zu nutzen«, riet Nancy. »Ruh dich aus, entspann dich, bau den Stress ab. Du brauchst eine Mütze voll Erholung.«

»Ich versuche es. Und morgen kommen Cindy und Ted zurück. Ich werde mich besser fühlen, wenn ich mit meiner Schwester reden kann«, gab Kristin zu. »Und jetzt, da ich die Talkshow wieder moderieren kann, habe ich endlich etwas zu tun. Hast du gestern zugehört?«

»Natürlich.«

»Was es okay«

»Soll das ein Witz sein? Es war großartig. Ich bin neidisch. Ich war nicht mal eine Woche auf Sendung.«

Kristin lächelte. »Ich war etwas besorgt, dass es nicht funktioniert. So viel kann schief gehen. Das Timing zwischen hier und der Radiostation muss genau richtig sein.«

»Na ja, ich habe im Bett zugehört, und es klang alles normal. Bist du sicher, dass du dich nicht heimlich ins Studio geschlichen hast? Dass das mit der Außenübertragung nicht nur eine raffinierte List ist?«

»Schön wäre es.« Kristin lachte, aber sie musste zugeben, dass die Arbeit auf dem Turm mit dem unglaublichen Blick auf den Nachthimmel wesentlich angenehmer war als die in dem engen, fensterlosen Studio. »Es klang wirklich so normal.«

»Ich glaube nicht, dass jemand einen Unterschied wahrgenommen hat.«

Kristin seufzte. »Da bin ich aber froh. Ich weiß, dass Jake jede Menge Zeit am Funkgerät …« Sie brach ab. Dass es hier nur die schlechte Verbindung über das Handy und ein Funkgerät gab, war vielleicht mehr, als sie Nancy erzählen durfte, wenn sie sie nicht in Gefahr bringen wollte. »Er hat viel mit Dale gesprochen, um alles zu koordinieren.«

»Ach ja, Jake, der Ex-Cop. Wie geht es dem mysteriösen Mann?«

Kristin fühlte, wie ihre Wangen sich erwärmten. »Er ist wohl kaum mysteriös.«

»Für mich schon. Wer ist der Typ überhaupt? Er tauchte praktisch aus dem Nichts auf, sammelte dich ein und verschwand mit dir in der untergehenden Sonne.«

»Ich habe dir doch gesagt, dass er ein alter Freund von Ted ist. Sie haben früher zusammengearbeitet.«

»Aber die Frage lautet, ist er jetzt auch ein Freund von dir, oder ist das auch topsecret?«, fragte Nancy.

»Ich glaube kaum, dass er an einer Freundschaft mit mir interessiert ist«, sagte Kristin so gelassen wie möglich.

»Warum, gibt es eine Mrs. Ex-Cop?«

»Nein, aber ich glaube, es gibt eine Ex-Mrs. Ex-Cop. Ich fühle mich nur ein bisschen, als hätte ich mich aufgedrängt.«

»Wirklich?«, erwiderte Nancy. »Ihr beide versteht euch nicht?«

»Er ist ein perfekter Gentleman.«

»Vielleicht ist das das Problem.«

»Oh, hör auf«, bat Kristin. »Ich schätze, es ist mir einfach nur unangenehm. Er kümmert sich um mich, weil er Ted einen Gefallen tun will. Vielleicht bereut er es bereits.«

»Da wäre ich nicht so sicher«, meinte Nancy. »Nichts tut ein Mann lieber, als einer Frau in Not zu helfen. Vermutlich genießt er es.«

»Ich hoffe nur, es dauert nicht mehr allzu lange.«

»Hast du schon etwas von der Polizei gehört?«

»Nicht wirklich. Ich habe gestern einen der Detectives angerufen, aber er hatte nicht viel zu berichten. Vielleicht erfahre ich mehr, wenn Ted zurück ist.« Kristin lehnte sich auf dem Stuhl zurück und schaute aus dem kleinen Fenster. Die Sonne schien hell, und ein Strahl tanzte über den Fußboden. »Hast du Tori schon besucht?«

»Nein, noch nicht. Das arme Ding. Soweit ich weiß, darf noch niemand zu ihr. Aber es soll ihr besser gehen.«

»Gott sei Dank.« Kristin schloss kurz die Augen. »Oh, Nancy, ich hoffe, sie finden ihn, damit er für das bezahlt, was er getan hat.« Sie schüttelte den Kopf. »Wenn ich mir vorstelle …«

»Tu es nicht«, riet Nancy, als Kristin verstummte. »Es regt dich nur auf.«

»Ich bin aufgeregt. Und ich bin wütend.«

»Na ja, mit etwas Glück ist es bald vorbei, und wir alle können mit unserem Leben weitermachen.«

Kristin atmete tief durch. »Hoffentlich.«

»Und bis dahin konzentrierst du dich darauf, deine Talkshow zu machen und dich nicht in Gefahr zu bringen. Ich habe später in der Woche einen Termin mit der Klientin, um die du dir solche Sorgen machst. Lass mich eine Weile mit ihr arbeiten und ein Gefühl für ihre Probleme bekommen, dann können wir darüber reden.«

»Klingt gut. Nancy, ich weiß deine Hilfe zu schätzen – bei der Show und bei meinen Klienten. Sie bedeutet mir viel.«

»He, wir sind schon so lange befreundet, und wozu sind Freunde da? Ich muss jetzt Schluss machen. Wir reden Ende der Woche wieder?«

»Auf jeden Fall.«

Kristin beendete die Verbindung und dachte einen Moment nach. Wozu sind Freunde da? Es war ein vollkommen normaler Satz, den sie schon Hunderte von Malen gehört hatte. Aber …

Sie legte das Handy neben den Computer und stieß sich vom Tisch ab. Aber noch nie von Nancy. Ihre Beziehung war immer gut gewesen, aber nie besonders persönlich.

Sie ging zum Fenster und sah hinaus. Es war albern, aber sie fühlte sich plötzlich seltsam emotional. Vielleicht wurde Menschen erst unter besonderen Umständen bewusst, was in ihrem Leben wirklich wichtig war. Es war nicht Nancys Art, sentimental zu werden. Dass ihre Beziehung ihr so viel bedeutete, war irgendwie rührend.

Kristin beobachtete, wie ein Windstoß eine Staubwolke über die Zufahrt treiben ließ. Es war ein wunderschöner Morgen, klar und kalt, aber in der Woche, die sie jetzt schon hier war, hatte es noch keinen grauen gegeben. Eagle's Eye war ein ganz besonderer Ort. Die Atmosphäre war so friedlich, dass die Welt und alle ihre Probleme so weit entfernt zu sein schienen, dass sie keine Rolle mehr spielten. Es war, als hätte sich der Albtraum der vergangenen Monate anderswo ereignet. Langsam verstand sie, was Jake hierher gebracht hatte.

Jake. Sie war nicht sicher, ob sie es ohne ihn geschafft hätte, ihre Talkshow zu moderieren. Trotz ihrer Erfahrung war sie nervös gewesen und hatte befürchtet, dass sie nach allem, was geschehen war, nicht die richtigen Worte für die Anrufer finden würde. Aber er war bei ihr gewesen, hatte ihr Mut gemacht und ihr geholfen. Noch lange nach dem Ende der Sendung hatten sie zusammengesessen und geredet. Sie war so aufgekratzt und erleichtert gewesen, aber es hatte nicht nur daran gelegen. Jake war ein Mann, der es einem leicht machte, sich mit ihm zu unterhalten. Hatte er sie absichtlich aus der Reserve gelockt? Wollte er etwas von ihr? Oder von Jane Streeter?

Plötzlich fiel ihr Blick auf ein kleines Eichhörnchen, das über die Einfahrt huschte, auf einen großen Felsbrocken sprang und von dort aus am Turm hochkletterte.

Gespräche wie das mit Jake waren gefährlich. Sie musste besser aufpassen. Oder war sie zu misstrauisch? Litt sie bereits unter einer Art Verfolgungswahn, wenn sie es fertigbrachte, einem Mann wie Jake Hayes üble Motive zuzutrauen?

Genau in diesem Moment bog er um die Ecke des Turms. Offenbar hatte er gerade erst geduscht, denn sein Haar war noch feucht. Völlig ungebeten schoss ihr ein Bild in den Kopf – eins von Seifenschaum auf nasser Haut.

»Um Himmels willen, Kristin«, murmelte sie entsetzt. »Was tust du?« Ihr Atem hatte die Scheibe beschlagen lassen. »Oh nein!« Hektisch wischte sie mit dem Ärmel über das Glas.

Jake musste es bemerkt haben, denn er sah zu ihr hoch. Und er schien zu glauben, dass sie ihm zugewinkt hatte, denn er winkte zurück. Und als wäre das nicht schon schlimm genug, änderte er auch noch seine Richtung. »Er kommt her, er kommt her«, flüsterte sie panisch.

Sie wich so hastig zurück, dass sie auf die herabhängende Wolldecke trat, das Gleichgewicht verlor und nach hinten taumelte. Mit einem dumpfen Aufprall landete sie auf dem Po.

Der Schmerz ließ sie zusammenzucken. Sie stöhnte auf. Für den Bruchteil einer Sekunde fragte sie sich, ob sie sich das Steißbein gebrochen hatte, aber dann ging ihr auf, dass sie ein größeres Problem hatte. Sie konnte ihn auf der Treppe hören, ihr Haar war zerzaust, und sie trug nicht einmal einen Hauch von Make-up. Und die Zähne hatte sie sich auch noch nicht geputzt.

Sie ignorierte das Stechen im Kreuz, stand mühsam auf und warf die Wolldecke ab. Sie musste ins Bad und zu ihrer Kosmetiktasche, bevor sie ihm aufmachte. Sie hatte es so eilig, dass sie auf der Decke ausrutschte und einen Spagat machte, um den sie jede Kunstturnerin beneidet hätte.

»Guten Morgen«, rief Jake von der anderen Seite der Tür.

»Ich ... komme gleich«, antwortete sie und erhob sich zum zweiten Mal an diesem Tag vom Fußboden. Die Muskeln in ihrer Leistengegend protestierten bei jedem noch so vorsichtigen Schritt, und ihrem Po hatte der zweite Sturz auch nicht gerade gut getan. »Reiß dich zusammen«, murmelte sie. Als sie endlich die Tür erreichte, kam sie sich vor wie eine Idiotin. »Hi. Tut mir leid, dass Sie warten mussten. Kommen Sie herein.«

»Danke.« Er trat über die Schwelle und schloss die Tür hinter sich. »Ich habe Sie am Fenster winken sehen. Brauchen Sie etwas?«

»Wie? Nein«, erwiderte sie und versuchte verzweifelt, nicht an ihr zerknittertes T-Shirt und die alte Jogginghose zu denken. »Ich habe nur ...«

377

Was getan? Ihn nur beobachtet?

Sie humpelte durch den Raum. »Guten Morgen gesagt.«

»Oh.« Er nickte und betrachtete sie besorgt. »Sind Sie okay?«

»Natürlich«, sagte sie etwas zu unbeschwert, um glaubwürdig zu klingen. »Warum fragen Sie?«

»Kein besonderer Grund. Sie kamen mir nur etwas atemlos vor.«

»Nein, nein«, wehrte sie ab und schob sich das Haar aus dem Gesicht. »Es geht mir gut.«

»Das freut mich.« Er lächelte. »Ehrlich gesagt, ich war ein wenig überrascht, Sie so früh auf den Beinen zu sehen. Sie haben eine anstrengende Nacht hinter sich. Die Show und alles, meine ich. Dachte mir, Sie würden vielleicht ausschlafen wollen.«

Die Decke lag noch auf dem Boden, und sie hob sie im Vorbeigehen auf. »Nein«, sagte sie und hielt die Decke mit der einen Hand vor sich, während sie mit der anderen ihr Haar in Form zu bringen versuchte. »Etwas zu viel Adrenalin, schätze ich.«

»Das ist gut.«

»Ist es?«

»Ich will heute Morgen nach Vega Flats fahren. Vielleicht möchten Sie mitkommen?«

»Jetzt sofort?«

»Nun ja, nicht sofort. Wann immer Sie fertig sind.«

»Oh. Okay. Sicher.«

Ausgerechnet in diesem Moment rutschte ihr die Decke aus der Hand, und als sie sie festzuhalten versuchte, stieß sie mit dem Po gegen die Tischkante. Die Tasse kippte um, und der Kaffee ergoss sich auf die Platte.

»Autsch!«, stöhnte sie. Als sie nach dem schmerzenden Hinterteil tastete, sah sie, dass der braune Strom fast ihren Laptop erreicht hatte. »Oje!«, rief sie und sah sich nach etwas um, womit sie die Pfütze aufwischen konnte. Sie konnte kaum fassen, was geschah. Es wurde immer schlimmer, und ihr Verstand schien abgeschaltet zu haben. Sie stand einfach nur da, während Jake mit einem Papiertuch die Flut eindämmte.

»Sind Sie wirklich sicher, dass alles in Ordnung ist?«, fragte er.

Sie starrte auf das Papier, das sich langsam braun färbte. Was war los mit ihr? Seit sie Jake um die Ecke des Turms hatte kommen sehen, benahm sie sich wie ein drittklassiger Clown.

»Alles okay«, log sie. »Es geht mir gut.« Aber das tat es nicht. Ihr Hintern schmerzte, ihr Bein fühlte sich an wie ausgerenkt, und sie kam sich absolut idiotisch vor.

»Also in einer halben Stunde vielleicht?«

»Wie?«

»Vega Flats«, erinnerte er sie, bevor er das voll gesogene Tuch nahm und in den Abfalleimer warf. Er riss ein zweites von der Rolle. »Genug Zeit für Sie?«

»Oh, sicher. Ja, das schaffe ich«, erwiderte sie.

Er hatte den letzten Kaffee aufgewischt und ging zur Tür. »Unten ist es meistens etwas wärmer, aber ich würde trotzdem eine Jacke mitnehmen.«

»Okay, das tue ich.« Sie sah ihm nach, als er die Tür hinter sich schloss. »Was ist bloß aus mir geworden?«, murmelte sie, während sie die Decke aufsammelte und aufs Bett warf. Er hatte ihre akrobatische Nummer nicht gesehen, doch das tröstete sie nicht. Aber selbst dann hätte die Situation ihr nicht peinlicher sein können. »Du kannst es noch mal versuchen, Kristin. Vielleicht bringst du es ja auch noch fertig, dir den Kopf zu stoßen und bewusstlos zu werden. Ich bin sicher, das würde ihn wirklich beeindrucken.«

Wie kam es, dass ihr fauler Morgen sich innerhalb weniger Minuten in eine zirkusreife Vorstellung verwandelt hatte? Sie war noch nie in ihrem Leben über eine verdammte Wolldecke gestolpert und auf den Hintern gefallen. Was an Jake Hayes brachte sie dazu, zu einer Lachnummer zu werden? Sie war eine reife, erfolgreiche Frau. Aber sobald sie dem Mann nahekam, ging in ihr etwas vor, das sie dazu brachte, sich dumm zu benehmen, dumm zu reden und sich dumm zu fühlen.

Kopfschüttelnd eilte sie ins Bad und drehte die Dusche auf, damit das Wasser sich erwärmen konnte. Unwillkürlich dachte sie an das Bild seiner nassen, eingeseiften Haut.

Manchmal, wenn er sie ansah, wenn sie miteinander sprachen, war es, als ...

»Ach, hör auf damit«, befahl sie sich scharf.

Sie zog sich aus und stellte sich unter den Strahl. Sie hatte keine Ahnung, was sie in Vega Flats erwartete, aber sie war froh, dass er sie mitnahm. Die Woche in der kleinen Wohnung hatte sich schon ausgewirkt. Sie bildete sich Dinge ein, die einfach nicht existierten. Und ihr kamen Gedanken, die in ihrem Kopf nichts zu suchen hatten.

Was fiel ihr ein, unter der Dusche an Jake zu denken? Oder überhaupt an ihn zu denken? Das Letzte, was der Mann brauchte, war eine Frau, mit der die Fantasie durchging.

»Ab jetzt wird es besser«, sagte sie sich. »Jane Streeter ist zurück. Das wird dich ablenken.«

Aber vielleicht war genau das das Problem. Ihr war nicht entgangen, wie er sie während der Talkshow angesehen hatte. Konnte es sein, dass er nicht sie, sondern Jane Streeter gesehen hatte? Genau wie Blake, den nur ihre Radiopersönlichkeit, nicht ihr wahres Ich fasziniert hatte? Er hatte keinen Zweifel gelassen, dass er zu Janes Fans gehörte und sie sogar mochte. Sie war nicht so sicher, dass sich das auch von Kristin behaupten ließ.

Sie ließ das Wasser über ihren Kopf strömen, bis das lange Haar am Rücken klebte. Sie hatte schon einmal geglaubt, dass ein Mann sich für sie interessierte, um dann festzustellen, dass es ihm in Wirklichkeit nur um Jane ging. Und den Fehler würde sie kein zweites Mal begehen.

8. Kapitel

»Oh«, entfuhr es Kristin, als sie über die Einfahrt eilte. Sie hatte erwartet, Jake in dem Geländewagen zu sehen, in dem sie hergefahren waren. Stattdessen saß er am Steuer eines olivgrünen Pick-ups, dessen Tür das Emblem der US-Forstverwaltung zierte. »Wo kommt der denn her?«

»Sie haben eine Woche lang darüber gelebt«, sagte er und beugte sich über den Sitz, um ihr die Beifahrertür zu öffnen.

»Die Garage?«

»Richtig«, bestätigte er. »Steigen Sie ein.«

Sie warf ihre Jacke hinein, doch als sie einen Fuß auf das Trittbrett stellte, verzog sie das Gesicht.

»Sind Sie okay?«, fragte er und streckte eine Hand aus, um ihr zu helfen.

»Ja«, murmelte sie, aber ihre akrobatischen Höchstleistungen waren nicht ohne Folgen geblieben. Sie ergriff seine Hand und ließ sich hochziehen.

»Wieso nehmen wir den hier?«, fragte sie und sah sich im spartanischen Führerhaus um. Der Sitz war nicht annähernd so weich wie der im Jeep, und ihr Po war für jede Polsterung dankbar.

»Bei geschäftlichen Fahrten nehme ich immer den Firmenwagen«, scherzte er und reichte ihr das Ende des Sicherheitsgurts. »Bei Vergnügungsfahrten meinen.«

»Der Jeep gehört Ihnen?«

»Genau.«

»Und der hier?«

»Meinem Arbeitgeber.«

»Also ist dies eine Dienstfahrt«, folgerte sie. Erst als sie ihn ansah, registrierte sie, dass er nicht nur den Wagen gewechselt hatte. »Du meine Güte, eine Uniform? Darin habe ich Sie noch nie gesehen.«

»Die trage ich eher selten«, sagte er und warf einen Blick auf die olivfarbene Jacke, die er über dem Kakishirt und der dazu passenden Hose trug. »Jedenfalls nicht um diese Jahreszeit, wenn ich meistens hier oben bin. Hierher kommt selten jemand. Aber auf Patrouille kann alles Mögliche passieren. Ich muss Angelscheine und Jagdlizenzen kontrollieren oder Camper und Wanderer wegen Übertretungen verwarnen, solche Sachen. Da ist es ganz gut, offiziell auszusehen.«

»Forstcop?«, scherzte sie, um sich ein wenig davon abzulenken, wie attraktiv er aussah.

»Smokey, der Bär mit Stern.« Er lächelte. »Das bin ich.« Er warf einen Blick auf ihre Laufschuhe. »Die sehen neu aus. Es könnte etwas matschig werden. Sie haben nicht zufällig ein Paar Stiefel mit?«

»Nein.« Sie sah nach unten. »Nur die hier und Sandalen.«

»Dann lieber die«, erwiderte er und legte den Gang ein. »Aber wir fragen Mac, ob er Stiefel auf Lager hat.«

»Wir gehen shoppen?« Ihre Augen strahlten. »Das liebe ich.«

Er lachte. »Ich bin nicht sicher, ob man einen Besuch bei Mac als Shoppen bezeichnen kann.«

»He, in der Not frisst der Teufel Fliegen.«

Er lachte wieder, und ihr ging auf, wie schön es klang. Echt und natürlich, aber das war fast alles an ihm. Wie anders als Blake er doch war. Dessen gekonnter Charme hatte schnell seinen Reiz verloren. Jake stand nicht auf Förmlichkeit, redete niemandem nach dem Mund und sprach einfach aus, was er dachte. Bei ihm wusste man immer, woran man war.

Sie dachte daran, wie er sie ansah, wie sein Blick ihren festhielt. In seinen Augen war etwas ungemein Beruhigendes, das ihr ein Gefühl von Sicherheit gab. Wenn er sie anschaute, war ihr, als wäre sie ihm wichtig, als würde er …

Mit einem jähen Ruck setzte sich der Pick-up in Bewegung, und Kristin kehrte schlagartig in die Realität zurück. Was war los mit ihr? Sie hatte sich schon wieder verbotene Gedanken gemacht, und das musste aufhören, bevor sie sich komplett lächerlich machte.

Sie hielt sich am Türgriff fest. Der »Firmenwagen« war nicht sehr bequem, und sie vermutete, dass die Fahrt nach Vega Flats ziemlich ungemütlich werden würde. Aber das war okay. Sie brauchte etwas, das sie von Jake ablenkte.

»Müssen Sie das oft tun? Camper oder Wanderer verwarnen?«

Er zuckte mit den Schultern. »Manchmal. Aber meistens ist es in dieser Gegend recht ruhig. Sie ist so abgelegen, dass die Leute, die es hierher schaffen, ihren Sport ziemlich ernst nehmen. Aber gelegentlich …«

Als er schwieg, drehte sie sich zu ihm. »Gelegentlich was?«

»Hin und wieder tauchen hier Verrückte auf. Sie betrinken sich oder rauchen Gras und fangen an, auf alles zu schießen, was sich bewegt.«

Er bog auf die Straße ein, und die Fahrt wurde noch holperiger. Kristin hielt sich vorsichtshalber auch noch am Armaturenbrett fest und dachte nicht mehr daran, wie es ihrem lädierten Hinterteil auf dem harten Sitz erging. Sie schaute aus dem Seitenfenster, zog eine Grimasse und sah rasch wieder nach vorn.

»Ganz schön steil, was?«, meinte er.

»Sind Sie sicher, dass wir auf dieser Straße hergefahren sind?«

Er lachte. »Reden Sie einfach weiter, das hilft. Und schauen Sie nicht draußen, schauen Sie mich an.«

Das war nicht gerade beruhigender, doch was das Reden anging, hatte er einen Punkt. Sie fühlte sich tatsächlich besser, wenn sie es tat. »Und was passiert dann?«

»Wann?«

383

Sie konzentrierte sich auf eine Stelle am Armaturenbrett, um weder die steil aufragenden Felswände oder die tiefen Abgründe noch ihn ansehen zu müssen. »Wenn Sie hier oben Rowdys haben. Das kann doch sicher gefährlich werden.«

»Kann es wohl, aber meistens gelingt es mir, sie zu beruhigen. Manchmal muss man dazu recht überzeugend sein.« Geschickt wich er einem riesigen Schlagloch aus. »Sorgen machen uns vor allem die Hobbyfarmer aus der Stadt.«

Sie warf ihm einen Blick zu. »Hobbyfarmer?«

»Marihuana-Züchter. Hin und wieder tauchen hier unternehmungslustige Leute auf, um sich eine sonnige Stelle zu suchen, an der sie ihre Pflanzen anzubauen.«

»Aber die verwarnen Sie doch nicht nur, oder? Ich meine, das ist ja wohl etwas anderes als ein abgelaufener Angelschein.«

»Sie haben recht, die verwarne ich nicht. Die nehme ich fest.«

»Wirklich? Aber Sie haben keine Waffe.«

Er umfuhr ein weiteres Schlagloch. »Ich habe keine Pistole, aber für Notfälle das hier.« Er griff hinter den Sitz und hob ein Gewehr an.

»Wow.« Kristin starrte darauf. »Mussten Sie es je benutzen?«

»Sicher, oft.«

Ihre Augen wurden groß. »Das ist ein Scherz.«

»Keineswegs«, versicherte er kopfschüttelnd. »Flaschen und Dosen – und ab und zu verscheuche ich sogar einen vorwitzigen Berglöwen oder Bären.«

Sie verzog das Gesicht. »Oh, Sie sind so komisch.«

Er lachte, und sie konzentrierte sich wieder auf die Straße vor ihnen. Und obwohl die zerklüftete Landschaft ihr äußersten Respekt einflößte, gewöhnte sie sich langsam an die engen Serpentinen und schaffte es sogar, die Fahrt ein wenig zu genießen.

»Sie sagten, Sie gehen heute auf Patrouille?«, fragte sie nach einem Moment.

»Na ja, ich fahre ein Mal in der Woche nach Vega Flats, um die Post zu holen und nachzusehen, wie es den Leuten dort geht. Dann schaue ich am Zeltplatz vorbei. Um diese Jahreszeit ist dort nicht viel los, aber im Sommer kann es voll werden.«

»Ich darf mit Ihnen auf Patrouille gehen?«

»Gern, wenn Sie wollen. Aber glauben Sie bloß nicht, dass Sie dafür ein Abzeichen bekommen.«

Der Scherz überraschte sie, und sie musste lachen. »Und wohl erst recht keine Waffe.«

»Richtig.« Doch dann wurde er ernst. »Sie können mich begleiten oder bei Mac warten und etwas essen. Sie können auch das Dorf erkunden, obwohl es nicht viel zu sehen gibt. Ich mache Sie mit Ruby bekannt. Sie verkauft Köder und züchtet frei laufende Pferde.«

»Und macht großartige Marmelade.«

Er lächelte. »Das auch. Also was immer Sie tun möchten, es soll mir recht sein.«

»Okay, danke.« Sie nickte, aber ihr fiel die Entscheidung nicht schwer. Je weniger Zeit sie mit ihm verbrachte, desto besser war es. Die Vorstellung, ihn auf seiner Patrouille zu begleiten, war verlockend, aber sie durfte kein Risiko eingehen. Sie fand auch so schon genug an ihm, das ihr gefiel.

Sie sah aus dem Fenster, um ihn nicht vom Fahren abzulenken. Die Straße schlängelte sich jetzt an der Seitenwand des Canyons nach unten. Das Gefälle war nicht mehr so steil, die Abgründe nicht mehr so dramatisch, als sie sich dem grünen, von Pinien und Manzanitas bewachsenen Grund der Schlucht näherten. Kristin sah mindestens ein Dutzend Dinge, nach denen sie ihn gern gefragt hätte, beherrschte sich jedoch. Es war albern, das wusste sie, aber je mehr sie mit ihm sprach, desto besser lernte sie ihn kennen, und je besser sie ihn kannte, desto mehr dachte sie über ihn nach, und je mehr sie über ihn nachdachte ... Nun ja, spätestens dann vermischten sich Realität und Fantasie und brachten ihr nichts als Ärger ein.

385

Abgesehen von Nancy und den Anrufern während der Sendung war er der einzige Mensch, mit dem sie in den vergangenen sieben Tagen gesprochen hatte. Und sie beide waren ganz allein oben auf dem Berg. Da war es wohl ganz normal, dass ein großer Teil ihrer Gedanken sich mit Jake beschäftigte. Wenn sie erst in die Zivilisation zurückgekehrt war und es in ihrem Leben wieder andere Menschen, Ablenkungen und Interessen gab, würde sie alles wieder aus der richtigen Perspektive sehen und sich in den Griff bekommen. Jedenfalls hoffte sie darauf.

»Sehen Sie den Rauch dort drüben, über den Bäumen?«

Sie drehte sich zu ihm und schaute in die Richtung, in die er zeigte. »Ein Waldbrand?«, fragte sie entsetzt.

Lachend schüttelte er den Kopf. »Nein. Mittagessen.«

»Wie?«

»Mac hat den Grill angeworfen. Das bedeutete Burger und Spare Ribs.«

»Also sind wir fast da?«

»Weniger als eine Meile.« Er zeigte nach vorn. »Gleich haben wir wieder Teer unter den Rädern.«

Kristins Herz schlug ein wenig schneller, als sie einen Fluss überquerten und die kleine Ansiedlung erreichten, die aus nicht mehr als ein paar Blockhäusern und Hütten bestand. Aber vor denen stand hier und dort ein Pick-up, in den Fenstern brannte Licht, aus den Schornsteinen kam Rauch, und irgendwo in der Ferne bellte ein Hund. Hier herrschte Leben, und genau das brauchte sie, um wieder einen klaren Kopf zu bekommen.

Sie musste sich davon überzeugen, dass die reale Welt jenseits von Eagle's Eye noch existierte. Das würde ihr helfen, ihre Situation richtig einzuschätzen und Jake so zu sehen, wie er wirklich war. Vielleicht würde sie hier unten wissen, ob das, was er in ihr auszulösen schien, Fakt oder Fiktion war. Für wen oder was er Jane Streeter auch hielt, sie hatte den Verdacht, dass Jane ihm weitaus sympathischer als Kristin Carey war.

386

Jake verließ den Zeltplatz und fuhr nach Vega Flats zurück. Er hatte nicht erwartet, dass in Big Chumash viel los sein würde, und damit recht behalten. Er hatte einen Felsbrocken zur Seite gerollt, der sich im Sturm gelöst und auf die Straße gefallen war, nach den Toiletten gesehen und mit einigen Jägern geplaudert, die dort ihre Zelte aufgeschlagen hatten. Alles in allem war es ein ziemlich ereignisloser Ausflug gewesen, dennoch hätte er ihn gern verlängert.

Zu seiner Erleichterung hatte Kristin sich entschieden, im Dorf auf ihn zu warten. Es war ihm schwergefallen, sie dort zurückzulassen, aber Mac hatte versprochen, sie im Auge zu behalten, damit ihr nichts passierte.

Vielleicht tat die Trennung ihnen beiden ganz gut. Nach der Talkshow waren sie beide ein wenig »high« gewesen. Auf für ihn war es ein aufregendes Erlebnis gewesen, und der Adrenalinpegel hatte ihn auch dann noch wach gehalten, als *Lost Loves* längst vorbei war.

Allein im Turm zu sitzen und Jane Streeters Stimme zu lauschen war schön gewesen, aber zuzusehen, wie sie am Mikrofon saß und mit ihren Anrufern fühlte, war etwas, das er nie vergessen würde. Sie war in ihrem Element gewesen – entspannt, selbstsicher und zufrieden.

Aber so herrlich die Sendung auch gewesen war, am meisten hatte er die Zeit danach genossen. Zuerst hatten sie über einige Anrufer gesprochen, dann über die Themen, aber irgendwann war das Gespräch persönlicher geworden, und sie hatten angefangen, über sich und ihr Leben zu reden. Er erfuhr mehr über den Tod ihrer Eltern und erzählte ihr ein wenig von den harten Zeiten, die Ted und er durchgemacht hatten. Fast eine Woche lang hatte sie ihn kaum eines Blickes gewürdigt, und mit ihr zu sprechen, sie lächeln zu sehen und lachen zu hören war die Morgensonne nach einer langen, kalten Nacht.

Jane Streeter war eine intelligente, ausgeglichene und einfühlsame Frau, aber ihm kam der Verdacht, dass Kristin Carey all das und noch mehr war. Sie besaß eine Empfindsamkeit und Verletzlichkeit, die ihn faszinierte. War es das, was sie manchmal hinter der eisigen, gleichgültigen Fassade verbarg? Sie scherzte über ihre Arbeit im Radio und spielte sie herunter, aber in Wahrheit bedeuteten die Menschen, auf die sie so verständnisvoll einging, ihr sehr viel.

Vielleicht hatte er deshalb den Mut aufgebracht, sie zu der Fahrt nach Vega Flats einzuladen. Er hatte sogar gehofft, dass sie dort zusammen essen würden, doch kaum waren sie dort angekommen, war sie wieder schweigsam geworden und hatte sich benommen, als wäre er unsichtbar.

Er bog vom Campingplatz auf die geteerte Straße ein, gab jedoch kein Gas, sondern ließ den Pick-up langsam dahinrollen. Er hatte es nicht eilig. Er wurde immer wütender – aber nicht auf sie, sondern auf sich selbst. Wie kam er dazu, sich gekränkt oder gar frustriert zu fühlen? Schließlich war das hier für sie keine Vergnügungsreise. Er benahm sich, als wäre sie freiwillig in Eagle's Eye, doch das war sie nicht. Sie brauchte seinen Schutz, nicht seine Freundschaft. Irgendwann würde sie wieder gehen, also spielte es keine Rolle, ob sie ihn mochte oder nicht. Sobald Ted und seine Leute den Mistkerl geschnappt hatten, würde sie nach L. A. zurückkehren, und er würde sie nie wiedersehen.

Als in der Ferne Vega Flats auftauchte, fuhr er noch langsamer. Die Vorstellung, sie nie wiederzusehen, gefiel ihm nicht. Aber immerhin war ihre Schwester mit seinem besten Freund verheiratet, also würden sie einander von Zeit zu Zeit über den Weg laufen. Außerdem gab es ja noch *Lost Loves*. Nachts im Turm würde er Jane zuhören können.

Aber es würde nicht mehr so wie früher sein. Jetzt kannte er sie, hatte sie bei der Arbeit beobachtet und die Wärme in ihren Augen gesehen. Und wenn er allein auf seiner Galerie saß und ihrer Stimme lauschte, würde er sich danach zurücksehnen.

Als er Ruby auf der Veranda ihres Köderladens entdeckte, winkte er ihr zu. Kurz darauf hielt er vor der Taverne. Dort schien wenig los zu sein, doch das beunruhigte ihn nicht. Um diese Jahreszeit hatte Mac nie viele Gäste.

Doch als er den Raum betrat, der in Vegas Flats als Restaurant, Bar und Dorfladen diente, war keine Menschenseele zu sehen.

»Mac?«, rief er und schaute in das kleine Hinterzimmer. »Jemand zu Hause?«

Keine Antwort. Sein Blick fiel auf zwei leere Gläser auf dem Tresen – Bier und Mineralwasser –, und am Fenster summte eine Fliege.

Aus einem Winkel seines Gedächtnisses drang ein ungutes Gefühl in sein Bewusstsein. Mit erschreckender Klarheit erinnerte er sich daran, wie er gespürt hatte, dass Rickys Aufenthaltsort verraten worden war.

Er wehrte sich gegen die Panik und rannte auf die Straße. Niemals hätte er Kristin hier zurücklassen dürfen, nicht einmal bei Mac.

Mit eins neunzig war Mac Mackenzie jemand, mit dem man sich besser nicht anlegte. Allein seine imponierende Gestalt sorgte in der Gegend für Frieden, und wenn die nicht reichte, hatte er hinter dem Tresen noch seine doppelläufige Schrotflinte. Die Autorität, die Mac ausstrahlte, ließ vermuten, dass er in einem anderen Leben tatsächlich als Gesetzeshüter gearbeitet hatte, aber er sprach nie darüber, und Jake würde ihn nie danach fragen. Vega Flats war kein Ort, an dem Neugier geschätzt wurde. Er hatte Mac nichts von dem Stalker erzählt, sondern ihn nur gebeten, ein waches Auge auf sie zu haben. Hoffentlich war das kein Fehler gewesen.

Er sah die verlassene Straße entlang und fühlte, wie sich in ihm etwas zusammenzog.

»Kristin?«, rief er und rannte los, ohne zu wissen, wohin er wollte. »Kristin, wo sind Sie?«

»Was soll das Geschrei?« Mac kam um eine Ecke der Taverne, die Ärmel seines roten Flanellhemds nach oben geschoben. »Was ist los?«

»Kristin«, antwortete Jake und rannte zu ihm. »Hast du sie gesehen?«

»Verdammt, Mann, natürlich habe ich sie gesehen. Du hast sie doch selbst vor einer Stunde bei mir abgesetzt.«

»Was ist ihr passiert?«, fragte Jake. »Wo ist sie?«

»Soweit ich weiß, ist ihr nichts passiert.« Macs von Wind und Wetter gegerbtes Gesicht ließ ihn älter als siebenunddreißig aussehen, aber seine braunen Augen waren klar, und ihnen entging nichts. »Was ist denn? Brauchst du Hilfe?«

»Mac, ich muss Kristin finden«, sagte Jake und hörte die Verzweiflung in seiner Stimme.

Mac offenbar auch. »Ganz ruhig«, erwiderte er und zeigte nach hinten. »Sie ist im Garten.«

Jakes Blick folgte dem ausgestreckten Arm. Inmitten des satten Grüns war Kristins blondes Haar nicht zu übersehen, und vor Erleichterung wurden ihm fast die Knie weich.

»Gott sei Dank«, flüsterte er.

»Weißt du, Kumpel, ich glaube, du solltest hereinkommen und dich eine Weile hinsetzen.« Mac musterte Jake. »Ich schwöre, du bist weiß wie ein Laken.«

Jake holte tief Luft und schüttelte den Kopf. »Nein, ich bin … okay.«

»Das bezweifele ich«, widersprach Mac. »Du siehst aus, als könntest du einen Drink gebrauchen.«

»Ich bin okay«, wiederholte Jake, obwohl er sich nicht so fühlte, und schaute zu Kristin hinüber.

Er kam sich albern vor. Als Cop hatte er gelernt, seine Gefühle zu kontrollieren und in kritischen Situationen einen kühlen Kopf zu behalten. Aber als er sie gerade eben nicht finden konnte …

Er schloss die Augen und fuhr sich mit dem Arm über die verschwitzte Stirn. Die Vorstellung, dass Kristin vielleicht etwas zugestoßen war, hatte ihn zutiefst erschüttert. Er hätte die Behörden verständigen und einen Suchtrupp organisieren sollen, aber er hatte nichts davon getan. Er hatte keinen klaren Gedanken mehr fassen können.

Vielleicht war er schon zu lange aus dem Geschäft. Vielleicht hatte er seinen Instinkt verloren. Vielleicht war er gar nicht mehr fähig, irgendjemandem zu helfen.

Plötzlich sah er, wie sich hinter einigen Büschen in Kristins Nähe etwas bewegte. »Ist jemand bei ihr?«, fragte er Mac.

»Carolyn«, sagte Mac leise, als eine zierliche Frau in Sicht kam. »Carolyn Hammer.«

Jake drehte sich zu ihm. »Wer ist das? Kenne ich sie?«

»Wahrscheinlich nicht. Sie ist Rubys Nichte. Wohnt seit einem Monat bei ihr und hilft im Laden und in den Ställen.« Mac machte ein paar Schritte auf die beiden Frauen zu. »Hat mich gefragt, ob sie ein bisschen in meinem Garten arbeiten kann.« Er strich sich über den Bart. »Muss sagen, die Frau hat einen grünen Daumen.«

In diesem Moment hob Kristin den Kopf, entdeckte Jake und lächelte. Er zwang sich, ihr wie beiläufig zuzuwinken.

»Die beiden scheinen sich gut zu verstehen«, meinte Mac, während die Frauen auf sie zukamen. Dann sah er Jake an. »Kristin hat erwähnt, dass sie eine Art von Therapeutin ist.«

»Ja. In L. A.«

»Alte Freundin?«

Jake schüttelte den Kopf. »Wir sind uns vor einer Woche oder so bei einer Hochzeit begegnet.«

»Richtig, dein Kumpel. Der Cop, nicht wahr?«

»Ja. Ted.«

Mac nickte. »Sie ist für eine Weile in Eagle's Eye zu Besuch?«

»Eine kurze Weile.«

Mac nickte wieder. »Interessant.«

Jake wusste, dass Mac nicht nachfragen würde, und war erleichtert. Er war nicht sicher, wie er ihm Kristins Anwesenheit in der Station erklären sollte. Je weniger Leute den Grund dafür kannten, desto besser.

»Schon zurück?« Kristin blieb vor ihm stehen. »Sind Sie mit der Patrouille fertig?«

Jake hatte sich noch nicht ganz vor seiner Panik erholt und musste sich beherrschen, um sie nicht in die Arme zu schließen und fest an sich zu drücken.

»Um diese Jahreszeit ist nicht viel los.«

Der Wind wehte ihr das Haar ins Gesicht, und eine Strähne strich über ihre Lippen. »Ich glaube, ich habe inzwischen jeden im Ort kennengelernt. Wir sind gerade von Ruby zurückgekommen. Carolyn hat mir den Garten gezeigt.« Sie wandte sich Mac zu. »Sieht aus, als hätten Sie in ein paar Wochen schöne Artischocken.«

Macs Blick glitt von Kristin zu der Frau neben ihr. »Darauf freue ich mich schon.« Er trat auf sie zu. »Carolyn, das ist Jake Hayes. Er ist der Ranger oben in Eagle's Eye. Jake, das ist Carolyn Hammer.«

»Hallo, Jake.« Carolyn gab ihm die Hand. »Nett, Sie kennenzulernen.«

»Finde ich auch, Carolyn«, erwiderte Jake mit einer leichten Verbeugung. Sie war eine attraktive Frau mit einem hübschen Lächeln und braunen Augen unter einer blonden Lockenpracht. Er war dankbar für die Ablenkung, denn er wollte Kristin nicht anschauen. Sie würde in seinem Blick mehr wahrnehmen, als gut für sie beide war. »Zu Besuch bei Ruby, wie ich gehört habe.«

»Da haben Sie richtig gehört.«

»Wollen Sie länger bleiben?«

Sie zuckte mit einer Schulter. »Ich bin noch nicht sicher. Als Kinder waren meine Schwester und ich oft hier, und Tante Ruby ließ uns immer die Pferde striegeln, die Ställe ausmisten und nach Ködern suchen.« Lachend schüttelte sie den Kopf. »Ich glaube, ich hatte ganz vergessen, wie schön es hier oben ist.«

Jake nickte und schaute den schmalen, von Bäumen gesäumten Canyon entlang. »Das ist es.«

»Kristin hat erwähnt, dass sie bei Ihnen wohnt. Von dort oben müssen Sie eine tolle Aussicht haben.«

Jake fragte sich, was Kristin noch alles erwähnt hatte. »Habe ich. Sie müssen mich mal besuchen, solange Sie hier sind, dann zeige ich Ihnen die Station.«

»Danke, aber ich weiß nicht, ob ich so abenteuerlustig bin«, gestand Carolyn und zwinkerte Kristin zu. »Kristin hat mir von der Straße zwischen hier und Eagle's Eye erzählt. Ich bin auf einer Farm in San Joaquin Valley aufgewachsen. Ich schätze, Sie würden mich eine Flachländerin nennen. Da, wo ich herkomme, haben die Straßen nicht viele Kurven.«

»Nach ein paar Meilen hat man sich daran gewöhnt«, sagte Jake.

»Nun ja, ein guter Sitzgurt und ein paar Gebete können nicht schaden«, fügte Kristin hinzu.

»Also bei Tante Rubys altem Pick-up braucht man die auf jeden Fall«, meinte Carolyn lächelnd.

»Wissen Sie, wir könnten Mac bitten, Sie nach oben zu fahren«, schlug Jake vor. »Dann könnten Sie den ganzen Weg die Augen geschlossen halten.«

Carolyn lachte. »Gute Idee. Ich werde darüber nachdenken.«

Kristin machte einen Schritt auf ihn zu, und erneut spürte er so etwas wie Panik in sich aufsteigen. Verzweifelt wandte er sich Carolyn zu. »Mac hat mir erzählt, dass Sie eine beachtliche Gärtnerin sind.«

»Nur ein Hobby«, winkte sie ab. »Aber es macht mir Spaß. Ich schätze, eine Farmerstochter bleibt immer eine Farmerstochter.«

In diesem Augenblick rumpelte ein klappriger Pick-up aus der Richtung von Big Chumash um die Ecke und hielt vor der Taverne. Mac warf einen Blick auf die Uhr, als zwei Männer in Tarnanzügen und Anglerwesten ausstiegen und hineingingen.

393

»Sieht aus, als wäre der Mittagsansturm gekommen«, sagte er trocken und ging zur Tür. Dort drehte er sich um. »Ich habe gerade ein paar Ribs vom Grill genommen. Jemand interessiert?«

Jake sah erst Kristin, dann Carolyn an. »Ladys? Was meinen Sie? Ribs für alle?«

»Also ich bin am Verhungern«, gab Kristin zu.

»Normalerweise esse ich mittags nichts«, sagte Carolyn. »Aber der Duft dieser Ribs steigt mir schon den ganzen Morgen in die Nase. Ich glaube, ich könnte eine halbe Kuh verspeisen.«

»Ich nehme die andere Hälfte«, erwiderte Jake und streckte ihnen die Arme entgegen. »Sollen wir?«

Ich nehme die andere Hälfte. Kristin zog eine Grimasse und rutschte auf dem Beifahrersitz ein wenig nach unten. Junge, Junge.

Sie verschränkte die Arme vor der Brust und starrte aus dem Fenster. Jake sollte glauben, dass sie döste, aber in Wirklichkeit war sie nur froh, nicht mit ihm reden zu müssen.

Sie müssen mich mal besuchen, dann zeige ich Ihnen die Station. Kristin kniff die Augen zu und sah ihn wieder direkt vor ihr stehen und mit Carolyn flirten. War das sein Spruch – so wie der mit der schon sprichwörtlichen Briefmarkensammlung?

Der Pick-up fuhr durch ein Schlagloch, und ihr Kopf stieß gegen die Scheibe.

»Autsch!« Sie setzte sich auf und rieb sich die Stirn.

»Tut mir leid. Alles okay?«

»Sie lassen nichts aus, was?«

Er lachte, und sie ließ ihn in dem Glauben, dass es ein Scherz war. Hatte der Mann eine Ahnung …

Die Fahrt auf den Berg war nicht annähernd so aufregend wie die nach unten, aber vielleicht hatte das auch mit ihrer Laune zu tun. Sie war mürrisch und reizbar und …

Nein! Sie weigerte sich, den Gedanken weiterzuspinnen. Sie hatte gehofft, dass der Ausflug nach Vega Flats ihr helfen würde, die Dinge klarer zu sehen. Aber in der Hinsicht war er ein voller Misserfolg gewesen.

Sie drehte sich zu ihm. Wer immer die Eifersucht als Ungeheuer bezeichnet hatte, musste gewusst haben, wovon er sprach. Irgendwie war es in ihr aus seinem Käfig ausgebrochen und lief jetzt Amok.

Sie konnte es sich nicht erklären. Etwas war mit ihr geschehen, als sie ihn dabei beobachtet hatte, wie er mit Carolyn sprach. Etwas, das vollkommen unerwartet gekommen war. Es störte sie nicht, dass er zu Carolyn freundlich gewesen war. Sie störte nur, dass er es zu ihr selbst nicht gewesen war.

Ihre Hände ballten sich zu Fäusten. Eifersüchtige Freundin – das waren zwei Worte, die nichts mit ihr zu tun haben sollten. Erstens war sie nicht seine Freundin, und zweitens hatte sie keinen Grund, eifersüchtig zu sein. Es war lächerlich. Ihre Reaktion war völlig unangemessen. Sie führte sich auf, als hätte er sie betrogen oder so etwas.

»Wir haben es bald geschafft«, sagte er und wich einem Schlagloch aus. »Sie werden genug Zeit haben, um sich auszuruhen, bevor wir uns auf die Sendung vorbereiten müssen.«

»Gut«, murmelte sie und drehte sich wieder zum Fenster.

»Liegen die Ribs schwer im Magen?«

»Nein, ich fühle mich gut«, log sie.

Sie fühlte sich alles andere als »gut«. Das Essen war köstlich gewesen, und eigentlich hätte sie sich amüsieren müssen. Carolyns Tante Ruby war auch noch gekommen, und man hatte sich locker und unbeschwert unterhalten. Nur sie hatte wie ein Häufchen Elend dagesessen.

Sie kam sich albern und peinlich vor. Ohne sie hätte er Carolyn vermutlich zu einer Besichtigung der Station eingeladen und ihr seine Spaghetti gekocht. Sie wollte sich nicht ausmalen, was noch alles geschehen wäre.

In der nächsten Kurve wäre sie fast vom Sitz gerutscht, aber das war ihr inzwischen egal. Wie hatte sie nur so dumm sein können, sich einzubilden, dass er sich für sie interessierte? Es stimmte einfach nicht, und wenn sie noch einen Beweis gebraucht hatte, so hatte dieser Nachmittag ihr einen verdammt guten geliefert. Jake Hayes interessierte sich nicht für sie, sondern fand sich mit ihr ab.

9. Kapitel

»Das ist eine wundervolle Neuigkeit.« Kristin ging im Raum umher und suchte nach der Stelle, an der ihr Handy den besten Empfang hatte. In den drei Wochen, die sie jetzt schon in Eagle's Eye war, hatte sie zu Nancys Anrufen gemischte Gefühle entwickelt. Einerseits freute sie sich darüber, dass ihre Kollegin sie auf dem Laufenden hielt, andererseits fand sie es frustrierend. Sie vermisste ihre Klienten, wollte sich um sie kümmern und für sie da sein, wenn sie gebraucht wurde. »Ich kann dir gar nicht sagen, wie erleichtert ich bin.«

»Das habe ich mir gedacht«, erwiderte Nancy. »Ich hatte schon befürchtet, sie würde mir nicht genug vertrauen, aber jetzt glaube ich, dass wir einen echten Durchbruch geschafft haben.«

»Ich musste so oft an Patty denken«, gestand Kristin und sah das junge Mädchen vor sich. »Wir waren uns wirklich nahegekommen. Deshalb hatte ich große Angst, dass sie das Gefühl hat, auch noch von mir im Stich gelassen zu werden.«

»Ich glaube, die ersten Wochen hatte sie das auch. Sie war wütend auf dich – und auch auf mich – aber wir arbeiten es auf«, versicherte Nancy. »Da ist noch etwas. Dein Service hat einen Anruf, der für dich kam, an mich weitergeleitet. Erinnerst du dich an Marie Anders?«

Kristin hastete um den Tisch, um die Verbindung nicht zu verlieren. »Marie Anders, ja, natürlich. Ich habe im vergangenen Jahr mit ihr gearbeitet. Aber ich dachte gerade, dass wir Fortschritte machen, da brach sie die Therapie ab. Ist ihr etwas zugestoßen?«

»Sie hat vorgestern Abend einen halbherzigen Selbstmordversuch unternommen«, sagte Nancy nach einem Moment. »Sie war im County Hospital und wollte dich erreichen.«

Kristin fühlte, wie Übelkeit in ihr aufstieg, während sie an den lockigen Teenager dachte. Das Mädchen hatte bei einer Hotline Hilfe gesucht, und die hatte es an die Praxis vermittelt. Marie war in einem gewalttätigen Elternhaus aufgewachsen und hatte über das Internet einen Mann kennengelernt, der sie ebenfalls misshandelte. »Wie geht es ihr?«

»Wie gesagt, es war ein halbherziger Versuch – ein paar Tabletten, und die hat sie gleich wieder erbrochen. Sie wollte dich sehen. Ich habe ihr erklärt, dass du im Moment unabkömmlich bist.«

»Verdammt.« Kristin seufzte schwer. »Wie hat sie es aufgenommen? Ist sie okay?«

»Ich glaube, es geht ihr schon besser«, sagte Nancy. »Sie hat sich für ein paar Tage im Beratungszentrum aufnehmen lassen, und sie beobachten sie. Ich kann sie dort besuchen, wenn du möchtest.«

»Oh, Nancy, würdest du das tun?« Kristin spürte die Frustration wie einen Schraubstock um ihre Brust. »Das hier macht mich verrückt. Ich muss zurück an die Arbeit. Ich würde ihr so gern helfen.«

»Ich weiß, aber vielleicht hast du es ja bald überstanden. Du bist erst zwei Wochen weg. Hast du schon etwas von der Polizei gehört?«

»Drei«, verbesserte sie. »Es sind drei Wochen! Und ich habe noch gar nichts gehört. Ehrlich gesagt, ich bin mir nicht sicher, ob sie dem Kerl dichter auf den Fersen sind als bei meiner Abreise.«

»Was sagen sie dir denn?«

»Oh, Ted meint, sie würden verschiedene Spuren verfolgen, aber langsam glaube ich, das sagt er nur, um mich zu beruhigen. Ich bin versucht, meine Sachen zu packen und diesen Berg zu verlassen.«

»Berg?«

Erst jetzt wurde Kristin bewusst, was ihr entschlüpft war. »Ich schätze, das hätte ich nicht sagen dürfen.«

»Nein, vermutlich nicht.«

Kristin schnaubte. »Obwohl, selbst wenn ich dir erzähle, wo er ist, würdest du ihn wahrscheinlich nicht finden. Ich bezweifle, dass überhaupt jemand herfinden könnte. Ich bin jetzt seit einem Monat hier oben und habe nicht mehr Leute gesehen, als man an einer Hand abzählen kann.«

»Klingt ziemlich abgelegen.«

Wie aufs Stichwort übertönte ein Knistern ihre Stimme.

»Nancy? Bist du noch da?«

»Ja, aber ich kann dich kaum verstehen.«

»Oh, wie ich es hasse, von diesem Ding abhängig zu sein. Was, wenn Marie etwas zustößt? Ich will, dass du mich dann sofort verständigen kannst.«

»Ich könnte deine Schwester anrufen … Die weiß doch, wo du bist, nicht wahr?«

»Ich bin nicht sicher, ob sie den genauen Ort kennt. Ted weiß es natürlich, aber er ist im Moment schwer zu erreichen.« Kristin überlegte kurz. »Ich möchte dich nicht in Gefahr bringen, aber ich habe eine Idee. Wenn es einen Notfall gibt und es mit dem Handy nicht klappt, ruf die Forstverwaltung an. Sag ihnen, dass ich in Eagle's Eye bin.«

»Eagle's Eye. Ist das der Name des Bergs?«

»Ich glaube, mehr sollte ich dir nicht verraten.«

»Eagle's Eye«, wiederholte Nancy. »Und das wird der Forstverwaltung etwas sagen, richtig?«

»Das sollte es.«

»Okay, aber mach dir keine Sorgen. Wie ich sagte, Marie steht unter Beobachtung, und ich bin zuversichtlich, dass wir ihr helfen können.«

»Hoffentlich hast du recht.«

»Ich habe mir deine Talkshow angehört – klingt großartig.«

399

»Wenigstens etwas«, seufzte Kristin. »Ich schwöre, wenn ich die nicht hätte, würde ich das alles nicht ertragen.«

Es knisterte wieder. »Kristin? Kannst du mich hören?«

»Ich bin noch da«, rief sie. »Nancy? Nancy?«

Aber der Kontakt war abgebrochen. Kristin starrte auf das Handy. Sie war nicht sicher, wie lange sie das hier noch aushielt. Langsam, aber sicher hatte sie das Gefühl, dass ihr Leben nicht mehr ihr gehörte und sie den Rest davon allein auf diesem Berg verbringen würde.

Sie warf das Handy aufs Bett, ging ans Fenster und schaute hinaus. Der Nachmittagshimmel hatte sich verfinstert. In der Ferne ballten sich Wolken, und der Wind hatte den Tag hindurch beständig zugenommen. Die Pinien schwankten immer stärker.

Trotz ihrer Stimmung fühlte sie beim Anblick des sich zusammenbrauenden Sturms so etwas wie Begeisterung in sich aufsteigen. Eagle's Eye hatte etwas so Einzigartiges, Elementares, wie sie es noch nie erlebt hatte. Alles war anders – die Luft, der Himmel, das Wetter. Selbst der Regen besaß hier oben eine eigene Dramatik. Sie wollte nach Hause, zurück in ihr eigenes Leben. Aber es war nicht die zerklüftete Landschaft, die sie störte. Es war auch nicht die Einsamkeit oder die Höhe. Unter anderen Umständen wäre dies hier für sie ein zwar einsames, aber auch wunderschönes Erlebnis.

Es war jetzt fast zwei Wochen her, dass sie zusammen in Vega Flats gewesen waren, und ohne die allabendliche Sendung würde sie Jake vermutlich gar nicht mehr zu Gesicht bekommen. Dabei war er so hilfsbereit wie immer, und anschließend unterhielt er sich auch noch mit ihr, aber weiter ging sein Interesse nicht. Danach zog er sich jedes Mal in seine Welt zurück. Die Vorstellung, dass sie für ihn mehr als ein Schützling sein könnte, erschien ihr immer absurder. Er sah sie ja kaum noch an.

Sie schloss die Augen. Niemals hätte sie erwartet, dass ihr seine Blicke so sehr fehlen würden …

Sie öffnete sie wieder und schüttelte verärgert den Kopf. Vermutlich war er ebenso wütend und frustriert wie sie – wenn auch aus anderen Gründen. Bestimmt war er unglücklich darüber, dass er sich ihretwegen bei Carolyn zurückhalten musste. Dabei versuchte sie, ihm möglichst aus dem Weg zu gehen. Gern hätte sie ein paar der Wanderpfade erkundet, die den Berg umgaben. Es hätte sie abgelenkt und wäre gut für ihre Fitness gewesen. Aber sie hatte der Versuchung widerstanden, um ihm nicht noch mehr zur Last zu fallen. Er sollte nicht das Gefühl haben, auf sie aufpassen zu müssen. Also war sie am Tag praktisch in ihrer Wohnung gefangen und verließ sie nur, wenn es gar nicht anders ging.

Kristin ging zum Bett zurück, um das Handy aufzuheben. Sie sah sich nach dem Ladegerät um, verband es mit dem Telefon und stöpselte es in die Steckdose. Ein voller Akku nützte natürlich wenig, wenn man ein schwaches Netz hatte, aber sie wollte vorbereitet sein. Außerdem war es ihre einzige Verbindung zur Außenwelt.

Als es klopfte, zuckte sie zusammen, aber ihr blieb keine Zeit, darauf zu reagieren. Die Tür ging auf, und Jake kam herein.

»Ich brauche Ihre Hilfe.«

»Na...türlich«, stammelte sie verwirrt. »Was ist passiert? Was kann ich tun?«

»Gerade hat sich Clayton bei mir gemeldet. Unten in Cedar Canyon wird ein Mountainbiker vermisst. Angeblich war er hierher unterwegs. Ich werde losfahren und sehen, ob ich ihn finde, bevor der Sturm losbricht. Meinen Sie, Sie könnten für mich das Funkgerät im Turm besetzen?«

»Ja, natürlich.«

»Ich nehme eins der Handgeräte mit, damit wir beide in Verbindung bleiben – dann können Sie mir Claytons Nachrichten durchgeben.«

»Kein Problem.« Sie schaute sich im Zimmer um. »Ich muss nur rasch meine Schuhe finden.«

»Und eine Jacke«, schlug er vor und ging wieder hinaus.

»Eine Jacke, ja«, murmelte sie und überlegte, wie ihre Schuhe in einem so kleinen Raum spurlos verschwinden konnten. Sie kniete sich vors Bett. Darunter waren sie nicht.

Sie war kurz davor, auf sie zu verzichten, da entdeckte sie sie – neben der Tür, wo sie sie vorhin gelassen hatte.

Hastig zog sie sie an. Jake war schon auf halbem Weg zum Turm, als sie ins Freie trat. Mit im Wind fliegendem Haar rannte sie über die Einfahrt und folgte ihm die Wendeltreppe hinauf.

»Die sind beide auf Kanal fünf eingestellt«, sagte er und reichte ihr eines der beiden Handfunkgeräte. »Drücken Sie einfach auf den Knopf, wenn Sie sprechen wollen, und lassen Sie ihn wieder los, um zuzuhören.« Er ging zum großen Gerät. »Mit dem hier können Sie Cedar Canyon erreichen. Wenn Clayton sich meldet, drücken Sie einfach auf den Knopf hier und sprechen ins Mikro.« Er drehte sich zu ihr um, und fast kam es ihr vor, als würde seine Miene sich ein wenig entspannen. »Genau wie Jane Streeter.«

»Verstanden«, sagte sie und nickte.

Er nahm das zweite Walkie-Talkie und ging zur Treppe. »Ich weiß Ihre Hilfe wirklich zu schätzen.«

»Ich helfe gern.«

Auf der ersten Stufe zögerte er und blieb lange genug stehen, um ihr einen Blick zuzuwerfen. »Danke.«

Sie öffnete den Mund, um etwas zu sagen, doch er war schon fort.

»Sei vorsichtig«, flüsterte sie in die Stille hinein.

Jack wischte mit dem Ärmel über die Windschutzscheibe. Das Gebläse lief auf vollen Touren, aber das Glas beschlug immer wieder. Es regnete in Strömen, und die Sicht war so schlecht, dass er nur Schritttempo fahren konnte. Er war jetzt seit einer Stunde unterwegs nach unten, und der Sturm wurde immer heftiger. Wenn der Mountainbiker es tatsächlich bis hier oben geschafft hatte, würde er den armen Kerl wahrscheinlich erst sehen, wenn er ihn vor der Stoßstange hatte.

»Kristin, können Sie mich hören?«

Es dauerte einen Augenblick, bis sie sich meldete. »Ich höre Sie, Jake. Ich bin hier.«

Ohne dass er es wollte, schlug sein Herz schneller. »Hier draußen wird es ziemlich ungemütlich. Ich glaube, ich kehre um.« Er wartete auf eine Antwort, und es kam ihm vor wie eine Ewigkeit. »Kristin? Haben Sie mich verstanden?« Panik keimte in ihm auf. »Kristin? Hören Sie mich?«

»Ich bin hier, Jake. Warten Sie. Ich habe Cedar Canyon am anderen Funkgerät.«

Er hielt an, lehnte sich zurück und starrte auf den Scheibenwischer.

»Jake?«

Er zuckte zusammen, hob das Walkie-Talkie und drückte auf den Kopf. »Ich bin dran.«

»Das war Clayton ... Sie haben ihn, Jake. Haben Sie verstanden? Sie haben den Mountainbiker gefunden.«

»Okay, verstanden«, erwiderte er aufatmend. »Ich komme nach Hause.«

Nach Hause. Er war nicht sicher, ob er Eagle's Eye jemals so genannt hatte. Er wusste nicht einmal, ob er es je als sein Zuhause angesehen hatte. Es war für ihn eher eine Art von Schlupfwinkel gewesen. Ein Ort, an dem er Zuflucht vor dem Schlamassel gefunden hatte, zu dem sein Leben in L. A. geworden war.

Vorsichtig wendete er auf der schmalen Straße. Es war seltsam, wie sehr er Kristins Anwesenheit wahrnahm, obwohl sie so wenig miteinander zu tun hatten. Nach dem Ausflug nach Vega Flats hatte er ihre Botschaft deutlich verstanden. Sie war ihm dankbar für den Schutz, den Eagle's Eye ihr bot, aber darüber hinaus erwartete sie nichts von ihm.

403

Warum reichte ihm das nicht? Warum war er nicht froh über die Gelegenheit, Jane Streeter bei *Lost Loves* zu helfen? Nach der Sendung blieb sie sogar noch eine Weile im Turm und plauderte mit ihm über die Anrufer und deren Probleme. Was wollte er denn noch?

Er wusste, was er wollte. Er wollte Kristin. Er wollte mehr über sie wissen. Er wollte wissen, warum sie mal so offen und glücklich und dann wieder ernst und verschlossen sein konnte. Mal war sie Jane Streeter und einen Moment später Kristin Carey.

Jake schloss das Wendemanöver ab und machte sich an den Rückweg den Berg hinauf. Vielleicht lebte er wirklich schon zu lange allein dort oben. Er hatte Kristin in den letzten zwei Wochen kaum zu Gesicht bekommen, trotzdem schien er die Frau nicht aus dem Kopf zu bekommen und nichts dagegen tun zu können.

Der Regen prasselte immer lauter gegen die Windschutzscheibe, und Windböen ließen den Wagen schaukeln. So sehr er sich nach der trockenen Wärme des Turms sehnte, er widerstand der Versuchung, zu schnell zu fahren. Die Straße war voller Schlamm, und jeder Fehler konnte fatale Folgen haben.

Weil er sich so sehr auf die schmale Fahrbahn konzentrierte, sah er den großen Felsbrocken erst, als er fast direkt vor dem Kühler aufprallte. Er gab Gas und riss das Lenkrad herum, aber das reichte nicht. Die hintere Stoßstange des Pick-ups streifte das Gestein und wurde abgerissen.

Der Wagen geriet ins Schleudern und näherte sich scheinbar unaufhaltsam dem Abgrund. Jake nahm alles wie in Zeitlupe wahr. Seltsamerweise war es nicht die Vorstellung, im Wrack des Pick-ups zu sterben, die ihn in diesem Moment beherrschte. Es war die Angst um Kristin. Was würde sie tun, wenn er nicht zurückkam? Sie würde ganz allein auf dem Gipfel des Berges sein. Niemand würde auf sie aufpassen, niemand würde sie beschützen können.

Urplötzlich und wie von Geisterhand gehalten, blieb der Pick-up stehen. Sekundenlang schaute Jake reglos aus dem Fenster und lauschte dem heulenden Wind. Vor seinem geistigen Auge sah er sich noch immer von der Klippe stürzen und am Grund des Canyons aufprallen. Weit entfernt von der Straße, von Eagle's Eye, von Kristin.

Es dauerte einen Moment, bis er begriff, dass der Wagen noch immer auf der Straße stand und er am Leben war. Wie benommen starrte er auf den Scheibenwischer. Dunkle Wolken trieben den Berg hinab. Er hatte überlebt, aber der Wagen war nur Zentimeter vom Abgrund entfernt zum Stehen gekommen.

Erst als er vorsichtig nach dem Schalthebel tasten wollte, merkte er, wie fest er das Lenkrad umklammert hielt. Langsam, einen verkrampften Finger nach dem anderen, ließ er es los.

Er legte den Gang ein, nahm den Fuß von der Bremse und gab behutsam Gas. Er konnte hören, wie die großen Räder durchdrehten, aber der Pick-up bewegte sich nicht. Er spürte, wie das Heck nach unten sank, und versuchte es ein zweites Mal, doch das verstärkte die leichte Schieflage nur.

Also zog er die Handbremse an und stellte den Motor ab. Er setzte die Kapuze seiner Daunenjacke auf, schaute in den Wolkenbruch hinaus und wünschte, er hätte die Öljacke mitgenommen, die neben der Hintertür hing. Er würde bis auf die Haut nass werden, aber das ließ sich nicht ändern.

Ohne eine hastige Bewegung zu machen, öffnete er die Fahrertür und stieg aus. Seine Stiefel versanken fast, als er um den Wagen herumging. Ein zweiter Felsbrocken hatte ihm das Leben gerettet und ein Loch ins Blech gerissen. Aber es war nicht der Schaden, der ihn am Weiterfahren hinderte. Ein Hinterrad steckte bis zur Hälfte im weichen Schlamm.

»Verdammt«, murmelte er und hörte es kaum, weil der Wind seine Stimme verschluckte.

Er kehrte zur Fahrertür zurück und nahm das Funkgerät.

»Kristin, sind Sie da?«

Wahrscheinlich nicht. Er hatte ihr gesagt, dass er auf dem Rückweg sei, also hatte sie keinen Grund mehr, im Turm zu bleiben. Trotzdem versuchte er es weiter.

»Kristin, bitte kommen. Verstehen Sie mich?«

Während er wartete, tastete er hinter dem Sitz nach dem kleinen Klappspaten. Er hatte ihn gerade gefunden, da knisterte es im Walkie-Talkie.

»Jake? Haben Sie mich gerufen?«

»Kristin! Ja! Ich habe ein kleines Problem.«

»Jake, sind Sie okay? Was ist geschehen?«

Sie klang besorgt, aber er sagte sich, dass sie das wohl auch bei jedem anderen tun würde. »Ein Reifen sitzt im Schlamm fest.« Mit der freien Hand zog er den Spaten aus der Hülle und klappte ihn auf. »Ich werde ihn ausgraben müssen, und das könnte eine Weile dauern. Ich wollte Ihnen nur Bescheid sagen. Nicht, dass Sie …« Er verstummte. Anzunehmen, dass sie Angst um ihn haben würde, war anmaßend. »Nicht, dass Sie warten.«

»Kann ich helfen?«

»Sie könnten den Automobilklub anrufen. Die sollen mir einen Abschleppwagen schicken«, scherzte er.

»Soll ich Clayton verständigen?«

»Nein, ich schaffe es schon.«

»Ich will von Ihnen hören. Melden Sie sich wieder, ja?«

Es war albern, aber er freute sich über ihre Bitte. »Mache ich.«

Während der nächsten beiden Stunden malte er sich aus, wie sie im Turm saß. Es war eine Knochenarbeit. Er legte den Reifen frei und postierte ein Dutzend kleinerer Felsbrocken darum, damit er Halt bekam. Aber es war sinnlos, schon nach wenigen Momenten versank das Gestein im immer weicher werdenden Morast.

Seine Schultern schmerzten, und im eisigen Regen hatten die Finger fast jedes Gefühl verloren. Aber er schuftete weiter, denn der Himmel wurde dunkler und der Sturm schlimmer.

Er wusste, dass er ein echtes Problem hatte, als der Spaten im Schlamm auf etwas Hartes traf und zerbrach.

Wütend starrte er auf das nutzlose Ding in seiner Hand. Zu erschöpft, um zu fluchen, ging er um den Wagen herum und stieg ein.

Er zog die triefende Jacke aus und warf sie zu Boden. Dann startete er den Motor und ließ ihn laufen, damit er warm wurde. Bei der Arbeit hatte er die Kälte nicht mehr gespürt, aber langsam begann er zu frösteln.

Nach einer Weile schaltete er das Gebläse ein. Zunächst war die Luft, die ins Innere strömte, nicht viel angenehmer als der arktische Wind draußen, aber dann wurde sie langsam wärmer.

Als sich Jakes Zittern legte, hob er die Jacke auf und wrang so viel Wasser wie möglich heraus. Innen war sie noch ziemlich trocken, also breitete er sie mit der Außenseite nach unten auf dem Armaturenbrett aus.

Danach nahm er das Funkgerät vom Sitz. »Kristin? Sind Sie noch da?«

Nach einem Moment meldete sie sich. »Ich bin hier, Jake. Sind Sie okay? Wo sind Sie?«

»Ich sitze noch immer fest«, erwiderte er und schob die freie Hand unter die Jacke, um sie zu wärmen. »Ich werde den Sturm hier aussitzen müssen und zu Fuß nach oben gehen, wenn er vorüber ist.«

»Jake, ich habe den Wetterbericht gehört. Der Sturm soll bis morgen dauern. Sie können nicht dort draußen bleiben.«

»Ich komme schon zurecht. Ich bin im Wagen.« Er nahm das Walkie-Talkie in die andere Hand und wärmte die kalte. »Meinen Sie, Sie schaffen die Sendung heute mal allein?«

»Darum mache ich mir keine Sorgen«, sagte sie. »Ich mache mir um Sie Sorgen. Sie werden erfrieren.«

Ich mache mir um Sie Sorgen. Unter normalen Umständen hätte er den Worten nicht viel Bedeutung beigemessen, aber jetzt, allein im Regen und in dem Schlamm, taten sie ihm gut.

»Ich kann den Motor laufen lassen, wenn mir zu kalt wird«, erwiderte er und zügelte seine Fantasie.

»Aber Sie werden die ganze Nacht dort draußen verbringen müssen. Sie haben nichts zu essen.«

Jake war auch nicht begeistert, aber es hätte ihn schlimmer treffen können.

»Ich werde nicht verhungern«, versicherte er ihr. »Und sobald das Wetter es zulässt, komme ich hoch.«

»Vielleicht sollte ich doch Clayton informieren.«

»Nein, nein. Ich schaffe es – ehrlich. Behalten Sie einfach das Funkgerät bei sich und sagen mir hin und wieder Hi.«

»Das werde ich.«

Er dachte, sie hätte den Funkkontakt unterbrochen, also war er überrascht, als ihre Stimme noch einmal ertönte.

»Jake?«

»Ja?« Es gab eine lange Pause.

»Sie sind doch nicht verletzt, oder?«

»Ich bin verschlammt – abgesehen davon geht es mir gut.«

»Okay. Wir reden nachher wieder?«

»Ich gehe nicht weg.«

Er stellte den Motor ab, nicht weil ihm warm war, sondern weil er vorsichtig sein musste. Es war noch nicht mal drei Uhr nachmittags, und es würde viel kälter und ungemütlich werden, bis der Sturm sich endlich legte. Er musste Benzin sparen.

Er lehnte sich zurück und legte sich die Jacke mit der trockenen Seite um. Der Regen peitschte gegen die Windschutzscheibe. Der Sturm nahm sogar noch zu, aber er hatte schon ähnliche überstanden. Es würde die üblichen Erdrutsche geben, und wenn er den Wagen freihatte, würde er nach Gefahrenstellen suchen müssen.

Es dauerte nicht lange, bis es im Inneren wieder kalt war. Das Führerhaus wurde zu einem Eiswürfel – kalt und feucht. Aber das stundenlange Graben hatte ihn so sehr erschöpft, dass er es kaum noch wahrnahm. Er verschränkte die Arme vor der Brust und schloss die Augen.

Als er sie wieder öffnete, fiel es ihm ungeheuer schwer. Er musste eingeschlafen sein. Der Himmel war noch dunkler und bedrohlicher, und ihm wurde bewusst, dass er zu zittern begonnen hatte.

Er setzte sich auf und wollte den Motor starten, doch als er nach dem Zündschlüssel tastete, sah er etwas, das ihn abrupt innehalten ließ.

Der Regen auf der Windschutzscheibe ließ alles verschwommen erscheinen, trotzdem erkannte er, was vor ihm auftauchte – er konnte es nur nicht glauben. Was da langsam auf ihn zukam, war ein Scheinwerferpaar.

10. Kapitel

»Nein«, sagte Jake und fuhr hoch. »Das kann nicht sein.«

Aber es war so. Als die Scheinwerfer näher kamen, sah er, dass es die seines Geländewagens waren – und am Steuer saß Kristin.

Er war verblüfft – so verblüfft sogar, dass er sich einen Moment lang nicht bewegen konnte. Sein Verstand weigerte sich, das zu registrieren, was seine Augen sahen. Er halluzinierte oder träumte, eine andere Erklärung gab es nicht. Dass sie hier war, war unmöglich. Er hatte sich schon mit einer langen, unangenehmen Nacht allein im Pick-up abgefunden, aber das ... das machte keinen Sinn.

Jake zog die Jacke an und tastete nach dem Türgriff. Kaum war er ausgestiegen, war er auch schon durchnässt. Der Regen schlug gegen sein Gesicht, sodass er kaum etwas sehen konnte und die ganze Szene noch unwirklicher erschien.

Er stapfte durch den Schlamm. Je näher er der Fahrerseite des Jeeps kam, desto realer wurde alles, und desto wütender wurde er. Er riss die Tür auf. Kristin schien zu lächeln, aber er nahm es gar nicht bewusst wahr.

»Rutschen Sie rüber«, befahl er laut, um den heulenden Wind zu übertönen.

»Aber ich kann doch ...«

»Machen Sie schon!«, unterbrach er sie.

Sie zögerte einen Moment, bevor sie den Gurt löste und über die Mittelkonsole hinweg auf den Beifahrersitz kletterte.

Er stieg ein und knallte die Tür zu. »Was zum Teufel tun Sie hier?«

»Sie stecken fest und brauchen Hilfe.«

»Es ging mir gut«, sagte er und legte den Rückwärtsgang ein.

»Ich dachte, ich könnte helfen«, rief sie zurück.

»Sie dachten? Sie *dachten*?« Er schüttelte den Kopf. »Nein, Sie haben überhaupt nicht gedacht. Wie kann man nur etwas so Dummes tun?«

»Jake ...«

»Sie hätten sich umbringen können«, schnitt er ihr wieder das Wort ab. »Was für eine Hilfe wären Sie mir dann gewesen?«

Sie starrte ihn an, und der Zorn in ihren Augen traf ihn wie ein Messerstich. Einen Moment glaubte er, sie würde ihn anschreien oder gar schlagen. Doch dann verschwand jedes Gefühl aus ihrem Blick. Sie verschränkte die Arme vor der Brust und lehnte sich zurück.

»Schön«, sagte sie mit kühler Stimme. »Mein Fehler. Es tut mir leid.«

Er fröstelte, doch es hatte nichts mit dem Wind und dem Regen zu tun. Er war wütend auf sie, aber zu sehen, wie sie den Vorhang vor ihren Emotionen fallen ließ, erschütterte ihn zutiefst. Wie brachte sie das fertig? Wie schaffte sie es, ihre Gefühle einfach an- und wieder auszuschalten? Waren die nur etwas, worüber sie in ihrer Sendung sprach?

»Sie hätten sich verletzen oder ...«

»Nein, Sie haben recht«, sagte sie und hob die Hand. »Ich hätte nicht kommen sollen. Es wird nicht wieder passieren.«

Er starrte sie einen Moment lang an und suchte nach einem Weg, seiner Frustration Luft zu machen, ohne die Windschutzscheibe zu beschädigen. Schließlich packte er das Lenkrad, als würde er es erwürgen wollen, wendete den Geländewagen und fuhr den Berg hinauf.

Er musste sich auf die Straße konzentrieren, nicht auf die Frau neben ihm. Aber es war noch nicht vorbei. Dieses Mal würde er sich nicht damit abfinden, dass sie ihm die kalte Schulter zeigte. Nein, es war noch lange nicht vorbei.

411

Kristin sah die Lichter von Eagle's Eye vor ihnen auftauchen und atmete erleichtert auf. Die Rückfahrt zur Station hatte weit über eine Stunde gedauert, und es wurde schnell dunkel. Aber es war nicht der Sturm oder die gefährliche Straße gewesen, der sie die Ankunft hatte herbeisehnen lassen. Sie wollte keine weitere Minute mit Jake verbringen. Das Schweigen zwischen ihnen war nicht mehr nur peinlich oder unangenehm, sondern geradezu quälend gewesen.

Aber daran war sie selbst schuld, denn sie hatte Warnzeichen ignoriert. Wieder einmal hatte sie einem Menschen zeigen wollen, dass er ihr etwas bedeutete, und es danach bereut. Wann würde sie endlich lernen, nur ihrem Verstand zu trauen?

Kaum hielt Jeep in der Einfahrt, löste sie ihren Sitzgurt. Sie wollte aussteigen, ohne noch ein Wort mit Jake zu reden oder ihn auch nur anzusehen.

»Kristin ...«

Sie öffnete die Tür und trat in den Regen hinaus. Sie war nicht in der Stimmung, ihm zuzuhören, sie wollte nur weg von ihm.

Sie hatte fast die Treppe erreicht, als er sie einholte.

»Wir müssen reden«, sagte er, während er sie am Arm festhielt und zu sich herumdrehte.

»Wir haben nichts zu reden«, beharrte sie und versuchte erfolglos, sich aus seinem Griff zu befreien.

»Da täuschen Sie sich. Wir werden reden, so oder so. Wir können ins Trockene gehen oder es hier tun. Es liegt bei Ihnen.«

Sie wollte protestieren, aber in seinem Gesichtsausdruck war etwas, das sie darin noch nie gesehen hatte. Etwas, das keinen Widerspruch duldete. Obwohl der Regen auf sie prasselte, blieb sie noch einen Moment stehen, bevor sie sich umdrehte und zum Turm marschierte. Wenn er unbedingt reden wollte, würden sie es tun, aber sie würden es bei ihm tun. Dann konnte sie gehen, wann sie wollte. Sollte er doch wüten und toben, es war ihr egal. Sie hatte sich wieder unter Kontrolle.

Er ließ sie nicht los. Erst als er die Tür öffnen wollte, lockerte sich sein Griff, und sie konnte sich befreien. Aber er griff nach ihr und riss sie herum.

»Haben Sie eine Ahnung, wie leichtsinnig das war?«

»Das ist Ihre Meinung, nicht meine«, entgegnete sie kühl und schob sich das nasse Haar aus dem Gesicht.

»Das ist eine Tatsache«, schrie er und machte einen Schritt auf sie zu. »Dort draußen hätte alles Mögliche passieren können.«

»Es ist etwas passiert«, sagte sie. Ihr Herz schlug wie wild, aber sie beherrschte sich. »Sie haben sich in einen Idioten verwandelt.« Sie schüttelte seine Hände ab und kehrte ihm den Rücken zu. »Oder vielleicht waren Sie ja schon immer einer und konnten es nur nicht länger verbergen.« Sie drehte sich wieder zu ihm um. »Ich bin noch nicht sicher, was zutrifft.«

»Kristin, mein Gott, haben Sie eine Ahnung, wie gefährlich es war, nach unten zu fahren?«, fragte er.

»Ja, die habe ich«, sagte sie. »Ich habe es schließlich getan, oder?«

Bei jeder Bewegung, die er machte, flogen die Tropfen an seinem Haar durch die Luft. »Ich weiß, Sie dachten, Sie könnten helfen.«

Sie kniff die Augen zusammen. »Mir ist, als hätten Sie vorhin gesagt, ich sei unfähig, zu denken.«

»Das habe ich nicht gesagt.«

»Nein? Ich habe es aber gehört.«

»Dann haben Sie sich eben verhört. Ich habe nur gesagt, dass Sie nicht losgefahren wären, wenn Sie vorher nachgedacht hätten.«

»Dann bin ich also ein Dummkopf.« Sie verschränkte die Arme. »Es wird immer besser, finden Sie nicht auch?«

Er ballte die Hände zu Fäusten. »Hören Sie auf, mir Worte in den Mund zu legen.«

Sie zog eine Augenbraue hoch. »Jemand muss es tun. Denn Sie hören sich offenbar beim Reden nicht zu.«

Sein Mund wurde zu einem Strich. »Wie machen Sie das?«

»Was?«, fragte sie atemlos. »Was mache ich denn?«

Er riss die Tür auf und schob sie hinein. Dann zog er die klitschnasse Jacke aus und ließ sie zu Boden fallen. »So einfach dastehen.« Er packte ihr Handgelenk und zeigte darauf. »Was ist das da drin, Lady? Blut oder Eiswasser?«

»Wovon reden Sie?« Sie riss sich los und wich zurück.

Er fuhr sich über das nasse Haar und schüttelte den Kopf. »Vergessen Sie es ... vergessen Sie es einfach. Ich begreife einfach nicht, wie Sie sich in eine solche Gefahr bringen konnten.«

»Meine Güte, Jake, das weiß ich nicht«, erwiderte sie voller Sarkasmus und spürte, wie der Zorn von ihr Besitz ergriff, aber es war ihr egal. »Ich schätze, ich dachte mir, es würde Spaß machen, mich in den alten Jeep zu setzen und einfach loszufahren. Ich konnte es kaum abwarten, mich diesem Sturm auszusetzen, damit Sie mich beleidigen können. Was ist daran so schwer zu verstehen?«

»Ich habe Sie nicht beleidigt.« Er machte einen Schritt auf sie zu.

»Ach, nein?« Kristin hörte, wie sie lauter wurde. Es war wie ein Damm, der brach, und sie schaffte es nicht, die Flut aufzuhalten. »Sie haben mich dumm genannt. Oder habe ich das missverstanden? War das etwa als Kompliment gemeint?«

»Ich habe Sie nicht dumm genannt.«

»Doch, das haben Sie.«

»Ich habe gesagt, Sie haben etwas Dummes getan.«

»Oh, Jake, das tut mir leid. Ich meine, bitte, nehmen Sie meine Entschuldigung dafür an, dass ich etwas so Dummes getan habe.«

»Sie kennen die Straße nicht und wissen nicht, wie man unter solchen Bedingungen fährt.«

In seinem Blick lag etwas, das sie arrogant und herablassend fand. Sie war kein Kind mehr. Sie hatte genau gewusst, was sie tat.

»Was zum Teufel reden Sie da?« Sie hätte einfach davongehen sollen. Aber tief in ihr war ein Damm gebrochen, und plötzlich fühlte sie sich befreit und hemmungslos und wunderbar. Klitschnass wie eine ertrunkene Ratte stand er vor ihr, und sie war so wütend, dass sie nicht an die Folgen dachte. »Woher wollen Sie wissen, was ich kann und was nicht? Zu Ihrer Information, ich bin eine sehr gute Fahrerin und mit dem Jeep hervorragend zurechtgekommen.«

»Sie haben Glück gehabt!«, brüllte er und funkelte sie an.

»Ich war einfach nur gut!«, schrie sie zurück, die Hände auf den Hüften. »Und falls das Ihr aufgeblähtes männliches Ego bedroht, schlage ich vor, Sie schalten einen Gang zurück.«

»Aufgeblähtes Ego? Wovon reden Sie?«

»Wissen Sie was, Jake?«, fuhr sie ungerührt fort. »In einer Hinsicht haben Sie recht. Es war wirklich dumm von mir, das verstehe ich jetzt. Ich meine, ich sitze hier in diesem warmen, gemütlichen Turm und mache mir Sorgen um Sie, weil Sie die Nacht dort draußen im Regen und in der Kälte verbringen müssen und vielleicht hungrig oder verletzt sind.« Sie lachte bitter. »Sie haben völlig recht, das war wirklich dumm. Was habe ich mir bloß dabei gedacht?« Sie ging auf ihn zu. »Ich hätte es nicht tun sollen. Ich hätte Sie erfrieren lassen sollen, Sie großer, dämlicher Idiot.«

Er stand einfach nur vor ihr und starrte sie an. Er war so zornig gewesen, aber jetzt veränderte sich seine Miene so sehr, dass sie nicht mehr wusste, was er fühlte. Verunsichert ging sie an ihm vorbei zur Tür.

Aber dann geschah etwas, womit sie nicht gerechnet hatte. Er folgte ihr, griff nach ihr und zog sie an sich. Sie hätte sich gewehrt, aber in der Art, wie er sie ansah, war etwas, das sie wie benommen machte. Plötzlich war sie unfähig, einen klaren Gedanken zu fassen.

»Ich hätte dich verlieren können«, flüsterte er atemlos. »Ich hätte dich dort draußen verlieren können.«

415

Seine Worte bahnten sich einen Weg in ihr Herz und explodierten dort wie ein Feuerwerk. Sie vergaß ihre Wut, die Angst und das Bedürfnis, sich unter Kontrolle zu haben. Sie war viel zu lange vorsichtig gewesen. Ihre Welt geriet aus den Fugen und drehte sich so schnell, dass ihr schwindelig wurde. Plötzlich gab es ein paar Dinge, für die es sich zu leiden lohnte – und in diesem Augenblick wusste sie, dass Jake Hayes dazugehörte.

Jake war zornig gewesen, als er Kristin am Steuer seines Geländewagens gesehen hatte. Aber das war nichts gewesen, verglichen mit der Rage, die er gefühlt hatte, als sie seine Besorgnis so einfach abtat. Und dass sie nicht mit ihm reden wollte, machte ihn noch wütender. Es war gut, dass sie freiwillig mit in den Turm gekommen war, denn sonst hätte er sie buchstäblich mitgeschleift. Dieses Mal würde er von ihr eine Antwort bekommen, mit weniger würde er sich nicht abspeisen lassen.

Aber jetzt war plötzlich alles anders. Sie hatte kalt und abweisend begonnen, aber je mehr sie sagte, je aufgebrachter sie wurde, desto emotionaler wurde sie.

Er konnte es kaum fassen. Die Rüstung, in die sie ihre Gefühle gesperrt hatte, bekam Risse. Und diese Risse wurden immer größer, bis das Herz der Frau zum Vorschein kam – es war unglaublich.

Einen Moment lang stand er einfach nur da und starrte sie an. Ihm war völlig egal, was sie sagte, ihm war egal, ob sie böse auf ihn war oder ihn sogar hasste. Wichtig war nur, dass sie etwas für ihn empfand – was auch immer!

Ihm war gar nicht bewusst, dass er die Arme nach ihr ausgestreckt und sie an sich gezogen hatte. Er wusste nur, dass er sie berühren und fühlen konnte und dass sie in Sicherheit war.

»Ich hätte dich dort draußen verlieren können«, murmelte er an ihren Lippen. »Ich hätte dich verlieren können.«

»Jake …«

Aber ihre Worte gingen in seinem Kuss unter.

Es war, als wäre er wieder inmitten der Elemente. Der Wind schien in seinen Ohren zu heulen, aber ihr Körper war weich, und trotz der Kälte schien die Berührung seinen zu versengen. Es war herrlich, und er konnte nicht genug davon bekommen.

»Ich darf dich nicht verlieren«, keuchte er. »Ich darf es einfach nicht.«

Auch dieses Mal gab er ihr keine Gelegenheit, ihm zu antworten. Er konnte es nicht. Diese Frau, die als Stimme im Radio in sein Leben gekommen war, war plötzlich zu allem geworden, was für ihn zählte. Sie hatte die Tür zu seiner Seele einen Spaltbreit geöffnet, und er wollte sie ganz aufreißen. Er hatte in einer Welt existiert, in der die Sünden der Vergangenheit die Regeln bestimmt hatten. Aber in ihren Armen gab es keine Sünde. Es war eine vollkommen neue Welt – eine schöne neue Welt mit nur einem Ziel, einem Sinn, einer Frau.

Kristin.

Seine Hände glitten an ihr hinauf, fanden den Reißverschluss ihrer Jacke und zogen ihn auf. Nichts würde ihn mehr von ihr trennen – keine Konventionen, keine Naturelemente und erst recht keine Hemmungen. Er zog ihr die Jacke aus und ließ sie achtlos zu Boden fallen.

Ihr Hals war warm und fühlte sich an seinen Lippen wie Samt an. Er hörte, wie ihr der Atem stockte, und schmeckte den Wind und den Regen an ihrer Haut. Er musste sich beherrschen, um die Knöpfe ihrer Bluse nicht einfach abzureißen. Er ahnte, dass sie an seinem Hemd zerrte, nahm es jedoch gar nicht richtig wahr. Erst als seine Haut sich an ihrer rieb, wurde ihm bewusst, was sie taten.

Kristin fühlte, wie die Luft über ihre nackte Haut strich, aber ihr war alles andere als kalt. Jakes Hände waren heiß an ihrem Körper und ließen ihn entflammen. Ihr Verlangen wurde zu einem Feuersturm, wie sie ihn noch nie erlebt hatte. Sie wollte ihn – alles an ihm. Keine Geister der Vergangenheit hielten sie

417

zurück, keine Vorsicht, keine Hemmungen. Das Schicksal hatte sich eingemischt und die Kontrolle übernommen, und sie war bereit, alles zu akzeptieren, was es ihr bescherte.

Jake atmete ihren Duft ein und fühlte das Verlangen in sich aufsteigen. Er fühlte sich wie neugeboren, während er ihren erregenden Körper erkundete. Erst die runden Hüften, dann die schlanke Taille. Und als er ihre Brüste berührte, war sein Leben für immer verändert. Was er brauchte, war nicht mehr Nahrung und Sauerstoff, es war sie.

Das Bedürfnis, sie zu besitzen, ließ keinen Raum für andere Empfindungen. Es war, als hätte er sie schon immer begehrt, noch bevor er ihren Namen gekannt und überhaupt gewusst hatte, dass es sie gab. Endlich hatte er gefunden, wonach er gesucht hatte, und wie ein Mann, der sein altes Leben abwarf, war er voller Vorfreude auf das, was ihn erwartete.

Sie presste sich an ihn, und als sie fühlte, wie sehr er sie wollte, strömte das Verlangen wie Lava durch ihren Körper. Er wollte sie – nicht weil sie Jane Streeter war und Millionen ihre Stimme kannten, sondern weil er ein Mann und sie eine Frau war und das Schicksal sie auf einen Kollisionskurs gebracht hatte, der sie unausweichlich zusammenführte.

Jake hob sie auf die Arme und trug sie durch die Küche und über den Flur. Er schien gar nicht schnell genug gehen und nicht genug von ihr berühren und fühlen zu können. Er wollte sie in seinem Schlafzimmer, in seinem Bett. Sie war schon in seinem Kopf, in seinem Blut und strömte wie eine Droge durch seine Adern. Dies war mehr als Verlangen, mehr als Begierde. Es grenzte an Besessenheit. Es war mehr als ein Traum, der wahr geworden war, und mehr, als er sich je erhofft hatte. Sie war jetzt mehr als eine Stimme, mehr als eine Persönlichkeit. Sie war mit Leib und Seele zu seiner Welt geworden.

»Jake«, wisperte sie, als er sie auf sein Bett legte. »Vielleicht sollten wir nicht …«

»Nicht was?«, unterbrach er sie und zog ihr die Jeans aus. »Nicht glücklich sein? Nicht ein Wagnis eingehen?« Er entledigte sich seiner restlichen Kleidung und schaute sie an. »Sollten wir nicht tun, was ich tun will, seit ich dich zum ersten Mal gesehen habe?«

»Oh, Jake«, seufzte sie und zog ihn auf sich.

Mit einer einzigen langsamen und geschmeidigen Bewegung drang er in sie ein. Kristin wandte das Gesicht nicht ab und zeigte keine Hemmung, die sie nicht fühlte. Auch sie hatte das hier gewollt, und wenn sie ehrlich zu sich gewesen wäre, hätte sie es sich schon viel früher eingestanden.

»Jake«, stöhnte sie.

Sie fühlte seinen Namen an ihren Lippen, erkannte den Klang ihrer Stimme, aber es war, als hätte sie zu sich selbst gesprochen. Es war eine Bestätigung gewesen. Ein Schwur. Jake. Er war zum Anfang und zum Ende ihrer Reise geworden, er war ihr Motiv und ihr Ziel gewesen. Menschen waren in ihr Leben getreten und wieder daraus verschwunden. Sie hatte Freud und Leid, Frieden und Chaos gekannt, aber so etwas wie ihn hatte sie noch nie erlebt.

Er war gekommen und hatte ihr Leben so grundlegend verändert, wie es noch niemand vermocht hatte – nicht einmal ein Stalker, der sie terrorisieren wollte. Sie hatte geglaubt, zu wissen, was sie wollte, aber jetzt war Jake alles, was sie wollte.

»Jake«, stöhnte sie wieder und presste die Lippen auf seine.

Sie richtete sich auf, drückte ihn nach hinten, bis sie auf ihm lag, und küsste ihn voller Leidenschaft. Noch nie hatte sie sich so kühn, so entschlossen gefühlt. Sie war die letzten achteinhalb Monate von einem Psychopathen gejagt worden, aber jetzt war sie Jägerin und Jake ihre Beute.

Rittlings setzte sie sich auf ihn, umschloss ihn und sah zu ihm hinunter. In seinem Blick lag nichts als Verlangen, und sie fühlte sich stark und unbesiegbar.

»So schön«, murmelte er und strich an ihrem Körper hinauf. »So wunderschön.«

Und sie fühlte sich auch so. Sie bewegte sich auf ihm mit einer Geschmeidigkeit und Selbstsicherheit, die sie von sich gar nicht kannte. Sie war eine Frau, die genau wusste, wohin sie wollte und was sie tun musste, um dorthin zu gelangen. Ihr war egal, welche Gefahren dort lauerten. Sie war eine furchtlose Forscherin, die sich selbst und ihrem Mann nichts als Vergnügen bereitete.

Er beobachtete die Frau über ihm. Sie sah aus wie eine antike Göttin, die den Elementen entstieg – ätherisch und naturhaft und viel zu schön, um wahr zu sein. Seine Hände strichen über ihren Körper – den Bauch, die Hüften, die Brüste. Für ihn war sie perfekt, idyllisch, wie die Heldin einer uralten Saga. Sie war Helena, Aphrodite, Kleopatra – und ein Mann würde sein Leben dafür geben, sie zu besitzen.

Aber mit jeder ihrer Bewegungen war er es, der zu einem Besessenen wurde. Sie ergriff von ihm Besitz, von seinem Herzen, seinem Körper, seiner Seele. Er war entflammt, und das Inferno, das in ihm wütete, war wie ein ausbrechender Vulkan. Seine Welt geriet aus den Fugen, und nur mit Mühe behielt er die Fassung.

Er presste sie an sich und drehte sich mit ihr, sodass sie wieder unter ihm lag. Er war nicht mehr bei Verstand, er dachte nicht mehr, er fühlte nur noch. Er hörte ihr leises Stöhnen, schmeckte ihr Verlangen an seinen Lippen und spürte, wie ihr Körper zu beben begann. Es war wie der Funke, der das Pulverfass in ihm zum Explodieren brachte. Seine Welt bestand nur noch aus dieser Frau, sein Leben nur noch aus diesem Moment.

Kristin glaubte, nicht mehr atmen und nicht mehr denken zu können, aber beides schien nicht mehr lebenswichtig zu sein. Er war alles, was sie zum Existieren brauchte. Sie hatte alles andere vergessen. Die Angst und die Vorsicht. Jane Streeter und den Stalker. Es gab nur noch diesen Augenblick und diesen

Mann. Jede seiner Berührungen, jede seiner Bewegungen ließ all ihre Sinne entflammen.

Und dann war es so weit. Es war, als hätte ein Tornado sie erfasst. Er riss sie mit sich und katapultierte sie ins Zentrum der Lust. Sie hatte nicht gewusst, dass es möglich war, sich so gehen zu lassen. Dass die Erfüllung solche Dimensionen annehmen konnte.

Jake hörte sie aufschreien, fühlte, wie ihr Körper unter ihm erbebte, und er hielt sich nicht mehr zurück, sondern folgte ihr, als der Wirbelwind auch ihn packte. Es dauerte eine ganze Weile, bis einer von ihnen aus dem Rausch zurückkehrte – Minuten, Stunden, es war schwer zu sagen. Denn für sie gab es weder Raum noch Zeit, sie befanden sich in einem Reich, in dem derartige Dinge banal waren.

Kristin spürte seinen Atem an ihrem Hals, fühlte sein Herz an ihrem schlagen, und Friede und Harmonie umfingen sie wie eine Wolke. So war es also, jemanden zu brauchen und sich in ihn zu verlieben. Sie hatte sich dagegen gewehrt, hatte versucht, es zu ignorieren und so zu tun, als wäre es nicht da. Aber natürlich hatte sie es nicht geschafft. Es war naiv gewesen, zu glauben, sie wäre immun und dafür nicht empfänglich. Ihr Herz fühlte nun einmal, was es fühlte, und ihr blieb nichts anderes übrig, als es zu akzeptieren und anzunehmen. Später war noch Zeit genug, über Ursachen und Folgen nachzudenken. Im Moment war es genug für sie, in seinen Armen zu liegen und Liebe zu fühlen.

Langsam kehrte Jake auf den Boden der Tatsachen zurück. Fast war ihm, als wären ihre Körper miteinander verschmolzen. Doch selbst, als die Realität sie wieder zu separaten Menschen machte, wusste er, dass Kristin zu einem Teil von ihm geworden war. Noch nie hatte er so etwas erlebt, noch nie hatte er sich so bereitwillig in der Lust verloren. Er fühlte sich schwach und erschöpft, und doch ließ ihre Berührung, ihr Duft frisches Adrenalin durch seine Adern strömen.

421

Es geschah nicht bewusst, als er sie wieder zu küssen und zu streicheln begann. Es zu tun war für ihn so natürlich wie der nächste Atemzug und die Tatsache, dass sein erhitzter Körper zu neuem Leben erwachte.

Sie fühlte, wie seine Erregung zurückkehrte. »Jake.«

»Mehr«, murmelte er an ihren Lippen. »Ich will mehr.«

11. Kapitel

Kristin rollte sich herum und öffnete blinzelnd die Augen. Sie hatte keine Ahnung, wie lange sie geschlafen hatte. Sie wusste nur, dass sie sich warm und ausgeruht und wundervoll fühlte.

Sie drehte sich wieder um und schmiegte sich wieder an Jake. Irgendwann hatten sie es geschafft, unter die Decke zu schlüpfen und einzuschlafen. Draußen heulte der Wind, und sie hörte, wie Zweige am Fenster kratzten. Der Sturm wütete noch immer und bildete einen Kontrast zu dem inneren Frieden, den sie in Jakes Armen gefunden hatte.

Sie ließ die Augen zufallen und riss sie gleich wieder auf. Sie wollte nicht einschlafen, sie wollte nicht riskieren, aufzuwachen und festzustellen, dass alles nur ein Traum gewesen war – ein herrlicher Traum voller Leben und Farbe. Sie hatte es nicht eilig, in ihre alte, kalte und freudlose Existenz zurückzukehren, in der die Angst sie zwang, die Welt auf Distanz zu halten.

Kristin sah den Mann an, der neben ihr schlief, und ihr Herz schlug schneller. Dies war kein Traum, keine Ausgeburt ihrer Fantasie. Dies war real – *er* war real, und sie war genau dort, wo sie sein wollte. Sie konnte ihn berühren, ihn atmen hören und fühlen, wie sein Herz an ihrem klopfte.

Beruhigt schloss sie die Augen.

»Wie spät ist es?«

Sie zuckte zusammen und schaute ihn an. »Ich dachte, du schläfst.«

Er zog sie an sich und küsste sie auf die Wange. »Das habe ich.« Seine Lippen glitten an ihrem Hals hinab. »Aber jetzt bin ich hellwach.«

Sie fühlte seine Erregung, und ihr stockte der Atem. Sie hatte geglaubt, keine Energie mehr zu haben und zu keiner Reaktion mehr fähig zu sein, aber sie hatte sich getäuscht. Schlagartig stieg das Verlangen in ihr auf und gab ihr Kraft. Es war, als würde sie nicht genug von ihm bekommen können, und er nicht von ihr. Binnen Sekunden waren sie beide atemlos.

Danach lagen sie erschöpft, aber glücklich und zufrieden da und lauschten dem tosenden Sturm.

»Haben wir eigentlich je auf die Uhr gesehen?«, fragte er.

»Es fühlt sich spät an.«

»Keine Ahnung. Ich war zu abgelenkt, um an die Zeit zu denken.«

Er lächelte. »Ich mag dich, wenn du abgelenkt bist, aber ...« Er küsste sie auf die Nase und stützte sich auf einen Ellbogen. »Ich mag dich einfach.« Doch dann schaute er über ihre Schulter auf die Uhr neben dem Bett, und seine Augen wurden groß. »Nein, das kann nicht sein.«

»Was ist denn?«

»Es ist halb elf.«

»So?«

»Halb elf Uhr abends.«

Erst jetzt ging ihr auf, was er meinte. *Lost Loves!* Die Sendung sollte um elf beginnen, und meistens brauchten sie fast eine Stunde, um alles vorzubereiten. Wie hatte sie das nur vergessen können?

»Oh, mein Gott«, keuchte sie, während sie die Decke zurückschlug und aus dem Bett sprang. »Wir müssen stundenlang geschlafen haben. Vermutlich versucht Dale schon seit einer halben Stunde, uns über Funk zu erreichen. Bestimmt glaubt er, dass etwas passiert ist.«

Sie eilten umher, sammelten Kleidungsstücke auf und tauschten sie untereinander aus.

»Es ist etwas passiert«, erinnerte Jake sie und gab ihr einen kurzen Kuss.

»Und?«

Er runzelte die Stirn und warf ihr einen neugierigen Blick zu. »Und was?«

»Hat es dir gefallen?«

Er zog sie an sich, küsste sie voller Gefühl. »Was glaubst du?«

Vermutlich war es naiv, mehr von ihm zu erwarten. Sie hatte sich sehenden Auges darauf eingelassen und wollte nicht auf irgendwelche Versprechungen hoffen. Sie wusste, wie gefährlich es war, Dinge zu genau zu analysieren. Unzählige Male hatte sie den Anrufern geraten, den Moment zu leben und nicht zu weit in die Zukunft zu blicken, wenn es um Beziehungen ging. Sie war fest entschlossen, sich an ihren eigenen Rat zu halten.

Sie sah ihm in die Augen. »Ich glaube, wir sollten die Talkshow hinter uns bringen und wieder ins Bett gehen.«

Lachend schob er sie von sich und zeigte zur Tür. »Ausgezeichnete Idee.«

Sie schlief noch, ihr Atem ging leise und regelmäßig. Jake kostete den ruhigen Moment aus. In der Nacht war der Sturm abgeklungen, und langsam erhellte die aufgehende Sonne den Himmel.

Sein Blick fiel auf die Boxershorts und Kristins BH, die am Bettpfosten baumelten. Er musste lächeln, als er daran dachte, wie sie sich gestern Abend in rasender Eile angezogen hatten, um sich auf die Sendung vorzubereiten. Sie hatten es gerade noch rechtzeitig geschafft, und auch dieses Mal war *Lost Loves* ohne jede Panne ausgestrahlt worden. Danach waren sie nach unten gegangen und hatten sich fast genauso hektisch wieder ausgezogen.

Er wusste, dass er sich in Gefahr begeben hatte, aber aus irgendeinem Grund beunruhigte es ihn nicht. Sie hatte ihn gefragt, ob es ihm gefallen hatte. Darauf mit Ja zu antworten, wäre die gewaltigste Untertreibung seines Lebens gewesen.

Denn irgendwann im Laufe der letzten vierundzwanzig Stunden war ihm bewusst geworden, dass er dabei war, sich in sie zu verlieben.

Das Unmögliche war eingetreten. Hätte man ihn gestern gefragt, ob er dazu fähig war, hätte er es energisch bestritten – und doch stimmte es. Es hatte kein Feuerwerk gegeben, keinen Donnerschlag, keine Fanfaren, aber trotzdem machte es keinen Sinn, sich etwas vorzumachen. Für das, was er fühlte, gab es keinen anderen Namen, keine andere Erklärung.

Er hatte Glück. Jetzt brauchte Kristin ihn. Sie brauchte seinen Trost, seinen Schutz. Doch das würde nicht für immer so bleiben. Früher oder später würde Ted den Stalker fassen und grünes Licht für ihre Rückkehr nach L. A. und in ihr altes Leben geben. Dann würde sie Eagle's Eye verlassen. Und ihn. Es war unausweichlich. Und deshalb würde er das Beste aus der Zeit machen, die er mit ihr hatte.

Ihr Kopf lag an seiner Schulter, und er strich ihr das Haar aus dem Gesicht. Er wollte nicht daran denken, wie sein Leben ohne sie aussehen würde. Trotz der abgeschiedenen Lage hatte er sich im Turm nie einsam oder isoliert gefühlt. Eagle's Eye war für ihn mehr als ein Posten, es war sein Zuhause. Er liebte die raue Wildnis, die ihn umgab. Aber all das hatte sich geändert, als sie hier angekommen war.

Ihre Anwesenheit hatte diesen Ort geprägt, und ohne sie würde er ihm leerer und kälter erscheinen.

»Und genau deshalb wirst du nicht daran denken«, flüsterte er.

»Woran?«, murmelte sie schläfrig.

»Schlaf weiter«, erwiderte er überrascht.

Sie hob den Kopf. »Du bist auf.«

»Nein, bin ich nicht. Es ist ein Traum.«

Sie lächelte und streichelte seine Wange. »Da hast du recht.« Sie drehte sich zum Fenster und lauschte. »Es regnet nicht mehr. Wir sollten aufstehen und den Pick-up holen.«

426

Der Pick-up konnte warten. Jake wusste nicht, wie oft er noch neben ihr aufwachen würde. Er wollte keine Minute verschwenden.

»Das können wir immer noch«, sagte er und küsste sie. »Schlaf weiter.«

Sie nickte. »Du auch?«

»Mach dir um mich keine Sorgen«, erwiderte er, während er sie mit den Armen umschloss.

Er fühlte, wie ihr Körper sich entspannte, und hörte sie ruhiger atmen. Aber plötzlich nahm sie den Kopf von seiner Schulter und sah ihn an.

»Du gehst doch nicht, oder?«

Behutsam drückte er ihren Kopf zurück. »Ich gehe nirgendwohin.«

»Gut«, murmelte sie und unterdrückte ein Gähnen. »Ich will dich bei mir haben.«

Ihre Worte allein reichten aus, um seinen Körper reagieren zu lassen. Wenn sie doch nur wüsste …

»Cindy ist hier und möchte mit dir reden. Warte, okay?«

»Okay«, sagte Kristin und machte ein paar Schritte in Richtung der Küche, um den Empfang zu verbessern. Teds Nachricht war gut gewesen. Sie hatten neue Spuren und einen Verdächtigen, und er hoffte, dass es eine Festnahme geben würde. Eigentlich hätte sie vor Freude hüpfen müssen, aber ihre Reaktion war seltsam gedämpft.

»Ich bin so aufgeregt«, sagte Cindy und klang weit entfernt. »Stell dir vor, vielleicht ist die ganze Sache bald vorüber, und du kannst nach Hause kommen.«

»Ich weiß«, erwiderte sie und versuchte, erfreut zu klingen. »Ist das nicht wunderbar?«

»Ich kann es kaum glauben. Ich vermisse dich so sehr. Ich kann es kaum abwarten und …« Cindy verstummte, und Kristin hörte Teds Stimme im Hintergrund. »Okay, okay«, sagte ihre Schwester verärgert. »Ted meint, wir sollen uns nicht zu früh freuen. Aber ich fühle mich, als wärest du schon eine Ewigkeit fort. Bestimmt wirst du dort oben langsam verrückt.«

»So schlimm ist es gar nicht«, murmelte Kristin verlegen. Sie wollte Cindy nicht anlügen, aber sie war auch nicht bereit, ihr alles zu erzählen. Noch vor zehn Tagen hätte sie in aller Ehrlichkeit sagen können, dass sie tatsächlich verrückt wurde, aber eine einzige in doppelter Hinsicht stürmische Nacht hatte alles verändert.

Die zehn Tage seit dem Unwetter waren die glücklichsten ihres Lebens gewesen. Natürlich wollte sie, dass der Stalker gefasst und hinter Gitter gebracht wurde, aber dann würde sie Eagle's Eye verlassen und nach L.A. zurückkehren können. Und dazu war sie noch nicht bereit. Sie wollte nicht daran denken, wie es sein würde, jeden Abend in eine leere Wohnung zu kommen und selbst am Wochenende zu arbeiten. Vor allem wollte sie nicht daran denken, wie es sein würde, ohne Jake zu leben.

»Nicht so schlecht?«, wiederholte Cindy entgeistert. »Komm schon, ich bin deine Schwester. Vor mir brauchst du nicht die tapfere Pfadfinderin zu spielen.«

»Das tue ich nicht.«

Cindy lachte. »Na gut. Wie geht es Jake?«

»Oh, der ist ...« Perfekt? Fantastisch? Der wunderbarste Mann, dem sie je begegnet war? »Dem geht es auch gut.«

»Ihr beide kommt zurecht?«

»Sicher, kein Problem.«

»Ich weiß, ihr habt euch nicht auf Anhieb verstanden, aber er ist ein großartiger Mann. Um ehrlich zu sein, ich hatte eigentlich gehofft, dass ihr beide ...«

Kristin spürte so etwas wie Panik in sich aufsteigen und ging absichtlich auf die andere Seite des Zimmers, damit ihr Handy einen schlechteren Empfang bekam. »Oh, Cindy, ich glaube, ich verliere dich. Kannst du mich hören?«

428

»Kristin? Es knistert so. Ich kann dich kaum verstehen.«

»Cin? Bist du noch dran?«

Kristin zögerte kurz, bevor sie die Verbindung unterbrach. Sie fand es schrecklich, so etwas zu tun, aber Cindy hätte irgendwann gemerkt, dass sie ihr etwas verheimlichte. Aber das zwischen Jake und ihr war noch zu neu, zu besonders, und sie wollte nicht darüber reden.

»Kein Netz mehr?«

Sie hob den Kopf, als Jake die Küche betrat. »Ja, aber wir waren so gut wie fertig.«

Er legte einen Arm um ihre Taille. »Du kannst von Glück sagen, dass du hier oben überhaupt eins bekommst.« Er strich über ihre Wange. »Das mit dem Stalker ist doch eine gute Nachricht, nicht wahr?«

»Ja.« Sie seufzte. »Aber als du mit Ted gesprochen hast, war er da auch so vage? Ich meine, er wollte mir nicht sagen, was für Spuren sie haben und wen sie verdächtigen.«

Er zuckte die Achseln. »Wenn man so lange an einem Fall arbeitet, ist man vorsichtig. Zu viel kann im letzten Moment noch schief gehen.«

»Du redest nie über deine Zeit bei der Polizei. Warst du nicht gern Cop?«

In ihm ging etwas vor, etwas Subtiles, kaum Wahrnehmbares, aber sie spürte es trotzdem.

»Nein, ich mochte die Arbeit. Ich bin nur nicht so sicher, ob ich sie gut gemacht habe, das ist alles.«

Sie legte die Stirn in Falten. »Das sieht Ted ganz anders.«

»Ted ist mein Freund«, sagte er sanft und küsste sie auf die Nasenspitze.

»Ich weiß, dass etwas passiert ist. Etwas, über das du ungern sprichst.«

»Hast du das auch von Ted?«

Sie schüttelte den Kopf. »Das brauchte er mir nicht zu erzählen.«

»Du hast recht, es ist etwas passiert, aber das ist lange her.«

»Könntest du mir davon erzählen?«

»Ich rede nicht darüber.« Er küsste sie auf die Wange. »Mit niemandem.«

Seine Worte taten weh. Es gefiel ihr nicht, ausgeschlossen zu werden. Aber sie würde ihn nicht bedrängen. Als Therapeutin wusste sie, dass man einen Menschen nicht zum Reden zwingen konnte. Wenn er bereit war, würde er es ihr sagen, und sie würde zuhören.

»Okay, schon verstanden«, erwiderte sie so leichthin wie möglich.

Er nahm ihre Hand und zog sie zur Tür. »Komm schon, wir machen eine Wanderung.«

»Bist du okay?« Jake streckte ihr einen Arm entgegen.

»Ja«, keuchte Kristin und ergriff seine Hand, um sich auf den großen Felsblock ziehen zu lassen.

»Die Anstrengung wird sich lohnen«, versicherte er. »Das verspreche ich.«

»Oh, ich glaube dir«, sagte sie schwer atmend. »Ich kann nur nicht garantieren, dass ich dann noch genug bei Bewusstsein bin, um die Aussicht zu genießen.«

»Keine Sorge. Notfalls bekommst du von mir eine Mund-zu-Mund-Beatmung.«

Sie lächelte. »Dann werde ich die Aussicht erst recht nicht genießen können.«

Er lachte. Er hatte diese Wanderung oft unternommen und musste zugeben, dass die letzte Etappe eine echte Herausforderung war. Aber sie hatte sich gut gehalten – besser, als er erwartet hatte. Wenn er in den letzten zehn Tagen eines gelernt hatte, dann war es, dass Kristin Carey eine bemerkenswerte Frau war.

Er hatte immer gewusst, dass Ted den Mistkerl, der sie terrorisiert hatte, irgendwann schnappen würde. Wenn sein Freund einen Fall hatte, war er wie ein Hund mit einem Knochen –

hartnäckig, verbissen und ein viel zu guter Cop, um aufzugeben. Trotzdem war es wie ein Schlag in die Magengrube gewesen, als Ted ihm erzählt hatte, dass sich das Netz um einen Verdächtigen zusammenzog.

»Vorsichtig«, warnte er und zeigte auf einige Büsche neben dem Pfad. »Komm denen nicht zu nahe.«

Sie streckte die Hand aus. »Aber sie sind so hübsch ...«

»Das würde ich nicht tun«, sagte er und zog ihre Hand aus der Gefahrenzone.

Ihre Augen wurden groß. »Nein?«

»Nein. Es sei denn, du kratzt dich gern.«

Sie verzog das Gesicht und machte einen großen Bogen um die Büsche.

Als der Weg kurz darauf noch steiler wurde, hörte er sie keuchen, und warf einen Blick über die Schulter. »Wir sind fast da.«

Sie wirkte skeptisch. »Das hast du vor einer Meile auch schon gesagt.«

Er zwinkerte ihr zu und half ihr über einen Felsbrocken. »Ich weiß. Aber dieses Mal ist es mein Ernst.«

Sie blieb stehen, beugte sich vor und stützte die Hände auf die Knie. »Ich würde lachen, aber ich bin zu kaputt.«

»Ich glaube, das hier wird helfen.« Er trat zur Seite und beobachtete, wie sich ihre Erschöpfung in Begeisterung verwandelte. Der Felsvorsprung ragte aus der Klippe und schien mitten in der Luft über dem Canyon zu schweben. In der klaren Luft erstreckte sich die Sierra Madre unter dem blauen Himmel, so weit das Auge reichte.

»Ich dachte, der Ausblick vom Turm wäre das Schönste, was ich je gesehen habe«, sagte sie atemlos, nicht vom Aufstieg, sondern vor Staunen. »Aber das hier ...« Sie schüttelte den Kopf. »Danke.«

»Wofür?«

»Dafür.« Sie breitete die Arme aus. »Es ist ein wundervolles Geschenk.«

431

Die Rührung schnürte ihm fast die Kehle zu, und er wandte sich ab, bevor er eine Dummheit beging – wie zum Beispiel, sie in die Arme zu nehmen und ihr seine Liebe zu gestehen. Er schaute zum fernen Horizont, aber es war nicht die Landschaft, die ihn fesselte. Er dachte an Kristin und daran, dass sie ihn von Tag zu Tag mehr faszinierte. Ihm war nie danach gewesen, über die Vergangenheit zu reden. Über Ricky und darüber, was es bedeutet hatte, seine Arbeit und die Kollegen hinter sich zu lassen. Nicht einmal mit dem Polizeipsychiater, zu dem sie ihn damals geschickt hatten. Er hatte nie einen Sinn darin gesehen, das alles aufzuwühlen. Es würde ohnehin niemand verstehen, was er fühlte – jedenfalls hatte er das geglaubt, bis …

Er drehte sich zu ihr und beobachtete sie, während sie zur anderen Seite des Canyons schaute. Warum fühlte er sich in ihrer Nähe so wohl? Warum hatte er das Gefühl, dass wenn es jemanden gab, der ihn verstehen würde, sie es war? Lag es daran, dass sie Therapeutin war, oder daran, dass er so lange Jane Streeter zugehört hatte? Sie hatte ihn nicht gedrängt, darüber zu sprechen. Im Gegenteil, sie hatte seine Weigerung sofort akzeptiert. Hieß das, dass sie sich nicht dafür interessierte? Und wenn doch, wie würde sie reagieren, wenn sie die Wahrheit kannte?

»Du starrst mich an.«

Es dauerte einen Moment, bis er schaltete. »Tue ich das?«

»Ja.« Sie drehte sich zu ihm um.

»Du hast recht«, gab er zu. »Es fällt mir schwer, die Augen von dir zu lassen.«

»So schmeichelhaft ich das finde, ich glaube, es ist mehr als das«, erwiderte sie und machte einige Schritte auf ihn zu.

Er sagte sich, dass es ihn nicht überraschen sollte. Er war der Frau erst vor etwas über einem Monat begegnet, aber sie kannte ihn schon besser, als Valerie es nach drei Jahren Ehe getan hatte.

Bis zu diesem Moment war ihm nicht bewusst gewesen, was für eine Bürde seine Vergangenheit war. Jetzt verspürte er das nahezu unwiderstehliche Bedürfnis, sich von ihr zu befreien. Plötzlich wollte er, dass nichts mehr zwischen ihnen stand – keine Fragen, keine Geister, keine Geheimnisse. Sie kannte ihn gut, aber er sie inzwischen auch. Was immer er ihr erzählte, es würde nichts an dem ändern, was sie miteinander teilten.

»Es gab mal einen Mann«, begann er und bückte sich nach einigen kleinen Steinen, um sie über den Rand des Felsvorsprungs zu werfen. »Er hat darauf vertraut, dass ich ihn beschütze, und ich habe ihn im Stich gelassen.« Und dann sprudelte die ganze Geschichte aus ihm heraus, als hätte er sie schon viel zu lange in sich verschlossen.

12. Kapitel

Kristin schob die Nase unter der Decke hervor und fühlte den Frost in der Morgenluft. In diesem zerklüfteten Teil der Welt schien es keine Bedeutung zu haben, dass Ostern vor der Tür lag und der Frühling angebrochen war. Es war kurz nach sechs, viel zu früh zum Aufstehen, aber sie hatte lange genug geschlafen und war hellwach. Trotzdem blieb sie liegen, in Jakes Arme gekuschelt, und dachte über all die erstaunlichen Dinge nach, die sich ereignet hatten.

Sie war nicht sicher, wer sich gestern besser gefühlt hatte. Jake, weil er endlich losgeworden war, was er drei Jahre mit sich herumgetragen hatte. Oder sie, weil er ich genug vertraute, um es ihr zu erzählen. Als Therapeutin verstand sie, wie sehr er es gebraucht hatte, aber ihre Reaktion war die einer Frau gewesen. Sie hatte ihn an sich ziehen, ihn trösten und beschützen wollen.

Es war klar, dass er keine Schuld am Tod des Zeugen hatte, trotzdem hatte er aus Pflichtgefühl die alleinige Verantwortung dafür übernommen. Aber niemand würde ihn jemals von dieser Wahrheit überzeugen können. Irgendwann würde er sich selbst zu dieser Erkenntnis durchdringen und sich endlich verzeihen können, aber so weit war er noch nicht.

Erst nach einigen Sekunden begriff sie, woher die ersten Takte der Wilhelm-Tell-Ouvertüre kamen. Aus ihrem Handy!

Sie widerstand der Versuchung, aus dem Bett zu springen. Die Melodie schien ihn nicht zu wecken, aber sie würde es tun, sobald sie sich hastig bewegte. Aber sie musste hin. Ein Anruf um diese Zeit musste ernst sein. Vorsichtig stellte sie die Füße auf den Boden und eilte über die kalten Dielen. Sie riss das Handy von der Kommode und klappte es auf.

»Hallo?«, sagte sie leise.

»Gut, du bist da«, erwiderte Nancy in sachlichem Ton.

»Was ist denn? Ist etwas passiert?«

»Meiner Mutter geht es schlechter.«

»Ich … wusste nicht, dass sie krank ist.« Kristin konnte sich nicht daran erinnern, dass Nancy jemals über ihre Familie gesprochen hatte. Sie wusste nur, dass sie irgendwo außerhalb von Boston lebte.

»Schon eine ganze Weile. Ich bin am Flughafen. Mein Flug geht in einer halben Stunde.«

»Nancy, das tut mir so leid.« Es war bitterkalt, und Kristin begann zu zittern.

»Ich wollte dich nur wissen lassen, dass ich deine Akten an Tony Ramsey in der Klinik übergeben habe. Ich habe ihm versprochen, dass du ihn heute Vormittag anrufst. Ich wollte ihm nichts von … Wo bist du noch? Eagle …«

»Eagle's Eye.«

»Richtig. Jedenfalls habe ich ihm gesagt, dass du ihn nachher anrufst.«

»Ja.« Kristin griff nach Jakes Hemd und legte es sich um die nackten Schultern. »Ja, natürlich. Nancy, bist du okay?«

»Mach dir um mich keine Sorgen.«

»Falls ich irgendetwas … Hallo? Nancy?« Es war zu spät, die Verbindung war unterbrochen. Doch als sie auf ihr Display schaute, runzelte sie die Stirn. »Seltsam«, murmelte sie, denn ihr Handy hatte das Netz nicht verloren.

»Was ist?«

Sie hob den Kopf und sah, dass Jake zu ihr herübersah. »Tut mir leid. Ich wollte dich nicht wecken.«

»Alles in Ordnung?«

»Ja. Ich habe nur gerade einen Anruf verloren.«

»Wichtig?«

Kristin schaute wieder auf ihr Handy und fröstelte. »Ich bin nicht sicher. Es war Nancy. Sie muss fort und wollte mir sagen, dass sie meine Klienten an einen anderen Kollegen übergeben hat.«

Er schlug die Bettdecke zurück. »Es ist eiskalt. Komm ins Bett.«

Sie nickte, legte das Handy auf die Kommode zurück und ging durchs Zimmer. »Aber es ist seltsam.«

»Dass sie angerufen hat?«

Kristin spürte den Anflug eines schlechten Gewissens, während sie zu ihm unter die Decke schlüpfte. Er wusste, dass sie regelmäßig mit Cindy telefonierte, hatte jedoch keine Ahnung, dass sie mit Nancy in Kontakt geblieben war – das war niemandem bekannt.

»Mmm, du fühlst dich wundervoll an«, sagte sie und schmiegte sich an ihn.

»Du fühlst dich wie ein Eiswürfel an«, scherzte er und legte die Arme um sie. »Und? Ist sonst alles okay?«

»Ja, ich glaube, schon, aber es ist eigenartig. Ich habe etwas zu ihr gesagt, und sie hat einfach aufgelegt.«

»Die Verbindung ist hier oben ziemlich schlecht. Vermutlich hast du nur das Netz verloren.«

»Das dachte ich zuerst auch.« Langsam übertrug sich seine Wärme auf sie. »Aber dann habe ich auf mein Display gesehen, und die Empfangsstärke war noch ziemlich hoch.« Sie drehte sich zu ihm. »Ich glaube, Nancy hat die Verbindung einfach unterbrochen.«

»Vielleicht hat sie gedacht, dass ihr fertig seid.«

»Das kann sein«, murmelte sie und wärmte ihre Hände an seiner Brust.

»Bekommst du viele Anrufe? All die Lover, die dich vermissen?«

»Sehr komisch.« Sie verzog das Gesicht.

»Das ist nicht komisch«, schnaubte er und zog sie an sich. »Ich bin höllisch eifersüchtig!«

Sie würde ihm nur zu gern glauben, aber sie wusste, dass er

nur scherzte. Seine Besorgnis hatte einen ganz anderen Grund.

»Beruhige dich, harter Mann«, sagte sie und klopfte ihm auf die Brust. »Aber ja, ich gebe zu, Nancy und ich haben ziemlich regelmäßig miteinander gesprochen.«

»Mir ist, als hätte ich gehört, dass du etwas von Eagle's Eye gesagt hast.«

Er hatte sie ertappt, und es machte keinen Sinn, es zu leugnen. »Ja, ich habe ihr erzählt, wo ich bin«, gab sie zu. Doch als er etwas erwidern wollte, hob sie die Hand. »Ich weiß, ich weiß, ich habe versprochen, es niemanden zu erzählen. Aber eine meiner Klientinnen war in einer kritischen Situation. Ich wollte, dass Nancy mich erreichen kann, falls etwas passiert.«

»Falls etwas passiert wäre, hätte sie nur Ted anzurufen brauchen.«

»Sicher, aber das hätte zu lange dauern können. Du weißt, wie schwer er zu erreichen ist. Nancy hat mir von dieser Klientin und ihrem Problem erzählt, und ich dachte ...« Sie zuckte mit den Schultern. »Ich weiß nicht. Ich nehme an, ich habe mich schuldig gefühlt, weil ich nicht für sie da war.«

Seine Miene wurde sanft, sein Blick blieb streng. »Deinen Aufenthaltsort zu verraten, war nicht sehr klug. Es könnte sowohl dich als auch Nancy in Gefahr bringen.«

Kristin dachte an das gestrige Telefonat mit Ted, und ein mulmiges Gefühl breitete sich in ihrem Bauch aus. »Na ja, die Polizei ist dem Kerl dicht auf den Fersen, und Nancy wird für eine Weile nicht in L. A. sein, also glaube ich nicht, dass es ein Problem ist.«

Er sah nicht überzeugt aus. »Der Punkt ist, du darfst kein Risiko eingehen – nicht wenn es sich vermeiden lässt.«

Die Besorgnis in seinem Gesicht ging ihr ans Herz. Sie zweifelte nicht daran, dass er Angst um sie hatte, und nach dem, was er ihr gestern erzählt hatte, verstand sie auch, warum. Sie zu beschützen war ihm sehr wichtig und weit mehr als nur ein Gefallen, den er einem alten Freund tat. Es bedeutete für ihn, seine Selbstzweifel zu überwinden und sich etwas zu beweisen.

Es wäre so einfach, etwas anderes hineinzudeuten und mehr daraus zu machen, als es war, denn in seinem Blick lag so viel Zuneigung.

»Sei mir nicht böse«, sagte sie nach einem Moment und kämpfte mit dem Knoten in ihrem Hals. Natürlich hatte er recht. In ihren Augen war das Risiko, das sie eingegangen war, minimal, aber sie war nicht in der Stimmung, darüber zu streiten. »Es ist doch nur Nancy. Sie wird niemandem verraten, wo ich bin.«

»Na gut, aber versprich mir, dass du es sonst niemandem sagst.«

»Ich verspreche es.«

Er küsste sie, und binnen weniger Sekunden waren sie beide atemlos vor Verlangen. Kristin fühlte, wie die Ungewissheit von ihr abfiel und es nur noch sie beide gab. Sie und den Mann, von dem sie jetzt wusste, dass sie ihn liebte.

»Wonach suchst du?«, fragte Kristin und stellte sich neben Jake ans Geländer.

Er ließ das Fernglas sinken. »Unten im Canyon war etwas. Vermutlich nur jemand auf einem Mountainbike.« Er zeigte zum Himmel. »Aber siehst du die Wolken dort drüben? Die könnten uns einen wunderschönen Sonnenuntergang bescheren?«

Sie schaute hinüber. »Einer, zu dem ein Schluck Wein und etwas Käse passen würden?« Sie sah ihn an. »Interessiert?«

Er zog sie an sich und streifte ihr Ohr mit den Lippen. »Und wie.«

Sie lachte, doch dann bemerkte sie etwas Ungewöhnliches. »Was ist das?«

Er hob das Fernglas an die Augen. »Rauch.«

»Was?« Ihre Augen weiteten sich.

»Vermutlich ein Lagerfeuer.«

»Und ein Zelt?«

»Dort unten ist es verboten.« Er griff nach den beiden Walkie-Talkies und schaltete sie ein.

»Was hast du vor?«

»Ich sehe nur mal nach.« Er gab ihr eins der Funkgeräte. »Tust du mir einen Gefallen?«

»Natürlich.«

Er eilte zur Treppe. »Könntest du hier oben bleiben? Nur für den Fall, dass ich Verbindung mit Clayton in Cedar Canyon aufnehmen muss?«

»Natürlich«, sagte sie und starrte auf das Gerät in ihrer Hand.

»Du weißt noch, wie es geht?«

»Ich muss den Knopf drücken, um zu sprechen.« Sie folgte ihm. »Sei vorsichtig, ja?«

Er drehte sich zu ihr um. »Wirst du dir immer Sorgen um mich machen?«

»Das hier ist die Wildnis. Pass auf dich auf, okay?«

»Natürlich«, sagte er und ging die Treppe hinunter.

»Beeil dich«, rief sie ihm nach. »Wir haben eine Verabredung mit dem Sonnenuntergang.«

Kristin stellte das Fernglas scharf, bis das dichte grüne Unterholz sich deutlich abzeichnete. Sie konnte den schmalen Rauchfaden erkennen, der sich durch die Pinien nach oben schlängelte und über den Wipfeln eine graue Wolke bildete. Für ihr ungeschultes Auge schien er in den fünfzehn Minuten, die Jake jetzt schon fort war, nicht dichter geworden zu sein. Im Gegenteil, sie hätte schwören können, dass er abnahm – jedenfalls hoffte sie das. Der Rauch inmitten all des Grüns bewies, wie leicht diese unberührte Natur einem Feuer zum Opfer fallen konnte.

In der Hoffnung, Jake zu sehen, richtete sie den Feldstecher dorthin, wo sie die Straße vermutete. Es war sinnlos. Außer sattem Grün war nichts zu erkennen.

»Sei vorsichtig, meine Liebe«, murmelte sie und ließ das Glas sinken.

Ihre Liebe. Jake war ihre Liebe – er war ihr Herz, ihre Seele und der einzige Mann, den sie je lieben würde. Es war eine Ironie des Schicksals. Die letzten acht Monate waren die schlimmsten ihres Lebens gewesen, aber ohne sie hätte sie Jake nie kennengelernt. Sie wollte den Albtraum vergessen und sich auf eine Zukunft mit ihm freuen. Aber sie kannte die Statistik und wusste, dass Beziehungen, die in derartigen Umbruchsphasen begannen, oft katastrophal endeten. Insofern sollte sie vielleicht froh sein, dass Jake an einer dauerhaften Partnerschaft nicht interessiert war. Auf die Weise würde sie von der Zeit mit ihm wenigstens eine schöne Erinnerung behalten.

Als sich unterhalb der Galerie etwas bewegte, schaute sie nach unten und kniff die Augen zusammen. Vielleicht waren die Waschbären wieder unterwegs. Sie wartete einen Moment und lauschte angestrengt, aber das einzige Geräusch war das Heulen des Windes, der durch den Canyon fegte.

Sie drehte sich um und ging hinein, aber im Turm fühlte es sich kalt und einsam an. Jetzt, da Jake nicht da war, machte die Stille sie rastlos und ein wenig nervös.

Der Rauch war kaum noch zu sehen, und sie seufzte erleichtert. Sie hatte die Arbeit eines Rangers nie für gefährlich gehalten, jedenfalls nicht verglichen mit der eines Polizisten. Jetzt wusste sie es besser. Sie griff wieder nach dem Fernglas und wollte gerade hindurchsehen, als sie Schritte auf der Treppe hörte.

»Ich kann es nicht glauben«, sagte sie, und ihr stockte der Atem. »Du bist schon zurück …«

Doch als sie sich umdrehte, war es nicht Jake, der vor ihr auftauchte, und ihr Verstand brauchte einige Sekunden, um den Anblick zu verarbeiten.

Jake stocherte mit der Stiefelspitze in der Asche und ging in die Hocke, um die Reste des Feuers genauer zu betrachten.

Die kleine Lichtung war fast fünfzig Meter von der Straße und weit von allen Wanderpfaden und Jagdrevieren entfernt, was bedeutete, dass es wohl kaum ein Lagerfeuer gewesen war. Außerdem war es nur kurz aufgeflackert und wieder erloschen.

Der Wind wehte durch die Bäume und ließ die Asche aufwirbeln. Jakes Blick fiel auf etwas, das nicht ganz verbrannt war. Vorsichtig hob er es auf. Es sah aus wie an den Rändern verkohltes Papier, in dessen Mitte jedoch noch Schrift zu erkennen war. Ein neuer Windstoß legte weitere Fetzen frei, und Jake sortierte sie auf der Handfläche wie Teile eines Puzzles.

»Los …«, las er und trat einige Schritte zurück, um sie in den Sonnenschein zu halten. »Ich hab's«, murmelte er, als die Worte plötzlich einen Sinn ergaben. »Los Angeles Times.«

Er schloss die Finger um das Papier und schob es in die Tasche. Als er sich auf der Lichtung umschaute, fühlte er ein vertrautes Kribbeln am Nacken. Es war ein Gefühl, wie er es oft gehabt hatte, als er noch bei der Polizei war. Jemand hatte einen verdammt weiten und beschwerlichen Weg zurückgelegt, um seine Zeitung zu verbrennen. Und dieser Jemand hatte außer den Resten des Feuers nichts zurückgelassen – kein Fuß, kein Huf, kein Reifen zeichnete sich in der weichen Erde ab.

Jake schüttelte den Kopf. Falls der Unbekannte versucht hatte, einen Waldbrand zu entfachen, so hatte er es nicht sehr professionell angefangen. Erstens waren die Bäume am Rand der Lichtung zu weit entfernt, und zweites musste der Täter wissen, dass der Rauch vom Turm aus leicht zu entdecken war. Ein einziger Überflug hätte genügt, um das Feuer aus der Luft zu löschen.

Er kniete sich wieder hin und suchte nach etwas, das eine Erklärung liefern konnte. Er war kein Fachmann, aber soweit er beurteilen konnte, war hier nur Zeitungspapier entzündet worden. Und gemessen an der Dicke und dem Umfang der Ascheschicht mussten es mehrere Exemplare gewesen sein.

»Eine Menge Zeitungen«, murmelte er. »Kein Holz, kein Reisig, keine Grillkohle.«

Was die ganze Sache noch rätselhafter machte – und genau das beunruhigte ihn. Vielleicht war es nur das Misstrauen eines Ex-Cops, aber hier passte einiges einfach nicht zusammen. Er suchte nach einer logischen Erklärung für das, was er sah. Hatte sich jemand verirrt? Hatte er Rauchsignale geben wollen? Aber wenn ja, warum war er nicht mehr hier und wartete auf Rettung?

»Und dann diese Zeitungen«, sagte Jake laut und stand langsam auf. »Woher zum Teufel kommen all diese Zeitungen?«

Er bezweifelte stark, dass der Schuldige aus dieser Gegend kam. Menschen, die die Wildnis zu ihrer Heimat gemacht hatten, lebten in ständiger Angst vor Waldbränden und taten alles, um sie zu verhindern. Kein Einheimischer wäre so leichtsinnig, seine Zeitungen auf einer Lichtung zu verbrennen.

Nachdenklich betrachtete er die kreisförmige Asche. Nach einem Moment wurde ihm bewusst, was ihn von Anfang an gestört hatte. Am Rand der Feuerstelle war die Erde leicht angehäuft.

»Hast du hier tatsächlich eine flache Grube gegraben, mein Freund?«, murmelte er.

Technisch gesehen war das hier ein Tatort, und als Ex-Cop sträubte sich in ihm alles, Spuren zu vernichten. Aber als Ranger musste er handeln. Also nahm er den kleinen Klappspaten aus seinem Futteral und schaufelte Erde auf die glühende Asche. Vorsichtshalber würde er Clayton verständigen. Dieses Mal hatten sie noch Glück gehabt. Das Feuer war von allein ausgegangen. Sie würden die Augen offen halten müssen. Möglicherweise trieb sich ein Brandstifter herum, der es ein zweites Mal versuchen würde.

Als er zum Pick-up zurückkehrte, war er verschwitzt und erschöpft, aber er gönnte sich keine Pause. Die Schatten wurden bereits länger, und er war zum Sonnenuntergang verabredet. Er stieg ein und startete den Motor. Es war eine völlig neue Erfahrung, gern Feierabend zu machen und sich auf die Freizeit zu freuen, weil zu Hause jemand auf ihn wartete. Er war so lange allein gewesen, hatte sich daran gewöhnt und geglaubt, sich nicht mehr ändern zu können. Aber seit Kristin in sein Leben getreten war, war nichts mehr so wie früher. Er wusste wieder, wie schön es war, mit jemandem zu lachen, herumzualbern und sich auf den Sonnenuntergang zu freuen.

Er nahm das Funkgerät vom Sitz und drückte auf den Rufknopf. »Jemand bereit für den Sonnenuntergang?« Er wartete einen Moment. »Hallo, Turm. Kristin, hörst du mich?«

Keine Antwort. Als er um eine Haarnadelkurve bog, kam Eagle's Eye in Sicht, und er versuchte es nochmals.

»Kristin? Honey, melde dich.«

Aber das Walkie-Talkie blieb stumm, und er spürte wieder das Kribbeln am Nacken. Natürlich konnte sie ihr Gerät abgeschaltet oder den Turm verlassen haben. Doch das war unwahrscheinlich.

Er befestigte das Gerät an der Sonnenblende und gab vorsichtig Gas. Auch die Angst, die in ihm aufstieg, war neu für ihn, und er hatte sie erst ein einziges Mal erlebt: als die Scheinwerfer seines Jeeps auf der glatten Bergstraße aus dem Regen aufgetaucht waren.

Plötzlich drang aus dem Walkie-Talkie ein Knistern. Er riss es von der Sonnenblende.

»He, da bist du ja«, sagte er erleichtert. »Ich dachte schon, du hättest mich vergessen.«

Doch als er den Rufknopf losließ, damit sie antworten konnte, ergaben ihre Worte keinen Sinn. Es war, als würde er im Radio ein Gespräch hören, das nichts mit ihm zu tun hatte.

»Kristin?«, sagte er. »Kannst du mich hören? Telefonierst du gerade mit dem Handy? Ich verstehe nicht, was du sagst.«

Er lauschte noch einen Augenblick. Ihre Stimme war deutlich, aber ihre Worte machten noch immer keinen Sinn. Fast war es, als würde sie mit jemand anderem reden ...

»Oh, Gott«, stöhnte er, als er endlich begriff.

Sie war nicht allein. Plötzlich wurde ihm alles klar. Jemand hatte das Feuer gelegt, um ihn aus dem Turm zu locken. Es war kein Brandstifter oder leichtsinniger Tourist gewesen, sondern jemand, der Kristin etwas antun wollte.

Nancy. Kristin traute ihren Augen kaum. Fragen schossen ihr durch den Kopf. War einem ihrer Klienten etwas passiert? Hatte Ted Nancy hergeschickt, weil auch sie in Gefahr war? Hatte der Stalker es jetzt auf sie beide abgesehen?

»Enttäuscht, was?«, sagte Nancy, und ihre Stimme war ungewöhnlich hoch. Sie verließ die Treppe und betrat die Plattform. »Du hast gedacht, es ist dein heimkehrender Lover, nicht wahr?«

»Nancy, ich ... kann es nicht glauben. Wie bist du hergekommen? Was tust du hier?«

»Du hast gedacht, dein tapferer Naturbursche kommt zurück, und wolltest dich ihm gerade zwischen die kräftigen Arme werfen.« Nancy legte den Kopf zurück und lachte. Es war ein schriller, bitterer Laut, der nichts mit Humor zu tun hatte. »Oh, wie romantisch.«

»Nancy ...«

»Halt den Mund!«, fauchte sie und kam einen Schritt näher. »Du redest immer nur, Jane Streeter. Jetzt wirst du zuhören, denn jetzt bin ich dran.«

Kristin war, als würde der Boden unter ihren Füßen schwanken. Das hier konnte einfach nicht sein. Die zitternde Stimme passte nicht zu Nancy. Ebenso wenig wie der wilde, fanatische Blick.

»Nancy, vielleicht möchtest du dich eine Weile hinsetzen. Du siehst aus, als würdest du ...«

»Ich habe gesagt, halt den Mund«, schrie Nancy und holte eine Pistole aus der Tasche. »Ich fühle mich wohl. Aber ich fürchte, Jane Streeter wird es bald nicht mehr gut gehen. Vielleicht wird sie heute sogar ihre Sendung verpassen. Nein, nicht nur heute.«

Mit der Wucht einer Flutwelle breitete sich Übelkeit in Kristin aus. Ihre Welt war aus den Fugen geraten, und sie wusste nicht mehr, was sie glauben sollte. Jemand, den sie zu kennen geglaubt hatte, war ihr mit einem Mal völlig fremd. Ihr war schwindelig, und sie war kurz davor, sich zu übergeben. Vermutlich hätte sie es auch getan, wenn ihr Blick nicht auf das Walkie-Talkie gefallen wäre, das neben ihr auf dem Tisch lag.

Ihr Verstand schien die Situation nicht richtig erfassen zu können, also verließ sie sich auf ihren Instinkt und blockte die Angst ab. Sie musste Nancy ablenken, nur für einen Moment, lange genug, um nach dem Funkgerät zu tasten.

»Was hast du vor?«, fragte sie und hoffte, dass Nancy das Manöver nicht durchschaute. Sie musste handeln, solange sie noch die Chance dazu hatte. Langsam legte sie das Fernglas auf den Tisch. »Und was meinst du damit, dass ich die Sendung verpassen werde?«

»Oh, Kristin, bitte«, sagte Nancy und lachte wieder. »Ich weiß, du bist überrascht, aber sicher kannst du dir denken, warum ich gekommen bin.«

Kristin wartete, bis Nancy lachend zur Decke schaute, und schob das Fernglas vor das Walkie-Talkie.

»Oh, ich kann es mir durchaus denken«, erwiderte sie und ließ die Hand auf das Gerät gleiten. »Ich schätze, ich will es nur aus deinem Mund hören.«

»Was soll das? Willst du mir ein schlechtes Gewissen machen?« Nancy schaute auf die Waffe in ihrer Hand.

Kaum hatte Nancy den Blick gesenkt, nahm Kristin das Walkie-Talkie in die Hand.

»Nancy, ich kann es nicht glauben«, sagte sie laut und drückte dabei auf den Rufknopf. Sie konnte nur beten, dass Jake nahe genug war und hören konnte, was sich hier oben abspielte. »Bitte, Nancy, leg die Waffe hin?«

»Die Waffe hinlegen? Warum sollte ich das tun? Endlich habe ich deine ungeteilte Aufmerksamkeit.« Sie hob die Pistole und drehte sie hin und her, bis das polierte Metall im Sonnenlicht glänzte. »Weißt du, es ist erstaunlich. Selbst Leute, die nie Zeit für einen haben, hören einem plötzlich geduldig zu, wenn man so ein Ding in der Hand.«

»Nancy, leg sie hin«, wiederholte Kristin laut und widerstand nur mit Mühe der Versuchung, um Hilfe zu rufen. Es würde alles nur noch schlimmer machen. Im Moment war Nancy relativ ruhig, und es war wichtig, dass sie es auch blieb. Aber Kristin hatte mit vielen instabilen Persönlichkeiten gearbeitet und wusste, dass deren Verhalten von einer Sekunde zur anderen in Gewalt umschlagen konnte.

»Zu spät.« Nancy lachte. »Es ist schon jemand verletzt worden, hast du das vergessen? Ich könnte mir vorstellen, dass du dich deswegen ziemlich schlecht fühlst.« Sie machte einige Schritte auf Kristin zu und wedelte mit der Pistole. »Schließlich ist alles deine Schuld!«

Kristin lief es kalt den Rücken herunter. »Du hast Tori überfallen. Wie konntest du das tun?«

Ein kaum wahrnehmbarer Schatten huschte über Nancys gerötetes Gesicht, so kurz, dass es Kristin entgangen wäre, wenn sie nicht genau hingesehen hätte. Aber es war genug, um ihr Hoffnung zu machen. Irgendwo in Nancys gestörtem Kopf musste es noch einen Funken Vernunft geben, der vielleicht Gut und Böse unterscheiden konnte.

»Das mit Tori war unglücklich«, gab Nancy mit einem melodramatischen Achselzucken zu. Aber ihre Miene war ausdruckslos, nichts darin erinnerte an die Kollegin, mit der Kristin auf dem College gewesen war. »Sie war zur falschen Zeit am falschen Ort. Was mal wieder beweist, dass man niemandem trauen sollte. Egal, wie viele Informationen man ihnen liefert, sie machen doch nur alles falsch.« Sie richtete die Waffe auf Kristin. »Wenn man also will, dass eine Sache richtig erledigt wird, muss man es eben selbst tun.«

Kristin kämpfte darum, nicht die Fassung zu verlieren. Es war so unwirklich. Bestimmt würde sie gleich aufwachen, und feststellen, dass alles nur ein Traum war – ein schrecklicher Albtraum, der überhaupt keinen Sinn ergab.

Aber der kalte Knoten in ihrem Bauch überzeugte sie davon, dass es die nackte Realität war. Die zutiefst gestörte Frau, die sie so hasserfüllt ansah, war nicht die Nancy Fox, die sie kannte, nicht die Partnerin, mit der sie jahrelang zusammengearbeitet hatte. Diese Frau war eine Fremde, und sie war gefährlich.

Kristin versuchte, nicht daran zu denken, dass sie allein und von der Außenwelt abgeschnitten war, sondern ließ sich von ihrer Erfahrung leiten. Sie hatte oft genug mit irrationalen Persönlichkeiten zu tun gehabt. Überleben würde sie nur, wenn sie nicht in Panik geriet, sondern einen kühlen Kopf bewahrte.

Sie packte das Funkgerät noch fester. Die Finger waren fast taub, aber sie durfte die Verbindung nicht abreißen lassen. Irgendwann musste Jake sie hören. Vorher würde sie den Knopf nicht loslassen.

»Dann warst du es also, Nancy?«, fragte sie mit der ruhigen, gelassenen Stimme, die sie den vielen Jahren in ihrer Praxis verdankte. »Die ganze Zeit? Die Anrufe, die Briefe?«

»Oh, ich gebe zu, ich hatte Hilfe. Schließlich konnte ich schlecht selbst durchs Land reisen, um anzurufen und die Briefe einzuwerfen, oder?«, entgegnete sie. »Mein kleiner Helfer mag mich sehr, weißt du? Männer sind so korrupte Geschöpfe. Wir Frauen können sie zu fast allem überreden, nicht wahr?« Sie zog eine Augenbraue hoch. »Aber das weißt du ja schon. Ich muss sagen, du hast nicht lange gebraucht, um dieses große, kräftige Prachtexemplar von Ranger um den Finger

447

zu wickeln. Der arme Mann scheint seine Hände nicht von dir lassen zu können, was?«

Kristin wollte etwas erwidern, aber Nancy winkte ab. »Oh ja, ich habe euch beide zusammen gesehen – die schmachtenden Blicke, die Umarmungen, die Küsse. Man könnte rot werden.« Sie zeigte auf die großen Fenster. »Selbst mitten im Nichts sollte man etwas diskreter sein. Man kann nie wissen, wer einem zusieht.«

Der Gedanke, dass Nancy sie beobachtet hatte, ließ Kristin schaudern. »Ich verstehe es nicht, Nancy. Warum? Nach all diesen Jahren, die wir uns jetzt kennen und zusammenarbeiten. Warum tust du das?«

Aber schon war Kristin etwas in den Sinn gekommen. Etwas, das sie in ihrem Gedächtnis gespeichert hatte und das ihr jetzt ins Bewusstsein trat. Damals war es ihr so unwichtig, so unbedeutend erschienen, aber jetzt sah sie es in einem ganz anderen Licht.

Es war eines Nachts im Anschluss an die Sendung passiert. Nancy war zu Gast gewesen und hatte mit den Anrufern geplaudert und ihre Fragen beantwortet. Nach der Talkshow hatte Dale sie als Naturtalent bezeichnet und ihr den Spitznamen »Sly Fox« gegeben. Nancy hatte gelacht und gesagt, wäre sie wirklich ein schlauer Fuchs, würde sie Jane Streeter loswerden und *Lost Loves* selbst übernehmen.

»Warum?«, schnaubte Nancy. »Was glaubst du? Bist du so arrogant, dass du denkst, es würde mir Spaß machen, auf der Ersatzbank zu sitzen und ab und zu die von allen vergötterte Jane Streeter zu vertreten, wenn sie etwas Besseres vorhat? Ich bin es leid, die zweite Geige zu spielen. Ich bin es leid, in deinem Schatten zu spielen.«

»Du stehst nicht in meinem Schatten, Nancy. Das hast du nie getan.«

»Nein?« Nancy gab ihr irres, völlig humorloses Lachen von sich. »Dann solltest du vielleicht mal mit deinen Chefs darüber sprechen.«

Kristin packte das Walkie-Talkie noch fester. »Was meinst du? Ich verstehe nicht.«

»Na, dann werde ich es dir erklären.« Sie hatte begonnen, mit nervösen, ruckartigen Schritten vor Kristin auf und ab zu gehen. »Ich bin ein Naturtalent, sagen sie. Ich mache die Sendung großartig – als deine Vertreterin. Aber ich bin nicht gut genug, um eine eigene Show zu bekommen.« Sie sah, wie Kristins Augen vor Überraschung groß wurden.

»Das schockiert dich, was? Dass jemand so gut wie du und eine Konkurrenz für dich sein könnte. Aber keine Angst, sie wollten mich nicht. Sie haben das Original, die tolle Jane Streeter, und brauchen keine andere Moderatorin.« Sie drückte die Waffe an die Brust und streichelte den Lauf, als wäre er ein Lebewesen. »Aber ich habe das Gefühl, sie werden ihre Meinung sehr bald ändern.«

Kristin konnte kaum glauben, was sie hörte. Wie hatte es dazu kommen können? Wie konnte der Wahnsinn von ihrer Kollegin Besitz ergriffen haben, ohne dass sie es gemerkt hatte? Hatte es Anzeichen gegeben, die sie übersehen oder ignoriert hatte?

Sie dachte an die Gespräche über das Handy und daran, wie sie in Nancy ihre einzige Verbindung zur zivilisierten Welt gesehen hatte. Sie hatten über ihre Klienten und die geeigneten Therapien gesprochen. Wie hatte sie so intensive Unterhaltungen mit dieser Frau führen können, ohne zu merken, wie gestört sie war?

Aber sie hatte nichts gemerkt. Bis vor Kurzem hatte sie Nancy voll und ganz vertraut. So sehr, dass sie ihr ihre Klienten und die Praxis übergeben hatte. Sogar so sehr, dass sie ihr von Eagle's Eye erzählt hatte.

»Geht es dir allein darum, Nancy?«, fragte sie nach einem Moment. »Um die Talkshow? Um *Lost Loves*?«

»Ich nehme an, du glaubst, ich sollte damit zufrieden sein, von Zeit zu Zeit für dich einzuspringen. Aber das bin ich nicht.

Ich will alles haben, Kristin«, sagte Nancy und ging auf sie zu. »Und dafür werde ich alles tun, was nötig ist.«

»Das ist also dein Plan?«, fragte Kristin und schaffte es, die Angst aus ihrer Stimme herauszuhalten. »Mich loszuwerden, damit du deine eigene Radioshow bekommst?«

»Du warst schon immer eine gute Analytikerin«, erwiderte Nancy voller Sarkasmus. »Und du hättest alles viel einfacher machen können, wenn du kooperiert hättest.« Nancy wandte sich ab und ging ans Fenster. Die Sonne ging bereits unter, und lange Schatten fielen auf den Turm. »Jede andere hätte längst aufgegeben. Aber du nicht. Nein, du musstest es allen schwer machen und trotz deiner Angst tapfer sein.« Sie drehte sich um und sah Kristin an. »Wie edel.«

»Also hast du jemanden ausgeschickt, der mir etwas antun sollte?«

»Wie gesagt, du hast es uns nicht leicht gemacht. Eigentlich hättest du in der Tiefgarage sein sollen, nicht Tori. Wenn jemand Schuld daran hat, dass sie verletzt wurde, dann du.«

»Hörst du dir eigentlich zu?«

»Was?«, fragte Nancy sichtlich überrascht. »Wovon redest du?«

»Ich rede von Realitätsverleugnung«, sagte Kristin. Noch hatte Nancy das Funkgerät in ihrer Hand nicht bemerkt, und die zunehmende Dunkelheit gab ihr die Hoffnung, dass sie es auch nicht würde. Aber sie war nicht sicher, wie lange sie es umklammert halten konnte. Wo blieb Jake? Nancy war viel zu intelligent, um sich dauernd ablenken zu lassen. »Hör dir an, was du sagst. Dass es meine Schuld ist, nicht deine. Komm schon, Nancy. Das ist klassische Realitätsverleugnung. Erzähl dem Rest der Welt, was du willst, aber lass wenigstens uns beide ehrlich zueinander sein.«

»Ehrlich? Du willst Ehrlichkeit?«, entgegnete Nancy. »Na gut. Ich will dich weghaben.«

»Weg? Oder tot?«

Lächelnd schaute Nancy auf die Pistole in ihrer Hand. »Weg hätte mir gereicht, aber du wolltest ja nicht mitmachen. Ich schätze, jetzt wird es wohl tot sein müssen.« Sie hob den Blick. »Ist dir das ehrlich genug?«

Kristin weigerte sich, die Hoffnung zu verlieren. »Ich nehme an, das hängt davon ab.«

»So? Wovon denn, Kristin? Klär mich auf.«

»Davon, wie viel Ehrlichkeit du dir erlaubst. Ob du den Mut hast, dich der Wahrheit zu stellen.« Es war ein riskanter Schritt, aber ihr Instinkt sagte Kristin, dass Nancy keinen passiven Gehorsam von ihr wollte. Sie wollte eine Konfrontation, um ihrer Wut und Enttäuschung Luft zu machen. Kristin hatte vor, etwas Zeit zu gewinnen, indem sie Nancy provozierte. »Und die Wahrheit ist, du bist eine Tyrannin …«

»Was?«, keuchte Nancy.

»Eine neidische, bösartige Tyrannin«, fuhr Kristin fort. »Und du denkst, du kannst die ganze Welt bedrohen und einschüchtern und sie dazu bringen, nach deinen Regeln zu spielen. Aber ich sage dir, Nancy, so läuft es nicht. Die Welt dreht sich nicht um dich.«

Einen Moment lang befürchtete Kristin, dass sie zu weit gegangen war. Nancy stand einfach nur da und starrte sie an. Ihre Miene war nicht zu entschlüsseln, und Kristin war nicht sicher, ob das ein gutes Zeichen war.

»Schlau«, sagte Nancy schließlich. »Einfach den Spieß umdrehen, was? Sehr guter Versuch.«

»Die Wahrheit ist, dass ein unschuldiger Mensch fast gestorben wäre, und zwar deinetwegen, Nancy – nicht meinetwegen. Du warst selbst einmal eine gute Therapeutin und weißt selbst, was das Problem bei der Verleugnung ist. Auf Dauer funktioniert sie nicht. Irgendwann holt einen die Wahrheit ein. Ist es bei dir schon so weit?«

Nancy reagierte nicht.

Kristin hielt den Atem an.

»Bist du endlich fertig?«, fragte Nancy plötzlich. Ihre Stimme hatte sich verändert, und ihr Gesicht war noch röter geworden. Kristin wusste, dass sie bei ihr einen wunden Punkt getroffen hatte. »Ist das jetzt die Stelle, an der ich zusammenbreche, ein schlechtes Gewissen bekomme und mich dir zu Füßen werden muss, um deine Verzeihung zu erflehen?« Sie warf Kristin einen langen Blick zu. »Das wird nicht passieren, das weißt du doch, oder?«

Kristin zögerte einen Moment. Sie fühlte sich so ruhig, dass es fast unheimlich war. Nancy bedrohte sie mit einer Waffe, aber sie kam sich furchtlos vor.

»Was wird nicht passieren?«, fragte sie, ohne Nancys Blick auszuweichen. »Dass du zusammenbrichst? Oder dass ich dir verzeihe?«

»So stark, so tapfer«, meinte Nancy lachend. »Bis zum Ende.«

Wie in Zeitlupe sah Kristin, wie Nancy die Waffe wieder hob. Sie hatte getan, was sie konnte. Verzweifelt überlegte sie, aber ihr fiel nichts mehr ein. Sie stand nur da und starrte auf die Mündung. Sollte ihr Leben so enden, hilflos und ohne Gegenwehr, während Nancy abdrückte?

Als Jake geräuschlos auf der Treppe auftauchte und auf Nancy zuschlich, glaubte Kristin zunächst, sie hätte eine Halluzination und sähe nur, was sie sehen wollte. Doch dann kam der Adrenalinstoß, und ihr stockte der Atem.

Jake packte Nancy von hinten. Ein Schuss fiel. Nancy wehrte sich gegen seinen Griff und versuchte, wieder abzudrücken.

Kristin rannte zu ihr und trat zu. Ihr Fuß traf den harten Stahl. Die Pistole flog aus Nancys Hand und quer durch den Raum, bevor sie mit einem lauten Knall gegen ein Fenster prallte. Die zerbrochene Scheibe vibrierte, dann zerbarst sie in tausend Scherben.

Einen Moment stand Kristin einfach nur da, starrte auf die glitzernden Splitter und versuchte zu begreifen, was geschehen war. Dann drehte sie sich langsam um und beobachtete, wie Jake Nancy Handschellen anlegte.

Es war vorbei – alles war vorbei. Es gab keine Drohungen, keine Gefahr, keinen Stalker mehr. Sie war nicht sicher, was sie fühlte. Sie wusste nicht einmal, ob sie überhaupt in der Lage war, etwas zu empfinden.

Doch dann traf sich ihr Blick mit Jake, und die Emotionen strömten auf sie ein. Die Gefahr war vorüber, und sie hatte keinen Grund mehr, in Eagle's Eye zu bleiben.

13. Kapitel

»*Ich verstehe es nicht, Jane. Ich hätte alles für sie getan. Ich habe sie geliebt. Sie hat mir gesagt, dass sie noch nie so glücklich war – noch nie in ihrem ganzen Leben. Also warum hat sie mich verlassen?*«

»*Ich wünschte, das wüsste ich, Cal. Vielleicht hat sie geglaubt, es wäre dir egal – ob sie ging oder blieb.*«

»*Natürlich war es mir nicht egal, das wusste sie ganz genau.*«

»*Wirklich? Hast du es ihr gesagt?*«

»*Das brauchte ich nicht. Frauen wissen so etwas.*«

»*Tatsächlich? Woher wissen sie es?*«

»*Nun ja, das muss ich dir doch nicht sagen, Jane. Du bist eine Frau. Es ist diese weibliche Intuition. Männer können nicht so gut mit Worten umgehen, sie können nicht über ihre Gefühle sprechen.*«

»*Und das macht Frauen zu Gedankenleserinnen?*«

»*Nein, aber sie wissen mehr über solche Dinge als Männer.*«

»*Oh, Cal, mein Lieber, du brauchst wirklich Rat. Lasst uns von ein paar Frauen dort draußen hören. Was meint ihr? Habt ihr einen Tipp für Cowboy Cal? Ruft uns an. 1-800-NIGHT TALK. Ich bin Jane Streeter, und ihr hört* Lost Loves.«

»Cal, ich fühle mit dir«, murmelte Jake und griff nach der Weinflasche. Er beugte sich gerade weit genug auf seinem Stuhl vor, um das Glas bis zum Rand zu füllen. Der Klang von Kristins Stimme durchströmte ihn wie eine Droge, und er fühlte sich so lebendig wie seit fünf langen Tagen nicht mehr. Fünf Tage, elf Stunden und – er sah auf die Uhr – siebenunddreißig Minuten.

Dies war ihr erster Tag im Radio seit Nancy Fox' Verhaftung, und das erste Mal, dass er seitdem ihre Stimme hörte.

Er schloss die Augen und sah sie vor sich, wie sie an ihrem Schreibtisch saß, den Kopfhörer auf dem langen blonden Haar, vor sich den Notizblock. Aber dieses Mal sendete sie nicht von einem Beobachtungsturm inmitten der Wildnis. Sie war wieder im Studio in L. A. und zurück in einem Leben, das Lichtjahre von Eagle's Eye entfernt war.

Er öffnete die Augen und nahm einen Schluck Wein. Niemals würde er die Angst und die Wut vergessen, die ihn gepackt hatte, als ihm klar wurde, was er über das Walkie-Talkie mit anhörte. Es faszinierte ihn noch immer, dass Kristin nicht nur an ihr Funkgerät gedacht, sondern auch noch die Geistesgegenwart besessen hatte, heimlich den Knopf ihres Geräts zu drücken und ihn auf diese Weise zu Hilfe zu rufen. Aber eigentlich sollte ihn an der Frau nichts mehr überraschen.

Langsam stand er auf und trat ans Geländer. Die Nacht war schwarz, nur das Funkeln der Sterne erhellte den Himmel. Und es war totenstill. Aber das hatte ihn noch nie gestört – im Gegenteil, er hatte es immer beruhigend gefunden. Aber das war vor Kristin gewesen, bevor sie nach Eagle's Eye gekommen war und sein Leben für immer verändert hatte. Jetzt bedeutete die Stille nur noch Isolation und Einsamkeit.

Er ging zu der Sperrholzplatte, mit der er das kaputte Fenster repariert hatte, und dachte an den Schuss aus Nancys Waffe. Angesichts des Tempos, in dem er durch die Haarnadelkurven gerast war, war es ein Wunder, dass er den Turm rechtzeitig erreicht hatte. Aber er hatte nicht an den Abgrund dicht neben dem Pick-up gedacht, sondern nur daran, dass Kristin mit der Wahnsinnigen allein war. Und ihr Gesicht, als sie ihn hinter Nancy auf der Treppe auftauchen sah, war etwas, das er nie vergessen würde.

Danach hatten sie so wenig Zeit füreinander gehabt. Er hatte Nancy gerade erst Handschellen angelegt, da war der Hubschrauber mit Ted, einem Trupp FBI-Agenten und den Kriminaltechnikern neben dem Turm gelandet.

Ted hatte seinen Verdächtigen festgenommen. Im Verhör belastete der Mann – ein Vertreter, der durchs Land reiste und für die Radiostation Werbeminuten verkaufte – Nancy schwer und verriet, dass sie nach Eagle's Eye unterwegs war. Außerdem gestand er, dass die Drohanrufe von ihm gekommen waren und er Tori überfallen hatte.

Jake dachte daran, wie stark Kristin gewesen war. Er hatte sie in die Arme nehmen und ihr versichern wollen, dass sie außer Gefahr war, aber die FBI-Leute hatten sie sofort mit Beschlag belegt. Und dann war plötzlich der Moment des Abschieds da.

Ted erwartete, dass Kristin mit in den Hubschrauber stieg. Natürlich konnte sein Freund nicht wissen, was sich zwischen ihnen beiden entwickelt hatte, und wollte ihr nur einen Gefallen tun. Aber die Vorstellung, sie einfach in den Nachthimmel verschwinden zu sehen, war für Jake unerträglich. Also erklärte er Ted, dass es ihr unangenehm wäre, mit Nancy in der engen Kabine zu sitzen. Zu seiner Erleichterung bestand Ted nicht darauf.

Aber auch die lange Fahrt den Berg hinab war nicht einfach. Sie waren beide wortkarg, und er gab die Hoffnung nicht auf, dass sie es sich anders überlegen und ihn bitten würde, zu wenden und sie nach Eagle's Eye zurückzubringen. Doch das tat sie nicht, und trotz der vielen Meilen und der späten Stunde kam es ihm vor, als hätten sie ihr Haus in L. A. viel zu früh erreicht.

Jake ging über die Galerie, nahm sein Glas und leerte es in einem Zug. Er sah sie vor sich, wie sie auf ihrer kleinen Veranda stand. Keiner von ihnen wusste, was er sagen sollte. Natürlich lächelten sie tapfer und versprachen, in Verbindung zu bleiben, aber es war das Ende, und sie wussten es beide. Sie hatte sich entschieden, und er konnte es ihr nicht verdenken. Trotzdem musste er sich beherrschen, um sie nicht an sich zu ziehen und sie zu bitten, bei ihm zu bleiben.

Als sie sich auf die Zehenspitzen stellte und ihre Lippen an seine Wange legte, hätte er fast die Fassung verloren. Selbst jetzt war es ihm noch ein Rätsel, woher er die Kraft genommen hatte, sie zum Abschied zu küssen.

Er ließ sich auf den Stuhl sinken. Noch immer schmeckte er das Salz der einzelnen Träne, die ihr über das Gesicht gelaufen war. Sich umzudrehen, in den Wagen zu steigen und davonzufahren, war das Schwerste gewesen, was er je in seinem Leben getan hatte.

»Wir sind zurück, und wir haben Becky in der Leitung. Becky, was meinst du? Welchen Rat hast du für einen traurigen Cowboy, dessen Lady ihn verlassen hat?«

»Ich denke, er sollte endlich aufwachen. Weibliche Intuition? Blödsinn. Wenn er wirklich gewollt hätte, dass sie bei ihm bleibt, hätte er es ihr sagen sollen.«

»Kurz und auf den Punkt, Becky. Mal hören, was Kathy aus Kentucky meint – Kathy, du bist auf Sendung, was hast du Cal zu sagen?«

»Na ja, das mit dem, dass Männer nicht über ihre Gefühle reden können, kaufe ich ihm nicht ab. Wenn Cal die Frau liebt, soll er es ihr sagen.«

»Okay, danke. Das waren zwei Stimmen fürs Reden, Cal. Was sagst du dazu?«

»Ich … ich weiß nicht, was ich sagen soll.«

»Cal, sag mir eins, okay?«

»Sicher.«

»Du hast gesagt, dass du die Frau liebst. War das dein Ernst?«

»Von ganzem Herzen.«

»Findest du nicht, du solltest es ihr sagen?«

»Sie weiß es doch, sie …«

»Nein, Cal, sie weiß es nicht. Vielleicht glaubt sie es, vielleicht hofft sie es, aber sie weiß es nicht und das wird sie erst, wenn du es ihr sagst. Lass mich doch noch etwas fragen, Cowboy. Du hast gesagt, du würdest alles für sie tun. Also, warum sagst du es ihr nicht einfach? Findest du nicht, sie hat ein Recht, es zu wissen? Meinst du nicht, du solltest ihr sagen, was du fühlst?«

»*Ich … ich glaube, schon. Aber … Jane, ist Liebe genug?*«

»Ja, Jane«, murmelte Jake und rieb sich die Augen. »Ist Liebe genug für dich?«

»*Zufällig glaube ich das, aber du wirst es nie erfahren, wenn du es nicht versuchst, oder?*«

Jake öffnete die Augen und setzte sich auf.

»*Denk darüber nach, Cal. Zwischen dir und dem Glück liegt vielleicht nur ein Anruf. Meinst du nicht, es wäre das Risiko wert? Was denkt ihr dort draußen, meine Mitreisenden auf der holprigen Straße zur Liebe? Dies ist* Lost Loves, *und ich bin Jane Streeter, eure Gastgeberin. Lasst von euch hören. 1-800-NIGHT TALK.*«

Plötzlich fühlte er sich, als hätte er einen Schlag in die Magengrube bekommen – schwindlig und außer Atem.

»Die Träne«, murmelte er, während ihm das Weinglas aus den Fingern glitt und auf dem Boden zerschellte. Aber er nahm es kaum wahr, denn er dachte an ganz andere Bruchstücke – an die, die sich in seinem Kopf zu einem Bild zusammenfügten und plötzlich einen Sinn ergaben.

Warum hatte er es nicht früher gesehen? Warum war ihm etwas entgangen, das so offensichtlich war? Er wusste doch besser als jeder andere, wie sehr sie ihre Gefühle kontrollierte und hinter einer Fassade der Gleichgültigkeit verbarg. Nur in jener Nacht auf ihrer Veranda nicht. In jener Nacht, in der er sie zu Hause abgesetzt hatte und davongefahren war, war etwas nach außen gedrungen, hatte sie eine Regung gezeigt.

»Die Träne«, flüsterte er.

Die einzelne, einsame Träne. Sie hatte sie nicht zurückhalten können. Es musste ein ziemlich starkes Gefühl gewesen sein, wenn sie es sich so deutlich anmerken ließ.

Aber war es stark genug? Er liebte sie. War es möglich, dass sie etwas für ihn empfand? Konnte es sein, dass auch sie sich verliebt hatte?

Plötzlich erschien ihm alles so klar. Er hatte gewollt, dass sie bei ihm blieb, aber genau wie der Typ im Radio hatte er es ihr nicht gesagt. Er hatte angenommen, dass sie bleiben würde, wenn sie es wollte. Er hatte einfach vorausgesetzt, dass sie wusste, was er fühlte. Er war gar nicht auf die Idee gekommen, sie zum Bleiben aufzufordern, weil er geglaubt hatte, dass seine Liebe ihr nicht genug war. Jetzt fragte er sich, ob er zu viel angenommen hatte.

Er rannte hinein und ans Funkgerät. »Cedar Canyon, hier ist Eagle's Eye. Jemand wach dort unten?«

»Nenn mich eine Nachteule.«

»Clayton! Gott sei Dank.« Mit zitternder Hand fuhr Jake sich durch das zerzauste Haar. »Du musst mir einen Gefallen tun, Kumpel.«

Kristin rückte die Kopfhörer zurecht und wartete auf Dales Zeichen. Die Show war fast vorbei, aber sie fühlte sich, als würde sie die ganze Nacht hindurch weitermachen können. Nicht weil sie nicht erschöpft war, sondern weil ihr davor graute, in ihr leeres Haus zurückzukehren. Sie fragte sich, ob es immer so sein würde. Ob sie ihn immer vermissen würde.

Sie stand noch unter Schock und begriff erst jetzt, wie tief gestört Nancy war. Es war klar, dass Nancys seelische Probleme lange vor *Lost Loves* begonnen hatten und vermutlich bis in die Kindheit zurückreichten. Nancy hatte sich auf Kristin fixiert und versucht, ihr Leben zu übernehmen, um ihrem eigenen zu entfliehen. Kristin tröstete sich damit, dass Nancy sich mittlerweile an einem Ort befand, an dem man ihr helfen würde. Tori war auf dem Weg der Besserung, und das Leben konnte sich wieder normalisieren.

Aber Kristin war nicht mehr sicher, ob wie wusste, was normal war. Sie war zurück in ihrem Haus und in ihrer Praxis, sie hatte ihre Schwester, ihre Freunde und ihre Arbeit wieder – trotzdem fühlte sich ihr Leben alles andere als normal an. War es normal, sich jede Nacht in den Schlaf zu weinen? War es normal, dass das Herz wehtat, wenn die Sonne aufging, und brach, wenn sie unterging? War es normal, jemanden so sehr zu vermissen?

»Drei Sekunden«, kam Dales Stimme aus dem Kopfhörer.

Sie nickte. »*Wir sind wieder da und haben es fast durch eine weitere lange, einsame Nacht geschafft, Freunde. Wir haben einen letzten Anrufer in der Leitung. Jemanden, der eine traurige Geschichte zu erzählen hat. Es ist ...*« Die Buchstaben, die über ihren Monitor liefen, ließen ihr Herz schneller schlagen und ihren Verstand fast aussetzen. Sie hob den Kopf und schaute durch die Glasscheibe in den Kontrollraum. Dale erwiderte ihren Blick und zeigte gelassen auf die rote Leuchtschrift, die verkündete, dass sie auf Sendung waren. »*Es ist ... der Mann aus den Bergen. Also ... sprich mit mir, Mann aus den Bergen. Du hast eine Geschichte zu erzählen?*«

»*Eine traurige, fürchte ich. Und ich brauche deinen Rat, Jane.*«

Die Stimme in ihrem Kopfhörer ließ Kristin zittern, und sie schnappte nach Luft. »*Meinen ... Rat?*«

»*Weißt du, Jane, da ist diese Frau. Wir haben uns in einer sehr turbulenten Phase ihres Lebens kennengelernt, und zwischen uns ging alles ziemlich schnell. Aber dann änderten sich die Umstände, und sie musste fort. Wie Cowboy Cal vor ein paar Tagen wollte ich, dass sie bleibt, aber wir leben in zwei verschiedenen Welten. Ihr Leben ist anderswo – ihre Familie, ihr Beruf ...*«

»*Du ... wolltest, dass sie bleibt?*« Kristins Herz hämmerte in ihrer Brust. »*Warum?*«

»*Jane, ich liebe sie.*«

»*Aber das hast du ihr nie gesagt.*«

»*Ich weiß. Ist es zu spät?*«

Tränen brannten in ihren Augen. Konnte es sein? Konnten Träume wirklich wahr werden? »*Ich glaube nicht, dass es für die Liebe jemals zu spät ist.*«

»Aber ist sie auch genug, Jane? Ihr Job, mein Job und all die Meilen dazwischen, wie sollen wir das hinbekommen?«

»Oh, Mann aus den Bergen.« Kristins Stimme bebte, und ihre Hände zitterten. »Weißt du es denn nicht? Die Liebe wird einen Weg finden.«

Aus den Augenwinkeln nahm sie eine Bewegung wahr und drehte sich danach um. Jake stand in der Tür des Aufnahmeraums, das Handy am Ohr.

»Ich liebe dich«, flüsterte er.

»Oh, Jake, ich liebe dich auch«, schluchzte sie, während sie sich die Kopfhörer abriss und sich in seine Arme warf.

Sie hörte nicht, wie es in den Lautsprechern knisterte, als die Kopfhörer das Mikrofon trafen. Sie hörte auch nicht, wie Dale die Show beendete und sich von den Hörern verabschiedete. Sie wusste nur, dass Jake da war und sie festhielt, und zum ersten Mal in fünf langen Tagen fühlte sie sich wohl.

»Bist du sicher?«, knurrte er und drückte sie so fest an sich, dass sie kaum noch Luft bekam. »Denn wenn ich dich zurück auf dem Berg habe, werde ich dich nicht wieder gehen lassen – nicht ohne mich.«

»Ich bin sicher«, sagte sie und schmeckte ihre Tränen an seinen Lippen. »Ja, ja, ich bin sicher.«

Danach nahm sie alles nur noch verschwommen wahr. Es gab Tränen und Lachen und Keuchen und Seufzen und danach die sehr lange Fahrt. Und dann waren da endlich der Berg, der Turm und das Bett.

»Ich hatte solche Angst«, sagte Jake und zog Kristin an sich, als sie zusahen, wie die Sonne über den Gipfel lugte. Der Rest der Nacht war voller Leidenschaft gewesen, und jetzt, als der neue Tag begann, waren sie erschöpft, aber überglücklich.

»Angst?« Kristin löste sich von ihm, um ihn anzusehen. »Du? Der Mann, der seinen Vorgarten mit allen möglichen wilden Tieren teilt? Wovor kannst du Angst gehabt haben?«

461

Sie scherzte nur, das wusste er, aber wie sollte er ihr klarmachen, was sie bewirkt hatte? Sie hatte so viel für ihn getan. Sie hatte getan, was all die Polizeipsychiater und die drei Jahre allein auf dem Berg nicht geschafft hatten. Sie hatte ihm geholfen, die Dämonen der Vergangenheit ein für alle Mal zu vertreiben. Es gab Dinge, die er nie vergessen würde. Ricky und seine gescheiterte Ehe, zum Beispiel. Aber dank Kristin hatte er begriffen, dass es im Leben keine Garantien gab. Ein Mann definierte sich nicht über seine Erfolge und sein Versagen, sondern über seine Fähigkeit, durchzuhalten, von vorn anzufangen und sein Bestes zu geben. Und zum ersten Mal in seinem Leben war er dazu bereit.

»Ich hatte Angst davor, dass ich mich getäuscht hatte. Dass ich dir vielleicht doch nichts bedeute. Dass ich im Studio stehe und du mich allein nach Hause schickst.«

»Und trotzdem bist du gekommen.«

»Ja. Ich musste.« Lächelnd zog er sie wieder an sich. »Denn die Vorstellung, ohne dich leben zu müssen, war beängstigender.«

Kristins Herz strömte über vor Glück. »Noch beängstigender als Bären?«

Er lachte und küsste sie. »He, einen Bären kann man erlegen.«

»Nur wenn man eine Jagdlizenz hat.«

»Stimmt. Leider steht in den Büchern nichts über die Schonzeiten für gefährliche Frauen.« Er schob sich über sie. »Zum Glück gibt es eine andere Art von Lizenz, die mir da helfen könnte.«

»Ach, ja?« Sie lächelte, als sie seine Erregung fühlte. »Was schwebt dir denn so vor?«

»Ich glaube, eine Heiratslizenz könnte das Problem lösen. Was meinst du?«, murmelte er und drang behutsam in sie ein. »Willst du mich heiraten? Mich für immer lieben?«

Kristin verschlug es den Atem. Jane Streeter wusste alles

über gebrochene Herzen, aber Kristin hatte einen Rat für sie. Am Ende zählte nur die Liebe. Sie machte die Zukunft strahlend und die Vergangenheit unbedeutend. Die Straße ins Glück war holprig, aber die Liebe überwand alle Hindernisse.

»Für immer«, wisperte sie.

– ENDE –

Linda Turner

Wie kein anderer zuvor

Roman

Aus dem Amerikanischen von
Gisèle Bandilla

Prolog

Kurt Donovan klopfte noch einmal an die Wohnungstür. Wenn es sein musste, wollte er die ganze Nacht davor stehen bleiben. »Verdammt noch mal, Tucker, ich weiß, dass du da drin bist. Mach auf!«

Man hörte ein grimmiges: »Verschwinde!« Kurz darauf wurde der Fernseher angestellt, und zwar so laut, dass er alle Geräusche an der Tür übertönte.

Kurt fluchte. Zwei Tage vorher war Tucker nach Washington zurückgekehrt, ins Büro gekommen, um seinen Bericht abzuliefern, und gleich wieder gegangen. Seitdem hatte ihn niemand mehr gesehen. Kurt wunderte das nicht. Als der Coup in Costa Oro, zwei Wochen bevor das State Department ihn erwartet hatte, losgegangen war, wusste er, dass Tucker sich für diesen Irrtum die Schuld geben würde.

Als Staatsbeamter in besonderer Mission war Tucker von Washington nach Mittelamerika geschickt worden. Seine Aufgabe war es gewesen, mögliche politische Störungen vorherzusehen, sie – falls möglich – zu verhindern und im Lande lebende Regierungsangestellte notfalls rechtzeitig in Sicherheit zu bringen.

Trotz seiner Fehleinschätzung hatte er immerhin viele amerikanische Bürger in die Botschaft retten können. Aber Kurt, sein Vorgesetzter und dazu mit Tucker gut befreundet, wusste, dass Tucker es schon als katastrophal empfand, dass zwei Beamte dabei verletzt worden waren. Er galt als überaus gewissenhaft und verantwortungsbewusst. Gerade das brachte ihn aber nach vielen Jahren Mitarbeit auch an den Rand seiner psychischen Belastbarkeit.

Aus der Wohnung tönte die Musik einer Bierwerbung und danach die Stimme des Nachrichtensprechers. »Die beiden Angestellten der amerikanischen Botschaft in Costa Oro, die während des Aufstands verletzt wurden, sind heute aus dem Krankenhaus entlassen worden ...« Abrupt wurde der Apparat ausgestellt.

In die Stille hinein klopfte Kurt wieder an die Tür. »Also gut, Tucker, auf zwei Leute ist geschossen worden. Aber vergiss nicht, fünfzig andere sind ohne Kratzer davongekommen.«

Keine Reaktion, nicht das geringste Geräusch. Gerade wollte Kurt erneut klopfen, als die Tür plötzlich aufgerissen wurde. Tucker Stevens, nur mit Jeans bekleidet, sah ihn finster an. »Reine Glückssache, das weißt du genau«, sagte er kalt. »Genauso gut hätten sie tot sein können.«

»Ich rede nicht davon, was hätte sein können, sondern was ist. Und du hast ein Wunder vollbracht, indem du die Leute überhaupt herausbekommen hast.«

Tucker sah ihn aus schmalen Augen an. »Hör bloß mit diesem Geschwätz vom Heldentum auf. Das steht mir bis hierher.« Er machte eine schnelle Handbewegung zum Kinn hin. »In den letzten achtundvierzig Stunden hat wohl jeder Reporter in Washington versucht, mich an die Strippe zu bekommen. Ich habe es satt. Ich bin kein Held, ich habe nur meine Arbeit getan.«

»Dann musst du dafür sorgen, dass die Geretteten aufhören, dein Loblied zu singen. Sie sind der irrigen Auffassung, dass du seit Superman der Größte bist.« Damit ging er einfach an Tucker vorbei in die Wohnung. »Ich muss mit dir reden. Hast du einen Kaffee für mich?«

In Tuckers dunklen Augen glitzerte es zornig. »Hat dir schon mal jemand gesagt, dass du stur wie ein Maulesel bist? Nein, ich habe keinen Kaffee. Und ich will auch nicht reden. Vor allem nicht über das, was in Costa Oro geschehen ist.«

Kurt lächelte nur und ließ sich auf die Couch fallen. »Das ist mir recht. Statt eines Kaffees nehme ich auch gern ein Bier.«

Tucker ging in die Küche, nahm zwei Bier aus dem Kühlschrank, warf Kurt eine Dose zu und lehnte sich an die Esstheke, die Küche und Wohnraum trennte. Das Ploppen der aufgerissenen Dosenverschlüsse kam fast gleichzeitig. »Also gut. Warum bist du hier? Hast du einen neuen Auftrag für mich?«

Kurt schüttelte den Kopf und machte sich auf Tuckers Empörung gefasst. »Nein. Was du im Augenblick dringend brauchst, ist Urlaub, keine Arbeit.«

»Unsinn!«, gab Tucker aufgebracht zurück und knallte die Bierdose auf die Theke. »Schon jetzt habe ich zu viel Zeit zum Nachdenken. Ein Urlaub wäre reine Zeitverschwendung. Gib mir was zu tun, Kurt, irgendwas, irgendwo. Hauptsache, ich bin beschäftigt.«

Kurt runzelte die Stirn. Es würde nicht leicht sein. »Das kann ich nicht, Tuck. Du bist zu dicht am Zusammenbruch. Das brauchst du gar nicht erst zu leugnen«, fuhr er schnell fort. »Vor fünf Jahren, nein, sogar noch vor zweien wärst du imstande gewesen, den Coup präzise vorauszusagen. Bei diesem hast du dich um Wochen verschätzt. Das ist keine Anklage, sondern eine Tatsache. Wenn du nicht willst, dass das wieder geschieht, sieh der Wahrheit ins Gesicht und tu was dagegen.«

»Wenn du das vorschlägst, was ich vermute, vergiss es. Ich habe keine Lust auf einen Schreibtischjob.«

»Dann wirst du eben in deinen Stiefeln sterben, Junge«, gab sein Chef kühl zurück. »Jeder Auftrag, den du annimmst, beinhaltet den Misserfolg als Risiko. Ein gescheiter Mensch weiß, wann er sich rechtzeitig ausklinken muss.« Tucker schnaubte verächtlich, aber Kurt zog einen Brief aus seiner Innentasche, stand auf und reichte ihn Tucker. »Das hier könnte dich interessieren.«

Tucker sah nur flüchtig hin. »Was ist das?«

»Das Stellenangebot für den Posten eines Sicherheitschefs in der Karibik. Falls du ihn willst, ist die Sache perfekt. Du solltest zugreifen, Tucker«, riet er. »Tu dir einen Gefallen und erwirb ein paar Jahre lang ein bisschen Schreibtischerfahrung. Mit deinem Hintergrund, deinen Verbindungen kannst du dir ein schönes Leben machen.«

Obwohl er das nicht aussprach, wusste Tucker, dass Kurt Donovan damit auf die spätere Möglichkeit einer Botschaftsstellung anspielte. Aber er wollte sich dadurch nicht ködern lassen. Er kannte sich zu gut, um nicht zu wissen, dass er es nie lange an einem Ort aushielt. Selbst in seiner Wohnung fiel ihm schon die Decke auf den Kopf, sobald er sich dort zwischen zwei Aufträgen mal aufhielt. »Niemand kettet mich an einen Schreibtisch, Kurt«, sagte er, »gib den Job jemand anders.«

Kurt zuckte mit den Schultern. »Überleg es dir noch einmal. Ist dir übrigens klar, dass du von der alten Truppe der Einzige bist, der noch Feldarbeit leistet?«

»Daran sind die selbst schuld. Die meisten haben ihren Kopf wegen einer Frau verloren. Das passiert mir nicht. Ich gebe meine Arbeit doch nicht für irgendeinen Rock auf.«

Da Kurt auch zu denen gehörte, die einer Frau zuliebe den Außendienst aufgegeben hatten, konnte er nichts dagegen vorbringen. »Aber es hat auch was für sich, jeden Abend mit derselben Frau zu Hause zu sein. Denk mal im Urlaub darüber nach. Vielleicht gewöhnst du dich an den Gedanken.«

Tuckers kantiges Gesicht verspannte sich sogleich wieder. »Verdammt noch mal, Kurt, ich sagte dir doch, ich brauche keinen Urlaub.«

»Ob du willst oder nicht, du bist beurlaubt. Deswegen brauchst du mich gar nicht anzugiften, der Befehl kommt von oben. Du bist auf Staatskosten einen Monat frei.«

»Einen Monat!«

Kurt grinste über Tuckers Empörung. »Ganz richtig. Einunddreißig wundervolle Tage des Nichtstuns.«

Tucker sah ihn wütend an. »Das soll wohl ein Scherz sein? Das wird mir schon nach einer Woche zu viel.«

»Glaube ich nicht.« Kurt lachte leise, trank sein Bier, stand auf und ging zur Tür. »Du wirst nicht hierbleiben. Ich habe in Aruba einen Freund, der mir ein Zimmer in seinem Hotel zur Verfügung gestellt hat. Das wirst du statt meiner nehmen. Ich habe ihn schon angerufen und alles mit ihm abgesprochen.«

»Na hör mal, das ist ja ganz nett, aber ich will keinen Urlaub, Kurt«, entgegnete Tucker, der Kurt zur Tür gefolgt war, verärgert. »Ich will Weiterarbeiten, das ist alles.«

»Tut mir leid, Junge, keine Chance. Den nächsten Monat wirst du nur am Strand herumliegen und Sonne tanken. Du kannst dir ja eine hübsche Blonde anlachen.« Er klopfte ihm väterlich auf den Rücken. »Schick mir eine Postkarte.« Und noch bevor Tucker etwas erwidern konnte, war Kurt im Dunkel der Nacht verschwunden.

1. Kapitel

Lacey Conrad hatte immer gedacht, gut in Gesichtern von Menschen lesen zu können. Aber was Dr. Hamilton bei der Untersuchung ihrer Verletzungen dachte, war ihr schleierhaft. Mit seinen erfahrenen Händen prüfte er die tiefe Wunde an ihrer Stirn, die er sauber vernäht hatte, nachdem Lacey mitten in der Nacht in die Ambulanz gebracht worden war. Sein faltendurchzogenes Gesicht war ausdruckslos, und er machte nur ein nichtssagendes »Hm«, bevor er sich ihrer verstauchten rechten Schulter zuwandte, dem lila-gelb verfärbten Bluterguss an ihrer Hüfte und den verschiedenen Schürf- und Schnittwunden, die sich krass von ihrer hellen Haut abhoben.

Lacey wartete darauf, dass er etwas sagen würde. Aber er griff nur nach der schmalen Taschenlampe in seiner Kitteltasche und schaute damit in ihre Pupillen. Schließlich ertrug sie das Schweigen nicht länger. »Also?«

Dr. Pete Hamilton richtete sich wieder auf, wobei sein runder Bauch sich nach vorn stülpte. Er runzelte die Stirn. »So gut sieht es wirklich nicht aus. Letzte Nacht hätte es Sie beinahe ernsthaft erwischt, junge Dame. Wenn Sie nicht so schnell reagiert hätten, lägen Sie jetzt im Leichenschauhaus anstatt im Krankenhaus. Was, zum Teufel, hat Sie nur dazu gebracht, zu nachtschlafender Zeit ausgerechnet durch das Französische Viertel zu gehen? Sie leben doch lange genug in New Orleans, um zu wissen, wie gefährlich das ist.«

»Das war ja kein Spaziergang im Mondschein«, gab sie zu bedenken. »Auf dem Rückweg von einem Essen mit Freunden hatte ich eine Panne. Und da ich nur vier Blocks von meiner Wohnung entfernt war, entschloss ich mich, zu Fuß zu gehen.«

»Sie haben wohl noch nie etwas von einem Taxi gehört, was?«

Lacey wollte gerade mit den Schultern zucken, aber das führte zu einem so stechenden Schmerz, dass sie den Atem anhielt. Es genierte sie zuzugeben, dass sie sich im Moment kein Taxi leisten konnte. Wenn sie gewusst hätte, dass die Krankenhausrechnung weit teurer sein würde. »Ich dachte, bis ich ein Telefon gefunden hätte, wäre ich schon zu Hause«, erklärte sie.

Zwei Häuserblocks entfernt und schon fast in Sichtweite ihrer Wohnung war sie eine dunkle Seitenstraße entlanggegangen – und in einen bewaffneten Raubüberfall geraten.

Lacey erschauerte und versuchte vergeblich, die schreckliche Erinnerung zu verdrängen. Alles war so schnell gegangen. Kaum eine Minute war sie allein durch die Nacht gelaufen – nur das Klicken ihrer Absätze war in der stillen Straße zu hören –, als auch schon die Scheinwerfer des Täterfahrzeugs den Überfall beleuchteten, als wäre es eine Szene aus einem schlechten Film. Ein Wachmann lag tot auf dem Pflaster, während der andere stürzte, nachdem ein Mann mit einem brutalen Gesicht, das Lacey nie vergessen würde, gerade auf ihn geschossen hatte.

Hatte sie ein Geräusch gemacht? Beim Überlegen zog sie die Brauen zusammen, wodurch sich sogleich die Wundnaht an ihrer Stirn schmerzhaft spannte. Erst war sie wie angewurzelt stehen geblieben. Dann hatte der Täter sie am Rand des Lichtkegels entdeckt, sofort die Waffe gehoben und auf sie geschossen. Lacey hatte sich blitzschnell umgedreht und war die dunkle Straße entlang um ihr Leben gerannt.

Sie hatte noch die Flüche, das Aufheulen des Motors gehört, als der Mann in seinen Wagen gesprungen und ihr nachgefahren war. Sie glaubte, noch die Hitze des Motors im Nacken zu spüren, als er dicht dran gewesen war und versucht hatte, sie zu überfahren. Sie hatte zur Seite springen wollen, aber er hatte sie mit dem Kotflügel am Oberschenkel erwischt, sodass sie durch die Luft geflogen war. Für den Bruchteil einer Sekunde hatte die Zeit stillgestanden. Dann war Lacey gestürzt und bewusstlos geworden. Ihr Verfolger hatte sie für tot gehalten und sich davongemacht ...

Lacey schien das Blut in den Adern zu gerinnen, und sie umschlang ihren Körper, um ein wenig Wärme zu spüren. »Ich möchte nach Hause«, sagte sie gepresst.

»Das wollen alle«, meinte der Arzt trocken und sah sie prüfend an. Ihr zartes Gesicht wirkte zerbrechlich wie Porzellan. Ihr Mund hatte sinnliche Konturen, ihre Wangenknochen waren hoch und ihr rotbraunes Haar eine wild zerzauste Mähne. Wenn sie gewusst hätte, wie schutzlos sie in dem verwaschenen grünen Krankenhauskittel aussah, hätte sie nicht gewagt, um Entlassung zu bitten.

»Ihre Familie ist in London, nicht? Und Sie leben allein?« Auf ihr Nicken hin tätschelte Dr. Hamilton ihre gesunde Schulter. »Dann sind Sie besser hier aufgehoben. In ein paar Tagen sprechen wir noch einmal darüber, ob Sie nach Hause können.«

»In ein paar Tagen«, wiederholte Lacey und riss ihre grünen Augen entsetzt auf. »Das ist doch nicht Ihr Ernst. Ich kann nicht mehrere Tage hierbleiben.«

»Ihr Körper hat gerade einen traumatischen Schock erlitten. Die Wirkung werden Sie erst morgen spüren. Glauben Sie mir, ab morgen werden Ihre Muskeln sich verkrampfen, und Sie werden froh sein, wenn Sie überhaupt aus dem Bett herauskommen.«

»Aber ...«

Von der offenen Tür kam eine spöttische Stimme. »Aufmüpfig wie immer, was, Kleines? Schön zu wissen, dass in dieser verrückten Welt auch einiges unverändert bleibt.« Lacey wurde erst blass, dann rot. Nur ein Mensch nannte sie Kleines, als wäre sie noch ein Kind und nicht ganz ernst zu nehmen. Aber Tucker Stevens konnte das nicht sein. Der war doch erst vor Kurzem im Fernsehen gewesen, als über das Attentat in Costa

Oro berichtet wurde und eine Horde von Reportern von ihm Details über die gewagte Rettung der Botschaftsangehörigen haben wollte. Lacey wunderte es nicht, zu hören, dass er der jüngste Held des Landes war. Bei ihm musste man immer damit rechnen, dass er dort auftauchte, wo etwas am Brodeln war, und es wieder in Ordnung brachte. In New Orleans konnte er nicht sein. Er lieferte garantiert gerade seinen Bericht über die letzten Wochen ab.

Aber der Mann, der da in verwaschenen Jeans, schwarzem Polohemd und mit blasiertem Lächeln an der Tür stand, war unverkennbar Tucker Stevens. Sie hatte ihn vor acht Jahren zuletzt gesehen, aber ihn hätte sie auch nach hundert Jahren noch erkannt. Eine Frau vergaß niemals den Mann, dessentwegen sie sich zum ersten Mal im Leben blamiert hatte ...

Unwillkürlich überflog ihr Blick seine hohe, schlanke Gestalt, das unmodisch lange dunkelblonde Haar und sein kantiges Gesicht, das nicht den Hauch von Sanftheit trug. Die Jungenhaftigkeit, die ihn noch beim letzten Treffen gekennzeichnet hatte, war durch die Jahre und seinen harten Job verschwunden. Um seinen sinnlichen Mund hatten sich Linien gegraben. Die derzeitige Erschöpfung ließ ihn älter als seine sechsunddreißig Jahre aussehen.

Er wirkte härter und zäher, als Lacey ihn in Erinnerung hatte, und der Ausdruck seiner braunen Augen spöttisch.

Die letzten Tage mussten die Hölle für ihn gewesen sein.

Sogleich empfand sie Mitgefühl mit ihm. Dabei liebte der Tucker Stevens, den sie von früher kannte, seine Arbeit und brauchte alles andere als Mitleid. »Was machst du denn hier? Ich dachte, du seist in der Hauptstadt.«

Das hatte wenig begeistert geklungen. »Ich wusste, dass du dich rasend freuen würdest, mich zu sehen«, sagte Tucker mokant. »Ich habe sogar meinen Urlaub« – er grinste höhnisch – »verschoben. Da rief dein Vater an und sagte mir, du seist wieder mal in Schwierigkeiten.«

475

Musste das unbedingt so klingen, als wäre ich ein Kind, das unfähig ist, für sich zu sorgen? dachte sie empört. »Das erklärt noch nicht, wieso du hier bist.«

»Ich soll dir zu Hilfe eilen, was sonst. Als Marcus hörte, dass ich auf dem Weg nach Aruba sei, bat er mich, einen Zwischenstopp in New Orleans zu machen und nach dir zu sehen. Du seist da in etwas hineingeraten, meinte er.«

Sein vorwurfsvoller Blick heftete sich auf Laceys Stirnverband und die Schlinge, in der ihr Arm hing. Sie errötete verlegen. Ihr Vater war amerikanischer Botschafter in Großbritannien und hatte derzeit alle Hände voll zu tun mit den Vorbereitungen zu einem internationalen Umweltgipfeltreffen in London. Als Lacey ihn vormittags anrief, um von ihrem Unfall zu erzählen, hatte sie absichtlich die Schwere der Verletzungen untertrieben, um ihn nicht zu beunruhigen. Aber er hatte wohl etwas geahnt und deshalb Tucker geschickt.

»Du bist umsonst gekommen«, bemerkte sie kühl. »Dad hatte keinen Grund, dich da mit hineinzuziehen. Mir geht es gut. Also fahr du nur in Urlaub, du kannst ihn offenbar gebrauchen.«

Sein Blick verengte sich bei der Bemerkung. Wieso hatte auch sie das gesagt? Und fühlte sie sich von ihm gegängelt? Vor acht Jahren waren sie sich bei der Hochzeit seiner Mutter und ihres Vaters begegnet, und da hatte es gleich zwischen ihnen gefunkt. Mit neunzehn war sie einerseits selbstbewusst und reif für einen Mann, andererseits aber auch völlig naiv und neugierig gewesen, und das hatte ihn total blockiert. Er vermutete damals, dass er bei ihr in massive Schwierigkeiten geraten konnte. Das war das Letzte, was er brauchte. Wozu also die Vergangenheit aufrühren?

Um Marcus einen Gefallen zu tun. Er seufzte. Schon lange bevor Marcus Conrad sein Stiefvater wurde, hatte er Tucker als Ratgeber und Förderer seiner Karriere gedient. Dass Marcus seine Mutter heiratete, hatte ihre Freundschaft nur noch gefestigt, und Tucker hätte alles für ihn getan. Als sein Stiefvater ihn nun bat, sich um seine Tochter zu kümmern, hatte er das nicht gut ablehnen können.

Nun sah er, dass Marcus allen Grund hatte, sich Sorgen um Lacey zu machen. Als er vor ihrer verschlossenen Wohnungstür gestanden hatte, hatte ihm ein Nachbar berichtet, dass die Geschichte von einem Autounfall weit untertrieben war und es sich um einen Mordversuch gehandelt habe. Nach ihrem körperlichen Zustand zu urteilen, war der auch beinahe geglückt.

Besorgt starrte Tucker auf die mit Jod behandelten Stichwunden auf ihrer Stirn, in ihre erschöpften grünen Augen, deren Schönheit ihn jahrelang verfolgt hatte, und auf die zahlreichen Schnitt- und Schürfwunden. Wie hatte dieses zarte Geschöpf nur den Aufprall gegen einen Wagen von zwei Tonnen überleben können?

Ohne den Blick von ihr zu nehmen, erklärte er dem Arzt, der an der anderen Seite des Bettes stand: »Ich bin Tucker Stevens, Doktor, Laceys Stiefbruder.« Bei dem Wort verzog er den Mund. Brüderliche Gefühle hatte er wirklich nicht für sie empfunden. Aber zum Glück war das ja alles Vergangenheit. »Wie schlimm sind ihre Verletzungen?«

»Die Stirnwunde benötigte zehn Stiche, die rechte Schulter ist verstaucht und der Oberschenkel stark geprellt«, erklärte der ältere Mann. »Heute hat sie Schmerzen, morgen wird sie dazu Bewegungsschwierigkeiten bekommen. Da sie allein lebt, habe ich mindestens zwei weitere Tage Krankenhaus empfohlen. Sobald sie die volle Wirkung des Unfalls spürt, wird sich auch die Stimmung noch verschlechtern.«

»Das kann ich genauso gut zu Hause auskurieren«, bemerkte Lacey störrisch. »Ich muss zurück.«

Tucker wunderte sich über den Nachdruck, mit dem sie das sagte. »Wieso?«

Lacey rieb sich den schmerzenden Kopf. »Ich wohne über meinem Antiquitätengeschäft. Und sobald ich längere Zeit weg bin, wird dort eingebrochen. Jetzt bin ich schon wieder eine Nacht lang weg. Wenn ich noch eine hierbleibe, kann ich wieder ganz von vorn anfangen.«

»Haben Sie denn keine Angestellte, die aufpassen könnte, solange Sie hier sind?«, fragte Dr. Hamilton.

»Die musste ich entlassen«, gestand Lacey. »Meine Krankenversicherung besteht auch nicht mehr. Der Laden läuft nur schleppend.« Wenn ihr nicht so hundeelend gewesen wäre, hätte sie über ihre Beschreibung gelacht, obwohl die Situation alles andere als komisch war. Der Laden lief nicht nur schleppend, dank John Salomon existierte er so gut wie nicht mehr.

Seitdem der letztes Jahr ins Französische Viertel gezogen war, hatten seine Dumpingpreise allen anderen Händlern schwer geschadet. Die Verkaufseinbußen und dazu die Einbrüche hatten Lacey schon fast in den Bankrott getrieben.

»Tut mir leid, Doktor«, seufzte Lacey, »ich kann es mir nicht leisten, noch eine Nacht hierzubleiben.«

Man konnte sie ja nicht gut anbinden. Der Arzt schaute auf die Uhr. »Ich muss die Visite beenden. Denken Sie aber noch mal darüber nach, okay? Ich kann Sie natürlich nicht hindern, nach Hause zu gehen.«

Kaum war Dr. Hamilton gegangen, da erschien Detektiv Ryan, der noch den letzten Satz gehört hatte, in der Tür. »Das würde ich an Ihrer Stelle nicht tun, Miss Conrad.« Er streckte Lacey die rechte Hand entgegen, und ein zaghaftes Lächeln huschte über sein verwittertes Gesicht. »Ich sehe schon, Sie erinnern sich nicht an mich. Das wundert mich nicht. Als wir uns heute Nacht begegneten, waren Sie ziemlich angeschlagen. Ich bin Detektiv Ryan.«

Lacey sah den Mann in seinem anthrazitgrauen Anzug an und versuchte sich zu erinnern. Aber da war nur das verschwommene Bild von Menschen, die sich über sie gebeugt und sie mit Fragen bombardiert hatten, während sie darum kämpfte zu überleben. So ganz vage sah sie aber Detektiv Ryan vor sich,

478

der sie mit freundlicher Beharrlichkeit nach Einzelheiten über den Raubüberfall ausgequetscht hatte, bis die Spritze des Notarztes endgültig zu wirken begann.

»Doch, doch, ich erinnere mich an Sie, Detektiv«, sagte Lacey, reichte ihm die Hand und machte ihn mit Tucker bekannt. »Wie weit sind Sie mit der Untersuchung?«

»Dank Ihrer Aussagen weiter als seit Monaten.«

»Wie bitte?«, wiederholte Tücken »Wieso seit Monaten?«

»Der Raubüberfall auf den Geldtransporter, dessen Zeugin Ihre Schwester gestern Nacht wurde, war der Dritte in den letzten sechs Monaten«, erklärte Ryan. »Die Arbeitsmethode ist immer gleich: Die Überfälle finden nach Ferien oder großen Veranstaltungen statt, wenn die Hotel-, Restaurant- oder Laden-Safes gefüllt sind. Der Geldtransporter wird in einer einsamen Straße gestoppt, meistens dadurch, dass man einen Reifen zerschießt. Sobald der Fahrer aussteigt, wird er als Geisel genommen und der Wachmann gezwungen, die Geldbomben herauszugeben. Danach werden beide Männer getötet.«

»Und seit sechs Monaten haben Sie noch keinen Verdächtigen?«, fragte Tucker ungläubig. »Wie ist denn das möglich?«

Das wollten Presse und Öffentlichkeit auch seit Monaten wissen. »Weil wir bislang keinen einzigen Zeugen hatten. Miss Conrad hat uns die erste Täterbeschreibung geliefert. Falls sie den Mann in unserer Kartei wiederfindet, könnten wir ihn über kurz oder lang verhaften.«

Er öffnete die Aktentasche, die er bei sich hatte, nahm eins der Bücher heraus, legte es auf den Tisch am Ende des Bettes und schob ihn in Laceys Reichweite. »Werden Sie nicht nervös, wenn Sie niemand wiedererkennen«, meinte er. »Es war ja dunkel, und Sie haben ihn nur flüchtig gesehen. Lassen Sie sich Zeit.«

Mit zitternden Fingern wendete Lacey die Seiten, sah in brutale Gesichter, bei deren Ausdruck sie erschauerte. Bilder ihres Angreifers verdichteten sich mal und verschwammen wieder,

479

sodass sie sich fragte, ob sie den Mann überhaupt erkennen würde, falls er ihr direkt gegenübertrat, um sie endgültig aus dem Weg zu räumen. Aberweiter hinten im Buch entdeckte sie eine Visage, die ihr auf schreckliche Weise bekannt vorkam.

Unwillkürlich verkrampften sich ihre Hände. »Das ist er!«, stieß sie gepresst hervor.

»Sind Sie sicher?« Jack Ryan beobachtete sie mit zusammengekniffenen Augen. »Wenn Sie den leisesten Zweifel haben, sagen Sie es. Wir können uns nach sechs Monaten Suche keinen Fehler mehr erlauben.«

»Nein, ich bin ganz sicher.« Plötzlich merkte sie, dass sie sich an Tucker geklammert hatte, ließ ihn sogleich wieder los und versuchte, sich zu beherrschen. Nun war sie ja in Sicherheit und hatte nichts mehr zu fürchten. Dennoch verursachte der Anblick des Fotos ihr eine Gänsehaut.

»Sein Haar ist anders«, fiel ihr dann ein, »gestern Nacht trug er es hinten zusammengebunden. Aber sonst stimmt alles: die flache Nase, die pockennarbige Haut, der harte Mund.«

Der Detektiv drehte das Buch um, sodass er den Namen unter dem Foto erkennen konnte: »Robert Martin alias Martin Roberts alias Bob Martinez. Er ist fünfunddreißig, einen Meter siebzig groß, circa 175 Pfund schwer, schwarze Augen, braunes Haar.« Er schloss das Buch und legte es zurück. »Sobald wir ihn haben, werden Sie ihn auf der Wache identifizieren müssen. Bis dahin sollten Sie Ihre Entscheidung, nach Hause zurückzukehren, noch mal überdenken. Hier wären Sie sicherer.«

Tucker Stevens runzelte die dunklen Brauen. »Wollen Sie damit sagen, dass sie noch in Gefahr ist?«

Der Detektiv nickte. »Leider ja. Jedenfalls solange dieser Gangster noch frei herumläuft. Im Moment habe ich auch nicht genug Leute, um ihre Wohnung bewachen zu lassen. Die Hälfte von ihnen streikt für Lohnerhöhungen. Ich kann die Streifen im French Quarter verdoppeln lassen, aber das ist auch schon alles. Tut mir leid.«

»Dieser Robert Martin, oder wie immer er heißt, kennt mich ja gar nicht«, warf Lacey ein, um Tuckers Bedenken zu zerstreuen. »Ich war für ihn nur irgendeine Frau auf der Straße, und es war dunkel. Er kann ja gar nicht wissen, wie ich heiße oder wo ich wohne, nicht wahr, Mr. Ryan?«

Der gab ihr zögernd recht. »Ihr Name ist in den Zeitungen nicht genannt worden. Also kann er Sie vermutlich nur schwer ausfindig machen.«

»Dann gibt es auch keinen Grund hierzubleiben.«

»Dafür gibt es mehrere, Lacey«, widersprach Tucker heftig. »Immerhin geht es um dein Leben. Auch wenn dieser Dreckskerl dich nicht finden sollte, bist du ja wohl nicht in der Verfassung, nach Hause zu gehen. Sieh dich doch an, du kannst dich ja kaum bewegen!«

Lacey versuchte, ruhig zu bleiben. Wenn er glaubte, sie noch immer wie eine Achtjährige behandeln zu können, hatte er sich geirrt. »Ich werde gehen«, sagte sie zuckersüß mit knallhartem Unterton. »Und zwar noch heute. Du hast deine Pflicht erfüllt und nach mir gesehen. Nun brauchst du deine Urlaubszeit nicht mehr zu verschwenden. Schick mir eine Karte aus Aruba.«

Das würde ihr recht geschehen, wenn er tat, was sie wollte. Er fixierte sie finster. Er konnte einfach nach Aruba fahren und vergessen, dass es sie gab. Aber selbst mit neunzehn war sie schon jemand gewesen, der einem nicht mehr aus dem Kopf ging. Wann immer sie ihm eingefallen war, hatte er sich gesagt, dass sie noch fast ein Kind war, und sich mit Arbeit abgelenkt. Aber die Frau, die da vor ihm auf dem Bett lag, war alles andere als ein Kind. Da würde auch Arbeit wenig helfen.

Die Beine, die zwischen Krankenhaushemd und Bettwäsche hervorlugten, schienen endlos lang, ihre Hüften waren schmal, ihre Brüste rund und fest. Ihre Handgelenke konnte man mit Daumen und Zeigefinger umspannen. Aber was an üppigen Kurven fehlte, machte sie durch eine porzellanartige Zartheit wett, und ihre Haut sah so weich aus, dass es einen Mann reizte, sie zu berühren, zu streicheln. Und ihr Haar ... Meine Güte, kein Wunder, dass er all die Jahre Mühe gehabt hatte, sich von ihr fernzuhalten. Das war wie eine fließende, mahagonifarbene, von goldroten Strähnen durchsetzte Löwenmähne, die bis zur Taille reichte. Er konnte sie sich ausgebreitet auf einem Bett vorstellen ...

Tucker schalt sich dafür, seine Gedanken so wandern zu lassen. Lacey gehörte sozusagen zur Familie, und damit war er indirekt verantwortlich für sie. Ob es ihr nun passte oder nicht, sie brauchte ihn. Und er hätte Marcus nie wieder ins Gesicht blicken können, wenn er jetzt nicht bliebe, um ihr zu helfen.

»Dann werde ich dich wohl nach Hause begleiten müssen«, erklärte er. »Denn allein schaffst du das nicht.« Laceys Herz setzte einen Moment aus. »Wie bitte? Das meinst du doch nicht ernst? Und was ist mit deinem Urlaub?«

»Der kann warten. Die Familie geht vor.«

Er sollte nur nichts aus Pflichtbewusstsein für sie tun. »Wir sind ja nicht richtig miteinander verwandt, Tucker. Du schuldest mir also nichts.«

»Ich fühle mich deinem Vater verpflichtet, darum bleibe ich.«

Glaubte er etwa, einfach so in ihr Leben treten zu können, nur weil sie vorübergehend etwas unpässlich war? Lacey wollte gerade protestieren, aber Detektiv Ryan kam ihr zuvor. Er nahm die Aktentasche vom Tisch und eilte zur Tür. »Da das nun geregelt ist, kann ich ja gehen. Ich werde die Streifen im Quarter verstärken lassen und Sie auf dem laufenden halten, Miss Conrad.«

Damit ließ er Lacey und Tucker allein, und ein gespanntes Schweigen breitete sich zwischen ihnen aus. Lacey hatte das Gefühl, dass man nicht nur ihren Herzschlag, sondern auch ihre Gedanken hören musste. Die Backfischschwärmerei von früher hatte sie überwunden, sein umwerfend gutes Aussehen und sein mokantes Lächeln konnten ihr nichts mehr anhaben.

Wieso hatte sie dann solche Angst davor, ein paar Tage mit ihm allein in ihrer Wohnung zu verbringen?

Lacey versuchte, sich zu entspannen – was ihr in seiner Gegenwart immer schwergefallen war. »Ich möchte nicht, dass du bleibst«, brachte sie schließlich ruhig heraus. »Ich brauche dich nicht.«

Dickkopf! Wie hatte er vergessen können, wie dickköpfig sie war. »Das kannst du mir erzählen, wenn du nicht mehr blass wie ein Bettlaken und schwächer als ein Katzenbaby bist.« Damit ging er zur Tür. »Mach ein Nachmittagsschläfchen, Kleines, während ich mich um deine Entlassungspapiere kümmern werde. Wenn du dich in den nächsten Tagen mit mir streiten willst, wirst du alle Kraft brauchen.«

»Gar nichts werde ich tun! Wohin gehst du? Zum Kuckuck, Tucker, komm her!«

Aber er war schon gegangen.

Lacey verfluchte ihre Verletzungen, die sie daran hinderten, ihm nachzulaufen. Das alles durfte einfach nicht sein. Andererseits wusste sie, dass kein Weg an ihm vorbeiführte, wenn Tucker Stevens sich einmal zu etwas entschlossen hatte. Wie konnte sie ihn nur davon überzeugen, dass sie seine Hilfe nicht benötigte?

Aber als er eine halbe Stunde später mit einer Krankenschwester und einem Rollstuhl zurückkam, ahnte sie, dass Debattieren zwecklos war. Er hatte ihr im Krankenhausgeschäft einen Morgenrock besorgt und wartete draußen, bis sie sich angezogen hatte. Jeder Protest war nutzlos. Er half ihr vorsichtig in den Rollstuhl und fuhr sie in die Empfangshalle. Vor dem Eingang wartete schon ein Taxi, und kurz darauf waren sie auf dem Weg zu ihrer Wohnung.

Lacey wohnte im Herzen des Französischen Viertels in einer altmodischen Zweizimmerwohnung, die man entweder über eine Innentreppe vom Laden oder über einen Außenaufgang mit einer löwenbewachten Tür erreichen konnte. Sobald sie ausgestiegen waren, seufzte Lacey erleichtert. Endlich zu Haus. Wenn sie nun Tucker noch überzeugen konnte, sie allein zu lassen, konnte sie nach oben gehen und sich ins Bett fallen lassen.

Sie nahm ihren ganzen Mut zusammen. »Ich weiß es zu schätzen, dass du mich herbegleitet hast, Tucker, aber ...« Ihr blieb die Luft weg, und ihr unverletzter Arm schlang sich instinktiv um Tuckers kräftigen Hals, als er sie plötzlich hochhob. »Hey, was soll das? Lass mich herunter! Du kannst mich doch nicht tragen!«

»Sieht ganz so aus, als könnte ich doch«, scherzte er und begann die Treppen hinaufzusteigen. Er bemerkte ihren wütenden Blick und musste an ein anderes Mal denken, als er sie schon einmal im Arm gehabt, das Leuchten in ihren Augen aber nichts mit Zorn zu tun gehabt hatte. Sein Körper reagierte sogleich auf diese Erinnerung, und plötzlich fiel es ihm schwer, den leicht mokanten Ton beizubehalten, mit dem er Lacey so erfolgreich necken konnte.

»Wenn du einen Wutanfall bekommst, werde ich verschwinden.«

»In dem Fall werfe ich dir eine Vase an den Kopf, sobald du mich abgesetzt hast«, warnte sie ihn. »Du kannst gehen, wenn du dir das nächste Taxi bestellt hast.«

Er lachte. »Hübscher Versuch, funktioniert aber nicht. Sieht ganz so aus, als würdest du mich nicht los, bevor du stark genug bist, mich eigenhändig rauszuwerfen, Kleines.«

»Nenne mich nicht so!«, herrschte sie ihn an. »Ich bin siebenundzwanzig und kein kleines Kind mehr!«

Das stimmte allerdings. Da lag ja auch das Problem. Lacey war keine unschuldige Neunzehnjährige mehr, sondern – wie

484

er deutlich in seinen Armen spürte – eine Frau, mit der er die nächsten Tage verbringen würde. Mit zusammengebissenen Zähnen erreichte er den Treppenabsatz und hielt sie noch im Arm, bis sie die Wohnungstür aufgeschlossen hatte.

Die Wohnung, im Art-déco-Stil mit cremefarbenen Wänden und Deckenflutern eingerichtet, passte gut zu ihr. Das Wohnzimmer war geräumig und luftig und bot den richtigen Rahmen für eine taubenblaue Couch mit passenden Sesseln, die vor einem weißen Marmorkamin standen. Den Parkettfußboden bedeckte eine viktorianische Brücke mit Blumenornamenten. Überall standen Grünpflanzen: auf antiken Tischen, in Kübeln vor den langen französischen Fenstern und beiderseits der Flügeltür im Schlafzimmer, die auf eine Terrasse führte.

Schlafzimmer. Ach ja, es gab nur ein Einziges.

Noch immer im Arm von Tucker, bemühte Lacey sich, ihrer Stimme Festigkeit zu geben. »Tucker, ich bin ganz sicher, dass Dad nicht von dir erwartet, das zu tun. Zumal es nicht notwendig ist. Ich kann sehr gut allein auf mich aufpassen. Bitte lass mich erst mal herunter.«

Aber Tucker trug sie in ihre altmodische weiße Küche. Dann öffnete er den Kühlschrank, in dem sich nur eine halb leere Flasche Milch, eine überreife Tomate und ein paar Eier befanden. »Kein Wunder, dass du so dünn bist. Wie willst du dich von so etwas ernähren, hm?«

»Ich gehe oft essen«, verteidigte Lacey sich. »Für eine Person zu kochen lohnt kaum.«

»Mit dem lädierten Bein wirst du nirgendwohin gehen«, erinnerte er sie.

Er hatte natürlich recht. »Das ist nur vorübergehend.«

»Richtig«, meinte er, trug sie ins Schlafzimmer und setzte sie vorsichtig aufs Bett. »Genau wie ich. Betrachte mich einfach als eine Art Masern. In drei Tagen bin ich wieder weg.«

Lacey sah ihn an, als er sich über sie beugte, um es ihr bequemer zu machen, und sie dabei flüchtig berührte. Vor acht

Jahren wäre ihr die Aussicht darauf, mit ihm drei Tage in einer romantischen Stadt wie New Orleans zu verbringen, wie ein Traum erschienen. Aber im Augenblick kam ihr das eher wie ein Albtraum vor, und sie fragte sich, was für seelische Narben er wohl hinterlassen mochte, wenn er diesmal wieder ging.

2. Kapitel

Allmählich wich alle Kraft aus Lacey, die Verletzungen forderten ihren Tribut. Dennoch wiederholte sie: »Ich glaube wirklich nicht ...« –, ihre Lider wurden ganz schwer – »... dass das eine so gute Idee ist ...«

Sie versuchte, sich aufzusetzen, schaffte es aber nicht mal mehr, sich vom Kissen zu erheben. Tucker drückte sie sanft nach unten. »Wir sprechen später darüber«, versprach er und zog die Decke hoch. »Jetzt ruh dich erst mal aus.«

»Nein, ich muss ...« Aber sie vergaß, was sie sagen wollte. »Mein Wagen – muss in die – Werkstatt.« Sie bewegte sich unruhig, aber sein Körper drückte auf sie.

»Entspanne dich«, sagte er leise und strich ihr das Haar aus der Stirn. »Mach dir keine Sorgen um dein Auto. Die Polizei hat es sichergestellt, nachdem sie dich heute Nacht gefunden hatte. Ich werde mich darum kümmern«, versprach er. »Jetzt schlaf.«

Lacey wollte ihm noch sagen, dass er sich vor der Reparatur einen Kostenvoranschlag geben lassen sollte – eine große Rechnung war im Augenblick nicht zu begleichen –, aber die Müdigkeit überwältigte sie.

Als Lacey Stunden später wieder zu sich kam, ging die Sonne gerade unter, sodass Hitze und Luftfeuchtigkeit allmählich erträglich wurden. Verwirrt öffnete sie die Augen. Anstatt der weißen Krankenhauswände sah sie ihr eigenes Schlafzimmer. Wie kam ...

Tucker. Ach ja.

Die Erinnerung daran, wie er sie hergebracht hatte, ließ sie stöhnend wieder die Augen schließen. Nach dem Fiasko, das ihr erstes Treffen damals mit ihm bedeutet hatte, hätte sie gut den Rest ihres Lebens auf seinen Anblick verzichten können. Natürlich hatte sie längst von ihm gehört, bevor sie ihn kennengelernt hatte. In diplomatischen Kreisen streuten Gerüchte genauso schnell wie in Hinterhöfen, und Tucker Stevens galt als Herzensbrecher. Aber obwohl sie vorgewarnt war, konnte sie sich seiner enormen Ausstrahlung nicht entziehen. Er hatte so etwas Männlich-Gefährliches, das einfach umwerfend war.

Sobald sie sich entdeckten, hatten sie sich aneinander gerieben wie quietschende Kreide auf einer rauen Tafel. Egal, worüber sie diskutierten, sie waren grundsätzlich unterschiedlicher Meinung, und wenn es auch aus reinem Sport war. Lacey war sehr darauf bedacht gewesen, ihn nicht merken zu lassen, wie hingerissen sie von ihm war, dabei hatte er sie garantiert durchschaut.

Bei dem Hochzeitsempfang hatten sie sich erst im Garten gestritten und sich dann in leidenschaftlicher Umarmung wiedergefunden. Lacey wollte sich in aller Naivität in diese Beziehung fallen lassen, als Tucker sich plötzlich zurückzog und erklärte, mit einem jungen, unerfahrenen Mädchen nichts zu tun haben zu wollen. Sie glaubte damals, sterben zu müssen.

Und nun war er hier in ihrer Wohnung, für die nächsten zwei Tage.

War das Leben nicht wundervoll?

Zum fünften Mal in zwei Stunden trat Tucker in die offene Tür zu Laceys Schlafzimmer, um nachzusehen, wie es ihr ging. Ihre rotbraunen Locken lagen zerwühlt auf den Kissen, ihre dunklen Wimpern hoben sich deutlich von den blassen Wangen ab. Obwohl er seinen Blick kaum von ihr lassen konnte, redete er sich ein, dass sie ja gar nicht sein Typ war. Er mochte lieber

Frauen mit fülliger Figur. Dass Laceys Anblick ihm trotzdem das Herz wärmte, lag einerseits daran, dass sie zwar äußerst attraktiv war, andererseits sicher auch daran, dass er so lange keine Frau gehabt hatte.

Sie lag reglos da, aber irgendwie spürte er, dass sie wach war. Er bezwang den Impuls, zu ihr zu gehen, und fragte nur leise: »Bist du wach?«

Nein! wollte sie antworten, denn sein Flüstern war wie eine Liebkosung auf der Haut. Ich werde schlafen, bis du wieder weg bist, um deine Stimme nur in meinen Träumen zu hören.

Dabei war sie nicht feige. Selbst nachdem er sie nach der Hochzeit so gedemütigt hatte, war sie nicht davongelaufen. Lacey hatte ihren ganzen Stolz zusammengenommen und so das Wochenende überstanden. Lacey zwang sich, die Augen zu öffnen und ihn möglichst kühl anzusehen. »Ja, ich bin wach. Wie spät ist es?«

»Kurz nach acht. Wie wäre es mit einem Abendessen?«

Zum ersten Mal wurde Lacey ein herrlicher Duft in der Wohnung bewusst. Ihr knurrte der Magen. »Ich schätze, das ist die Antwort auf deine Frage«, sagte sie, lachte leise und versuchte, sich aufzusetzen. »Irgendwas duftet wunderbar, und ich weiß, es stammt nicht aus meinem Kühlschrank. Warst du einkaufen, während ich schlief?«

»Nein, das hat deine Nachbarin für mich gemacht.« Mit zwei Schritten war er an ihrer Seite. »Was machst du?«

»Ich stehe auf«, antwortete Lacey, »ich kann ja nicht gut im Bett essen.« Sie übersah geflissentlich seinen Widerspruch, zog die Bettdecke zur Seite und bemerkte, dass ihr Nachthemd bis zum Oberschenkel hochgerutscht war. Sie registrierte Tuckers Blick, sodass ihre Wangen heiß wurden. Meine Güte, wie schafft er es nur, dass ich nach so vielen Jahren noch rot vor ihm werde? »Was kochst du denn?«, versuchte sie ihn abzulenken. »Es duftet fantastisch.«

»Überbackene Steaks.«

Ohne hinzusehen, wusste sie, dass er seinen Blick nicht von ihren Beinen ließ. »Ich wusste gar nicht, dass du kochen kannst.«

»Das musste ich lernen, ob ich wollte oder nicht. Im College wohnte ich nämlich mit vier anderen zusammen, die nicht mal Wasser heißmachen konnten.« Mit unbeweglicher Miene verfolgte er, wie Lacey sich vorsichtig zur Seite drehte und ein Bein über die Bettkante schob. Aber bevor sie das Zweite folgen ließ, packte er ihr Fußgelenk. »Hör zu, Lace, du gehst nirgendwohin. Wenn du jetzt essen möchtest, bringe ich dir ein Tablett.«

Sie wollte schlucken, aber ihre Kehle war zu trocken. »Ich bin doch keine Invalidin«, protestierte sie schwach. »Und du musst nicht auf mich warten.«

»Genau das werde ich aber tun. Ich werde mich um dein leibliches Wohl kümmern.« Er wackelte leicht mit ihrem Fuß und grinste jungenhaft. »Nun leg ihn wieder unter die Decke, sonst tue ich das.«

Reizvolle Idee. Laceys Blick ging zu ihrem Fußgelenk und seinen schlanken Fingern, die es festhielten. Sie brauchte nicht die Augen zu schließen, um sich vorzustellen, wie seine Hand langsam das Bein hinauf glitt und jeden Zentimeter streicheln würde, bis sie unter seiner Berührung wie Honig dahinschmolz.

»Also, was ist?«

Meine Güte, was sind denn das für Gedanken? schalt Lacey sich. Schnell zog sie ihren Fuß aus seiner Umklammerung, schob ihn unter die Decke und raffte die bis nach oben. »Schon gut, ich bleibe im Bett – erst mal.«

Tucker lächelte zufrieden. »Ein wahres Wunder: Lacey Conrad lenkt widerstandslos ein. Ich hätte nie gedacht, dass ich das noch mal erleben würde.«

»Das wirst du auch nie wieder erleben, wenn du es zu sehr darauf anlegst«, warnte sie ihn, vermochte aber kaum ernst zu bleiben. »Ich lenke auch nur ein, weil du stärker bist als ich. Freu dich also nicht zu früh.«

»Du warst immer eine schlechte Verliererin«, meinte Tucker, und seine braunen Augen blitzten. »Das liegt wohl in der Familie.« Ehe Lacey protestieren konnte, fragte er: »Bist du zum Essen bereit?«

»Nein! Ich meine ja. Verdammt noch mal, Tucker ...«

»Keine Diskussion, Lace. Das bekommt dir nicht«, neckte er sie. »Kein Grund, dich aufzuregen, nur weil du hungrig bist. Ich bin gleich mit dem Tablett zurück.«

Wie hatte sie nur vergessen können, wie leicht er sie in Wut bringen konnte? Von Anfang wusste er genau, wie man es schaffte, dass sie entweder in Rage war oder ihr das Herz klopfte. Beides lag dicht beieinander.

Sie starrte hinter ihm her. Wiederholte sich die Geschichte? Kämpfte sie gegen die von ihm ausgehende Anziehungskraft an? Nein, sie wollte nicht zulassen, sich noch einmal in ihn zu verlieben. Diesmal nicht. Sie war keine naive Neunzehnjährige mehr, die sich von einem schönen Gesicht und frechem Selbstbewusstsein betören ließ. Inzwischen forderte sie mehr von einem Mann, als Tucker Stevens zu bieten hatte. Solange sie sich das ins Gedächtnis rief, sollte er innerlich nicht an sie herankommen.

Mit dem Gefühl, sich nun gut in der Hand zu haben, versuchte sie, sich auch körperlich zu entspannen. Als Tucker mit dem Tablett kam und es vorsichtig auf ihrem Schoss absetzte, berührte er sie nur flüchtig. Schon dabei stockte ihr kurz der Atem. Aber noch bevor ihr das bewusst wurde, war er wieder in der Küche verschwunden. Zumindest ließ er sie in Ruhe essen.

Kaum hatte sie das gedacht, war er mit einem Minitablett zurück, auf dem ebenfalls Essen stand. Er setzte sich neben das Bett und zog sich einen Stuhl heran. Auf ihren erstaunten Blick hin fragte er: »Was ist los? Magst du kein Steak?«

Lacey liebte Steaks. Aber wenn sie in dieser Situation versuchte zu essen, musste ihr das Fleisch wie Sägemehl schmecken.

Die Atmosphäre war ihr einfach zu intim. »Nein, es ist nur ...«

Verständnis zeichnete sich in seiner Miene ab, und er verfluchte seine Dummheit. »Ich vergaß deinen Arm. Du kannst ja gar nicht schneiden. Lass mich das machen.«

Schon beugte er sich hinüber und zerteilte ihr Steak mit seinem Besteck. Sein dunkelblondes Haar hing dicht vor Laceys Gesicht, und ihr Herz dröhnte in den Ohren. Das würde er auch für eine kranke Großmutter tun, sagte sie sich, für einen Fremden auf der Straße. Aber sie konnte ihren Blick nicht von seinen kräftigen, geschickten Händen wenden, von der kantigen Linie seiner Wangenknochen, der feinen seiner Lippen.

»Ist es besser so?« Tucker bemerkte, dass Lacey ihn anschaute, und sogleich entstand eine knisternde Spannung zwischen ihnen. Zu dicht dran, dachte er. Er war zu dicht an etwas dran, vor dem er besser so schnell wie möglich Reißaus nahm. Dennoch dauerte es eine Weile, bevor er sich wieder zurücklehnte und sich über sein Tablett beugte. »So, jetzt müsstest du es allein schaffen.«

Mit zitternden Fingern nahm Lacey die Gabel auf und stach damit in ein Stück Fleisch. Merkte er denn nicht, dass sie am besten klarkam, wenn er sich am anderen Ende der Welt befand?

Das Schweigen beim Essen wurde nur durch die Geräusche des Geschirrs unterbrochen. Beide hielten den Blick auf ihre Teller gerichtet und aßen lustlos das eigentlich leckere Steak. Genauso gut hätten sie in getrennten Wohnungen essen können. Aber das Bewusstsein der Gegenwart des anderen wurde immer stärker.

Tucker beobachtete Lacey aus den Augenwinkeln. Die nächste Zeit konnte verdammt mühsam werden, wenn sie keinen Verständigungsweg fanden. Sie waren schließlich beide erwachsen und mussten doch wohl ein paar Tage gemeinsam in einer Wohnung verbringen können, ohne sich an die Kehle zu springen. Immerhin gehörten sie zur selben Familie.

492

Er lehnte sich zurück und legte die Gabel hin. »Möchtest du noch mehr? Oder ein Dessert?«, fragte er freundlich. »Es gibt Eis.«

Lacey schüttelte den Kopf. Auf dieses Engelslächeln fiel sie nicht herein. »Nein, danke, ich bin satt.«

»Da dein Dad dich nicht gerade oft zu sehen bekommt, wird er das nächste Mal von mir einen detaillierten Bericht über dich haben wollen«, begann Tucker wieder. »Soll ich ihm etwas Bestimmtes ausrichten?«

»Nein. Nur, dass es mir gut geht.«

Tucker überlegte, wann er das letzte Mal versucht hatte, einer Frau Informationen zu entlocken. Seine Augen schienen ganz dunkel zu werden. »Weiß er von den Einbrüchen?«

»Nein. Und ich möchte auch nicht, dass du ihm das erzählst. Du kennst Dad ja, ihm hat die Idee, dass ich über dem Laden wohne, immer missfallen. Wenn er herausfindet, dass bei mir eingebrochen wurde, als ich verreist war, sorgt er dafür, dass ich in eins dieser Mietshäuser ziehe, die wie ein Gefängnis aussehen und einen Wachmann am Eingang haben.«

»Da wärst du jedenfalls sicherer als hier«, meinte Tucker. »Eine Frau, die allein in dieser Gegend wohnt, riskiert viel. Warum lässt du nicht wenigstens noch jemanden bei dir einziehen?«

»Weil die Wohnung gerade für eine Person reicht. Außerdem sind all meine Freundinnen entweder verheiratet oder verlobt.«

»Und wieso bist du das nicht?«, wollte Tucker lächelnd wissen.

Erschrocken fuhr sie hoch. »Was?«

»Verheiratet oder verlobt«, wiederholte er. »Weißt du, wenn du eine ernsthafte Beziehung hast, könnte ich, bevor ich abreise, prüfen, ob er seriös ist. In der heutigen Zeit kann man gar nicht vorsichtig genug sein. Gib mir seinen Namen, dann kann ich alles, was du willst, über ihn herausfinden.«

»Nein!«

Bei ihrem entsetzten Gesicht musste er beinah lachen. »Was, nein? Du willst nicht, dass ich ihn überprüfe, oder es gibt keinen?«

»Nein, ich …« Bei seinem unverschämten Grinsen mochte sie nicht zugeben, dass es seit längerer Zeit keinen Mann in ihrem Leben gegeben hatte. Und Tucker Stevens war der Letzte, mit dem sie ausgerechnet ihr Liebesieben diskutieren würde. »Nein«, wiederholte sie steif, »ich möchte nicht, dass du irgendjemand für mich überprüfst.«

»Ah, so schlimm steht es?«, neckte er sie. »Naja, keine Sorge. Du hast ja noch viele Jahre, in denen du jemanden finden kannst. Vielleicht darf ich dich einigen meiner Freunde vorstellen?«

Soweit sie von denen gehört hatte, waren die so raubeinig wie er. »Du brauchst mir keinen Gefallen zu tun. Mir gefällt mein Leben, wie es ist. Du solltest dich lieber um dich selbst kümmern. Wenn du noch eine Frau finden willst, solltest du das tun, solange du noch jung genug bist, das zu genießen.«

In seinen Augen funkelte es gefährlich. Er hatte nicht übel Lust, Lacey in seine Arme zu ziehen und ihr zu zeigen, dass er noch verdammt gut in der Lage war, eine Frau zufriedenzustellen. Aber er wusste aus Erfahrung, dass man das mit ihr nicht genießen und sie danach ruhig ad acta legen konnte. Und er gehörte zu den Männern, die eine feste Verbindung scheuten.

Er zog arrogant eine Augenbraue hoch. »Wer redet denn von Ehe? Ich kann doch ein Liebesieben haben, ohne dass sich gleich eine Frau an mich klammert, wenn ich mitten in der Nacht zu einem Auftrag gerufen werde.«

Wenn das eine Warnung sein sollte, war sie nicht sehr feinsinnig. Und dazu unnötig. Die Träume, die Lacey von ihm gehabt hatte, hatte er schon vor Jahren zerstört. Sie faltete die Serviette zusammen, legte sie auf das Tablett und lehnte sich zurück. »Dann haben wir ja beide keine Probleme, nicht wahr? Da das nun klar ist, werde ich mich schlafen legen. Es war ein langer Tag.«

Die tiefen Ringe unter ihren Augen bewiesen, dass ihre Kraft erschöpft war. Lacey sah so zerbrechlich aus, dass vermutlich ein grobes Wort genügt hätte, sie umzuwerfen. Tucker verkniff sich daher eine Entgegnung und warf sich vor, nicht schon früher bemerkt zu haben, wie müde sie war. Schließlich wollte er sich um Lacey kümmern. Schnell stellte er beide Tabletts zusammen, um sie in die Küche zu bringen. »Ich hole dir noch eine von den Schmerztabletten, die der Doktor dir verschrieben hat. Dann kannst du besser schlafen.«

3. Kapitel

Die Tablette bewirkte all das, worauf Lacey gehofft hatte: Sie betäubte ihre Sinne und zog sie in traumloses Dunkel. Sie schlief wie eine Tote. Aber als sie am nächsten Morgen aufwachte und Sonnenstrahlen in Streifen durch die Rollos fielen und sie blendeten, fühlte sie sich wie betäubt und konnte nicht klar denken. Ich muss arbeiten, dachte sie nur benommen und starrte mit glasigen Augen zur Uhr. Es war schon halb neun, sie musste aufstehen, sich anziehen, den Laden öffnen …

Wie immer morgens wollte sie sich aus dem Bett rollen, aber ein stechender Schmerz durchzuckte sie derartig, dass sie aufschrie. Schlagartig kam ihr die Warnung des Arztes, dass die volle Wirkung des Unfalls sich erst nach vierundzwanzig Stunden zeigen würde, in den Sinn. Erschöpft sank sie zurück aufs Bett. Ihre Stirn war schweißbedeckt.

Bei ihrem Aufschrei war Tucker hochgeschreckt und sofort in ihr Zimmer gestürmt. »Was ist los?«, fragte er besorgt.

»Meine Beine …«, begann Lacey, brach bei seinem Anblick aber ab. Er trug nur weiße Boxershorts und sah hinreißend aus. Sein markantes Gesicht wies durch den Stoppelbart interessante Schatten auf, und seine schläfrigen Augen wirkten ungemein sexy. Er entsprach genau dem Klischeetraum einer Frau. Seine Schultern waren breit, die Hüften schmal, und die muskulöse Brust war von zarten Härchen bedeckt, die sich den flachen Bauch hinunter zu einem dunkleren Bündel verdichteten, das nur durch das Gummiband der Taille sichtbar unterbrochen wurde.

Tucker spürte Laceys Blick so deutlich, als hätte sie die Hand ausgestreckt und mit den Fingern eine Spur über seinen Körper

496

gezogen. Ihm wurde bewusst, dass seine Erregung jeden Moment sichtbar werden musste und ihr Nachthemd, so brav es auch war, im Morgenlicht durchsichtig wie Seidenpapier war. Also machte er auf dem Absatz kehrt. »Zieh dir was über«, befahl er grimmig und verschwand im Wohnzimmer.

Lacey erstarrte. Vermutlich liegt das an der Schmerztablette, dachte sie, um eine Entschuldigung nicht verlegen. Die hatte vermutlich ihren Verstand und ihre Widerstandskraft betäubt.

Nun hör schon auf, Lacey, sagte ihre innere Stimme. Sei ehrlich, du wolltest Tucker Stevens vor acht Jahren, und du willst ihn immer noch.

Tucker, in Jeans, einem mintgrünen Hemd und noch immer unrasiert, näherte sich ihrer Schlafzimmertür derart behutsam, dass er sich albern vorkam. Du durchquerst doch kein Minenfeld, ermahnte er sich. Aber dann musste er daran denken, wie sie auf dem Bettrand gesessen hatte, wie ihr Haar im Morgenlicht aussah und wie die verführerischen Rundungen ihrer Brüste durch das Nachthemd geschimmert hatten, und unwillkürlich reagierte sein Körper gleich auf dieses Bild.

Daran bist du selbst schuld, ermahnte er sich. Wenn du frühmorgens das Zimmer einer Frau betrittst, ist sie schließlich nicht fertig angezogen. Das nächste Mal klopfst du gefälligst an.

Zwei Schritte vor ihrer Schlafzimmertür blieb er stehen und klopfte. »Brauchst du Hilfe zum Anziehen?« Hoffentlich nicht. Er hätte bestimmt nicht seine Hände von ihr lassen können. Was für eine dumme Situation.

Lacey, noch im Nachthemd, schrak zusammen. »Nein! Das kann ich allein«, behauptete sie so eilig, dass ihre Stimme sich überschlug. Das klang, als hätte sie keine zwei zusammenhängenden Sätze herausbringen, geschweige denn sich allein anziehen können.

Schnell zog sie ihren Morgenrock über und bemühte sich, den stechenden Schmerz in ihren verkrampften Muskeln zu ignorieren. Mit einer Hand hielt sie den Bademantel an den oberen Knöpfen zu, atmete tief ein und rief: »Du kannst hereinkommen!«

Lacey glaubte bereit zu sein, ihm gegenüberzutreten und sich einbilden zu können, dass die Anziehungskraft zwischen ihnen so wenig sichtbar wäre wie das Schweigen, das entstand, sobald er das Zimmer betreten hatte. Aber sie hatte ihre Gefühle nie gut verbergen können.

So erhob sie sich, versuchte, sich nicht die Anstrengung anmerken zu lassen, zwang sich zu einem Lächeln und sagte: »Wenn du nicht unbedingt zuerst gehen willst, würde ich jetzt gern ein Bad nehmen.«

»Nein, ich …« Tucker, der damit rechnete, dass sie beim Gehen Hilfe brauchte, näherte sich schon. »Warte! Du solltest das verletzte Bein nicht belasten, sondern lieber im Bett bleiben.«

»Eigentlich sollte ich jetzt schon im Laden sein und öffnen«, widersprach Lacey. »Ich bin schon spät dran.«

Tucker streckte automatisch die Arme aus, falls Lacey stürzte, und zog die Brauen hoch. »Das sollte wohl ein Scherz sein? Vor zwei Tagen hätte man dich beinahe umgebracht. Du kannst doch jetzt nicht schon zur Arbeit gehen.«

Laceys Blick machte deutlich, dass er das nicht hätte sagen sollen. »Ach nein? Sieh mich doch an!«

»Das tue ich ja«, brummte er, »wenn du nicht aufpasst, fällst du nämlich gleich hin.«

Aber anstatt hinzufallen, knallte sie ihm die Badezimmertür vor der Nase zu. Empört starrte er hinter ihr her, packte den Griff und wollte ihr nacheilen. Aber da fiel ihm ein, dass er sich vorgenommen hatte, immer anzuklopfen, ehe er sich wieder lächerlich machte. So pochte er laut an die Tür. »Lacey, unsere Unterhaltung ist nicht beendet!«

Lacey, nicht im Mindesten eingeschüchtert, riss die Tür wieder auf und fragte: »Du gehörst doch hoffentlich nicht zu der Sorte Mann, die immer glaubt, sie müsse einer Frau erzählen, wie sie ihr Leben zu führen habe, oder?« Hielt sie ihn etwa für einen Chauvinisten? »Nein, natürlich nicht.«

»Gut. Dann überlasse bitte auch mir die Entscheidung, wann ich wieder zur Arbeit gehe.« Sie tätschelte seinen Arm, als wäre er ein kleiner Junge, der nach einem Streit getröstet werden muss, und lächelte freundlich. »Da wir das nun geregelt haben, könntest du so nett sein und mir etwas saubere Wäsche bringen. Holst du mir bitte meinen Jeansrock und die weiße Bluse aus dem Schrank, etwas Unterwäsche aus der Kommode und legst sie auf den Stuhl hier neben die Tür?«

Als Tucker sich nicht rührte, sondern nur weiter finster dreinschaute, als hätte er nicht ganz verstanden, kam es Lacey vor, als streichelte sie eine riesige Katze, die sich jeden Moment auf sie stürzen konnte. Aber zum ersten Mal seit ihrem Wiedersehen hatte sie das Gefühl, ihm ebenbürtig zu sein, deshalb musste sie grinsen. »Es wird vermutlich ein Weilchen dauern. Ich muss sehen, wie ich meine verkrampften Muskeln entspanne. Warte also nicht mit dem Frühstück auf mich, ich esse später.«

»Hör mal, du bist noch nicht in der Verfassung …«

Die Tür klappte vor ihm zu. Diesmal blieb sie geschlossen.

Tucker presste die Lippen zusammen. Er hatte nicht übel Lust, die Tür aufzubrechen. Diese Frau machte ihn wahnsinnig, und sie schien das auch zu wissen. Bildete sie sich etwa ein, sie brauchte nur mit ihren Wimpern zu klimpern und zu lächeln, und schon lief alles, wie sie wollte? Na, er wollte ihr zeigen, dass es so nicht ging. Als Kind mochte sie damit durchgekommen sein – er hatte gehört, dass sie Vaters Liebling gewesen war und ihn um den Finger gewickelt hatte –, aber mit mir soll das nicht funktionieren, schwor er sich, während er zum Kleiderschrank ging.

Tucker holte ihre Sachen, damit sie sich ordentlich anziehen sollte, weil er sonst das Bedürfnis hatte, sie zu berühren. Am besten suchte er etwas aus, das wie ein Kartoffelsack aussah und ihr vom Hals bis zu den Füßen reichte.

499

Sobald das warme Wasser ihre Schultern umspülte, lehnte Lacey sich in der Badewanne zurück, schloss die Augen und seufzte zufrieden in der warmen, dampfenden Luft, die den Spiegel beschlug. Das ist wunderbar, dachte sie verträumt. Und spürbar entspannend für meine verkrampften Muskeln. Sie fühlte sich wohl und wäre am liebsten den ganzen Tag darin geblieben.

Eine Viertelstunde später, als Lacey ihr Schlafzimmer betrat, entdeckte sie zu ihrer Erleichterung, dass Tucker schon gefrühstückt hatte, sodass sie nicht noch mal eine intime Mahlzeit mit ihm teilen musste. Aber er erwartete sie. Das leichte Lächeln, das sie ihm zugedacht hatte, erstarb ihr auf den Lippen, als sie an ihm vorbei auf das Tablett blickte, das neben ihrem Bett stand. Der Teller darauf war turmhoch mit Rührei und Speck gefüllt.

»Soll ich das etwa allein aufessen?«, fragte sie entsetzt.

»Jeden Bissen«, antwortete er. Er setzte sich auf die Fensterbank und schlug die langen Beine übereinander, als hätte er vor, ihr so lange zuzuschauen, bis sie fertig war. Mit seinem unverschämten Grinsen sagte er: »Greif zu! Du kannst ein paar Pfündchen mehr gebrauchen, dünn wie du bist.«

Lacey wollte protestieren, traute sich aber nicht recht.

Tuckers Blick hatte für Sekunden ihre Figur gestreift. Trotz der Ringe unter ihren Augen und der verfärbten Stirnwunde war sie einfach schön. Wenn er nur ihre wilden kastanienbraunen Locken betrachtete, die ihr bis zur Taille reichten, und ihren Mund ansah, hatte er schon Lust, sie zu küssen. Aber genauso gefielen ihm ihre Frische und ihre Natürlichkeit, die sie in allem hatte, und die zählten weit mehr als Schönheit.

Gefährliche Gedanken, ermahnte Tucker sich. Lacey wusste vermutlich gar nichts von ihrer Ausstrahlung. Und das war erst recht ein Grund, sie zu begehren.

Aber wenn sie glaubte, er würde sie in dem Zustand zur Arbeit gehen lassen, hatte sie sich geschnitten.

Aufmerksam beobachtete er, wie sie zum Bett ging. Sie bewegte sich, nachdem sie gebadet hatte, auffällig besser als vorher. Aber das hielt vermutlich nicht lange an. Sobald die Wirkung des warmen Wassers nachließ, war sie sicherlich genauso steif wie vorher und hatte garantiert wieder Schmerzen. Sobald sie auf dem Bett saß, fragte er: »Na, wie fühlst du dich?«

»Großartig.« Lacey strahlte. »Das Bad hat mir gutgetan.« Sie nahm eine Gabel voll Rührei, hielt aber mitten in der Bewegung inne, als sie merkte, wie aufmerksam Tucker sie betrachtete. So konnte sie nicht essen. »Hör mal, du brauchst nicht jede Minute neben mir zu sitzen. Warum gehst du nicht irgendwas besichtigen? Vormittags ist es noch angenehm kühl draußen. Nachmittags bringt einen die Luftfeuchtigkeit um.«

»Heute nicht«, antwortete er und schüttelte lächelnd den Kopf. »Ich kann dich nicht allein lassen.«

Lacey hatte gar nicht erwartet, dass er nachgeben würde. So zuckte sie mit den Achseln, als wäre es ihr egal, wo er den Tag verbrachte. »Wie du willst«, meinte sie und schob eine weitere Gabel voll Ei in den Mund. »Aber mir bei der Arbeit zuzusehen wird dich langweilen.«

Aha. Es war also Widerspruch angesagt. »Du wirst es niemals die Treppen hinunter schaffen«, wandte Tucker ein.

Laceys Augen blitzten. »Man soll niemals nie sagen.« Entschlossen stach sie mit der Gabel ins Essen, als wäre sie ausgehungert und um ihm zu beweisen, dass sie ihn nicht brauchte. Aber natürlich schaffte sie gerade die Hälfte von dem, was er zubereitet hatte, und stellte den Teller weg. »Das reicht«, stöhnte sie. »Wenn ich das aufesse, sehe ich bald aus wie eine Tonne.«

»Ich glaube, darum brauchst du dir keine Sorgen zu machen.«

Unter Tuckers Blick wurde es Lacey ganz heiß. Verlegen sprang sie auf – und unterdrückte einen Schmerzensschrei. »Ich muss mich noch schminken und meine Haare machen.«

Das musste sie keineswegs, aber Tucker tat, als wüsste er das nicht. Er nahm das Tablett, um es in die Küche zu tragen.

»Außer mir wird dich niemand zu Gesicht bekommen. Aber ich habe nichts dagegen, wenn du dich für mich hübsch machen willst«, neckte er sie, plinkerte ihr zu und marschierte hinaus.

Tucker war unverbesserlich. Lacey schüttelte den Kopf, ging zu der altmodischen Frisiertoilette, wo sie ihr Schminkzeug liegen hatte, und setzte sich. Beim Anblick ihres blassen Gesichts zog sie die Nase kraus. Das Haar hing verschwitzt und zerzaust herunter. Mit den violett schimmernden dunklen Ringen unter den Augen und der Stirnwunde hätte sie in ein Schreckenskabinett gepasst, fand sie. Kein Wunder, dass Tucker sie damit geneckt hatte, dass sie sich hübsch machen sollte. Wenn sie so losginge, bekämen die Kunden ja Angst vor ihr.

Mit sicheren Handbewegungen verstrich sie Abdeck- und dann Grundierungscreme, und mit ein bisschen Rouge und Wimperntusche fühlte sie sich schon um vieles besser. Ihr Haar sah allerdings aus, als hätte sie es eine Woche nicht gekämmt. Sie beschloss, es einfach hochzustecken, und griff nach der Bürste.

Ein scharfer Schmerz durchzuckte sie bei dieser Bewegung. Lacey blieb der Atem weg. Reflexartig presste sie die andere Hand auf die verletzte Schulter und ließ die Bürste fallen.

Tucker war im Wohnzimmer gerade dabei, die Schlafdecke zusammenzulegen, als er das Geräusch der zu Boden fallenden Bürste hörte. »Alles in Ordnung?«, rief er.

»Meine Schulter …«, stöhnte Lacey und verzog den Mund, bis das brennende Gefühl allmählich nachließ. Als Tucker aber an der Tür erschien und sie im Spiegel seinen besorgten Blick wahrnahm, meinte sie: »Es ist nichts, wirklich. Ich wollte nur gerade meine Haare bürsten und hatte dabei die Schulterverletzung vergessen.«

Tucker sah auf die Bürste hinunter, als wäre die schuld an ihrem Schmerz. »Wie konntest du das nur vergessen?«, fragte er. »Es muss doch auch wehgetan haben, als du dich anzogst.«

»Nein, weil ich dabei meine Arme nicht hochhalten musste.«
Und weil sowohl der BH als auch die Bluse vorn zu verschlie-
ßen waren. »Dann werde ich es wohl mal mit der linken Hand
versuchen müssen.«

Als Antwort darauf schmiegte er die Hände um ihr Gesicht
und drehte es zum Spiegel. »Ich werde es machen«, schlug er
leicht verlegen vor und erstickte jeden Widerspruch damit, dass
er einfach anfing, ihr Haar zu bürsten.

Aber als Tucker mit dieser Mähne rotbrauner Locken in
Berührung kam, wusste er, dass der Vorschlag ein Fehler gewesen war. Das wunderte ihn allerdings schon nicht mehr. Im
Zusammenhang mit Lacey hatte er nur Fehler gemacht, von
dem Augenblick an, als er das Krankenhauszimmer betrat.
Wenn er auch nur ein Fünkchen Verstand besaß, akzeptierte
er ihre Behauptung, dass sie keine Hilfe benötigte, und würde
den nächstbesten Flieger nach Aruba nehmen. Aber dann fiel
ihm ihr kreidebleiches, schmerzverzerrtes Gesicht ein, als sie
am Morgen versucht hatte aufzustehen, und ihr überraschter
Aufschrei von eben, und entschlossen und mit langsamen Bewegungen bürstete er ihr Haar.

Als er es anhob, um es besser glätten zu können, war es wie
reine Seide. Wie mochte es sich wohl an seiner Brust, an seinen
Schenkeln anfühlen? In dieser Weichheit konnte ein Mann sich
verlieren und alles um sich herum vergessen. Die Vorstellung
hatte etwas Faszinierendes. Tucker packte die Bürste fester, da
seine Männlichkeit sogleich darauf reagierte.

Lacey beobachtete gebannt seinen wechselnden Gesichtsausdruck im Spiegel. Was ging wohl in ihm vor? Sie spürte seine
Nähe an ihrem Rücken. Ob er auch dieses heiße Gefühl in den
Lenden hatte wie sie? Diesen Wunsch, hinzuschmelzen? Ob er
eine Ahnung hatte, dass es ihr mit jedem Bürstenstrich schwer-
erfiel, sich nicht bei ihm anzulehnen, die Augen zu schließen
und sich ihm vertrauensvoll in die Hände zu geben?

Natürlich wusste er das. Tucker Stevens war ja ein Meister

503

der Verführung. Wie oft wollte sie sich noch von ihm irreführen lassen, ehe sie das endlich begriff?

Schnell beugte sie sich nach vorn, griff nach einer großen Haarspange und reichte sie ihm. »Könntest du es einfach alles hinten zusammenfassen und damit feststecken?«, fragte sie sachlich und wunderte sich, dass ihre Stimme ihr überhaupt gehorchte.

Tucker betrachtete die Spange, biss sich auf die Lippe und griff danach. Aber sie zu befestigen war nicht halb so leicht, wie er gedacht hatte. Er fummelte ungeschickt damit herum, fluchte, als er dabei Laceys Hals streifte, und merkte, wie Lacey sich verkrampfte. Die Sekunden schienen sich zur Ewigkeit zu dehnen. Schließlich, nachdem er schon gedacht hatte, es nie zu schaffen, schnappte das verdammte Ding zu.

Lacey, der das Herz klopfte, als hätte sie am Rand einer Klippe gestanden, erhob sich, murmelte ein »Danke« und trat schnell zur Seite. Die Arbeit würde sie sicher ablenken, das war gut. »Ich muss mich um den Laden kümmern«, sagte sie und eilte zur Tür.

Tucker folgte ihr und hatte sie mit seinen langen Schritten bereits eingeholt, als sie am Treppenabsatz angelangt war. »Du willst das also wirklich durchziehen?«, fragte er ungehalten. »Nur um mir zu beweisen, dass du es kannst? Na, dann mal los.« Er wies auf die enge Treppe, die steil hinunterführte, und ließ Lacey den Vortritt. »Ich kann dich nicht hindern. Das werde ich auch gar nicht erst versuchen. Ich bin nur dazu da, die Scherben vom Boden aufzuheben.«

»Nun hör schon auf, ständig zu nörgeln«, entgegnete Lacey und begann, die Treppen hinunterzusteigen. »Ich bin nicht reich und kann es mir finanziell nicht leisten, den Laden zu schließen, solange es mir noch einigermaßen geht. Es müssen Rechnungen beglichen werden, also muss ich arbeiten.«

»Wenn du nicht aufpasst, wirst du dir deinen hübschen kleinen Hals brechen«, warnte er und beobachtete sie aufmerksam wie ein Raubvogel, während er ihr die Treppen hinunter folgte. »Und wie willst du arbeiten? Hast du mal darüber nachgedacht?«

»Nein, weil ich nicht …«

Ihr Widerspruch blieb in der Luft hängen, denn in dem Moment verkrampfte sich ihre lädierte Körperseite. Instinktiv verlagerte sie das Gewicht auf das verletzte Bein – und das gab sofort unter ihr nach.

Tucker stöhnte verärgert auf und riss Lacey reflexartig an sich. Sie umklammerte ihn, da der Boden unter ihr nachzugeben schien. Die plötzliche Körpernähe irritierte sie aber derart, dass sie kein Wort herausbrachte.

Das Problem hatte Tucker nicht. Er spuckte förmlich ein höchst uncharmantes »Zu dumm!« aus. »Wie kann man nur so dumm sein, so dickköpfig, so …« Er war so wütend, dass ihm nichts weiter einfiel. Aber dabei machte er den Fehler, auf ihre Lippen zu starren, die ganz dicht vor seinen Augen waren, und damit war es um seine Fassung geschehen. Mit einem leisen Aufstöhnen presste er seinen Mund darauf.

Das hatte nichts mit einer zarten Berührung zu tun, mit einem Anmuten der Küsse aus ihrer gemeinsamen Vergangenheit, die sie lieber vergessen hätten. Diesmal wollte er mehr, viel mehr als das. Er zwang sie, den Mund zu öffnen, und drängte seine Zunge in die dunklen Tiefen, fordernd, verführend, die Süße genießend wie einer, der schon zu lange den Geschmack von Honig entbehrt hat. Und niemand war überraschter als er selbst, als ihm auch das noch nicht genug war. Tucker murmelte etwas an ihrem Mund – wobei er nicht wusste, ob es ein Fluch war oder ein Gebet –, zog sie noch enger an sich und vertiefte den Kuss.

Laceys Herz klopfte wie das eines galoppierenden Vollblutpferdes. Sie versuchte, sich all die Gründe zu vergegenwärtigen, warum sie besser nicht in Tuckers Armen liegen sollte und geküsst wurde, wie sie es acht lange Jahre nicht mehr erlebt hatte. Aber schon nach der ersten Berührung seiner Lippen waren

505

ihre Gefühle in Aufruhr geraten. Sie konnte nichts denken, sich nicht bewegen, konnte nur noch empfinden.

Und was für ein Gefühl das war. Das Blut rauschte ihr durch die Adern und schien prickelnde kleine Feuer zu entzünden, die sich zu einem Flächenbrand entwickelten. Lacey drängte sich an ihn und sehnte sich danach, die Flammen zu entfachen, bis sie sie beide verschlangen.

Als Tucker ihre Brüste an seinem Oberkörper spürte, wurde er immer erregter. Zu schnell, dachte er nur. Die innere Hitze drohte ihn zu versengen. Es ging alles zu schnell. Seine Männlichkeit war schon hart und begierig und die Lust übermächtig, Lacey gleich hier auf der Treppe zu nehmen, wie ein Wilder, der seinen Tribut einfordert. Und das nach einem einzigen Kuss.

Dieser Gedanke ernüchterte ihn derart, dass er sich sogleich von ihr löste. Was, zum Teufel, war in ihn gefahren?

Der Ausdruck seiner Augen brachte auch Lacey wieder auf den Boden der Wirklichkeit zurück. Meine Güte, hatte sie ihren Verstand verloren? Dieser Mann hatte ihr einst das Herz gebrochen und sie zurückgewiesen, weil sie damals so unerfahren gewesen war. Du bist zu jung, Lace. Du weißt ja nicht mal, was du willst.

Schon das Echo seiner Worte brachte sie im Nachhinein zur Weißglut. Sie wollte ihm nicht noch einmal die Gelegenheit geben, sie zurückzuweisen.

Noch in seiner Umklammerung kreuzte sie ihre Arme vor der Brust und sah ihn direkt an. Was sie ihm zu sagen hatte, wäre natürlich weit wirkungsvoller gewesen, wenn sie nicht beinahe hingeschmolzen wäre. Naja. Möglichst kühl sagte sie: »Eins möchte ich klarstellen. Du bist im Urlaub und möchtest dich vermutlich amüsieren. Aber ich nicht. Wenn du einen Flirt brauchst, nimm die erstbeste Maschine nach Aruba.«

Tucker schaute Lacey irritiert an. »Dass ich dich geküsst habe, heißt noch lange nicht, dass ich auf der Suche nach einer Affäre bin.«

Lacey schnaubte kurz auf. »Und das behauptet ein Mann, auf den Frauen in Ländern warten, deren Namen ich noch nicht einmal gehört habe?«

»Na, wenn du meinst. Ich habe etwas Sumpfland in Florida, das dich interessieren könnte. Jeder, der heutzutage zu sehr herumspielt, gerät in Schwierigkeiten.« Damit stapfte er die Treppe hinunter, stieß die Tür zum Laden auf und ging quer zu einer Chaiselongue, die neben dem Tresen in der Mitte des Raumes stand.

»Nur zu deiner Information: Ich brauche weder Zerstreuung noch Urlaub.« Tucker drängte Lacey auf einen Stuhl und stand neben ihr wie ein wütender Grislybär. »Man hat mich dazu verdonnert, mir eine Zeit lang freizunehmen. Ich wollte das nicht, konnte aber nichts dagegen machen. Ich will ja wieder arbeiten, aber weil das im Moment nicht möglich ist, hat Marcus mich gebeten, nach dir zu sehen, weil er beunruhigt war. Und es sieht ganz danach aus, als habe er allen Grund dazu.«

Das klang, als hätte er nicht die geringste Lust dazu, sich um Lacey zu kümmern. Aber der heiße Kuss vibrierte noch immer bei jedem Blick zwischen ihnen. »Wenn Dad mich hier sähe, wäre er sicher auch der Meinung, dass ich ganz gut imstande bin zu arbeiten«, sagte sie und war froh über den Themenwechsel. »Jetzt entschuldige mich bitte, ich habe zu tun.«

Sie wollte aufstehen, aber Tucker verhinderte das. »Du bleibst hier, ich werde alles erledigen! Du musst mir nur sagen, was ich tun soll.«

Lacey wollte beweisen, dass sie alles selbst machen konnte, denn nun war es um so dringlicher, dass Tucker so bald wie möglich aus ihrem Leben verschwand. Aber ihre Kraft reichte nicht dazu, und die Schmerzen machten sich erneut bemerkbar. So reichte sie ihm nur die Schlüssel zur Eingangstür und erklärte ihm, wie man das eiserne Schutzgitter davor öffnen konnte.

Tucker folgte ihren Anweisungen und setzte sich dann in der Erwartung des ersten Kunden auf den Stuhl hinter dem Verkaufstresen.

★

Im Laufe des Vormittags erschienen mehrere Leute, aber niemand kaufte etwas. Einige erklärten Lacey, dass sie Preise vergleichen und später zurückkommen wollten. Aber niemand kam. Tucker beobachtete, wie ein Pärchen sich flüsternd über eine Lampe unterhielt, dann aber ging, ohne mit Lacey über den Preis zu verhandeln.

»Passiert am Vormittag immer so wenig bei dir? Wie kommt es, dass niemand etwas kauft? Ich hätte schwören können, dass dieses Paar wirklich an der Lampe interessiert war«, meinte Tucker.

»An manchen Wochentagen ist weniger los als an anderen. Aber daran liegt es nicht, sondern an meinem Konkurrenten John Salomon. Das Paar mit der Lampe hat meine nicht gekauft, weil es bei Salomon vermutlich eine gesehen hat, die billiger war. Er unterbietet alle Angebote, auch die der anderen Händler in der Gegend, und verkauft zu wahren Dumpingpreisen.«

»Wie schafft er es denn dann, noch Gewinn zu machen?«

Lacey zuckte mit den Schultern. »Wenn er die Ware billig genug bekommt, macht es eben die Masse. Ich verdiene vor allem an Haushaltsauflösungen. Aber an so etwas kommt seit sechs Monaten keiner von uns mehr heran.«

»Wieso das?«

»Wenn eine angeboten wird, macht immer Salomon das Rennen. Jedenfalls bis letzte Woche«, fügte sie mit einem kleinen Lächeln hinzu. »In St. John habe ich ihn unterboten. Die St. Johns waren eine Reederfamilie und ihr Anwesen mit den herrlichsten Antiquitäten gefüllt, die ich je gesehen habe. Jeder

508

Händler hat versucht, das Geschäft zu machen, Salomon natürlich auch. Aber ich habe es bekommen. Darüber ist er wahrscheinlich noch immer wütend.«

Ihre Unterhaltung wurde vom quietschenden Bremsen eines Lastwagens vor dem Laden unterbrochen. Tucker ging in den Lagerraum, um die Hintertür zu öffnen. »Erwartest du eine Lieferung?«, fragte er.

»Oh, meine Möbel kommen!«, rief Lacey erfreut aus und versuchte aufzustehen. »Von dem St.-John-Grundstück. Der Verkauf ist schon für dieses Wochenende angekündigt, und die Möbel sollten heute oder morgen angeliefert werden. Ich bin so auf sie gespannt.«

»Ich ebenfalls«, sagte der Mann spöttisch, der gerade durch die Vordertür hereinkam. »Ich hoffe, es ist Ihnen recht, wenn ich bei der Anlieferung zuschaue.«

Langsam drehte Lacey sich um, obwohl sie genau wusste, wer da ungebeten im Eingang stand und einen langen Schatten warf: John Salomon.

4. Kapitel

Wenngleich sie ihn nicht ausstehen konnte, musste Lacey zugeben, dass Salomon zu den raffiniertesten Geschäftsleuten zählte, die ihr je über den Weg gelaufen waren. In den zwei Jahren, die er in New Orleans war, hatte er es geschafft, einer der bekanntesten und erfolgreichsten Händler zu werden. Einer seiner frustrierten Konkurrenten munkelte etwas von üblen Praktiken und nannte ihn einen Halsabschneider. Aber Lacey war sicher, dass Salomon diese Bezeichnung als Kompliment auffassen würde. Ehrgeizig bis zum Letzten, besaß er nicht die mindesten Skrupel.

Dabei sieht man ihm das nicht an, musste Lacey denken, als er mit langen Schritten auf sie zukam. In seinem italienischen Anzug, der so schwarz wie sein glattgescheiteltes Haar war, strahlte er etwas aus, das wie die Aufforderung »Vertrauen Sie mir« wirkte. Nichts lag Lacey ferner.

Salomon war groß und hager, seine Haut olivfarben und seine dunklen Augen scharf wie die eines Bussards. Seine Zuvorkommenheit hatte etwas Aufgesetztes. Er war viel zu glatt, zu perfekt, um aufrichtig zu sein.

»Das ist es, nicht wahr?«, fragte er mit seiner dröhnenden Stimme und seinem breiten Lächeln, als er an ihr vorbei nach hinten in den Lagerraum schaute, wo die Tür weit offenstand. »Die Sachen von St. John, nicht wahr? Ich habe gesehen, wie der Lastwagen vorfuhr, und dachte mir, dass es das sein muss.«

Anscheinend störte es ihn nicht, dass Lacey diesmal das Rennen gemacht hatte. Er blieb direkt vor ihr stehen und sah sie ganz begeistert an. »Ich habe Ihre Verkaufsanzeige in der

Morgenzeitung gesehen, großartig! Die und der Name St. John werden Käufer von überallher anlocken.« Er rieb sich wie in Vorfreude die Hände. »Am Wochenende werden wir alle ein gutes Geschäft machen.«

Lacey bezweifelte, dass er sich das auch für seine Kollegen wünschte, entgegnete aber nur: »Ich hoffe es. Diesen Sommer war bisher nicht gerade viel los.« Sie wünschte sich, dass Salomon ginge und seine gierigen Blicke von ihrer Ware ließe. Als Tucker sich näherte, blieb ihr nichts anderes übrig, als die beiden miteinander bekannt zu machen.

Mit starrer Miene reichte Tucker Salomon die Hand. »Lacey sagte mir, dass Sie ebenfalls Antiquitätenhändler sind.«

»Das stimmt«, erwiderte Salomon. »Mein Laden ist ein paar Blocks weiter, in Richtung Kirche.« Als er wieder zu Lacey hinsah, bemerkte er plötzlich die Wunde an ihrer Stirn und die Blässe, die auch das Make-up nicht überdecken konnte. Sein Lächeln verschwand. »Was ist denn passiert? Ist alles in Ordnung mit Ihnen?«

Angesichts der Tatsache, dass er nichts unterließ, um Lacey aus dem Geschäft zu drängen, wirkte seine Besorgnis um ihre Gesundheit ziemlich scheinheilig. Und Lacey hatte nicht die Absicht, ihm von dem Zusammenstoß mit dem Geldtransporter zu erzählen. »Mir geht es gut«, behauptete sie. »Ich hatte – einen kleinen Unfall.«

»Dann kann ich nur hoffen, dass nicht noch ein großer folgt«, meinte er. Sehnsüchtig blickte er zu den Möbeln hinüber, die der Lastwagenfahrer abzuladen begann. »Sie haben da ein paar schöne Stücke erwischt, die ich mir gern näher ansehen würde, aber das ist im Moment wohl etwas unpassend. Sie wollen sie sicher selbst erst mal in Augenschein nehmen. Vielleicht ein andermal.«

»Vielleicht«, sagte Lacey vage.

Falls ihm ihre Reserviertheit auffiel, so ließ er es sich nicht anmerken. »Dann viel Glück beim Verkauf.«

Er war so schnell gegangen, wie er aufgetaucht war, und hinterließ eine gespannte Stille. Tucker wollte fragen, was es mit Salomon auf sich hatte, aber der Lastwagenfahrer erschien gerade an der Hintertür mit einem dreibeinigen, handbemalten Kaminschirm, der in seinen riesigen Händen ganz zerbrechlich wirkte. »Wohin soll der, Miss Conrad?«

»Hierher ...«

Lacey machte von ihrer Chaiselongue nur einen einzigen Schritt, dann stellte sich ihr Tucker in den Weg. »Du bleibst da!«, befahl er. »Wenn du unbedingt arbeiten willst, dann nur im Sitzen. Du sagst mir, wo alles hin soll. Ich werde mich dann drum kümmern.«

Lacey überlegte. Die St.-John-Sammlung war die größte und kostbarste, an die sie je geraten war. Am liebsten hätte sie sofort jedes einzelne Stück begutachtet, das wundervolle alte Holz unter den Händen gespürt. Aber mit Tucker war nicht zu spaßen, das sah man ihm an. Selbst wenn sie die Kraft gehabt hätte, war sie es doch bereits leid, ihren Willen immer gegen seinen auszuspielen.

So setzte sie sich widerspruchslos in den Sessel. »Am besten bringst du erst mal alles im Lagerraum unter. Später werde ich es dann gegen die hiesigen Möbel austauschen. Aber jetzt sollte der Transporter zunächst entladen werden.«

Tucker nickte und ging los, um dem Fahrer zu helfen. Lacey hatte gerade noch den zufriedenen Ausdruck seiner braunen Augen gesehen. Anscheinend war dieser Punkt an ihn gegangen, sodass sie nun quitt waren.

Die ganze nächste Stunde über wurde ein Prachtstück nach dem anderen entladen. Tucker wusste nicht, dass ihm da die Werke von so berühmten Meistern wie Hepplewhite, Chippendale oder Sheraton durch die Hände gingen. Alles wurde sorgfältig im Lagerraum untergebracht. Tucker konnte durchaus Qualität erkennen. Die Formen waren klassisch, das Material feines Walnussholz, beste Eiche oder Kirsche. Nun konnte er verstehen, warum John Salomon herbeigeeilt war, als er den Möbelwagen hatte kommen sehen. Jedes einzelne Stück wäre es wert gewesen, in einem Museum zu stehen.

Nachdem der letzte Tisch hereingetragen worden und der Lastwagenfahrer sich verabschiedet hatte, überschaute Tucker erstaunt den gefüllten Lagerraum. »All das befand sich in einem einzigen Haus?«, fragte er. »Das muss ja riesig sein.«

»Ist es auch.« Lacey lachte leise, sobald Tucker wieder in den Laden kam. »Ein Landhaus an der River Road. Normalerweise hätte ich den Verkauf dort geleitet, aber das Haus hat schon den Besitzer gewechselt, und die Erben wollten nicht, dass die Käuferscharen über ihr Grundstück trampeln. Ich hoffe übrigens, es werden wirklich viele hier erscheinen, denn die brauche ich, um wieder aus den roten Zahlen zu kommen.«

Tucker zog einen Schemel heran, setzte sich zu Lacey, stellte die Füße auf die Stuhlverstrebung und zog die Brauen zusammen. »Weiß Marcus eigentlich, dass du in finanziellen Schwierigkeiten bist?«

»Nein.«

»Wieso nicht? Er würde dir doch helfen.«

Lacey nickte. Es stimmte, ihr Vater würde ihr sofort jede Summe schicken, um die sie ihn bäte, und nie erwarten, dass sie sie je zurückzahlte. Aber das wollte sie nicht. »Dad hat mir schon das Geld geliehen, das ich für die Einrichtung des Ladens benötigte«, antwortete sie. »Damals schwor ich mir, auf eigenen Füßen zu stehen oder es eben nicht zu schaffen. Aber nie wollte ich ihn je um mehr Geld bitten.«

Tucker hatte nicht erwartet, dass das verwöhnte Mädchen von früher, an das er sich erinnerte, so viel Stolz hatte. »Dann verkauf alles«, schlug er vor, »zieh von New Orleans weg, irgendwohin, wo es sicherer ist. Du kannst ja von vorn beginnen.«

»Von New Orleans wegziehen?«, wiederholte Lacey entsetzt. »Nein, das könnte ich niemals.« Mit ihrem Vater war

513

sie sehr viel gereist, hatte sich aber nirgendwo anders so richtig wohlgefühlt. »Hier ist mein Zuhause. Und selbst wenn ich wegziehen wollte, das Geschäft könnte ich nie aufgeben. Ich weiß, das klingt komisch, aber bevor es die Einbrüche gab und John Salomon mir das Wasser abgegraben hat, lief es ganz prima. Das ist das Einzige, was mir je wirklich gelungen ist. Wenn ich das aufgäbe, wäre das auch eine persönliche Kapitulation.«

Und das hätte ihr Stolz nie zugelassen. An ihrer Stelle empfände ich genauso, dachte Tucker. Lacey war eine Kämpfernatur. Genau wie er. Eine Niederlage nahm sie nicht so schnell hin. Genauso wenig wie er. Das irritierte ihn mehr, als ihm lieb war.

»Du musst eben dafür sorgen, dass dieser Ausverkauf ein Erfolg wird«, meinte Tucker und nahm sich gleichzeitig vor, dann nicht mehr hier zu sein. Er wollte nämlich nicht noch einen Grund haben, Lacey Conrad zu mögen. Und sich außerdem nicht mit ihren Problemen auseinandersetzen. Er hatte ja selbst genug.

★

Die nächsten beiden Tage verliefen in einer Weise, die ihnen beiden gelegen kam. Die Vorbereitungen für den Verkauf füllten die langen Stunden bis zum Sonnenuntergang und ließen ihnen neben der Arbeit wenig Zeit zum Nachdenken.

Lacey erwachte am dritten Morgen deutlich erholt. Noch tat ihr dies und das weh, wenn sie sich bewegte, aber als sie sich nun anzog – eine fliederfarbene Bluse und weiße Leinenhosen –, ging das schon viel besser als an den zwei Tagen zuvor. Ihre Energie war wieder da. Und der Schmerz in der Schulter, den sie empfand, wenn sie sich den Pferdeschwanz band, war erträglich.

Ab jetzt werde ich wieder alles schaffen.

514

Auch die Treppen, bei denen sie trotz des ersten katastrophalen Versuchs darauf bestand, sie allein zu bezwingen. Die Erinnerung daran wischte sie beiseite, sobald sie das Bad verließ. Sie musste Tucker davon überzeugen, dass es für ihn keinen Grund mehr gab, seinen Urlaub auszudehnen. Nachdem sie nachts einen viel zu aufregenden erotischen Traum gehabt hatte, wurde es höchste Zeit, dass er ging.

Das Thema schnitt Lacey aber erst nach dem Frühstück an. Eigentlich wollte sie das im Laden, in sachlicherer Umgebung tun. Aber Tucker wirkte, wie er ihr gegenüber am Tisch so dasaß in seinen Jeans und seinem leuchtend roten Polohemd, so verdammt selbstbewusst. Er hatte sie den ganzen Morgen über beobachtet, seine Gedanken allerdings hinter einem ausdruckslosen Blick verborgen.

Lacey setzte die Tasse ab und verkniff es sich, ihre plötzlich feuchten Handflächen an ihrer Hose abzuwischen. Tucker sah sie unverwandt an.

»Da es mir wieder besser geht und ich allein zurechtkomme, gibt es keinen Grund mehr, dass du hier weiter den Babysitter spielst«, ließ sie ihn wissen. »Wann hast du vor, nach Aruba zu fliegen?«

Sie wollte also, dass er abreiste. Das wunderte ihn nicht. Von Anfang an hatte sie sich gegen seine Hilfe gesperrt, gegen die Einmischung in ihr Leben, und ihn nur geduldet, weil ihr keine andere Wahl blieb. Dass sie ihn von Tag zu Tag weniger brauchte, hätte ihn freuen sollen. Statt dessen steigerte ihre zunehmende Unabhängigkeit nur seinen Wunsch, sie zu berühren.

Tucker stellte seine Tasse ebenfalls ab und schaute auf Laceys Schulter, als hätte er durch das zarte Material der Bluse sehen können. »Wie geht's deiner Schulter?«

»Viel besser. Ich kann sogar schon wieder meine Haare hochstecken.«

Das war ihm aufgefallen. Unwillkürlich betrachtete er die

anmutige Linie ihres Halses. Schnell stand er auf und trug sein Geschirr zur Spüle. »Und die Hüfte? Der Arzt meinte, das sei ein beträchtlicher Bluterguss. Das Treppensteigen schaffst du zwar allein, aber bisher war ich immer in der Nähe, um dich notfalls aufzufangen. Bist du sicher, dass du allein zurechtkommst?«

Am liebsten hätte Lacey Nein gesagt. Aber sie wollte sich keinesfalls von ihm abhängig machen, sich nicht an seine Anwesenheit gewöhnen – und dann todunglücklich sein, sobald er ging.

»Ja, völlig sicher«, behauptete sie also und erhob sich ebenfalls. Sie winkelte ein Bein an und lächelte. »Siehst du? Das ist in Ordnung, die Schulter auch, alles wieder okay. Ich könnte glatt Marathon laufen, wenn ich müsste.«

Tucker schaute sie ungläubig an. »Das würde ich an deiner Stelle nicht probieren ...«

Bevor Tucker erklären konnte, dass er ebenfalls überzeugt war, dass es für ihn keinen Grund mehr gab zu bleiben, wurde er durch das Schrillen des Telefons unterbrochen. Lacey hob ab.

»Miss Conrad? Hier ist Detektiv Ryan. Wie geht es Ihnen?«

Lacey war überrascht. »Schon viel besser, vielen Dank. Wie weit sind Sie mit der Untersuchung?«

»Deshalb rufe ich an«, antwortete er zufrieden. »Wir haben heute Morgen Robert Martin verhaftet. Könnten Sie zum Revier kommen und ihn identifizieren?«

Unwillkürlich krampften sich Laceys Finger um den Hörer. »Ja, natürlich«, sagte sie gepresst. »Am besten gleich, bevor ich den Laden öffne.«

Lacey hatte es sich ganz leicht vorgestellt: Ich brauche auf der Revierwache nur den Mann zu identifizieren, der mich umbringen wollte, und schon kann ich wieder gehen.

Aber so einfach war das nicht.

Sobald sie an Tuckers Seite die Polizeistation betrat, drängten sich ihr die schrecklichen Erinnerungen an den Überfall
auf: das Sirenengeheul in der Ferne, die Angst, die ihr die Kehle
zuschnürte, als sie im Krankenhaus aus der Bewusstlosigkeit
erwachte, Fremde, die sich über sie beugten und Fragen stellten, die sie – benommen, wie sie war, und schockiert von dem
Erlebten – nicht beantworten konnte.

Am liebsten wäre sie verschwunden und hätte all das für den
Rest ihres Lebens vergessen. Aber nun war es wieder da, mit
allen grausigen Details. Voller Angst vor dem, was ihr bevorstand, verlangsamte sie unwillkürlich den Schritt.

Tucker brauchte einen Moment, bis er merkte, dass Lacey
nicht mehr auf seiner Höhe war. Er blickte sich nach ihr um
und bemerkte besorgt, wie blass sie war und wie beklommen
sie wirkte. Um diese Tageszeit war viel Betrieb in der Polizeistation, aber Tucker nahm keine Notiz davon. »Alles in Ordnung?«, fragte er. »Es wird hier nicht ganz leicht sein für dich,
aber du weißt, es ist nicht zu vermeiden.«

»Ja, natürlich.« Ein fast entschuldigendes Lächeln spielte um
ihren Mund. »Ich ahnte nicht, dass es mich so nervös machen
würde.« Sie richtete sich gerade auf, hob das Kinn und ging auf
den Empfangstresen zu. »Lass es uns schnell hinter uns bringen.«

Tucker hätte ihr gern zur moralischen Unterstützung die
Hand gehalten, aber im Augenblick schien Lacey das nicht zu
brauchen. Sie fragten nach Detektiv Ryan und setzten sich auf
eine Bank, um auf ihn zu warten.

Schon nach wenigen Minuten kam er ihnen im Gang entgegen. Mit seinem schief hängenden Schlips, seinen müden
blauen Augen und dem unrasierten Gesicht sah er aus, als hätte
er keine Minute geschlafen.

Aber sein Lächeln war siegesgewiss. »Schön, dass Sie so
schnell herkommen konnten. Ich brauche Ihnen wohl nicht zu
sagen, wie sehr wir hoffen, diesen Fall endlich lösen zu können.

Seit Monaten haben wir versucht, diesen Gangster dingfest zu machen, während die Presse uns heftig vorwarf, wir würden nichts unternehmen. Niemanden schien zu interessieren, dass wir nichts als zwei Geldtransporter ohne Fingerabdrücke und vier tote Wachmänner hatten – bis Sie kamen.«

»Wenn ich gewusst hätte, was mich erwartet, wäre ich nicht gekommen, Mr. Ryan«, sagte Lacey leise. »Ich hoffe, es dauert nicht allzu lange.«

»Nein, keine Sorge«, versicherte Ryan. Er begleitete sie den Gang hinunter und öffnete die Tür zu einem dunklen, fensterlosen Raum. Das einzige Licht, das es dort gab, stammte von einer Flutlichtschiene, die eine Plattform vor einer Wand beleuchtete.

»Wir werden hier hinten bleiben«, erklärte er und verhielt den Schritt im Dunkeln mit dem Blick auf die Plattform. »Dort oben werden fünf oder sechs Verdächtige stehen. Keine Angst, die können Sie nicht erkennen, da sie durch die Scheinwerfer geblendet sind. Jeder wird einmal vortreten, sich im Profil zeigen und dann zurückgehen. Wenn Sie jemanden zweimal sehen wollen, müssen Sie es sagen. Sie brauchen niemanden zu benennen, wenn Sie die geringsten Zweifel haben. Wir können uns keine Fehler leisten. Nehmen Sie sich also Zeit.«

Laceys Kehle war trocken, als sie nickte. »Ja, gut.«

Im Halbdunkel sah Ryan sie mit seinen stahlblauen Augen aufmerksam an. »Sobald Sie soweit sind, können wir anfangen.«

Laceys Magen war wie verknotet, aber sie bezwang ihre Lust davonzulaufen. Mit verschränkten Fingern richtete sie sich auf. Der kurze Schmerz in der Schulter erinnerte sie daran, was der Mann, den sie identifizieren sollte, ihr angetan hatte. Er musste seiner gerechten Strafe zugeführt werden. »Ich bin bereit«, sagte sie gefasst.

Während Ryan ans Telefon ging, stellte Tucker sich näher zu Lacey und bot damit seinen Beistand an. Lacey sah ihn dankbar an. Aber sobald sich hinten eine Tür öffnete, ein uniformierter Polizist hereintrat, ihm fünf Männer folgten, die sich in einer Reihe vor die Wand stellten, verkrampfte sie sich unwillkürlich.

Auf den ersten Blick sahen alle aus wie der, der Lacey überfallen hatte. Sie waren mittelgroß, kräftig und hatten lange, ungekämmte braune Haare. Alle taten gelangweilt und gleichgültig. Dabei hatte einer von ihnen versucht, sie umzubringen.

Sie entdeckte ihn sofort. Als Zweiter von rechts lehnte er an der Wand, als ginge ihn das alles nichts an. Seine dunklen Augen blickten überheblich, sein Mund war leicht spöttisch verzogen. Er starrte ins Dunkel, und wenn Lacey es nicht besser gewusst hätte, hätte sie geschworen, dass er sie direkt fixierte, als wollte er sie warnen, ihn nicht zu identifizieren.

Plötzlich wurde sie von einem Hassgefühl erfüllt, das sie fast zu überwältigen drohte. Genau so hatte er sie in jener Nacht angestarrt, als er sie wie einen hilflosen Hasen gejagt und niedergeschlagen hatte. Ihr Blut schien zu gefrieren. Der gesunde Menschenverstand sagte ihr, dass sie hier in dem Polizeirevier in völliger Sicherheit vor ihm war. Aber die Angst, die ihr die Kehle zuschnürte, hatte nichts mit Verstand zu tun. Unwillkürlich wich sie zurück und verkrampfte die Hände ineinander, bis die Knöchel unter der Haut weiß schimmerten.

Tucker hatte sie beobachtet und diese Reaktion schon erwartet. Lacey war eine starke Frau, aber niemand konnte von ihr erwarten, dass sie ihrem Beinahemörder unbefangen gegenübertrat. Dennoch überraschte ihn sein Bedürfnis, sie in den Arm zu nehmen und sie vor ihren bedrückenden Erinnerungen zu beschützen. Spontan stellte er sich dicht neben sie, legte eine Hand auf ihren Arm und flüsterte: »Ganz ruhig, Kleines, er kann dir nichts tun, du bist hier völlig sicher.«

Sie schob ihre Finger in seine und empfand diese wärmende Berührung als unendlich beruhigend. Er hat recht, sagte sie sich und konzentrierte sich auf das Gefühl seiner kräftigen Hand,

519

die um ihre gelegt war. Seine Stärke schien auf sie überzugehen und den übermäßigen Druck von ihr zu nehmen. Sie war alles andere als eine Klette – dazu hatte sie schon zu lange allein gelebt –, aber dieses eine Mal brauchte sie jemanden. Nein, nicht irgendjemanden, das stimmte einfach nicht, sie brauchte ihn. Aber darüber konnte sie sich immer noch Gedanken machen.

Detektiv Ryan war nicht verborgen geblieben, dass Lacey die Fassung wiedergewonnen hatte. »Ist der Mann, der versucht hat, Sie umzubringen, dabei?«, fragte er.

Lacey, die noch immer Tuckers Hand hielt, nickte. »Ja. Der Zweite von rechts.«

Nur jemand, der Jack Ryan gut kannte, hätte gemerkt, wie sehr ihn diese Auskunft freute, denn sein Gesicht blieb ausdruckslos. »Sind Sie ganz sicher?«

Lacey trat von der Wand zurück, ließ Tuckers Hand nach einem freundlichen Druck los und sah Ryan fest an. »Ich habe nicht die geringsten Zweifel.«

Diesmal grinste Ryan breit. »Gut.« Er wandte sich an einen der Beamten an der Tür und sagte: »Das war's, Mike, Sie können die Männer wieder abführen.«

Damit war es vorüber.

Da im Augenblick nichts weiter zu tun blieb, kehrte Lacey zusammen mit Tucker in ihre Wohnung zurück. Sie fühlte sich, als wäre ihr ein Tonnengewicht von den Schultern genommen worden. Zum ersten Mal, seitdem sie Robert Martin in jener Nacht gegenübergestanden hatte, fühlte sie sich sicher. Und ihre Besorgnis, dass er nach Zahlung einer Kaution wieder auf freien Fuß gelassen würde, wurde von Ryan zerstreut, der sie telefonisch darüber informierte, dass der Verdächtige formal wegen Mordes und bewaffneten Raubüberfalls angeklagt worden und eine Kaution damit hinfällig sei.

Der Verbrecher beteuerte allerdings seine Unschuld. Er wollte nur mit seinem Anwalt sprechen. Einer, der drei Überfälle auf Geldtransporter begangen und die Polizei über Monate in Atem gehalten hatte, würde natürlich kein Geständnis ablegen, besonders wenn der einzige Beweis gegen ihn die Zeugenaussage einer Frau war, die ihn nur im Dunkeln gesehen hatte. Eine Hausdurchsuchung bei ihm hatte nichts ergeben, von der halben Million Dollar fehlte jede Spur.

Detektiv Ryan war dennoch überzeugt, dass er den richtigen Mann hatte. Weil es drängte, hatte man den Prozess schon auf Ende des Monats anberaumt. Der Staatsanwalt wollte den Angeklagten so schnell wie möglich hinter Schloss und Riegel bringen.

Als Lacey auflegte, seufzte sie erleichtert. »Der Gerichtstermin ist zum Glück schon sehr bald«, teilte sie Tucker mit. »Ich dachte schon, das würde sich alles über Monate hinziehen.«

»Du hast wirklich Glück gehabt«, sagte Tucker. »Da du jetzt in Sicherheit bist und mich nicht mehr brauchst, sollte ich wohl nach Aruba fahren.«

Der Glanz in Laceys Augen erlosch plötzlich, obwohl sie tapfer weiterlächelte. Es war ja von Anfang an klar gewesen, dass Tuckers Anwesenheit nur kurzfristig war. Außerdem hatte sie nie darum gebeten. »Du wirst dich sicher auf deine Ferien freuen«, entgegnete sie mit erzwungener Fröhlichkeit. »Ich wollte keinesfalls, dass du für mich so viel Zeit opferst. Dad sicher auch nicht. Vielen Dank für alles«, fügte sie mit vibrierender Stimme hinzu.

Tucker zuckte mit den Schultern. Dankbarkeit war das Letzte, was er erwartete. »Wie ich schon sagte, ich wollte gar nicht unbedingt in Urlaub gehen. Aruba läuft mir nicht weg, und du brauchtest Hilfe, wie jeder sie gelegentlich mal braucht. Mehr war das nicht.«

Lacey schien plötzlich einen Kloß im Hals zu haben und schluckte. Sie wusste ja, dass er nur »seine Pflicht« getan hatte, weiter nichts. Aber dass er es ihr so ins Gesicht sagte … »Trotzdem, ich weiß das zu schätzen.«

521

»Dabei hatte ich den Eindruck, dass du mich am liebsten gleich wieder rausgeworfen hättest«, neckte er sie und wünschte sich fast, die alte Feindseligkeit wäre wieder zwischen ihnen. Dann wäre es leichter, Lacey zu verlassen. Wieso hatte er sich nur in eine solche Lage gebracht? Er hätte so bald wie möglich verschwinden und nach Aruba fahren sollen. Je schneller er den verdammten Urlaub hinter sich brachte, um so eher konnte er wieder arbeiten. Er griff zum Telefonhörer. »Ich kann ja gleich versuchen, noch für heute Nachmittag einen Flug zu bekommen. Dann bist du mich in null Komma nichts wieder los.«

»Du willst doch nicht …« Lacey biss sich auf die Unterlippe. Sollte er doch fahren. Wenn ihr die Wohnung ohne ihn leer vorkommen sollte, würde sie sich schon wieder daran gewöhnen. Aus den Augen, aus dem Sinn. Sie würde bald wieder ihren gewohnten Trott aufnehmen und seinen Rasierduft im Bad vergessen, ebenso wie seine starken Arme, mit denen er sie die Treppen runtergetragen hatte. Die hingebungsvollen Blicke und Küsse vergaß sie am besten, im Laufe der Zeit würde die Erinnerung daran schon verblassen – hoffentlich.

Tucker legte auf. »Vor morgen früh kann ich keine Maschine bekommen. Du musst mich also noch eine Nacht lang ertragen.«

Dass Lacey das wahnsinnig freute, zeigte nur, dass sie wirklich in Schwierigkeiten war. Dass er dagegen leicht gereizt zu sein schien, tat ihr weh. Er hatte es offenbar eilig wegzukommen. Wieso machte ihr das nur so viel aus?

Um möglichst nicht weiter darüber nachzudenken, verschwand Lacey in der Küche. »Was ist schon eine Nacht mehr?«, meinte sie mit einer Lässigkeit, auf die sie stolz war. »Mach doch nicht ein so mürrisches Gesicht. Schon morgen um diese Zeit aalst du dich am Strand und musst dich dem Ansturm der Verehrerinnen erwehren. Beziehungsweise …« – ihr fiel sein Schürzenjägerruf ein – … »wirst du sie gar nicht abwimmeln, sondern sie genießen. Kein Wunder, dass du es eilig hast zu verschwinden.« Lacey öffnete die Kühlschranktür und prüfte den Inhalt. »Was möchtest du zu Abend essen?«

Tucker, der ihr in die Küche gefolgt war, zog erstaunt eine Braue hoch. Er war ebenso amüsiert wie verärgert, lehnte sich gegen den Tresen und schaute Lacey prüfend an. »Das ist mir egal, irgendetwas. Übrigens habe ich nicht die Absicht, am Strand herumzuliegen.«

»Und dich der Frauen zu erwehren? Du wirst bestimmt ganz blau und grün wieder zurückkommen, du Armer.«

Tucker verzog den Mund. »Hör doch endlich mit den Frauen auf«, knurrte er. »Es gibt keine.« Es gab schon ziemlich lange keine, aber das hätte Lacey ihm bestimmt nicht geglaubt. »Wenn es nach mir ginge, hätte ich gleich den nächsten Auftrag und befände mich irgendwo im Dschungel. Was soll ich auf einer tropischen Insel?«

»Dich ausruhen. Fischen gehen. Herumspielen.« Die Vorstellung, die sie bei dem Wort »gleich« hatte, behagte ihr nicht. Energisch schlug sie die Kühlschranktür zu und sah Tucker an. »Ich muss einkaufen gehen, da nichts Essbares da ist. Übrigens, wenn du keinen Urlaub haben willst, wieso nimmst du dann welchen? Geh doch nach Washington zurück und lass dir einen neuen Auftrag geben.«

»Das ist nicht so leicht.«

»Wieso nicht?«

»Weil …« Tucker zögerte. Er dachte kurz an den letzten politischen Zwischenfall. Seine Miene nahm einen grimmigen Ausdruck an. Noch mochte er mit niemandem darüber reden. »Ich habe seit drei Jahren keinen Tag Ferien gehabt«, sagte er schließlich. »Mein Chef fand einfach, es sei Zeit dafür.«

Er verschwieg etwas, das sah man ihm an. Lacey kannte Tucker inzwischen gut genug, um zu wissen, dass er um keinen Preis der Welt mit ihr darüber sprechen würde, wenn er nicht wollte.

523

So verkniff sie sich Fragen, die er ohnehin nicht beantwortet hätte, und wechselte das Thema. »Wir brauchen wohl beide einen Tapetenwechsel. Du bist nun schon fast eine Woche hier und hast noch nichts von der Stadt gesehen. Heute schließe ich den Laden einfach mal.«

Tucker nickte. »Klingt gut«, sagte er spontan und lächelte breit.

5. Kapitel

Etwa eine Stunde später standen sie vor einem Waffengeschäft. Lacey weigerte sich standhaft, hineinzugehen. »Das ist doch lächerlich. Wir wollten ausgehen und keine Waffe kaufen. So etwas brauche ich nicht«, widersprach sie Tucker zum zehnten Mal in zehn Minuten, während er geduldig die Tür offenhielt. »Und selbst wenn, habe ich nicht die leiseste Ahnung, wie man so etwas benutzt. Bei meiner Geschicklichkeit endet es vermutlich damit, dass ich mir in den eigenen Fuß schieße.«

»Das tust du nicht, dafür werde ich schon sorgen«, entgegnete Tucker. Er wollte Lacey nicht schutzlos im gefährlichen French Quarter zurücklassen. »Wenn man bedenkt, wie oft bei dir schon eingebrochen wurde, wundert es mich, dass du dir nicht schon längst eine Waffe angeschafft hast.«

»Die Einbrecher wollten mir ja nichts tun, sondern nur stehlen. Außerdem war ich zu der Zeit nie da.«

»Aber wenn du nun doch da gewesen wärst? Wenn du im Bett gelegen hättest und die geglaubt hätten, dass du nicht zu Hause bist?«, mahnte Tucker. »Du hättest dich einem revolverschwingenden Dieb gegenüberfinden können, dem es völlig gleichgültig ist, ob er seinem Raub noch einen Mord hinzufügt. Und dann? Hättest du ihm eine Bratpfanne über den Kopf geschlagen? Wenn du so was nicht unter dem Kopfkissen parat hast, bist du doch hilflos wie ein Kind, und das weißt du.«

Warum, zum Teufel, hatte Tucker nur immer recht? »Na gut, es stimmt, dass ich für einen Einbrecher keine Bedrohung darstelle. Aber eine Waffe hilft da auch nicht.«

»Vermutlich nicht, aber ich würde ruhiger schlafen, wenn ich wüsste, dass du nicht völlig schutzlos bist. Verstehst du?«

»Mich beruhigt es nicht, solange ich diejenige bin, die damit herumhantieren soll«, gab Lacey zurück und schüttelte sich. »Diese Dinger sind so ekelhaft.«

»Na gut, dann werde ich dir eine mit perlenverziertem Griff besorgen. In Rosa gibt es so was leider nicht.«

Lacey sah ihn giftig an. »Sehr witzig!«

»Ich kann dir aber nichts versprechen.« Er lachte und zog die Tür weiter auf. »Komm schon, wir verschwenden nur unsere Zeit.«

Das Geschäft führte ein reichhaltiges Angebot an Waffen jeder Art, sowohl für Jäger wie für Waffenliebhaber. Lacey bekam schon bei einem flüchtigen Anblick der schwarzen Pistolen in einem der Schaukästen feuchtkalte Hände. Sie hasste Waffen.

Als hätte er ihre Gedanken gelesen, sagte Tücken »Du brauchst sie nicht zu mögen, du sollst sie nur benutzen.« Und zum Verkäufer gewandt: »Die Dame braucht eine Pistole, eine, die klein und handlich ist.«

»Mal sehen, was wir da haben«, sagte der Angestellte, ein großer Mann mit schütterem Haar, und strich sich den Schnurrbart. »Ich habe eine 357er Magnum, eine wirkliche Schönheit.«

»Nein, die ist zu klotzig.« Tucker winkte ab.

»Wie wäre es dann mit einer 38er Special?«, schlug der Verkäufer vor, nahm einen stumpfnasigen Revolver vom Bord und legte ihn auf den Tresen. »Der ist speziell für Damen gedacht und ganz leicht. Er hat einen schlanken Griff aus Rosenholz und einen Lauf aus Edelstahl. Für Männer ist das nichts, aber weibliche Kunden schätzen ihn sehr.«

Lacey konnte sich nicht vorstellen, dass man eine Waffe überhaupt mögen konnte. Sie schaute auf den blitzblanken Lauf und mochte ihn nicht einmal berühren. Wie konnte etwas so Kleines so gefährlich aussehen?

»Haben Sie nicht etwas Zierlicheres?«, fragte sie. »Etwas, das weniger bedrohlich wirkt?«

»Lace, wenn man einen Eindringling damit nicht erschrecken kann, ist das Ganze wertlos«, ließ Tucker sie wissen.

»Ich denke, ich weiß, was die Dame wünscht«, meinte der Verkäufer lächelnd. »Ich habe etwas, das Sie interessieren dürfte.«

Er eilte in den rückwärtigen Teil des Ladens und kam mit einer kleinen, perlenbesetzten Derringer wieder, die in seiner großen Hand fast wie ein Spielzeug wirkte.

»Letztes Jahr brachte eine alte Dame den zur Reparatur und hat ihn nicht wieder abgeholt. Ich habe mich bemüht, sie zu erreichen, aber unter der Nummer war kein Anschluss mehr, und ich weiß nicht, was aus ihr geworden ist. Die Rechnung wurde nie beglichen. Wir bewahren solche Dinge normalerweise höchstens sechs Monate auf, dann geben wir sie weg, wenn der Eigentümer sich nicht meldet. Sie hat nur einen einzigen Schuss, aber wenn Sie sie wollen, können Sie die gegen die Reparaturkosten haben.«

Als er sie Lacey hinhielt, griff sie – wenn auch nur zögernd – danach. Die Pistole war kaum größer als ihre Handfläche und wirkte alles andere als gefährlich, auch wenn man wusste, dass sie aus geringer Entfernung jemanden töten konnte. Sie sah aus wie etwas, das eine Frau um die Jahrhundertwende in ihrem Täschchen mit sich herumtrug. Wenn Lacey schon eine Waffe haben musste, dann lieber eine altmodische als eine aus dem neuesten Sortiment.

Tucker hatte ihren wechselnden Gesichtsausdruck beobachtet. »Könntest du dich mit der vielleicht anfreunden?«

»Wenn du darauf bestehst, obwohl ich Waffen trotzdem nicht mag.«

»Na ja, dann kaufe ich dir auch keine neue zu Weihnachten.« Er lächelte und sagte zu dem Verkäufer: »Die nehmen wir.«

Es war keine Zeit zu verlieren. So gingen sie, sobald bezahlt und der Papierkram erledigt war, zu einem Übungsplatz am

Rande der Stadt. Lacey fürchtete sich davor, schießen zu müssen, aber daran führte nun kein Weg vorbei. Zum Glück war der Platz am helllichten Nachmittag und mitten in der Woche so gut wie leer. So gab es keine Beobachter, falls sie sich ungeschickt anstellen sollte.

Sie folgte Tucker zum Rand des markierten Gebietes und legte die Munition, die sie gekauft hatten, auf einen hölzernen Aufbau. Das Ziel schien mindestens hundert Meilen entfernt. Lacey war skeptisch. »Ich hoffe, du erwartest nicht, dass ich das treffe«, sagte sie und runzelte die Brauen. »Nicht, dass du dann enttäuscht bist.«

»Wenn du das mit diesem Spielzeug triffst, bist du eine bessere Schützin als ich.« Tucker lachte. »Alles der Reihe nach. Zunächst lernst du, wie man sie lädt und den Abzug betätigt. Ob du triffst, ist im Moment nicht so wichtig.«

Tucker zeigte Lacey alles. »Es gibt nur eine Kugel, aber die hat ein großes Kaliber und kann aus der Nähe ziemlichen Schaden anrichten. Für eine größere Distanz ist die Waffe nicht geeignet.«

Lacey zog die Unterlippe zwischen die Zähne und machte nach, was Tucker ihr gezeigt hatte. Dann trat er hinter sie und erklärte, wie sie zielen musste.

Lacey holte tief Luft und legte an. Wenngleich die Pistole leicht war, zitterte ihr die Hand. Es war ihr einfach zuwider, auf etwas zu zielen. »Ich sagte dir doch, dass ich keine Waffen mag«, wiederholte sie auf Tuckers Blick hin.

Tucker brachte von hinten ihren Arm in Position. Lacey spürte die Wärme, die von seinem kräftigen Körper ausging, und seinen Atem an ihrer Schläfe. »Nimm beide Hände, dann hast du mehr Stabilität.«

Das war ja wohl ein Witz. Spürte er nicht, wie ihr das Herz klopfte? »Beide Hände? Das kleine Ding wiegt doch sicher nicht mal ein Pfund.«

»Das hilft aber beim Zielen«, erklärte Tucker, der sich darüber wunderte, dass aus einem simplen Schießunterricht plötzlich etwas anderes geworden war. Er hatte Lacey nicht halten, nicht einmal berühren wollen.

Unter seinen Fingern umklammerte Lacey die Waffe. Jeder Nerv ihres Körpers war gespannt. »Und nun?«, fragte sie.

Und nun? fragte auch er sich. In wenigen Stunden war er unterwegs. Und selbst wenn nicht, Lacey war ja gar nicht sein Typ. Sie brauchte einen Ehemann, Kinder, ein normales häusliches Leben und keinen, der in null Komma nichts in unbekannten Gegenden fuhr und nicht mal wusste, ob er je zurückkommen würde. Vergiss das Ganze, ermahnte er sich.

Er nahm seine Hände von ihr und trat schnell zurück. »So, nun schieß«, sagte er bemüht neutral, »und denk dran, dass du im Ernstfall unter Druck stehst und du nur einen Schuss hast. Wenn du gefasst bleibst, reicht das aber.«

Ganz langsam und völlig ruhig zog Lacey den Abzug durch und zuckte nicht einmal zusammen, als die Kugel sich explosionsartig aus dem Lauf löste. Tucker hatte hoffentlich nicht bemerkt, dass sie im letzten Moment die Augen zusammengekniffen hatte. Erleichtert seufzend senkte sie den Arm, sodass der Lauf auf den Boden gerichtet war. »Nun, wie war ich?«

»Nicht schlecht. Aber wenn du einen Einbrecher treffen willst, musst du die Augen schon offenhalten.«

Lacey war verblüfft. »Woher weißt du …«

»Das habe ich nur geraten. Manche Frauen tun das instinktiv.« Er nahm ihr die Waffe ab und steckte sie in die Tasche. »Ab nach Hause. Ich brauche eine Dusche und möchte meine Sachen packen, bevor wir essen gehen.«

Mit der Hand an ihrem Rücken drängte er sie zum Wagen.

★

Nachdem die Spannung zwischen ihnen auf dem Schießplatz wieder spürbar war, hätte Lacey sich denken können, dass die sich beim abendlichen Ausgehen nicht gerade legen würde. Tucker verließ das Bad dampfend und duftend, war frisch rasiert, und seine Locken ringelten sich auf dem blass gestreiften Hemd. Seine hellen Hosen umspannten die langen Beine, und Lacey hatte Mühe, ihn nicht dauernd anzustarren. Kein Wunder, dass Frauen bei ihm Schlange standen – er sah zum Anbeißen aus.

Als Lacey eine halbe Stunde später in einem zartrosa Georgette-Kleid aus dem Bad kam, ahnte sie nicht, dass Tucker auch sie umwerfend fand. Sie stand vor dem Frisierspiegel, versuchte, ihre rotbraune Lockenmähne durch eine perlenbesetzte Spange zu bändigen, und merkte nicht, dass schon der feine Duft ihres Parfüms Tuckers Sinne ansprach. Er hätte besser das nächstbeste Flugzeug nehmen sollen, egal, wohin es ging. Dann wäre es ihm erspart geblieben, eine Frau zu begehren, die er – wie er es sich vorgenommen hatte – nicht einmal berühren wollte.

Eilig stopfte er seine Sachen in den Koffer und ließ nur die Kleidung draußen, die er am nächsten Morgen tragen wollte. Seine Stimmung war gereizt. So fragte er, als er in Laceys Zimmer blickte, ziemlich unfreundlich: »Bist du immer noch nicht fertig? Was hast du denn die letzte halbe Stunde gemacht, dich für einen Ball geschmückt?«

Lacey begriff sofort, dass er nicht gut drauf war. Sie nahm ihre Handtasche, ging zu ihm ins Wohnzimmer und konterte süßlich: »Ich habe mich auch schon gewundert, wieso du für eine simple Dusche eine Dreiviertelstunde brauchst. Gehen wir?«

Seine einzige Reaktion war, mit gerunzelten Brauen die Tür aufzureißen. Lacey musste sich ein Grinsen verkneifen, ging vor ihm die Treppe hinunter und hoffte, dass die karnevalsähnliche Stimmung und der Trubel der Bourbon Street die Spannung zwischen ihnen lösen würde.

Obwohl die Dunkelheit noch nicht hereingebrochen war, erstrahlten die Geschäfte und Klubs an der berühmtesten Straße von New Orleans in vielfarbigen Lichtern, und die Türen standen offen für jene Besucher, die sich allmählich einfanden. Es war stickig heiß wie immer. In den Eingängen von Striptease-Bars tanzten leichtbekleidete Mädchen, um Schaulustige anzulocken. In der gesamten Straße hörte man Jazz-Rhythmen und den stampfenden Beat von Schlagzeugen.

Normalerweise liebte Lacey das French Quarter, sobald die Hitze des Tages in die sanfte Schwüle des Abends überging, die Hängefarntöpfe auf den schmiedeeisernen Balkons von romantischen Geschichten erzählten und die weiche Luft das Versprechen einer besonderen Nacht zu enthalten schien. Aber an diesem Abend war sie gedanklich mehr mit dem Mann an ihrer Seite als mit ihrer Umgebung beschäftigt.

Tucker glich seine langen Schritte ihren an. Seine Hand streifte Lacey gelegentlich, wenn das Gedränge zu groß wurde. Und jedes Mal hatte Lacey das Gefühl, als gäbe es einen elektrischen Funken. Das muss aufhören, ermahnte sie sich und versuchte, zwischen Tucker und sich Abstand zu gewinnen, um besser durchatmen zu können. Aber selbst das half nicht. Sie brauchte diese Tortur nur noch einige Stunden zu ertragen, dann war er weg. Falls sie sich dann nach ihm sehnte, ahnte er das wenigstens nicht.

Sie besuchten ein Restaurant, das sich Ecke Jackson Square, aber dicht genug an der Bourbon Street befand, sodass man die Musik von dort noch hören konnte. Von ihrem Tisch im Freien aus konnten sie den Fluss mit den vielen Booten sehen, die Station für Pferdewagen und die Zeichnungen und Karikaturen, die auf dem Bürgersteig von Straßenkünstlern angefertigt wurden. Alles war belebt, festlich und bunt.

Und fast zu schön. Lacey wünschte, das Zusammensein mit Tucker hätte weniger von einer romantischen Verabredung.

»Ich habe vergessen zu fragen, ob du vor dem Essen vielleicht noch einen Drink und etwas Jazzmusik hören möchtest. Wir hätten in einen dieser Klubs gehen können.«

»Nein, nein, es ist schon in Ordnung. Ich möchte keinen Drink.« Jedenfalls jetzt nicht. Der Gedanke daran war ihm vergangen, sobald er Lacey in diesem traumhaften Sommerkleid gesehen hatte. Wenn ihm Alkohol zusätzlich den Verstand benebeln würde ... Er hatte ja schon Schwierigkeiten, durch den Abend zu kommen, ohne sie zu berühren.

In beider Schweigen hinein drang die Jazzmusik, deren Beat dem Schlag ihrer Herzen glich. Lacey starrte gerade ins flackernde Kerzenlicht, als sie spürte, dass jemand sie beobachtete. Gegenüber entdeckte sie zwei Frauen, die über Tucker tuschelten. Amüsiert hob sie eine Augenbraue. »Die beiden da drüben sind kurz davor, sich auf dich zu stürzen. Vermutlich haben die dich nach dem Attentat im Fernsehen gesehen.« Als er sie nur ansah, wunderte sie sich. »Was ist los? Gefällt es dir nicht, der derzeitige Held zu sein?«

Er winkte ab. »Ich bin kein Held.«

»Vielleicht nicht in deinen Augen, aber das Botschaftspersonal denkt vermutlich anders darüber.«

»Die kennen auch nicht alle Fakten. Ich habe nur meinen Job gemacht.«

Lacey wollte ihm widersprechen, aber sein Gesichtsausdruck hinderte sie daran. So ließ sie das Thema fallen. »Wohin fährst du denn nach deinem Urlaub in Aruba?«

»Keine Ahnung. Dorthin, wo man mich braucht.«

»Stört dich das nicht? Nie zu wissen, wo du als Nächstes sein wirst?«

»Immer noch besser, als sich hinter einem Schreibtisch zu Tode zu langweilen«, antwortete Tucker grimmig.

Lacey sah ihn forschend an. »Ich dachte immer, alle Terroristenbekämpfer endeten eines Tages hinterm Schreibtisch.«

»Ich nicht.«

»Dad meint, du würdest einen hervorragenden Diplomaten abgeben.«

Tucker sah sie durchdringend an. Was hatte sein Stiefvater ihr wohl erzählt? »Wann hast du mit Marcus über mich gesprochen?«

»Oh, ich weiß nicht – letzten Monat, vergangenes Jahr. Er redet eigentlich dauernd von dir.«

»Wieso das?«

»Er hat wohl diese merkwürdige Idee, dass wir eines Tages Freunde sein könnten«, gab Lacey zurück und sah ihm dabei offen in die Augen. »Er erzählt mir all diese großartigen Dinge über dich, weil er hofft, mich damit zu beeindrucken.«

Tucker musste lächeln. »Na und? Hat er es geschafft?«

Lacey sah ihn überrascht an. »Nicht unbedingt.« Aber um ihre Mundwinkel spielte ein Lächeln.

»Ich habe nie verstanden, warum manche Frauen eine gute Sache nicht erkennen, wenn sie die sehen«, neckte er sie. »Qualität ist schließlich etwas Seltenes.«

»Genau meine Meinung«, meinte sie lachend und ließ ihn damit in seine eigene Falle gehen. »Was sagtest du gerade?«

In dem Moment kam der Kellner und stellte Teller mit gegrilltem Fisch vor sie. Tucker sah Lacey aufmunternd an. »Guten Appetit.«

Allmählich löste sich die Spannung zwischen ihnen, jedenfalls eine Zeit lang. Nach Dessert und Kaffee bummelten sie noch durch das Viertel. Inzwischen war es Nacht geworden, und die Besucherscharen, die sich in New Orleans amüsieren wollten, hatten sich verdoppelt. An Straßenecken traten Jongleure und Steptänzer auf, vor einem Voodoo-Geschäft unterhielt ein Possenreißer die Menge. Überall Lärm, Gelächter, Bewegung.

Nachdem sie einmal im Gedränge auseinandergerissen wurden und ein andermal ein Betrunkener aus einer Bar getorkelt kam und Lacey beinahe umstieß, nahm Tucker ihre Hand und zog sie dicht neben sich. Da war es plötzlich, als wären nur sie beide noch auf der Welt …

Tucker sagte sich mehrfach, es sei nicht nötig, ihre Hand zu halten. Wenn es hier auf der Straße so turbulent zuging, sollten sie lieber nach Hause gehen. Aber da würden sie allein sein, mit dem Bett im Nachbarzimmer und vielen Stunden vor sich. Nein, hier im Gedränge war es dann schon sicherer.

Inzwischen waren sie wieder am Moon Walk, einem Weg, der am Fluss entlangführte. Ein vorbeifahrendes Schiff wühlte das braune Wasser fächerförmig auf, und Fetzen spritziger Tanzmusik wehten herüber. Sehnsüchtig schaute Lacey dorthin. »Ich bin schon seit Jahren nicht mehr auf einem Flussdampfer gefahren.«

Tucker dachte, so eine Fahrt könnte ihn innerlich abkühlen. So zog er Lacey in Richtung der Anlegestelle. »Es ist nicht weit von hier, lass uns das machen.«

»Lieber nicht«, widersprach Lacey erschrocken.

Überrascht blieb Tucker stehen. Lacey sah im Licht der Straßenlaterne ganz blass aus. Er hielt noch immer ihre Hand und trat dichter an sie heran. »Ich dachte, du wolltest so eine Fahrt machen. Was ist denn los? Es ist nicht weit von hier aus.«

»Ich weiß.« Aber es ging durch enge dunkle Straßen und eine ziemlich unsichere Gegend. »Hier in der Nähe hat der Überfall stattgefunden. Lass uns lieber ein Taxi nehmen.«

»Wenn du wusstest, dass es dort nicht sicher ist, wieso bist du da überhaupt entlanggegangen?«, fragte Tucker.

»Zu der Zeit ahnte ich das noch nicht. Naja, ich wusste, dass da gelegentlich komische Typen sind, nicht aber, wie einsam und abgelegen es dort ist.«

Bis plötzlich einer vor ihr stand, der sie töten wollte, und niemand in der Nähe war, der auch nur ihre Schreie hörte. Der Gedanke daran, was Lacey durchgemacht haben musste, entsetzte Tucker. Er packte ihre Hand fester, überlegte nicht lange und zog sie zurück in Richtung Jackson Square. »Komm, wir gehen lieber nicht zu Fuß.«

534

Als ihr Taxi zehn Minuten später an der Anlegestelle hielt, waren die meisten Passagiere schon an Bord des mächtigen Raddampfers gegangen, der zur Nachtfahrt aufbrechen wollte. Der Kartenabreißer grinste, als sie abgehetzt ankamen.

»Beinahe hätten Sie das Schiff verpasst«, sagte er, über ihre Atemlosigkeit belustigt. »Auf dem Hauptdeck wird übrigens zu Livemusik getanzt, da finden Sie die meisten jungen Leute, besonders die jungen Damen zieht es dahin. An dem Schlagzeuger muss irgendwas dran sein.« Er schien das nicht nachvollziehen zu können. »Ich bin lieber auf dem Oberdeck, das hat den schönsten Ausblick. Sehen Sie sich um, suchen Sie sich ein schönes Plätzchen aus und genießen Sie die Fahrt. Wir legen gleich ab.«

Sie stiegen die Treppen hoch. Tucker wäre am liebsten ganz nach oben gegangen, wo die Abendbrise Kühlung versprach. Aber die Musik auf dem Deck über ihnen war unüberhörbar. »Möchtest du tanzen?«, fragte er Lacey.

Man hörte gerade einen sanften, träumerischen Blues, sodass Lacey, die gleich eine bestimmte Vorstellung im Kopf hatte, zögerte. Inmitten einer tanzenden Menge in Tuckers Armen zu liegen, an ihn gepresst zu sein, niemand anders wahrzunehmen als ihn … Am liebsten hätte sie spontan ja gesagt. Aber das hier war keine romantische Verabredung, sondern nur ein Zeitvertreib, bis Tucker abfahren würde, und sie durfte sich nicht in solche Fantasien verlieren. Ihr Bluterguss am Oberschenkel schmerzte nicht mehr so wie sonst, aber er bot ihr einen Vorwand. »Ich glaube, ich sollte lieber nicht. Ich kann genauso gut auf dem Oberdeck sitzen und von dort die Aussicht genießen.«

Tucker war erleichtert. »Gut, dann lass uns dahin gehen.«

So stiegen sie die steilen Treppen zur nächsten Ebene hoch und fanden einen weiteren Aufgang, der zum Deck darüber führte, bis sie endlich das Oberdeck erreicht hatten. Gerade hatte der Dampfer abgelegt. Noch heftig atmend von der ungewohnten Anstrengung standen sie an der Reling – und stöhnten überrascht auf. Das Oberdeck war mit einer festlichen Außenbeleuchtung dekoriert, so gut wie leer, in der Mitte ganz dunkel und die Musik von unten nur gedämpft zu vernehmen.

Nur noch ein anderes Pärchen hatte den Weg hier herauf gefunden. Es stand eng umschlungen am Heck und küsste sich weltvergessen.

Lacey wollte eigentlich gleich wieder umkehren und zum Tanzdeck hinuntergehen. Sollte Tucker ruhig denken, dass sie Angst hatte, mit ihm allein zu sein. Stattdessen sagte sie: »Wir haben anscheinend die große Auswahl an Stühlen. Wo möchtest du sitzen?«

Überall, nur nicht hier, hätte er beinahe geantwortet. So konnte sich sein Blut nicht gerade abkühlen. Scheinbar gefasst wies er auf die Metallsessel, die in der Kurve am Bug aufgereiht waren. »Da vorn. Von da aus können wir gut sehen, wohin wir fahren.«

Aber die Stühle, zu denen er sie führte, waren zu niedrig, sodass Lacey nicht über die Reling blicken konnte. Eigentlich war ihr das nicht besonders wichtig, dazu war sie sich Tuckers Gegenwart zu sehr bewusst. Aber sie stand wieder auf, legte die Hände aufs Geländer und blickte auf die hoch aufragenden Gebäude der Stadt, an denen sie gemächlich vorüberglitten. Der Anblick überwältigte sie normalerweise, aber sobald Tucker ebenfalls aufstand und sich dicht neben sie stellte, starrte sie nur noch wie blind auf ihre geliebte Stadt.

Vom anderen Ende des Schiffes hörte man im Dunkel der Nacht Flüstern und gedämpftes Lachen. Obwohl Tucker sie nicht im Mindesten berührte, spürte Lacey, dass er ganz steif neben ihr stand. Sie glaubte sogar, einen leisen Fluch zu vernehmen. Aber der wurde in dem Moment durch das Tuten des Dampfers übertönt.

»Das sind vermutlich Flitterwöchner«, meinte sie, sobald es wieder still war. »Die kommen oft nach New Orleans.« Als

Tucker nur leise schnaubte, fragte sie: »Was soll das heißen? Ist das deine Meinung zur Ehe?«

Tucker ballte die Hände in den Taschen. »Bislang habe ich noch keine Beziehung erlebt, die nicht durch die Eheschließung kaputtgegangen ist. Sobald ein Mann einer Frau den Ring ansteckt, beginnen die Probleme.«

»Ach, tatsächlich? Und was ist mit unseren Eltern? Wenn die sich nicht glänzend verstehen, dann weiß ich nichts mehr. Meiner Meinung sind sie das glücklichste Paar, das es gibt.«

Dagegen konnte Tucker nichts sagen. »Die stellen die Ausnahme dar, nicht die Regel. Die Scheidungsraten steigen jedes Jahr.«

Lacey sah ihn forschend an. »Nicht jeder ist unglücklich«, widersprach sie. »Man muss es einfach probieren.«

Aber er sah das nüchterner. »Nicht, wenn schon die Vorbedingungen ungünstig sind.«

»Aber ohne Risiko funktioniert doch nichts.«

Tucker betrachtete Lacey, und Dutzende von Antworten kamen ihm in den Sinn. Aber er konnte kaum noch klar denken. Der Wind spielte mit ihrem Haar, und spontan strich Tucker mit dem Finger über ihre Wange. Nur dieses eine Mal wollte er sie noch berühren. Er hatte Tage mit ihr verbracht und wusste dennoch so wenig über sie. Zum Beispiel, wie man sie wohl dazu brachte, lustvoll aufzustöhnen.

»So kann man das nicht sagen. Wie steht es mit unseren Erwartungen?« Seine Stimme klang leise, tief und erregend. »Und der Sehnsucht, die in einem brennt, bis man zu sterben glaubt, wenn man nicht sofort etwas Bestimmtes berühren oder schmecken darf?« Sein Finger strich an ihrem Ohr entlang in die Locken, die es verdeckten. »Oder einem körperlichen Bedürfnis, das so stark ist, dass es einem regelrecht Schmerzen verursacht? Kennst du so etwas überhaupt, Lacey?«

Einen solchen Schmerz empfand sie gerade in diesem Moment so intensiv, dass sie keine Ahnung hatte, woher sie überhaupt die Kraft nahm zu antworten, ohne in seine Arme zu stürzen. Ihre Lippen waren so trocken, dass sie mit der Zunge darüber fuhr, bevor sie sprechen konnte. Ihre Stimme klang belegt. »Du sprichst von Sex.«

»Nein«, widersprach er heiser. »Von Leidenschaft, von Sehnsucht. Lass mich dir zeigen ...«

Seine Hand grub sich unter ihrem Haar hindurch zum Nacken und hielt da besitzergreifend inne. Schließlich zog er sie in die Arme, beugte sich vor und küsste sie.

Lacey, bei der seine Worte schon Wirkung zeigten, hatte mit einem leidenschaftlichen Kuss gerechnet, mit einem, der berauschte. Aber dieser war zärtlich, sanft wie ein Flüstern, wie ein weicher Hauch. Tuckers Zunge streifte den Mundwinkel und hinterließ nichts als eine Ahnung, ein Sehnen nach mehr.

Lacey seufzte seinen Namen, schob ihre Hände auf seiner Brust nach oben und umschlang den Hals.

Als hätte er ihre lautlose Bitte nach mehr vernommen, hob er kurz den Kopf, um dann – von einem anderen Winkel aus – seine Lippen fester auf ihren Mund zu drücken. Die Sanftheit veränderte sich in heftiges Begehren, das beiden erst bewusst wurde, als ihre Herzen klopften und ihre Hände sich fester krallten, als ob der Schiffsboden unter ihnen schwankte.

Tucker vergrub seine Hände in ihren dichten Locken und stöhnte auf, als Lacey heiß und leidenschaftlich reagierte. Wie viele Nächte hatte er auf dieser verdammten Couch gelegen und davon geträumt, sie so zu halten, dem Begehren nachzugeben, das ihre bloße Gegenwart in ihm auslöste. Er musste sie berühren, sonst wurde er noch verrückt. So gab er dem Bedürfnis nach, ihre Brüste, deren Form er durch den Stoff der Bluse ertastete, zu umfangen, zu kneten, zu liebkosen.

Mit dem Daumen massierte er die Brustspitze, bis sie sich verhärtete und es Lacey rauschartig durchrieselte. Als sie ein tiefes Stöhnen hörte, brauchte sie eine ganze Zeit, bis ihr klar war, dass es von ihr selbst gekommen war. Sie drängte sich an Tucker, hatte das Gefühl zu schmelzen, als verlöre sie die Kontrolle und löse sich völlig auf. Es war viel zu schön, als dass sie sich dagegen wehrte, als dass sie über das Verlangen nachdachte, das sich seit Tagen in ihr angestaut hatte und nun mit Macht zutage trat.

»Manchmal muss man einfach ein Risiko eingehen, muss man seiner Lust, seiner Sehnsucht nachgeben. Selbst wenn man glaubt, dass die Voraussetzungen nicht gegeben sind.«

Seine Worte von neulich drangen plötzlich in Laceys Bewusstsein und ließen sie mit einem unterdrückten Aufschrei zurückschrecken und sich aus seiner Umarmung reißen. Sie atmete heftig, war den Tränen nahe. Eilig versuchte sie, sie wegzublinkern. »Nenne es, wie du willst, aber du meinst doch nur reinen Sex«, brach es aus ihr hervor. »Manchen Frauen mag das genug sein, mir nicht. Tut mir leid, aber du wirst dich mit einem Betthäschen vom Strand in Aruba begnügen müssen.« Damit ging sie eilig auf den Treppenaufgang zu.

Als das Schiff eine Dreiviertelstunde später anlegte, war Lacey die Erste, die den Landungssteg betrat. Tucker folgte gleich dahinter. Er winkte einem Taxi. Seine Lippen waren ganz schmal vor verhaltenem Zorn. Ihm war klar, dass es am besten war, wenn er sofort abfuhr. Dann musste er sich keine Gedanken mehr darüber machen, wie er die Nacht überstand, ohne Lacey in seinen Armen zu halten. Wenn er auch nur in ihre Nähe kam, würde sie ihm vermutlich die Augen auskratzen.

Und das hätte er dann verdient. Er hätte sie überhaupt nicht küssen, nicht die Kontrolle verlieren dürfen. Wieso waren sie auch noch in ein Gespräch übers Heiraten geraten? Lacey Conrad war nicht der Typ Frau, mit dem man über eine enge Bindung diskutieren durfte. Er brauchte ihr nur in die Augen zu sehen und sie an sich zu ziehen, und schon schmolzen seine festesten Überzeugungen dahin. Es wurde höchste Zeit, dass er abreiste.

In frostigem Schweigen fuhren sie zurück. Sobald sie die Wohnung betraten, holte Lacey das Bettzeug für Tucker aus dem Schrank, reichte es ihm und sah ihn kühl an. »Soll ich dich morgen früh zum Flugplatz fahren?«

»Nein, vielen Dank, ich nehme ein Taxi.«

»Gut.« Sie dankte ihm noch einmal höflich für seine Hilfe, wobei das nicht gerade aufrichtig klang, wünschte ihm viel Spaß für seinen Urlaub und ging in ihr Zimmer.

6. Kapitel

Am liebsten hätte Lacey die Tür zugeknallt, schloss sie aber behutsam. Ganz bestimmt konnte sie nicht schlafen. Aber sie wollte ihm nicht die Genugtuung geben, dass er das merkte.

Dieser Mistkerl! Sobald sie das Oberdeck erreicht hatten, hätte sie es sofort wieder verlassen sollen. Stattdessen ließ sie sich von ihm eine erotische Lektion geben, die sie so bald nicht wieder vergessen würde ...

»Zu dumm«, schalt Lacey sich, zog wütend den Reißverschluss ihres Kleides auf und griff nach einem langen weißen Batistnachthemd, das leicht wie eine Sommerbrise war. »Ich hätte doch wissen müssen, dass er mich küssen wollte. Ein Mann redet nicht über Sex und erklärt einem dann nur den Sternenhimmel. Aber was tat ich stattdessen? Ich blieb stehen und wartete.«

Bei dem Gedanken daran stöhnte sie. Sie hätte was drum gegeben, es ungeschehen zu machen, belog sich aber nicht selbst, egal, wie bitter es war. Ja, sie hatte gehofft, dass er sie küssen würde. Nicht zart oder flüchtig, das hätte ihr an diesem Abend nicht genügt. Und auch nicht heftig. Das hätte nur die Frustration geschürt, die seit Langem zwischen ihnen schwelte. Nein, heute Nacht wollte sie, dass er sie küsste, als wären nur diese wenigen Momente mit ihr wichtig. Aber dann hatte sie mehr bekommen, als sie gehofft hatte.

In ihr hatte es eine Explosion, einen wahren Funkenregen gegeben, farbige Sternschnuppen, die einen aufglühen ließen. Ich war, dachte Lacey, als sie die Decke zurückzog und ins Bett kletterte, kurz davor gewesen, mich völlig hinzugeben. Noch immer spürte sie so eine Art sehnsüchtiges Nachbeben.

541

Wie hatte sie es nur zulassen können, dass er ihr erneut weh tat. Sie zog schniefend die Luft ein und versuchte sich einzureden, über seine Abreise am nächsten Morgen froh zu sein. Er würde schon weg sein, bevor sie aufwachte. Die Verzweiflung, die dabei in ihr hochzusteigen drohte, ignorierte sie geflissentlich. Erst wenn er tausend Meilen entfernt wäre, würde sie daran denken, was sie verloren hatte. Etwas, was sie nicht einmal benennen konnte.

Lacey schob das Kissen zur Seite, rollte sich auf den Bauch, um wenigstens so zu tun, als schliefe sie. Er konnte ja nicht hören, wie sie sich hin und her wälzte. Sie könnte auch ganz still liegen und keinen Muskel bewegen.

Das war das Letzte, was sie dachte, bevor sie einschlief.

Sekunden, vielleicht auch Stunden später, passierte es mitten in einem Albtraum. Einer der Fensterläden schlug plötzlich auf, und mit angstvoll aufgerissenen Augen sprang Lacey aus dem Bett.

Beim ersten Klirren zerbrechenden Glases war Tucker wach. Er wusste sofort, dass das Geräusch aus Laceys Zimmer kam, und riss ihre Tür auf.

Schüsse hallten durch die Stille der Nacht. Eine der Schaufensterscheiben unten zerbarst klirrend, und Lacey schrie auf. Tucker dachte sogleich an das Attentat, an verirrte Kugeln und stürzte im Dunkeln zu ihr hin.

Er packte Lacey um die Taille und riss sie neben dem Bett zu Boden, sodass ihrer beider Arme und Beine miteinander verschlungen waren. Wie in Zeitlupe schob er sich schützend über sie. Er lehnte sich nur so weit zurück, bis er im Dunkeln ihr Gesicht sehen konnte. »Bist du verletzt?«

»Nein. Was …«

Unten hörte man weitere Schüsse und noch mehr Glas zersplittern. »Oh Gott, mein Laden!«, schrie Lacey und drückte gegen die stahlharte Umklammerung seiner Arme. »Lass mich los! Ich muss …«

»Bist du verrückt?« Er hielt sie weiter zu Boden gepresst. »Willst du dich umbringen lassen? Bleib liegen, verdammt noch mal!«

Lacey unterdrückte einen Schluchzer und verkrampfte sich gleich wieder, als sie das Reifenquietschen eines Wagens hörte, der in der Finsternis davonraste. Im nächsten Moment sprang Tucker auf und lief nach unten. Aber der Wagen war verschwunden, die Straße ruhig und leer, als hätte der Anschlag nie stattgefunden. Wütend schlug er an den Türrahmen. »Verdammter Mist!«

Lacey rappelte sich auf. Ihre Beine gaben fast nach. Sie fröstelte. »Hast du irgendwas gesehen?«

»Nein.« Tucker stieß genervt die Luft aus. »Wir müssen sofort Ryan benachrichtigen.«

Kaum hatte er das gesagt, schrillte das Telefon auf dem Nachttisch, sodass sie beide erschrocken zusammenzuckten. Lacey starrte darauf, als wäre es eine eingerollte Schlange mit zwei Köpfen. Mit kaum unterdrücktem Widerwillen hob sie ab. »Hallo?«, sagte sie unsicher.

»Sagen Sie der Polizei, Sie hätten den Falschen identifiziert«, drohte jemand flüsternd. »Sie haben einen Fehler gemacht, verstanden? Einen sehr großen Fehler. Sie sollten ihn schnellstens korrigieren, sonst geht das nächste Mal nicht nur Ihr Laden hoch.« Dann war die Verbindung unterbrochen.

Lacey wurde blass. Ihre Finger zitterten so sehr, dass sie erst beim zweiten Versuch den Hörer wieder richtig auf die Gabel legen konnte. Das war wie ein Albtraum. Ein unterdrückter Schluchzer entrang sich ihr.

Tucker eilte zu ihr, knipste die Nachttischlampe an und musterte Lacey. Seitdem er in New Orleans angekommen war, hatte sie nur Stärke gezeigt und wilde Entschlossenheit, ihr Leben trotz allem, was dagegen sprach, so weiterzuführen wie bisher. Die Angst, die sie gezeigt hatte, war die natürliche Reaktion auf das, was passiert war. Aber das Entsetzen, das sich in ihrem kreideweißen Gesicht abzeichnete, hatte nichts mehr mit bloßer Erinnerung zu tun. Lacey schien am Rande ihrer Kraft zu sein.

Er wollte sie trösten, befürchtete aber, dass sie den Rest ihrer Beherrschung verlieren würde, sobald er sie auch nur berührte. Er ballte die Hände, um sich zurückzuhalten, und fragte nur: »Wer war das am Telefon?«

Lacey hob die schreckgeweiteten Augen. »Ein – Mann, der mich bedrohte. Wenn ich der Polizei nicht sagte, dass – dass ich den falschen Mann identifiziert hätte, würde das nächste Mal nicht nur mein Laden hochgehen.« Ungeachtet dessen, dass sowohl Tucker als auch sie nur leicht bekleidet waren, rannte sie zur Treppe und schrie: »Mein Gott, die Sachen von St. John!«

Tucker wollte ihr folgen, aber erst musste die Polizei benachrichtigt werden. Er nahm den Hörer auf und rief ihr nach: »Rühr nichts an! Ich rufe Ryan an.«

Lacey reagierte nicht. Sie stoppte nur kurz, um Licht zu machen, und lief voller Angst die Treppen hinunter. Alles ist in Ordnung, redete sie sich unterwegs ein und umkrallte den Handlauf des Geländers. Ganz bestimmt. Man wollte mir nur Angst einjagen, dass der Laden zerstört sei. Das war alles nur ein übler Scherz …

Am Fuß der Treppe blieb sie beim Anblick des Ladens entsetzt stehen. Obwohl sie die ganze Verwüstung mit einem Blick übersah, weigerte sich ihr Verstand, die zu akzeptieren. Überall war gelbe Farbe. Sie tropfte vom zerbrochenen Schaufenster herab, von den Eisenverstrebungen, die zwar einen Einbrecher, aber keine Kugeln abhielten, von der Kasse und von fast jedem Gegenstand im Ausstellungsraum des Geschäftes.

»Oh nein!«, schrie sie verzweifelt auf, sank zu Füßen der Treppe nieder, ohne den Blick von den besudelten wertvollen Antiquitäten zu nehmen. Das durfte doch nicht wahr sein! Am Samstag sollte der große Verkauf stattfinden.

Tucker, der sich eilig Jeans, T-Shirt und Turnschuhe angezogen hatte, erschien hinter ihr, mit Morgenmantel und Hausschuhen für Lacey. Er warf keinen Blick auf die Umgebung, legte ihr den Mantel über die Schultern, zog sie neben sich auf die unterste Stufe und half ihr, die Schuhe anzuziehen. »Ryan wird jede Minute da sein. Man musste ihn erst wecken.«

Lacey starrte noch immer ungläubig auf das Ganze. Erst da entdeckte Tucker die Bescherung und sprang erschrocken auf. »Was, zum Teufel …«

Bebend vor Zorn ging er über knackende Splitter bis zum Schaufenster des Ladens und sah auf den bemalten Ofenschirm, der erst vor wenigen Tagen angeliefert worden und nun zur Hälfte mit Farbe verunstaltet war. »Wie konnte das nur so schnell geschehen?«, murmelte er. »Das Eisengitter war doch unten. Aber selbst wenn nicht, hätte derjenige nicht in so kurzer Zeit hereinschlüpfen und alles mit Farbe besudeln können. Kurz nachdem das erste Fenster zerbrach, war er schon wieder weg.«

»In nur einer Minute«, sagte Lacey. Sie erhob sich, schob die Hände über Kreuz in die Ärmel und presste sie eng an sich. »Wie kann jemand meinen ganzen Besitz in einer einzigen Minute zerstören?« Sie drängte die aufsteigenden Tränen zurück. »Dieser verdammte Verbrecher wird nicht davonkommen.«

Tucker beugte sich über einen Sekretär und betrachtete ihn forschend. »Vielleicht ist es doch nicht so schlimm, wie es aussieht. Ich sehe keine Einschusslöcher, und das Holz scheint nicht beschädigt zu sein. Mit Abbeizer könnten wir die Farbe schnell wieder herunterbekommen.«

»Ja, man kann es retten«, stimmte Lacey mit einem aus Zorn und Traurigkeit gemischten Gefühl zu. »Aber der Abbeizer wird auch die alte Holzlasur zerstören und damit den Wert mindern. Und die Polster sind nicht zu retten. Alle Sitze und Sofas müssen neu bezogen werden. Und die feinen Stoffe, die heute hergestellt werden, sind nicht entfernt so gut wie die von früher.«

»Was meinst du also, wie hoch ist der Verlust alles in allem?«, wollte Tucker wissen.

»Vermutlich Zigtausende. Falls ich das überhaupt noch bis zum Samstagsverkauf hinkriege. Wenn nicht, kann ich genauso gut gleich zumachen. Dann bin ich pleite.«

Tucker musste nicht den Zorn erkennen, der in ihren Augen funkelte, um zu wissen, dass sie nicht so schnell aufgeben würde. Lacey war eine Kämpfernatur. Sie ging nie den leichten Weg und würde schon gar nicht vor demjenigen klein beigeben, der ihr das alles angetan hatte. Ob ihr wohl klar war, dass dieser Albtraum noch keineswegs beendet war? Dass bei aller Sorge um den Laden viel wichtiger war, dass der Mann, den sie identifiziert und damit dem Gefängnis ausgeliefert hatte, einen Partner hatte, der da draußen herumlief und auf sie lauerte?

In der Ferne war eine wimmernde Polizeisirene zu hören, die immer lauter wurde. Nach wenigen Sekunden hielten ein Streifenwagen und eine dunkle Limousine dicht vorm Laden. Kaum hatte Lacey den Knopf zum Hochfahren des Eisengitters gedrückt, eilten Ryan und zwei uniformierte Beamte auch schon herein, während ein vierter Mann die Ladenfront und die Straße unter die Lupe nahm.

Lacey schob ihr zerzaustes Haar nach hinten und begrüßte Ryan mit gequältem Lächeln. Ihr war nicht bewusst, wie verletzlich sie im Bademantel wirkte, mit ihren erschöpften Augen und ihrem blassen Gesicht. »Wir treffen uns jedes Mal unter nicht gerade angenehmen Umständen, Detektiv. Tut mir leid, dass Sie aus dem Schlaf gerissen wurden.«

»Zu dieser Morgenstunde funktioniert mein Verstand oft am besten«, behauptete Ryan grinsend, dann wurde er wieder ernst. »Was genau ist hier passiert?« Lacey berichtete nun alles, angefangen vom Zersplittern des Schlafzimmerfensters bis zum Telefonanruf, der sie immer noch frösteln ließ. »Sobald ich aufgelegt hatte, stürmte ich hier herunter und fand ...« – sie machte eine hilflose Geste – »... das hier.«

Jack Ryan notierte einiges auf dem kleinen Notizblock, den er aus der Innentasche seines leicht verknautschten dunklen Mantels gezogen hatte, wies mit dem Kinn zur Treppe und den Beamten an seiner Seite an, dort nachzusehen.

Dann sah er wieder Lacey an. »Wie war das mit dem Anruf? Ist Ihnen an der Stimme des Mannes irgendetwas aufgefallen, ein Akzent, eine besondere Redeweise? Irgendwas, was uns helfen könnte, ihn auszumachen?«

Lacey schüttelte den Kopf. Die Bedrohung dröhnte ihr wie eine Schallplatte mit Knacks noch immer im Ohr. »Nein, nichts. Er war ziemlich heiser, aber das war vermutlich nicht seine Normalstimme. Die Stimme hörte sich allerdings ziemlich tief an und kalt.« Sie bekam eine Gänsehaut. »Der meinte, was er sagte, da bin ich mir ganz sicher.«

»Wie lange dauerte es, nachdem Sie den Wagen wegfahren hörten, bis der Anruf kam?«

Das ganze schreckliche Geschehen schien Jahrtausende gedauert zu haben. Lacey schaute Tucker an. »Eine Minute«, antwortete er statt ihrer. »Höchstens zwei.«

»Ziemlich selbstsicher, nicht wahr?«, bemerkte Ryan. »Er muss an der nächsten Telefonzelle gehalten haben.«

»Ich wüsste gern, wie der in so kurzer Zeit einen so großen Schaden anrichten konnte«, sagte Tucker grimmig. »Ich könnte schwören, er ist gar nicht aus seinem Wagen gestiegen. Dabei hatte er doch gar keine Zeit, auch noch die Farbe durch das Gitter zu befördern.«

»Sprühfarbe«, meinte ein dicker Beamter, der gerade durch die Eingangstür hereinkam. Er streckte dem Detektiv die geöffnete Hand entgegen. Darin lag eine Kugel auf einem Taschentuch. »Die habe ich auf der Straße an der Ausfahrt gefunden. Sieht aus wie die, die man in Überlebensspielen benutzt.«

»Gute Arbeit«, lobte Ryan. »Das ist wenigstens schon was.«

Der Beamte, den er nach oben geschickt hatte, kam mit einer Plastiktüte herunter, in der sich ein Stein befand. »Das

547

Schlafzimmerfenster ist damit eingeworfen worden«, erklärte er. »Vielleicht sind Fingerabdrücke darauf, oder das Labor kann sonst irgendwas finden.«

Das bezweifelte Ryan. Aber man musste dem kleinsten Hinweis nachgehen. »Wenn Sie hier unten fertig sind, machen Sie in der Dienststelle weiter. Untersuchen Sie die Farbkugel, und überprüfen Sie auf Ihrem Weg die Telefonzellen, die hier in der Nähe sind! Da müssen Fingerabdrücke abgenommen werden. Das bringt vermutlich wenig, aber wir müssen alles versuchen. Falls Sie etwas finden, lassen Sie es mich sofort wissen.«

Ryan ließ seine Männer die Untersuchungsarbeit beenden und sagte zu Lacey: »Wir müssen miteinander reden, am besten gleich, wenn's Ihnen recht ist. Hätten Sie vielleicht einen Kaffee für mich? Um diese Nachtzeit brauche ich etwas, um meine Augen offenzuhalten.«

»Ja, natürlich. Ich glaube, wir können alle einen gebrauchen.« Damit eilte sie die Treppe hinauf.

Sie hatte nur Pulverkaffee, bereitete aber schnell heißes Wasser. Bald saßen sie zu dritt am Küchentisch. Ryan wartete, bis Lacey ein Schlückchen genommen hatte. »Martin hat in seiner Zelle groß getönt, er würde nicht verurteilt. Bisher haben wir darüber nur die Achseln gezuckt, aber nun ist klar, warum er sich so aufspielte. Anscheinend hat er einen Partner, einen Freund oder Angehörigen, der draußen daran arbeitet, dass er entlassen wird.«

Tucker setzte seine Tasse ab. »Wieso erzählen Sie uns das erst jetzt?«

Ryan hielt den Vorwurf für berechtigt. »So etwas hören wir dauernd. Jeder Verhaftete ist angeblich unschuldig oder missverstanden oder reingelegt. Wenn wir jedes Mal darauf hören würden, wären wir unseren Job schnell los und die Stadt in völligem Chaos. Sagen Sie jetzt bitte nicht, das sei sie jetzt schon.« Er lächelte flüchtig. »Wir arbeiten daran, das können Sie uns glauben.«

548

Lacey rührte nervös in ihrem Kaffee herum. »Martin kann also nur deshalb die Klappe aufreißen, weil er weiß, dass es jemanden gibt, der mich einschüchtert«, sagte sie gepresst. »Und wenn ich meine Aussage nicht zurückziehe, geht es mir an den Kragen – endgültig.«

Ryan nickte. »Ich möchte Sie nicht belügen. Es kann sein, dass er das versuchen wird. Sie sind die einzige Zeugin gegen ihn, und das weiß er. Falls Sie Ihre Aussage widerrufen, sind wir machtlos. Aber so weit wird es nicht kommen«, betonte er. »Erzählen Sie mir noch mal, was Sie von dem Einbruch in Erinnerung behalten haben.«

Das konnte Lacey inzwischen wie im Schlaf. Ryan, der gehofft hatte, dass ihr noch etwas Neues eingefallen war, wunderte es nicht, dass das nicht der Fall war, denn ihre Beschreibung war von Anfang an präzise gewesen. »Einer der Wachmänner lag also schon tot am Heck des Wagens, als Sie sahen, wie Martin den anderen, der vorn stand, erschoss. Und die Hecktür stand offen.«

»Dann könnte sein Partner schon im Transporter gewesen sein«, meinte Tucker. »Er könnte beobachtet haben, wie Martin auf Lacey losging.«

Ryan nickte. »Das ist die einzig logische Erklärung. Auch dafür, dass das Geld bei der Hausdurchsuchung bei Martin nicht aufgetaucht ist. Irgendwo in der Stadt muss er einen Partner haben, der seinen Anteil von einer halben Million Dollar für ihn aufbewahrt.«

»Einer, der vermutlich meinen Namen und meine Anschrift kennt«, fügte Lacey hinzu. »Aber woher nur? Selbst wenn er mich in jener Nacht gesehen hat, woher weiß er dann, wer ich bin? Mein Name ist aus den Zeitungsmeldungen herausgehalten worden. Selbst meine engsten Freunde wissen nicht, dass ich den Überfall beobachtet habe.«

»Aber das Krankenhaus, in das man dich brachte, wurde in der Zeitung erwähnt«, warf Tucker ein. »Das habe ich gelesen. Jemand, der sich Mühe gab, konnte dich also aufspüren.«

Ryan, eigentlich ein Mann mit enormer Geduld, schob seine leere Tasse in die Mitte des Tisches, stand auf und begann unruhig in der Küche herumzuwandern.

»Jedenfalls ist klar, dass der, der diese Einbrüche geplant hat, kein Dummkopf ist. Bisher haben wir im Dunkeln getappt, aber heute Abend hat er seinen ersten großen Fehler gemacht. Nun, da wir wissen, dass Martin einen Partner hat, müssen wir herausfinden, wer das sein könnte. Und das werden wir schaffen«, versprach er Lacey, »selbst wenn wir jeden überprüfen müssten, mit dem er je zu tun hatte. Der Gangster wird nicht davonkommen. Nicht, wenn wir schon so dicht dran sind.«

Tucker, der Ryans entschlossenen Gesichtsausdruck bemerkte, zweifelte keinen Moment daran, dass Ryan den Mann finden würde. Aber das konnte Wochen, ja sogar Monate dauern. »Wie wollen Sie Lacey inzwischen schützen? Sie wissen, womit ihr der Kerl am Telefon gedroht hat. Und das war erst ein Vorspiel.«

»Ich weiß. Und die Verhandlungen zur Beendigung des Streiks bringen noch gar nichts. Die Gewerkschaft verlangt eine rückwirkende Bezahlung von Überstunden statt des Ausgleichs durch Freistunden, für die immer die Zeit fehlt. So tritt im Moment jeder auf der Stelle.«

Er strich mit der Hand durch sein dunkles Haar. »Während beide Seiten sich über Geld streiten, nutzt jeder kleine Ganove den Personalmangel.« Er sah Lacey mit gerunzelter Stirn an. »Sie müssten in Sicherheit gebracht werden. Aber das würde bedeuten, dass zwei Beamte Sie rund um die Uhr bewachen müssten, bis alles vorüber ist. Im Moment habe ich für so etwas nicht mal einen zur Verfügung.«

Lacey setzte ihre Tasse vorsichtig ab. Dennoch klapperte es, als sie sie auf die Untertasse stellte. »Wollen Sie damit sagen, dass man mich allein lässt?«

Beinahe stimmte das. »Nicht ganz«, widersprach er, »aber ich kann Ihnen nicht den Schutz gewähren, den ich Ihnen – auf

Kosten Hunderter anderer Bürger – gern geben würde. Könnten Sie die Stadt nicht für eine Weile verlassen? Vielleicht Ihren Vater besuchen?«

Damit schlug er eine Fluchtmöglichkeit vor. Eine Flucht vor der Angst, die sie empfand, seitdem sie das Splittern des Glases vernommen hatte. Sie musste nur wegfahren, ihr Geschäft im Stich lassen und die farbbekleksten wertvollen Antiquitäten, die unten auf sie warteten. Sie würde nicht zurückkommen. Wozu auch. Ihr Ruf als zuverlässige Händlerin wäre damit ruiniert, der Verlust dieser Verkaufsaktion käme zu den Schulden hinzu, die sie ohnehin hatte. Damit wäre sie bankrott und hätte alles verloren, inklusive des Vertrauens ihrer Familie.

Lacey schüttelte den Kopf. »Das kann ich nicht. Sie haben gesehen, in welchem Zustand sich die Möbel unten befinden. Ich muss versuchen, sie irgendwie für den Verkauf, den ich für Samstag angekündigt habe, zu retten. Sonst verliere ich Tausende.«

»Meine Güte, Lacey, es geht doch um dein Leben«, sagte Tucker fassungslos. »Derjenige, der hinter dir her ist, macht keinen Spaß.«

»Das weißt du doch gar nicht«, widersprach sie. »Wenn ich so darüber nachdenke – vielleicht ist es genau das. Er versucht, mich einzuschüchtern. Denk auch mal darüber nach. Wenn er mich wirklich umbringen wollte, würde er mich doch nicht vorher warnen. Und wieso hat er dann keine richtigen, sondern Farbkugeln genommen? Er hätte vom gegenüberliegenden Dach aus auf mich schießen können, während ich im Bett war.«

»Das kann er noch immer tun«, gab Tucker zurück. »Hast du vergessen, dass Martin und sein Kumpan schon vier Wachleute getötet haben? Das sind Killer, und die werden nicht zulassen, dass eine zierliche Rothaarige sie auf den elektrischen Stuhl bringt.«

Diese Möglichkeit würde sie hoffentlich nicht verpassen.

»Wie viel Schutz können Sie mir geben?«, fragte sie Ryan.

»Nach dem Streik, soviel Sie brauchen. Aber im Moment kann ich nur den einen Mann für Sie abstellen, der einen halben Block von Ihnen entfernt für das Viertel zuständig ist. Er wird in Sichtweite Ihres Ladens sein und übersieht auch die Straße dahinter. Martins Partner mag ja todesmutig sein, aber wenn ein Streifenwagen rund um die Uhr in Ihrer Nähe steht, wird er es sich wohl zweimal überlegen, bevor er auf Sie losgeht.«

»Und was ist, falls der abgerufen wird?«, fragte Tucker skeptisch. »Sie haben doch selbst gesagt, dass sich, solange der Streik andauert, jeder kleine Ganove hervorwagt. Ein Anruf wegen eines Raubüberfalls zwei Blocks weiter, und schon säße Lacey dumm da. Das reicht nicht«, befand er.

Jack Ryan versuchte gar nicht, das zu bestreiten. »Nein, das stimmt. Aber unter den gegenwärtigen Umständen kann ich nicht mehr tun.«

»Das ist nicht gerade großartig«, bemerkte Tucker verbittert.

Schon wieder mischt er sich in mein Leben ein, dachte Lacey. Als habe er jedes Recht der Welt dazu. Ihr Stuhl schrammte über den Boden, als sie abrupt aufstand. »Hör zu, Tucker, du hast kein Recht zu entscheiden, ob etwas gut ist oder nicht. Morgen sitzt du schon am Strand von Aruba, und dies hier geht dich gar nichts an.«

»Das tut es doch, zum Teufel«, entgegnete Tucker wütend. »Falls du es vergessen haben solltest: Probleme aus der Welt zu schaffen ist genau mein Job. Und wenn du glaubst, dass ein Polizist an der Ecke dich vor jemandem beschützen kann, der dir an den Kragen will, dann irrst du dich gewaltig.« Er stand ebenfalls auf und ging so dicht an Lacey heran, dass sie seinen empört ausgestoßenen Atem spürte. »Ich habe im Ausland Führungskräfte erlebt, die hautnah von Polizisten umstanden waren ...« – er drückte sein Gesicht fast in ihres – »... und die mit Waffen erschossen wurden, die den Leibwächtern weiß

Gott aufgefallen sein mussten. Wenn dieser Typ dich erledigen will, dann könnte Ryan dir ein Dutzend Bewacher zuteilen, der fände einen Weg.«

Aus Laceys Gesicht wich alle Farbe, aber sie sah ihn offen an. »Wenn du mir Angst machen willst, dann ist es dir gelungen.«

Das Bedürfnis, sie in die Arme zu reißen, war noch nie so stark gewesen wie in dieser Sekunde, aber Tucker bezwang sich. »Ich will dich nur warnen«, sagte er gepresst und wunderte sich über sich selbst, als er hinzufügte: »Wenn du nicht so lange bei Marcus bleiben willst, bis alles vorüber ist, komm mit mir nach Aruba.«

»Nein!« Wusste er denn, was er damit von ihr verlangte? Wie konnte sie wochenlang mit ihm in den Tropen sein, ohne schlicht durchzudrehen? »Nein«, wiederholte sie und wich einen Schritt vor ihm – und der Versuchung – zurück. »Das geht nicht.«

»Dann bleibe ich hier.«

Diese entschlossene Miene kannte Lacey. Wenn Tucker so aussah, hätte der Teufel selbst ihn nicht zur Umkehr gebracht. »Aber das kannst du nicht!«, rief sie. »Du hast mir doch gesagt, dass dein Chef dich praktisch zum Urlaub in Aruba verdonnert hat.«

Glaubte sie wirklich, dass er sich nach dem, was zwischen ihnen auf dem Dampfer passiert war, ruhig an einen Strand legen würde, um zu entspannen, wenn sie jeden Moment umgebracht werden konnte? »Solange ich nicht arbeite, ist es dem egal, ob ich in Aruba oder Timbuktu bin. Und natürlich erwartet er nicht, dass ich – bei der Ausbildung, die ich habe – verschwinde, wenn du in Schwierigkeiten bist.«

»Von welcher Art Ausbildung sprechen Sie?«, fragte Ryan.

»Terroristenbekämpfung. Dieser Typ, Martin, ist zwar kein Terrorist, aber bestimmt genauso unberechenbar. Er wird zuschlagen, wenn wir es am wenigsten erwarten, und wir dürfen ihn auf keinen Fall unterschätzen. Er weiß, dass man die Polizei von New Orleans austricksen kann, das ist ihm schon dreimal gelungen. Selbst mit einem Bewacher an der Ecke kann man die halbe Million wetten, die er gestohlen hat, dass er alles tun wird, um Lacey fertigzumachen. Aber erst muss er an mir vorbei.«

Es stand also fest, dass Tucker bleiben würde, bis derjenige, der hinter Lacey her war, gefasst war. Bis er wusste, dass sie in Sicherheit war. Aber wie konnte sie sich gefühlsmäßig sicher fühlen, solange er noch in ihrer Nähe war?

Nachdem sie wieder nach unten gegangen waren, hatte Tucker Ryan zur Tür gebracht. Lacey, die ihm nachschaute, wurde bewusst, wie viel Tucker schon für sie bedeutete, obwohl er erst eine knappe Woche hier war. Sobald er sie berührte, vergaß sie alles, was gewesen war, vergaß, dass er – selbst wenn er jemals ans Heiraten dachte – für sie nicht der Richtige war. Sie waren wie Wasser und Öl, wie Tag und Nacht, nicht zu vermischen, unvereinbar. Das sagte ihr der Verstand. Gefühlsmäßig war es allerdings anders.

Hör auf, so zu denken, schalt sie sich. Davon bekommt man nur Kopfschmerzen. Lass Tucker Stevens aus dem Spiel und konzentriere dich lieber auf deine Situation. Bis Samstag ist wahnsinnig viel zu tun. Das sind nur noch drei Tage.

Beim Anblick der Möbelstücke, die in so kurzer Zeit gesäubert, abgeschliffen und neu gebeizt werden mussten, wurde sie ganz verzweifelt. Wie sollte sie das, um Himmels willen, bis dahin schaffen? Sie musste sofort anfangen.

Und selbst dann würde sie Tausende Verlust machen. Besser nicht daran denken, sonst packte sie noch die Verzweiflung. Das konnte sie sich nicht leisten, dazu war keine Zeit. Zunächst musste sie die beschädigten Stücke alle in den Lagerraum bringen und entscheiden, welche sofort zu behandeln waren. Die wollte sie sich zuerst vornehmen. Die Möbel, die schlimmer beschädigt waren, etwa ein Dutzend, soweit sie es beurteilen konnte, sollten danach behandelt werden. Die mussten zur Not für einen späteren Verkauf stehen bleiben.

Lacey ging an einem Duncan-Phyfe-Tischchen vorbei, um in den rückwärtigen Teil zu gelangen, als Tucker ihr mit vorwurfsvollem Blick entgegentrat. »Was hast du vor?«

»Ich will alle beschädigten Sachen nach hinten bringen, um mit dem Wiederaufarbeiten anzufangen, solange die Geschäfte noch geöffnet haben und ich das nötige Material besorgen kann.«

Tucker stützte sich auf den Tisch, neben dem Lacey gerade stand. »Heute Abend tust du das nicht. Ich werde alles erledigen, und du gehst ins Bett.«

»Du machst wohl Witze. Ich kann nicht ...« Lacey umklammerte den Tisch, den Tucker ihr abnehmen wollte.

»Lass los, das ist doch lächerlich! Ich gehe nicht ins Bett, wenn so viel zu tun ist.«

Aber er war natürlich stärker als sie, und noch ehe sie zu Ende gesprochen hatte, hatte er den Tisch genommen und ihn wieder abgestellt. »Du gehst zu Bett!«, befahl er. »Ein paar Stunden machen den Kohl nicht fett, und du brauchst jetzt erst mal etwas Schlaf.«

»Ich habe schon geschlafen.«

Er sah sie lächelnd an. »Ach, tatsächlich?«

Woher weiß er, fragte Lacey sich nervös, dass ich stundenlang ins Dunkle gestarrt habe, um die Gedanken an ihn zu vertreiben? Und als sie endlich eingeschlafen war, tauchte er auch noch in ihren Träumen auf. Wieso las Tucker nur ständig ihre Gedanken? Sie erahnte keinen einzigen hinter seinen dunklen, geheimnisvollen Augen.

Plötzlich war alles zu viel für sie, und sie ließ ihren ganzen Frust an ihm aus. »Verdammt noch mal, Tucker Stevens, ich lasse mir weder von dir noch von sonst jemandem etwas vorschreiben. Dies ist mein Geschäft und mein Zuhause, und ich tue, was mir gefällt!« Sie ging auf Tucker zu, bis sie die Worte auf seine Brust hätte trommeln können. »Und wenn ich schimpfen will, dann schimpfe ich. Und wenn ich die Luft lila streichen will, dann tu ich das auch, das ist nämlich meine Luft, verstanden?«

Tucker umfasste liebevoll ihre Hand und zog sie an seine Brust. »Ja, Schatz, ich habe verstanden. Du hast das so laut gebrüllt, dass das halbe Viertel es mitbekommen hat.«

Lacey traten Tränen in die Augen. »Wage nicht, mich auszulachen!«, stieß sie hervor und versuchte ihre Hand aus der Umklammerung zu befreien. »Ich habe dich nicht gebeten herzukommen und wollte nicht, dass du bleibst. Ich habe dich nicht gebeten, mich zu küssen, und will nicht, dass du mich küsst.«

»Schon gut«, beruhigte er sie, selbst überrascht durch das plötzliche Bedürfnis nach Zärtlichkeit. Er zog sie in die Arme, drückte ihr Gesicht an seine Brust und legte eine Hand beschützend an ihren Hinterkopf. »Das nächste Mal küsst du mich als Erste. Ich schwöre, ich werde mich nicht beklagen. Aber jetzt solltest du lieber deinen Tränen freien Lauf lassen, danach wirst du dich viel besser fühlen.«

Wenn er mit ihr gestritten hätte, wäre das nicht so schlimm gewesen. Aber sein Verständnis entwaffnete sie. Aufschluchzend ließ sie sich in seine Arme fallen und umschlang ihn.

Lacey wusste nicht, wie lange sie geweint hatte. Schließlich fühlte sie sich wie ausgehöhlt, und die Tränen versiegten allmählich. Sobald ihr bewusst wurde, was sie gesagt hatte, wollte sie sich von Tucker lösen. Ihre Wangen waren gerötet. »Tut mir leid«, begann sie, »ich hätte nicht ...«

»Doch, du hättest«, unterbrach er sie und hob sie hoch, noch bevor sie seine Absicht erraten konnte. »Sei still! Ich werde dich nach oben tragen und zu Bett bringen.«

Lacey hatte nicht die Kraft, dagegen zu protestieren. Sie legte einen Arm um seinen Nacken und ließ ihren Kopf an seine Schulter sinken. »Der Laden?«

»Fest zugeschlossen«, beruhigte er sie. »Das Eisengitter wird jeden Einbrecher abhalten. Und morgen früh ist Zeit genug, sich Gedanken zu machen.«

Er trug sie nach oben, als hätte sie nicht mehr als eine Tüte Lebensmittel gewogen, und stellte sie vorsichtig auf die Füße, sobald sie die Tür zum Schlafzimmer erreicht hatten. »Warte hier, das Bett muss eben woandershin.«

»Das Bett? Wieso ...«

»Es steht zu dicht am Fenster«, erklärte Tucker und zog es bis vor die Tür. »Ich gehe kein Risiko mehr ein.« Er ging zur Frisierkommode hinüber und platzierte sie wie einen Wandschirm zwischen Fenster und Bett. Erst als er glaubte, dass Lacey nun nicht mehr im Schussfeld einer Kugel oder eines Steins lag, sagte er: »So, jetzt kannst du schlafen gehen.«

7. Kapitel

Aber Lacey konnte nicht schlafen. Sie versuchte immerhin, sich körperlich zu entspannen. Aber sobald sich alle Gedanken zu verflüchtigen begannen, drängte erneut die Sorge in ihr Bewusstsein. Sie drehte und wendete sich im Bett, lag schließlich flach auf dem Rücken und starrte an die dunkle Decke. Eine Stunde vor Morgenanbruch gab sie auf. Das war ja reine Zeitverschwendung. Genauso gut konnte sie schon anfangen, die Möbel wieder in Ordnung zu bringen.

Sachte, um kein Geräusch zu machen, das Tucker im Wohnzimmer geweckt hätte, schob sie sich zum Bettrand. Da die Frisierkommode umgestellt war, brauchte sie nur die Füße auf den Boden zu setzen, schon war sie dicht daran. Mit angehaltenem Atem zog sie die unterste Schublade auf und wühlte im Dunkeln nach den alten Sachen, die sie immer zum Restaurieren trug. Sie griff nach den Jeans und einem farbbekleckstem T-Shirt, um ins Bad zu gehen.

Dazu musste Lacey allerdings das stockfinstere Wohnzimmer durchqueren. Mit klopfendem Herzen blieb sie an der Tür stehen, um ihre Augen an die Dunkelheit zu gewöhnen, ging dann auf Zehenspitzen hinter der Couch auf die Treppe zu. Dort, wo Tucker schlief, war zum Glück keine Bewegung zu erkennen.

Vorsichtig stieg sie die Stufen hinunter.

In Gedanken schon mit der vor ihr liegenden Arbeit beschäftigt, betrat Lacey den Laden – und erstarrte, denn Licht drang durch die offene Tür des Lagerraums. Erst dachte sie, Tucker hätte es brennen lassen. Aber dann hörte sie dort leise Schritte. Erschrocken blieb sie am Fuß der Treppe stehen und überlegte, wo sie sich verstecken könnte.

Plötzlich trat Tucker in die Türöffnung. Erleichtert seufzte Lacey.

»Tucker! Was machst du denn hier? Ich dachte, du schläfst?«

Nachdem er alle Lampen angeknipst hatte, stellte Lacey fest, dass auch er in alter Kleidung steckte. »Ich wusste, dass du es nicht lange im Bett aushalten würdest. Darum wollte ich nach Möglichkeit schon alles für dich vorbereiten.«

»Wie …« Überrascht unterbrach Lacey sich, als sie einen der beschädigten Tische im Lagerraum erblickte und erkannte, dass schon alle farbbespritzten Möbel aus dem Laden nach hinten geschafft und die Scherben der Schaufensterscheibe aufgefegt waren. Beinahe vorwurfsvoll sah sie ihn an. »Das muss dich ja Stunden gekostet haben. Du hast bestimmt überhaupt nicht geschlafen, oder?«

Tucker zuckte mit den Schultern. »Daran bin ich gewöhnt. Und ich ahnte, dass du dich hier herunterschleichen und versuchen würdest, alles allein zu heben, während ich schlief. Gib es zu«, neckte er sie und lächelte amüsiert.

Leugnen war zwecklos. »Na ja, bis Samstag ist kaum Zeit. Ich musste dringend anfangen.«

Tucker verschränkte die Arme und füllte aufrecht stehend den ganzen Türrahmen aus. »Wir müssen ein paar Dinge klarstellen.«

»Zum Beispiel?«

»Grundregel Nummer eins:«, erklärte er, »bis der Kerl, der hinter dir her ist, verhaftet ist, musst du deine Gewohnheiten ändern.«

Das gefiel Lacey gar nicht. »Welche zum Beispiel?«

»Zuerst mal bleibt das Geschäft bis Samstag geschlossen.«

»Geschlossen? Aber …«

»Du wirst hierbleiben und dich nicht in der Nähe des Fensters aufhalten«, fuhr er ungerührt fort. »Du kannst rausgehen, aber nur nachts und nur in den Hof oder aufs Dach, um kein Ziel zu bieten. Denn das nächste Mal könnten es richtige Kugeln sein.«

Das waren keine Grundregeln, sondern bedeutete reine Gefangenschaft. »Wieso sperrst du mich nicht gleich ein und wirfst den Schlüssel weg? Das käme auf das Gleiche heraus.«

Tucker verzog keine Miene. »Immer noch besser, als wenn du tot bist. Denn das bist du, wenn du nicht völlig auf Sicherheit setzt.« Lacey wurde blass. »Dies ist kein Spiel, Lace«, ließ Tucker sie wissen. »Da meint es jemand verdammt ernst. Wenn ich dich beschützen soll, musst du dich nach meinen Anweisungen richten. Man kann gar nicht vorsichtig genug sein.«

Wenn sie daran dachte, was alles passieren konnte, wurde ihr ganz anders. »Aber das Geschäft«, protestierte sie, »ich kann es mir nicht leisten, noch mehr Kunden zu verlieren.«

»Häng ein Schild an die Tür, auf dem du erklärst, dass du dich für den großen Verkauf am Samstag vorbereitest«, schlug er vor. »Das weckt allgemeines Interesse, und die Kunden kommen am Samstag garantiert wieder. Außerdem sind in den letzten beiden Tagen sowieso höchstens ein Dutzend Leute hier gewesen, und die wenigsten haben etwas gekauft. Kannst du es dir leisten, deine Zeit zu verschwenden, wenn so viel zu tun ist?«

Nein, er hatte natürlich recht. Lacey seufzte ergeben. »Also gut, da du nun mal der Fachmann bist, folge ich deinen Vorschlägen. Aber wenn ich Amok laufe, weil mir in den nächsten drei Tagen die Decke auf den Kopf fällt, bist du schuld.«

Tucker lachte. »Dazu wirst du garantiert keine Zeit haben.«

Und er behielt recht. In den nächsten zweieinhalb Tagen bemerkte Lacey weder, was für Wetter herrschte, noch warf sie einen Blick ins Fernsehen oder in die Zeitung. Ryan rief an, um mitzuteilen, dass es auf dem Stein, der durch die Scheibe geflogen war, leider keine Fingerabdrücke gäbe. Auch was die Farbkugeln betraf, sah er schwarz. Und die Telefonzellen der Umgebung waren so übersät mit Fingerabdrücken, dass es unmöglich war, damit etwas anzufangen. Sobald es etwas Neues gäbe, wollte er sie aber informieren.

Lacey war dankbar, dass die Arbeit sie von den Gedanken an die Untersuchung abhielt. Sie schaute nicht einmal auf die Uhr, um zu sehen, wie viel Zeit noch übrig blieb. Die Tage schrumpften zu Stunden und die Stunden zu Minuten. Sie aß zwar, hatte aber kaum Appetit.

Mit einer Entschiedenheit, die Tucker Bewunderung abnötigte, stürzte sie sich in die Arbeit, bis sie kaum noch die Augen offenhalten konnte. Und selbst dann noch säuberte und schliff sie ab und beizte jeden Tisch, jeden Stuhl, jede Truhe mit einer Geschicklichkeit und Ausdauer, die er ihr nicht zugetraut hätte.

Zuerst kamen die am wenigsten beschädigten Stücke dran. Wenn der Originalzustand nicht wiederherzustellen war – wie in den meisten Fällen –, benutzte Lacey einen Firnis, der annähernd dem alten Farbton entsprach. Und während der antrocknete, machte sie sich schon ans nächste Stück.

Es war eine zeitraubende, erschöpfende Arbeit. Jemand, der wie sie noch durch die Verletzungen geschwächt war, hätte allen Grund gehabt, sich zu beklagen oder eine Pause einzulegen. Aber das tat Lacey nie. Abends hörte sie erst auf, wenn Tucker es befahl, genehmigte sich aber höchstens ein paar Stunden Schlaf.

Tucker hatte das wachsende Bedürfnis, Lacey die Last von der Schulter zu nehmen, nur um sie mal wieder lächeln zu sehen.

Sie rieb sich förmlich auf, aber wozu? Um ihrer Familie zu beweisen, dass sie stolz auf sie und ihre Tüchtigkeit sein konnte? Wusste sie denn nicht, dass die so etwas gar nicht interessierte?

Tucker hatte oft genug gehört, wie man über Lacey sprach. Sie galt ohnehin als erfolgreich, als Lieblingstante und -Schwester und als diejenige, die Marcus über den Tod seiner ersten Frau hinweggeholfen hatte. Sie brauchte niemandem mehr etwas zu beweisen. Aber das würde sie ihm natürlich nicht glauben. Er, Tucker, konnte nur bei ihr sein, sie beobachten, so viel wie möglich helfen und hoffen, dass ihr nichts passierte.

Freitag Nachmittag war alles so gut wie fertig. Tucker staunte, wie Lacey das alles geschafft hatte. Im Lagerraum befanden sich nur noch wenige stark beschädigte Stücke. Die konnte man auch später noch instand setzen, wenn kein Termin mehr einzuhalten war. Der Rest der wertvollen Sammlung war schon im Laden für den Verkauf aufgebaut, der frühmorgens beginnen sollte. Für einen ungeschulten Betrachter sah alles genauso aus wie vor dem Anschlag.

Aber Lacey konnte sich nicht entspannen. Sobald das letzte Stück poliert und aufgebaut war, nahm sie die Inventarliste aus dem Schreibtisch, um zu überlegen, welchen Preis sie erzielen musste, um keinen Verlust zu machen. Natürlich würde sie die höher auszeichnen, aber ihre Kunden wussten, dass es da einen Verhandlungsspielraum gab. Und es machte ihnen natürlich Spaß, ein bisschen zu feilschen. Aber das war diesmal eine Belastung, die Lacey zusätzlich nervös machte.

Tucker, der gerade Bürsten, Lappen und Politur im Lagerraum verstaute, hörte Lacey seufzen. Er wischte seine Hände ab, kam zur Tür und sah gerade noch, wie Lacey sich den Nacken rieb. Die Geste rührte ihn. Sie waren beide erschöpft, hatten die letzten Tage fast ununterbrochen Seite an Seite gearbeitet, sich jede Nacht todmüde nach oben geschleppt und eine erzwungene Nähe erlebt, die ihnen irgendwann mal bewusst werden würde. Wenn Tucker klug war, ließ er Lacey allein und lenkte sich lieber durch Arbeit ab.

Aber seitdem er in New Orleans war, schien sein gesunder Menschenverstand ihn verlassen zu haben. Er begehrte Lacey nach wie vor. All die Arbeit und die Sorgen um ihre Sicherheit hatten das nicht geändert, eher sogar intensiviert.

Trotz aller guten Vorsätze ging sie ihm irgendwie unter die Haut. Hätte er sie nicht so heftig begehrt, wäre er wütend auf sie gewesen – und auf sich selbst. Bisher hatte er sich noch von jeder Frau trennen können, wenn ihm das sinnvoll erschien. Dabei war er keineswegs rücksichtslos. Er sorgte immer dafür, dass er niemanden mit gebrochenem Herzen hinterließ. Aber immer war er derjenige gewesen, der ging. Und die Frauen in seinem Leben hatten das akzeptiert und nie mehr von ihm gefordert, als er zu geben bereit war.

Mit Lacey würde das nicht so einfach sein. Eine Affäre, eine lockere Beziehung mit in der Nacht sanft geflüsterten Worten, die dem Tag nicht standhielten, würde ihr nicht genügen. Von einem Mann würde sie alles fordern – sein Herz, seine Seele und die Ewigkeit. Aber auch sie war bereit, das zu geben.

Und das war weit mehr als das, was er zugestehen mochte. Wenn alles nach Plan gelaufen wäre, konnte er längst in Aruba sein, ihr Duft und ihr Lächeln nur noch Erinnerung und irgendwann ganz vergessen. Aber er war nicht Tausende von Meilen entfernt, und trotz aller Vorsätze zog Lacey ihn an, quälte ihn der Gedanke daran, wie sich ihre Haut anfühlte …

Tucker blieb direkt hinter ihr stehen und legte ihr die Hände auf die Schultern. Als Lacey überrascht zusammenzuckte, verstärkte er seinen Griff und begann, ihre verspannten Muskeln zu massieren. »Ganz ruhig«, sagte er freundlich, »das wird dir guttun.«

Lacey unterdrückte ein Stöhnen und schloss die Augen. Seine Hände fühlten sich so gut an. Viel zu gut. Sie hätte ihm Einhalt gebieten sollen. So müde und mitgenommen, wie sie war, konnte sie leicht die Beherrschung verlieren, um die sie die letzten acht Jahre gekämpft hatte, und sich dem Wunsch hingeben, sich einfach in seine Arme zu schmiegen. Nur ganz kurz, nur so lange, bis er ihr wieder Kraft gegeben hatte. Aber wenn sie das tat, war sie vermutlich nicht mehr imstande, ihn wieder loszulassen.

Lacey richtete sich auf und versuchte, nicht an die Wärme zu denken, die von seinen Händen auszugehen schien. »Ich – ich muss das hier noch fertig machen.«

Seine Finger bewegten sich von ihren Schultern weg unter ihren schweren Zopf, und ehe es ihm bewusst war, wurde aus der Berührung ein Streicheln. »Was machst du denn gerade?«

»Ich dachte ...« Sie ließ ihren Kopf nach vorn sinken, sodass seine Hände besseren Zugang hatten, versuchte aber gleichzeitig, weiter mit ihm zu sprechen. »Ich dachte, wie n...niedrig ich die Preise morgen ansetzen muss, – um ... trotzdem noch ... Profit zu machen.« Ihr Atem ging stockend, als er eine Strähne, die sich über ihr Ohr geringelt hatte, zurückstrich. »Hör mal, ich glaube ...«

Ihr Nacken sah so einladend aus, dass Tucker nicht widerstehen konnte. Er wusste, er spielte mit dem Feuer, beugte sich aber trotzdem hinunter und küsste ihn zart. »Hm?«

Unter seinen Lippen wurde ihre Haut ganz warm. Lacey erwartete nie Zärtlichkeit von Tucker, und wenn sie kam, wusste sie nicht, wie sie sich dagegen wehren konnte. Sie ballte die Hände zu Fäusten. Wenn sie sich umdrehte, würde sie garantiert in seinen Armen landen. Und diesmal wäre sie nicht fähig, von ihm zu lassen. Sie würde ihm ihr Herz geben und irgendwann von ihm verlassen werden. Mit neunzehn hatte sie sich von der Verzweiflung, die seine Zurückweisung ausgelöst hatte, wieder erholt. Aber das konnte sie nicht noch einmal durchstehen.

Um ihm klarzumachen, dass er aufhören musste, sie zu berühren, wenn sich nichts entwickeln sollte, was sie später bereuen würden, brauchte Lacey räumlichen Abstand. So löste sie sich abrupt von Tucker und ging auf die andere Seite des Schreibtisches.

Tucker sah sie mit dem dunklen Blick eines Falken an, der sich gerade auf seine Beute stürzen will. Lacey unterdrückte ein Erschauern und sagte fest: »Neulich morgens hast du ein paar Grundregeln aufgestellt. Jetzt bin ich dran.«

Seine Augen wurden schmal. »So? Womit denn?«

Sie hob ihr Kinn. »Ich halte es nicht für klug, eine Sache zu beginnen, die keiner von uns wirklich will. Es wäre mir lieb, wenn du deine Hände im Zaum halten würdest.«

Wenn ihm das möglich gewesen wäre, hätte er Lacey bestimmt nicht berührt. Aber das gab er natürlich nicht zu. Er wollte nun ihre Gründe kennenlernen. »Und wieso?«

Ihr fielen ein Dutzend Antworten ein, aber sie nannte nur die wichtigsten. »Weil ich nicht verletzt werden möchte. Und das werde ich, wenn sich das so weiterentwickelt wie bisher. Wir leben beide ganz unterschiedliche Leben in unterschiedlichen Teilen der Welt. Das Schicksal hat uns zufällig zusammengeführt, aber irgendwann kehrst du in deinen Bereich zurück, und ich bleibe in meinem. Und ich möchte, dass wir uns weiterhin unbefangen begegnen, wenn wir uns Weihnachten zufällig bei unseren Eltern treffen sollten.«

»Und du meinst, es tut dir nicht leid, wenn du nicht herausfindest, wohin uns die Anziehungskraft zwischen uns beiden führen könnte?« Ausgerechnet das zu fragen war natürlich ganz falsch, aber er konnte nicht anders. »Möchtest du es nicht lieber wissen, anstatt mir irgendwann in zehn Jahren beim Weihnachtsessen gegenüberzusitzen und dich zu fragen, was hätte sein können? Denn dann ist es vermutlich zu spät.«

»Nein!« Lacey war durch die Panik, die in ihrer Antwort lag, selbst irritiert. Ahnte er, welche Kraft sie das kostete? »Nein«, wiederholte sie fester und trat noch einen Schritt zurück. »Neugier wäre vielleicht der einzige Grund, diese Anziehungskraft zwischen uns weiter zu erforschen. Aber Neugier kann gefährlich sein, heißt es. Nein, vielen Dank. Ich kann ganz gut mit dem ›Was-wäre-wenn‹ leben.«

Neugier war es wahrhaftig nicht, was Tucker nachts nicht schlafen ließ. Nein, dieses Gefühl widerstand aller Logik und aller Vernunft. Laceys Zurückweisung frustrierte ihn, und daraus machte er kein Hehl. »Wenn man etwas ignoriert, verschwindet es dadurch noch nicht.«

»Eine Glut, die nicht genährt wird, erlischt irgendwann«, gab Lacey zurück. »Berühre mich lieber nicht, dann werden wir schon miteinander klarkommen.« Froh darüber, dass sie ihm ihren Standpunkt erklärt hatte, verschwand sie nach oben und gab vor, ein Bad nehmen zu wollen.

Er blickte ihr missmutig nach. Wusste sie denn nicht, dass er sie erst recht begehrte, wenn er sie nicht berühren durfte?

★

Lacey verlangte Unmögliches. Als der Abend anbrach, lief Tucker im Wohnzimmer hin und her, wie ein Löwe im Käfig. Wie konnte er ihre Gegenwart ignorieren, wenn er hörte, wie das Duschwasser im Bad auf ihren Körper prasselte? Er war schließlich nicht aus Stein, und er sehnte sich nach ihr. Einen Heiligenschein würde er nie besitzen. Das machte die Sache verdammt schwierig. Ihrer beider Nerven waren gereizt. Wenn er keine Lösung fand, würde es noch massive Probleme geben.

Als es im Zimmer allmählich dunkel wurde, schaltete Tucker eine Lampe neben der Couch an. Dann ging er hinüber zu der Stehlampe neben einem dicken Sessel. Er wollte viel Licht haben. Auch die gemütlichen Abendessen, die sie seit seiner Ankunft in New Orleans genossen hatten, mussten aufhören. Er hatte Pizza bestellt, wollte den Fernseher anstellen und hoffte, dass es in einem der Sportkanäle einen Boxkampf gab, um sich von romantischen Gedanken abzulenken.

Die Idee war prima. Und als Lacey in einem weit geschnittenen grau-weiß gestreiften Sweatshirt, das alle weiblichen Formen verbarg, aus dem Bad kam, saß Tucker, der das Sofa als Rückenlehne benutzte, mit einem Bier in der einen und einem Stück Pizza in der andern Hand am Boden und sah sich einen Fliegengewichtskampf im Fernsehen an.

Lacey wunderte sich über das helle Licht, den dröhnenden Fernseher und Tuckers lässige Position am Boden. Er wies auf den offenen Pizzakarton und schaute wieder auf den Bildschirm. »Ich hoffe, die mit Peperoni schmeckt dir. Willst du ein Bier?«

»Äh … Nein danke«, antwortete sie verwirrt. Die vergangene halbe Stunde hatte sie im Bad darüber nachgedacht, wie sie sich wehren sollte, falls er ihre gegenseitige Anziehungskraft vielleicht dennoch testen wollte. Hatte sie geträumt, dass er sie berührt, dass sein Kuss auf ihrem Nacken gebrannt hatte? So wie er sich gerade verhielt, konnte sie wohl Striptease vor ihm machen, ohne seine Aufmerksamkeit zu erregen.

Eigentlich hätte sie das erleichtern sollen. Merkwürdigerweise war aber das Gegenteil der Fall. »Ich hätte lieber eine Cola«, sagte sie, »aber mit Peperoni bin ich einverstanden.«

Tucker bezwang sich, nicht hinzusehen, wie sie zum Kühlschrank ging, wusste aber genau, dass sie die Tür öffnete, eine Coladose öffnete und einen langen Schluck daraus nahm. Er starrte blind auf den Boxkampf und bekam nichts davon mit. Stattdessen achtete er nur darauf, dass Lacey sich zwei Schritte von ihm entfernt auf die Couch setzte. Schon ihr frischer Parfümduft war betörend.

Tucker griff nach seiner Bierdose und trank daraus. Lacey lehnte sich vor, um ein Stück Pizza zu nehmen.

Genauso gut hätte sie Sägespäne essen können, aber sie zwang sich, davon abzubeißen, und schaute ebenfalls auf den Fernseher. »Der Kampf ist zu Ende. Wer hat denn nun gewonnen?«, wollte sie wissen.

»Wie bitte?« Tucker blinzelte. Nie hätte er gedacht, dass eine Frau seine Konzentration derart leicht stören konnte. »Äh, der Champion.« Er nahm die Fernbedienung auf. »Möchtest du etwas anderes sehen?«

Lacey wollte gerade nein sagen, dachte aber an die beklemmende Stille, die dann entstanden wäre. »Ja. Die – die Nachrichten. Wir haben die letzten Tage über so gearbeitet, dass ich gar nicht mehr weiß, was in der Welt passiert ist.«

Tucker stellte den Nachrichtensender ein und nahm noch ein Stück Pizza, als der Sprecher gerade sagte: »Die Situation in Costa Oro hat sich gefestigt, aber die U.S.-Regierung weigert sich noch immer, die Diktatur von Juan Garza anzuerkennen. Gestützt von kommunistischen Kräften hat er im letzten Monat nach einem Staatsstreich, der in einem Blutbad endete, die Macht ergriffen. Das Personal der amerikanischen Botschaft, durch den mitternächtlichen Angriff überrascht, wurde zum Glück gerettet durch den großartigen Einsatz von …«

Noch bevor der Sprecher seinen Satz beenden konnte, hatte Tucker den Apparat abgestellt. Die plötzliche Stille wurde nur durch die entfernten Klänge der Jazzmusik unterbrochen, die durchs offene Fenster aus der Bourbon Street drangen. Lacey sah in Tuckers versteinerte Miene. »Warum hast du denn ausgestellt?«

»Weil ich es nicht mehr hören kann.« Tucker nahm noch einen Schluck Bier und sagte mürrisch: »Dass diese Leute gerettet werden konnten, war reiner Zufall. Genauso gut hätten sie alle draufgehen können.«

»Du meinst, auf dem Weg zum Flughafen? Wenn man die Möglichkeiten bedenkt, haben sie das Risiko bestimmt lieber auf sich genommen. Sonst wären sie vielleicht alle getötet worden, als die Botschaft bombardiert wurde.«

»Wenn ich mich nicht über den Zeitpunkt des Staatsstreichs geirrt hätte, wären sie gar nicht erst in Gefahr geraten. Dann hätten wir sie schon Wochen vorher da rausgeholt.«

Das war es also, was ihm zu schaffen machte, wenn er manchmal mit grimmiger Miene ins Leere starrte. Warf er sich einen Fehler vor, den jeder hätte machen können? Lacey hätte ihn am liebsten gestreichelt, die scharfen Falten, die sich plötzlich am Mund zeigten und ihn älter wirken ließen, geglättet. Aber sie selbst hatte die Regeln aufgestellt: Berührungen waren verboten. Sie zerknüllte die Papierserviette. »Wie ist das alles passiert?«, fragte sie.

»Wir wussten, dass ein Staatsstreich geplant war, hofften aber, dass er unblutig verlaufen würde. Ich fuhr sofort hin, um mich mit Juan Garza zu treffen, und versuchte ihn zu überzeugen, dass, sobald Präsident Ochoa begreifen würde, dass er chancenlos war und sogar die Unterstützung des Volkes verloren hatte, er vermutlich freiwillig zurücktreten würde.« Tucker lächelte zynisch. »Garza schien abwarten zu wollen. Stattdessen plante er dann den nächtlichen Ansturm auf die Hauptstadt.«

»Aber du hast dennoch alle herausholen können«, erinnerte Lacey ihn. »Und die meisten ohne Verletzungen.«

»Wie ich schon sagte, das war reine Glückssache«, erwiderte Tucker bitter. »Sobald mir klar wurde, was passieren würde, haben wir uns den Weg zum Flughafen freigekämpft. Solange das Telefon noch funktionierte, versuchte ich Ochoa zu warnen, aber er und die Kabinettsmitglieder weigerten sich zu glauben, dass Garza die Hauptstadt tatsächlich beschießen würde. Sie wurden alle dabei getötet.«

»Aber dafür kannst du doch nichts!«, rief Lacey. »Du hast mit dem Mann verhandelt. Wenn du sie vor der Gefahr gewarnt hast und sie das ignorierten, hast du alles getan, was du konntest. Wieso gibst du dir die Schuld daran?«

»Weil ich beinahe die Nerven verloren hätte«, gestand er zum ersten Mal. »Darum bin ich auch in Urlaub geschickt worden. Mein Chef drängt mich sogar, einen Schreibtischjob anzunehmen. Wir wissen beide, dass ich auf Anhieb hätte spüren müssen, dass Garza ein Lügner war.«

»Du hast also einen Fehler gemacht. Na und?«

»Der hätte schlimme Folgen haben können.«

»Hat er aber nicht. Wenn du dir schon etwas vorwerfen willst, dann, dass du auf jemanden hereingefallen zu sein scheinst, der sehr geschickt ist. Aber für die Toten kannst du doch nichts. Du hast alles getan, was du konntest, um Ochoa aus dem Land zu bringen. Und das hätte schon Aufruhr genug verursacht. Was hättest du denn sonst noch tun sollen? Dort bleiben und mit ihnen sterben?«

»Nein, natürlich nicht.«

»Was hast du also falsch gemacht?«

Das Schuldgefühl, das ihn seit fast einem Monat belastete, wich plötzlich. Kurt, Marcus und seine Mutter – alle hatten ihm das Gleiche gesagt. Wieso musste er es erst von Lacey hören, bevor er es endlich glaubte? »Anscheinend nicht so viel, wie ich dachte«, antwortete er überrascht.

Plötzlich war die alte Vertrautheit zwischen ihnen wieder da. Unverwandt sah Tucker Lacey an. Er fühlte sich hier gefangen, denn er war der Einzige, der sie vor einem weiteren Mordanschlag beschützen konnte. Daher durfte er nicht mal um den Block gehen, um sich innerlich abzukühlen. Geschweige denn sie berühren …

Großartig, dachte er und griff nach der nur halb gegessenen Pizza. »Wenn du nichts mehr davon willst, stelle ich sie in den Kühlschrank und hole mir noch ein Bier.«

Er brauchte etwas Abstand. »Vielleicht sollten wir ein bisschen arbeiten. Oder was spielen?«

»Ich hatte mal irgendwo Scrabble«, sagte Lacey.

»Prima. Während du es herholst, besorge ich dir noch eine Cola. Wir können den Couchtisch dazu benutzen.«

Fünf Minuten später saßen beide am Boden daneben und begannen mit dem Spiel. Dass es rundherum still war, fiel ihnen nicht auf, da sie sich auf die Buchstaben konzentrierten. Genau das brauche ich, dachte Tucker, um nicht mehr an Lacey denken zu müssen. Er freute sich, dass ihm das eingefallen war, legte das Wort »Berührung« aufs Brett und zählte eilig seine Punkte zusammen. Nun standen sie gleich.

Lacey biss sich auf die Lippe. Was sollte sie nur mit ihren Buchstaben legen? Plötzlich musste sie an Tuckers Worte denken und legte »Liebkosung«. »Damit führe ich wieder«, bemerkte sie erfreut.

570

»Nicht mehr lange«, meinte Tucker und änderte seine Sitzposition. Dabei berührte sein Fuß aus Versehen ihren Schenkel. War sie zusammengezuckt, oder spielte seine Fantasie ihm einen Streich? Konzentriere dich aufs Spiel! ermahnte er sich.

Die Minuten vergingen. Nur das Klackern der Buchstaben, die aufs Holzbrett gelegt wurden, war zu hören, und das Rascheln ihrer Kleidung bei zufälligen Berührungen. Plötzlich wurde Tucker bewusst, wie bedeutsam die Wörter waren, die sie gelegt hatten:

Berührung, Liebkosung, Liebe, Kuss, Umarmung.

Ob Lacey diese stillen Botschaften ebenfalls in sich aufnahm?

Lacey spürte Tuckers Blick und sah ihn an. Ihre Kehle wurde trocken. »Was ist?«, fragte sie.

Sein Blick wanderte zum Tisch und dann wieder zu ihr. Das bedeutete also, sie sollte lesen. Verwundert starrte Lacey auf das Brett. Plötzlich war sie schrecklich verlegen und schob mit zitternden Fingern die Buchstaben, die sie noch in der Hand hatte, ins Kästchen zurück. Tucker hätte was drum gegeben zu erfahren, welches Wort sie gerade hatte legen wollen.

Unter dem Tisch schob er sein Bein dichter an ihres, bis sein Fuß fast ihren Schenkel streifte. Er musste Lacey einfach berühren, ob er wollte oder nicht. »Du bist dran«, sagte er heiser.

Lacey schluckte. Mit ungelenken Bewegungen wählte sie einige Buchstaben, benutzte das S von »Liebkosung« und legte »Stop«.

Tucker bewegte seinen Fuß nervös hin und her. Mit einem Blick, der verhangen war vor Sehnsucht, legte er das Wort »Nein«.

»Tucker …« Er würde schon sehen, was er davon hatte. Aber ihre Stimme klang verräterisch weich. Lacey ärgerte sich über sich selbst, schob den Tisch beiseite und stand auf. »Ich möchte nicht mehr spielen.«

Mit weichen Knien ging sie an Tucker vorbei zum Schlafzimmer, als er ihren Arm packte. »Ich auch nicht«, sagte er und zog sie an sich. »Ich bin es leid, Spiele zu spielen.«

»Tucker, bitte.«

»Sieh mich an und sag mir, dass du all das, was wir da aufs Brett gelegt haben, nicht von mir willst«, forderte er. »Ich will von dir hören, dass ich dich nicht im Arm halten, dich nicht küssen soll.« Er zog sie dicht an sich und senkte die Stimme. »Sag mir, dass du nicht mit mir schlafen willst, bis wir zu schwach sind, uns noch zu bewegen. Na los!«, drängte er und begann, an ihrem Ohrläppchen zu knabbern. »Sag es schon!«

Irgendwie musste sie die Worte finden, aber sie war nicht fähig, einen klaren Gedanken zu fassen. Mit seinem heißen, feuchten Atem an ihrem Ohr, seinen Lippen, die so dicht waren, dass sie seinen Kuss schon erahnte, hatte Lacey kein Gefühl mehr für richtig oder falsch, für gestern oder morgen. Sie konnte nur noch an das brennende Verlangen denken, das sie schon seit Ewigkeiten in sich zu tragen schien. Nur er konnte das Feuer löschen. Für diese eine Nacht war nur das noch wichtig. Sie flüsterte seinen Namen und hob ihm bereitwillig die Lippen entgegen.

8. Kapitel

Wann immer Tucker daran gedacht hatte, mit Lacey zu schlafen, hatte er sich ausgemalt, es nicht zu überstürzen, sondern es langsam und vorsichtig angehen zu lassen, genussvoll und durch sanfteres Erforschen, das jeden Gedanken an vorherige Liebhaber in ihr auslöschen würde. Aber er hatte sich schon so lange nach ihr gesehnt, sich nächtelang mit der Vorstellung davon gequält, dass sie – so wie jetzt – die Arme um seinen Hals schlingen würde und ihr Mund wild und begehrlich war, dass er an Zurückhaltung nicht denken konnte.

Ihm lag es nicht, eine Frau hastig zu nehmen. Aber Lacey brachte ihn schon mit dem Geschmack ihrer Lippen um den Verstand. Sein Blut schien zu kochen. Er zog sie mit sich zur Couch, nestelte schon unterwegs an ihrer Kleidung herum, nur um endlich ihre Haut zu spüren. Ungelenk zerrte er an Knöpfen und Reißverschluss herum. Nie hatte ihn eine Frau in einen derartigen Zustand versetzt. Aber er konnte einfach nicht abwarten, um Atem zu schöpfen und die Fassung wiederzugewinnen.

Eilig zog er sein Hemd aus, griff nach dem Saum ihres Sweatshirts, schob es ihr ebenfalls über den Kopf und warf es zur Seite. Noch bevor ihr Rock am Boden lag, öffnete er den Verschluss ihres BHs.

Mit einem genussvollen Aufschrei bog Lacey sich seinen Händen entgegen, die sich um ihre nackten Brüste schlossen. Ihr wurde ganz schwindelig. Sie fühlte sich wie in einen Strudel der Sinne gerissen, gegen den sich zu wehren sinnlos war.

Noch nie war sie von einer derartigen Leidenschaft erfüllt gewesen, so drängend, so gefährlich, so tief. Die hüllte sie ein, verschlang sie, zog sie in die Welt des Mannes, der sie umklammerte, als wolle er ihre Seele in sich hineinsaugen.

Dass die alte Couch, auf die Tucker sie zog, hart wie Sperrholz war, bemerkte Lacey gar nicht. Seine Hände glitten über sie hinweg, streichelten sie, liebkosten sie, erforschten jede Stelle ihrer samtenen Haut. Dann knetete Tucker ihre schönen Brüste, bis die weichen rosa Knospen ganz hart wurden, beugte seinen Kopf darüber und begann, abwechselnd daran zu saugen. »Oh, Tucker ...«, stöhnte Lacey auf.

Der ließ nun einen Finger um die Brustspitzen kreisen und brachte Lacey mit Zähnen und Zunge schließlich so weit, dass sie das Gefühl hatte durchzudrehen. Er spürte, wie ihr Herz pochte, registrierte ihr stoßweises Atmen, ihre kleinen Aufschreie. Dann hob er den Kopf wieder und senkte seinen Mund gierig auf ihren, während er mit einer Hand seine Jeans öffnete. Ohne die Lippen von ihren zu lösen, zog er auch Lacey die Jeans aus und schob sich über sie.

Heiße Haut an heißer Haut. Tucker fuhr mit der Hand über Laceys nackten Bauch, die Wölbung ihres Beckens und dann sachte hinunter, wo sie sich um das feine Stück zarter Seide und Spitze legte, unter dem das Ziel seines Begehrens verborgen war.

Alles um sie herum hätte in Flammen aufgehen können, sie hätten es nicht gemerkt. Beider Atem ging heftig, und Laceys leises Stöhnen erhitzte Tucker noch mehr. Er wollte alles langsam genießen, jede Körperlinie, jedes Erschauern, jeden sehnsuchtsvollen Laut, den Lacey von sich gab. Aber sie rieb ihre Hüften so drängend an ihm, dass er seine Erregung allmählich nicht mehr beherrschen konnte. Er entledigte sie ihres letzten Kleidungsstücks und drückte Laceys Beine auseinander.

Vom ersten Tag an, als sie sich vor langen Jahren kennengelernt hatten, hatten sie diesen Moment herbeigesehnt. Das wurde Tucker bewusst, als er nun mit einem sicheren Stoß tief in sie eindrang und Lacey genussvoll aufschrie. Und sie fühlte genauso eine Zusammengehörigkeit, die sie so noch nie erlebt hatte. Keiner von ihnen hatte geahnt, dass es so wunderschön, so sanft und gleichzeitig so leidenschaftlich, so unglaublich sein würde.

Ihre Blicke waren ineinander verfangen, beide waren unfähig zu sprechen. Tucker bestimmte die Intensität des Liebesaktes, und Lacey hob sich ihm entgegen und passte sich seinem Rhythmus an, als hätten sie sich schon unzählige Male vorher geliebt. Alle klaren Gedanken verschwammen, nur die aufgepeitschten Sinne beherrschten sie, während sie sich gänzlich im Einklang der Herzen verloren.

★

Tucker war ein Mann, in den sie sich verlieben könnte, womöglich schon verliebt war.

Das stand Lacey vor Augen, sobald sie wieder klar denken konnte. Sie lag auf dem Rücken, Tuckers Gewicht noch schwer auf sich, und hielt ihn fest. Liebe … Wie konnte sie nur Gefahr laufen, sich einem so gefährlichen Gefühl auch nur auszusetzen. Vor acht Jahren war sie ein unerfahrener Teenager gewesen, der sich hatte hinreißen lassen. Damals hatte sie sich vorgenommen, denselben Fehler nicht zweimal zu machen – und bisher geglaubt, dass ihr das gelungen sein.

Sie presste die geschlossenen Augen zusammen und umarmte Tucker fester. In wenigen Tagen wollte er abfahren und in eine Welt zurückkehren, die nichts mit ihr zu tun hatte. Dann war sie wieder allein. Das hatte sie von Anfang an gewusst. Nun würde die Erinnerung an diese wunderbare Nacht sie bestimmt quälen. Wie hatte sie sich das nur antun können?

Lacey unterdrückte einen Schluchzer. Ihre Unsicherheit war größer als damals mit neunzehn. Mit dieser Verzweiflung in seinen Armen zu liegen machte alles noch schlimmer. Sie versuchte, aufsteigende Tränen zu unterdrücken, schob sich unter ihm zur Seite und stand auf.

Tucker hätte am liebsten ewig in dieser Umarmung verharrt. Er stützte einen Ellbogen auf und wollte Lacey festhalten. »Hey, wohin willst du denn?«, fragte er heiser. »Bleib hier!«

»Nein.« Lacey wich seiner Hand aus, stolperte über ein paar Scrabble-Steine, die am Boden lagen, strich die zerzausten Locken aus der Stirn und griff nach dem erstbesten Kleidungsstück. Es war sein Hemd, und es roch nach ihm. Mit zitternden Fingern knöpfte sie es zu.

Tucker beobachtete sie aus müden Augen. Lacey war außer den leicht geröteten Wangen ziemlich blass und wirkte nicht gerade wie eine Frau, die noch erfüllt war vom Genuss einer heißen Liebesnacht. »Was ist los?«, fragte er. »Habe ich etwas falsch gemacht? Tut mir leid, wenn ich …«

»Nein«, unterbrach sie ihn. Eine Entschuldigung von ihm konnte sie nicht auch noch verkraften. »Nein, du hast absolut nichts falsch gemacht.« Er war einfach wunderbar gewesen, aber daran durfte sie nicht denken, sonst musste sie in Tränen ausbrechen. Sie sah ihn an. »Das Ganze war ein Fehler, und es sollte nicht wieder Vorkommen.«

Tucker glaubte seinen Ohren nicht zu trauen. Er stand auf und zog seine Jeans an, wobei das Geräusch des Reißverschlusses wie ein empörter Aufschrei klang. Dabei sah Lacey in seinem Hemd so reizvoll aus, dass er sie sogleich wieder begehrte. Aber vorwurfsvoll blickte er sie an. »Zum Lieben gehören zwei, und du hast es genauso genossen wie ich.«

Das leugnete sie nicht, wieso auch. Sie war ja in seinen Armen förmlich zerflossen. Lacey wünschte, der Boden würde sich auftun und sie verschlingen. »Wir haben uns hinreißen lassen, und das war ein Fehler.«

Am liebsten hätte Tucker sie geschüttelt. Aber wenn er sie auch nur berührte, würden sie beide gleich wieder im Bett landen. »Du willst das also einfach vergessen und so tun, als sei nichts passiert?«, fragte er heftig.

Lacey hätte gern gelacht, aber daraus wäre vermutlich ein

Schluchzer geworden. Wie konnte er glauben, dass sie das je vergessen konnte, wo doch ihr Herz fast zerbrach. »Ich halte es für das beste«, antwortete sie. »Und du solltest das auch tun.« Hastig nahm sie die auf dem Boden verstreute Kleidung auf und drückte sie an die Brust. »Ich gehe jetzt schlafen, morgen ist ein langer Tag.«

Es kostete Lacey alle Beherrschung, die Tür nicht hinter sich zuzuschlagen. Sie wollte nur noch ihr Nachthemd holen, um nicht in seinem Hemd zu schlafen, als die Tür wieder aufflog. »Lass sie offen!«, befahl Tucker. »Was immer auch zwischen uns geschehen ist, du bist noch in Gefahr, und ich habe die Pflicht, auf dich aufzupassen. Das kann ich aber nicht bei geschlossener Tür.« Damit stürmte er zurück ins Wohnzimmer. Als er auf ein Scrabble-Steinchen trat, verzog er wütend das Gesicht.

Die Erinnerung an ihren stürmischen Liebesakt war noch frisch und Laceys Duft noch in seinem Haar. Ob Tucker wollte oder nicht, er musste daran denken, wie er sie ausgezogen, gestreichelt, genommen hatte … Frustriert knipste er eine Lampe nach der anderen aus, bis die Wohnung stockdunkel war.

Aber das verstärkte nur die Bilder, die er vor Augen hatte. Aus Laceys Zimmer drang das Knarren der Matratze, als sie sich hinlegte. Dann war es still.

Tucker starrte in die Dunkelheit. In dieser Nacht würde er kein Auge zutun können.

Er brauchte etwas zu trinken, einen starken Drink. Am besten eine ganze Flasche. Aber das würde alles nichts nützen. Er ging zum Fenster und starrte hinaus.

Ein Fehler, hatte Lacey gesagt. Wie konnte man das, was zwischen ihnen geschehen war, einen Fehler nennen, verdammt noch mal! Sie hatte ihn völlig aufgewühlt, und nun behauptete sie, das wäre ein Versehen gewesen und dürfe nie wieder vorkommen. Unglaublich. Sie konnte sich ja in die Tasche lügen, aber er wusste, wie sie in seinen Armen reagiert hatte, wie sie geradezu hingeschmolzen war. Und sie war genauso wild wie er gewesen. Wenn sie glaubte, dass er sie einfach so gehen ließe ...

Tuckers Gedanken wurden jäh unterbrochen, als eine verstohlene Bewegung seine Aufmerksamkeit auf sich zog. Sein sechster Sinn sagte ihm, dass irgendetwas nicht in Ordnung war. Plötzlich löste sich auf dem Dach des Nachbarhauses eine schwarzgekleidete Gestalt aus dem Schatten und war gerade dabei, sich geschickt vom Dach in Laceys Hinterhof hinunterzuhangeln. Gefahr war im Verzug, denn der einzige Zugang vom Hof zu Laceys Wohnung war die Balkontür ihres Schlafzimmers. Vorsichtig schlich Tucker dort hinein.

Lacey, nach der Erregung des Liebesakts mit ihm noch hellwach, hörte sofort, als Tucker die Schwelle überschritt. Nervös setzte sie sich auf und presste die dünne Bettdecke an die Brust. »Was fällt dir ein ...«

»Ruf Ryan an!«, zischelte er in einem Ton, den sie an ihm noch nie gehört hatte. »Da ist jemand auf dem Dach.«

»Was? Wo?«, fragte sie verwirrt, aber Tucker war schon lautlos zur Balkontür geglitten, um den Mann zu stellen. Lacey stand schnell auf, um die Polizei anzurufen, und stolperte beinahe über den Saum ihres Nachthemds. Im Dunkeln suchte sie nach dem Apparat und versuchte, die richtige Nummer zu wählen.

Erleichtert atmete sie auf, als sich die Polizeizentrale meldete, gab schnell Namen und Adresse durch und schilderte die Situation. Detektiv Ryan würde benachrichtigt werden, und Hilfe sei unterwegs, versicherte man ihr. Im Moment half das allerdings wenig.

Lacey schlich zur Balkontür, hielt sich im Schatten, um nicht entdeckt zu werden, und starrte in die Nacht. Tucker hatte inzwischen den Hof überquert und war schon auf halber Höhe zum Eckdach des Nachbarhauses.

Obwohl es noch immer schwül war, fröstelte Lacey. Sie hatte Angst. Im Dunkeln konnte sie weder Tucker noch den Fremden ausmachen. Der Mond spielte Verstecken hinter dahinziehenden Wolken, und in der Ferne war das Summen der belebten Bourbon Street zu vernehmen. Alles schien so normal zu sein. Über Laceys Augenbrauen bildeten sich feine Schweißperlen. Wo war Tucker nur abgeblieben? War der Eindringling jemand, der zufällig bei ihr einbrechen wollte? Oder war es der Mann, der sie bedroht hatte? Wenn ja, war sie in Lebensgefahr.

Bei dem Gedanken blieb beinahe ihr Herz stehen. Und Tucker war barfuß und nur in Jeans hinausgelaufen. Wenn der Mond plötzlich hinter den Wolken hervorkam und der Mann bewaffnet war ... Noch ehe Lacey das zu Ende gedacht hatte, eilte sie zum Nachttisch, in dem die neue kleine Derringer lag. Damit huschte sie zur Terrassentür, nur Tuckers Sicherheit im Kopf.

Das ist nicht meine Nacht, dachte Tucker, als der Mond plötzlich hinter den Wolken hervorkam. Tuckers Hose war dunkel, aber sein nackter Oberkörper glänzte hell im Licht. Der Einbrecher, der auf dem abfallenden Dach schon halb herunter war, entdeckte ihn sofort, fluchte und kletterte den Weg zurück, den er gekommen war.

Tucker setzte ihm sofort nach und wollte das Eckdach erklimmen. Aber seine nackten Füße fanden keinen Halt, und er drohte abzurutschen. Über sich hörte er das heftige Atmen des Flüchtenden, der nun wieder oben war. Der Mond verschwand erneut hinter Wolken, sodass Tucker den Mann nicht mehr sehen konnte. Schnell umklammerte er ein Lüftungsrohr und hangelte sich daran hoch.

Oben angekommen, schlich er an Rohren und Antennen vorbei, sprang über Brandmauern, wich Schornsteinen aus und verringerte zusehends den Abstand zwischen sich und dem Mann in Schwarz. Nur noch fünfzig Yards, dann konnte er ihn erwischen und ihm den Hals umdrehen.

Urplötzlich stand der Mond wieder blank und wolkenlos am Himmel und bestrahlte Tucker wie ein Scheinwerfer. Den Bruchteil einer Sekunde später zischte eine Kugel so dicht an ihm vorbei, dass sie fast seine Schulter streifte. Mit einem Fluch ging Tucker hinter einem Schornstein in Deckung.

Versteckte sich der Schurke da drüben hinter dem Schrägdach, oder war er schon wieder weiter weg? Tucker schlug mit der Faust an die Mauer. Warum hatte er nur nicht daran gedacht, Laceys Waffe mitzunehmen? Nun hatte er nur die Wahl, zu verschwinden oder sich wie auf dem Präsentierteller erschießen zu lassen.

Erst musste er abwarten, bis der Mond wieder hinter Wolken verschwunden war. An den Schornstein gelehnt wartete er ungeduldig und horchte auf das leiseste Geräusch. Nichts bewegte sich. Die Sekunden dehnten sich zur Ewigkeit. Über ihm tändelte der Mond mit einer Wolke, dann glitt er schließlich hinter sie.

Tucker nutzte seine Chance sofort.

Er kroch zu einer niedrigen Mauer und überkletterte sie eilig. Die erwartete Kugel blieb aus. Es herrschte Stille, doch er war längst nicht außer Gefahr. Falls er so unklug war, den Kopf zu heben, konnte ihn sofort eine Kugel treffen. Er musste also abwarten.

Geduckt schlich er die Mauer entlang und überkletterte sie lautlos. Sobald er auf dem Nachbardach war, rannte er los und versteckte sich hinter einem Mauervorsprung. Sein Pulsschlag dröhnte ihm in den Ohren. Plötzlich begann in der Wohnung unter ihm ein Hund zu bellen und gab damit Tuckers Position preis. Fluchend hechtete er hinter den nächsten Schornstein.

Der Hund beruhigte sich, und wieder herrschte Stille. Schon wollte Tucker erleichtert aufseufzen, als er plötzlich das schwache Geräusch von jemandem hörte, der sich genau vor ihm bewegte. Er lauschte angestrengt und starrte in die Dunkelheit, konnte aber nichts erkennen. War der Mann nun hinter ihm und wollte ihn von dort überfallen? Schnell tauchte er hinter den nächsten Schornstein, bereit, sich auf ihn zu stürzen.

Lacey tastete sich vorsichtig über das Dach, die Pistole mit feuchter Hand umklammert. Ihr Herz dröhnte wie eine Trommel. Sie wagte kaum zu atmen, damit ihr nicht entging, wo Tucker war, irgendwo da vorn in der Finsternis. Nur flüchtig blickte sie zu den Wolken und dem Mond. Die Gefahr war ihr so bewusst, dass sie am liebsten zurück in die Wohnung gerannt wäre, um die Polizei abzuwarten. Aber bis dahin konnte Tucker tot sein. So straffte sie die Schultern und verbarg sich hinter einem Schornstein, den sie in der Dunkelheit ausmachte.

Im nächsten Moment wurde sie gepackt und gegen die Mauer gepresst. Sie wollte aufschreien, denn der Druck seines männlichen Körpers nahm ihr beinahe die Luft.

Aber sobald Tucker ihre Brust an seiner spürte, wich er zurück, als hätte er sich verbrannt. »Verdammt noch mal, was tust du denn hier?«, zischte er wütend und umklammerte ihre nackten Schultern. In dem Moment kam der Mond wieder hervor, sodass Tucker Lacey in ihrem weißen Batistnachthemd sehen konnte, das ihren Körper umschmeichelte. »Ist dir nicht klar, dass du fast nichts anhast? Willst du vergewaltigt werden? Oder erschossen? Hier oben ist jemand, der dich am liebsten tot sähe.«

Und um ihn hatte sie sich gesorgt. »Das habe ich nicht vergessen!«, gab sie empört zurück. »Ich bin schließlich diejenige, die überfallen wurde, vielleicht erinnerst du dich. Ich habe den Mörder identifiziert. Und wer immer hier draußen ist ...« – Lacey bewegte sich weiter ins Dunkle – »... will mich aus dem Weg räumen. Dazu ist ihm jedes Mittel recht. Auch, dich zu erledigen, wenn's sein muss. Wie dumm, von mir, mir um dich Sorgen zu machen.« Lacey schob ihm die Derringer in die Hand. »Ich dachte nämlich, die könntest du brauchen.«

Damit war sie in der Finsternis verschwunden.

Verblüfft starrte Tucker hinter ihr her. Sie hatte ihr Leben riskiert, weil sie ihn in Gefahr wusste. Hatte das jemals jemand für ihn getan? »Hey, warte!« Lacey hörte nicht auf ihn, aber mit drei Schritten hatte er sie eingeholt. Eigentlich wollte er sie am Arm packen, aber irgendetwas hielt ihn davon ab. »Tut mir leid, dass ich dich so verärgert habe, aber ich möchte nicht, dass du dich meinetwegen in Gefahr begibst, zumal ich alles unter Kontrolle habe.«

»Keine Sorge, das wird nicht wieder Vorkommen.« Lacey straffte sich. »War mein Fehler.« Fehler? Das Wort war wirklich zu milde für die Tatsache, dass sie sich erneut in ihn verliebt hatte. Sie blinzelte die aufsteigenden Tränen weg und schalt sich den größten Dummkopf aller Zeiten. Selbst jetzt hätte sie sich gern etwas vorgemacht, aber in dem Moment, als er sie gepackt und gegen den Schornstein gepresst hatte, war ihr klar geworden, dass sie ihn liebte – unwiderruflich.

Wie war das nur passiert? Acht lange Jahre über hatte sie sich vorgenommen, ihn nie wiederzusehen. Hatte sie sich selbst in dieser Zeit nach seinem Anblick, nach dem Gefühl, von ihm in die Arme genommen zu werden, gesehnt. Hoffte sie, dass er eines Tages bei ihr auftauchen und zugeben würde, einen Fehler gemacht zu haben, als er sie hatte gehen lassen?

Wahrscheinlich, dachte Lacey und schniefte kurz. Aber selbst wenn er das zugegeben hätte, was wäre dann nun anders? Nichts! Vielleicht würde sie ihn bis ans Ende ihrer Tage lieben, aber bekommen würde sie ihn nie.

»Lace, Kleines«, versuchte er es wieder. »Es ist nichts Schlechtes, sich um jemanden Sorgen zu machen ...«

Das Heulen einer Polizeisirene unterbrach ihn, als sie gerade den Innenhof erreichten. Lacey seufzte erleichtert auf. Sie wollte nicht mit Tucker über ihre Gefühle für ihn diskutieren. »Hört sich an, als hätte Detektiv Ryan eine ganze Mannschaft mitgebracht. Lässt du ihn bitte rein? Ich ziehe mir nur schnell etwas über.«

Tucker hoffte, die Unterhaltung später weiterführen zu können, ging aber schnell hinein, um die Polizisten einzulassen, bevor die die Tür eintraten.

Sobald Tucker geöffnet hatte, stürmten Ryan und seine Leute herein und durchsuchten sowohl die Wohnung als auch die Dächer im Französischen Viertel. Mit gezückten Waffen verteilten sie sich im Hof und auf den benachbarten Dächern. Nach Tuckers kurzem Bericht ließ Ryan einen Hubschrauber kommen, der ihnen bei der Suche helfen sollte, und bald war das Knattern der Rotorblätter in der nächtlichen Stille zu vernehmen. Der Pilot richtete einen Suchscheinwerfer in jede Ecke, auf jeden kleinen Vorsprung der unebenen Dächer, sodass man selbst eine Ratte hätte entdecken können.

Lacey schlang ihren Morgenrock fest um sich und ging nervös in ihrer Wohnung auf und ab. Das Knistern und Knarren der Funkgeräte hallte an den Wänden der umliegenden Gebäude wider. Das blaurote Licht der Streifenwagen flackerte in der Nacht wie eine Schallplatte mit Knacks. Der ganze Lärm, die Anwesenheit der Polizei hätten Lacey beruhigen müssen, aber sie war Tuckers wegen zu aufgewühlt und hätte gern fünf Minuten für sich gehabt, um ihre Gedanken ordnen zu können.

Ein Beamter, der schon vorher in ihr Schlafzimmer gestürmt war, kaum dass sie ihren Morgenrock übergeworfen hatte, erschien nun im Wohnzimmer, um Detektiv Ryan über den Fortgang der Durchsuchung zu informieren. »Nichts«, meldete er lakonisch. »Entweder hat er sich verkrochen oder sich aus dem Staub gemacht.«

»Was ist mit den beiden Kugeln, die er abgefeuert hat?«, fragte Ryan. »Irgendwelche Anhaltspunkte?«

Der Beamte schüttelte den Kopf. »Bis jetzt nicht. Wir suchen noch, müssen aber vermutlich bis Sonnenaufgang warten. Im Moment ist es viel zu dunkel.«

Ryan nickte. »Veranlassen Sie alles Nötige! Wir brauchen jeden noch so kleinen Hinweis.«

Der Kriminalbeamte fuhr sich mit den Fingern durchs Haar. Lacey hoffte einen Moment, sie alle würden eine falsche Schlussfolgerung ziehen. »Es wird wohl nichts anderes als ein Einbruchsversuch gewesen sein, oder?«

Um Lacey in Sicherheit zu wiegen, hätte Ryan sie am liebsten belogen, aber das wäre wenig sinnvoll gewesen. »Sie sagten mir doch, dass bei Ihnen nur eingebrochen wurde, wenn Sie nicht zu Hause waren, oder?«, erinnerte er sie. »Martins Partner, wer immer das ist, scheint es endlich wissen zu wollen. Die Drohungen haben nichts bewirkt, und ihm wird die Zeit knapp. Aber je länger er dazu braucht, Sie zu erledigen, um so mehr Möglichkeiten haben wir, seine Identität herauszufinden.«

Tucker lehnte sich mit der Schulter an den Türrahmen. »Darum nahm er sich wohl vor, sich hier einzuschleichen und uns beide zu erschießen.« Er sah den Detektiv scharf an. »Wo war der Mann, den Sie an der Ecke postiert hatten? Er hätte zwei Minuten nach Laceys Hilferufen hier sein müssen.«

Ryans Lippen wurden schmal. »Den haben wir wegen eines Einbruchs am Markt abberufen. Leider war das falscher Alarm.«

»Wahrscheinlich durch einen Anruf unseres ungebetenen Gastes«, vermutete Lacey grimmig. »Mein Gott, wie satt ich das alles habe. Wann hört das endlich auf?«

Ryan erhob sich. »Vielleicht früher, als Sie denken. Die Gewerkschaft hat heute den von der Stadt vorgeschlagenen Vertrag akzeptiert. Morgen ist die Abstimmung, aber die Chancen stehen neunundneunzig zu eins dafür.«

Lacey schaute ihn überrascht an. »Dann haben Sie ab übermorgen also mehr Männer zur Verfügung?«

»Nein, so lange müssen wir nicht warten. Einige von der Nachtschicht sind heute schon angetreten. Und morgen sind es noch mehr«, versicherte Ryan. »Das bedeutet, dass ich Sie in Sicherheitsgewahrsam nehmen kann.«

»Ab wann?«, wollte Tucker wissen.

»Am besten ab sofort.«

Noch vor zwei Tagen wäre Lacey über diesen Vorschlag froh gewesen. Aber nun kam ihr der völlig ungelegen. »Sofort?«

Tucker hatte weder den Verkauf noch Laceys mühsame Vorbereitung vergessen. »Ich werde bleiben und den Verkauf für dich leiten, okay? Du verschwindest hier und bringst dich endlich in Sicherheit.«

»Du verstehst doch gar nichts von Antiquitäten«, widersprach sie. »Ich muss hierbleiben, da ich die Einzige bin, die weiß, welche Stücke man billiger lassen kann und welche nicht.« Zu Ryan sagte sie: »Wenn Sie genug Leute haben, könnten Sie die nicht um den Laden herum postieren, bis der Verkauf abgewickelt ist? Bei so vielen Kunden wird es niemand wagen, etwas zu riskieren. Und der Laden wird voll sein, das garantiere ich.«

Ryan rieb sich nachdenklich die Wange. »Heute ist kaum noch mit Schwierigkeiten zu rechnen«, gab er zu. »Wir kamen mit einem großen Aufgebot an Beamten, und jeder im Viertel weiß das. Der Bursche wird sich vermutlich erst mal in ein Loch verkriechen und seine Strategie neu überdenken. Falls er erneut auftaucht, sind Sie längst in Sicherheit.«

»Sobald der Verkauf vorüber ist, bin ich damit einverstanden«, versprach Lacey.

Ryan nickte. »Gut. Während des Verkaufs werden hier zwei Beamte in Zivil dabei sein. Bis dahin postieren wir einen im Laden und einen auf dem Dach. Dazu draußen einen, der nur Order hat, die Straße und den Laden zu beobachten. Nach dem Verkauf bringe ich Sie irgendwo sicher unter.« Er sah Tucker an. »Bleiben Sie bei ihr, oder sollen wir gleich von hier aus übernehmen? Ich muss Sie nur warnen, es kann eine Weile dauern.«

585

Tucker schaute Lacey ernst an. Er hatte ein Dutzend Gründe zu gehen. Er steckte schon viel zu tief in der Sache. Obendrein bereute sie es, mit ihm geschlafen zu haben. Allein das reichte, nach Aruba zu verschwinden. Aber ob er wollte oder nicht, er musste einfach bleiben, auch wenn unklar war, wohin das alles führen würde.

»Ich bleibe, bis alles überstanden ist.«

9. Kapitel

Bald danach ging Jack Ryan, ließ aber die beiden Beamten in Zivil wie versprochen da. Da der eine unten blieb und der andere im Hof, war Lacey wieder mit Tucker allein. »Bis alles überstanden ist.« Die Worte klangen ihr trotz der Stille, die sie umgab, sobald der Streifenwagen weggefahren war, in den Ohren. Wie eine Drohung und ein Versprechen zugleich. Was hieß wohl »alles?« Tucker machte es sich gerade auf der Couch bequem, als gäbe es nicht den geringsten Grund, sich um irgendetwas Sorgen zu machen. Meinte er den Prozess? Die Affäre? Die Ewigkeit?

Lacey sprang wieder auf von dem Sessel, in den sie gesunken war. Von einem idyllischen Danach zu träumen würde sie nur unglücklich machen. Wenn Tucker bis nach dem Prozess bleiben wollte, dann nur ihrer Sicherheit wegen. Und einmal mit ihm zu schlafen bedeutete ja noch nicht, eine Affäre mit ihm zu haben. Und die Ewigkeit? Die würde es sicher dauern, bis sie ihn vergessen hätte, aber das war auch das Einzige, auf das sie zählen konnte.

»Ich ziehe mich besser gleich an«, sagte Lacey, und ihre Kehle war wie zugeschnürt, »womöglich kommen bald die ersten Kunden.«

Tucker sah auf die Uhr. »Ich denke, der Verkauf beginnt erst um acht? Bis dahin sind es noch Stunden.«

»Das schon, aber wegen der Feuerschutzbestimmungen dürfen immer nur wenige Leute zugleich in den Laden«, erklärte Lacey. »Um zu den Ersten zu gehören, tragen sie sich frühmorgens in eine Liste ein, gehen frühstücken und kommen dann um acht mit dem ersten Schwung herein.«

»Tatsächlich? Ich kann mir nicht vorstellen, Samstag morgens um sechs irgendwo anders zu sein als im Bett.«

Gegen ihren Willen musste Lacey zur Couch blicken. Die Erinnerung rötete ihre Wangen. »Händler und Sammler wollen sich so die seltenen Stücke sichern. Da wir gleich nach dem Verkauf abfahren, solltest du vielleicht jetzt schon packen, Tucker. Womöglich hast du danach kaum noch Zeit dazu.«

Lacey versuchte, keine Gefühlsregung zu zeigen, da Tucker sie beobachtete, während sie zur Kommode und zum Kleiderschrank ging, um ihre Sachen zusammenzusuchen. Sie schaffte es, nicht zu ihm hinzuschauen. Aber sobald sie das Bad betrat, um zu duschen, verlor sie die mühsam bewahrte Fassung. Sie öffnete den Hahn, hielt das Gesicht unter den warmen Strahl, und ihre Tränen vermischten sich mit dem Wasser. Sie ließ ihnen freien Lauf, es sah ja niemand.

Als sie eine halbe Stunde später das Bad verließ, war ihr nicht mehr anzumerken, dass sie geweint hatte. Und in schmaler heller Hose, einer pfirsichfarbenen Seidenbluse und mit straff zurückgekämmtem Haar wirkte sie ganz geschäftsmäßig. Tucker Stevens sollte nie wieder merken, wie ihr zumute war.

Während er duschte, bereitete sie das Frühstück. Als er in dunkler Hose und weißem langärmeligem Oberhemd erschien und ihr sein frischer Duft in die Nase stieg, gab sie vor, es nicht wahrzunehmen. Sie verteilte das Essen auf zwei Teller, setzte sich zu ihm an den Tisch und sprach gleich vom Verkauf.

»Wir werden die ersten dreißig Kunden hereinlassen«, erklärte sie, während sie Sirup auf ihren Pfannkuchen tröpfelte, »Die Feuerschutzbestimmungen lassen zwar mehr zu, aber wenn man zu viele auf einmal einlässt, können die Leute nicht so richtig stöbern und kaufen weniger. Ich werde mich um die Kasse und das Verhandeln kümmern. Es wäre schön, wenn du den Eingangsbereich übernehmen könntest. Geht das?«

Tucker biss in ein Stück Speck. Um Lacey zu schützen, wäre er am liebsten direkt an ihrer Seite geblieben, aber das schien im

Moment nicht angebracht. Sobald der Verkauf lief, wollte er dafür sorgen, dass ihr keine Fliege zu nahe kam. »Kein Problem.« Er nahm seine Kaffeetasse hoch. »Und was genau soll ich tun?«

»Wenn die ersten dreißig Kunden drin sind, lässt du immer erst dann fünf Leute ein, wenn fünf gegangen sind. So lange, bis der Andrang sich normalisiert hat. Das wird so gegen Nachmittag sein. Ab dann können alle Kunden so hinein.«

Tucker nickte. »In Ordnung. Ich wollte sowieso in der Nähe der Tür bleiben, um das Kommen und Gehen im Auge zu behalten.«

»Da wirst du reichlich beschäftigt sein«, vermutete Lacey. »Ich habe im gesamten Süden annonciert und erwarte einen ziemlichen Ansturm.«

»Damit werde ich schon fertig.«

Drei Stunden später standen Lacey und Tucker an der Eingangstür und warteten darauf, dass die erste der zahlreichen Wanduhren im Laden acht schlug. Draußen wartete ein Schwarm von Leuten in einer Schlange, die bis zur nächsten Ecke reichte. »Das hätte ich nie gedacht, wenn ich es nicht sehen würde«, murmelte Tucker bei einem Blick nach draußen. »Das sind ja mindestens vierhundert Leute.«

Lacey war aufgeregt, ihre grünen Augen blitzten. »Unglaublich! Ich wusste, dass viele kommen würden, aber das hätte ich nicht erwartet.«

Hinter ihnen erklangen feierliche Glockenschläge. Tucker grinste. »Du wolltest Kunden, und nun hast du sie. Geh lieber einen Schritt zurück, sonst wirst du niedergetrampelt.«

Auf Laceys Zeichen hin öffnete Tucker die Tür. Die Namensliste war endlos. Die ersten dreißig Kunden traten nacheinander ein, darunter auch die beiden Zivilbeamten, die während des gesamten Verkaufs dableiben würden. Tucker ließ sich nichts anmerken und schaute die beiden Männer beim Einlass so prüfend an wie die anderen Kunden. Keiner wirkte irgendwie verdächtig, aber ihm war klar, dass derjenige, der Lacey umbringen wollte, womöglich so unschuldig aussah wie einer von nebenan.

Lacey begrüßte ihre Stammkunden, als wären sie lange vermisste Freunde, und war bald völlig mit Preisverhandlungen beschäftigt. Sie konnte kaum einen Abschluss tätigen, ohne dass sie schon wieder zu einem anderen Interessenten eilen musste. Zwei Stunden vergingen wie im Fluge, und sie genoss jede Minute.

Gerade überdachte sie eine Kalkulation und bahnte sich einen Weg zwischen Möbeln und Leuten hindurch, als Mary Blackstone sie am Arm festhielt. »Ich möchte diesen Kaminschirm haben«, verkündete sie. »Aber Sie verlangen einen gesalzenen Preis dafür.«

Lacey verkniff sich ein Lächeln. Die Dame hatte zu ihren ersten Kunden gehört, als sie vor sieben Jahren das Geschäft eröffnete. Damals hatte sie ein Bord aus Pinienholz gekauft, aber erst, nachdem sie mindestens eine halbe Stunde um den Preis gefeilscht hatte. Da Lacey zu der Zeit noch neu in New Orleans war, fand sie erst nach Wochen heraus, dass Mrs. Blackstone zu den wohlhabendsten Frauen der Stadt gehörte. Sie entstammte einer Familie von Pferdehändlern, und Handeln lag ihr im Blut. Nichts begeisterte sie mehr, als einen Preisnachlass zu erzielen.

Lacey lehnte sich an den Verkaufstresen, hinter dem die Kasse stand, zog eine Braue hoch und sah belustigt drein. »Mary, Sie wissen ganz genau, dass dieser Kaminschirm fast geschenkt ist. Ich könnte ihn leicht an einen von denen, die noch draußen warten, für das Doppelte verkaufen.«

Die alte Dame schnaubte verächtlich, genoss das Spiel aber. »Das bezweifle ich. Jeder kann sehen, dass die Lackierung neu ist.«

Das leugnete Lacey gar nicht. Sie nickte und entgegnete lächelnd: »Darum ist der Preis auch so niedrig. Das ist doch wirklich eine günstige Gelegenheit, nicht?«

Dass das stimmte, wussten sie beide. Mary, die den Schirm unbedingt haben wollte, schlug vor: »Gehen Sie um fünfzig Dollar herunter, dann nehme ich ihn.«

»Für den Preis behalte ich ihn lieber.« Lacey lachte. »Aber bei zehn lasse ich mit mir reden.«

»Sagen Sie fünfunddreißig, dann sind Sie ihn los.«

»Dreizehn fünfzig«, bot Lacey an.

Mrs. Blackstone richtete sich zu ihrer ganzen Höhe auf und tat beleidigt. »Zwanzig Dollar und keinen Cent weniger.«

Lacey hatte gesehen, wie sich Mary Blackstones Lippen kurz verzogen, sonst wäre sie wohl darauf eingegangen. »Für fünfzehn Dollar weniger gehört er Ihnen.« Sie musste grinsen. »Und ich muss Sie warnen, Mr. Thompson ist ebenfalls interessiert …«

»Ich nehme ihn«, sagte Mary schnell und runzelte die Stirn. »Und sorgen Sie dafür, dass ihn mir niemand anders wegschnappt!«

»Geht in Ordnung«, beschwichtigte Lacey sie amüsiert, ging zu dem Kaminschirm und heftete ein »Verkauft«-Schild daran. Damit hatte sie immerhin zwanzig Dollar mehr verdient als erhofft. »Möchten Sie sich noch weiter umschauen, oder wollen Sie gleich bezahlen?«

»Ich sehe mich noch ein bisschen um«, erklärte Mary, die schon einen Lehnsessel von Louis XVI. im Auge hatte. »Ich bin froh, wenn ich auch nur noch einen Penny besitze, wenn ich gehe.« Damit bahnte sie sich einen Weg durch die Menge.

Lacey freute sich über den Erfolg. Wenn sich die anderen beschädigten Stücke nur auch so gut verkaufen ließen. Gerade wollte sie sich neuen Kunden zuwenden, als sie Tucker entdeckte. Wie ein Wachhund stand er an der Tür und musterte alle einzeln mit scharfem Blick, als erwartete er jeden Moment, einem Mörder mit einer Axt gegenüberzustehen.

Lacey ging an einer Frau, die Schmuck in einer Vitrine betrachtete, vorbei zu Tucker. »Was machst du denn?«, fragte sie vorwurfsvoll.

591

Tucker sah sie nur kurz an und widmete seine Aufmerksamkeit gleich wieder den im Laden herumstöbernden Kunden. »Was meinst du damit, was ich mache? Was glaubst du denn?«

»Du schüchterst meine Kunden ein«, mahnte sie leise, während sie einem Mann zulächelte, der in der Nähe stand. »Sieh ein bisschen freundlicher drein! Mit so vielen Leuten im Laden wird schon nichts passieren.«

»Dessen wäre ich nicht so sicher. Ich habe dir schon gesagt, dieser Verrückte will dich unbedingt erledigen.« Sein Blick ruhte auf einem großen mageren Mann in hellgrauem Sommeranzug, der einen Tisch in der Nähe des Lagerraums betrachtete. »Der da drüben zum Beispiel ...« – er wies mit dem Kinn dorthin – »... könnte leicht Sprengstoff in seiner Jacke haben und versuchen, ihn irgendwo anzubringen. Er bräuchte nur hinauszugehen und ihn per Zeitzündung hochzujagen. Niemand würde ihn je mit dem Verbrechen in Verbindung bringen. So leicht ist das.«

Lacey wurde blass. »Ist das dein Ernst?«

»Allerdings«, antwortete Tucker ruhig. Er sah ihr an, dass die Freude über den Verkauf nun von Furcht überschattet war, und schalt sich dafür. Aber solange da draußen jemand herumlief, der Lacey umbringen wollte, war sie selbst in einer Menschenmenge in Gefahr. Er streckte eine Hand aus, um sie zu trösten. »Tut mir leid, Liebes, aber so ist es nun mal.«

Schon seine Berührung gab ihr Kraft. Noch bevor ihr klar wurde, dass sie ihn brauchte, war er da. Aber wie lange noch? Lacey zog ihren Arm zurück. »Ich gehe besser wieder an die Arbeit.«

Von nun an schleppte sich der Verkauf für sie hin. Gegen zwei Uhr, als die Kundenschar sich zu lichten begann, hatte sie schon mehr als die erwartete Verkaufssumme eingenommen, konnte sich darüber aber nicht so recht freuen. Nun war sie so misstrauisch wie Tucker, beobachtete jeden – sei er Freund oder Fremder –, ob er irgendwie anders wirkte als die anderen.

Die Tatsache, dass ihr nicht das Geringste auffiel, beunruhigte sie erst recht. Übersah sie etwas? War hier schon jemand, der ihr ans Leder wollte? Hatte sie sogar mit ihm gesprochen, und er war wieder in der Menge verschwunden, um auf den richtigen Moment zu warten? Womöglich hatte sie nur noch Sekunden zu leben.

»Ich muss Sie gar nicht fragen, wie es Ihnen geht«, sagte eine tiefe, etwas spöttisch klingende Stimme hinter ihr. »Jeder im Quarter weiß, dass Sie heute den Verkauf des Jahres haben. Herzlichen Glückwunsch.«

Das gequälte Lächeln, das Lacey im Gesicht stand, seitdem sie mit Tucker gesprochen hatte, gefror zur Maske. John Salomon. Seine tiefe Stimme hätte sie aus Tausenden herausgehört. Lacey bezwang das Unbehagen, das in ihr wach wurde, und drehte sich mit gefasster Miene nach ihm um. »Hallo, John! Was machen Sie denn hier? Wollen Sie die Konkurrenz überwachen? Ich fürchte, Sie kommen zu spät. Die besten Stücke sind schon weg.«

»Das sehe ich«, sagte er mit einem schnellen Blick über die übrig gebliebene Ware. Das letzte Mal, als er hier gewesen war, war der Laden vollgestopft mit Sachen, für die er sein Augenlicht hergegeben hätte. Inzwischen waren alle seltenen Stücke verkauft. »Ich wollte schon frühmorgens hier sein, aber der Andrang war zu groß. Wussten Sie, dass sogar ein Fernsehteam da war? Sie haben ziemlich viel Aufsehen erregt.«

Das wusste Lacey nicht, war darüber aber nicht verwundert. Detektiv Ryan hatte ihr morgens gesagt, dass er ihren Namen nennen und den Medien über den Überfall auf das Geschäft berichten würde. Da derjenige, der hinter ihr her war, ohnehin über ihre Identität informiert war, musste die nicht länger geheim gehalten werden. Der Pressetrubel und das Interesse der Öffentlichkeit konnten ihr sogar einen gewissen Schutz gewährleisten.

»Mit dem Angebot hätte jeder Erfolg gehabt«, entgegnete Lacey. »Ich hatte nur Glück, dass ich darangekommen bin.«

Salomon schüttelte den Kopf. »Nein, nein, Sie haben gut gearbeitet und waren einfach schneller als ich. Aber das nächste Mal werden Sie nicht so leichtes Spiel mit mir haben.«

»Kann sein.« Wenn er glaubte, Sie einschüchtern zu können, irrte er sich. »Unterschätzen sollte man mich aber nicht.«

»Angesichts Ihres heutigen Erfolges würde das auch nur ein Dummkopf tun. Ich wusste, dass an dem Gerücht, dass Sie kurz vor der Pleite stehen, nichts dran war.«

Lacey verzog spöttisch den Mund. Falls es Gerüchte über sie gab, stammten die garantiert von Salomon und niemand anderem. Dem wollte sie gleich ein Ende bereiten. »Es bedarf schon mehr als einiger Einbrüche und Ihrer scharfen Konkurrenz, um das zu bewirken«, sagte sie süßlich. »Falls einer das Gegenteil behauptet, können Sie ihn gern beruhigen, dass ich bleiben werde.« An seinem Blick erkannte sie, dass das gesessen hatte.

Tucker, der sich vorsorglich in der Nähe aufhielt, hatte das gesamte Gespräch gehört. Sobald Salomon ging, war er an Laceys Seite. »Gut gemacht, Lady«, sagte er anerkennend. »Dem hast du es wirklich gegeben.«

Lacey lächelte süffisant. »Wie war das noch mit diesem Werbespot? Man darf sich die Anstrengung nie anmerken lassen.«

»Dazu hatte ich auch wenig Zeit.« Er lachte leise. »Und du warst cool wie ein Profi. Ich wusste gar nicht, dass du so schauspielern kannst.«

»Wenn ich mit dem Rücken an der Wand stehe, bin ich knallhart«, meinte Lacey, deren Lächeln verschwand, sobald ihr bewusst wurde, dass ihre Worte auch eine Warnung an ihn enthielten. Was ihn betraf, stand sie schon mit dem Rücken an der Wand. Sie durfte ihn nie wieder so nahe an sich herankommen lassen.

»Da drüben möchte sich jemand den Schmuck ansehen. Entschuldige mich bitte.« Damit verschwand sie, bevor Tucker noch etwas sagen konnte, und schwor sich, ihm den Rest des

Nachmittags auszuweichen. Aber jedes Mal, wenn sie zufällig in seine Richtung schaute, ruhte sein Blick auf ihr. Und der machte ihr immer dasselbe klar: dass sie zwar vor ihm davonlaufen, sich aber nicht vor ihren Gefühlen verstecken konnte.

Der Gedanke war beängstigend. Denn damit kämpfte sie gegen etwas an, wogegen Vernunft und gesunder Menschenverstand machtlos waren und der Wille nichts half. Wenn sie sich wehrte, geriet sie nur noch tiefer hinein. Sie musste versuchen, die Macht über ihr Herz, über ihr eigenes Schicksal zu bewahren.

Aber sobald er sie anschaute, brachte er all ihre Entschlüsse zum Wanken.

Genauso schnell wie der Verkauf begonnen hatte, endete er auch. Lacey lehnte sich völlig erschöpft an den Kassentresen, nachdem Tucker die Tür hinter dem letzten Kunden verschlossen hatte. Sie hatte es geschafft. Fast jedes Möbel und fast jedes Schmuckstück aus dem St.-John-Besitz waren verkauft und der Laden so gut wie leer.

Normalerweise wäre sie darüber beglückt gewesen, denn der Gewinn, den sie damit gemacht hatte, würde ihr über die nächsten zwei Monate hinweghelfen und dafür sorgen, dass sie beruflich wieder auf die Beine kam. Aber sie dachte im Moment nur daran, dass sie die Nacht wieder zusammen mit Tucker verbringen musste.

Sie hörte nicht, dass Jim, einer der Zivilbeamten, der den Verkauf überwacht hatte, sich näherte.

»Es ist alles vorbereitet, Sie an einen sicheren Ort zu begleiten, Miss Conrad. Tina und Dave, zwei unserer Kollegen, werden gleich eintreffen. Tina zieht ein paar Sachen von Ihnen an, und ich verkleide mich als Mr. Stevens. Sobald wir fertig sind, gehen wir zu dem Streifenwagen vor der Tür, und Andy ...« –

er wies zu dem Beamten, der bei Tucker an der Tür stand – »… wird mit uns losfahren. Dave wartet in einem Wagen in der Seitenstraße. Er wird Sie hier abholen und unauffällig hinausbegleiten. Okay?«

Der Gedanke daran, dass das alles sorgfältig geplant werden musste, erschreckte Lacey. »Ist das wirklich nötig? Es könnte uns doch niemand bei Tageslicht unbemerkt folgen, oder?«

»Lieber auf Nummer sicher gehen, Ma'am«, meinte Ryan schlicht.

Mit anderen Worten: Es war ein Risiko. Lacey schluckte. »Ich werde etwas für Tina heraussuchen. Tucker, hast du ein Hemd …«

»Schon dabei.« Aus einem der Koffer, die er gerade heruntergebracht hatte, nahm er ein T-Shirt mit großer Aufschrift vorn und warf es dem jüngeren Polizisten zu. »Mit Ihren Jeans stimmt das dann schon.«

Fünf Minuten später erschien Tina. Sie war kleiner als Lacey und mindestens drei Kilo schwerer, hatte kurzes blondes Haar, ein rundes Gesicht und überhaupt keine Ähnlichkeit mit Lacey. Aber sobald sie sich der Uniform entledigte, einen von Laceys Sommerröcken übergezogen und eine rotbraune Perücke aufgesetzt hatte, konnte man sie aus der Ferne zur Not für Lacey halten.

»Jim und ich nehmen jetzt Ihre Koffer, damit es so aussieht, als wollten Sie verreisen. Wir bringen sie Ihnen dann später in den Unterschlupf.«

Jim – in Tuckers T-Shirt – prüfte, ob sich alle an den vorgegebenen Plätzen befanden, ergriff den Koffer und setzte wie Tina eine dunkle Sonnenbrille auf. »Also los, Leute!«

Andy öffnete die Ladentür, warf einen Blick auf die Straße und gab Jim und Tina ein Zeichen, zu dem Streifenwagen zu eilen. Mehr konnte Lacey nicht sehen. Dave, der riesig war und Tina begleitet hatte, verschloss die Eingangstür und eilte in den hinteren Teil des Ladens. Die kleine Seitenstraße war leer, nur die braune Limousine parkte direkt vor dem Lieferanteneingang. Er riss die hintere Tür auf. »Alles klar? Dann los!«

Mit klopfendem Herzen und gesenktem Kopf rannte Lacey zum Wagen, stieg ein und duckte sich sofort. Tucker folgte ihr so dicht auf den Fersen, dass sie seinen Atem an der Wange spürte. Dave schlug die Wagentür zu und startete, und noch ehe Lacey den Gurt anlegen konnte, waren sie aus der Seitenstraße herausgefahren.

Lacey dachte, er würde das Viertel sofort verlassen. Statt dessen fuhr er in gemäßigtem Tempo, um keine Aufmerksamkeit zu erregen, durch enge Gassen, bog unerwartet ab und hatte sowohl die Straße vor sich als über den Rückspiegel auch das im Auge, was hinter ihnen war. Allmählich entfernten sie sich immer weiter von Laceys Haus.

Mit ein bisschen Fantasie hätten sie sich einbilden können, bei einer Besichtigungstour zu sein. Die Sonne war noch nicht untergegangen, hing aber schon tief am Himmel und warf lange Schatten. Die Geschäfte, die keinen Nachtbetrieb hatten, wurden nach und nach geschlossen, während andere gerade öffneten. Die Bourbon Street füllte sich langsam mit Touristen. Fünf Häuserblocks entfernt war für ein Fest der Gemeinde die Straße abgesperrt, und eine Menge Leute hatten sich zum Feiern eingefunden.

Dave, der die Umleitung nicht vorhergesehen hatte, bog eilig in ein leeres Seitengässchen am Westende des Viertels ein. Über sein Funkgerät meldete er Detektiv Ryan die Position. »Alles in Ordnung hier«, erklärte er, »ich musste an der St.-Markus-Kirche wegen eines Straßenfestes einen Umweg machen, bin aber in wenigen Minuten wieder auf der vorgegebenen Rou …«

Das letzte Wort brachte er nicht zu Ende, denn aus einer Seitenstraße schoss plötzlich ein schwarzer Wagen, der ein Stoppschild ignorierte, hervor und direkt in ihren hinein. Lacey wurde zwar durch den Gurt im Sitz gehalten, schnappte bei dem Aufprall aber erschrocken nach Luft und prallte mit der verletzten Schulter gegen Tucker. Der war mit dem Kopf an die Seitenscheibe geknallt. Schnell schlang er einen Arm um Lacey, um ihr Halt zu geben. Noch bevor ihr Auto quietschend zum Stehen kam, war der schwarze Wagen mit solch hohem Tempo davongeprescht, dass ihre Windschutzscheibe voller Staub war und die Luft nach verbranntem Gummi roch.

»Verdammt noch mal!«, entfuhr es Tucker. Er stieß die Tür auf, um das Nummernschild erkennen zu können, aber der schwarze Wagen hatte keins, und wegen der dunklen Scheiben war der Fahrer nicht mehr auszumachen. »Das darf doch nicht wahr sein! Habt ihr das gesehen? Der ist einfach abgehauen.« Tucker drehte sich zu Lacey um. »Alles in Ordnung? Dave ...«

Aber der Fahrer war bewusstlos. Ihn hatte die volle Wucht des Aufpralls getroffen. Er lag in merkwürdig verkrümmter Haltung da, und an der Seite tropfte Blut über sein aschfahles Gesicht.

Entsetzt und mit zitternden Fingern löste Lacey ihren Gurt und lehnte sich vor, um Daves Puls am Hals zu prüfen. Man spürte ihn, wenn auch sehr schwach. »Er lebt, aber wir brauchen dringend einen Krankenwagen.«

Erst da nahm Tucker die über Funk verzerrte hektische Stimme von Ryan wahr: »Was ist los? Antwortet! Was ist passiert?« Tucker riss die Beifahrertür auf und griff nach dem Funkgerät.

»Wir sind angefahren worden«, berichtete er, »und brauchen eine Ambulanz für Dave. Er ist bewusstlos.«

»Schon unterwegs!«, rief Jack Ryan. »Geben Sie mir eine Beschreibung des Wagens. Haben Sie das Kennzeichen?«

»Der hatte keins«, antwortete Tucker, reichte Lacey ein Taschentuch, damit sie es dem verletzten Beamten an die Stirn pressen konnte, und beschrieb Ryan den Wagen.

Lacey, mit dem Blick auf Daves blasses Gesicht, flüsterte: »Es war dasselbe Auto, das für den Raub benutzt worden ist.«

Tucker sah sie scharf an. »Bist du sicher?«

Lacey nickte. »Ich habe es so oft im Traum gesehen, dass ich mir ganz sicher bin.«

Tucker fluchte leise. »Dem Schurken ist schon einmal ein Anschlag missglückt. Denselben Fehler wird er vermutlich nicht noch mal machen. Wir müssen hier raus, ehe er zurückkommt.«

Ryan hatte alles gehört. Verärgert fragte er: »Wohin, zum Teufel, wollen Sie gehen? Sie bleiben still sitzen, bis ich ein paar Männer zu Ihrem Schutz schicken kann!«

»Das haben wir schon mal probiert«, widersprach Tucker, »und wären beinahe trotz Polizeischutz draufgegangen. Sie können Lacey nicht schützen, Ryan. Ab jetzt werden wir es nach meinem Programm machen.«

»Und was für eins ist das?«

»Wir werden verschwinden. New Orleans ist eine große Stadt mit vielen dunklen Ecken, wo es niemanden interessiert, wer man ist oder woher man kommt, solange man sich um seinen eigenen Kram kümmert. Wir werden uns irgendwo verstecken und abwarten.«

Am anderen Ende herrschte Schweigen. Tucker ahnte, was in Ryans Kopf vorging. Da würde es keine Polizisten, keine Waffen, keinen Schutz geben. Für Jack Ryan bedeutete das nichts anderes als der blanke Wahnsinn, aber er hatte einfach keinen Gegenvorschlag.

»Also gut«, lenkte er zögernd ein. »Es gefällt mir nicht, doch ich weiß keine bessere Lösung. Finden Sie einen Unterschlupf, und sagen Sie mir dann, wo. Benutzen Sie ja einen falschen Namen. Ich werde mich bei Ihnen melden, sobald Sie wieder auftauchen können.«

»Wir warten ab«, versprach Tucker und schaute Lacey an. »Nimm deine Tasche und lass uns hier verschwinden, solange wir das noch können.«

Lacey blickte zu Dave, der noch immer bewusstlos war. »Wir können ihn doch nicht allein lassen«, wandte sie ein.

599

Das widerstrebte Tucker genauso wie ihr, aber sie beide waren in zu großer Gefahr. Der Fahrer des schwarzen Wagens konnte sie erneut rammen und seinen Angriff womöglich mit einer Waffe beenden. »Da ist schon der Krankenwagen«, sagte er, sobald die Sirene zu hören war. »Er wird jeden Moment hier sein. Lass uns gehen.«

Lacey benötigte keine weitere Aufforderung. Sie nahm ihre Tasche und stieg mit wackligen Beinen aus dem Auto. Als Tucker ihre Hand umfasste, war Lacey dafür dankbar. »Welche Richtung?«

»Da entlang.« Tucker deutete auf eine Kirche in der Ferne. Es war die, bei der das Straßenfest stattfand.

Sobald sie die Ecke hinter sich gelassen hatten, rannten sie los. Lacey lag die Angst wie ein Klumpen im Magen, aber sie bezwang den Drang, sich umzuschauen. Lauf, lauf, lauf! Das Wort dröhnte in ihrem Kopf wie der Rhythmus ihrer Schritte auf dem Pflaster.

Sie versuchte nicht an das zu denken, was geschehen war, als sie schon einmal vor diesem schwarzen Wagen davongelaufen war, aber die Erinnerung daran ließ sie nicht los. Sie zwang sich, die Kirche im Auge zu behalten. Noch zwanzig Schritte, dann bist du in Sicherheit, beschwor sie sich. Ihre Lungen schmerzten. Noch zehn Schritte, dann war die Musik der Band, die auf den Kirchenstufen stand, schon ganz nahe, und sie konnten in der Menschenmenge untertauchen.

Aber genau denselben Schutz, den das Gedränge ihnen bot, konnte es dem Verfolger bieten. Vielleicht spürte er sie hier auf, verfolgte jeden Schritt und wartete nur auf die Gelegenheit zuzuschlagen.

Tucker hatte Laceys Schulter fest umschlossen und drängte sie durch das Gewühl. Sie verhielten sich, als hätten sie alle Zeit der Welt. Lacey schlang instinktiv einen Arm um seine Taille und versuchte, sich seinem Schritttempo anzupassen, obwohl sie am liebsten davongerannt wäre. Ihre Finger krallten sich in den Stoff seines Hemdes. »Tucker ...«

»Mabel, Schätzchen, du weißt doch, ich heiße Harry«, murmelte er und sah sie warnend an. Er zog sie dichter an sich und vergewisserte sich mit schnellem Blick, dass niemand ihnen unerwünschte Aufmerksamkeit schenkte. »Lächeln, Schatz!«, flüsterte er ihr ins Ohr. »Man sieht dir an, dass du verängstigt bist.«

»Bin ich ja auch«, sagte Lacey mit zusammengebissenen Zähnen und quälte sich so etwas wie ein Lächeln ab. »Was ist, wenn er hinter uns her ist?«

»In diesem Gedränge kann er uns nicht so leicht finden«, beruhigte Tucker sie. »Aber falls ...« Plötzlich blieb er vor einem Laden stehen, in dem es bunte Karnevalsperücken gab, kaufte eine rote für Lacey und eine in Regenbogenfarben für sich. Grinsend sah er sie an, dann legte er ihr wieder den Arm um die Schulter.

Selbst in diesem Moment war Lacey Tuckers Berührung in aller Deutlichkeit bewusst. Und über die hässliche Perücke musste sie sogar lachen. »Das ist doch kein Spaß, Harry«, mahnte sie. »Wir laufen immerhin um unser Leben, hast du das vergessen?«

Tucker lächelte grimmig und zupfte spielerisch an ihrer Perücke, die ein bisschen schief auf ihrem Kopf saß. »Wir gehen nur einmal hier herum, Mabel. Und einen Spaß muss man genießen, wenn er sich bietet.«

Bedeutete sie das für ihn? Spaß? Einen kurzen Genuss, bis ihn die Umstände wieder in einen anderen Teil der Welt brachten? Lacey sah Tucker prüfend an. Wenn er gewusst hätte, wie sehr sie sich gerade in diesem Moment danach sehnte, zu dem Typ Frauen zu gehören, der für den Augenblick lebte. Dann hätte sie nur seine Nähe genießen können, nichts anderes sonst.

Tucker wäre am liebsten in der grünen Tiefe ihrer Smaragdaugen versunken. Er musste seinen Blick von ihr reißen, bevor er sie womöglich – ohne an die seelischen Folgen zu denken und daran, dass er sie im Moment vor allem schützen

601

sollte – an sich zog. Diese Frau konnte selbst den Teufel verwirren. Mit gespannter Miene suchte er die Menschenmenge nach dem geringsten Anzeichen von Gefahr ab, dabei sah es aber so aus, als hätte seine Aufmerksamkeit allein Lacey gegolten.

Am Rand des abgesperrten Bereichs ging ein Fahrer, der einem Restaurant Brötchen geliefert hatte, zu seinem Transporter zurück. Er stellte die übrig gebliebene Ware auf die leeren Regale, schlug die Hecktür zu und ging nach vorn, um einzusteigen. Tucker erkannte seine Chance und packte Laceys Hand. »Komm mit, mit dem können wir von hier verschwinden!«

10. Kapitel

Der Fahrer, ein rothaariger Mann, kaum älter als neunzehn, sah Tucker an, als hätte der seinen Verstand verloren. »Sie wollen mitfahren? In einem Bäckereiwagen? Wieso denn das?«

Tucker schlang einen Arm um Laceys Taille und wies mit dem Kinn auf die Menschenmenge hinter sich, als würden sie von dort aus beobachtet. »Mabel und ich haben mit Betty und Joe gewettet, dass Sie uns mitnehmen würden. Die anderen behaupten, Sie würden das nicht tun, weil es gegen die Firmenpolitik verstößt.«

Der junge Mann nickte, war aber offensichtlich fasziniert von Lacey in ihrer Karnevalsperücke. Als ihm bewusst wurde, dass er sie anstarrte, wurde er verlegen. »Äh, ja das stimmt. Tut mir leid.«

So ein Pech, dachte Tucker. Ausgerechnet der hielt sich an die Bestimmungen. Mit einem verschwörerischen Lächeln versuchte er es noch einmal. »Hören Sie, wir haben fünfzig Dollar eingesetzt. Wenn Sie uns mitnehmen, bekommen Sie die Hälfte. Was sagen Sie dazu? Sind wir uns einig?«

Der Mann zögerte. Mehr als das Geld überzeugte Lacey ihn, von der er kein Auge lassen konnte. Als wollte er nicht der Versuchung erliegen, trat er zurück, schluckte und sagte: »Nein, ich glaube nicht …«

Lacey hätte blind sein müssen, um ihre Wirkung auf den Mann zu ignorieren. Um die Sache zu retten, trat sie vor und lächelte den Jungen verführerisch an. »Niemand wird es erfahren«, versprach sie. »Wenn wir uns hinten reinsetzen, merken Sie nicht einmal, dass wir überhaupt da sind. Kommen Sie schon, das tut doch keinem weh.«

Sein Adamsapfel ruckte auf und ab. »Na ja …« Seine Stimme klang unsicher. »Ich … Vielleicht geht es doch.«

»Das wird Ihnen nicht leidtun, ganz bestimmt.« Lacey sah Tucker mit einem triumphierenden Lächeln an. »Gib ihm erst die fünfundzwanzig Dollar, Harry, damit er weiß, dass wir uns das nicht nur ausgedacht haben. Damit kann er mit seiner Freundin ins Kino gehen.«

Tucker zog widerspruchslos seine Brieftasche heraus, aber sein Blick sprach Bände.

Der junge Mann nahm zögernd das Geld. »Ich kann Sie aber nicht hierher zurückbringen. Ich muss im Westen der Stadt noch ausliefern.«

Tucker machte eine beruhigende Geste und zog Lacey schnell zum Wagen, bevor der Junge es sich anders überlegen konnte. »Kein Problem. Wir nehmen uns dann ein Taxi. Vielen Dank!«

Kurz darauf verließ der Transporter so eilig das Französische Viertel, als würde es jeden Moment in Flammen aufgehen, und preschte nur so um die Ecken. Tucker, der mit Lacey auf dem Boden saß, hielt sie fest, damit sie nicht hin- und hergeschleudert wurde. Lachend prallte sie gegen ihn und schob die verrutschte Perücke wieder zurecht. »Hat er unseretwegen Zeit verloren, oder warum rast er so?«, fragte sie amüsiert. »Der gibt ja wirklich Zunder.«

»Rate mal, wieso«, meinte Tucker. »Ich glaube, du hast den armen Kerl so durcheinandergebracht, dass er nicht mehr weiß, wo vorn und hinten ist.«

»Ich? Wieso?«

»Spiel nur nicht den Unschuldsengel. Du hast ihn gewaltig beeindruckt und weißt das ganz genau. So wie du ihn angelächelt hast, ist seine Temperatur anscheinend um zwanzig Grad gestiegen.«

Lacey wurde verlegen. »Ich musste doch irgendwas tun, damit er uns mitnimmt.«

»Wenn ich ihn so angeschaut hätte wie du, hätte es vermutlich nicht dieselbe Wirkung gehabt«, neckte Tucker sie.

»Das habe ich doch gar nicht«, widersprach Lacey.

»Oh doch, du hast. Du hast ihn mit deinen großen grünen Augen dazu gebracht, dass er wie Käse auf einem Hamburger dahinschmolz. Er hatte keine Chance.«

»Geht es dir auch so, wenn ich dich so ansehe?«, fragte sie und war davon selbst am meisten überrascht. »Schmilzt du auch hin?«

Plötzlich kam es ihr so vor, als säße Tucker dichter bei ihr als vorher, denn sie spürte seinen warmen Atem an ihrer Wange. »Was meinst du wohl?«

Laceys Blick fiel auf seinen Mund, und sogleich sehnte sie sich nach einem Kuss. Danach, seine hungrigen Lippen auf ihren zu spüren, seine spielerische Zunge an ihrer. Ihr wurde ganz heiß bei dem Gedanken. Sie brauchte nur ihr Kinn ein wenig zu heben und sich zu ihm vorzubeugen …

Gerade wollte sie das tun, als sie in der Bewegung verharrte. Nach dem, was letzte Nacht passiert war, hätte keinem von beiden ein bloßer Kuss genügt. Abrupt wich sie zurück und warf einen flüchtigen Blick nach vorn. Der rothaarige Fahrer schien zwar vor allem auf den Verkehr zu achten, aber er brauchte sich nur kurz umzuschauen, um jede Bewegung im Wagen wahrzunehmen. »Wir sollten lieber an anderes denken«, sagte sie mit erzwungener Ruhe. »Wo sind wir hier eigentlich?«

Tucker presste die Finger in die Handflächen, um der Versuchung, ihren Mund zu küssen, zu widerstehen. Er schaffte es einfach nicht, ihr so nahe zu sein, ohne sie in die Arme nehmen zu wollen. Lacey erging es ebenso, das sah man ihr an. Auch wenn sie sich abweisend verhielt und so tat, als hätte er sie nie zur Couch getragen und sie geliebt. Aber dieses heiße Verlangen, das sie füreinander empfanden, war damit nicht aus der Welt geschafft. Er musste sie dazu bringen, das zuzugeben.

Dennoch hatte sie recht. Die Ladefläche eines Bäckereitransporters war wirklich nicht der rechte Ort.

Wie Lacey schaute er kurz aus dem Fenster auf die vorbeihuschende Szenerie. Der großen Durchgangsstraße, auf der sie sich nun befanden, sah man an, dass sie einst eine der größten Zufahrten zur Stadt gewesen war. Die Umleitung des Verkehrs hatte das Gebiet zu seinem Nachteil verändert. Es gab ein paar Imbisse und nur noch wenige Läden, dafür schäbige Motels, Abstellgelände und heruntergekommene Gebäude, die zum Verkauf standen.

Das ist eine Gegend, die von Touristen gemieden und von Anwohnern ignoriert wird, weil man nicht weiß, wie man sie sanieren soll, dachte Tucker, als der Transporter hinter einem Hamburger-Restaurant zum Stehen kam. An einem solchen Ort würde Laceys Verfolger sie bestimmt nicht vermuten. Und selbst wenn, würde er gut daran tun, hier nicht herumzuschnüffeln, denn Fremden gegenüber war man garantiert misstrauisch.

Sobald die Ladetür geöffnet war, sprang Tucker herunter und half auch Lacey heraus. »Da drüben ist ein Telefon«, erklärte der junge Mann, dem klar wurde, dass er das Paar in einer Gegend abgesetzt hatte, durch die er nachts nicht allein gegangen wäre. »Ich hoffe, Sie bekommen ein Taxi von hier. Ich habe nicht daran gedacht, dass …«

»Schon gut«, unterbrach Tucker ihn lächelnd, der Lacey am Ellbogen zu dem Restaurant schob. »Sie haben damit, dass Sie uns mitgenommen haben, genug getan.«

Der Junge schien weiter diskutieren zu wollen, aber Tucker gab ihm dazu keine Möglichkeit. Er nickte dankend und eilte dann mit Lacey auf das Haus zu.

Sobald sie außer Sicht waren, zog Tucker Lacey und sich die Perücken vom Kopf und stopfte sie in eine Mülltonne. »Hier dürfen wir auf keinen Fall die Aufmerksamkeit auf uns lenken«, sagte er ruhig und ging mit Lacey zur Vorderseite zurück.

Mit scharfem Blick prüfte er die Umgebung und tat dabei so, als warteten sie auf den Bus.

Lacey redete sich ein, völlig sicher zu sein. Aber sobald sie den Bäckereiwagen verlassen hatten, spielte ihre Fantasie wieder verrückt, und sie bildete sich ein, von allen Seiten beobachtet zu werden. Sie schmiegte sich dicht an Tucker. »Meinst du, dass uns jemand gefolgt ist?«

Tucker schüttelte den Kopf, sah sich aber weiter aufmerksam nach allen Seiten um. »Jedenfalls nicht von dem schwarzen Fahrzeug, das uns gerammt hat. Das verlor ständig Wasser. Und der Fahrer hätte verdammt schnell sein müssen, um uns an der Kirche einzuholen und uns mit einem neuen Wagen bis hierher zu folgen. Vermutlich war das eine Art Profi, aber alles kann der auch nicht vorhersehen.«

Lacey blieb dennoch nervös. Die Straße wirkte nicht gerade einladend. »Und jetzt? Wo sollen wir hin?«

»Dahin.« Tucker wies auf ein Neonschild in Form einer Palme, zwei Blocks weiter. Die Farbe war abgeblättert und der Name kaum noch lesbar: »Palmenhof«.

Das Gelände, auf dem es stand, war so heruntergekommen wie das Schild selbst. In ziemlicher Entfernung von der Straße, an der Einfahrt zu einem ovalen Hinterhof, gab es im rechten Winkel zur Hauptstraße eine Reihe kleiner Einzelhäuschen. Etwa in der Mitte der Anlage befand sich ein leerer, von Palmen gesäumter Swimmingpool, der dem Ganzen offenbar seinen Namen gegeben hatte.

Nicht das Schwimmbecken zog Laceys Blicke auf sich, sondern die Häuschen. Das Wort »armselig« fiel ihr sofort dazu ein, das war die einzig passende Bezeichnung. Sie hatten offenbar seit Jahren weder einen Anstrich noch auch nur eine Reinigung erfahren. Die Fenster waren verdreckt, das Dach über dem Eingang hing durch, und das bisschen grüne Farbe an der hölzernen Fassade war schon ganz grau. Lacey mochte sich gar nicht vorstellen, wie es wohl innen aussah.

Unwillkürlich drängte sie Tucker dort weg. »Vielleicht können wir weiter unten an der Straße etwas Besseres finden. Oder in Richtung Stadt.«

»Nein, dies ist genau richtig«, befand Tucker. »Niemand würde erwarten, dass du dich in so etwas wie diesem hier aufhältst. Die Häuschen sind nicht von der Straße aus einsehbar und stehen weit genug auseinander, sodass wir keine neugierigen Nachbarn fürchten müssen.«

Schon zog Tucker Lacey hinter sich her zum Empfang und sagte zu der verhärmten Frau, die rauchend hinter dem Tresen saß: »Wir brauchen ein Zimmer. Eins, das möglichst weit von der Straße entfernt ist. Wir möchten nicht vom Verkehrslärm gestört werden.«

Lacey konnte beinahe die Gedanken der Frau lesen, die mit wissendem Blick von einem zum anderen schaute. Ihre Bedenken wurden bestätigt, als die Frau ihnen ein Einschreibungsformular hinschob und dabei kräftig Qualm ausstieß. »Wollen Sie es nur für ein paar Stunden oder für die ganze Nacht?«, fragte sie gedehnt.

Tucker überlegte kurz. »Für mehrere Tage«, antwortete er sachlich und begann, das Formular auszufüllen. »Ist das ein Problem?«

Die Frau zog ihre magere Schulter hoch. »Für mich nicht, aber vielleicht für Sie. Sie müssen nämlich im Voraus bezahlen. Wenn Sie das Zimmer für drei Tage wollen, müssen Sie es jetzt schon ganz bezahlen.«

Tucker zuckte nicht mit der Wimper. »Wieviel?«

Ein abschätzender Blick ging über sie und ihre Kleidung. »Dreißig die Nacht.«

Tucker lachte nur. Sie träumte wohl. Er zog seine Brieftasche heraus und legte zwei Zwanziger auf den Tresen. »Nehmen Sie das, oder vergessen Sie es. Ein Zimmermädchen brauchen wir nicht, falls Sie überhaupt eins haben. Sauber machen wir selbst. Und falls alles in Ordnung ist, bleiben wir sogar eine Woche.«

Das war das beste Angebot, das die Frau seit drei Monaten gehabt hatte, und sie wäre dumm gewesen, es nicht zu akzeptieren. Sie nahm das Geld und das Formular, warf einen schnellen Blick darauf und wünschte Mr. und Mrs. Smith einen angenehmen Aufenthalt.

Lacey wäre am liebsten im Boden versunken, aber Tucker grinste nur und nahm den Schlüssel in Empfang.

»Ich kann es nicht glauben!«, empörte Lacey sich, als Tucker aufschloss. »Smith! Meine Güte, was Fantasieloseres hättest du dir wohl nicht einfallen lassen können. Was die Frau wohl gedacht haben mag?«

»Ich befürchtete schon, du regtest dich darüber auf, dass ich uns als verheiratet ausgegeben habe.« Tucker lachte. »Es ist doch ganz egal, was ich aufgeschrieben habe. In einem solchen Haus gibt niemand seinen richtigen Namen an. Und was sie gedacht hat, lag sowieso auf der Hand.« Damit drückte er die Tür auf und bedeutete Lacey, voranzugehen. »Sie denkt, wir haben eine Affäre.«

Lacey bedachte ihn mit einem giftigen Blick. »Na, wenigstens einer von uns scheint das alles hier sehr lustig zu finden.« Sie ging an ihm vorbei ins Zimmer, nachdem Tucker das Licht angeknipst hatte. »Ich …«

Der Rest blieb ihr im Hals stecken, denn heiße, stickige Luft nahm ihr beinahe den Atem. »Na ja«, sagte Lacey schließlich, »wir wussten ja, dass es kein Viersternehotel ist. Ob es auch durchs Dach regnet?«

Tucker war dicht hinter ihr und hielt Lacey an den Schultern. Er warf einen kritischen Blick zur Decke. Lacey hatte allen Grund, das zu fragen.

Die Decke war mit Wasserflecken übersät. Die nackten Glühbirnen, die in beiden Räumen herabhingen, schwangen sacht im Wind, der durch die offene Tür wehte. Die billige Tapete wies faustgroße Löcher auf, und zwischen den beiden

Zimmern fehlte die Verbindungstür. Über die Herkunft der braunen Flecke auf dem Teppich spekulierte man besser gar nicht erst.

»Vielleicht ist es nicht so schlimm, wie es aussieht«, meinte Tucker, der hoffnungsvoll zum Schalter der Klimaanlage hinüber ging. Er stellte sie an, aber es kam kein Geräusch. Er fluchte leise. »Sieht ganz so aus, als müssten wir das Fenster öffnen.«

Während er sich bemühte, die hoch gelegenen Fenster aufzumachen, inspizierte Lacey den Rest des Häuschens. Die Badausstattung war zwar alt und leicht modrig, funktionierte aber. Der Fernseher auf der wurmstichigen Frisierkommode hatte einen guten Sound, die Bilder liefen allerdings unaufhörlich. Lacey stellte ihn wieder aus und ging in das kleinere Schlafzimmer.

Skeptisch darüber, was sie wohl vorfinden mochte, hob sie die verwaschene orangefarbene Bettdecke hoch und seufzte erleichtert, denn die Laken waren sauber und dufteten frisch.

Nachdem Tucker es endlich geschafft hatte, die Fenster im großen Zimmer zu öffnen, erschien er im Türrahmen. »Also?«

Lacey sah seinem Blick an, dass er befürchtete, sie würde mit hocherhobener Nase davonlaufen. »Na ja, das Bad benötigt eine gründliche Reinigung, der Fernseher eine Reparatur, aber die Betten sind in Ordnung.«

Jede andere Frau hätte ihm die Hölle dafür heißgemacht, dass er ihr eine solche Absteige zumutete. Aber Lacey war nun mal nicht wie andere Frauen. Wieso hatte er so lange gebraucht, das zu begreifen?

»Unten an der Straße ist ein Laden«, sagte er und widerstand dem plötzlichen Bedürfnis, Lacey aufs Bett zu ziehen. »Ich werde mal was zum Säubern des Bades holen und etwas anzuziehen, nachdem Ryan unser Gepäck hat. Mit ein bisschen Anstrengung sollten wir es schaffen, es hier ein paar Tage auszuhalten.«

Lacey war schon unterwegs. »Lass uns gehen.«

»Oh nein, du nicht«, sagte er und zog sie am Handgelenk zurück. »Du bleibst bei verschlossener Tür hier. Je weniger Leute dich sehen, umso besser. Wenn ich weg bin, kannst du Ryan anrufen und ihm sagen, wo wir sind. Wahrscheinlich macht er sich schon Sorgen.«

Lacey passte das nicht ganz. »Noch vor einer Viertelstunde hast du gesagt, uns habe niemand folgen können. Nenne mir einen Grund, warum ich hierbleiben soll.«

»Weil ich mich auch irren kann.«

Mit dem einen Satz hatte er ihr den Wind aus den Segeln genommen. »Die Situation war damals ganz anders. Und du hast dich nicht geirrt, sondern nur etwas falsch einkalkuliert.«

Darüber, dass sie ihn spontan verteidigte, freute er sich. »Nun gut, ich habe mich verkalkuliert. Ich könnte ein Jahresgehalt verwetten, dass ich es diesmal nicht getan habe. Aber vergiss nicht, dass wir es mit einem Verbrecher zu tun haben, der die Polizei schon seit über sechs Monaten an der Nase herumführt.« Tucker nahm ihr Gesicht in seine Hände, und seine Stimme klang heiser. »Ich möchte mit dir kein Risiko eingehen, du bleibst hier.«

Warum? wollte sie fragen. Weil du mich magst? Oder nur, weil du deinem Gewissen keine Niederlagen mehr zumuten möchtest? Aus Angst vor der Antwort flüsterte sie nur: »Pass auf dich auf.«

»Ich bin zurück, so schnell ich kann. Vermutlich gibt es keine Probleme, aber öffne die Tür nur, wenn ich es bin.«

Lacey lächelte gezwungen. »Es wird schon gut gehen.«

Dessen war Tucker sich auch sicher, sonst hätte er sie nicht allein gelassen. Dennoch zögerte er an der Tür. Er sah Lacey an, zog sie kurz an sich und gab ihr einen Kuss. »Schließ gut ab«, befahl er und ging.

Leise schob Lacey die Tür zu, aber das Klicken des Schlosses klang laut durch die Stille. Noch mit dem Gefühl seines Kusses auf ihren Lippen, lehnte sie sich an die Wand und horchte auf seine sich entfernenden Schritte. An das Geräusch werde ich mich wohl gewöhnen müssen, dachte sie bedrückt.

Als Tucker etwa eine Stunde später wieder zurückkam, ging Lacey schon unruhig im Flur auf und ab. Sie hatte Detektiv Ryan angerufen und dann auf Tuckers Rückkehr gewartet, hatte jedem Lastwagen gelauscht, der den Highway entlangfuhr, und jedem Rascheln windbewegter Palmen. Da sie geglaubt hatte, dass sie den Hinterhof ganz für sich hätten, war sie zu Tode erschrocken, als plötzlich ein Radio laut zu plärren begonnen hatte. Nervös wie ein Tiger im Käfig war sie auf dem verschlissenen Teppich auf und ab gelaufen. Und eine innere Uhr hatte jede Minute gezählt, seit Tucker weg war.

Warum dauerte es so lange? War irgendwas passiert?

Als es leise an der Tür klopfte, erschrak Lacey. »Wer ist da?«, fragte sie angstvoll.

»Ich bin's«, antwortete Tucker leise. »Mach auf!«

Mit zitternden Fingern kam sie seiner Aufforderung nach. »Wo warst du denn? Ich bin schon ganz krank vor Sorge.«

Tucker war mit einer großen Einkaufstüte und einem kleinen Paket beladen, das von einem Imbiss stammte. »Ich habe uns auch etwas zu essen geholt. Während des Verkaufs bist du ja nicht dazu gekommen.«

Draußen war es inzwischen dunkel geworden. Schnell schloss Lacey die Tür hinter Tucker. Nach Essen war ihr nicht zumute. »Ist dir unterwegs irgendwas Verdächtiges aufgefallen?«

»Außer den beiden Schnapsnasen im Nachbarhaus ist hier niemand, und die sind nur mit ihren Flaschen beschäftigt.« Tucker reichte Lacey einen Hamburger und einen Milchshake. »Hast du dich bei Ryan gemeldet?«

Lacey nickte und nahm einen Schluck von dem Mixgetränk. »Sie haben den schwarzen Wagen am Fluss gefunden. Damit konnte man den Polizeifunk abhören.«

»Dann wussten die also über unseren Aufenthalt bei dem Straßenfest Bescheid, sobald Dave das durchgegeben hatte. Weiß Ryan, wem der Wagen gehört?«

»Noch nicht. Da er kein Kennzeichen hatte, lässt er ihn gerade auf Fingerabdrücke untersuchen und die Karosserienummer prüfen.«

»Der ist vermutlich gestohlen.«

»Vielleicht ist das auch egal. Bei der Überprüfung von Robert Martin ist nämlich ein zweiter Verdächtiger aufgetaucht. Womöglich gibt es bald eine weitere Verhaftung und …«

»Bis dahin müssen wir hierbleiben«, beendete Tucker für sie.

Lacey fiel auf, dass er mit zusammengekniffenen Augen die beiden Räume überflog, die fehlende Tür dazwischen und die schmale Wand, die die Betten voneinander trennte. Das Häuschen war halb so groß wie ihr Wohnzimmer. Wie sollte sie ihre Sehnsucht nach ihm bezwingen, wenn er ihr, sobald sie sich umdrehte, über den Weg lief?

Sie stellte den Rest des Imbisses weg. »Ich habe gar keinen Hunger. Ich mache das Bad erst mal sauber.«

Mit den Putzmitteln, die Tucker besorgt hatte, verschwand sie im Badezimmer und schloss die Tür hinter sich.

Tucker hörte ebenfalls auf zu essen. Es würde eine lange Nacht werden.

★

Eine Stunde später forderten der fehlende Schlaf der vergangenen Nacht, die Anstrengung des Verkaufs und alle Ereignisse, die seither passiert waren, ihren Tribut. Todmüde half Lacey Tucker, die Frisierkommode vor die Tür zu schieben, um unwillkommene Besucher fernzuhalten, und verkündete erschöpft: »Ich gehe zu Bett.«

Tucker nickte. »Ich habe dir ein Nachthemd gekauft und einiges andere, von dem ich dachte, dass du es brauchst. Es ist in der Tüte unter deinem Bett. Deine Größe musste ich raten.«

Merkwürdig, sich vorzustellen, dass Tucker ihr Wäsche ausgesucht hatte. »Es wird schon passen«, sagte sie leise und ging in ihr Zimmer. »Vielen Dank.« Sie spürte, dass er ihr nachblickte.

Das Nachthemd, das er besorgt hatte, war aus weicher, rosafarbener, fast durchscheinender Baumwolle. Als Lacey den Stoff berührte, überkam sie ein wohliger Schauer. Auch das Höschen und der BH, die sie in der Tüte fand, passten genau. Das wunderte sie nicht. Tucker hatte immer überlebt, weil er auch auf Details achtete.

Nachdem er im Vorderzimmer das Licht gelöscht hatte, lastete die plötzliche Stille zwischen ihnen in der Dunkelheit. Lacey legte das Nachthemd aufs Bett und wollte gerade den Reißverschluss ihrer Hose aufziehen, als sie mit feinem Gehör wahrnahm, wie Tucker seine Jeans auszog und der Stoff über seine Beine glitt.

Warum musste sie auch so gute Ohren haben …

Schnell zog sie sich aus und schlüpfte ins Nachthemd. Als sie sich hinlegte, quietschten die Sprungfedern in ihrem Bett. Genauso erging es Tucker. Dumpf klopfte ihr Herz.

Es war schwül, kein Lüftchen regte sich. Für die frühen Morgenstunden war Gewitter angesagt, aber davon war bisher allenfalls ein fernes Grummeln zu vernehmen. Lacey schob das Laken, das förmlich an ihr klebte, weg, und versuchte die Hitze zu ignorieren und an nichts zu denken. Auf der Hauptstraße hörte man, wie ein Lastwagen den Gang wechselte und aus der Stadt herausfuhr. Das war das Letzte, was sie wahrnahm, bevor der Schlaf sie übermannte.

★

Um zwei Uhr nachts begann ein heftiges Gewitter. Weder die Blitze, die den Himmel erhellten, noch das darauf folgende

Donnern weckten Lacey, sondern der Regen, der durch das Fenster über ihrem Bett hereinströmte. Sie fuhr hoch und starrte erschrocken in die Dunkelheit. Erst beim nächsten Blitz, der sie ganz wach machte, begriff sie, wo sie war – in einem Hotel, zusammen mit Tucker.

Sie rappelte sich auf, um das Fenster zu schließen, und wurde völlig nass, bis es ihr endlich gelang. Der Wind tobte ums Haus und verursachte dabei ein so unheimliches Geräusch, dass sie trotz der schwülen Hitze fröstelte. Sie wischte sich das feuchte Gesicht ab und sah zum Durchgang zu Tuckers Zimmer hin. Von ihm war nichts zu hören, obwohl sein Fenster in derselben Richtung lag wie ihres.

Vergeblich hoffte sie, Tucker würde aufwachen. Der Regen klatschte immer heftiger an ihr Fenster. Der Teppich im Vorderzimmer war vermutlich schon ganz durchweicht, aber Tucker rührte sich nicht. Seufzend stand Lacey auf und tappte leise hinüber.

Gerade als sie auf der Höhe seines Bettes war, blitzte es, sodass sie sehen konnte, wie Tucker mit seinem breiten Rücken, den schmalen Hüften und nur mit einem Slip bekleidet dalag. Das Laken war zur Seite gerutscht und hatte seine Beine entblößt. Schnell riss sie sich von diesem Anblick los und eilte zum Fenster hinüber.

Irgendwann vor vielen Jahren waren Rahmen und Fensterbank zuletzt gestrichen worden, sodass es Lacey einfach nicht gelang, das Fenster zu schließen. Während sie sich bemühte, strömte der Regen nur so herein und durchnässte sie bis auf die Haut.

Plötzlich erschien Tucker hinter ihr, langte hinauf und sagte mit verschlafen heiserer Stimme: »Ich mache es schon. Warum hast du mich nicht geweckt?«

»Ich dachte, ich würde es allein schaffen.« Endlich ging das Fenster quietschend zu. »Gott sei Dank!« Lacey strich sich das feuchte Haar aus dem Gesicht und lächelte gequält. »Das beantwortet immerhin meine Frage danach, ob das Dach leckt. Bis jetzt scheint es zu halten.«

Nach einem Blitz krachte der Donner plötzlich ganz in der Nähe. Aber das war nichts im Vergleich zu dem Sturm, der auf einmal in Tuckers Blut tobte, sobald er Lacey in ihrem Nachthemd sah, das durch die Feuchtigkeit an ihrem Körper klebte und beide Brustspitzen deutlich durchschimmern ließ. Als sie fröstelnd die Arme um sich schlang, bezwang Tucker das Bedürfnis, sie an sich zu ziehen und mit seinem Körper zu wärmen. »Geh zu Bett, Lace«, sagte er heiser.

Lacey schluckte. Die Luft zwischen ihnen schien plötzlich lastend schwer zu sein. Wenn sie nicht sofort in ihr Zimmer zurückkehrte, würde er mit ihr schlafen wollen. Das war so sicher wie die Tatsache, dass sie ihn liebte. Und wie die, dass er nicht der Richtige für sie war.

Aber sie brachte es nicht fertig zu gehen. Wenn sie ihm nicht gestattete, sie zu berühren, würde die Trennung sie nicht weniger schmerzen. Das Einzige, was er ihr bieten konnte, waren Erinnerungen. Warum sollte sie sich also eine Nacht in seinen Armen versagen?

Sie blieb so dicht vor Tucker stehen, bis ihre Brüste ihn fast berührten. »Nein, noch nicht.«

Tuckers Augen wurden in der Dunkelheit schmal. »Ich dachte, ich sollte dir nicht mehr zu nahe kommen.«

»Das stimmt nicht«, sagte sie weich. »Das habe ich mir immer gewünscht. Ich wollte nur nicht, dass ich es mir wünsche.«

Ihre Worte glitten über ihn wie eine Liebkosung. »Was hat dich deine Meinung ändern lassen?«

Lacey bewegte ratlos die Schultern, und Tucker sah sie unverwandt an. »Ich hoffte, meine Sehnsucht würde verfliegen, wenn ich sie leugnen würde. Aber das tat sie nicht«, antwortete sie schlicht.

Ihre Ehrlichkeit entwaffnete ihn. Er wollte sie fragen, ob sie ihrer Sache auch sicher sei, denn wenn er sie noch einmal in den Armen hielte, wollte er sie nicht mehr gehen lassen. Schon glitten seine Hände ihre Schultern hinauf, er zog sie an sich und beugte sich über sie.

Dass es gerade heftig donnerte, nahm er gar nicht wahr. Er hörte nur sein Herz klopfen und das sanfte Seufzen, das sich Lacey entrang, als sie sich in seine Arme schmiegte.

Tucker fühlte sich wie benommen. Diese Nacht sollte ewig dauern. Er wollte kein Nacheinandertasten im Dunkeln, kein hastiges, unüberlegtes Miteinanderschlafen, sondern Zeit. Eine Ewigkeit, um Lacey all die ungewöhnliche Zärtlichkeit zu zeigen, die sie in ihm geweckt hatte und die er in der Form bisher noch niemandem hatte geben wollen. Sie sollte eine Nacht mit ihm haben, wie sie sie noch nie erlebt hatte.

Er wusste genau, wie er sie zu streicheln hatte, bis sie es vor Lust kaum noch aushalten konnte. Aber trotz aller Erfahrung zitterten seine Finger, als er die kleinen Perlmuttknöpfe ihres Nachthemds bis zum Nabel hinunter öffnete. Ihm war, als lachte sie leise an seinem Mund, aber schließlich schaffte er es doch, alles aufzuknöpfen. Mit seinen Lippen fuhr er über die Konturen ihres Gesichts, dessen süße Feuchtigkeit er schmeckte.

Sobald das Hemd vorn geöffnet war, senkte Tucker den Kopf und berührte mit der Zungenspitze die empfindliche Haut zwischen den Brüsten.

Lacey war, als ertränke sie in einem Meer des Entzückens. Noch bevor sie seinen Kopf zu ihren verhärteten Knospen drängen konnte, senkte Tucker den Mund tiefer und benutzte auch seine Hände, um Lacey sanft und stetig zu erregen. Sie stöhnte leise auf.

Tucker drückte einen Kuss auf die weiche Haut unterhalb ihrer Brüste. »Ich weiß, Liebes, aber erst müssen wir dich ausziehen. Du bist ja ganz nass.«

Lacey nahm seine Worte kaum noch wahr. Ihre Hände krallten sich in sein Haar. »Bitte …«

»Ja«, raunte er und küsste sie in Höhe ihrer Lenden. »Ich werde dir Vergnügen bereiten, und wenn es die ganze Nacht dauern sollte.«

»Bis dahin bin ich umgekommen«, stöhnte sie und spürte, wie ihre Knie schon nachgaben. »Halt mich fest.«

Mit sicherer Bewegung zog Tucker Lacey in die Arme, wobei seine Brust ihre berührte. Er lachte leise. »Ich habe noch nie von jemandem gehört, der vor Lust gestorben ist. Komm, lass uns zum Bett gehen.«

Tucker hob sie hoch, trug sie bis zum Bett und verkniff sich eine Bemerkung, weil die Matratze in der Mitte so widerstandslos nachgab. Er sorgte dafür, dass sie sich auch des letzten Rests ihrer Kleidung entledigten. Als er sich dicht neben Lacey legte, sanken sie beide tief ein. Tucker wollte schon lachen, aber die Begierde war stärker als der Sinn für die Komik der Situation. Gierig senkte er den Mund auf Laceys Lippen und verstärkte mit jedem Kuss den Druck, bis der Sturm, der draußen tobte, dem glich, der sich in ihnen entfachte, und der Donner sein Echo in ihren pochenden Herzen fand.

Sie konnten nicht mehr sprechen, nur noch flüstern, seufzen, verlangend stöhnen. Tucker erforschte jeden Zentimeter ihres Körpers mit Händen, Mund und Zunge. Lacey, ganz aufgewühlt von allem, was geschah, gab die Zärtlichkeiten zurück und brachte Tucker mit tastenden Versuchen beinahe um den Verstand. Als sie schon fast das Gefühl hatte, dass sie beide vor Wonne unfähig zu Weiterem waren, zeigte er Lacey, dass sie bisher nicht wirklich gewusst hatte, wie Liebe sein kann.

Er drückte ihre Schenkel auseinander und drang in sie ein. Noch ehe sie Atem schöpfte, war sie dem ersten Höhepunkt nahe. Und eine Weile später brachte er sie zum nächsten. Heftig atmend und aneinander geklammert war es, als hätten sie den Boden verlassen und sausten durch eine Glitzerwelt der Sterne.

★

Der Sturm hatte sich längst gelegt, als Lacey in der Morgendämmerung erwachte. Sie lag auf der Seite, köstlich ermattet und gelöst. Als sie die Augen öffnete, fand sie Tucker mit dem Rücken zu ihr auf der Bettkante sitzend. Er wollte gerade telefonieren. Lacey war zu müde, um sich aufzusetzen, so streckte sie nur den Zeigefinger aus und fuhr hinter das Gurtband seiner Hose.

Bei der ersten Berührung drehte Tucker sich zu ihr um und sah sie mit seinen dunklen Augen verlangend an. Laceys Locken lagen zerzaust und wild auf ihren nackten Schultern, ihre Lippen schienen vom vielen Küssen geschwollen. Tucker umschlang ihre Finger, während er in den Hörer sprach. »Detektiv Ryan bitte!«

Lacey zog seine Hand zu ihrem Mund und küsste die Innenfläche. »Guten Morgen«, murmelte sie. »Wie hast du geschlafen?«

»Mit dir im Arm«, antwortete er heiser, beugte sich hinunter und gab ihr einen innigen Kuss. Aber bevor er ihn vertiefen konnte, erklang eine Stimme im Hörer. Er hielt inne und begrüßte Jack Ryan. »Gibt es was Neues?«

Lacey sah seinem Gesicht an, dass etwas geschehen war, und wurde nervös. Sie setzte sich auf und zog das Laken bis an die Brust. »Was ist?«, flüsterte sie.

Tucker schüttelte nur den Kopf und sprach in den Hörer. »Wann denn?«

Seine kurze Frage alarmierte sie. Erschrocken rückte sie dichter an ihn heran. »Was ist denn passiert?«

Tucker machte ihr ein Zeichen abzuwarten und sprach weiter. »Sind Sie sicher?« Die Antwort schien ihm nicht so recht zu gefallen. Schließlich legte er auf. »Heute Morgen gegen drei Uhr haben sie Martins Kompagnon erwischt«, teilte er ihr mit. »Du kannst wieder nach Hause. Es ist alles vorüber.«

11. Kapitel

Eine halbe Stunde später befanden sie sich in einem Taxi auf dem Weg zu Laceys Appartement. Wenn man sie so ansah, wäre man nie darauf gekommen, dass sie gerade eine so leidenschaftliche Nacht miteinander verbracht hatten. Zwischen ihnen war Abstand. Sie berührten sich nicht, schwiegen. Der Fahrer, der sie gelegentlich im Rückspiegel ansah, stellte das Radio an. Sanfter Jazz erklang.

Lacey umklammerte ihre Handtasche. Vermutlich würde sie nie wieder Jazz hören oder Scrabble spielen können, ohne an Tucker zu denken. Oder die gedehnten einsamen Klänge eines Saxofons vernehmen, ohne sich in seine Arme zurückzusehnen. Es ist vorüber, dachte sie mit unterdrücktem Schluchzen, nun wird er bald abfahren. Warum tut es nur so entsetzlich weh?

Um nicht in Tränen auszubrechen, sagte sie lieber schnell etwas. »Hat Detektiv Ryan erzählt, wie sie Martins Partner entdeckt haben? Und wer ist es?«

Tucker, der durchs Fenster gestarrt hatte, blickte nun Lacey an. »Sein Name ist Raymond Finch. Auf den sind sie gekommen, als sie Martins Hintergrund beleuchteten. Die beiden waren im letzten Jahr Zellengenossen im Gefängnis.«

»Aber woher weiß man denn, dass er etwas mit dem bewaffneten Raubüberfall zu tun hat? Wenn Martin ein notorischer Krimineller ist, hat er vermutlich schon mit einer ganzen Reihe von Leuten zusammengesessen.«

»Richtig, aber Finch war der Einzige ohne glaubhaftes Alibi für die Zeit der Überfälle und die Nacht, als dein Laden demoliert wurde. Auch das hätte nicht unbedingt gereicht, aber bei einer Hausdurchsuchung bei ihm fand man im Keller eine Menge Bargeld. Es fehlen zwar immer noch mehrere Hunderttausend Dollar, aber Ryan ist ziemlich sicher, dass das für eine Anklage reicht.«

Die Spannung, die Lacey nicht losgelassen hatte seit jener Nacht, als sie in dieser dunklen Nebenstraße Zeugin eines Mordes gewesen war, löste sich endlich. Aber die Erleichterung wurde gleich wieder von dem Kummer überschattet, der sich Tuckers wegen wie eine schwarze Wolke über sie legte. Mit gequältem Lächeln brachte sie heraus: »Dank Ryan, der so gut gearbeitet hat, kommst du nun schneller als erwartet wieder von hier weg. Wirst du in Aruba auch tauchen gehen? Ich habe gehört, das ist dort besonders lohnend.«

Tucker presste die Lippen zusammen. »Nein, das werde ich wohl nicht tun.« Vermutlich würde er nur ständig an sie denken.

Verdammt noch mal, er konnte sie doch nicht verlassen. Nicht wegen seines Jobs und schon gar nicht, um Urlaub zu machen. Ihm war völlig rätselhaft, wie es geschehen war. Er hätte schwören können, dass es keiner Frau je gelingen würde, ihn so durcheinanderzubringen und sich in seine Gedanken geradezu einzugraben. Ein Mann in seiner Position durfte nie einen Fehler machen, dann war alles gelaufen. Einer, der seinen Verstand benötigte, konnte es sich nicht erlauben, sich um eine zurückgelassene Geliebte Sorgen zu machen. Am besten verschaffte er sich doch eine Schreibtischtätigkeit, dann konnte er nachts bei Lacey bleiben.

Eine Schreibtischtätigkeit …

Beinahe reizte ihn die Idee. Wie lange hatte er schon die Vorteile einer solchen Arbeit gesehen, ohne sie sich wirklich klarzumachen? Wann immer Kurt ihm damit vor der Nase herumgewedelt und ihn damit gelockt hatte, die Möglichkeit für eine Anstellung an einer Botschaft anzudeuten hatte Tucker glatt abgelehnt. Er wollte nichts, wo es Regeln und Reglementierungen und Routine gab. Was hatte ihn nur dazu gebracht, seine Meinung zu ändern?

Lacey!

Die Erklärung kam so spontan, dass er gar keine Chance hatte, sie zu unterdrücken. Zwischen der Möglichkeit, in einem geordneten System zu arbeiten und stets bei ihr bleiben zu können, oder sich von ihr abzuwenden und zu gehen, musste er nicht mehr wählen. Die Entscheidung dafür war schon in der ersten Nacht gefallen, als er sie geküsst hatte. Er hatte sich nur die ganze Zeit dagegen gewehrt, das wurde ihm erst in diesem Moment klar.

Und Lacey konnte ihm nichts vormachen, auch wenn sie ihn glauben ließ, dass sie mit seiner Abreise rechnete. Schon das zarte Lächeln, das sie gezeigt hatte, als sie aufwachte und ihn neben sich auf dem Bettrand sitzen sah, hatte alles besagt. Und der Kuss, den sie ihm in die Handfläche gedrückt hatte, war ihm durch und durch gegangen. Im Gegensatz zu ihrem lässigen Auftreten gehörte sie nicht zu den Frauen, die sich schnell hingaben. Eine wie Lacey musste weit mehr als pure Leidenschaft empfinden, ehe sie sich mit jemandem einließ. Er musste sie nur zu einem Eingeständnis bewegen.

Sobald sie wieder in der Wohnung waren, wollte er mit ihr darüber sprechen.

Aber kaum waren sie dort eingetroffen, schrillte das Telefon. Lacey eilte hin und riss den Hörer von der Gabel. »Ja?«

»Ist Tucker Stevens zu sprechen?«, dröhnte eine laute Stimme. »Hier ist Kurt Donovan, sein Chef. Ich muss ihn unbedingt sprechen.«

Lacey hob überrascht eine Augenbraue. »Einen Moment bitte.« Sie reichte Tucker den Hörer. »Dein Chef. Es scheint dringend zu sein.«

Mit besorgter Miene nahm Tucker den Hörer. Kurt hätte ihn niemals mühsam ausfindig gemacht, wenn es nicht um ein wirkliches Problem gegangen wäre. Und so etwas konnte

Tucker im Moment nun gar nicht gebrauchen. »Ich bin sozusagen im Urlaub«, sagte er statt einer Begrüßung. »Wenn es um einen Job geht, musst du dir einen anderen suchen.«

»Den Teufel werde ich«, knurrte Kurt. »Bei uns gibt es ein wahres Desaster, und du bist der Einzige, der dem gewachsen ist. Wo, zum Kuckuck, warst du die ganze Zeit? Hast du denn keine Nachrichten gehört? Ich habe schon den ganzen Abend versucht, dich zu erreichen. Was machst du überhaupt in New Orleans?«

»Das ist eine lange Geschichte«, antwortete Tucker. »Was ist denn los?«

»Pedro Ramirez.«

In Tucker klingelten Alarmglocken. Pedro Ramirez, der Anführer einer Rebellengruppe des kleinen Inselstaates Santa Maria, war ein gefährlicher Mann, der gern im Rampenlicht stand. Tucker war mehr als einmal mit ihm zusammengestoßen und empfand alles andere als Sympathie für ihn. Unglücklicherweise interpretierte Ramirez das als Anreiz und liebte es, sich mit Tucker anzulegen.

Tucker sah einige unangenehme Dinge auf sich zukommen. »Was hat er nun wieder angestellt?«

»Er hat während der Unabhängigkeitsfeier drei amerikanische Missionare als Geiseln genommen.«

»Wann?«

»Gestern Abend. Er behauptet, die Missionare seien vom Diktator gegen die Rebellen eingesetzte Agenten.«

Tucker fluchte, nahm den Apparat auf und lief, die Schnur hinter sich herziehend, im Wohnzimmer auf und ab. »Wen hast du darauf angesetzt? Habt ihr schon irgendwas erreicht?«

»Glaubst du denn, dann hätte ich hinter dir hertelefoniert?«, fragte Kurt zurück. »Ich habe außer dem Präsidenten jeden auf ihn angesetzt, aber Ramirez weigert sich, mit irgendjemand anders zu reden als mit dir. Du musst da hinfahren.«

»Unmöglich!« Das war ihm mit dem Blick auf Lacey so herausgeplatzt. Die stand halb abgewandt am Fenster, als wollte sie ihn schon zu diesem Zeitpunkt aus ihrem Leben verbannen. In dieser Situation konnte er sie doch nicht allein lassen. Zwischen ihnen lief zu viel, das erst geklärt werden, zu vieles, das endlich ausgesprochen werden musste.

»Was soll das heißen, unmöglich?«, fragte Kurt aufgebracht. »Verdammt noch mal, Tucker, ich weiß, du bist im Urlaub, aber ...«

»Um den Urlaub geht es nicht«, unterbrach Tucker ihn. »Der hat nichts damit zu tun. Ich überlege gerade, ob ich das hier nicht per Telefon erledigen kann. Wer hat es geschafft, nach Santa Maria zu kommen?« Er machte Lacey Zeichen, ihm Papier und Stift zu geben. »Gib mir mal die Informationen, die du bislang hast, und ich werde versuchen, von hier aus etwas zu unternehmen.«

Die Idee gefiel Donovan nicht besonders, aber er hatte vor langer Zeit gelernt, dass Tucker dann am besten arbeitete, wenn man ihm die Entscheidungen überließ. Eilig erstattete er Bericht über die Verhandlungen, die bisher gescheitert waren. »Halt mich auf dem Laufenden. Ich werde im Büro bleiben, bis alles geregelt ist.«

»Das kann lange dauern«, gab Tucker zu bedenken und legte auf. Sobald die Leitung wieder frei war, wählte er eine der Nummern, die Kurt ihm genannt hatte.

»Was ist denn los?«, wollte Lacey wissen, während Tucker auf Anschluss wartete.

»In Santa Maria sind drei Missionare als Geiseln genommen worden. Ich hoffe, ich kann die Sache regeln, ohne dort hinfahren zu müssen. Das Ministerium wird dir die Gespräche bezahlen.« Seine Aufmerksamkeit war gleich wieder auf das Geschehen gelenkt, als sich jemand meldete. Im Nu schwenkte er auf fließendes Spanisch um.

Lacey, die kein einziges Wort von dem verstand, was Tucker sagte, beobachtete ihn, um herauszufinden, wen er wohl sprechen wollte. Als ihm das nicht gelang, redete er plötzlich in einem Ton, der auch in einer Fremdsprache unmissverständlich war. Aber er hatte keinen Erfolg. Wütend knallte er den Hörer auf, stieß einen saftigen Fluch aus und wählte eine neue Nummer.

Auf den Anruf folgte ein weiterer und noch einer, bis Tucker irgendwann seine Ungeduld nicht mehr beherrschen konnte. Lacey ahnte, dass es nur eine Frage der Zeit war, wann er zugeben musste, keinerlei Ergebnisse erzielt zu haben. Er würde abfahren. Tief im Herzen hatte sie gehofft, er würde den Rest seiner Ferien zusammen mit ihr verbringen. Aber sie war nicht so dumm zu glauben, dass sie ihn von seiner Arbeit ablenken konnte. Tucker war darin sozusagen ein Lebenslänglicher. Das war ihr von Anfang an klar gewesen.

Um nicht weiter zu verfolgen, wie er Pläne machte, derentwegen er sie verlassen würde, nahm Lacey ihre Handtasche und ging zur Tür. »Ich bin gleich zurück«, erklärte sie, als Tucker gerade eine Gesprächspause einlegte.

Er runzelte die Brauen und bedeckte schnell die Sprechmuschel mit einer Hand. »Wohin gehst du?«

»Nur um die Ecke zum Drugstore, um dir etwas Lektüre fürs Flugzeug zu besorgen.«

»Ich werde nirgendwohin fliegen, solange wir Gelegenheit haben, miteinander zu reden«, ließ Tucker sie wissen. Aber noch bevor er weiter sprechen konnte, brachte ihn die Stimme am anderen Ende wieder zum Zuhören.

Geräuschlos verließ Lacey die Wohnung und ging durch den Vordereingang des Ladens hinaus.

Der Sturm letzte Nacht hatte den Himmel wolkenlos blau gewaschen und die Luftfeuchtigkeit stark vermindert. Es war ein wunderschöner Sonntagmorgen. Die Geschäfte waren noch geschlossen, und die wenigen Touristen, die es schon zu so früher Zeit hinaustrieb, waren Häuserblocks entfernt am French Market und genossen vermutlich Apfelkuchen und Milchkaffee.

Lacey war auf dem Weg zum Drugstore drei Häuserblocks weiter so in trübe Gedanken verloren, dass ihr nicht auffiel, dass die Straße menschenleer war.

Tucker will also mit mir reden, dachte sie, und eine Faust schien sich um ihr Herz zu krallen, als wollte sie es zerquetschen. Sie konnte sich gut vorstellen, worüber. Tucker war ein Mensch, der Nägel mit Köpfen machte. Er wollte, dass sie Freunde blieben. Wenn er ging, dann mit Feingefühl, schon damit es keinen Bruch in der Familie gab. Schließlich war er diplomatisch geschult.

Lacey unterdrückte ein Schluchzen und beschleunigte ihren Schritt. Je schneller sie zurück war, um so eher konnte er sein kleines Gespräch haben und sich davonmachen. Und sie konnte beginnen, ihn zu vergessen. Mal wieder.

Sie war so in ihren Kummer vertieft, dass sie nicht bemerkte, wie ein Mann auf leisen Sohlen an sie heranschlich. Ohne Vorwarnung bekam sie einen gewaltigen Schlag auf den Hinterkopf und spürte einen stechenden Schmerz. Lautlos wie eine Stoffpuppe sackte sie in starke Männerarme.

★

»Also?«, fragte Kurt Donovan, »was hast du inzwischen erreicht?«

»Nichts als Kopfschmerzen«, antwortete Tucker erbost. »Ramirez spielt ein übles Spiel. Er weigert sich, meinen Anruf entgegenzunehmen, und besteht darauf, nur persönlich mit mir reden zu wollen.«

»Dann mach, dass du einen Flieger bekommst«, befahl sein Boss. »Wir können uns in dieser Sache keine Verzögerung leisten, Tucker. Mir sitzen schon fünf Senatoren im Nacken und eine ganze Armee von Reportern, die vor meiner Tür kampieren. Sie wollen Antworten und zum Kuckuck, ich habe keine.«

»Schon gut, schon gut, ich arbeite ja daran. Ein paar Trümpfe habe ich noch im Ärmel. Lass mich noch einige Anrufe machen ...«

»Sechsundachtzig sind es jetzt schon«, schimpfte Donovan. »Wir haben keine Zeit mehr zu verlieren!«

Tucker verzog das Gesicht. Verdammter Ramirez, warum musste er ausgerechnet jetzt diesen Kraftakt durchziehen. »Ich brauche noch eine Stunde«, erklärte er. »Wenn ich es bis dahin nicht geschafft habe, setze ich mich in die nächste Maschine dorthin. Denk an das Geld, das der Steuerzahler sparen könnte ...«

Unten klopfte jemand so laut an die Ladentür, dass es bis oben zu hören war. Tucker horchte auf. War das Ryan, der Lacey sprechen wollte? »Noch eine Stunde«, wiederholte er. »Ich melde mich.« Noch bevor Donovan etwas entgegnen konnte, legte Tucker auf und eilte die Treppen hinunter.

»Gott sei Dank!«, rief Jack Ryan, als ihm schließlich geöffnet wurde. »Ich versuche seit einer Viertelstunde, Sie zu erreichen.«

»Ich war wegen einer wichtigen Sache für das State Department am Telefon ...« Tucker unterbrach sich, sobald er Ryans merkwürdigen Gesichtsausdruck wahrnahm. Der sah nicht gerade aus, als hätte er soeben einen schwierigen Fall gelöst. Voller schlimmer Vorahnungen fragte Tucker: »Was ist passiert?«

Es hatte keinen Sinn, drum herum zu reden, so versuchte Ryan es gar nicht erst. »Wir haben den falschen Mann verhaftet«, gab er zu.

Er hatte mit Zorn gerechnet, vielleicht auch Verachtung für einen Fehler, den man auch nur unentschuldbar nennen konnte, nicht aber mit dem Entsetzen, das Tucker Stevens' Blick spiegelte. Ryan sah an ihm vorbei zu der Treppe, die zu Laceys Wohnung führte. »Wo ist Lacey? Oben?«

»Sie ist um die Ecke zum Drugstore gegangen.« Tucker spürte, wie etwas in ihm hochstieg, das ihn zu ersticken drohte.

Wie lange war sie schon unterwegs? Er hatte gar nicht auf die Zeit geachtet. Er bemühte sich, ruhig zu bleiben, schaute auf die Uhr und überlegte. »Vor etwa dreißig oder vierzig Minuten, glaube ich.« Er sah den Kriminalbeamten an. »Sie müsste längst zurück sein.«

Ryan reagierte sofort. »Ich bin mit einem Streifenwagen hier. Gehen wir.«

Sie eilten nach draußen und sprangen in den Wagen. Während sie die Ausfahrt verließen, ertönte schon die Sirene. Tuckers Nerven waren zum Zerreißen gespannt. Hektisch suchte er den Bürgersteig nach Lacey ab. Aber sie war nirgendwo zu sehen. Sein Magen begann sich zusammenzukrampfen. Wenn ihr etwas geschehen war …

Den Gedanken spann er lieber gar nicht erst weiter. »Sie wusste, dass ich noch eine Zeit lang telefonieren musste. Vielleicht hat sie sich entschlossen, einen Spaziergang zu machen.«

Ryan, mit dem Blick auf die Straße gerichtet, nickte. »Wir werden sie finden, wo immer sie auch ist.«

Tuckers Hände ballten sich unwillkürlich zu Fäusten. »Wie konnte das nur geschehen? Wie ist es nur möglich, dass Sie den Falschen verhaftet haben?«

Das hatte Ryan sich schon die letzte halbe Stunde gefragt. »Ich will mich gar nicht entschuldigen, aber wir standen unter ungeheurem Druck. Finch schien genau der Mann zu sein, alle Details passten. Dazu hatte er kein Alibi und verweigerte die Aussage. Wir dachten, der Fall sei klar.«

»Und wie kamen Sie darauf, dass es nicht so war?«

»Vor etwa einer Stunde tauchte seine Freundin auf und belegte, dass er zur Tatzeit mit ihr zusammen war.«

»Und was ist mit dem Geld? Wie hat sie erklärt, dass in seinem Haus zufällig einige Hunderttausend Dollar herumlagen?«

»Das ist Drogengeld. Er dealt mit Kokain.« Als Tucker Ryan ungläubig ansah, sagte der: »Wir haben ihre Aussagen überprüft. Darum habe ich auch so lange gebraucht, bis ich Sie informieren konnte. Sie hat die Wahrheit gesagt. Einer meiner Männer ist mit ihr zu einem Lagerhaus am Fluss gegangen, da gab es tatsächlich Kokain in rauen Mengen.«

Tucker drohte die Beherrschung zu verlieren. Genau zu diesem Zeitpunkt konnte Lacey sich in den Händen desjenigen befinden, der schon mal versucht hatte, sie umzubringen.

Zwei Häuserblocks weiter bogen sie um die nächste Ecke, als Ryan beim Anblick des Streifenwagens leise fluchte. Das flackernde Dachlicht drehte sich noch, als sich schon eine Menschenmenge auf dem Bürgersteig zu sammeln begann. Ryan bremste scharf und brachte den Wagen zum Stehen, während Tucker, noch bevor Ryan den Zündschlüssel herausgezogen hatte, schon hinaussprang.

»Ich habe alles von meinem Schlafzimmerfenster aus gesehen«, berichtete eine kleine ältliche Frau dem bulligen Beamten, der vor ihr stand und sich Notizen machte. Sie zeigte auf einen Punkt auf dem Bürgersteig nahe der Kurve. »Genau da ist es passiert. Die arme Frau hat gar nicht mitbekommen, wer sie niedergeschlagen hat. Sie ging da so entlang, und dann rumps, aus und weggetreten wie nichts.«

»Welche Frau?«, unterbrach Tucker sie scharf. »Wie sah sie aus?«

Der diensthabende Beamte fixierte ihn mürrisch, aber in dem Moment kam Ryan dazu und hob besänftigend eine Hand. »Wie sah die Frau aus, Madam?«, wiederholte er Tuckers Frage. »Und was ist Ihnen noch aufgefallen?«

Die Zeugin genoss es, plötzlich im Mittelpunkt der Aufmerksamkeit zu stehen. »Ich will mich ja nicht wichtig machen, verstehen Sie, ich hatte nur gerade aus dem Fenster geschaut und gestaunt, was für ein schöner Morgen es war nach all dem Regen letzte Nacht. Die Frau wäre mir gar nicht aufgefallen, wenn ich diesen Kerl nicht gesehen hätte, wie er hinter ihr her schlich. Erst dachte ich, er sei vielleicht ein Freund, der sie erschrecken wollte. Aber dann schlug er sie plötzlich mit einem Knüppel nieder.« Missbilligend schüttelte sie den Kopf. »Ich sage Ihnen, so was habe ich noch nicht gesehen. Er packte sie einfach, stopfte sie wie einen Sack Kartoffeln auf die Ladefläche eines weißen Transporters und fuhr davon. Er hätte das arme Mädchen ja umbringen können. Die gab keinen einzigen Laut mehr von sich.«

Tucker brauchte keine weitere Beschreibung, um zu wissen, dass es sich um Lacey handelte. Er hatte gleich geahnt, dass ihr etwas zugestoßen war, wollte aber dennoch fragen. »Sie haben noch nicht gesagt, wie sie ausgesehen hat.«

Die ältere Frau rieb sich die Stirn und schloss die Augen, um sich besser zu konzentrieren. »Hm, lassen Sie mich mal nachdenken. Sie war ziemlich groß, aber sehr schlank. Zu meiner Zeit hätten wir das gertenschlank genannt. Ich habe nicht auf ihr Gesicht geachtet, aber sie hatte wundervolles rotbraunes Haar, das ihr beinahe bis zur Taille reichte.«

Ryan merkte, wie Tucker neben ihm ganz starr wurde, als er seine schlimmsten Befürchtungen bestätigt sah. »Und konnten Sie den Mann erkennen, der sie niedergeschlagen hat?«, fragte er schnell.

Die Frau schüttelte bedauernd den Kopf. »Nicht genau. Er trug einen Hut und hielt den Kopf gesenkt, sodass ich sein Gesicht nicht sehen konnte. Aber er war groß, mindestens dreißig Zentimeter größer als sie, und ganz schwarz gekleidet.«

»Und das Autokennzeichen des Transporters? Haben Sie es sich zufällig gemerkt?«

»Natürlich«, antwortete sie leicht indigniert und sagte es, ohne zu zögern, her.

Ryan seufzte erleichtert. Damit hatten sie einen gewissen Vorsprung. Er hoffte nur, dass es nicht zu spät war. Eilig wandte er sich an den Beamten in Uniform, der als Erster hier erschienen war, und sagte: »Nehmen Sie die ganze Aussage auf, prüfen Sie jede Wohnung und jeden Laden dieses Häuserblocks, um herauszufinden, ob noch jemand etwas gesehen hat! Falls ja, möchte ich sofort informiert werden. Ich bin auf der Wache zu erreichen.«

Wenige Sekunden später waren sie schon auf dem Weg zurück. Tucker saß ungeduldig auf dem Beifahrersitz und hörte, wie Ryan über Funk eine Beschreibung des Transporters und das Kennzeichen durchgab. Von diesem Zeitpunkt an würden alle diensthabenden Cops nach dem Wagen fahnden. Aber Tucker wusste, dass das nicht ausreichte. Laceys Entführer hatte genug Zwischenfälle inszeniert, um sie davon abzuhalten, als Zeugin auszusagen. Diesmal würde er sie vermutlich umbringen, falls er das nicht schon längst getan hatte.

Zorn und Entsetzen über den bloßen Gedanken brachten Tucker fast um. Er konzentrierte sich lieber auf den Zorn, sonst wäre er zu keinem Handeln mehr fähig gewesen. Und das durfte er nicht zulassen. Lacey war irgendwo da draußen, verletzt. Er mochte gar nicht daran denken, womöglich zu spät zu kommen. Er musste sie finden, und wenn er die Stadt mit bloßen Händen aufgrub.

Noch nie hatte er einem anderen die Führung überlassen. In der Polizeistation lief er rastlos im Flur auf und ab, während Ryan jeden verfügbaren Beamten zum Dienst einteilte. Martin wurde aus seiner Zelle ins Verhörzimmer gebracht. Man drohte ihm, dass seine Chancen sich drastisch verringern würden, falls er nicht zur Aussage bereit sei. Der aber tönte selbstbewusst, er habe Ryan ja schon gewarnt, dass der Fall gar nicht vor Gericht kommen würde. Ohne Beweise könne man ihn ja nicht verurteilen, und die einzige Zeugin sei nun wie vom Erdboden verschwunden. Schlimm, was?

Tucker hatte dem Verhör beigewohnt. Am liebsten wäre er auf den Gangster losgegangen und hätte ihm den Hals umgedreht. Aber zwei schnell reagierenden Beamten gelang es, ihn daran zu hindern.

Ryan, der an Tuckers Stelle genauso gehandelt hätte, wies

mit dem Kinn auf den wenig kooperativen Häftling. »Bringen Sie ihn wieder zurück!«

Tucker befreite sich aus dem Griff der Beamten, die ihn festgehalten hatten, und eilte zur Tür. »Wohin gehen Sie?«, rief Ryan ihm nach.

»Ich mache mich auf die Suche«, antwortete er, ohne den Schritt zu verlangsamen. »Ich kann hier nicht tatenlos herumsitzen.«

Als er gerade zur Tür wollte, erschien ein junger Beamter und meldete aufgeregt: »Detektiv Ryan, wir haben gerade eine Funkmeldung bekommen. Ein unbekannter Fahrer hat den Transporter auf der 51 auf dem Weg zum westlichen Ufer des Sees entdeckt.«

»Geben Sie dem Mann Anweisungen, den Wagen im Auge zu behalten und uns weiter dessen Position zu melden! Ich brauche noch drei weitere Einsatzwagen.« Damit rannte er – mit Tucker auf den Fersen – zu seinem Fahrzeug.

★

Der Schmerz pochte in Laceys Hinterkopf, als hätte ein Hammer rot glühendes Eisen auf einem Amboss geschlagen, und zerrte sie in ein Bewusstsein zurück, in dem selbst die Haarspitzen wehtaten. Bewegungslos und mit zusammengepressten Augen lag sie da und hoffte auf ein baldiges Ende dieser Qual. Mit jeder Schmerzwelle war auch ein kurzes Bewusstsein da, bis ihre Gedanken wieder verschwammen.

Was war nur geschehen? Der Drugstore! Sie hatte nur zum Drugstore gehen wollen. Dann … Nichts. Nur ein kurzer höllischer Schmerz und Dunkelheit. Dann …

Plötzlich riss sie die Augen auf. Ein Transporter, dachte sie verschwommen und starrte auf die Ladetüren des Fahrzeugs. Sie befand sich in einem Transporter und wurde über eine holprige Straße gefahren.

Angst kroch wie ein kaltes, heimtückisches Reptil in ihr hoch und ließ ihr das Blut gefrieren. Irgendjemand hatte sie niedergeschlagen und sie in den Transporter gestoßen. Wieso? Die Frage hallte in ihrem betäubten Bewusstsein wider. Warum wollte man sie kidnappen? Sie hatte außer den beiden Männern von dem bewaffneten Raubüberfall keine Feinde, und die waren im Gefängnis. Oder etwa nicht?

Vor Schreck setzte ihr Herz einen Schlag lang aus. Wie war das möglich? Martin war eine Freilassung auf Kaution verweigert worden, und Finch hatte man noch nicht einmal zur Anklage vernommen. Wer fuhr also den Transporter? Ein Dritter? Oder hatte Ryan sich geirrt und den Falschen verhaftet? Egal wie, das Resultat war das gleiche. Sie befand sich in den Händen eines Mannes, der offenbar die Absicht hatte, sie umzubringen. Und Tucker wusste nicht einmal, dass sie in Gefahr war.

Damit war sie allein auf sich gestellt.

Denk nach! befahl sie sich energisch und musste gegen den Reflex ankämpfen, sich gegen die Ladetür zu werfen, um sich so den Weg freizukämpfen. Aber wenn sie wie ein hysterisches Frauenzimmer reagierte, brachte sie das erst recht in Lebensgefahr. Bevor sie etwas tun konnte, musste sie ihre Situation genau überdenken.

Sie versuchte, tief durchzuatmen und sich so zur Ruhe zu zwingen. Den Schmerz, der in ihrem Kopf hämmerte, ignorierte sie und lenkte die Aufmerksamkeit auf ihre wenigen Möglichkeiten. In ihren Ohren hallten Tuckers Worte wider, die er ihr bei der Schießübung immer wieder zugeflüstert hatte: »Keine Panik. Du hast nur einen Schuss und kannst es dir nicht leisten, danebenzuschießen!« Allmählich löste sich die Spannung in ihren Muskeln.

Draußen schlugen Zweige an das Fahrzeug, das nun im Schritttempo einen ausgewaschenen, steinigen Weg entlangfuhr. Lacey war inzwischen hellwach. Sie setzte sich auf und versuchte herauszufinden, wo sie sich befanden. Aber der

Transporter war bis an die Decke mit Kartons vollgepackt, und alles, was sie vorn sehen konnte, war die Konsole zwischen den beiden Sitzen und ein kleines Stück Windschutzscheibe. Hinter der kurzen Motorhaube erkannte sie nur Bäume und Gestrüpp und einen kaum sichtbaren dunklen Weg, der immer tiefer ins Dickicht führte.

Lacey schnürte sich fast die Kehle zu, als sie eine riesige Männerhand sah, die gerade den Gang herunterschaltete. Das Einzige, was sie von ihrem Entführer sehen konnte, waren sein breites Handgelenk und lange, kräftige Finger. Aber das genügte. Wenn die Größe der Hand ein Hinweis war, war der Mann ein Hüne.

Dann musst du ihn eben überlisten, sagte eine Stimme in ihr. Er hat sich nicht die Zeit genommen, dich zu fesseln, und er weiß nicht, dass du das Bewusstsein wiedererlangt hast. Du hast also den Vorteil der Überraschung auf deiner Seite.

Das schon, dachte Lacey mit gequälter Ironie, aber wenn die Überraschung vorbei ist, was dann?

Plötzlich bremste er scharf, sodass der Wagen zum Stehen kam, und stellte den Motor ab.

Lacey erschrak. So hatte sie gar keine Zeit mehr, über einen Plan nachzudenken. Reglos blieb sie auf dem harten Metallboden liegen und lauschte mit klopfendem Herzen. Aber anstatt über die Konsole zu ihr zu klettern, wie sie es erwartet hatte, stieg der Mann aus, und in der Stille vernahm sie das Knirschen seiner Schritte, als er um den Wagen herum nach hinten ging.

Lacey hatte nur Sekunden. Hektisch sah sie sich nach einer Waffe um. Aber da gab es nichts als Kartons, auch vorne nicht. Aber die Schlüssel! Die hingen noch im Zündschloss.

Sie überlegte nicht lange, sprang auf und bahnte sich durch die Kartons einen Weg nach vorn. Kaum glitt sie auf den Fahrersitz, hörte sie, wie die Ladetür geöffnet wurde.

Nein! Schnell drehte sie den Schlüssel im Zündschloss um, der Motor sprang an und übertönte fast das wütende Brüllen des Entführers, der die Situation begriff. Mit zusammengebissenen Zähnen legte Lacey den ersten Gang ein und gab Gas. Der Wagen schoss nach vorn, sodass Staub und Steine unter den Hinterrädern aufgewirbelt wurden.

Bäume und Gebüsch flogen vorbei und klatschten gegen das Dach, während der Wagen den Pfad hinunterpreschte. Lacey schien das Herz im Hals zu klopfen. Mit feuchtkalten Händen umklammerte sie das Lenkrad und erkämpfte sich einen Weg durchs Dickicht. Ich habe es geschafft! dachte sie mit einem grimmigen Lächeln. Ich bin entkommen!

Die Kugel, die hinter ihr hersauste, hörte sie nicht. Aber plötzlich sauste die durch die offene Ladetür und durchschlug von hinten die Windschutzscheibe. Lacey holte erschrocken Luft und sank tief in den Sitz, als ein Regen von Glassplittern auf sie herniederprasselte, gab aber noch mehr Gas.

Den Bruchteil einer Sekunde später traf eine Kugel den Reifen, und der Wagen begann zu schlingern. Lacey schrie auf und versuchte krampfhaft, die Richtung zu halten. Aber das war ein vergebliches Unterfangen. Die Bäume am Wegesrand waren nun so bedrohlich dicht, dass sie das Steuer herumriss, um ihnen auszuweichen. Aber plötzlich tauchte direkt vor ihr eine uralte Eiche auf, und noch ehe sie sich auf den Zusammenstoß einstellen konnte, prallte sie schon dagegen.

Hätte Lacey sich nicht instinktiv am Lenkrad festgehalten, wäre sie durch die zerbrochene Windschutzscheibe geflogen. Stattdessen knallte sie mit dem Kopf gegen die Steuersäule und sah nur noch dunkle Flecken vor den Augen. Ein lautes Stöhnen entrang sich ihrer Brust, und sie war zu benommen, um noch reagieren zu können. Der Motor gab mit einem leisen Brummen den Geist auf.

Trotz ihres benebelten Zustands begriff Lacey, dass sie sofort etwas tun musste, da sie erneut in höchster Gefahr war. Sie schüttelte den Kopf, um klarer denken zu können, und griff zur Tür. Sie musste sich unbedingt verstecken.

Aber noch bevor sie öffnen konnte, wurde die Fahrertür aufgerissen. Entsetzt starrte Lacey den Mann an, der mit mordlüsterner Miene und einer 38er Magnum in der Hand vor ihr stand. Die Farbe wich ihr aus dem Gesicht, sobald sie ihn erkannte. »Oh nein!«

12. Kapitel

John Salomons Finger krallten sieh in Laceys Arm, und mit einem widerwärtigen Lächeln zog er sie aus dem Wagen. »Ja, Lacey, ich bin's. Überrascht?«

Lacey starrte ihn entsetzt an. Das durfte doch nicht wahr sein! Trotz des Schmerzes, den er ihr durch seinen Griff verursachte, unterdrückte sie einen Aufschrei.

Sie hatte immer gewusst, dass Salomon ein ehrgeiziger, skrupelloser Geschäftsmann war, der seine eigene Mutter verschachert hätte, um einen Konkurrenten auszuschalten. Aber war er auch zu einem bewaffneten Raubüberfall fähig? Zu Mord?

Das sadistische Vergnügen, das sie in der Tiefe seiner dunklen Augen entdeckte, jagte ihr einen eiskalten Schauer über den Rücken. Die aufkommende Angst raubte ihr fast den Atem. Dieser Mann war wie ein Fremder. Die Freundlichkeit, die er ihr gegenüber an den Tag gelegt hatte, war abgelegt wie eine nutzlos gewordene Maske. Nun zeigte sich sein wahres, schreckliches Gesicht. Lacey wusste, dass kein Bitten, kein Argumentieren helfen konnte und sie von ihm nicht das geringste Mitleid zu erwarten hatte.

»Warum das alles?«, brachte sie heraus und stolperte, als er sie zu dem Platz stieß, wo der Transporter ursprünglich gestanden hatte. »Sie haben doch schon jeden Händler in der Stadt so gut wie kaltgestellt. War Ihnen das nicht genug?«

Seine dünnen Lippen verzogen sich verächtlich. »Nur ein Dummkopf wäre damit zufrieden. Na ja, es war spaßig, mit anzusehen, wie sie sich alle anstrengten, den Kopf über Wasser zu halten, um mit meinen Preisen konkurrieren zu können. Aber wieso sollte ich mich ständig abmühen, nur um einigermaßen

leben zu können, wenn schlecht bewachte Läden und Geldtransporter doch geradezu einluden?«

»Schlecht bewachte Läden?« Lacey wurde schlagartig so
einiges klar. »Wollen Sie damit sagen, dass Sie auch für alle
Einbrüche, die es in letzter Zeit im Viertel gab, verantwortlich
sind?«

Ihr Zorn prallte bei Salomon ab wie Regen von einer Öl-
haut. Er ließ sie los, hielt aber die Waffe auf sie gerichtet. »Für
alle nicht, aber für die meisten. Warum auch nicht?« Er zeigte
nicht die geringste Reue. »Sie und die anderen Händler haben
zu Einbrüchen doch regelrecht aufgefordert. Jedes Mal, wenn
Sie die Stadt zu einer Einkaufstour verließen, haben Sie das dadurch deutlich gemacht, dass Sie alles schön abschlossen, aber
niemanden zur Vertretung einsetzten. Ich brauchte nur nachts
zu kommen, alles zu nehmen, was mir gefiel, und es woanders
wieder loszuschlagen. Das war schon fast zu einfach.«

»Wie langweilig, nicht wahr?«, fragte Lacey sarkastisch.
»Darum fingen Sie wohl auch an, Geldtransporter zu überfallen, wie? Weil das ein bisschen mehr Nervenkitzel bedeutet. Ich
fürchte nur, dass die Gerichte das nicht als Milderungsgrund
anerkennen werden.«

Salomon lachte selbstsicher. »Einen Prozess wird es nicht
geben. Ist Ihnen das nicht klar, Lacey? Ich habe das perfekte
Verbrechen inszeniert – zweimal!«

Am liebsten hätte Lacey ihm in demselben arroganten Ton
geantwortet, aber sie musste Salomon reden lassen, um Zeit
zu gewinnen und eine Fluchtmöglichkeit zu finden. »Wieso«?
fragte sie und überlegte hektisch, was sie tun konnte. »Die
Polizei ahnte, wann Sie das nächste Mal zuschlagen wollten.
Sie hatte mit der Geldtransportfirma sogar schon eine andere
Route ausgemacht. Woher wussten Sie, dass die in jener Nacht
im Südosten des Viertels sein würden?«

»Das, meine Liebe, war das Einfachste von allem. Ich war
einer der Kunden«, antwortete er und erklärte spöttisch: »Ein

638

Teil des betreffenden Geldes war meins. Ich hatte also ein Recht darauf zu erfahren, wann und wohin es transportiert wurde. Ich brauchte nur ein bisschen Druck wegen der beiden vorherigen Überfälle auf die Firma auszuüben und damit zu drohen, dass niemand in meiner Umgebung sich denen weiterhin anvertrauen würde. Schon hatte ich die nötigen Informationen.«

Sein hämisches Lächeln machte einem finsteren Ausdruck Platz. »Alles lief wunderbar, bis Sie kamen und beinahe alles ruinierten. Sie haben mich nicht gesehen, aber ich sah Sie vom Geldtransporter aus und erkannte Sie sofort. Robert hätte Sie umbringen sollen, als er Gelegenheit dazu hatte. Als ich hörte, dass ein Zeuge im Krankenhaus sei, war mir klar, dass ich das selbst übernehmen musste. Sie können schließlich nicht erwarten, dass ich zusehe, wie Sie meinen Bruder ins Gefängnis bringen.«

»Ihren Bruder?« Lacey war fassungslos. »Die Polizei hat ihn doch gründlich durchgecheckt. Er ist Einwanderer aus Kuba, und von einem Bruder war nicht die Rede.«

»Natürlich nicht. In Kuba waren wir Partner. Denken Sie etwa, wir riskieren es, dass irgendjemand an unsere Daten herankommt und uns miteinander in Verbindung bringt? Wir haben unsere Namen geändert und dafür gesorgt, dass uns niemand je zusammen sah.«

Salomon war sich also sicher gewesen, dass er an alles gedacht hatte und sich so einem möglichen Zugriff durch die Justiz entzog und Lacey der einzige Fehler, der ihm unterlaufen war. Wenn sie es nicht schaffte, ihn so lange zum Reden zu bringen, bis Tucker ihr Verschwinden bemerkte; bekamen er und Robert Martin Gelegenheit, weiterhin Überfälle, womöglich sogar Morde zu begehen.

»So werden Sie nicht davonkommen«, sagte sie kühn und spähte unauffällig die Umgebung nach einem Fluchtweg aus. Wenn sie ihn nur irgendwie ablenken und sich dann aus dem Staub machen könnte …

Salomon schien ihre Absicht zu erraten, denn er packte ihr Handgelenk, schleuderte sie vor sich und drehte ihr den Arm um.

Als Lacey aufschrie, drückte er ihr mit der anderen Hand die Waffe unters Kinn und zischte: »Gestern hätte ich Ihnen noch recht gegeben. Als ich Sie bei der Kirche aus den Augen verlor, dachte ich, es sei alles verloren. Dann hörte ich heute Morgen, die Polizei hätte einen weiteren Verdächtigen verhaftet. Diese Dummköpfe! Da war mir klar, dass Sie nach Hause kommen würden. Ich brauchte nur abzuwarten. Und dann sind Sie mir prompt direkt in die Arme gelaufen.«

Er drehte ihr noch immer den Arm um und schob sie durch die Büsche. »Wenn Sie auch nur einen unüberlegten Schritt tun, mache ich kurzen Prozess! Also los!«

Zehn Minuten später und zweihundert Yards hinter ihnen stiegen Tucker, Ryan und die Begleitmannschaft gerade aus dem Wagen, um den Transporter zu Fuß weiterzuverfolgen, als sie Schüsse hörten und einen Aufprall. Tucker blieb fast das Herz stehen. »Nein!«, schrie er und wollte loslaufen.

Aber er hatte kaum drei Schritte gemacht, als Ryan und ein anderer Beamter ihn festhielten. »Wollen Sie, dass sie umgebracht wird?«, herrschte Ryan ihn an, als Tucker sich losreißen wollte. »Denken Sie doch erst mal nach, Mann! Wenn er ihr noch keine Kugel in den Kopf geschossen hat, wird er es dann tun, wenn Sie wie ein Berserker dort hinstürmen, ohne zu wissen, was Sie erwartet. Entweder beruhigen Sie sich und handeln nach meinen Anweisungen, oder ich lege Ihnen Handschellen an und verfrachte Sie in den Wagen. Verstanden?«

Tuckers Augen funkelten, und er kochte vor Zorn, aber er nickte. »Ich brauche eine Waffe«, sagte er.

»Kommt nicht infrage«, erklärte Ryan. »Sie sollten sich lieber Gedanken darüber machen, wie Sie Lacey helfen können, sobald das hier alles vorbei ist. Aber um Recht und Ordnung kümmern wir uns.«

Tucker hatte gar keine andere Wahl, so wandte Ryan sich an seine Männer. »Wir werden uns verteilen und einen Weg durch die Büsche suchen. Passt auf, wo ihr hintretet! Nicht, dass uns knackende Zweige verraten. Ich glaube, die wissen noch nicht, dass wir hier sind, wir haben also die Überraschung auf unserer Seite. Aber denken Sie an das Mädchen. Wir sind hier, um sie zu befreien, nicht, um sie erschießen zu lassen.« Er warf Tucker noch einen mahnenden Blick zu und gab dann seinen Beamten Zeichen, sich im Wald zu zerstreuen.

Mit entnervender Langsamkeit und mit gezogenen Waffen bahnten sie sich einen Weg durch Buschwerk in die Richtung, aus der sie das Geräusch des Aufpralls gehört hatten. Tucker bezwang mühsam seine Ungeduld und versuchte daran zu denken, dass Lacey ja nicht unbedingt schon tot sein musste, nur weil ihr Kidnapper einen Schuss abgefeuert hatte, und dass sie sie noch rechtzeitig erreichen konnten. Das mussten sie einfach. Und dann wollte er sie nie wieder gehen lassen. Das schwor er sich.

Durch die Bäume erkannte man den Transporter, der die knorrige Eiche gerammt hatte. Aber es war etwas anderes, das die Polizisten und Tucker erschrocken innehalten ließ: Sie konnten sehen, wie Lacey gerade neben eine Grube gezerrt wurde, die – wie die daneben aufgehäufte Erde zeigte – von beträchtlicher Tiefe sein musste. Lacey war kreidebleich und sah gequält aus, schien aber zum Glück unverletzt zu sein.

Tucker war so erleichtert, dass ihm fast die Knie weich wurden. Erst dann gestattete er sich einen Blick auf ihren Entführer.

Den großen, schwarzhaarigen Mann erkannte er sofort. John Salomon. »Dieser Dreckskerl!«, brach es aus ihm heraus.

Ryan warf ihm einen warnenden Blick zu, bevor er seine Aufmerksamkeit dem dramatischen Geschehen vor ihren Augen zuwandte. So, wie der Antiquitätenhändler Lacey festhielt, konnten sie unmöglich auf ihn schießen, ohne sie zu gefährden. Innerlich fluchend gab Ryan seinen Männern ein Zeichen abzuwarten.

Salomon war nur mit der Person beschäftigt, die ihm so viel Ärger bereitet hatte. Er gab Lacey einen heftigen Stoß in Richtung Grube. »Sehen Sie sich das gut an, meine Liebe. Dort werden Sie nämlich in Ewigkeit ruhen.«

Lacey stolperte und stürzte beinahe in das dunkle Loch. Entsetzt riss sie die Augen auf, gewann aber gerade noch das Gleichgewicht wieder. Wie ein in die Enge getriebenes Tier wandte sie sich Salomon zu. Ihr Atem ging stoßweise, die Waffe war noch immer auf ihr Herz gerichtet. »Tun Sie das nicht, Salomon, Sie machen die Sache für sich und Ihren Bruder nur schlimmer, und nützen tut es Ihnen nichts. Wenn Sie mich umbringen, sucht die Polizei erst recht nach Ihnen. Wollen Sie das? Gejagt werden wie ein tollwütiger Hund? Dann haben Sie nie Ruhe, werden nie entspannen können, ohne sich zu vergewissern ...«

»Lassen Sie das!«, unterbrach er sie genervt. »Bis die Polizei mich verdächtigt, sind Robert und ich längst über alle Berge und leben wie die Könige auf unserer eigenen Tropeninsel.« Er hob die Waffe, bis die Mündung direkt zwischen Laceys Augen lag, und sagte spöttisch: »Bis dann, Lacey, es war nett, Sie kennengelernt zu haben ...«

Als ein Schuss krachte, dachte Lacey, ihr Herz bliebe stehen. Reflexartig wollte sie die Flucht ergreifen, rutschte aber auf dem weichen Sand aus. Sie verlor das Gleichgewicht, schrie erschrocken auf – und stürzte rückwärts in die Tiefe.

Tucker hatte alles genau verfolgt. Jeder Muskel erstarrte in ihm. Ryan, der Salomon die Waffe aus der Hand geschossen hatte, war sogleich bei dem Verwundeten und gab den anderen Zeichen zu kommen. Tucker reagierte nicht darauf. Er stürmte zu der Grube und kniete sich an den Rand.

Lacey hatte befürchtet, dort Salomon mit der Waffe in der Hand auftauchen zu sehen. Sie starrte ihn an. »Tucker!«

»Bist du verletzt?«, wollte er wissen.

»Nein, ich glaube nicht ...« Verwirrt über die plötzliche Ent-

642

wicklung des Geschehens, rappelte sie sich hoch und blickte an sich herunter, als wäre es nicht ihr eigener Körper. Die Angst, die sie gehabt hatte, sobald sie im Transporter zu sich gekommen war, bewirkte nun plötzlich, dass sie unkontrolliert zu zittern begann. Sie umschlang sich mit den Armen und presste die Augen zusammen. »Ich – ich w...weiß ... n...nicht, w...was m...mit mir l...los ist.«

Tucker sprang hinunter und nahm sie schnell in die Arme. »Du hast einen Schock«, sagte er weich gegen ihr Haar und zog sie eng an sich. »Nach all dem Schrecklichen hast du auch allen Grund dazu.« Er streichelte sie, sprach leise auf sie ein und konnte gar nicht aufhören, sie zu liebkosen. »Es ist alles gut, Darling. Du bist in Sicherheit, und nie wieder wird dir irgendjemand etwas tun.«

★

Von der Fahrt zurück nach New Orleans hatte Lacey später nur noch in Erinnerung, dass Tucker sie die ganze Zeit über fest im Arm gehalten hatte. Sie war viel zu erschöpft, um sich zu bewegen, wollte nur nach Hause und alles vergessen.

Aber die Polizei brauchte ihre Aussage. So begleiteten Tucker und Ryan sie also zur Wache. Während sie mühsam die Entführung schilderte und das, was Salomon gesagt hatte, wurde der erkennungsdienstlich behandelt und eine Durchsuchung seines Hauses angeordnet. Es überraschte niemanden, dass das gestohlene Geld dort gefunden wurde, ebenso die Farbkugeln, mit denen Laceys Geschäft beschossen worden war. In seinem Safe fanden sich zwei Schmuckstücke, die ihr vor Monaten gestohlen worden waren.

Robert Martin, der begriff, dass er keinerlei Chancen mehr hatte, einer Mordanklage zu entgehen, kooperierte mit der Polizei, um wenigstens seine eigene Haut zu retten und die Strafe zu mildern.

643

Ryan machte sogleich deutlich, dass er alle Trümpfe in der Hand hatte, und ließ sich auf keinerlei Versprechungen ein. Martin, in die Enge getrieben, schilderte, wie Salomon und er sich in der Silvesternacht vorgenommen hatten, durch Einbrüche im Viertel reich zu werden. Wenn sie schon ein Risiko eingingen, konnte es auch gleich ein echtes sein. So planten sie den Überfall auf den Geldtransporter. Mit dem dritten Coup hatten sie dann allerdings ihren Untergang eingeleitet.

Nachdem das Geld wiederbeschafft war und die Polizei genug Beweismaterial hatte, um die beiden Brüder für lange Zeit hinter Gitter zu bringen, begleitete Tucker Lacey nach Hause. Nun würde es keine bösen Überraschungen mehr geben, niemanden mehr, der Lacey bedrohte. Nun, der Prozess musste überstanden werden, aber die Gefahr war gebannt, und Laceys Leben konnte sich wieder normalisieren. Und er – Tucker – wollte in Zukunft dazugehören.

Aber sobald sie die Wohnung betraten, sagte ihm ein Blick in Laceys blasses Gesicht, dass es nicht der Moment für ein ernsthaftes Gespräch war. Sie sah erschöpft und mitgenommen aus und hatte allem Anschein nach die Angst noch nicht überwunden.

Beinahe hätte er sie verloren, ohne ihr je gesagt zu haben, dass er sie liebte.

Sanft drückte er sie auf die Couch. »Komm, setz dich, wir müssen miteinander reden. Möchtest du etwas trinken?«

»Nein, nichts.« Lacey klopfte plötzlich das Herz genauso heftig wie in dem Moment, als sie John Salomon mit der auf sie gerichteten Waffe vor sich gesehen hatte, und sie sprang vom Sofa auf. Sie hätte es nicht ertragen können, sich zu verabschieden, ihn für immer herzugeben. Nervös blickte sie zur Küche. »Ich habe meine Meinung geändert, ich möchte doch etwas ...«

»Gleich.« Tucker legte ihr die Hände auf die Schultern. »Hör mal, Liebes, ich weiß, es ist nicht der richtige Augenblick ...«

»Wenn du mir sagen willst, dass du gehen willst, brauchst du nicht lange um den heißen Brei herumzureden«, unterbrach sie ihn. »Ich bin inzwischen erwachsen. Sag es nur geradeheraus. Schließlich wussten wir beide, dass du nur so lange hierbleiben würdest, bis ich in Sicherheit bin. Wir brauchen also nicht weiter darüber zu diskutieren.«

Immer dieser Stolz. Tucker war hin- und hergerissen, ob er sie nun schütteln oder küssen sollte. Aber er zog sie an sich. Am liebsten hätte er sie in Zärtlichkeit gehüllt. »Naja, mir fallen da mehrere Dinge ein«, meinte er, und seine braunen Augen glänzten. »Glaubst du wirklich, dass ich nach all dem, was wir zusammen erlebt haben, einfach so wegfahre?«

Sie hatte es doch von Anfang an gewusst: Tuckers Familiensinn war überentwickelt. Heiße Tränen stiegen ihr in die Augen, und schnell löste sie sich aus seiner Umarmung. »Du bist mir nichts schuldig.« Ihre Stimme klang belegt, und sie drehte sich zum Fenster, damit er ihre Tränen nicht sehen konnte. »Das habe ich dir schon zu erklären versucht, als du im Krankenhaus aufgetaucht bist. Aber du hast ja nicht zugehört. Zwischen uns gibt es nur recht lose Familienbande, und die auch nur durch die Heirat unserer Eltern, nicht durch Blutsverwandtschaft.«

»Zum Glück.« Tucker lachte leise. Er legte Lacey die Arme um die Taille, um sie wieder an sich zu ziehen. »Sonst könnte ich dir keinen Heiratsantrag machen.«

Lacey hätte nicht verblüffter sein können, wenn Tucker ihr erklärt hätte, seine Mutter wäre ein Marsmensch. Unfähig, sich zu bewegen, flüsterte sie: »Was hast du gesagt?«

Tucker sah tief in ihre grünen Augen und sagte plötzlich etwas, das noch nie eine Frau aus seinem Mund gehört hatte: »Heirate mich!« Seine Stimme klang ganz heiser. Zärtlich umschmiegte er Laceys Gesicht und drückte es nach hinten, um es betrachten zu können. »Ich möchte nicht nur ein paar Wochen mit dir zusammensein, sondern für immer.«

Wenn Tucker sie nicht festgehalten hätte, wäre sie sicher vor Schwäche in die Knie gegangen. Es durchströmte sie ein Glücksgefühl wie noch nie in ihrem Leben. Aber gleichzeitig mischte sich Schmerz hinein. Dieser Versuchung durfte sie nicht nachgeben. Sie schüttelte den Kopf, Tränen rannen über ihre blassen Wangen. »Ich kann nicht«, murmelte sie fassungslos.

Das hatte Tucker nun nicht gerade erwartet. Er runzelte die Stirn. »Was soll das heißen, du kannst nicht? Ich liebe dich! Und ich weiß, dass du mich auch liebst. Falls dich meine Arbeit beunruhigt, so ist das unnötig. Ich werde keine Gefahrenjobs mehr annehmen, um nicht zu riskieren, dich zur Witwe zu machen. Ich habe beschlossen, ab jetzt Schreibtischarbeit zu übernehmen.«

»Das solltest du nicht meinetwegen tun, denn das ändert gar nichts.«

Sie meint es ernst, dachte Tucker traurig. Er ließ die Hände von ihren Schultern gleiten. »Willst du damit etwa sagen, dass du mich nicht liebst?«

Eine solche Lüge hätte die Sache sicher vereinfacht. »Ich habe mich jahrelang dagegen gewehrt, aber ich liebe dich, seitdem ich neunzehn war. Dennoch kann ich dich nicht heiraten.«

»Wieso nicht?«, fragte Tucker erstaunt. »Meinst du, das, was wir gemeinsam haben, wächst auf den Bäumen? Als Salomon dich in der Gewalt hatte, hatte ich panische Angst, dich zu verlieren, bevor ich dir sagen konnte, was ich für dich empfinde. Hör mal, Lacey, was uns verbindet, ist etwas so Besonderes, dass ich nicht zulassen werde, dass du es einfach wegwirfst.«

Lacey wischte sich die Tränen vom Gesicht und rief: »Verstehst du denn nicht, dass ich dich nicht heiraten kann, gerade weil ich dich liebe? Mein Vater war im Diplomatischen Korps, Tucker, ich weiß also, was das heißt. Und so kann und will ich nicht leben. Als Diplomatengattin eigne ich mich kein bisschen. Bislang warst du im gefährlichen Außendienst, aber eines

Tages wirst du vielleicht Botschafter sein. Und dazu brauchst du eine Frau, die dieser Position entspricht.«

»Ich brauche eine Frau, die mich so liebt wie ich sie«, widersprach Tucker. »Der Rest ist völlig unwich …«

Das Schrillen des Telefons unterbrach ihn. Tucker eilte zum Apparat und riss den Hörer von der Gabel, um den Störenfried sofort abzuwimmeln. »Hallo?«

Auf sein schroffes Hallo folgte ein genauso unfreundliches von seinem Boss. »Würdest du mir bitte mal erklären, was, zum Teufel, du eigentlich treibst?«, verlangte Donovan wütend zu wissen. »Ich hatte erwartet, dass du diese verfahrene Situation inzwischen geklärt hast. Stattdessen erfahre ich von unserer Botschaft in Santa Maria, dass seit über zwei Stunden niemand etwas von dir gehört hat. Was ist los, Tucker? Deine Erklärung muss verdammt gut sein, denn Ramirez wird allmählich ungeduldig. Er droht mit drastischen Maßnahmen, falls er dich heute nicht mehr trifft.«

»Welche Maßnahmen?«, fragte Tucker empört.

»Das überlässt er unserer Fantasie, und ehrlich gesagt gefällt mir nicht, was ich mir da vorstelle. Wir dürfen es nicht darauf ankommen lassen, Tucker«, warnte Donovan, »es steht zu viel auf dem Spiel. Ich habe eine Maschine startklar für dich.«

Tucker wusste, dass er keine Wahl hatte. Sein Privatleben musste warten, bis alles vorüber war. »Ich bin schon unterwegs«, sagte er grimmig. »Du hörst von mir, sobald es geht.«

Er legte auf. Die Enttäuschung war ihm anzusehen. »Ich muss fahren. Könntest du mich zum Flughafen bringen?«

Lacey wollte schon ablehnen. Sie mochte ihn nicht abfliegen sehen. Aber das waren vielleicht die letzten Minuten mit ihm. Sie nickte und verbiss sich die Tränen. »Selbstverständlich. Gehen wir.«

Sie eilten nach unten zum Wagen und fuhren zum Flughafen. Ihr Schweigen war spannungsgeladen. Tucker verfluchte die Situation. Erst sagte er ihr endlich, dass er sie liebte, und dann musste er gleich wieder gehen. Er suchte nach Worten, um ihr klarzumachen, dass sie zusammengehörten, aber dazu blieb zu wenig Zeit.

Noch bevor sie zu einem Lebewohl bereit waren, standen sie vor der Abflughalle. Lacey ließ den Motor weiterlaufen und sagte nur: »Ich komme nicht mit hinein, Abschiede kann ich nicht ausstehen.«

Tucker nickte, griff nach seiner Reisetasche, die er nach Salomons Verhaftung von der Polizeiwache aus mitgenommen hatte, öffnete die Tür, stieg aber noch nicht aus. »Das ist kein Abschied, Lace«, versprach er und sah sie liebevoll an. »Ich fahre jetzt nur, weil ich muss. Aber du kannst deinen Laden darauf verwetten, dass ich zurückkomme. Unser Gespräch ist noch nicht beendet. Du wirst mich heiraten.«

»Nein, ich ...«

Tucker ließ sie nicht ausreden, sondern gab ihr einen schnellen Kuss. »Doch, das wirst du«, sagte er dicht an ihrem Mund und ließ sie los. »Während ich weg bin, kannst du dich schon mal mit dem Gedanken vertraut machen. Ich versuche, dich heute Abend anzurufen.« Schon warf er die Beifahrertür zu und verschwand in der Abflughalle, ohne sich noch einmal umzudrehen.

Sobald Lacey ihre Wohnung betrat, war ihr klar, dass sie dort nicht bleiben konnte. Wo immer sie hinschaute, alles erinnerte sie an Tucker. Sie irrte durch die leeren Zimmer und kam sich vor, als wartete sie schon jetzt nur auf seine Rückkehr.

Er würde ja auch zurückkommen und nur so lange wegbleiben, wie sie brauchte, um ihn zu vermissen. Dann käme er wieder, ohne den geringsten Zweifel daran, dass sie ihn mit offenen Armen empfing. Und das wollte sie ja auch tun. Sie liebte ihn so sehr. Schon wenn er sie nur küsste, war sie zu allem bereit. Selbst dazu, ihn zu heiraten.

Ein Schluchzer stieg in ihrer Kehle auf. Eine Ehe durfte sie nicht zulassen. Tucker brauchte eine ganz andere Frau an seiner Seite. Wieso verstand er das nicht? Sie musste nur daran denken, wie ihr Vater ihr in der Jugendzeit dauernd aus irgendwelchen Schwierigkeiten hatte helfen müssen.

Vater! überlegte sie plötzlich. Warum hatte sie nicht schon früher an ihn gedacht? Er kannte sie besser als sonst jemand und war mit Tucker schon lange befreundet gewesen, bevor sie Stiefvater und -sohn geworden waren. Er konnte Tucker sicher klarmachen, dass eine Ehe mit ihr nur ein Desaster werden musste.

Schnell ging sie zum Telefon, rief beim Flughafen an und buchte die nächstmögliche Maschine nach London. Die flog von New Orleans über New York.

Ihr Vater war der vernünftigste Mensch, den sie kannte. Sie brauchte von ihm einfach die Bestätigung dafür, dass sie das Richtige tat. Dann war sie vielleicht auch davon überzeugt.

Am späten Vormittag des nächsten Tages kam Lacey völlig erschöpft beim Haus ihres Vaters an. Während des Fluges hatte sie nicht geschlafen. Sie war blass, ihre Augen waren rotgerändert. Elizabeth, Tuckers Mutter, zog sie sofort ins Haus. »Lacey, was für eine wundervolle Überraschung! Du hättest uns benachrichtigen sollen, dass du kommst, dann hätten wir dich vom Flughafen abgeholt. Komm herein! Du siehst ja ziemlich mitgenommen aus. Hast du nicht geschlafen?« Das war eine überflüssige Frage. »Nein, natürlich nicht. Wer kann schon im Flugzeug schlafen. Am besten, du gehst gleich hinauf und ruhst dich erst mal aus. Wir sehen uns dann später.«

Elizabeth war eine zierliche kleine Person. Ihr Haar war nach dem plötzlichen Tod von Tuckers Vater, der schon im Alter von zweiunddreißig gestorben war, über Nacht weiß geworden.

Umsichtig sorgte sie nun dafür, dass die völlig übermüdete Lacey innerhalb weniger Minuten im Bett war und die Vorhänge den Blick auf den strahlenden Sommertag versperrten. Noch ehe Lacey eine Erklärung für ihr unerwartetes Auftauchen abgeben konnte, hatte der Schlaf sie übermannt.

Als sie Stunden später wieder erwachte, war es draußen schon stockdunkel. Erstaunt darüber, dass sie so lange geschlafen hatte, stand sie auf und zog sich schnell Jeans und ein weites schwarz-grau gestreiftes Sweatshirt an. Gerade hatte sie ihr Haar gekämmt, als sie an der Tür ein vertrautes Klopfen hörte. Lächelnd öffnete sie und warf sich in die Arme ihres Vaters. »Dad!«

Marcus Conrad drückte seine Tochter zärtlich an sich. Seit Elizabeth ihn in der Botschaft angerufen und ihm berichtet hatte, dass Lacey total erschöpft in London aufgetaucht sei, hatte er sich große Sorgen gemacht. Aber bei ihrem Anblick beruhigte er sich. Sie hatte sich inzwischen offenbar erholt, auch wenn sie noch immer müde wirkte. In ihrem Blick lag allerdings etwas Schmerzvolles, das er an ihr nicht kannte.

»Also, erzählst du mir, was passiert ist, oder muss ich raten? Und behaupte ja nicht, dass alles in Ordnung sei«, meinte er. »Ich kenne dich zu gut, junge Dame. Morgen findet das Gipfelgespräch der Umweltkommission statt. Du hättest dich ja niemals ohne triftigen Grund in diesen Trubel hier gewagt. Was ist also los? Ist es wegen des Prozesses? Das letzte Mal, als du anriefst, sagtest du uns, die Polizei habe einen weiteren Verdächtigen festgenommen.«

»Es hat sich herausgestellt, dass das der Falsche war.« Lacey spielte die Gefahr, in der sie sich befunden hatte, herunter, berichtete ihrem Vater aber alles, was geschehen war. »Den Prozess habe ich noch vor mir, aber da Salomon und sein Bruder im Gefängnis sind und der Großteil des Geldes entdeckt wurde, scheint die Anklage ziemlich stichhaltig zu sein. Ich bin sicher, dass ich das ganz gut überstehen werde.«

»Wenn es das nicht ist, was dann? Tucker?« Auf Laceys überraschten Blick hin lachte er leise. »Als ihr beiden euch kennenlerntet, war ich zwar von meiner Heirat mit Elizabeth abgelenkt, aber nicht blind. Ich habe förmlich gesehen, wie die Funken zwischen euch flogen, und weiß auch, dass du die letzten acht Jahre versucht hast, ihm auszuweichen. Und was ist jetzt los? Da ich nicht kommen konnte, um das herauszufinden, hoffte ich, dass ihr beide imstande wäret, die Vergangenheit hinter euch zu lassen und eure Differenzen auszubügeln. Anscheinend habe ich mich geirrt. Erzähl schon! Was ist los?«

»Er hat um meine Hand angehalten.«

Marcus Conrad konnte nur mit Mühe seine Freude verbergen. »Na und, wie lautete deine Antwort?«

»Nein, natürlich!« Ohne auf die Reaktion ihres Vaters zu warten, begann Lacey, in dem elegant eingerichteten Gästezimmer nervös auf und ab zu gehen, in der Hoffnung, die aufsteigenden Tränen zurückhalten zu können. Aber das misslang. »Ich habe versucht, ihm klarzumachen, dass ich als Diplomatengattin völlig ungeeignet bin«, sagte sie mit einem Schluchzer, »aber er hört nicht mal zu. Oh, Dad, was soll ich nur tun?«

Marcus lehnte sich mit einer Schulter an den Türrahmen und schaute Lacey eine Weile an. »Liebst du ihn?«

»Ja, natürlich. Glaubst du, mich würde das alles so aufregen, wenn ich es nicht täte?«

Marcus verbarg ein Lächeln. »Nein, vermutlich nicht. Aber was soll der Unsinn, dass du behauptest, als Diplomatengattin völlig ungeeignet zu sein? Wie kommst du denn nur auf die Idee?«

Lacey verstand die Frage nicht. »Hast du vergessen, wie ich mal beinahe einen internationalen Zwischenfall verursacht hätte, als ich mit sechzehn den Sohn eines italienischen Diplomaten in einen Springbrunnen geschubst habe? Oder wie ich mich bei einem Botschaftsempfang in Japan über Tintenfische lustig gemacht habe und damit in die Schlagzeilen kam?«

»Nein, habe ich nicht. Aber auch nicht, wie du dich um einen alten Antiquitätenhändler in Paris gekümmert hast, der kurz davor war, bankrott zu gehen. Wie du alle Diplomatenehefrauen dorthin geschleift hast, sodass er sich vor Arbeit kaum retten konnte. Damals warst du fünfzehn, und er hat sein Geschäft noch heute. Und mit dem, was du für die frankoamerikanischen Beziehungen getan hast, bist du ebenfalls in die Zeitung gekommen.«

»Ja, aber das hat doch nichts mit Tucker zu tun.«

»Doch, durchaus.« Marcus ging auf seine Tochter zu und nahm sie in die Arme. »Schätzchen, wenn du hergekommen bist, damit ich dir Tucker als Ehemann ausrede, bist du an den Falschen geraten. Ich fand schon immer, dass ihr wunderbar zusammenpasst und du eine großartige Ergänzung für ihn bist. Du bist genau wie deine Mutter.« Auf Laceys ungläubigen Blick hin fuhr er fort: »Das stimmt. Und sie zögerte genauso, mich zu heiraten, wie du jetzt bei Tucker. Sie war sich sicher, meine Karriere zu zerstören, weil sie zu eigensinnig, zu spontan und ganz ungeeignet für die Rolle sei, die sie als meine Frau auszufüllen habe. Aber ich wusste, dass sie wie ein frischer Wind für den oft steifen diplomatischen Dienst sein würde, und genauso war es. Sie fand Freunde, wo immer sie auftauchte, und nicht nur bei den Staatsoberhäuptern. Weißt du das nicht mehr?«

Ihre Mutter war gestorben, als Lacey sieben gewesen war. So hatte sie nur noch vage Erinnerungen an sie. Aber tief in sich hatte sie noch das Bild einer fröhlichen, warmherzigen Frau, die dem Leben äußerst zugetan war. Lacey schluckte die Tränen herunter und schmiegte ihren Kopf an die Schulter ihres Vaters. »Ich weiß es nicht mehr so genau. Bin ich wirklich wie sie? Sicher, ich sehe ihr ähnlich, aber jeder erzählt auch, wie vollkommen sie als Diplomatenehefrau war. Deswegen dachte ich immer, ich sei anders als sie. Warum hast du mir das nie gesagt?«

Marcus sah gedankenverloren in die Ferne und dachte an die Frau, die sein früheres Leben so bereichert hatte. »Weil ich sie über Jahre vermisst habe und nicht darüber sprechen mochte. Wann immer ich dich ansah, hatte ich sie vor Augen. Ich dachte, du wüsstest das.«

Lacey war zu gerührt, um viel sagen zu können, und schüttelte den Kopf. »Nein, davon hatte ich keine Ahnung.«

»Nun, da du es weißt, musst du dir aber auch keine Gedanken darüber machen, ob du mit ihr mithalten kannst, Kleines«, sagte er und klopfte ihr aufmunternd auf die Schulter. »Du hast Kräfte in dir, die du noch nicht einmal angezapft hast. Sobald du deine Bedenken überwunden hast, wirst du überrascht sein, wie leicht alles geht. Denk mal darüber nach. Wenn du Tucker liebst und er dich ebenfalls, ist das doch die Hauptsache, oder? Alles andere ergibt sich schon von selbst.«

Zwei Tage später saß Lacey in der Bibliothek ihres Vaters und versuchte, sich mit einem Buch abzulenken. Aber ihre Gedanken waren ganz woanders. Jahrelang hatte sie geglaubt, eine Art schwarzes Schaf zu sein, das sich nicht anpassen konnte und sich beweisen müsste. Dabei war sie ganz wie ihre Mutter gewesen. Das war zum Lachen und Weinen zugleich. Es kam ihr vor, als hätte jemand eine Tür geöffnet, Sonnenschein in ihr Herz gelassen und ihr das Gefühl vermittelt, endlich die sein zu können, die sie wirklich war.

Gleichzeitig begriff sie, dass ihr Vater recht hatte. Sie durfte sich die Möglichkeit nicht verwehren, mit Tucker glücklich zu werden. Falls sie daran noch gezweifelt hatte, so bewiesen die letzten beiden Tage ihr, dass sie ihn wirklich liebte. In jedem wachen und unbewussten Moment dachte sie an ihn. Wie hatte sie nur je glauben können, weiter ohne ihn leben zu können? Seit er ihr diesen flüchtigen Kuss am Flughafen gegeben hatte, waren erst drei Tage vergangen, und das kam ihr schon wie eine Ewigkeit vor.

Durch ihren Vater und offizielle Berichte hatte sie erfahren, dass Tucker irgendwie die Freilassung der Missionare erreicht hatte. Aber wo er sich gerade befand und ob er in Sicherheit war, wusste sie nicht. Ob er, nachdem er das erlebt hatte, seine Meinung über eine ruhigere Tätigkeit womöglich wieder geändert hatte?

Allein die Vorstellung, dass er sich in Gefahr befinden konnte, riss Lacey aus dem dick gepolsterten Lehnstuhl, in den sie sich verkrochen hatte.

Beim Anblick des erschöpften Mannes, der plötzlich an der Tür stand, griff sie sich unwillkürlich an die Kehle. »Tucker!«

Er trug Jeans und ein zerknittertes Hemd, das aussah, als hätte er darin geschlafen. Sein Gesicht war voller Bartstoppeln, sein Haar war zerzaust, aber der Blick seiner braunen Augen, mit dem er Lacey umfing, drückte Sehnsucht und Zärtlichkeit aus.

Noch bevor sie etwas anderes tun konnte, als seinen Namen zu flüstern, hatte er die Tür hinter sich zugeschlagen und war bei ihr. »Was, zum Teufel, machst du hier? Als ich dir sagte, ich wäre bald zurück, um unser Gespräch zu Ende zu bringen, hatte ich keine Ahnung, dass ich dir dazu um die halbe Welt nachreisen müsste. Dachtest du, du kommst mir so leicht davon?«

Lacey straffte den Rücken. »Ich bin nicht weggelaufen …«

»Wirklich nicht?« Tucker packte sie. »Danach sah es mir aber ganz aus, als ich nach New Orleans zurückkam und deine Wohnung leer fand. Ich musste erst Marcus anrufen, um dich ausfindig zu machen. Na, komm schon her!«

Die letzten beiden Worte hatte er, nachdem er Lacey für einen langen, gierigen Kuss an sich gezogen hatte, an ihrem Mund gemurmelt. Lacey konnte nicht mehr denken, nur noch fühlen. Süßes, heißes Verlangen durchströmte sie mit einer nie gekannten Heftigkeit. Sie umschmiegte die harten Konturen seines Gesichts und spürte seine Bewegtheit. Hatte sie wirklich geglaubt, sich so leicht von ihm und dieser Liebe, die sie füreinander empfanden, lösen zu können?

Sie küsste seine Wange und dann den Hals. »Ich war im Begriff zurückzufahren«, sagte sie leise, »ich wollte nur mit Dad reden.«

»Um ihn auf deine Seite zu ziehen? Das würde dir nicht gelingen. Wir beide sind füreinander gemacht, und das weiß er.«

Tucker küsste Lacey wieder, als hätte er nicht genug von ihr bekommen können, sodass sie kaum zum Atmen kam. Er legte seine Stirn an ihre, und sie spürte seinen heißen Atem an ihren Lippen. »Das ist die Wahrheit, Schatz, das siehst du doch ein, nicht? Protokolle und Vorschriften liegen mir nicht mehr als dir. Warum hätte ich sonst all die Jahre so einen Horror vor einem Schreibtischjob gehabt? Aber mein Chef hat recht. Irgendwann muss man aufhören. Bis jetzt hatte ich noch keinen triftigen Grund. Doch du bist einer. Ohne dich ist mir nichts mehr wichtig.«

Lacey wollte ihm gerade über das Gespräch mit ihrem Vater berichten, aber Tucker ließ sie nicht dazu kommen. »Ich bitte dich nicht, deinen Job aufzugeben«, sagte er. »Ich weiß, wie viel er dir bedeutet. Du kannst einen Stellvertreter dafür anheuern und jederzeit nach New Orleans fliegen, falls es dir nötig erscheint. Dass wir heiraten, heißt noch lange nicht, wie Kletten aneinanderkleben zu müssen.«

Damit schien für ihn alles, was die Ehe betraf, geregelt zu sein. Lacey musste lächeln. »Ach, ich weiß nicht«, sagte sie zärtlich, »die Vorstellung, an dir zu kleben, finde ich wunderbar. Nun, da ich nichts mehr beweisen muss, kann ich das Geschäft genauso gut verkaufen.«

Überrascht über so wenig Widerspruch sah Tucker sie an. »Ist mir irgendwas entgangen?«, fragte er misstrauisch. »Das hörte sich gerade so an, als stimmtest du nicht nur einer Ehe zu, sondern schlügest gleichzeitig die Aufgabe deines Ladens vor. Das letzte Mal, als wir darüber sprachen …«

»Habe ich nicht klar denken können«, gab Lacey lächelnd zu. »Ich hätte von einem überzeugten Junggesellen keinen Heiratsantrag erwartet. Außerdem hatte ich noch nicht mit meinem Vater gesprochen.«

Sie zog Tucker mit sich aufs Sofa, kuschelte sich wieder in seine Arme und erzählte, was sie gerade über ihre Mutter erfahren hatte. »Ich hatte Angst, deine Karriere zu ruinieren«, schloss sie. »Und keine Ahnung, dass meine Mutter, als sie Dad heiratete, dieselben Bedenken hatte. Aber sie passte sich an und wurde ihm eine große Hilfe. Und ich weiß, dass ich das auch für dich werden kann. Ich bin ja keine sechzehn mehr und habe inzwischen eine ganze Portion Selbstdisziplin.«

»Nicht zu viel, hoffe ich.« Tucker lachte und küsste sie. »Ich heirate schließlich keine Assistentin, sondern die Frau, die ich liebe. Ich hoffe, du treibst mich in den nächsten sechzig oder siebzig Jahren bis zum Wahnsinn.«

Lacey spielte mit seinen Hemdknöpfen und schaute ihn amüsiert an. »Na, wo ist denn der Mann geblieben, der meinte, einer Frau einen Ring an den Finger zu stecken bedeute nichts als Probleme?«

Tucker lächelte breit. »Weißt du das nicht? Mit Problemen fertigzuwerden ist meine Spezialität.« Damit bedeckte er ihren Mund mit heißen Küssen.

– ENDE –